U0104273

文學研究叢書・文學史研究叢刊

屏東文學史

黃文車　主編
王國安、余昭玟、林秀蓉、傅怡禎
黃文車、楊政源、鍾屏蘭　等著

縣長序
人文扎根打造優質屏東

　　屏東縣的土地面積約有二千七百多平方公里，在這片溫暖的土地上，我們擁有花果天堂的「屏北地區」、分屬都會工商城的「屏東市」和漁業綠能重鎮的「沿海地區」、扮演觀光領航者的「半島地區」，以及具有文化田園特色的「平原地區」和原鄉多元豐富的「沿山地區」等六大發展場域。

　　目前整個世界不斷發展數位智能，並引領風潮，屏東雖然位處臺灣之南，但也積極發展出縣市的優質特色。除了既有的農業綠色經濟和山海風情觀光產業之外，未來更將努力投入發展高科技產業、綠能產業以及長照產業，而這正好可以搭配屏東六大發展區域之特色，從在地價值看見各鄉鎮的多元魅力。

　　屏東土地上除了有美麗的自然山海，更有多元的族群文化，高山族、平埔族、閩客族群和新住民等百多年來在此胼手胝足、不斷打拚，各顯特色，共存生活。因此，在這裡我們不但可以發展出屬於優質屏東的綠能經濟、農業品牌、永續觀光、綠能產業和安心長照之產業特色，也更應該關注屏東這片土地上的多元文化價值，從在地文學、各代歷史、自然地理和族群文化等面向切入，期待人文為本，藝文生命永續。

　　自2011年起，縣府文化處開始與國立屏東大學中國語文學系合作辦理「屏東文學學術研討會」，2015年則透過標案方式委其執行「屏東文學與作家身影整理錄製委託案」，無論是編纂「屏東作家小百科」、拍攝《屏東作家身影》紀錄片，乃至2017年的《屏東文學青少

年讀本》新詩、小說、散文三卷等，在在可見縣府投入在地文學與致
力文化發展的成果。

今年欣見《屏東文學史》在縣府與屏東各大專校院編纂團隊等多
方合作努力下即將付梓出版，這是屏東文化界的盛事，對於臺灣文化
與區域文學的發展更有其代表性意義。未來，我們希望屏東可以不斷
注入人文養分，從人文扎根，讓文化傳衍；期待生活在優質屏東土地
上的民眾，能夠在此安居樂業，世代綿延發展。

屏東縣縣長

周春米

2023年8月1日

推薦序
發現文學造浪者
──序《屏東文學史》

　　首先要特別說明，我不是《屏東文學史》的編撰團隊，出版的榮耀，應該歸功於〈綜論〉裡列述的編撰群。關於《屏東文學史》，我只是在籌備初期，應邀分享個人撰寫地方文學史的拙見，提供撰述過程可能遇到的問題或外界可能提出的質疑。得知這部可以為「屏東文學」立下標竿的巨著，已經完成且即將出版，除了表達慶賀之意，其他的都是狗尾續貂。

　　從1990年代開始，臺灣的地方文學史撰寫，就在各縣市的文化主管當局主導下進行，有檯面下的文史田野調查，也有以文學史撰寫為目標的文學資料調查及文學資料彙編出版。有的是以學術研究團隊進行，有的是個人撰寫，比較像是半官修的文學史。《屏東文學史》比較特殊的進行方式，是以屏東學、屏東文學、屏東作家研討會的方式去整合、累積，除了原來預定的「夢幻團隊」之外，透過研討會去吸納更多的成員參與，吸收、挖掘出更為充實的史料。一方面補充文學史撰寫的田野調查可能的缺漏，一方面發掘可能的人才，壯大撰寫團隊的軍容，不失地方文學史撰述的創舉。

　　話說從頭，地方文學史撰寫，首先面對的難題就是定義定位的周圓問題。誠如〈綜論〉所述，由於臺灣特殊的歷史背景，屏東自古即有不同的行政隸屬，沒有一種行政區分可以準確地概括當今的的「屏東文學」，團隊做出讓行政區分空白的「屏東……」，是頗有巧思的決定。地方文學史除了區域範疇，如果不是斷代史，還有時間範圍、分

段，以及文類區分、作家歸屬的定義、定位，需要討論。臺灣各地自1680年代、清國入統不久，即有方志藝文志之編纂。但藝文志只是文學資料的彙編，雖然有文學定義值得討論，卻沒有文學史範圍定義的複雜。

《屏東文學史》的確有效地處理了一些地方文學史撰寫的難題，卻不能否認也留下了一些值得商確的未來努力的空間。這裡要預先聲明，不僅是地方文學史，所有的文學史，都有撰寫者的文學觀，不可能都盡如眾人之意，做到完美無缺。說這些，既不是為《屏東文學史》的撰寫群開脫，也不是為我自己卸責。自古名言，史書的撰寫，都是後出轉精，非我個人偏見。具體地說，《屏東文學史》集合了屏東大學、屏東科大、臺東專校、慈惠醫專等，以團隊戰的方式完成一部屬於自己的文學史，能兼顧的面向比較多，當然是一大優勢。不過，每一位參與者都有自己的文學觀，要形成共識，也不是一件容易的事。這和文學定義、範疇的形成相同，都是透過協商取得。學術細節的妥協，雖然不是什麼大過惡，但也就是因此才留下後出轉精的空間。

就已完成的《屏東文學史》結構言，包括了古典文學（準確的說法是漢語文言文學）、屏東文學、原住民文學、民間文學、屏東客家現代文學、兒童文學。可以想像地理解，編撰團隊的力求不要有漏網之魚的審慎態度，卻忽略了屏東文學史編撰的首要任務，是要為不懂、不解屏東文學的人理出屏東文學的頭緒、脈絡。諸如：屏東原住民的當代文學、屏東客家現代文學和屏東現代文學，三者之間如何區分，莫非把屏東文學等同屏東福佬族群作家的文學？除非是把以原住民族語和客語創作的作品，分別各區分為一類，然而又如何不把福佬語寫的作品，獨立為一類？不知道這是不是以團隊方式完成的文學史不能避免的疊床架屋結構。可以理解，編撰團隊求「全」心切，希望編撰出全面包容的文學全史。只是眉清目秀的文學史，比徒具份量的

文學史，更具感染力，或許這可以留給後出轉精的空間。

　　文學史書寫如何斷點，依據什麼做章節的斷點，是文學史書寫要面對的更重大的考驗。文學發展是有機的，既不會根據政權的更替斷代，更不會依時間序、每隔十年、二十年或五十年為一個世代，常見一般文學史習慣，以1960、1970……這樣的繫年斷文學發展的世代，方便卻模糊。文學的斷代要根據文學作品，影響文學發展的因素很多，可以明確指出的是：政治的干預、文學結社、文藝思潮的造浪者……才是影響或引領一代風騷的可能因素。以《屏東文學史》為例，目次中的副標題比主標題更具文學史的說服力。文學史的發展途徑和論述依據是根據作品形成的風潮，譬如說，原住民書寫的原住民文學形成風潮，和原住民為族群正名及還我土地的原住民覺醒運動，緊密相連。客家文學、客語文學成為「顯」文學，和客家還我母語運動，也是息息相關。早於運動存在之前事實存在的「文學」，是因運動才得到彰顯，形成的風潮，才是文學斷代的合適斷點。不過，斷點也暴露出地方文學史書寫的難處。前面談到地方文學史撰寫的範疇時，發現由於行政區分的多變，根本找不到一種可以匡住「屏東文學」的「屏東」界限，又如何能找到在天空飛的「思潮」界定「屏東文學」？從整個臺灣文學史看，可能找到某個時點颳起怎樣的文學風，「屏東」只可能是在風潮裡面或外圍，除非是由屏東作家或屏東的文學社團掀起的風暴。譬如《屏東文學史》的第三章，還是有屏東作家是那個年代文學的造浪者。

　　1930年代臺灣新文學運動為觀察基點的屏東文學，鄭坤五、黃石輝、楊華、劉捷都是曾捲起千層浪的臺灣文學先行者。黃文車教授就是研究黃石輝的專家，黃石輝在1934年8月發表的〈怎樣不提倡鄉土文學〉一文、以及引發的討論，絕對是屏東作家引領臺灣文學風潮的大事。楊華不是屏東人，但他悲慘的一生在屏東結束，他代表黑色青年

社會運動精神的詩集《黑潮集》、小說〈一個勞動者的死〉，都是《屏東文學史》的精萃。

作為長期的臺灣文學觀察者，我樂見不斷有新的臺灣文學史或地方文學史出現，更樂於見到體例翻新、風格創新的新作。《屏東文學史》八、九、十三章，「地景書寫」、「歷史書寫」、「展望」都是文學史撰寫比較罕見的創意，前兩者都是屏東文學的特色，也是同時代臺灣文學書寫的趨勢，若能融入前面的篇章，可以避免疊床架屋的違和感，最後一章「展望」比較適合放在序文或編後記。當然，這些都是拙見，僅供參考。文學史的編撰，也是一種學術著作，還是容許有創新的空間。

接受黃文車教授邀約撰寫這篇序文時，我正在國外探親，手邊沒有可以查考的資料，老眼昏花也不適合閱讀大筆的電子傳輸資料。在不能完整閱讀文學史全文的情況下，應允作序，的確猶豫再三，硬著頭皮寫下的序文，拙見是否貼切，我自己也沒有把握，只能說僅供參考。是否合適，也請編撰團隊鴻裁。作為曾在屏東服務過的屏東文學邊緣人，知道有《屏東文學史》這部堂堂巨著面世，除了分享喜悅，更要致上誠摯的恭賀之意。

靜宜大學臺灣文學系退休教授

彭瑞金

2023年9月

主編序
山海間的指南針
——《屏東文學史》的編纂與出版

命定的指南針／永遠指向島嶼南方／那個最溫暖的所在
——郭漢辰〈揹著月琴去旅行〉

　　「屏東學」的創建者李國銘曾在〈屏東學課程〉文中提到：「對於『屏東』，我們除了有感性的情感認同之外，同時也會產生理性的求知慾望。」所謂感性的情感認同，當是人文地理學者段義孚（Yi-fu, Tuan）所言的「地方之愛」，也就是「戀地情結」（Topophilia），是對於特定地方的一種情感；久而久之便產生一種情感附著。這樣的情感認同或附著，多數也是因為「位居地方」（in place）的「我們群體」有了共同的理念，因此逐漸形成屏東在地思維。借用日治時期屏東文人黃石輝在〈怎樣不提倡鄉土文學〉中闡揚的本土理念，位居屏東的我們，或許也可以思考在「頭戴屏東天，腳踏屏東地」場域內，對於屏東這片土地上理性求知欲望該如何結合教學研究及理論實踐，並進而形塑屏東在地知識體系。

　　2011年或可作為「屏東文學研究」的起步年。國立屏東大學中國語文學系自2011年籌辦「屏東文學學術研討會」以來，便積極與政府部門、學術單位、文史團體及社區群眾連結互動，例如2013-2014年與臺灣藍色東港溪保育協會合作執行教育部「推動社區永續之學習型城鄉建構」子計畫，以文化紮根、永續學習理念執行與出版《下東港溪流域故事繪本》六冊。同時間屏東縣政府的「一鄉一繪本」與地方

藝文團體演繹地方故事表演逐步啟動。2015年承接屏東縣政府「屏東文學與作家身影整理錄製委託案」，開始系統性、有目標地完成約120位屏東文學作家小百科資料。有了屏東文學作家小百科的基礎，2016-2019年中文系團隊執行教育部補助特色大學計畫時，再與屏東縣政府合作推動《屏東文學青少年讀本》編纂及出版工作，內容涵蓋新詩卷、小說卷、散文卷、民間文學卷和兒童文學卷等五冊。

這裡會觸及的是「屏東文學」定義的問題。哪些人才稱得上是「屏東作家」？我們參考葉石濤先生對臺灣文灣定義時的思考，進而提出所謂的「屏東文學」，就應該是屏東人所寫的作品，或者是作品中對於屏東這塊土地或人民，能夠有共通經驗和親切經驗之關懷者，同樣不受書寫語言和作家身分之制約，而那共通經驗和親切經驗可以稱之為「屏東意識」。此外，我們也加入「屏東符號」的概念，如吳錦發所言：「所謂『建立屏東符號』，就是要讓人民理解故鄉的地質、氣候、文化、歷史，從屏東人共同的情感與在地記憶出發，讓民眾更了解這塊土地，並可以把屏東的特色說明清楚。」也就是作品中必須具有屏東的共同情感和在地記憶，才能找到所謂的「屏東符號」，而這樣的文學作品，當然可以視為屏東文學。

因此，自2015-2021年間，屏東大學中文系團隊更與屏東縣政府合作進行「屏東作家身影」的拍攝工作，目前已完成張曉風、曾貴海、李敏勇、曾寬、奧威尼・卡露斯（Auvini-Kadresengan）、郭漢辰、黃基博、許思和利玉芳等屏東文學作家紀錄影片，並皆已上傳至Youtube平臺提供大眾觀覽；另外亦帶領學生團隊進入田野進行屏東縣民間文學採集調查與出版工作，持續深耕與拓展屏東文學的整理與研究，藉以厚實屏東文學與文化能量。

2022年屏東文學研究跨過了第一個十年，我們也積極思考下一個十年屏東文學研究該如何持續前進與深耕拓展？「越在地、越國際」

的思維是屏東文學「在地全球化視域」發展的基本理念，因此2022年第八屆屏東文學國際學術研討會乃以「區域文學史的書寫與視野」為主題，期待整合臺灣各地與海外區域文學史書寫與發展理念，進而出版《屏東文學史》專書，為屏東文學與臺灣文學扎根，並奠定多元而堅實的研究基礎。

　　《屏東文學史》的編纂工作伊始於2017年國立屏東大學執行教育部特色大學UGSI計畫，以及2018-2022年教育部高教深耕計畫之「走讀屏東」子計畫的經費支持，屏東大學中文系乃以「臺灣文學研究室」為基地，結合國立屏東科技大學、慈惠醫護專校和國立臺東專科學校，包括余昭玫、林秀蓉、鍾屏蘭、黃文車、王國安、楊政源、傅怡禎等七位學者形成編纂團隊，朝著《屏東文學史》的編纂目標邁進。

　　《屏東文學史》的編纂起因有三：一、增補《重修屏東縣志》（2014版）未見「文學志」或「藝文志」之憾；二、完成已故作家郭漢辰老師之遺志；三、推廣屏東文學，記錄與保存並後續增補本地文學之內容與特色。本文學史之編纂過程設定為五年，第一年乃在汲取與請益臺灣各地區域文學史的編纂與成果，過程中也拜訪龔顯宗教授、李若鶯教授，並邀請彭瑞金教授、時任國立臺灣文學館館長的廖振富教授蒞校演講，分享區域文學史編纂經驗。2018年開始探討屏東文學史編纂意義及方向，形成共識並開始聚焦文學史書寫思維與實務工作，至2022年時不斷進行編纂理念討論、各章節撰寫、編纂心得分享、篇目內容勘誤等工作。

　　《屏東文學史》內容共計十章，包括「屏東文學研究綜論」、「清領至日治時期的屏東古典文學」、「日治時期迄今的屏東現代文學」、「屏東的原住民族文學」、「屏東的民間文學」、「屏東的客家現代文學」、「屏東的兒童文學」、「屏東文學中的地景書寫」、「屏東文學中的歷史書寫」和「屏東文學的展望」等，並附有「屏東文學史大事年

表」，期待透過異同時空與主題的編纂與書寫，呈現清領迄今屏東文學的發展脈絡與多元特色。上述章節累積自不同期刊或會議論文並加以增修刪補，如「清領至日治時期的屏東古典文學」和「屏東文學中的地景書寫」二章改寫自《屏東文獻》之〈找尋地方感的書寫：清代屏東地區古典文學發展概述〉（16期，2012）及〈族群記憶與家鄉風土——戰後屏東作家地景詩初探〉（19期，2015）；「屏東的民間文學」則修改自《地方作為田野：屏東民間知識圖像與在地敘說》（2021）第二章；而「屏東的客家現代文學」、「屏東的兒童文學」和「屏東文學的展望」乃分別改寫自〈屏東客家現代文學初探——從屏東文學史的角度觀察〉（2019）、〈戰後初期（1945-1970）屏東兒童文學史芻議〉（2021）和〈區域文學展望的編寫視角與主題呈現——以屏東為例〉（2022）等會議論文。

編纂過程中，我們擁有積極的團隊，具有共同理念並能投入心血，然而在蒐集作家、文史資料進行撰寫期間愈加發現有所不足之處。首先是屏東地區具有多元族群文化特色，該以文類分之？又或族群分類？始終有其未能兼備之憾；其二，文學史斷代問題，如何跳脫原有的十年環節論述，但又能兼顧文學發展的歷史脈絡。關於此二問題，團隊最後決定將前三章視為觀看《屏東文學史》之脈絡綜論，供為概覽，後七章則依「主題」分別論述，輔以屏東文學史大事年表，期望拓展屏東文學建構之視野。

其三，屏東經典作家作品著作等身，文類兼有，在各主題論述下，容易出現前後重出之弊。關於作家重出問題，幾番討論後乃採取「此詳彼略」之互見手法，如第三章「日治時期迄今的屏東現代文學」內之作家、作品多屬發展概說，至於較詳細之敘述則留待後續之原住民族文學、客家現代文學、地景書寫、歷史書寫各章中詳細探析，以降低疊床架屋之可能性。其四，作家作品討論，各章文氣略

異，精細不一，閱讀間或有頓挫，但各章節作者皆是該領域專家，透過各章論述，亦能豁然屏東文學於不同時期不同主題之發展。

　　此外，編纂團隊雖廣泛蒐集屏東作家及文獻資料，然文學瀚海，編錄過程中難免有遺珠之憾，此實祈盼各方專家賜教，以利後續補正。

　　如吳潛誠在〈閱讀花蓮——地誌書寫：楊牧與陳黎〉中提到的：「我們生長在土地上，土地就在我們腳下，與我們關係密切。」近年來國立屏東大學持續推動「屏東學」建構與「地方創生」工作；從此方向落實，屏東在地大學教學研究者或地方工作者可以更加貼近腳踏的這片土地，並且嘗試結合多方人力物力資源形成「在地研究社群」，與地方交流、和土地對話。我們相信走入地方並建構地方知識體系，兼容情感的附著與理性的認知，可以為屏東這片土地上的豐厚生命與多元文化持續努力下去。

國立屏東大學中國語文學系教授兼系主任

2023年9月

目次

第一章
屏東文學研究綜論

王國安

一　前言

　　2011年11月25、26日於國立屏東大學舉辦連兩天的「第一屆屏東文學學術研討會」，標誌了屏東文學研究的重要里程碑，十二篇論文從清代到當代，從語言到思想，從歌謠到小說，對「屏東文學」有宏觀的脈絡梳理，有細緻的文字審美，「屏東文學研究」也在此刻，宣告了自己的存在。

　　近三十年來，「社區總體營造」帶來延續記憶、尋找地方特色的風潮，屏東各方面文史研究更加熱絡。屏東縣政府發行的《屏東文獻》使屏東文史研究有了良好的發表舞臺；從「屏東學學術研討會」到「屏東文學學術研討會」，具聲勢的屏東研究風氣已被帶起；屏東學術機構在這樣的研究風氣帶動下，與屏東有地緣關係的研究者輩出，盤點屏東文學的研究群，以國立屏東大學（屏東市）為主要戰力，其中林秀蓉、余昭玟、鍾屏蘭、黃文車等，對屏東文學從新詩到小說，從客家文學到閩南語歌謠，都有質量均豐的研究。而國立屏東科技大學（內埔鄉）如曾純純、李梁淑、鍾宇翡、傅含章、王國安等；大仁科技大學（鹽埔鄉）的邱春美、彭素枝、傅怡禎（今服務於國立臺東專科學校）等；慈惠護專（南州鄉）的楊政源，屏東高中（屏東市）的曾彩金、王玉輝、徐震宇等，也多有參與屏東藝文文獻蒐羅統整，對屏東文學進行宏觀綜論，或以縣籍作家作品為主題的學術研究。而最特別的當屬美和科技大學（含美和高中）（內埔鄉），因

該校校長及教師與「六堆」的淵源，在建立六堆客家文學研究成果中實居功厥偉。從徐傍興校長、曾秀氣校長，到曾喜城、陳麗娜、鍾秉光等教師，都對屏東客家文學研究有重要功績。

梳理「屏東文學研究」的脈絡，也是在觀察「屏東文學」從沉潛、萌芽到開枝散葉，緩步建立中心主體的歷程。明鄭時期設一府二縣，其中萬年縣轄今臺南市以南，屏東隸屬「萬年縣」。清領時期則先設一府三縣，屏東隸屬「鳳山縣」，後於同治年間設「恆春縣」，今之屏東地區分屬於「鳳山縣」與「恆春縣」；日治時設三縣一廳，屏東隸屬「臺南縣」，大正年間全臺分五州二廳，屏東隸屬「高雄州」，高雄州轄有屏東、潮州、東港、恆春等郡，至此「屏東」一詞方以地名型態出現。至國府遷臺後，改「高雄州」為「高雄縣」，屏東仍隸屬「高雄縣」，1950年，全省規畫十六縣五省轄市，將高雄縣析為「高雄縣」與「屏東縣」，「屏東」方以縣級行政單位出現。「屏東文學研究」，正以此縣治區域的文學發展作為研究範圍。

我們以今之屏東縣治範圍回推，於日治時期的臺南縣、高雄州，清領時期的鳳山縣與鄭氏治臺時期的萬年縣，今之屏東縣治範圍內之土地上所生發之各類文學形式，如原住民之口傳文學、清代宦遊文人的詩詞散賦、日治時期文人雅士的擊缽吟社，以至戰後於屏東縣開展之現當代文學創作等，皆為今之「屏東文學研究」對象，對這塊土地上各類文學形式的資料彙整、延伸討論與學術探究，這長期積累的成果，組構成了「屏東文學研究」的脈絡。

本文以「清領時期-1969年」、「1970-1990年」、「1991-1999年」、「2000-2010年」、「2011年至今」做五個階段的分期梳理，望能釐清屏東文學研究的發展脈絡。

二　「屏東文學研究」主體性建立的歷程

以下以「屏東文學研究」從藝文資料的蒐羅統整，到民間與官方有條理、制度、規模地發散、收攏，以至確立屏東文學的研究範圍，最終建立其主體性的五階段歷程分析說明。

（一）清領時期-1969 年
——屏東地區藝文文獻之蒐羅彙整期

如前所述，屏東文學可從今之屏東地區原住民口傳文學算起，至荷治、明鄭時期，漢人入下淡水溪以南拓墾，以至清領時期之屏東縣境內宦遊文人與本土文人所留下的詩詞歌賦，廟宇石碑所留下的對聯與碑記，文教發展下的詩文創作等，皆屬於屏東文學的範疇，屏東文學之發展，實源遠流長。然若以「屏東文學研究」觀之，須至清領時期，方有針對屏東地區之藝文資料的蒐羅與彙整，為未來之屏東文學研究留下重要基礎。

首先，目前有關清領時期屏東地區的藝文作品，多被保存在官方所編纂的方志中，其中以康熙五十九年（1720）刊行，陳文達、李欽文與陳慧編纂之《鳳山縣志》，乾隆二十九年（1764）刊行，王瑛曾編纂之《重修鳳山縣志》，光緒二十年（1894）脫稿[1]，盧德嘉編纂之《鳳山縣采訪冊》，及成書於光緒二十年[2]，由屠繼善編纂之《恆春縣志》等四書所收集清代文人於今之屏東地區所留下的詩詞歌賦、散文碑記等作品最為重要。

王俊勝於其博士論文《清代台灣鳳山縣詩歌研究》中提到：「由

1　本書完成於1894年，1895年因乙未割臺未及採用，1960年始出版。
2　《恆春縣志》成書於1894年，但因逢甲午戰爭與乙未割臺故未刊行。1951年方由臺灣省文獻委員會標校出版。

於清代鳳山縣相關詩集刊行流傳情形並不普遍,所以《鳳山縣志》、《重修鳳山縣志》、《鳳山縣采訪冊》三部清修鳳山縣志之所輯錄的詩歌作品的文獻價值就越顯重要,也是目前一般探討鳳山縣詩歌寫作情形所主要依據的參考資料」[3],而彭瑞金於〈鳳山文學發展簡史〉中更對《鳳山縣采訪冊》的文學文獻保存讚譽有加:「清治時代的本土文人中,特別值得一記的是,諸生盧德嘉的《鳳山縣采訪冊》……論者以為該書體例雖然有欠完整,但內容之詳盡,卻是在所有採訪冊中首屈一指。就保有文學文獻而言,尤其是全臺採訪冊或縣治藝文志之最」[4],可見三書對清領時期涵蓋今之屏東地區的鳳山縣文學研究的重要性。另外如王玉輝的觀察:「《恆春縣志》所收錄的詩歌作品雖然不多,無論作者是中國宦遊文人或臺灣本土文人,卻是道地的『屏東文學』,其中以恆春八景詩和竹枝聯章最具地方特色,斯為典型的區域文學作品」[5],亦可見《恆春縣志》之「藝文」章於屏東文學研究的重要性。

除上述四冊史書外,乾隆年間曾任鳳山教諭的朱仕玠,宦臺時以詩文紀錄在鳳山縣教學期間之臺灣風土民情、漢番風俗、鳳邑景觀的《小琉球漫志》(10卷),其中除了屏東景觀詩作(〈瑯嬌聽潮〉、〈淡溪月夜〉、〈小琉球朝霞〉)外,有〈下淡水溪寄語〉一卷。其中〈下淡水溪寄語〉之「寄語」即「譯語」,是以閩南語漢字音擬音註解下淡水社249個馬卡道語詞彙,其重要性如王玉輝所言:「(下淡水溪寄語)不僅是研究屏東地區和臺灣南部平埔族語言的重要資料,甚至可

3　王俊勝:《清代臺灣鳳山縣詩歌研究》,臺北:中國文化大學中國文學研究所博士論文(2001年),頁268。

4　彭瑞金:〈鳳山文學發展簡史〉,《淡水牛津臺灣文學研究集刊》第三期(2000年8月),頁44。

5　王玉輝:《清領時期的屏東文學研究》(新北:花木蘭文化出版社,2015年),頁11。

能是研究南島語言的寶貴線索」[6]。

　　除地方縣志與文人作品集結外，由後代子孫所保留清領時期文人的遺詩稿，更是屏東文學研究的重要史料，江昶榮裔孫江景勤曾自印《前清進士江昶榮公遺稿》（30首）便可為例。吳濁流於〈江昶榮的遺稿〉一文中提到：「民國四十年秋，余旅行屏東偶逢鍾幹郎氏，出示內埔前進士江昶榮先生佳作抄錄本，並有所囑，今後若有寫作的機會，將此詩發表，以供同好者共賞，這豈不是有心人的雅意」[7]，六堆文人的成就為屏東客家所珍視，後代子孫細心保存令前人遺稿能刊載流傳，也讓更多人看見六堆文人的文學成就。

　　日治時期的屏東地區古典文學，「詩社」可說是最重要的部分，日治初期，臺灣知識分子為保留漢文化傳統，藉由詩社的活動與交流，進行漢文化精神的發揚，此以尤和鳴所創「礪社」堪為代表。日人對傳統文人的懷柔政策，相對安定的社會環境，都讓日治時期臺灣詩社蓬勃發展，報紙雜誌也讓詩社成員的唱和與串連有了傳播管道。也因此，針對日治時期屏東古典文學作家作品的蒐集，是以日治時期重要報紙雜誌為主要管道，如《詩報》、《風月報》、《三六九小報》、《臺灣日報》、《臺南新報》、《臺灣日日新報》、《南方》，都可見屏東詩社活動與屏東詩人的作品，如王玉輝的〈屏東礪社的發展始末〉論文，就主要借重《臺灣日日新報》與《臺南新報》對礪社的報導。國府遷臺後，則有《詩文之友》、《中華藝苑》所刊之擊鉢、徵詩。林俊宏對日治時期屏東文人如陳文石、陳寄生、張觀廷的研究，詩歌蒐集來源除作家之集結作品外，便是以前述日治及國府遷臺後之報紙雜誌為主。

　　原住民的口傳文學部分，據王玉輝觀察，「清代臺灣文獻對於原住民的記述，多半著墨於居處、飲食、婚嫁、喪葬、器用和風俗等層

6　王玉輝：《清領時期的屏東文學研究》，頁10。
7　吳濁流：〈江昶榮的遺稿〉，《臺北文物》第4卷第1期（1955年5月），頁65。

面，至於臺灣高山族群的神話、傳說和故事等口傳文學的主要材料卻未被記錄保存下來」[8]，今日所見臺灣高山族的神話、傳說與故事，最初是日治時期由人類學者所採錄保存，其時臺灣總督府下成立「臨時臺灣舊慣調查會」（1901），以臺灣漢人與原住民為調查對象，陸續出版了各式調查報告，其中針對臺灣原住民族調查如《蕃族調查報告書》（1913-1921）八冊、《蕃族慣習調查報告書》（1915-1920）八冊、《臺灣蕃族圖譜》（1915）、《臺灣蕃族誌》（1917）等，提供理解臺灣原住民族社會制度與傳統文化的重要史料。而佐山融吉、大西吉壽的《生蕃傳說集》（1923），則是首次將各族口傳故事獨立收錄成書，是以原住民口傳敘事為主題蒐羅之重要文獻。國府遷臺後，對原住民的調查則主要由臺灣大學與中央研究院民族所進行人類學調查，同樣對後之原住民研究有所貢獻。

有趣的是，官派宦遊文人的視野所及，反而是平埔族群的敘事歌謠，黃叔璥《臺海使槎錄》之〈番俗六考〉中錄有34首原住民歌謠，其中屬屏東地區者如上淡水社的〈力田歌〉，下淡水、阿猴、武洛三社的〈頌祖歌〉，塔樓社〈念祖被水歌〉、茄藤社〈飲酒歌〉、放索社〈種薑歌〉、力力社〈飲酒捕鹿歌〉與瑯嶠社〈待客歌〉等9首，這些作品的蒐羅與整理，對早期屏東原住民口傳敘事文學之研究，彌足珍貴，也更如黃文車的觀察：「我們看見的多不是聖澤宣揚、教化役民的俯視角度，反而是直見平埔人常民天性的天然表現，這些非古典詩作的民間資料或許能補足清領時期官方威儀或文人雅正的制式書寫，而此難得的『殊相』反倒重現部分清代屏東空間中平埔社民的真實生命」[9]。

---

8 王玉輝：《清領時期的屏東文學研究》，頁64。
9 黃文車：〈找尋地方感的書寫：清代屏東地區古典文學發展概述〉，《屏東文獻》第16期（2012年12月），頁23。

以上從清領時期至1969年前，對於屏東地區文學資料的整理看似豐富，實則多數為大規模的蒐羅與整理，從地方志的編纂至人類學者的調查，資料的彙整多是著眼於國家的需求，且從清朝政府到日本政府，其視角下的臺灣僅是國境的邊陲，資料的整理蒐羅除文史意義外，更多為統治方便而做，且屏東更屬邊陲的邊陲，其資料的蒐羅僅為官方所需的平面紀錄，距離具主體性的屏東文學研究仍有遙遠的距離。

國府遷臺後，因基本國策影響，著重中國正統性的建立，臺灣非研究觀察重心，以臺灣區域為視角的觀察已相對少，遑論對屏東文學的研究整理。然隨著歷史環境條件的遷移，1970年代所出現的現代詩論戰及鄉土文學論戰非突然而發，對於腳下土地的關注，牽動了研究者對斯土斯人的情感連結，為土地進行資料彙整成為他們不願旁貸的責任。最堪為代表的，就是六堆客家的「客家情結」，此一對「客家」文化保存之焦慮與熱情，帶動了最初具有以「屏東」為區域視角的文學研究可能。

（二）1970-1990 年──屏東文學研究奠基期

1970年，鍾壬壽受美和護理專科學校（今美和科技大學）校長徐傍興邀請，歷時三年完成《六堆客家鄉土誌》，是第一次在歷史意義上以南部客家族群為主體的鄉土誌，而「六堆」的範圍除「右堆」之美濃、六龜、杉林、甲仙屬今高雄市區範圍外，其前堆、中堆、後堆、先鋒堆與左堆等五堆，及右堆之高樹皆位於今之屏東縣治範圍內，若以「屏東文學研究」的角度看，這是第一次就寬泛意義而言，以屏東地區為主要範圍的文化史料蒐羅。其於屏東文學研究的重要性，可以邱春美於《六堆客家古典文學研究》中所說：「本人認為研究古典文學之入門寶筏，仍以早期鍾壬壽編著的《六堆客家鄉土誌》（1973）為一

代表作，因為若從中耙梳所載，能挖掘甚多文獻或線索」[10]為代表。

　　鍾壬壽的《六堆客家鄉土誌》於1973年出版，內容包括「客家源流考」、「原鄉鄉賢事略與軼事」、「六堆開拓史」、「六堆之創立暨忠勇事蹟」、「西勢忠義祠史」、「六堆歷屆總理及副總理傳略」、「六堆鄉賢事略及軼事」、「六堆繁榮的原動力」、「故事、笑話、山歌、民謠」、「六堆各鄉鎮概況」等共十一篇，而其中第二篇〈原鄉鄉賢事略與軼事〉中「文人事略」、第七篇〈六堆鄉賢事略與軼事〉中六堆科舉人士及詩文、六合吟社等及第十篇〈故事、笑話、山歌、民謠〉，內容記載以六堆為主體的傳聞和民間故事，在屏東文學的史料與作品的整理彙整上具有承先啟後的關鍵地位。

圖一　《六堆客家鄉土誌》書影／臺灣客家數位圖書館

　　曾參與編纂《六堆客家鄉土誌》的曾秀氣，更創辦了南部第一份客家雜誌──《六堆集刊》（1978-1982），共發行13期。鍾秉光回憶：「《六堆集刊》原是稻谷基金會會員通訊，用於報導祭祀講學和體育活動的。但為了聯絡鄉誼，促進六堆文教水平的提高與發展，還要保存六堆文獻，於是有了這本小刊物」[11]，且如曾純純對《六堆集刊》的觀察，該雜誌的特色在其蒐羅了「富於生活性、趣味性、鄉土性的山

---

10 邱春美：《六堆客家古典文學研究》（臺北：文津出版社，2007年），頁3。

11 鍾秉光語。引自曾純純：〈從《六堆集刊》看曾秀氣對六堆地方刊物的貢獻〉，《美和技術學院學報》第23卷第1期（2004年4月），頁206。

歌、小說、散文、詩詞、書畫、攝影等創作。因此，《六堆集刊》是一本綜合性的地方刊物，也是鄉親鄉友的聯誼刊物」[12]，這些涵蓋六堆客家文學的刊物，讓六堆客家的創作者有了發表園地，更因此收錄了後之研究者可參考的文學作品，所以曾純純認為，「《六堆集刊》除了傳播和連結的功能外，更是記錄六堆地方文化的重要工具，是未來子孫了解六堆的重要史料，也是未來地方刊物推展的重要參考」[13]。

　　雖然《六堆集刊》只發行13期，但1986年在溫興春的支持下，將《六堆集刊》全新改版為《六堆雜誌》，內容涵蓋六堆相關的人、事、物、文、史、書、畫、散文、詩詞等發行至今。鍾振斌基於對六堆事務的興趣，1989年亦創辦《六堆風雲雜誌》至今，自詡為「六堆人的麥克風」、「六堆文化的耕耘機」，以傳承六堆客家傳統文化為己任。

　　在這些客家雜誌期刊中，收錄客籍創作者的新詩、散文、評論，以「六堆詩」、「六堆詩篇」、「六堆頌」、「六堆小說」、「六堆童詩」……等為專欄刊載，其對六堆客家創作者的重要性，可以陳城富於其《陳城富作品選》的序文中所言為代表：「筆者在杏壇，自小學、初中、高中至大專副教授振鐸任教四十三年，任教之餘，嗜好寫作，在『六堆雜誌』發表散文，史、論、遊記及其他雜文；在『六堆風雲雜誌』則發表古典詩（傳統絕、律詩），該雜誌有筆者專欄：《城春詩草集》」[14]，而這些作品，也成為後之楊錦富、邱春美、曾純純等學者對陳城富文學研究的重要資料[15]。

12　曾純純：〈從《六堆集刊》看曾秀氣對六堆地方刊物的貢獻〉，《美和技術學院學報》第23卷第1期，頁208。

13　曾純純：〈從《六堆集刊》看曾秀氣對六堆地方刊物的貢獻〉，《美和技術學院學報》第23卷第1期，頁211。

14　陳城富：〈陳城富作品選序〉，《六堆雜誌》第128期（2008年8月），頁20。

15　如陳城富自言：「楊錦富教授（文學博士）研究拙詩撰文：『淵雅醇厚的六堆詩人──陳城富』。二、邱春美教授（文學博士）的四篇論文──（1）『六堆之詩文詩

　　此時期的「屏東文學研究」，因六堆客家對自身文化的重視與熱情，而有了傲人的成績，許多屏東縣籍作家及以屏東縣境為空間書寫的作品都以「六堆」之名被蒐羅、整理、收錄與刊載。然即使如此，以「屏東文學」為主體的「研究」其實尚未開始。

　　1970年代雖然是鄉土文學、現實主義取得話語權的時代，也隨著1979年美麗島事件的發生，臺灣政治環境改變，「本土意識」的提升讓何謂「臺灣文學」的討論成為學術圈的重要話題。然在當時的風氣與想像下，「臺灣文學」的主體性仍被質疑，遑論屬於區域視野的「屏東文學」，根本尚未被談及與注意。

　　但順此脈絡我們可以注意到，隨著屏東縣籍作家作品開始於文壇受矚目如鍾理和，或是隨國府遷臺曾短暫搬遷屏東市眷村之郭良蕙、張曉風等，在文壇、雜誌所有對其作品的心得、評述等，都可作為後之屏東文學研究的重要資料。而屏東文學作家，也因其所參與之文學結社，文學活動，而有了各自被文評者注目的理由。

　　如鍾理和的鄉土文學書寫在其生前雖未受矚目，然隨著七〇年代鄉土文學受到重視，張良澤開始推廣鍾理和作品，並於1973、1974兩年間，發表〈從鍾理和的遺書說起：理和思想初探〉、〈鍾理和的文學觀〉、〈鍾理和作品概述〉與〈鍾理和作品中的日本經驗和祖國經驗〉等文，可見鍾理和的文學成就在七〇年代已開始受到學界肯定。

　　在文學結社方面，屏東縣籍作家曾貴海（屏東佳冬）、李敏勇（屏東車城）與利玉芳（屏東內埔）皆為笠詩社成員，而「笠詩社」

社初探』中引述陳城富詩作或主張之節錄，（2）由陳城富寫實小說探討戰時客家移民生活，（3）陳城富小說研析，（4）博士論文——『六堆客家古典文學之研究』中多處引用陳城富詩作。三、曾純純教授論文——『六堆鄉賢的回憶錄』中詳論了陳城富著作中分段記的回憶錄。邱春美與曾純純兩位教授對拙著短篇小說——《寶島悲情記》的評價很高，當作授課教材，還令學生寫讀後心得，改編劇本，探究作者寫實主義的風格」，陳城富：〈陳城富作品選序〉，《六堆雜誌》第128期，頁20。

成員的集團性格以及詩歌互評的傳統，使得三位作家相較其他屏東作家而言，有更多接受文學論評的機會。不僅在《笠詩刊》中會有專屬某位作家的「作家專輯」論評，更有大型的詩歌討論會，讓笠詩社作家透過詩歌進行創作理念的交流。如1988年9月4日在臺中文英館為利玉芳舉辦之詩歌討論會，就有林亨泰、白萩、詹冰、陳千武、張芳慈等重量級作家共同予當時仍為詩壇新人的利玉芳在詩歌方面的評價與建議。此現象如李豐楙於李敏勇作品討論會中所言：「敏勇兄的作品，透過笠詩刊的各項活動，經常獲得論述的機會，可以說是戰後世代較為幸運的創作者。透過笠詩社活躍的能量，諸如創作、評論和活動，他在戰後世代的能見度有不錯的成果」[16]，笠詩社的穩定性與集團力量，予笠詩社同仁有更多後之文學研究資源，也相對讓成員的文學成就更能彰顯。

文學結社帶起屏東縣籍作家詩作論評，可以沙穗、連水淼之於《創世紀詩雜誌》，李春生、路衛、林玲之於《海鷗》，杜紫楓之於《葡萄園詩刊》為例，因為詩社的集團性格以及對詩社成員的理念認同，所以邀請作家、學者為之評論，都提供後之來者理解作家作品的重要參考資料。

總結上述，雖然此時的屏東文學研究仍屬於分散式的作家論評，也僅六堆客家有其專門記錄與刊載文學文獻的刊物，但這些論評作品與文獻資料，即使不以「屏東」為視角做作品理解，也同樣為後來之屏東文學研究奠下重要基礎。在臺灣文學研究風氣開始興盛後，這些論評文字，更是觀察屏東縣籍作家作品的重要資料。

---

16 郭成義、張信吉：〈李敏勇作品討論會〉，《笠》第239期（2004年2月），頁15。

（三）1991-1999 年——屏東文學研究起步期

到了1990年代，「臺灣文學研究」開始蓬勃發展，從作家作品論，到集團論、現象論、文類研究……等題目不一而足，甚至「後殖民」、「後現代」、「女性主義」等理論亦成為臺灣文學研究的重要切入點，而有了豐富多元的文學研究成果。

與此同時，因為臺灣文學研究的風潮，臺灣區域文學研究的風氣也隨之興起，研究者除了對既有的文學作品進行探討研究外，更對未出土文獻的發掘、整理有了興趣。此時前述蒐羅、整理屏東文學重要文獻史料的方志、雜誌、報紙等，都為區域文學研究提供了歷史溯源、脈絡梳理的重要資料。

在此期間，「文訊雜誌社」對於臺灣區域文學研究風氣的推動可說是居功厥偉，不僅對臺灣各縣市的文藝活動、文學出版有例行性的報導，對各縣市地區的藝文環境、文學資源等也都有探討整理。1990至1992年，在全省舉辦臺灣各縣市藝文環境調查的研討會，邀集各地相關的藝文工作者，討論該縣市藝文環境之發展可能，如《文訊》63期中，以〈陽光海岸：屏東的藝文環境〉之專題，邀請曾寬、陳添福等簡介屏東及在地藝文團體，且舉辦由李瑞騰主持，邀請曾寬、許思、林清泉、朱煥文、莊世和等作家與藝文工作者舉辦之「屏東藝文環境的發展」座談會等便可為例。再加上《文訊》長期透過雜誌進行作家採訪、作品論評，更為後之研究者提供了重要的作家資料，這是《文訊》為各縣市區域文學研究奠下的重要功績。

1993年起，屏東縣文化處開始編印「屏東縣作家作品集」，其主旨在蒐集地方文學史料及扶植具發展潛力之文學創作人才，以期能創造屏東縣豐富多元的文學作品，許多縣籍作家透過此一文庫留下作品，其對屏東文學研究的重要性如傅怡禎所言：「屏東縣文化處從

1993年開始編印『屏東縣作家作品集』，一來讓目前縣籍文字工作者有出書的管道，二來可將老一輩的縣籍或成名作家，做一個歸整與保存的工作，讓後代的文學工作者或文化研究者有更完整的文獻資料可供參考」[17]，此一作家作品集的出版至今不輟，是屏東文學研究重要的資料。而1997年發刊的《文化生活》，內容以屏東縣常民生活為主軸，相關屏東作家介紹、書目評介、文學報導等，也能在刊物中留存，江海稱本刊物「對屏東文學有一定的貢獻」[18]，此二者一文庫一刊物，都在1990年代為屏東文學研究立下功勞。

1990年代臺灣文學研究風潮漸盛，針對屏東縣籍作家的研究題目更多元，探討也更深入，但重心是在作家作品與臺灣文學內涵及學術研究趨勢的連結。屏東文學研究對應此正在起步階段的區域文學研究風氣，重心在於盤點地方現有藝文資源、蒐羅整理藝文資料，所以包括原住民歌謠、口傳故事，六堆客家之藝文資料整理，更具規模與視野的屏東縣境藝文資料的蒐羅整理也在此時出現，也開始為21世紀後屏東文學研究的勃發奠定了堅實的基礎。

（四）2000-2010 年──屏東文學研究開展期

在「屏東文學研究」的脈絡中，2000年12月成書的《屏東縣藝文資源調查報告書：文學類》可說是最重要的里程碑。

因應行政院文建會十二項建設之三「充實省（市）、縣（市）、鄉鎮及社區文化軟硬體設施」中的「加強地方文化藝術發展計畫」，屏東縣立文化中心委託國立屏東師範學院（今屏東大學）進行「屏東縣

---

17 傅怡禎：〈屏東地區新詩發展初探〉，《文學饗宴：2011屏東文學學術研討會論文集》（高雄：春暉出版社，2012年），頁136。

18 江海：〈屏東文學發展現況淺析──從屏東縣文學泰斗陳冠學說起〉，《文化生活》第6卷第3期（2003年7月），頁41。

圖二　《屏東縣藝文資源調查報告書：文學類》書影／黃翊瑄翻拍

藝文資源調查研究」，以求探討屏東地區藝文資源現況，掌握各項文化之完整資料，並據以訂定屏東藝文發展計畫，而有了此研究項下「文學類」子計畫，由黃壬來主持，進行屏東縣相關文學資源的普查與蒐集。在此基礎下完成的《屏東縣藝文調查報告書》是首部以今之屏東縣治範圍內進行調查的專書，不僅建立屏東文學的重要檔案，成為屏東縣政府訂定藝文計畫的依據，更是後之屏東文學研究者重要的研究根基。

　　本書以「問卷調查法」、「田野調查法」與「文獻分析法」，參考胡萬川、周慶堂所編「藝文資源調查作業參考手冊」，分文學資料為三大類三十三小類，廣泛蒐集作家作品、藝文社團、寺廟資料、音韻歌謠、俗諺語典。其研究範圍以「設籍於屏東縣」、「旅居屏東縣」、「曾於屏東縣留存文化」作為作家資料蒐集標準，加上對「屏東縣境內可見之藝文資源」之廣泛蒐羅，如此之研究範圍訂定與調查成果，形構了今所稱之「屏東文學」的基本樣貌，此一超過九百頁篇幅的調查報告，也是屏東文學在2000年時展現的文化重量。

　　隨著該調查研究的完成，提供了後續針對屏東文學研究更宏觀也更細緻的視野。屏東縣籍作家、作品，文學結社及其表現，過去相對缺乏的資料在此被廣泛蒐羅。以本書為基礎所產出的重要屏東文學研

究成果，如傅怡禎〈屏東地區新詩發展初探〉、徐震宇《屏東地區現代文學之研究》與鍾宇翡《臺灣戰後屏東現代詩研究》等。江海更盛讚：「（屏東縣藝文資源調查研究）這部將近千頁的巨帙，乃是屏東前所未有的浩大工程，不但整理出屏東縣的文學發展輪廓，並為關注屏東文學發展的人士帶來一股鮮活的動力，賦予了屏東文學新的生命與方向」[19]，可見屏東文學研究者對本書所帶來的影響抱持的期待。

在客家族群方面，受前述《六堆客家鄉土誌》的出版串連南部客家對自身文化與土地情感的影響，1997年「六堆文教基金會」組成「重修六堆客家鄉土誌編纂委員會」，以《六堆客家鄉土誌》為基礎，一百八十餘名編纂委員、約三百位顧問、諮詢委員，歷時四年，完成《六堆客家社會文化發展與變遷之研究》共十四篇十五冊，等同於「六堆客家鄉土誌新編」，實現「重修六堆客家鄉土誌」的責任。

《六堆客家社會發展與變遷之研究》內容計有：歷史源流、自然環境、語言、政事、經濟、教育、社會、藝文、宗教與禮俗、人物、婦女、建築、古蹟與文物、六堆各鄉鎮市概況等十四篇十五冊。其中由鍾吉雄主編之「藝文篇」包括文學、音樂、美術、工藝、體育與美食五章，「文學」部分又分為民間文學、古典文學、現代文學，由曾喜城、邱春美等負責六堆客家民間文學、客家戲文與傳說故事之蒐羅整理，邱春美與彭素枝負責古典文學，鍾鐵民負責現代文學。

這部在2001年出版的鉅著，在六堆客家文學資料方面有著更重要的蒐羅與整理。鍾宇翡提及本書與《屏東縣藝文資源調查報告書：文學類》的重要性時說道：「這兩本專書的出現，為全面性的屏東文學研究奠下重要基礎」[20]。

---

19 江海：〈屏東文學・文學屏東——從屏東縣大武山文學會的成立省思屏東文學〉，《文化生活》第5卷第3期（2002年1月），頁95。

20 鍾宇翡：《臺灣戰後屏東現代詩研究》，國立高雄師範大學國文研究所博士論文（2015），頁17。

財團法人六堆文化教育基金會

**圖三　《六堆客家社會文化發展與變遷
之研究：藝文篇（上）書影／
國家文化記憶庫**

六堆客家研究在2000年
前已有堅實基礎，2000後更
加蓬勃發展，主因為2000年行
政院客家委員會成立後，獎助
客家研究，激勵南部部分大
專校院成立客家研究中心，
如國立高雄師範大學成立客
家研究所（2004）、國立屏東
教育大學（今屏東大學）成立
客家文化研究所（2006）、國
立屏東科技大學成立客家文化
產業研究所（2006）等。學者
延續對六堆客家古典文學的研
究風氣，採集整理如陳麗娜
《屏東後堆民間文學集》
（2006），研究如曾喜城〈屏
東客家民間文學「李文古」

故事研究〉（2001）、邱春美〈六堆詩人鍾幹郎及其作品初探〉
（2002）、〈六堆地區之文學研究——以鍾建堂及其作品為例〉
（2002）、〈六堆邱國楨情詩研究〉（2003）及《六堆客家古典文學研
究》（2007）等。

2000年另一件對「屏東文學研究」有著重要意義的標誌，就是
《屏東文獻》的創刊，該刊對屏東之文史研究提供了重要園地，也讓
關於屏東縣境內各類主題的研究（多集中於歷史研究）不斷產出。雖
在刊物初期仍以「歷史」研究為主軸，「文學」方面則遲至第九期
（2005年12月）始有以「屏東縣族群藝術——音樂篇」為主題的論文收

錄，如陳俊斌〈恆春調民謠中的族群風貌〉、黃瓊娥〈北排灣拉瓦爾族的傳統婚禮歌謠——新娘頌歌〉、謝宜文〈六堆地區的客家八音〉、張添雄〈臺灣客家的山歌與民謠〉等文，其中範圍擴及閩南、客家、原住民歌謠的研究，也具體而微地表現了屏東文學的多族群本質。

關於屏東作家作品的研究，在2010年之前，多是對已為文壇大家的屏東縣籍作家的研究，研究目的不在形塑屏東文學的架構，更無意為作家在屏東文學史上確立位置。但有

圖四　《屏東文獻》創刊號之書影／屏東數位典藏

趣的是，在對屏東縣籍作家的研究方向上，與臺灣文學研究主題卻有著密切的關聯。當時臺灣文學研究的幾個關鍵詞，也連帶凸顯了部分屏東縣籍作家的風格特色。這些關鍵詞，就是「女性」、「族群」與「認同」。

1980年代後開始的女性主義文學書寫風潮，帶動了女性主義文學研究的風氣，而屏東縣籍作家中有多位具有獨特女性書寫風格的作家，如利玉芳、周芬伶、利格拉樂・阿𡠄等，都在女性主義文學研究風潮中受到矚目。

利玉芳以〈貓〉及其他大膽展露身體情慾的詩作受到注意，1989年鍾玲於其《現代中國繆思——臺灣女詩人作品析論》中以利玉芳詩作善於「描寫情欲感官經驗」為其定調，後之利玉芳詩作的研究也多

由此立論，且利玉芳後又加入「女鯨詩社」，其詩作中的女性書寫更是吸引研究者以女性主義的角度分析。

周芬伶（屏東潮州）的作品在2000年後成為臺灣文學論評與學術研究的重要對象，如時被引用的陳芳明〈她的絕美與絕情──周芬伶的「汝色」及其風格轉變〉（2002）一文。以其散文及小說的女性書寫為主軸的研究論文質量均豐，可見周芬伶研究的盛況。

利格拉樂·阿𡠄因其作為母系社會（排灣族）長女，嫁給父系社會（泰雅族）的原權運動者瓦歷斯·諾幹，適逢當時女權運動的盛行，使她有了對「女性」在父權文化下的弱勢，以及對「原住民女性」的弱勢社經地位的雙重思索，阿𡠄成為「同時將『民族／性別／階級』這『三位一體』的複雜議題，處理的最義無反顧的作家」[21]，吸引了許多臺灣文學研究者投入探究阿𡠄的作品。

屏東原住民作家中除阿𡠄外，最常被討論的就是魯凱族的奧威尼·卡露斯（屏東霧臺），其重返舊好茶部落進行文史保存工作的原鄉召喚經驗，讓他的著作成為原住民文學研究的重要文本，其族群身分與回歸原鄉的選擇特別受到研究者關注。

另外被視為非典型原住民書寫，以旅行文學的方式，透過在西藏的朝聖儀式建構對原鄉遙想的屏東排灣族作家達德拉凡·伊苞（屏東三地門），其《老鷹，再見》一書更是文學研究者探討對象，而有研究論文如徐國明〈一種餵養記憶的方式──析論達德拉凡·伊苞書寫中的空間隱喻與靈性傳統〉（2007年4月）與董恕明〈在渾沌與清明之間的追尋──以達德拉凡·伊苞《老鷹，再見》為例〉（2008年12月）等。屏東的原住民族作家，在臺灣文學的原住民研究中，因其文本的特殊性，召喚了許多臺灣文學研究者，其研究熱潮至今仍在。

---

21 董恕明：〈幽深的百合，燦爛的琉璃──綜論屏東原住民作家的漢語書寫〉，《文學饗宴：2011屏東文學學術研討會論文集》，頁299。

　　同為族群書寫，屏東縣籍作家的客家身分也因客家文化研究風氣的興盛，而得到更多的注目。其中利玉芳與曾貴海的客語詩就因其詩作內涵的厚度而有多篇相關研究，如陳寧貴〈詩質最細緻的客家女詩人──利玉芳〉（2007年8月）一文，可見利玉芳因其客語詩所代表的族群文化議題而受學界注目。

　　在《笠詩刊》長期發表詩作，也在高雄長期推動綠色運動而有「南臺灣綠色教父」之稱的曾貴海，在2000年出版其客語詩集《原鄉・夜合》後，其六堆客家身分與客語詩中的綿密詩質，使曾貴海備受客家研究之關注，如利玉芳〈夜合──曾貴海的詩〉（2002年2月）、陳寧貴〈客家詩新境開創者──曾貴海〉（2007年8月）、鍾屏蘭〈曾貴海《原鄉、夜合》一書中的客家女性書寫〉（2009年6月）及〈臺灣客家現代詩中的『詩史』：曾貴海《原鄉・夜合》析探〉（2009年12月）等皆可為例。可見臺灣文學研究所重視的「族群」身分，也在屏東縣籍作家的研究中占有重要位置。

　　「族群」的議題，也與「認同」深切相關，在對屏東原住民作家與客語作家進行探究時，也將看到他們在文本中所展現，如何將自我與族群文化做深層連結的動人之處。1980年代後因解嚴文化轉型期的到來，政治小說與政治詩創作蔚為風潮，許多批判政治威權，頌揚民主自由的作品也如雨後春筍般出現，屏東縣作家如李敏勇、曾貴海與利玉芳，亦因其政治書寫而備受關注。李敏勇與曾貴海之政治詩於《笠詩刊》、《文學界》、《文學台灣》等刊物中，自80年代即已開始有許多評論文字，其政治書寫中的臺灣意識，至今仍是對兩人詩作的討論重心。特別的是利玉芳因其女性身分，其政治詩書寫不同於男性的書寫角度，同樣吸引研究者的注目，對利玉芳詩作中的政治書寫研究如陳俊榮〈利玉芳的政治詩〉（2008年12月）、黃俐娟〈笠詩社女詩人政治詩中「朝野政黨的監督」和「選舉亂象的批判」描寫〉（2010年12月）等皆可為例。

　　最後值得一提的，是屏東縣籍作家黃基博（屏東潮州）作為臺灣兒童文學的先行者，在其所任教的仙吉國小又帶起校內教師的兒童文學創作風氣，所以在兒童文學的研究領域，黃基博是一再被研究者討論的對象，兒童文學相關領域研究所的碩士論文，以黃基博作家作品為主題者如陳凱宜《黃基博童詩作品研究》（臺北市立師範學院，2002）、岑澎維《黃基博童話研究》（國立臺東大學，2004）、黃素卿《黃基博國語文寫作教學研究》（國立屏東教育大學，2006），都可見黃基博兒童文學創作的高度成就及2000年後在學術領域所受到的注目。

　　相對於針對屏東縣籍作家現當代文學的研究，屏東古典文學碩士論文研究相對低調，針對屏東地區日治時期的作家研究與文學概況的研究，如黃文車《黃石輝研究》（國立中正大學，2000）、楊順明《黑潮輓歌：楊華及其作品研究》（國立臺灣師範大學，2006）、顏菊瑩《蕭永東研究——以《三六九小報》為探討文本》（國立成功大學，2009）等，多為對個別作家的研究。

　　總而言之，自1990年代區域文學研究被臺灣文學研究風潮帶起後，2000年起屏東文學藝文資料的蒐羅整理有了更大規模的成果，後之研究者也因此可有更寬廣的視野與更細緻的觀察，從屏東文學的發展歷程，到仍未被評論界以至學術界注意過的屏東縣籍作家，都將是可研究的對象。此階段屏東縣籍作家作品的研究成果，在臺灣文學研究風氣大盛的背景下如雨後春筍般出現，雖然尚未以「屏東」作為對這些作家的觀察重心，但也為後來之屏東縣籍作家研究提供了更堅實的基礎。

（五）2011年至今——屏東文學研究勃發期

　　2011年至今，屏東文學研究蓬勃發展，在此階段，我們看到「屏

東文學學術研討會」的召開，《屏東文獻》開始出現質量均豐的屏東縣籍作家作品研究，更多的學院研究與碩博士論文以屏東縣籍作家作品為探討對象，「屏東文學研究」也在此階段確立了自己的主體性，以「屏東」為視角的文學觀察與研究也不斷產出。因此，我們可將此階段視為屏東文學研究的勃發期。

首先，自2011年第一屆屏東文學研討會起始，這由國立屏東大學與屏東縣阿緱文學會合辦，以屏東縣境土地上所生發之文學為研究領域的學術研討會，宣告了「屏東文學研究」的重要位階，「屏東文學研究」一詞有了「屏東」主體性，不論是以屏東文學為歷史綜述的大格局脈絡梳理，或是以作家作品為主軸的小規模美學探索，都以從屏東這塊土地所生發之文學為探究對象。黃文車曾述及「屏東文學學術研討會」的緣起與理念，他說道：

> 自2005年「屏東學學術研討會」在屏東縣社區大學文教發展協會和屏北社區大學的致力推動下，屏東縣的區域學或地方學研究逐漸成形。2011年屏東縣阿緱文學會與國立屏東大學（當時為國立屏東教育大學）中國語文學系合作提出舉辦2011第一屆屏東文學學術研討會的計畫，期待透過「人文地理學」的概念，思考屏東文學與「地方感」及「親切經驗」的連結，藉以落實區域文學與鄉土文化的關懷，探討屏東文學發展過程中所呈現出的人文思維與主題特色。[22]

在第一屆屏東文學研討會中的研究篇章，亦點出了未來屏東文學再擴展與延伸的可能，如王玉輝〈清代屏東地區碑記之研究〉、傅怡

---

22 黃文車：〈主編序〉，《二○一六屏東文學學術研討會：原住民文學與文化論文集》（高雄：春暉出版社，2017年），頁3。

禎〈屏東地區新詩發展初探〉、董恕明〈幽深的百合，燦爛的琉
璃——綜論屏東原住民作家的漢語書寫〉、陳麗娜〈民間傳說在通識
教育的功用與意義——以客家民間傳說為例〉以及黃文車〈唸出地
方，唱出傳承——屏東縣閩南語歌謠及其鄉土語文教學應用〉等，都
是立基於屏東地區的文學綜述，從清代到當代，從碑記到新詩，擴及
閩南語歌謠、客家民間文學、原住民文學，加上多篇以屏東籍作家之
作品文本的論述如馮喜秀、曾貴海、周芬伶、阮慶岳等，多方位多層
面地建立了屏東文學研究的學術位階。

　　更重要的是，在「第一屆」屏東文學學術研討會中，多篇論文是
以「屏東」此一視角高度鳥瞰屏東文學的發展，學者以其對屏東文學

**圖五　2011第一屆屏東文學學術研討會暨作家座談活動照片／
國立屏東大學中國語文學系提供**

研究的長期經營為論文基礎，所發表論文多成為後之研究者重要的參考資料。如林秀蓉、傅怡禎之於屏東新詩，董恕明之於屏東原住民文學、王玉輝之於清領時期屏東古典文學、鍾屏蘭之於屏東客語文學、

黃文車之於屏東閩南語民間文學[23]、陳麗娜之於屏東客家民間文學等，都讓本屆研討會的研究成果更顯重要。

　　立基於第一屆研討會的成功，而後每屆屏東文學研討會，更透過屏東文學重要代表作家以及不同主題，擴延與深化屏東文學研究的可能。第二屆（2012）屏東文學研討會，以「陳冠學研究」為主軸，所發表九篇論文對陳冠學從散文、小說到語言、思想的探究，談其田園哲學、美學思想、自然

圖六　第七屆屏東文學國際學術研討會論文集書影／王國安翻拍

---

23 屏東閩南語民間文學的採集整理，黃文車可居首功。黃文車自2008-2012年在國科會計畫的支持下，針對屏東縣閩南語民間文學展開三年的調查，以科學性採錄原則和記音方法，從屏北到屏南，「以三年時間踏遍全縣二十五個鄉鎮市」，後調查成果已編纂出版如《屏東縣閩南語傳說故事集（一）》（2010年10月）、《屏東縣閩南語歌謠諺語集（一）》（2011年7月）、《屏東縣閩南語民間文學集三：下東港溪流域篇》（2012年11月）和《屏東縣閩南語民間文學集四：恆春半島歌謠輯》（2016年1月）。黃文車亦同時指導研究生進行屏東閩南語歌謠的研究，如陳怡如碩士論文《屏東縣閩南語歌謠研究》（國立屏東教育大學，2012年）及期刊論文如〈《海伯仔e歌》的地方實踐與再現〉（《屏東文獻》第16期）與〈經驗與地方—陳其麟歌謠中的屏東縣琉球鄉〉（《屏東文獻》第17期）等。

書寫與散文成就。第三屆（2013）以「曾貴海研究」為主題，探究曾貴海敘事詩、題畫詩、生態詩，以及意象建構、屏東詩寫、生態保育、抵抗美學等。第四屆（2014）「文學地景與地方書寫」、第五屆（2016）「原住民文學與文化」、第六屆（2018）「歷史・詩歌・跨界」、第七屆「在地全球化的新視域」（2020）及第八屆「區域文學史的書寫與視野」（2022）等，都讓屏東文學研究有了更多可能，屏東縣籍作家如陳城富、沙卡布拉揚、李旺台、施百俊等人的作品，也在這些研究主題中有了更被深入探究的可能。

　　除此之外，依循每屆研討會的主題而舉辦的座談會，也在不同的座談主題中討論屏東文學內涵，提供屏東文學研究更多可能性。第一屆「屏東族群書寫的新風貌」與「屏東在地文學發展的瓶頸與期盼」，第二屆「陳冠學老師印象：陳冠學其人其事」，第三屆「你所不知道的曾貴海」，第四屆「屏東文學地景與地方書寫」，第五屆「原住民文化與書寫」，第六屆「詩歌與地方書寫」、「詩歌與島嶼書寫」、「地方歷史與小說書寫」，第七屆「地方文史與在地全球化的新視域」，第八屆「區域文學的異同視野」，與會者也在座談會中理解想像屏東文學可能的格局與未來。

　　此中可特別注意的，是第四屆（2014）以「文學地景與地方書寫」為主題的屏東文學學術研討會。因為「屏東文學研究」的概念，是以今之屏東縣治範圍為想像空間，而在此從空間（物理）以至地方（心理）的定義下，屏東文學與「地景」之連結，可說是最具屏東文學主體性的文學研究方向。在本屆研討會中，共發表邱春美〈陳城富書寫的屏東地景〉、林俊宏〈從牡丹社事件到糖廠瑞竹——日本人書寫屏東〉、劉南芳〈歌仔戲的災區書寫——以二〇一〇歌仔戲版《鎖麟囊》為例〉、余昭玟〈臺灣現代小說中的屏東書寫〉、林秀蓉〈屏東現代詩人的地景書寫初探〉、陳慧貞〈國境之南——電影與小說《海

角七號》中的恆春〉、董恕明〈會呼吸的世界，有禮貌的時間——以
奧威尼・卡露斯盎與達德拉凡・伊苞的書寫為例〉、郭澤寬〈屏東的
山海印象——以陳冠學和宋澤萊的書寫為分析對象〉及黃文車〈大母
山的孤鷹——沙卡布拉揚臺語詩中的地方記憶〉等共九篇論文，對屏
東文學的地景與地方書寫，從清領、日治到當代，新詩、小說、電影
到歌仔戲，臺語詩到原住民書寫，均圍繞在今之屏東縣境範圍，有俯
瞰有細讀，讓屏東文學因「地景」此一關鍵詞而被清晰展現。

　　更重要的是，在這以屏東為空間的研究思索中，也讓過去針對屏
東縣籍作家作品的探討方向有了轉變，如針對周芬伶的散文研究，過
去多以其女性書寫為觀察方向，余昭玟卻有〈食事、記憶與屏東在地
性建構——談周芬伶散文的飲食書寫〉的主題方向[24]，帶領讀者看到
周芬伶散文如何以飲食書寫連結屏東的故鄉記憶；又如對張曉風的研
究一直以來多集中於探究其散文與戲劇的成就，林秀蓉則以〈在地
化・家臺灣：張曉風散文中的屏東書寫〉一文[25]，探究張曉風散文中
「屏東家屋的美學意象」，讓張曉風高中時期曾居住，且父母親也長
住於此的屏東市勝利新村在張曉風文學中的重要性更為清晰，也可看
到屏東文學研究以「地景」為關鍵詞後可以有如何的開展與確立。

　　再者，《屏東文獻》作為以「屏東研究」為主軸的研究刊物，舉
凡文物史蹟、文獻資料之研究介紹，民情風俗、宗教信仰、人物傳
記、口述歷史、書評、書目與田野工作報導等皆為徵稿主題。而2000
至2010年間所刊論文，除2005年以歌謠為專題而有文學研究外，2007
年有邱春美〈六堆劉登雲及其詩七首探討〉及〈六堆鄉賢鍾健堂及其

---

24 余昭玟：〈食事、記憶與屏東在地性建構——談周芬伶散文的飲食書寫〉，《東華人
　　文學報》第23期（2013年7月），頁227-252。
25 林秀蓉：〈在地化・家臺灣：張曉風散文中的屏東書寫〉，《屏東文獻》第22期（2018
　　年12月），頁95-122。

作品初探〉二文為六堆客家文人作品探討，及陳鴻逸〈雲的語言：抒
情不止一種變貌——從《青春腐蝕畫——李敏勇詩集》試論李敏勇的
書寫面向〉與李讚桐〈論鍾理和短篇小說中之情感觀與生命觀〉對李
敏勇及鍾理和做文學研究，加上2010年刊載王玉輝〈清代恆春縣的古
典詩寫〉一文，該刊物仍多以屏東歷史研究為主，2011年前屏東文學
研究於刊物中相對弱勢。

　　但自2011年起，屏東文學研究反成為《屏東文獻》重要主軸，文
學研究的數量甚至可與歷史研究分庭抗禮。茲整理2011-2022年《屏
東文獻》所收錄之屏東文學研究論文如下表：

表一　《屏東文獻》收錄之屏東文學研究論文整理表（2011-2022）

年份	作者	論文名稱
2011	林俊宏	津山詩人歐子亮作品初探
2012	黃文車	找尋地方感的書寫——清代屏東地區古典文學發展
	林俊宏	屏東竹枝詞的文化觀察
	王玉輝	宋永清和譚垣的巡社詩
	余昭玟	邊緣女性的幻影人生——談周芬伶的小說《影子情人》
	蔡明原	滋味流轉、香芬逸散——周芬伶散文中的感官／飲食書寫研究
	李聖俊	從《田園之秋》談陳冠學對屏東田園的景象觀照
	陳怡如	《海伯仔e歌》的地方實踐與再現
	林逸萱	談屏東作家郭漢辰在地書寫的新詩創作
	林益彰	拆／猜大武山文學獎的表現度——以新詩為首要研究素材
2013	陳怡如	經驗與地方——陳其麟歌謠中的屏東縣琉球鄉
2014	林秀蓉	大地關懷與女鯨詩篇：論利玉芳詩的創作意識
	王玉輝	清代屏東地區的記遊詩

年份	作者	論文名稱
2015	林秀蓉	族群記憶與家鄉風土——屏東現代詩人的地景書寫初探
	林俊宏 大山昌道	日治時期日本人在屏東的活動及其作品——以松野綠為中心
2016	黃文車	大母山的孤鷹——沙卡布拉揚台語詩中的地方記憶
	郭澤寬	屏東的山海印象——以陳冠學和宋澤萊的書寫為分析對象
	陳慧貞	國境之南——電影與小說《海角七號》中的恆春
	林俊宏	林邊詩人鄭玉波的詩社活動及其作品
	余昭玟	橫跨杏壇與文壇的屏東作家——張榮彥
2017	林俊宏	佳冬詩人陳寄生的古典詩活動及其作品
2018	林秀蓉	在地化・家臺灣：張曉風散文中的屏東書寫
	林俊宏	南州詩人張觀廷的古典詩活動及其作品
2019	陳凱琳	自我認同與社會意識的對話——以日治時期屏東「礪社」、「興亞吟社」與諸位代表文人為探討對象
	林俊宏	陳文石的古典詩活動及其作品
	林益彰	南方詩人的三聲調——對曾貴海《浪濤上的島國》探討keng-thé書寫的要領
2022	彭素枝	民間故事類型研究——以屏東九如王爺奶奶故事為例
	郭澤寬	宋澤萊的屏東海岸文學地圖

從這些論文可看到，《屏東文獻》提供了更多針對此前較少為研究者所注意之作家作品的探討研究的發表管道，以林俊宏為例，2011年起幾乎每年均有他針對屏東日治時期古典文學之研究發表於《屏東文獻》，對建立屏東日治時期詩人作品、結社活動等做了深入的文獻蒐羅與整理，也讓我們看到《屏東文獻》在屏東文學研究上的重要性。

　　最後，在學院研究方面，2011年後，以「屏東文學」為軸心做鳥瞰式研究的碩博士論文開始出現，碩士論文如曾怡蓁《屏東地景書寫

研究──以在地作家散文作品為對象〉（國立屏東教育大學，2011），
及陳怡如《屏東縣閩南語歌謠研究》（國立屏東教育大學，2012）、陳
凱琳《日治時期屏東古典詩研究》（國立屏東教育大學，2013）、陳怡
潔《日治時期屏東地區古典詩書寫研究》（逢甲大學，2018）與梁文
建《六堆進士江昶榮及其詩文研究》（國立屏東教育大學，2019）等。
博士論文則展現更大的格局與企圖心，對屏東文學進行大規模「屏東
文學史」梳理，共有王玉輝《清領時期的屏東文學研究》（國立高雄
師範大學，2013）、徐震宇《屏東地區現代文學之研究》（國立高雄師
範大學，2013）與鍾宇翡《臺灣戰後屏東現代詩研究》（國立高雄師範
大學，2016），三書皆為觀察屏東文學發展與具體成就的重量級研究。

　　在王玉輝《清領時期的屏東文學研究》中，以「文類」為各章節
研究主題，將清領時期屏東文學分為原住民口傳文學、詩歌、賦作、
散文和碑記等，文本的蒐羅上，宦
遊者凡書寫有關屏東之人、事、
地、物的作品皆收為研究對象，而
「本地」文人的作品，無論書寫內
容皆為研究對象。在他的勾勒中，
「屏東文學」在清領時期有了不同
文類的豐富作品可作深入探究。王
玉輝梳理今之屏東縣境自荷蘭、鄭
氏、清領、日治、國府遷臺後長達
三百年的開發、縣治等歷史沿革過
程，確立「屏東」的主體性，讓在
這片土地上所生發的各類文學作品
如八景詩、竹枝詞、列女傳記等，
即使是宦遊文人的即興之作，都有

圖七　王玉輝《清領時期屏東文
　　　學研究》／王國安翻拍

了與屏東土地血脈相連的厚度。屏東文學於清領時期的樣貌得以被清晰描繪，王玉輝的《清領時期的屏東文學研究》可居首功。

　　徐震宇《屏東地區現代文學之研究》與鍾宇翡《臺灣戰後屏東現代詩研究》同為研究屏東文學戰後至今發展最重要的著作，其中徐震宇為最早進行屏東文學整體脈絡爬梳者，他著眼於日治至今的屏東文學發展，將屏東地區的現代文學區分為「日治時期」、「光復至戒嚴時期」以及「解嚴後」三個階段，在《屏東縣藝文資源調查報告書》的基礎下，廣泛蒐羅屏東縣籍作家作品，也在時代分期的大架構下，詳述每位作家之生平與作品特色。徐震宇自陳該書研究之首要目的在肯定與承接屏東前賢作家所留下的作品，爬梳屏東多族群也具多元風格的文學內涵，並凸顯具屏東地方特色的地域書寫與人文書寫，讓更多已有國際高度成就的屏東作家如許其正、林清泉能更被認識。

　　在其研究中發現，日治時期屏東現代文學作家，如楊華、黃石輝與劉捷跨足新舊文學雙領域，也能操作中、日文，透過文學實踐，探索臺灣新文學成長與發展的新路；而戰後初期屏東文學，現代文學與本土文學的結合是重要特色，林清泉、沙白、李春生、路衛等皆可為代表，兒童文學在黃基博的帶領下有了很早的起步；解嚴後的屏東現代文學則更見多元與精彩，包括本土文學的覺醒、文學的多元化、女性文學的抬頭，原住民文學、客家文學、報導文學、傳記文學、旅遊文學都各擅勝場，也凸顯了屏東文學的質量。

　　鍾宇翡的《台灣戰後屏東現代詩研究》，則在傅怡禎〈屏東地區新詩發展初探〉及徐震宇《屏東地區現代文學之研究》的基礎上，更聚焦於屏東現代詩的戰後發展，其對現代詩的聚焦，讓更多作家作品有被討論的空間，屏東現代詩的主題與內涵，也有了被深入探討的機會。在對屏東戰後現代詩的觀察中，鍾宇翡針對屏東作家的詩社活動與藝文環境做爬梳後，以原住民、閩南、客家、外省四個族群，以三

○、四○、五○、六○、七○做時代區隔。在該書的研究中,將戰後
屏東現代詩分為「家鄉書寫」、「自然書寫」、「族群書寫」與「政治社
會關懷書寫」四個主軸,其中家鄉書寫,又分為母土關懷、生活素
描、童年記憶與變貌凝視;自然書寫分為美學形塑、汙染批判與生態
維護;族群書寫則有原住民族群、閩南族群、客家族群與外省族群;
政治社會關懷書寫,則分為政治批判、社會觀察與戰爭書寫,對屏東
戰後現代詩以主題作分類詳述,也讓我們看到屏東現代詩內涵的豐富
與深刻。

　　在此可以補充的是,過去碩博士針對屏東縣籍作家的文學研究,
多集中在知名或符合特定學術研究方向的屏東縣籍作家,如前述鍾理
和、陳冠學、張曉風、周芬伶、利玉芳、曾貴海、李敏勇、利格拉
樂・阿䴑……等。但自2011年起,「屏東文學學術研討會」高舉「屏
東文學」的大旗,《屏東文獻》也開始每年均有文學研究的論文刊
載,許多此前較少被注意的屏東縣籍作家作品,此時也成為屏東文學
研究的處女地,開始有了被研究的機會與成果,古典文學作家如鄭玉
波、陳寄生、陳文石、張覲廷、陳城富……等,現代文學作家如沙卡
布拉揚、李旺台、施百俊……等,民間文學創作者如林開海、陳其
麟……等,讓屏東縣籍作家的文學成就有更多被看見的機會。

　　而過去較少成為碩博士論文主題的縣籍作家作品,也因屏東文
學研究面貌的成形,開始受研究者青睞並提出具分量的研究成果。如
林剪雲(屏東萬丹),2012年便有吳雅婷《林剪雲小說性別書寫之研
究》(國立屏東教育大學,2012)、林瑞娜《林剪雲《恆春女兒紅》研
究》(國立屏東大學,2018)及莊蕙菡《林剪雲小說的性別政治與創傷
書寫》(國立高雄師範大學,2018);如杜虹(屏東內埔),有蒲薪羽
《杜虹自然書寫研究》(2015);而屏東重要的在地作家郭漢辰(屏東
市),則有郭雅玲《郭漢辰散文中的屏東書寫研究》(國立屏東大學,

2016）……等，都可見得屏東縣籍作家作品在此屏東文學研究風氣下已開始受到研究者注目。

三　結語

　　屏東文學研究的發展歷程，從清領時期至今共可粗分為五個階段，在其中我們看到「屏東文學研究」確立主體性的歷程。從官方到民間對文獻資料的蒐羅統整，從雜誌論評到學院研究對作家作品的探究評價，「屏東文學研究」是無數珍視屏東土地上所生發之文學作品的研究者，在落後的焦慮感中自我督促也集結出動，為「屏東文學研究」努力付出的歷程紀錄。「屏東文學研究」，在邊陲位置待了漫長的時間，到1970年代開始有了奠基的機會，1990年代區域文學研究風氣興起時開始起步，2000年後有了豐富的開展，至2011年更以主體確立之姿蓬勃發展至今，身為屏東文學的研究者，都將為此感到快慰。

　　在此階段我們更該注意到，屏東文學還有太多可以探索的區域尚未完全開發，在屏東文學研究長久的奠基過程中，累積了太多至今尚未深入研究的題材，如日治時期的古典詩人研究，今之屏東縣籍作家，以至屏東文學發展過程中的文學集團，與讀者及與社會的連結對應等，都有更多細緻發展的空間。屏東文學研究的未來，還容得起更多的想像。

第二章
清領至日治時期的屏東古典文學

黃文車

一　前言

　　陳第曾在其〈東番記〉中提及十七世紀臺灣西南一帶的調查報告，其篇首曾言：

> 東番夷人，不知所自始，居彭湖外洋海島中；起魍港、加老灣，歷大員、堯港、打狗嶼、小淡水、雙溪口、加哩林、沙巴里、大幫坑，皆其居也。[1]

　　這些所謂的東番（平埔族），自「魍港」（蚊港，今嘉義縣八掌溪口好美一帶）以南至「打狗嶼」（打鼓山，今高雄）、「小淡水」（下淡水，今高屏溪）等地，皆是其所居之地。所居者，乃東番夷族，「種類甚蕃，別為社，社或千人，或五、六百；無酋長，子女多者眾雄之，聽其號令。性好勇喜鬥，無事晝夜習走。」[2]臺灣西南一帶的平埔族社之族群特性、習俗文化、社會組織、動植物名、婚姻喪葬等等，便成為〈東番記〉中記寫的另一特色。

　　清領時期屏東地區的古典詩文紀錄多見於《臺灣文獻叢刊》309種中的方志及個人文集，其中又以《鳳山縣采訪冊》、《鳳山縣志》、

1　臺灣銀行經濟研究室編：《流求與雞籠山》附〈東番記〉（臺北：臺灣銀行經濟研究室，1964年），頁89。
2　臺灣銀行經濟研究室編：《流求與雞籠山》附〈東番記〉，頁89。

《重修鳳山縣志》、《恆春縣志》等方志，以及藍鼎元《東征集》、《平臺記略》、《鹿州文集》，朱仕玠《小琉球漫志》等文集為主。

二 清領時期的屏東古典文學

依據施懿琳教授的說法：欲觀察一地之文學現象，尤其是新開發之地，可從兩個角度切入：一是文教機構、二是文人活動及其作品。[3]清領時期屏東地區隸屬鳳山縣，為求聚焦，以下將分從「文教機構」和「文人及其作品」進行分析。

(一)清代屏東之文教機構

清朝治臺初期，即有儒學設置，嗣後更建府儒學，全臺計有十三儒學。康熙二十三年（1684），鳳山縣便設儒學教育，而清代屏東地區乃屬於「鳳山縣儒學」。然而於此官學之外，清代屏東地區多屬蠻荒未開之地，因此仍須借助「書院」及「民學」始得為功。

1 書院

書院之制，介於官學與鄉學體制之間，主要乃為補府縣廳學之不足。清代屏東地區的書院多由官方倡議，實則為地方居民出資籌建。目前可知者主要有三：

（1）位於阿猴城（今屏東市）的「屏東書院」：清代屏東地區最早
　　創建的書院，今為屏東孔廟。屏東書院最初在清嘉慶二十年
　　（1815）由鳳山知縣吳性誠、下淡水縣承劉蔭棠以及歲貢生郭

3　施懿琳：〈臺南府城古典文學發展研究與展望〉，《臺灣文學史料編纂研討會論文集》
　　（嘉義：國立中正大學中國文學系，2000年），頁3。

萃、林夢陽等人籌建，直至光緒六年（1880）由鄭贊祿加以重
修，到了日治時期後才將書院改成孔廟。

（2）位於潮州庄（今潮州）的「朝陽書院」：據聞道光二十一年
（1816）由蔡崇美創立，至光緒六年（1880）乃由訓導李政純
等人重建。

（3）位於阿里港（今里港）的「雪峰書院」：成立於光緒三年
（1877），由書院成員藍登輝，董事張簡榮、張簡德等創建，
凡阿里港附近學童皆可就讀。

圖一　屏東書院（今屏東孔廟）／黃文車拍攝

2　民學

「民學」乃指「私塾學堂」，簡稱「私學」，或是俗稱的「蒙館」。
一般而言私學的設立，「有讀書人自設者，有鄰保鄉景共捐資而設者，
有殷戶宗族獨立經營者。」[4]此外，因為私學並無正式的官方學堂，因

4　盛清沂編著：《臺灣史》（臺北：臺灣省文獻委員會，1994年），頁312。

此僅利用村莊部落之祖祠、廟宇、公廳作為臨時學堂,「而此等學堂
皆由地方仕紳、父老、殷實為東主,延聘名儒以教子弟,餘不足概由
地方仕紳、父老、殷實負擔之。初進學子課以三字經和應用文字為
主。」[5]例如創立於嘉慶八年(1803)的後堆(今內埔)的「昌黎祠」,
雖以祭祀韓愈為主,然地方人士則以該祠作為教育場所,延攬名師教
育子弟,清代六堆地區進士邱國楨、江昶榮皆在昌黎祠任教過。若以
清代屏東六堆地區為例,主要的民學私塾(或自稱書院)計有下表所
列者:

表一　清代屏東六堆地區的民學私塾(書院)簡表[6]

名稱	地點	創設年代(約)	創立或執教者(天后宮)
新北勢書院	內埔	康熙年間	侯德觀(第一屆副總理)
漢文私塾	竹田二崙村	康熙年間	李直三(第一屆大總理)
內埔書院	內埔	乾隆三十五年	曾中立(第三屆大總理)
漢文私塾	內埔	道光十一年	曾偉中(第六屆大總理)
劉氏私塾	萬巒	道光十二年	黎應揚執教(先鋒堆總理)
漢文私塾	內埔	咸豐同治年間	丘龍章執教
竹書書房	內埔竹圍村	光緒十四年	劉植廷執教
觀海山房	萬巒、五溝水	光緒年間	劉氏先賢
問字山房	長治	光緒年間	邱鳳祥秀才
耕讀堂	麟洛	光緒年間	徐春華秀才

5　古福祥纂修:《屏東縣志》〈卷五‧教育卷〉(屏東:屏東縣文獻委員會,1965-1968
　　年),頁2。

6　表格製作部分參考吳應文等:〈內埔昌黎祠研究〉,美和科技大學99學年度教師整合
　　型專題研究計畫「後堆地區民間信仰、文化與文學之研究」子計畫4成果報告,
　　2010年,頁9-10。

圖二　屏東內埔昌黎祠／黃文車拍攝

（二）清代屏東文人及其作品

有關清代屏東地區古典詩作品自2004年開始已進入國立臺灣文學館《全臺詩》編纂計畫，並有「智慧型全臺詩知識庫」網站提供查詢。

1　清代遊宦人士的屏東古典詩

清領時期屏東地區的古典文學可分從「遊宦人士」和「屏東文人」[7]進行觀察，從《全臺詩》、《恆春縣志》或個人文集中，約可整理出354首清代屏東地區古典詩作，清朝遊宦人士所作者有109首，臺灣本土文人所作有244首，不詳者1首。作者群約莫44人，遊宦人士占多數，包括來自福建者8人，廣東4人，浙江3人，廣西和河北各2人，

7　按：所謂「遊宦人士」指的是清領時期因官職或任務旅臺的官員或知識分子，他們多非出生於臺灣，但臺灣之山川景觀或人文風情多有因職務或遊覽而入其筆下者；而「屏東文人」則以生於或長年居住在清代鳳山縣「屏東地區」者為探討對象。另外，屬於臺灣本土之其他文人（非屏東地區文人）因書寫主題與類型多與遊宦人士接近，故並置探討，以見其同異之處。

滿州、山東、江蘇、江西、湖南和山西者各1人等共25人；本土文人
包括屏東文人張維垣、邱國楨和江昶榮3人，以及臺灣他地文人共16
位，而本土文人出現的時間多在清雍正年間以後。

　　清代屏東地區的古典詩作多以八景詩[8]、巡社詩或竹枝詞等採風
紀遊詩歌為主，其間多有以景寄情景者。

（1）清代屏東地區的八景詩

　　關於清代屏東地區的古典詩作內容中約莫有25首屬於「八景詩」
作品，包括「鳳山八景」、「鳳邑四詠」[9]和「恆春八景」等主題，其
中王賓、卓肇昌、覺羅四明皆有完整的「鳳山八景」詩8首，謝其仁、
朱仕玠、林夢麟各有4首，另外如張士箱、陳璸、陳元炳、陳元榮、
蔡江琳則各有1首作品。前二類又可歸納成「阿猴三景」以聚焦探討。

8　所謂「八景詩」衍生自八景畫，最早出現於北宋沈括對於畫家宋迪「瀟湘八景畫」
　　的總稱。有關「臺灣八景詩」之創作發展可前推至康熙二十九年（1690）前後，有
　　擔任臺灣水師協左營守備的王善宗將其心目中臺灣八個自然勝景：安平晚渡、沙崑
　　漁火、鹿耳春潮、雞籠積雪、東溟曉日、西嶼落霞、澄臺觀海、斐亭聽濤，以組詩
　　的型態加以詠讚，與同收於高拱乾編《臺灣府志》的康熙三十年（1691）任職海防
　　同知的正黃旗齊體物、康熙三十一年（1692）任分巡臺廈兵備道的陝西榆林高拱乾
　　等人的「臺灣八景詩」作品，共同開啟了後代文人對於「臺灣八景詩」此一詩題的
　　創作。參考陳佳妏：《滾滾波濤聲不息，斐然有緒煥文章——論清代臺灣八景詩中
　　的自然景觀書寫》（花蓮：國立花蓮師範學院鄉土文化研究所主辦「臺灣生態文化
　　研討會會」論文，2000年）。連橫《臺灣詩乘》有言：「臺灣八景之詩作者甚多，而
　　少佳構。余讀舊志有臺廈道高拱乾之作推為最古。」（臺中：臺灣省文獻委員會，
　　1975年），頁18。然王善宗、齊體物來臺較早，故廖雪蘭以為王、齊二人之八景詩
　　寫作時間或可能早於高拱乾之作。《臺灣詩史》（臺北：武陵出版社，1989年），頁
　　93。

9　按：「鳳山八景」詩內容包括〈丹渡晴帆〉、〈岡山樹色〉、〈泮水荷香〉、〈淡溪秋
　　月〉、〈球嶼燒霞〉、〈瑯嶠潮聲〉、〈翠屏夕照〉、〈鳳岫春雨〉等。至於「鳳邑四詠」
　　詩則包括〈鳳岡春雨〉、〈球嶼燒霞〉、〈淡溪月色〉、〈赤崁潮聲〉等，可見「鳳邑四
　　詠」乃黃家鼎自「鳳山八景」詩中的部分主題擇取轉化而來。

A　阿猴三景

　　「阿猴三景」乃是「鳳山八景」中有關阿猴地區的書寫，包括〈淡溪秋月〉、〈球嶼燒霞〉、〈瑯嶠潮聲〉等，主要詩寫高屏溪、小琉球和恆春三處地景，詩作多以五、七言律詩呈現。此三景被看見的相近景致乃是溪水、海島與浪潮，故其相同的特色在於「自然景觀」的書寫。

　　對清代的遊宦人士而言，自康熙二十三年（1683）始入版圖的臺灣絕對是個陌生的空間，其以「空間他者」的身分入主臺地，所見所感必與原鄉中國有相當的落差。若此，在這些看來近似的寫景詩觀覽書寫下，被感發而生的情境思考自然多異其趣。歸納來臺遊宦人士的八景詩作多具以下特色：

　　a.歌頌清廷聖恩：例如張士箱〈娘嬌潮聲〉中所言「自是聖朝恩澤溥，河清共慶九州同。」或如覺羅四明〈球嶼曉霞〉所言「聖治光華朝彩煥，普天群祝萬斯齡。」等皆可看見景觀敘述後的所欲透顯的是聖朝恩澤溥、光華朝彩煥的聖澤恩典。

　　b.冀望朝廷眷顧：例如朱仕玠〈淡溪月夜〉中所言「國傳龍伯知何處，便欲垂綸趁月明。」即是傳達希冀為朝廷、社會所用。

　　c.刻記家思鄉愁：例如林夢麟〈瑯嶠潮聲〉中的「鳴檣已見風當勁，吼汕先知雨欲來。常向長松高枕臥，幾番殘夢為低佪。」乃言人生幾番殘夢不醒，總為往事低佪。又如陳元榮〈琅嶠潮聲〉中所說的「海門奔似馬，仙島淨無塵。獨有江湖客，偏驚夢裏親。」漂泊江湖身不由己，醒來猶驚家人親朋何在的無奈徬徨。

　　d.轉念超然心境：例如王賓〈淡溪秋月〉的「清平無一事，對酒且優遊。」能把握秋月美景，秉燭飲酒亦當樂事一椿！又如謝其仁在〈淡溪秋月〉的「淵淵參透真消息，莫負當前景物清。」表現出轉念後的悠然。

B　恆春八景

　　《恆春縣志》中有鍾天佑的「恆春八景」,包括〈猴洞仙居〉(猴洞山)、〈三台雲嶂〉(縣城坐山)、〈龍潭秋影〉(南門附郭)、〈鵝鑾燈火〉(鵝鑾燈樓)、〈龜山印累〉(恆春龜山)、〈馬鞍春光〉(馬鞍山)、〈羅佛仙莊〉(羅佛山)和〈海口文峰〉。「恆春八景詩」被書寫和觀看的空間侷限於恆春城內外,包括縣城內的「三台山」,以及縣城東邊的「羅佛山」,南邊的「龍鑾潭」、「馬鞍山」、「鵝鑾燈塔」,西邊的「龜山」、「海口文峰」、「猴洞山」等。

　　鍾天佑這組詩作可視為臺灣地方志書中對於恆春地景的首度完整書寫。透過其恆春八景詩作,可以發現此組詩以描述恆春的自然景觀為主,如其寫「三台山」是「三峰高聳峙霄間,鼎立嵯峨未許攀。勢擬天人連地鏷,形如日月貫星環。」言三台山地勢高聳、嵯峨鼎立,又因三台主峰與兩旁側峰形成一「品」字,故有「三台品翠」或「三台雲嶂」之美稱。又如其寫「海口文峰」是「情移海口興尤添,浪擁奇峰玉筍尖。放眼危巔疑漢插,縱觀絕頂似天黏。直衝島嶼形偏秀,倒影波瀾景倍妍。」言海口處有一奇峰尖如玉筍,誇飾其黏貼於天,似危似絕。「鵝鑾燈塔」的描述則是「鵝鑾山勢撲濤頭,力挽飛蓬眼底收。日午青波沈暑氣,

**圖三　梁燕〈恆春八景詩〉
　　　　碑石／黃文車拍攝**

夜深明月滾寒流。危樓百尺燈常耀，巨石千尋影半浮。」詩中所言鵝
鑾山與海濤相連，放眼看去舟船盡收，其中的「巨石千尋」所指即是
今日亦能見到的船帆石。

　　清朝總兵梁燕有〈恆春八景詩〉，其言：「貓鼻龜蛇峙海邊，三台
高聳入雲巔。龍吟雨化潭心月，虎嘯風清岫口煙。牛背躬耕歸野徑，
馬鞍誰著出塵鞭。千秋洞鑑封猴績，雄振東南半壁天。」從內容描述
可以發現梁燕所見的恆春八景和鍾天佑的略有差異，可見當時恆春八
景之景點選擇並未統一。這些地景選擇權與詮釋權，幾乎多掌握在遊
宦人士手上，那麼「阿猴三景」或「恆春八景」等詩作所代表的屏東
或恆春的空間或意象，當然就未必有一定標準了。其實無論是遊宦人
士或本土文人的八景詩作，多是在共相書寫中發揮自我的觀覽與認
知，被描繪出來的屏東空間可能多是被想像拼貼的模糊意象，因此詩
作自然無法傳達所謂的地方意象。

（2）清代屏東地區的巡社詩

　　清代屏東地區的古典詩另一個重要主題是清官遊歷番社後的巡番
記事或理番紀錄。當時的平埔番社或高山族群對清廷而言是個統治上
的隱憂，於是遊宦官吏的番社記錄，多從「巡」、「理」字著眼。

　　清代屏東地區除了高山族外，鳳山縣下轄區內要以平埔西拉雅族
支系馬卡道族之「鳳山八社」最具代表性。「鳳山八社」含括的空間
包括搭樓社、武洛社、阿猴社、上淡水社、下淡水社、力力社、茄藤
社、放縤社。從屏東地理空間來看，若以「阿猴社」為中心向外放
射，可以發現「塔樓」、「武洛」在偏東北的里港鄉；「上淡水」、「下
淡水」、「力力」在偏東南的萬丹鄉和崁頂鄉；至於「茄藤」、「放縤」
則要往南下達南州鄉和林邊鄉，平埔鳳山八社的範圍正好是沿著大武
山下的屏東平原區向濱海地區分布。

　　清代有關「鳳山八社」或「瑯嶠十八社」之詩作至少有36首，其中，分別於康熙四十三年（1704）與乾隆二十九年（1764）來臺擔任鳳山知縣的宋永清及譚垣皆有完整的「鳳山八社」詩作。宋永清原籍山東萊陽，康熙四十三年補調鳳山縣事。為了解縣治，其曾過下淡水溪踏查下淡水地區，如〈渡淡水溪〉[10]所言：

> 淡水悠悠天盡頭，東連傀儡徧荒丘。
> 雲迷樹隱猿猴嘯，鬼舞山深虎豹愁。
> 野寺疏鐘煙瘴路，黃沙白露沁寥秋。
> 不知談笑封侯者，冒險衝寒似我不？

　　渡過下淡水溪（高屏溪）時宋永清所見的是天邊盡頭，遠方是傀儡山，那裡有猿猴虎豹，路途煙瘴，前去恐是冒險衝寒路途。來臺遊宦人士或許少有冒險如宋者，但對於下淡水屏東地區之想像臆測，卻是清楚可見。

　　在「鳳山八社」詩作中，可以發現宣揚皇威恩澤的濃厚意味，例如宋永清的〈茄藤社〉中後四句提到：「蠻女騎牛去，番童逐鹿來。聖朝恩澤闊，墨齒不為災。」言下之意是說此處蠻女番童所處，非漢人本居之地；然而大清聖朝廣被恩澤，平埔番民便能不再為災。

　　乾隆二十九年調任鳳山縣事的譚垣所寫的〈巡社紀事〉略舉如下：

> 帝德浹雕題，覆育時煦嫗。番黎沾化久，愛戴深且固。
>
> ——搭樓社

---

10 按：本章節中所引用之清領時期古典詩作品，皆引自國立臺灣文學館線上資料平臺「智慧型全臺詩知識庫」線上資料網站，網址：https://db.nmtl.gov.tw/site5/index。另，日治時期的屏東古典詩若引自報紙雜誌，為方便閱讀，將隨文附註。

我來宣皇仁，毋使逢不若。山鬼應從風，祥和遍邨落。
　　　　　　　　　　　　　　　　　　　——武洛社

聖朝湛溉恩，雕題綏福蝦。試觀生息多，誰非被化者。
　　　　　　　　　　　　　　　　　　　——下淡水社

聖治開文明，光被及番族。應知久漸摩，秀發此先卜。
　　　　　　　　　　　　　　　　　　　——力力社

我謂番本愚，聖朝所安撫。誰歟或侮之，我能為爾剖。
　　　　　　　　　　　　　　　　　　　——茄藤社

僉稱歸化後，我皇恩浩蕩。番賦既全蠲，更以所蠲租。
　　　　　　　　　　　　　　　　　　　——放綝社

譚垣的〈巡社紀事〉主要以宣揚教化、考察民情為主，這應該也是清代遊宦人士巡社詩作展現「宣講聖諭」以求歸化的共相表現。

　　藍鼎元在〈東征逾載整棹言歸巡使黃玉圃先生索臺灣近詠知其留心海國志在經綸非徒廣覽土風娛詞翰已也賦此奉教〉（五首之四）中提到「鳳山東南境，有地曰瑯嶠」的恆春，言該地寬曠沃衍、氣勢雄驍，而且近險阻棄、絕人多蒿，如此一來，「不為民所宅，將為賊所巢」！所以藍鼎元建議黃玉圃：「遐荒莫過問，嘯聚藏鴟梟。何如分汛弁，戒備一方遙。行古屯田策，令彼伏莽消。」可見藍氏乃從治理恆春視角切入，用以「理」番社。

　　雍正六年（1728）任巡臺御史的夏之芳有〈臺灣紀巡詩〉五十八首，其一寫道：「八社丁徭力漸紓，番娘（一作：閨中）餉稅早捐除。只今宵晝辛勤處，謹護官家十儲。」言說八社丁徭雖已日減，然平埔社仍需辛勤，乃為護守官家十萬糧儲。又如楊二酉的〈南巡記事〉四首之二（又名〈過阿猴武洛社〉）：

> 問俗來番社，青蔥曲徑長。家家茅蓋屋，處處竹編牆。
> 牽手葭笙細，嚼花春酒香。知能但耕鑿，真可擬義皇。

作者為問番俗，故至番社，發現當地茅屋座座、竹牆處處，社民樂天知命，吹笙飲酒，只知耕鑿，多不問世事，直覺此處宛如上古純樸之佳境。

　　不過，康熙六十一年（1722）首任巡臺御史的黃叔璥看見的卻是「發聲一唱競嘻呵，不解腰眉語疊何。傀儡深藏那敢出，為聞武洛採薪歌。」（〈聞武洛社採薪歌〉）此詩乃言武洛番社採薪歌聲高亢，傀儡生番聞之皆不敢出，黃叔璥即便不解語疊為何，為錄番俗仍將之記下。[11]若對比其他的文人古典詩作，此平埔歌謠的側寫紀錄更能看見書寫者「參與其中」的寫作或輯錄態度。當然黃叔璥側錄平埔歌謠仍有觀賞「異國情調」以求治理的心態，如其〈番俗六考〉序文中有言乃「於此識我朝重熙累洽，光天之下，至於海隅蒼生。」不過認真去觀察鳳山八社與瑯嶠十八社的這些平埔歌謠，我們反而能直見平埔族人常民天性的天然表現，這樣難得的殊相紀錄反倒重現部分清代屏東空間中平埔社民的真實生命。

　　同樣注意到番社歌舞戲曲者還有乾隆十年（1745）來臺擔任巡臺御史兼理學政的范咸，其〈茄藤社觀番戲〉詩有言「分明即是西番曲，齊唱多羅作梵聲。」（之二）可見語言難辨，直叫聽者模糊。而當時的太學生黃吳祚有〈咏上澹水八社〉五絕首寫「初冬出草入山

---

11 黃叔璥《臺海使槎錄》記載：「武洛社，八社中最小；性鷙悍，逼近傀儡山。先是傀儡生番欺其社小人微，欲滅之，土官糾集社番往鬥，大敗生番，戮其眾無算，由是生番慴服，不敢窺境。其子孫作歌以頌祖功。冬春捕鹿採薪，群歌相和，音極亢烈。生番聞之，知為武洛社番，無敢出以攖其鋒者。」黃叔璥：《臺海使槎錄》（臺北：臺灣銀行經濟研究室，1957年），頁149。

深，先向林間聽鳥音。」（其一）以記錄當時原住民出草需先聽鳥音
的習俗；再寫「社中留客勸銜杯，諸婦相將送酒來。」（其二）強調
平埔族人好客好飲之習，內容乃以平埔八社生活慣習記寫為主。至於
鳳山本地文人陳輝的〈宿放緣社口〉提到：

> 十里荒荊路欲迷，停車小住傍巖棲。
> 山當傀儡煙常冷，地接琉球月更低。
> 蠻曲偏驚春夜裡，漁燈散點海涯西。
> 行人到此渾無寐，夢斷詩成聽野雞。

觀察非官宦的黃吳祚和陳輝的屏東平埔書寫，我們較不會看見宣揚教
化、皇恩的思維，但比起黃吳祚的純粹記錄平埔習俗與番人習性，陳
輝的放緣社口更是下筆直寫屏東在地的傀儡山、琉球島、蠻曲、漁
火，如此置身其中的在場（in place）創作正好展現臺灣本土文人的
「殊相」書寫意象。

（3）清代屏東地區的竹枝詞

　　清代書寫屏東地區較為完整的竹枝詞作品約有六人，即是屠濟
善、胡徵兩人的〈恆春竹枝詞〉，康作銘的〈游恆春竹枝詞〉和卓肇
昌的〈東港竹枝詞〉，以及黃式度的〈朱阿理仙族竹枝詞〉、袁維熊的
〈排灣族竹枝詞〉。如果「阿猴三景」和「鳳山八社」的古典詩寫傳
達的多是遊宦人士「在場隔閡」或「不在場想像」，那麼屬於清代屏
東地區古典詩寫的地方感或許可以從「竹枝詞」來找尋解答。
　　屠濟善、康作銘和胡徵利用職務閒暇遊覽恆春後進行書寫，並非
官員巡社，不作八景題材而寫「竹枝」，恰如康作銘言「我今託跡恆
之湄，課罷閒來寫竹枝。」（十二）如是或可更靠近恆春的風景與人

文面貌。此三組恆春竹枝詞作品中，要以胡徵的八首作品結構最是完整，從「漫說恆春太寂寥，城中街市兩三條」，談及恆春之僻壤窮荒，再寫恆春天候、居民、物產、風俗，說是「文風未厚民風厚，開闢於今二十年」，最後思及個人境遇，可見「竹枝詞」表面看似悠閒戲謔，然實地裡卻是作者寄託感懷或鴻意之所在。

清領時期屏東恆春地區的竹枝詞作品，歸納其內容主題略分有三：

A.描述恆春地區族群：可區分為漢人及平埔族，例如胡徵寫漢人言「居民盡是他鄉客，一半漳泉一半潮」（其一），又如屠繼善談番社說「莫道生番歸化久，山深防有野番來」（其二），可見清初時期，恆春漢番雜處情況，期間或有通婚情形，如「唐山郎自客莊來，欲娶番婆郎自媒。學得番言三兩句，挂名通事好生財。」（屠繼善，其七）

B.書寫恆春天候風光：當中多以描述「落山風」為主，例如屠繼善的「落山風勢埒颱風，害否惟分晴雨中。一日無風悶不解，風來瘴去話從同。」（其六）至於胡徵的「最怕秋冬兩季中，颱風去後落山風。居民習慣渾閒事，反說無風瘴氣濛。」（其二）正好解答恆春居民最怕秋冬兩季的落山風。

C.記錄恆春物產風俗：主要多在記寫「檳榔」，無論是「海外難逢家己郎，一經見面送檳榔」（屠繼善，其四），或是康作銘寫「不學云鬟淺淡妝，芳唇一點是檳榔」（其八），恆春平埔族人嫁娶會以紅線綁住檳榔作為聘禮，友朋送禮時亦可送檳榔；而女子久食檳榔紅潤滿口，可謂「點唇不用買胭脂」（胡徵，其四）。

至於〈東港竹枝詞〉則有卓肇昌十四首之作，幾乎全是自然寫

景，但被記寫的景物也有層次之分。作者從第一層廣闊籠統之遠景描寫，再到第二層的近景勾勒，最後進入第三層由景物至情理的跳躍，例如「截竹編成不繫舟，東涯天際水雲悠。眼前悟得維摩法，葦渡何勞世外求。」（其四）或「溪東矯首白雲層，花鳥偏迎舊日朋。欲覓安期仙子宅，昨宵夢裡記吾曾。」（其十四）

另外，黃式度的〈朱阿理仙族竹枝詞〉和袁維熊的〈排灣族竹枝詞〉屬於屏東原住民竹枝詞。黃式度是福建晉江人，康熙三十年（1691）任鳳山縣教諭，其所作五首〈朱阿理仙族竹枝詞〉中所指稱的「朱阿理仙族」可能指稱屏東的排灣族或魯凱族，主要以生活在屏東三地門一帶，如「水生蛤貝土生梨，三地門中樣樣齊。莫說荒幽無福享，蟲呼鳥答勝雞啼。」（其三）詩作對於原住民生活直稱「不濡惡習不趨炎，知足生涯好在恬」，或許也是一種觀覽的肯定。至於〈排灣族竹枝詞〉八首的作者袁維熊來自江西樂平，同治十三年（1874）七月奉命來臺勘查南路，後於光緒八年（1882）因積勞成疾病故於巴塱衛防營。〈排灣族竹枝詞〉仍不免帶著中國／漢人主體視角來觀看臺灣／原住民，如其以為排灣族「本屬炎黃支派下，英雄風範一枝花」（其一）之觀點，甚至誤解排灣族傳統室內葬習俗。但若如「歌舞閒來每共娛，不分老少不偏枯。鈴聲節奏迴天籟，病苦長年有若無。」（其六）對於原住民閒來歌舞描述，看來仍是其推崇的生活樣態。

2 清代屏東文人的古典詩作

以目前可見資料來看，清代屏東地區主要的本土文人約有四位，包括前堆長興庄（今長治鄉）的張維垣（1827-1892）、中堆內埔庄（今內埔鄉）的邱國楨（1832-1900）、中堆竹圍子庄（今內埔鄉）的江昶榮（1841-1895）和阿猴街（今屏東市）的尤和鳴（1866-

1925）。前三位的作品多在有清一代，其中邱國楨生於廣東鎮平，後遷居於內埔庄；至於尤和鳴跨清領和日治時期文人，故其於日治時期仍活躍於屏東古典詩壇。

（1）張維垣（1827-1892）

張維垣，字祿星，號星樞，生於清道光七年（1827），卒於清光緒十八年（1892），享年六十六歲。前堆長興庄（今屏東長治鄉）人，其兄張維楨亦是舉人出身。張維垣考取秀才後，即隨其父張秀超遷往淡水廳頭份庄（今苗栗頭份），並於頭份街（今頭份鎮）開設私塾授課教學。同治六年（1867）中舉，同治十年（1871）年考取進士，奉派赴浙江省遂昌縣任知縣，任滿後調回北京，升任癸酉科及丙子科考官，欽加同知銜。返臺後與新竹鄭用錫家族常有往來，亦與「奎文社」同人作詩酬唱，曾主持新竹縣新埔義民廟，但最後並未返回屏東長治，其後裔亦散居苗栗、竹東一帶。

據《六堆客家鄉土誌》記載「其長子振祥公繼父志率義民抗日，頭份遭劫時，進士邸宅毀於火，僅奉祖牌及進士遺稿。」該遺稿當指《張維垣進士詩文存稿》，唯今存稿僅留八股文及〈張維垣先生閒吟詩遺稿〉，後《全臺詩》收有張維垣作品共37首詩作。關於張維垣所作詞章，前人曾評為「氣清體閎，辭筆醇正，堅光切響，理實氣盛。」並言「宅句案章，虛實並到，按理切脈，氣度端凝。」至於其詩作則是「清新駿逸，工整雅謹」，頗有鮑參軍、庾開府之風韻氣度。

張維垣早年即離鄉北上，在外任官，而且終生未返，因此其詩作未見有關屏東六堆地區人情、景物等在地書寫，反而多是贈答或弔輓等應制詩作、紀遊詩、詠古詩及詠物詩為書寫主題。要而言之，張維垣古典詩作多能透過不同題材傳達作者理念及人生感悟，例如〈弔屈原〉：「相傳角黍薦江榜，競渡人尤感慨長。今古忠言多逆耳，丹心不

二事懷王。」以古鑑今，宜當事事謹慎。其於〈青衫換錦袍〉詩中雖言「素衣攻苦隱書房，一舉名成服有章。博得今朝朱紫貴，斯文麥脈永留香。」卻也在〈寄廣東同仁諸子感賦‧之二〉中提醒友人和自己：「但願加餐長努力，青雲步步慎前程。」可見詩人心中仍有不捨與戒慎之感。

　　面對清廷時有動盪的政治氛圍，張維垣的詠物、詠人詩多少透顯個人感觸，例如其在〈嚴子陵〉寫道：

　　　　自甘避隱富春濱，志守安貧作逸民。
　　　　高節堪欺秦謝客，清風盡壓漢功臣。
　　　　昂藏傲骨寧無意？曠達素心卻有因。
　　　　七里長灘何處覓？漫云光武聘車新。

可見張維垣以嚴子陵比喻自我人格之高潔，能以「曠達素心」自勉，然更似有伏筆隱誨。當然，他也期許自己「歷盡深年節更剛，耐寒骨格自堅強」（〈老松〉），能有不移之志節。其另有〈奎文社同仁雅集〉五律：「奎山文運又翻新，挖雅揚風大有人。詩酒聯歡南與北，鷺鷗集會主兼賓。詞源萬馬瑤章麗，筆力千軍百戰頻。吾道由來能發奮，騷壇濟濟士彬彬。」可見張維垣參與清代文社的情況。

（2）邱國楨（1832-1900）

　　邱國楨，字端桂，號贊臣。生於清道光十二年（1832），卒於明治三十三年（1900），享年六十九歲。中堆內埔庄（今內埔鄉）人，原籍廣東省嘉應州鎮平縣興福鄉黃田社人。邱父名錫光，早亡，幼喪雙親的邱國楨由伯父邱錫先扶養，後因原鄉謀生不易，其便隻身來臺定居於後堆內埔庄。邱於光緒四年（1878）考取歲貢生，獲禮部授歲

進士，曾任儒學正堂，官至五品。後熱心於地方文教，曾於內埔昌黎祠講學多年，江昶榮即是其得意門生。光緒二十年（1894）乙未戰爭中，邱國楨號召六堆鄉親及門生宣布抗日，並由舉人李向榮（1841-1895）率六堆義民軍北上響應「臺灣民主國」抗日行動。遺稿經其曾孫邱統凡（1950-）等人整理於2012年出版的《六堆甲午抗日精神領袖歲進士儒學正堂邱國楨》，內收有其古典詩作128首。據其〈詩序〉所言：

> 丙戌元旦十五日，接觀廣東辛未科、爟樞梁狀元會試硃卷○○○三妻，先室高氏，晉階公第八女；繼室汪氏，子彥翁之次女；再繼室仍汪氏，子彥翁第三女，迄今子彥翁第三女，現為狀元夫人。我今日所值，若合符節，即岳母鍾氏，亦仍有第三女，質性英明，不知可依樣畫葫蘆否？因慨然有感，不禁作七絕詩一百二十餘首以誌。事雖奇罕，理則庸常云爾！

邱國楨完成詩作時已五十四歲，卻頗自負言說「祇緣貞正當今少」，邱統凡則言其曾祖詩作幽默、自負又不失童心，讀此〈詩序〉始知誠然！邱國楨127首五絕詩作主要以情詩為主，蓋有二個特點：其一，典雅含蓄地傳達其「思念」、「苦戀」情感；其二，用語自然，文字平實。至於另一首七古〈題畫像〉言道：「毀譽胥忘真學問，功脩無懈任追隨。」則透顯作者叮嚀子孫毀譽勿計、砥礪向學之教誨，辭意真切。

（3）江昶榮（1841-1895）

江昶榮，字樹君，號春舫，又號秋舫，小名上蓉。生於清道光二十一年（1841），卒於清光緒二十一年（1895），得年五十五歲。中堆

竹園子庄（今內埔鄉）人。清同治九年（1870）庚午科舉人，清光緒
九年（1883）癸未科登進士第，旋被清廷任命為四川知縣，欽加五品
奉政大夫庶吉士。準備上任之際，正好遇上中法戰爭爆發，閩臺海道
受阻，復以路途遙遠，到任時已是兩年後，已逾就任期限。清廷認為
江有意抗命，予以革職，此間過程，江昶榮有〈逾限被議自蜀旋里留
別諸同寅〉七律四首，可視為其深刻感懷之作，例如〈其一〉：

　　忽聞姓氏掛彈章，捧檄西來夢不長。
　　廿載功名如畫餅，一肩行李剩詩囊。
　　同城作客情難別，干祿榮親願未償。
　　此事何需搔首問？九霄雲外色蒼蒼。

頷聯二句「廿載功名如畫餅，一肩行李剩詩囊」透顯出詩人的慨然與
無奈；離別時除不捨同窗情誼外，「干祿榮親」夢破滅，恐怕才是江
昶榮返家維艱、搔首難問的主因。此四詩經四川道臺楊春樵評曰：
「一字一淚，不覺同聲一哭。」因而傳誦蜀地，前來拜謁者不斷，餞
宴無數，旅費遂不籌而足。

　　光緒十三年（1887）江昶榮返回臺灣，曾至恆春、臺南一帶任
教。後來六堆地方人士為了鼓勵士子讀書風氣，也聘請江昶榮在內埔
昌黎祠講學，以文教民。屏東隘寮溪經年氾濫，其力倡修築堤防，關
心公益，為鄉里稱道。乙未割臺之役時，聞訊憂憤，遂而病卒。[12]江
昶榮的詩作目前可見者有33首，已為之輯錄者有1955年吳濁流的〈江
昶榮的遺稿〉和1971年鍾壬壽的〈江進士昶榮公事蹟〉兩文。1967年
江氏裔孫江景勤重抄其遺稿，重印為《江昶榮詩作遺稿》，目前《全

---

12 王嘉弘：〈清代臺灣進士江昶榮作品考述〉，《中國文化月刊》第287期，2004年。

臺詩》第十冊收有其33首詩作。[13]

清代屏東地區地方文人中，要屬江昶榮的詩作情意真切，更見屏東地方書寫。透過其詩作，可以讀到江氏以「心源繼接程明道，詩卷流傳陸放翁」（〈留別春樵楊觀察〉之一）的目標自許。綜觀江昶榮詩作，約可分成「養成期」（1870-1883）、「旅蜀期」（1885-1887）和「歸鄉期」（1888-1894）等三期。其中養成期有〈謁西勢義民祠〉（之一）詩寫：「誰建斯亭錫此名？捐軀自昔荷恩榮。威靈合享千秋祀，忠憤難忘一代英。長使山河成帶礪，共知鄉勇做干城。氣吞逆賊揮戈起，我粵由來大義明。」[14]可見詩人期許自己能為國盡忠、大展抱負，以彰明六堆先民節義風範。爾後待其歸鄉簡居，更慷慨捐貲，倡議修築堤防、重修忠義祠等公共事務。

綜覽江昶榮33首詩作，正好可與其人生發展階段結合，可謂「以詩證人」。江氏之詩作特點除了描述蜀地風光外，更重要的是在清代屏東地區本土文人中，首次看見「地方」的書寫，如其寫竹田西勢忠義亭，到恆春縣、登恆春南城等，非但只記「地景」，還有詩人對於地方的人文關懷存在。

---

13 據《屏東縣志》〈江昶榮傳〉記載，江昶榮有遺詩30首，以及福建鄉試硃卷一份。吳濁流〈江昶榮的遺稿〉收錄29首，缺〈癸未年會試旅費無措親朋漠然聊賦七律以見志〉、〈偶然〉、〈偶成〉、〈賦得山翠萬重當檻出得山字五言八韻〉等4首。前3首見鍾壬壽〈江進士昶榮公事蹟〉，後1首見《福建鄉試硃卷》。今依據上述資料，予以匯整校錄。施懿琳主編：《全臺詩‧10》「江昶榮」篇（臺南：國立臺灣文學館，2008年），頁43。

14 關於〈謁西勢義民祠〉二首創作時間，歷來皆以鍾壬壽記載的1894年為準，然林俊宏利用松崎仁三郎所著《嗚呼忠義亭》中記載：「光緒癸未九年，（江氏）登蕊榜後歸故鄉：臺南府鳳山縣下淡水，恭謁欽賜忠義亭，肅成二律。」（屏東：六堆文化研究學會，2011年，頁175）考證，此二詩當完成於江昶榮登進士第後的光緒九年（1883）。按，筆者傾向此二詩作完成於1883年說法，原因在於〈謁西勢義民祠〉二首中透過新科進士拜謁忠義亭後之文字書寫，可以看出江昶榮以六堆客家義民為榮，並期待自己能在仕途上大展長才，為國盡力，以承續六堆先民之義氣志節，故推論此二詩作應作於入蜀之前。

圖四 六堆忠義亭／黃文車拍攝

3 清代屏東地區的古典文賦

清代屏東地區的古典散文作品約可分成三大類，其一是遊宦人士作品，此類又以藍鼎元和朱仕玠的作品為主；其二則是屏東地區的碑碣；其三則是屏東在地文人少數的文章作品。

（1）遊宦人士作品

康熙六十年（1721）藍鼎元隨族兄南澳總兵藍廷珍來臺平定朱一貴事件，在臺期間積極走訪各地，並提出治臺方略，主張積極經營臺灣，乃得閩浙總督覺羅滿保允行。藍鼎元在《鹿州初集》卷二有〈與吳觀察論治台灣事宜書〉提到「土番頑蠢無知，近亦習性狡偽……鳳山以下，諸羅以北，多愚昧渾噩，有上古遺意。」藍鼎元所指「鳳山以下」者恐以鳳山八社及瑯嶠十八社等番社為主，唯其從「治理」角度建言，用語多見主觀。

　　此外，〈經理臺灣疏〉（鹿州奏疏）中有言：「統計臺灣一府，唯中路臺邑所屬，有夫妻子女之人民。……南路鳳山、新園、瑯嶠以下四五百里，婦女亦不及數百人。」除上二文論及屏東地區原住民外，〈臺灣水路兵防疏〉（鹿州奏疏）則提及「瑯嶠乃臺南要害，亦宜特設屯田守備一營」等設防建言。

　　朱一貴事件平定之後，覺羅滿保有感屏東客家群眾組成「七營戰鬥體」合力協助抗亂，乃上奏〈題義民效力議敘疏〉恭報「全臺底定」，並提及「南路營下淡水」（屏東平原）等地「聚眾守土以拒賊」，其「義行可嘉，功尤足錄」，故「臚列上聞」，建請針對「南路下淡水義民殺賊守土效力之實蹟，……酌加議敘，以示鼓勵。」此奏疏對於屏東地區六堆客家聚落形成、客家義民身分確定，具有關鍵意義。

　　乾隆二十八年（1763），朱仕玠調任臺灣鳳山縣學教諭，其於鳳山學署無事時乃記寫遊覽臺地所見所聞，並佐以群志資料，撰成《小琉球漫志》，如其〈自序〉所言：「凡山川風土，昆蟲草木與內地殊異者，無不手錄之；間以五七言宣諸謳詠，用以彰意念所寄。」該書依內容加以編次，定為〈泛海紀程〉、〈海東紀勝〉、〈瀛涯漁唱〉、〈海東膡語〉、〈海東月令〉及〈下淡水寄語〉等六類，共十卷。其中，〈海東紀勝〉下卷乃寫鳳山縣崇山激流與在地傳說，〈海東膡語〉上、中、下卷都是短篇記事散文，而下卷更是針對臺灣南部番社進行觀察與記錄。至於〈下淡水寄語（譯語）〉則是朱仕玠令下淡水社樂舞生趙工孕以漳、泉方言土音將鳳山八社的語言譯出，並依內容分成天文、時令、地理、方向等十五類，此乃研究清代臺灣高屏地區平埔族語言極為珍貴的資料。朱仕玠的《小琉球漫志》類百科式的散文當可視為清代臺灣紀遊散文發展中的一環，當亦能補足前清史料文獻之不足。

　　道光十七年（1837）鳳山縣人鄭蘭因許成事件完成〈剿平許逆記事（並序）〉，並附錄〈請追粵砲議〉一文。概要談「粵庄大砲」自康

熙朝即存在，流落粵庄。並言「持此一具，所向披靡，不數日而五百餘社盡變邱墟。職此，為亂階耳。意者，當日僉呈請追。」[15]故建議有關當局正視此事，追回粵砲，以免造成地方難安。後仍未果，咸豐三年（1853）鳳山縣林恭事件爆發，粵人持砲依舊，在當時閩、粵族群紛擾不安情況下，清廷官府非但錯失妥善處理粵砲一事，更忽略消弭下淡水族群失衡問題。

　　另外有關清代屏東地區的古典賦作目前可見者，包括鍾天佑的〈庚寅恆春考義塾賦〉、康作銘的〈瑯嶠民番風俗賦〉和屠繼善的〈游瑯嶠賦〉等，分別收錄於《恆春縣志》之〈藝文志〉和〈風俗志〉。因恆春地處偏遠，聘請師資不易，知縣周有基所訂七條義塾學規之第一條提到：「延請塾師，無論生童，務擇老成自愛，始可延請。」[16]鍾天佑的〈庚寅恆春考義塾賦〉應作於清光緒十六年（1890）2月12日，當時鍾以童生身分擔任義塾教師。本賦依韻可分八段，分段點出「庚寅考課」之用意在「核士」與「掄才」；而恆春乃初闢之地，教育事業更需推展；眾塾師赴衙署考課，需權衡有當，便可批沙揀金；品定等級後，塾師各自盡心教課。第五段提到應試文章優美，足以流傳後世；稱讚化育之功，如此才能使「恆春文風丕盛，文運恢張」；強調教育之重要，並認為欲覓得真才，為清考一途；結語言「思我聖朝，道學昌明」，歌頌朝廷德化，並以為恆春教育事業當有賴塾師之富學與修身，退則誠意正心，進或可輔佐王業。

　　康作銘的〈瑯嶠民番風俗賦〉乃以律賦寫恆春風土，概分八段。首段提到「臺灣舊都，恆春新詠。民氣本醇，番情偏勁。」說明恆春民情不同、民醇而番勁；次段引恆春舊史，言恆春經過開發與教化，

15　盧德嘉：《鳳山縣采訪冊》，頁434。
16　屠濟善：《恆春縣志》（南投：臺灣省文獻委員會，1993年），頁195。

民情得以穩固；三段提及恆春設縣建垣，政經教防諸事接備；四段寫原住民生活習俗：「爾乃屋盡編茅，餐多用黍。歲時以芋酒為歡，婚嫁以布棉相許。……看酋類夔鼓向風，竟是鴃音鳥語。」[17]五段談及原住民日常生活，並記述其裝扮、耳飾、滿口檳榔、性格等模樣；六、七段寫當地山川風景、村落景致；最後提到「方今我皇上恩施海外，德泰寰中」，因而德澤化外，民安物饒，制式做結。

〈游瑯嶠賦〉乃光緒二十年（1894）屠繼善因《恆春縣志》完稿後獨缺風俗志，遂以賦代志。本賦藉虛構的嘯雲居士和主人對話，敘述恆春歷史沿革、民情風土及治民理番之道。其言「風繫乎水土，俗隨乎情欲。」恆春地區漢民非粵則閩，性情敦篤，但不事詩書；至於原住民民情純樸，但也未知禮教，故皆須提倡文教。後文續談「治民」和「理番」，前者彰顯「先富後教」思想，後者則以「防番」和「撫番」齊下，避免番亂。結尾言「冬不寒冱，草木蓬蓬；夏不酷暑，黍苗芃芃」，名曰「恆春」，以牧民感天、祈願風調雨順、民和年豐作結。

（2）屏東在地文人作品

清代屏東在地文人散文作品，目前可見者多是科舉制藝文章，包括張維垣參加同辛未科「會試朱試」之一：〈天下之善士斯友天下之善士〉，此題蓋出自《孟子》〈萬章下〉有「取善於天下而善與天下同」，有「兼善天下」之意！另有邱國楨參加光緒戊寅年「禮部貢卷」之一：〈民之所好好之，民之所惡惡之〉，此題蓋出自《禮記》〈大學〉有言：「『樂只君子，民之父母。』民之所好好之，民之所惡惡之，此之為民之父母。」談述德治與人治之思想。

江昶榮留世文章共有三篇，蓋出自江進士福建鄉試中舉硃卷的答

---

17 屠濟善：《恆春縣志》，頁245。

題內容，包括〈子貢問曰：何如斯可謂之士矣？子曰行己有恥〉、〈文武之政〉和〈至於心，獨無所同然乎〉。其中〈子貢問曰：何如斯可謂之士矣？子曰行己有恥〉乃江進士參加同治庚午科「福建鄉試硃卷」之一。此題蓋出自《論語》〈子路〉，如文章破題所言：「賢者核士之品，聖人先以立體者焉。夫士之所重在己，己之所立在行。」主要闡述聖人立體，士人重己，立己則需先行。該試卷總評為「筆意倜儻」、「氣度雍容」，可見江昶榮筆健文豐之特色。

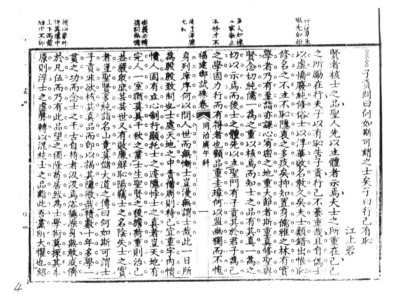

圖五　《江昶榮福建鄉試硃卷》拓印本，頁4／
江昶榮玄孫江照平、江照仁、江照勇提供

　　前堆（麟洛鄉）邱鵬雲參加光緒乙亥年（恩科）「福建省鄉試硃卷」之一：〈子路問政？子曰：「先之勞之。」請益。曰：「無倦。」仲弓為季氏宰，問政。子曰：「先有司，赦小過，舉賢才。」曰：「焉知賢才而舉之？」曰：「舉爾所知。爾所不知，人其舍諸？」〉此題蓋

出自《論語》〈子路〉，言為政重在任賢，更貴知人。另有先鋒堆（萬
巒鄉）鍾國順參加福建省鄉試，題目：〈夫子欲之〉，此題蓋出自《論
語》〈季氏〉：「夫子欲之，吾二臣者皆不欲也。」論治國安邦之道，
生活中更須慎思明辨。

（3）屏東地區碑碣

石刻碑文多以「記事」為目的，其文字亦可作為檢視地方發展的
文學作品。有關臺灣碑碣的整理紀錄或可從高拱乾《臺灣府志》之
〈藝文志〉「記」下將〈平臺記略碑記〉等碑文收入開始形成風氣，
近人何培夫編著的《臺灣地區現存碑碣圖誌》十六冊則可視為臺灣碑
碣蒐整之大全。其中，《臺灣地區現存碑碣圖誌：屏東縣、臺東縣》
則收錄清代屏東地區碑碣；此外，我們亦可和《臺灣文獻叢刊》中的
《臺灣南部碑文集成》（218種）並看。

清代屏東地區的碑碣可分成下列幾類：

A. 沿革碑：如光緒三年（1877）的〈屏東書院章程碑記〉，「屏東
書院」創見於嘉慶二十年（1815），「屏東」之名乃見於此。

B. 紀事碑：如竹田鄉六堆忠義亭有道光五年（1825）的〈廣東義
民事略碑記〉、同治十三年（1873）的〈重修忠義亭碑記〉、光
緒二十年（1894）的〈重修忠義亭碑〉兩件、〈忠義亭重修捐
題碑記〉（1894）等，記錄六堆義民精神與事蹟者。

C. 頌德碑：如乾隆五十年（1785）的〈特簡直隸分州調補鳳山阿
里港分縣呂公諱岳德政碑〉，又或是乾隆五十三年（1788）的
〈福康安等平亂頌德政碑〉等，多用於地方官吏或朝廷大員之
治績德政記錄。

D. 捐題碑：或稱捐置碑、捐建碑，主要記錄眾人募資捐題建設公

共物產為主，常見於寺廟、義渡和門樓，如道光八年（1828）
的慈鳳宮〈林氏姑婆祖碑記〉、乾隆二十四年（1759）的〈喜
置義渡碑記〉等。

E. 示禁碑：主要在公告和禁制，故勒石以志。清代屏東地區示禁
碑以「惡習類」七件最多，本類碑文主要禁制對象以遊民、乞

丐和羅漢腳等邊緣大眾
為主，例如乾隆四十三
年（1778）的〈嚴禁棍
徒流匪侵擾碑記〉、乾
隆四十七年（1782）阿
里港街的〈嚴禁開賭強
乞剪綹[18]碑記〉等。
「拓墾類」四件居次，
乾隆年間有三件，可見
當時的土地開發問題已
現，如乾隆二十六年
（1761）東港的〈嚴禁
塭丁截溝捕採危害田禾
碑記〉兩件（文、武
碑）。「祠廟祀業類」有
二件，為管理祠廟祭祀
和秩序所立者，如光緒
二十年（1894）的〈忠
義亭申禁碑〉立以禁示

圖六　林氏姑婆祖碑記／黃文車拍攝

---

18 剪綹：即扒手。音tsián-liú。

演戲等。「塚地類」有一件，如乾隆三十九年（1774）崁頂的
〈嚴禁掘土害塚碑記〉，禁示掘土害塚，罰則乃是「罰戲」。[19]

華人社會好立碑作傳，以示以記，《文心雕龍》〈誄碑〉有言「以
石代金，同乎不朽」。從清代屏東地區的碑碣文字可以閱讀並檢證當
時的文史發展、族群關係、地方事件和社會積弊等現象，此外更能補
強清代屏東地區古典文學發展史之扉頁。

三　日治時期的屏東古典文學

日治臺灣後紛設國語傳習所、日語學校，如明治二十八年
（1895）九月於豬朥束（今滿州鄉里德村）分教場，1898年鳳山國語
傳習所於內埔昌黎祠設內埔分教場，11月改為內埔公學校，同時於東
港東隆宮設東港分學校；另者，明治三十二年（1899）設立「阿緱公
學校」，1921年更名為「屏東公學校」（今屏東市中正國小）；之後更
有高雄州立屏東高等女學校（1933）和高雄州立屏東中學校（1938）
之設立。昭和十五年（1945）臺灣總督府屏東師範學校創立。昭和十
八年（1943）日殖民政府頒布廢止私塾令後，臺灣傳統書房義塾便在
臺灣教育歷史中劃下句點。要而言之，日治初期引進新式教育並推動
「國語」學習，基本上是日人推動同化政策一環，然過程中臺灣民眾
面對新式教育與古典文學之衝擊，也讓日治時期的文學發展兼具新舊
文學之特色。

---

19 王玉輝：《清領時期的屏東文學研究》（高雄：國立高雄師範大學國文學系博士論文，
　2014年），頁345-368。

（一）日治時期屏東的古典詩社

據王文顏《臺灣詩社之研究》中記載日治時期屏東地區的詩社計有：東港詩會、屏山吟社、礪社、臨溪吟社、溪山吟社、新和吟社、屏東詩會、東林吟會、潮聲吟社、興亞吟社、二酉吟社、蕉香吟社、六合吟社、東山吟社、東津吟社、研社等十六社。[20]陳凱琳於其《日治時期屏東地區的古典詩社》中製表呈現如下：

表二　日治時期屏東地區詩社設立年表[21]

設立年代	名　稱	位　置	成　員
大正六年（1917）	礪　社	屏東市	尤養齋等二十餘人
大正十年（1921）	東港詩會	東港鎮	林玉書等數十人
大正十二年（1923）	屏山吟社	屏東市	屏東市街人士共創
大正十四年（1925）	東山吟社	屏東市	陳家駒等人
大正十四年（1925）	乾惕吟社	屏東市	
昭和元年（1926）	六和吟社	萬巒鄉	陳芳元、李洪九等人
昭和六年（1931）	臨溪吟社	九如鄉	許庚墻、朱銀票等人
昭和九年（1934）以前	東津吟社	東港鎮	蕭永東等人
昭和九年（1934）	溪山吟社	新園鄉	李子儀、楊炯堂等人
昭和十一年（1936）	新和吟社	高樹鄉	薛玉田、蘇德興等人
昭和十二年（1937）	屏東詩會	屏東市	陳家駒、薛玉田等人
昭和十三年（1938）	東林吟會	東港、林邊	陳寄生、蕭永東等數十人
昭和十四年（1939）	潮聲吟社	潮州鎮	黃福全、尤鏡明等數十人

20 王文顏：《臺灣詩社之研究》（臺北：國立政治大學中國文學研究所碩士論文，1979年）。

21 陳凱琳：《日治時期屏東地區的古典詩社》（臺北：花木蘭文化事業公司，2020年），頁49-51。按：「乾惕吟社」為筆者補充。

設立年代	名　稱	位　置	成　員
昭和十五年（1940）	興亞吟社	林邊鄉	陳寄生、陳添和等二十餘人
昭和十六年（1941）	二酉吟社	里港鄉	張其生等數十人
昭和十八年（1943）	蕉香吟社	林邊鄉	鄭玉波等二十餘人
年代不詳	研　社	東港鎮	創立者不詳

有關日治時期屏東地區的古典詩社發展，略依其位置及發展先後擇四社說明如下：

1　礪社

大正六年（1917），屏東市尤和鳴（養齋）、蘇維吾等人一同邀集地方人士，創立「礪社」。所謂「礪」者，乃取其「砥礪學術」之意。當時黃石輝人正在屏東，得知詩社一成立便立即加入，同此之時，蘇德興（蘇維吾）、楊華亦在礪社社員名單之列。據賴子清〈古今臺灣詩文社（二）〉所記：

> 屏東市尤養齋茂才和鳴之首倡，於民國十三年設立礪社，寓砥礪學術之意，建社當時，為蘇德興（維吾）倡學白話詩文，參加人數頗多，如新竹市生員吳蔭培，時在屏東設帳，亦來參加，極一時之盛，繼續十餘年，至二十三年，代表為蘇維吾，惜該社卒遭日人所忌，有形無形，干涉壓迫，不久即解散，後來社員分別編入他社，吟詠無間，亦詩風之未泯也。現改為屏東聯吟會，係包括屏東縣內東港、潮州、林邊諸處。[22]

22 賴子清：〈古今臺灣詩文社（二）〉《臺灣文獻》第11卷第3期（臺北：臺灣省文獻委員會，1960年），頁81。

賴子清所記礪社成立於大正十三年（1924），然依王玉輝於〈屏東礪社的發展始末〉引用大正十一年（1922）七月底，在《臺南新報》中提到礪社「自創設以來，星霜已越五週」；及大正十三年（1924）七月下旬，《臺灣日日新報》提到礪社設立社規中有言「屏東礪社，自大正六年八月由社長尤養齋創設」，藉以推斷礪社應成立於大正六年（1917）。[23]

礪社創建初期以古典詩文學習為主，創立者尤和鳴有感日人引進新式教育之際，更決古典詩文每況愈下，對「漢學之前途，殊抱隱憂」，因此出而創立屏東「礪社」。當時詩社例會活動包括：詩社課題、弄璋誌喜、社際聯吟、賑災義舉、餞別文友、詩社選舉、成立義塾、參與祭孔等。[24]礪社的古典詩徵集活動集中於1920年至1924年期間，雅集或擊鉢詩作則多刊登於《臺灣日日新報》和《臺南新報》，詩題則多以「詠物」為主，如〈柳眼〉、〈星橋〉、〈苔痕〉、〈酒旗〉、〈秋燕〉、〈雪花〉、〈菊枕〉、〈魚苗〉、〈種桃〉、〈柳風〉、〈急雨〉、〈孤鴻〉、〈鬢雲〉等，另外則有許多詠懷、詠物詩題，例如〈歲暮〉、〈苦寒〉、〈秋色〉、〈秋寒〉、〈思潮〉等，如張清泉〈秋色〉七律作品：

> 大地蕭條感不同，金風玉露老梧桐。
> 遠楓只認霞升處，飛鷺幾疑雪下空。
> 張翰一帆盧白外，陶潛三徑月明中。
> 征人觸目更惆悵，遲暮英雄宋玉同。
> ——《臺南新報》8160-5，大正十三年（1924）11月6日

---

23 王玉輝：〈屏東礪社的發展始末〉《臺灣文獻》第63卷第1期（臺北：臺灣省文獻委員會，1960年），頁104-106。

24 王玉輝：〈屏東礪社的發展始末〉《臺灣文獻》第63卷第1期，頁107-120。

詩人從蕭條秋色描景入手，轉用張翰見秋風起思吳中鄉味以及陶潛歸
隱典故，按比詩人心情，只因秋色天地中，失意文人所見者多是惆
悵。如是感懷，也出現在擎起臺灣鄉土話文運動大纛的屏東作家黃石
輝作品中，例如：

> 當年我亦一書癡，角逐雄心已退時。
> 遮莫有名留百世，奈何無米繼三炊。
> 不關鸒雀譏鵬奮，肯讓蜘蛛吸蝶脂。
> 殄滅強豪期有日，免教弱者苦寒飢。
> 　　　　　——《詩報》，昭和六年（1931）

詩中說明黃石輝年少時擊鉢競詩之雄心逐漸消退，其因乃在即便能留
名百世，奈何今朝無米可炊！詩人鬥志減溫正如其所言，絕非身旁鸒
雀譏嘲侃笑而有所忌憚。就此也可看出日治下臺灣文人在現實與理想
間的拉扯與掙扎。

　　大正十二年（1923），礪社和高雄旗津吟社、鳳山鳳岡吟社共組
「三友吟會」，為日治時期高雄州下第一個出現的定期聯合吟會。大
正十四年（1925）東港詩會加入，遂成「四美吟會」。但1925年尤養
齋去世後礪社出現社員分裂、退社事件，出走之社眾先後成立「東山
吟社」和「乾惕吟社」，或可謂詩社式微後之延香。

　　礪社分裂和社員內訌有關，但也不能忽略社會主義思潮傳入導致
詩社左傾之影響。《臺灣日日新報》第9396號記載：「屏東礪社自去年
改組，由蘇、黃二者為中堅，創設漢文夜學研究會以來，極力提倡革
新文明教育，打破舊式書房制度。」[25]蘇、黃二人當指黃石輝和蘇維

25　《臺灣日日新報》第9396號，大正15年7月1日，第4版。

吾叔姪，其人所帶進的新式思維與左翼思潮對於傳統文人而言或多有
不能接受者，然而此新思潮與新文風更需和1924年以來張我軍挑起臺
灣文學界新舊文學論爭之時代議題並看，1920年代後二代文人所面對
的新式與傳統的文學論辯可能有更多詮釋的空間。到了1927年，礪社
附屬的「漢學研究會」遭日本當局以「有關風紀」為由，強迫解散。

　　要而言之，無論是日治時期屏東地區首創的復興漢文詩社，或是
全臺第一個左翼詩社團體，「礪社」的出現，代表的是屏東的文學真
正起步，並可視為屏東與當時全臺灣新舊文學界、文化藝文界或是社
會運動界的互動嚆矢。

2　臨溪吟社

　　昭和六年（1931）年成立於九塊厝（九如鄉）的臨溪吟社，創設
社長為許庚墻。社名乃因詩社比鄰下淡水溪（高屏溪），故取名為
「臨溪」。據《詩報》記載：臨溪吟社事務所置在屏東郡九塊庄九塊
許庚墻宅內，定每月出課題一擊缽吟二次，資社員之研究。社員約二
十餘人，由郭芷涵、黃石輝、陳秋波擔任顧問。[26]

　　臨溪吟社的成立約在礪社被迫解散的五年後，屏東當地又出現在
地詩社，這也為後來的溪山吟社、新和吟社、屏東詩會、東林吟會、
興亞吟社等提供以「復興漢學」為宗旨並承先啟後之指標意義。

　　臨溪詩社第一期以〈溪上即景〉課題，後並刊登於《詩報》，如張
亨嘉作品：「綠水長流日暮時，小溪泛盡步遲遲。眼看繞岸千條柳，惹
得行人不忍離。」（25期，1931年12月1日）又或以〈溪聲〉為題之蘇
德興作品：「水繞茅齋一曲清，三更忽聽似狂錚。也知逸韻侵虛枕，激
發書聲伴此聲。」（23期，1931年11月1日）可見詩社善用位處下淡水

---

26 見《詩報》第23期，1931年11月1日，頁16。

溪位置優勢，以景入詩，更符合臨溪詩社創社社名及維續漢文之目的。

3 潮聲吟社

　　昭和十四年（1939）潮州庄黃福全、尤鏡明、陳雍堂等人召集地方文士創設潮聲吟社，詩社營運至昭和十七年（1942），約二年九個月時間。1940年1月潮聲吟社課題〈問春〉，開啟詩社吟唱、擊缽，爾後如〈醉花〉、〈潮聲〉、〈燈花〉、〈帆影〉、〈蟾影〉、〈秋月〉、〈踏月〉、〈旭日東昇〉、〈春帆〉等多隨季節遞嬗以詠景為題。另有〈病虎〉、〈踏青鞋〉、〈石麟〉、〈塞鴻〉、〈酒甕〉、〈掌珠〉、〈蓄音器〉、〈鴛鴦枕〉、〈秋蝶〉、〈壺氷玉〉、〈下山虎〉等則觸及詠物、擬古、記事等課題作品。

　　潮聲吟社例會中除傳統課題外，也見〈蓄音器〉詩題，標誌著新時代事物在屏東的出現。1910年左右，留聲機和唱片傳入臺灣，日本蓄音器商會株式會社在臺成立，屏東則有1937年新和吟會的〈蓄音器〉擊缽課題，潮聲吟社則在1941年舉辦〈蓄音器〉擊缽創作，如：

> 名曲高低唱得宜，盤旋轉處一針隨。
> 能教古調翻今日，歌舞場中是寵兒。
> 　　　　　　——尤鏡明
> 發明創始自西夷，聲學構成費苦思。
> 不獨清歌藏箇裡，五音六律亦相隨。
> 　　　　　　——蘇明利

世界現代化風潮在1930年代後逐漸進入臺灣，那是臺灣的第一個「跳

舞時代」。[27]屏東詩社的〈蓄音器〉課題，正好見證這樣的時代風潮。

4　興亞吟社

　　林邊鄉的興亞吟社由林又春、陳寄生與陳添和廣邀地方人士成立於昭和十五年（1940）。1940年2月18日《詩報》第218號所載藝苑消息：

> 林邊興亞吟社於去八日，即舊元旦前十時起，在社長林又春氏保險樓中，開創立擊鉢吟會。社員全部出席，來賓有鄭坤五、蕭冷史、張覲廷三氏。題擬〈興亞吟社創立紀念〉，七絕一先。……（頁1）

興亞吟社成立於日治末期，詩社名頗值得玩味。詩社活動非常活躍，自1940年2月至1942年4月於《詩報》、《風月報》、《南方》等報刊發表之課題如〈興亞吟社創設紀念〉、〈迎春〉、〈白蓮〉、〈煙草〉、〈慰問劇〉、〈鬼門關〉、〈漁父〉、〈諫筍〉等共39題。此外，當有詩社重要活動時，也會向全島詩人徵詩，如祝賀林又春社長榮任東京泰東書道院參事擊鉢〈雲箋〉、祝賀陳寄生中部書道展新聞賞擊鉢〈書道〉等。

　　日治末期的興亞吟社詩社活動與詩文創作已進入另一新局，從張覲廷在〈興亞吟社創立紀念〉掄得雙元詩作中寫道「為期日滿支和諧」，以及林逸樵〈遠遊〉詩中所寫「我是扶桑才子客」等皆可以看

---

27 按：〈跳舞時代〉原是1932年由陳君玉作詞、鄧雨賢作曲，純純演唱的臺語流行歌曲，歌詞內容主要描寫「阮是文明女，東西南北自由志」、「阮只知文明時代，社交愛公開」及「男女雙雙，排做一排，跳狐步舞我上蓋愛。」等等，傳達當時現代化的臺北城市裡，都會中產女性追求自由開放思潮的想法與主張。而這樣的思潮與現象，是傳統論述日治時期臺灣悲情社會外的另一面向，但卻頗為適合用以描述當時臺北的「摩登」時尚感。

出日治末期古典文人的詩歌書寫有其多元認同之特色。

（二）日治時期的屏東文人

跨進日治時期的屏東文學，書寫者多屬於日治後出生的二代文人，在中國五四運動與現代性（modernity）思潮傳入後，屏東在地文人的創作也能兼併古典與現代作品。

陳凱琳在《日治時期屏東古典詩研究》書中附錄提到日治時期屏東詩人約有95人，多參與日治時期屏東古典詩社或者屏東聯吟會等活動。其中作品橫跨新式、古典領域，又能結合文學理念於創作並對當代臺灣文學或屏東文學發展有一定影響者，可略舉黃石輝、楊華、蕭永東等人為例進行探討。

1　黃石輝（1900-1945）

黃石輝，出生於臺南廳赤山里山仔腳一七四番地（後改為高雄州鳳山郡鳥松庄，即今日高雄市鳥松區大華村山仔腳圓山路一帶）。黃

石輝本名「黃知母」（豬母），此名曾在《臺灣總督府警察沿革誌》〈中卷〉、新文協高雄州中央委員名單和高雄州屏東分部之重要幹部名單中出現過。後來其在新文學或漢詩擊鉢創作上多以「黃石輝」之名發表，有時亦會以「瘦儂」、「瘦童」、「心影」為筆名。

黃石輝屬於日治時期的二代文人，作品跨越新舊文學。目前可知黃石輝的漢詩作品約莫二百首，詩作散布於當時之《臺灣日日新報》、《臺南新報》、《詩報》、《臺灣文藝叢誌》等報刊雜誌，要以黃石輝參加各擊鉢吟

圖七　黃石輝畫像／
黃文車翻拍

會以及同好間相互酬唱者居多，並有寫景感懷之作。黃文車曾將黃石輝之漢詩作品分類為「寫景」、「感懷」、「詠人」、「詠物」、「敘事」、「應制酬唱」、「雜採」等七項主題，[28]如其之寫景詩〈下淡水溪即事〉寫道：

> 清流一派望盈盈，入韻溪聲與鳥鳴。
> 最好風輕波影靜，紅沙白石水中明。
> 鐵橋橫水望無涯，綠樹移陰日正斜。
> 一縷似雲煙起處，庭臨溪畔野人家。
> ——《臺灣日日新報》，大正九年（1920）

本詩記錄當時下淡水溪（高屏溪）附近景致：溪清風輕，水中砂石可見，經鐵橋而望，只見一縷雲煙由溪畔人家升起，鄉間景色舒緩柔和，這是詩人表現家鄉鄉土景色之作。但描述鄉土景色詩作中最完整豐富者應屬其〈九曲堂八景并序韻〉（《臺南南報》，大正十三年，1924年）中對於高屏間九曲堂附近景致之描述示現。[29]其中有〈六塊厝飛機〉、〈鐵橋掛月〉、〈水源避暑〉和〈圳口捕魚〉等四項新景觀。

　　由屏東北上九曲堂，先會經過六塊厝的飛機場，再往上行便是下淡水溪（高屏溪），淡江鐵橋踩水前進，如此佳景絕對不遜揚州二十

---

28 黃文車：《黃石輝研究》（嘉義：國立中正大學中國文學研究所碩士論文，2001年6月）。

29 黃石輝之〈九曲堂八景并序韻〉中之前序原文為：「鄭坤五先生，以近作九曲堂八景□見示，並命相韻。余初看，怪其荒唐冒捏□□，余未嘗耳及所謂九曲堂八景者也。既復思之，恍然大悟。曰大塊文章，一丘一壑皆不無妙趣，□苟非文士之文章，□紀□勝，人之吟詠，以言其妙。則經千古□不得□揚矣。蘇東坡石鐘山之記，釋處默聖泉寺之吟，總不外為山川水色已也，則先生之追步古人也，何所不可哉！且詩中八景，余實曾經□，自恨不學無文，□能□之彌揚而空美佳景者也。今□，先生以韻命和一固，得不強索枯腸，用應所請，共為山川生色，其工拙則非所計耳。」

四橋。溪水旁有水源地，並有曹公水圳。飛機、鐵橋、水圳，黃石輝加進的是新式景觀的書寫，不見抄襲痕跡。

　　大正九年（1920），黃石輝離開家鄉前往屏東工作已有七年，當年的除夕他寫下〈除夕客懷〉：「光陰荏苒費躊躇，一事無成枉讀書。故里拋親傷獻鳥，他鄉作客愧歌魚。屠酥酒熟人方醉，爆竹聲喧歲又除。惆悵欲歸歸不得，挑燈獨坐意難舒。」（《臺灣日日新報》，大正九年）作者感歎時光飛逝易過，卻依然一事無成；揮別家中親長，作客他鄉幾個年頭，如今一歲又過，更是思鄉惆悵。黃石輝之感懷詩作品中唯一長詩〈感懷〉：

> 自是命乖莫怨貧，草廬幸許寄吾身。
> 光陰荏苒驚紅劫，歲月蒼茫感旅塵。
> 過後年華成幻夢，眼前風景盡傷神。
> 堪嗟世事如棋樣，一局殘翻一局新。
> 江湖淪落作飄蓬，世道滄桑感不窮。
> 禍福難分傳失馬，功名未遂嘆飛鴻。
> 劫餘山水依然在，變後風雲已不同。
> 愧我無才難濟事，牢騷空自慕英雄。
> 畢竟光陰似擲丸，人情冷淡總堪嘆。
> 籠中鸚鵡愁長困，枝上鷦鷯幸少安。
> 成敗莫同常事說，滄桑休作等閒看。
> 功名富貴空痴想，未上危樓望遠難。
>
> ——《臺灣日日新報》，大正八年（1919）

詩作起筆敘述光陰荏苒年華易過，而世事如棋局，局局不同，自己仍如飄蓬淪落江湖，轉而提到詩人自恨無才可濟世的憾恨，最後四句道

出感懷後的自我激勵，說到即便人世有所成敗滄桑，但切勿將之等閒
看待，可見詩人仍靜待時機意欲有所作為。日治下世局不穩，臺灣知
識分子的處境多有困難，但黃石輝在〈書懷次韻〉中再度表述他的
期盼：

> 當年我亦一書癡，角逐雄心已退時。
>
> 遮莫有名留百世，奈何無米繼三炊。
>
> 不關鷾雀譏鵬奮，肯讓蜘蛛吸蝶脂。
>
> 殄滅強豪期有日，免教弱者苦寒飢。
>
> ——《詩報》，昭和六年（1931）

可見黃石輝漢詩創作除了有詩人的內在感懷外，也能展現其人道思想
以及批判醜惡世態的態度。

　　作為日治時期二代文人，黃石輝參與屏東礪社、臨溪吟社和不同
吟會表現傳統漢詩素養及心懷的同時，更投身新文協中央委員、屏東
支部，臺灣勞動運動統一聯盟籌備委員會，《伍人報》地方委員等社
會與文化組織工作，從無產階級運動思維思考「文藝大眾化」理念，
進而提倡「寫實化、親切化、大眾化」的文學書寫，並可從其民間文
學再創作和臺語小說等作品中看見黃石輝從作品落實理念，並希望藉
此文章鼓舞無產大眾投身階級解放、社會改造之用心及努力。

2　楊華（1900-1936）

　　楊華，本名楊顯達，另一說其本名為「楊建」。由於腿長，故人
稱之為長腳達仔。筆名除楊華外，另有楊花、楊器人、楊也是，而當
其發表漢詩作品時則多號「敬亭」。原籍臺北，十七歲時移居屏東，
其後又曾搬回臺北，一度設籍於蔣渭水家中，不久再遷往屏東長住，

直至逝世,故多被視為屏東人。

楊華的一生並非只有從事靜態地文學書寫而已,他也常參加動態的抗日文化運動,例如昭和二年(1927)2月1日因為「臺灣黑色青年聯盟」事件,楊華於2月5日被捕關進臺南刑務所。昭和三年12月「新文協」運動專業從事工作者的調查中,楊顯達也是榜上有名。

楊華同樣屬於日治時期的二代文人作家,傳統漢詩人出身的他,曾參加屏東「礪社」,其最早發表的〈牡丹菊〉、〈蝴蝶蘭〉、〈題畫牡丹〉等三題七言絕句,刊登在大正十二年(1923)12月5日《臺南新報》的「詩壇」欄,從1923年至1925年楊華亦多次參加「礪社」之擊缽吟會。

3 蕭永東(1895-1962)

蕭永東,號冷史,另有古圓、影冬等別號,澎湖白沙人。少以聰穎黠慧聞於鄉里,十七歲到東港,旋即就職於金融界,繼以營商。日是敬業樂群,夜則習文習武。日常生活則以彈月琴、唱歌仔曲、讀詩畫報為主。高雄許成章說他「性好自由,不拘小節」,而且「待人誠懇,慷慨好義」。[30]

蕭永東和黃石輝同樣參與礪社,也活躍於其他如旗津詩社、汾津吟社、鳳崗吟社、南社、三友吟會、四美吟會等詩社擊缽活動,其活動範圍遍布臺南、高雄、屏東三地,可見兩人對於漢詩創作的熱愛程度。蕭永東曾說:「黃石輝吟友前日在中報有發表一篇〈鄉土文學〉的議論,我也大大同感,而且贊成!我自前月以降,不論寫批,寫小話,攏總自作聰明,就用台語描寫,成也不成,也不管他人笑我放白放不白了。」(〈消夏歪詩話〉,《三六九小報》,1931年8月19日)可見

---

30 許成章:〈蕭永東先生傳〉,《詩文之友》第22卷第4期(1965年8月1日)。

其認同黃石輝提倡的鄉土文學和臺灣話文理念，並且在《三六九小報》上實踐臺灣話文歌謠仿作，這應該也有受到鄭坤五提倡臺灣國風的啟蒙，如其所言：「從前因為無機關紙可利用，乃本報創始，我就想卜利用。於未實行之時，已有『黛山樵唱』出現，我喜出望外，每期讀著國風，不止爽快。」（〈消夏歪詩話〉，1931年8月19日）由此可見高屏文人在臺灣話文理念上的傳承與落實，而蕭永東的民間歌謠仿作更具有建構臺灣國風主體性理念之意義。

蕭永東善於詩作，但多騁意直書，不求修飾詞語，然其詩作思想奔放，極富性靈之美。每次一有詩會，蕭永東必然應約而至，絕不爽約。昭和十三年（1938），蕭永東和黃靜淵、陳寄生等倡議合組屏東東港鎮、林邊鄉兩地之吟會，得全員同意，取兩地之名，稱為「東林吟會」。在此之前，蕭永東等人曾創立「東津吟社」，由是可見蕭氏在詩社活動上極為活躍。關於詩作風格，如其在《三六九小報》「秋鳴苦笑錄」中有〈偷古竊今〉詩作提到寫漢詩當別開生面，以平順淺白為宜：

> ⋯⋯舊頭腦笑新空氣，鳥腹雞腸愛椪風。三教九流爭長短，文明程度辯東西。李唐趙宋空陳跡，醒眼人多羨醉翁。⋯⋯詩文革命新生面，今人反古太不通。貴族平民千萬樣，多區頌德與歌功。⋯⋯
>
> ——1931年3月29日

透過詩句可以發現蕭永東直白用語，批判「人情世態」，或者這也是許多日治時期意有作為卻生不逢時的古典詩人共同思維吧！蕭永東五十歲時，乃自刻一小墓碑，自署「枉生蕭永東之墓」，頗有「罔作匡時事，生為亂世人」之感嘆。

蕭永東生平創作，除了古典詩之外，尚有隨筆、小品，俱以滑稽見長，有《秋鳴館隨筆》一書傳世。其又重視戲劇，日治時期曾撰文批評當時的演劇事業衰微不振，並期許有志者應共同奮起。戰後曾以「東港事件」為題材，自編自導自演，獲得觀眾極大迴響。但蕭永東最受人矚目的文學作品乃是其以臺灣話文書寫的民歌仿作作品，例如〈消夏小唱〉、〈迎秋小唱〉、〈消寒小唱〉、〈迎春小唱〉等歌謠作品，於昭和六年（1931）8月26日的《三六九小報》104號上開始刊登，連載至昭和九年（1934）8月29日的372號，前後約莫有三年之久，由此可見其對鄉土文學之喜愛。

蕭永東的採集或仿作歌謠之動機與意義，如其在〈想著就錄〉中提到的：「小唱也有人嫌粗鄙，我總是主張愈粗鄙，即會表現俗情呢！」（1932年6月6日）可見蕭永東藉由「小報」說「小唱」、「小話」，走入花街柳巷，非只是純粹消閑而已，而採集的歌謠雖然鄙俚，卻是臺灣在地的聲音。透過記錄、仿寫讓這些歌謠在報刊上出現，除了展現蕭永東「慷慨好義」的性格外，更加呈現民間歌謠具「臺灣國風」之主體性認知價值。

4　其他屏東文人

日治時期除了上述文學創作橫跨新文學與古典文學雙領域的二世文人之外，另有其他文人及其文學作品多集中於傳統漢詩書寫者，這也可以看出屏東的地區於日治時期古典詩的盛行情況。

（1）陳寄生（1896-1943）

屏東佳冬舊名「六根庄」，該地區曾發表古典詩作者如有賴傳湘、林弼唐、林其樹和陳寄生等人。其中文學活動與創作量豐者當以陳寄生為代表。陳寄生，字逸雲、號靜園，筆名靜園生、靜園主人，

屏東縣佳冬鄉羌園村四塊厝人。漢學詩文師承陳鑑堂，造詣深厚。父親陳道南為清朝秀才，乃林邊望族。陳氏年方十九便繼承家業、種植香蕉，獲利頗豐。文友張覲廷曾言其「興家有策種芭蕉」，蕭永東亦云：「及時致富話栽蕉」，可為陳寄生種蕉興家之寫照。

　　昭和十三年（1938）與蕭永東等人成立「東林吟會」。昭和十五年（1940）參與興亞吟社創立，之後更活絡於屏東聯吟會、高雄市吟會、高雄州下吟會、高雄瀨南吟社、臺南集芸吟社等詩社活動，長期致力推廣知識與文化關懷，共發表四百首以上之漢詩（包括詩鐘）作品。昭和十六年（1941）3月，陳寄生及胞弟敏生、萩生為母七十二誕辰舉辦徵詩活動，後收錄詩作161首，自刊《百壽篇》（1942）一冊。

　　陳寄生詩歌主題含括詠懷抒情、田園景象與紀行寫景，其中紀行寫景描述其於臺灣澎湖、紅毛港、裕興、石門古戰場、霧社、日月潭所見，和在中國滿州長春、瀋陽、松花江等所見所聞，如〈松花江夜遊〉云：「客夜無聊獨舉杯，松花江畔小徘徊。垂楊也解天涯恨，縷縷隨風拂面來。」（《詩報》第256號，1941年9月22年）詩人異地觀覽他鄉景象，天涯之恨不言而喻。除此之外，其詩作中更見詩人的感懷與批判，如〈暴風蕉〉寫道：「誰云警報是荒唐，頃刻飛砂勢更狂。極目羌園遭浩劫，老農生計已淒涼。」（《詩報》第246號，1941年4月18日）詩人將颱風警報後的羌園田園瘡痍情況，背後批判者或許更是時局當下百姓的困頓與不安。另如這首〈賦歸詞〉所言：「斗米腰難折，尋閒日賦來。蒼松聽鳥語，綠水釣魚回。逐利慚無力，爭名笑不才。披裘何處去？遇上子陵臺。……天高一鶴舞，潮湧數舟還。園靜原非隱，才疏自好閒。……」（《詩報》第233期，1940年10月1日）或也因此，日治晚期屏東詩人作品常會出現「時不我與」之感嘆。

　　昭和十八年（1943）2月6日陳寄生於潮州獲臺灣總督長谷川清接見，同月27日因目睹高雄州特高事件（東港事件）多位東港友人受到

日警迫害的慘狀憤恚而逝。綜觀陳寄生活躍詩社活動，遍及全臺交際
網路，及其推廣文學成果，可為日治末期屏東地區具代表性之古典詩
人之一。

（2）張觀廷（1904-1963）

南州舊名溪州，1920年代因設立糖廠帶動地方發展。南州詩人、
原安順漢文研究會主事張觀廷，本名連朝，以字行，又字瑾廷，原籍
臺南州新寮。昭和七年（1932）舉家從臺南遷居，經商之餘亦加入興
亞吟社、東林詩會，並在臺南、屏東設帳授徒，培育後學，合計日治
及戰後共有243首漢詩作品。張氏曾在寄懷佳冬靜園主人陳寄生詩中
感嘆「一家錦繡勞刀尺，萬卷經書付蠹蟲」之歎，然為了提高南州地
區的漢文學習、延續漢文化命脈，乃堅持以經營之布店為據點成立文
虎會，帶動地方藝文風潮。戰後，張觀廷曾任一、二屆溪州鄉鄉長，
同時也支持詩社活動，如1952年屏東縣詩社主辦的鯤南七縣市聯吟會
擊鉢活動即是由溪州鄉公所辦理。

張觀廷漢詩作品包括閒詠、課題、擊鉢（含徵詩、詩鐘）等不同
類型，而主題則有詠懷抒情、竹之紀俗、地景風情等面向。大正十四
年（1925）發表〈感懷〉三首為其最早公開之作品。曾與屏東礪社薛
玉田、黃石輝、蘇維吾、楊華等詩友多次擊鉢聯吟。更有「偷閒每向
東津去，談笑相尋古意童」詩作，言其空閒之際便到東港覓好友蕭永
東談詩論藝。其中〈小琉球竹枝詞〉十八首和〈溪州竹枝詞〉十首收
入陳香主編《臺灣竹枝詞選集》（1983），透過竹枝吟哦屏東在地風情，
建立地方認同感。如〈小琉球竹枝詞〉第十二首提到：「利源長向水
雲鄉，捕得魚蝦換食糧。俱信神心牢莫破，過洋東港合迎王。」提到
小琉球三隆宮迎王慶典與島民虔誠信仰三王表現；但細究「過洋東港
合迎王」此句可以發現，這首寫於昭和十二年（1937）所呈現的歷史

記憶與今日不同。小琉球於大正十四年（1925）獨立辦理迎王活動，但詩中所寫的是小琉球和東港合辦迎王慶典情形，或許期間兩地仍可見兩地信仰交流情形。此外，張氏也有〈東津秋色〉、〈淡溪秋色〉、〈林邊秋色〉等六首地景詩描述東港、高屏溪和林邊秋色風光和物產生活。

（3）鄭玉波（1917-1990）

林邊舊名林仔邊，日治時期除公學校外，尚有陳鑑唐、李道、鄭玉波、柳清池等開設私塾，傳授漢文，提升地方學風。日治後期至戰後，林邊詩人陳添和、林又春、鄭玉波等陸續組織東林詩會、興亞吟社、蕉香吟室及三青崇文尚武團，定期舉辦擊鉢吟會，帶動地方藝文風氣。其中詩人鄭玉波（1917-1990）活躍於日治末期至戰後的屏東、高雄與臺南地區詩壇，並曾參加東林吟會、興亞吟社、屏東縣詩人聯吟會、壽峰吟社、安南吟社、安順漢文研究會等擊鉢吟詩活動，並多與北部詩友交遊唱和；昭和十八年（1943）創立蕉香吟室，每月舉行窗課，積極教育後學，延續地方漢學詩脈，被視為日治後期屏東騷壇相當活躍的文人。生前曾將詩稿編輯成冊，自題《破銅爛鐵集》，惜未能付梓而遭焚。

鄭玉波，名水發，以字行，筆名為詩卒、水發生，原籍臺南安順寮庄新寮（今安南區長安里），少時入安順公學校，亦拜張連朝為師學習漢文、作詩，後於日本東京帝國大學函授部結業。昭和十一年（1936）攜眷南下屏東溪州（南州），得陳寄生禮聘為西席，遂定居林邊，設帳講學；後再獲林邊鄭福安禮聘，遷入鄭家福記古厝，教授鄭家及鄉內子弟，以臺語講授《寫信不求人》、《三字經》、《千字文》、四書等，啟蒙地方子弟。

鄭玉波漢詩作品跨越日治與戰後，內容主題包括地方風景、師友

酬唱、詠物寄興、抒懷寫志及追悼親友等，其抒懷作品有313首，其他包括擊鉢、課題、徵詩（聯）等共計473首詩（聯）。昭和十五年（1940）有吟詠香菸之〈卷煙〉詩寫：「一團白紙卷菸葰，吸際氤氳撲鼻香。古俗檳榔除去後，客來大禮請先嘗。」（《風月報》第103號，1940年2月17日）詩作可能書寫婚禮習俗中請客之物由檳榔改成香菸之時代轉變，但也呈現林邊具有平埔社文化特色，如鄭氏之〈林邊竹枝詞〉十八首發表於《詩文之友》2卷5期，內容記寫林邊地區之族群拓墾、農業、民俗節慶、宗教信仰、港口遺跡等，雖作於民國四十三年（1954），但實有可觀者。如第二首寫道：「平疇近海稻雙冬，遙對琉球地素封。金是茄萣銀放緣，猶堪追想舊威容。」本詩提到林邊舊有俗諺「金茄萣，銀放緣」，乃言清領時期的茄藤社、放緣社富庶光景，稻可兩獲、生活富足。戰後鄭玉波仍創作不輟，如其〈超峰晚鐘〉五律多有被選為介紹大岡山超峰寺之詩例，而〈屏東縣賦〉則書寫本縣人文地理景致。

（4）歐子亮（1916-1980）

同樣來自其他縣市但於屏東市就業的津山詩人歐子亮（名銀票）之漢詩作品也橫跨日治及戰後。歐子亮原籍高雄茄萣，後來離開漁村至屏東市從事販賣薪炭生意。昭和十七年（1942）設立拓林商會，從事伐木製碳、製材、造林業務。年輕時在薛玉田門下研習漢學、吟詠詩歌，後加入新和吟會、屏東詩人聯吟會，積極參與詩社活動；戰後獲聘為《鯤南詩苑》副社長，積極推動古典詩歌。

歐子亮詩作多發表於《風月報》、《詩報》、《詩文之友》、《鯤南詩苑》等，目前可見359首，主題含括田園風光、鄉土情懷、贈詩酬唱、追悼親友、紀遊覽勝等；並有《心聲集》手抄作品集，惜未刊行。歐氏作品中多呈現高屏空間、鄉土之作，風格平實，清新俊逸；

此外，其描述拓植林場之林業書寫可謂其特色，如〈重到大津造林地感作〉有云：「花飛又到大津橋，雨行溪流酷暑消。留得一山杉竹在，虛心勁節待干霄。」詩寫其1948年在屏東高樹尾寮山（今高樹新豐）拓墾拓林情境，更有詩人虛心勁節之自期。

（5）陳文石（1898-1953）

澎湖具漢學造詣之文人多有前來屏東各地設館授學或經商者，如林邊的陳鑑唐、吳紉秋（1904-1973），南州的陳水奢，東港的蕭永東，潮州的陳春鵬（1903-？）、陳春萍、陳雍堂、許特達，屏東市的陳春林（1896-1962）、陳家駒（1897-1953）、陳月樵、陳瑾堂、洪春立（1909-？）、陳文石、丁鏡湖、陳其忠，里港的張其生（1908-1968）、陳劍雲等，對於屏東地區漢文學習及地方文化的推動，皆有所貢獻。其中，昭和十一年（1936）移居屏東的陳文石，字輝山，又字漱齋，號沙虬、殺虬、訪南、嘉禾、乃儀，別號美磬，活躍於澎湖、臺南、高雄、嘉義和屏東地區詩壇。著有《漱齋詩草》收錄430首漢詩，於其他報刊發表者另可補輯265首，合計695首作品。

陳文石之作品於澎湖或高雄文學史中多被學界肯定，至於其在屏東時期之創作或可作為屏東文學史發展過程中一頁補白。1936年受皇民化影響，陳文石偕嘉義詩友譚瑞貞（1898-1958）南下屏東，正式加入本地詩壇行列。昭和十四年（1939）5月屏東孔廟遷建，陳文石有〈屏東孔廟落成喜賦〉提到「夙昔弦歌欣可繼，斯文會創起屏東」。屏東斯文會創立於昭和十三年（1938）5月，乃仿照東京湯島聖堂成立斯文會形式，引進屏東孔廟，除作為連結日本儒教外，也可視為日本殖民文化政策之移植策略。昭和十七年（1942）被選為屏東市保正，有〈漫詠〉一詩言：「屏東作客六經春，祇自勞勞笑此身。活計艱難何日展？生機變幻逐年新。修名何幸擠公僕，克己未能況正

人。衣食依時隨配給，願無偏黨得平均。」（《詩報》第281期，1942年10月10日）屏東作客之人能兼公僕，為民服務，想必也令其興起積極作為之心。戰後其亦擔任屏東市中區區長，後又當選屏東市參議會第一屆參議員、臺灣省參議會第一屆參議員等職；更擔任屏東縣文獻委員會主任委員，推動編纂地方志書等工作。

　　陳文石之古典詩作品包括抒懷寫志、關懷民生、書寫地方等主題，如1939年完成的這首〈供米五斗半〉歌行體有云：「一發令發高雄州，家家供米五斗半。奔命人人力已疲，有司威迫更凶悍。搜家挨戶防隱藏，聞風都捏一把汗。那堪閉糴阻鄰村，爭說有錢無處換。」陳氏以詩控訴日本苛政造成民不聊生，頗有以詩為史之力。此外，亦有〈蕃屋〉、〈蕃舍〉詩言「石床土席足安生」，稱許原住民樸實之生活態度。要而言之，陳文石移居屏東後，透過詩社活動闡揚詩教，也透過其公職關注屏東文史，實有其一定貢獻。

（三）日治時期在屏日人及其屏東書寫

　　屏東與日人的第一次接觸或可推至清同治十年（1871）的牡丹社事件，當時有大久保利通等四人書寫〈龜山營中作〉、〈訪石門戰場偶成〉等約6首古典詩作。

　　根據大山昌道與林俊宏合編的《日本人書寫屏東詩選》中整理出清末至日治時期至少有55位日人發表過267首與屏東有關的漢詩作品。[31]例如明治三十年（1897）有安永孤竹寫下〈下淡水溪書所見〉言「茅花如雪沒簑笠，人步熱沙尋渡頭。」提及一百多年前下淡水溪的蘆荻似雪，交通往返必須搭筏渡河。又如明治三十七年（1904）後藤新平（1857-1929）視察恆春半島後有〈牡丹社〉一詩云：「牡丹蕃

---

31 林俊宏、大山昌道合編：《日本人書寫屏東詩選》（臺北：致出版，2023年12月）。

路草芊芊，回想當時轉黯然。卅載光陰如一夢，石門風冷夕陽天。」
當時的後藤新平回想牡丹社事件已過三十年，而石門古戰場依舊矗立
在冷風斜陽當中。

　　據明治三十五年（1902）從臺北到屏東開業定居的龍揖松藏
（1877- ？）描述當時屏東只有阿猴街，日人僅三十多人，阿緱廳庶
務、財務、警務課設在逢甲路關帝廟內辦公。明治四十二年（1909）
臺灣製糖會社阿緱工場加入生產行列，隔年阿緱醫院（今屏東醫院）
落成。大正四年（1915）闢建屏東公園。大正十二年（1923）東宮裕
仁親王來臺行啟，也到阿緱工場視察，並衍生「瑞竹」傳說與古典詩
作。據聞高雄州廳規定每年4月22日屏東市中小學師長都須到糖廠參
拜瑞竹，成為日治時期屏東的朝聖之事。1920年製糖會社總部遷來屏
東，廠區內有宿舍、診所、學校、網球場等設施。昭和二年（1927）
臺灣日日新報社舉辦全臺旅遊景點票選活動，鵝鑾鼻入選「臺灣八
景」之一，故今日燈塔南側仍見「臺灣八景鵝鑾鼻」碑石。後日本遊客絡
繹不絕，並有詩作如久保天隨（1875-1934）〈鵝鑾鼻三律〉云：「太清灝
氣瘴初收，嘯立南荒地盡頭。」（《臺灣日日新報》，1930年1月22日）

　　一九二九年青山尚文（1864- ？）來臺旅遊並沿途歌詠，有〈屏
東〉一詩提到：「千頃蔗田遙錯落，幾楹蠻屋半頹殘。」可見昭和期間
的屏東，蔗田阡陌、茅屋錯落。大正二年（1913）「下淡水溪鐵橋」在
飯田豐二督造下完工，全長1526公尺。青山尚文有〈下淡水溪〉詩云：
「一道奔流二岸遙，五千餘尺鐵成橋。」描述當時被稱為「東洋第一
長橋」的鐵橋。另外伊藤盤南（1866- ？）也有〈到屏東途上〉寫道：

　　　禾木豐穰野色遙，鳳萊累累接芎蕉。
　　　炎風吹向阿緱地，乍過東洋第一橋。
　　　──《臺灣日日新報》（9906號4版，1927年11月23日）

如此來看，日人眼中的屏東，氣候炎熱，禾木豐饒，鳳梨、香蕉遍地不斷，一片「悠悠平野草花香」（永田桂月：〈下淡水溪鐵橋〉，《臺灣日日新報》14070 號 4 版，1939 年 5 月 19 日）。昭和十一年（1936）東京帝大教授鹽谷溫（1878-1962）來臺北帝大演講後，環島至屏東夜宿排灣族歷歷社，後有〈宿歷歷蕃社〉詩云：「一輪滿月四山明，幾處清歌樂太平。鴃舌解吟京調曲，蕃童多感又多情。」透過詩作傳達其在排灣族歷歷社所見殖民之效、原住民樂天之情。

圖八　臺灣八景鵝鑾鼻碑石／黃文車拍攝

　　除此之外，當時被派遣至屏東任職的日本人，包括調查研究恆春半島熱帶植物的田代安定（1857-1928），擔任屏東廳長八年（1902-1909）的佐佐木基（1861-1937），規劃興建二峰圳的鳥居信平（1883-1946），曾在竹田擔任野戰病院院長的池上一郎（1911-2001），戰後並捐款在竹田驛站設立池上文庫，還有任職臺灣製糖株式會社囑託（顧問）的松野綠（1890-？）等，皆在日治時期的屏東留下貢獻和事蹟。其中佐佐木基有《屏東詩集》，如1937年這首〈顧阿緱廳是〉詩有言：「新開通路便交通，產業改良民力豐。廳是顧吾施此政，勇往專行期有終。」可見其任廳長時對於屏東交通、產業之施政成績。

　　松野綠，字翎川，寓屏期間列名孔廟改築委員，並發起組織屏東
斯文會，推動四本神道祭孔典禮，期間也參與各類活動，包括在地古
典詩社擊鉢吟會，例如屏東聯吟會在旗亭日春樓辦理吟會，松野綠擔
任左詞宗並出題〈屏東孔子祭所感〉且吟詩二首。松野綠漢學造詣頗
佳，曾作〈論詩二首〉，其二言：「錦心靈動措辭平，長短須成戛戛
聲。李杜百篇多絕調，情中有景景中情。」（《詩報》第195號，1939
年2月19日）可見其推崇李杜詩風，尚求詩歌情景交融。

　　松野綠寓居屏東期間，陸續於《詩報》、《臺灣日日新報》、《風月
報》、《斯文》、《詩林》（東京）等報刊發表作品，其主題內容包括祝
頌、受詞、寫景、送行、寄懷及唱和等。其中有書寫屏東地景詩15
首，如〈屏東〉：

　　　武山東聳淡溪南，平野連天街市舍。
　　　一郭巍巍糖廠畔，風吹蔗葉送香甘。
　　　──《詩報》第177號（1938年5月22日）

松野綠眼中的屏東、有大武山、下淡水溪、田野、街舍連天；糖廠畔
總有風吹蔗香飄來。另外，記錄裕仁來屏東糖廠則有〈屏東行啟紀念
祝辰謹賦〉詩提到：「枯竹萌芽鬱作林，禎祥萬古跡堪欽。」（1938年
10月17日）言此「瑞竹」祥兆之不凡。另有〈送鳥居臺糖董務東行〉
詩云：「才學兼優督製糖，積功二十五星霜。陽關惜別歌三疊，桑落
餞行巡幾觴。溝洫炎蠻流似玉，耕耘磽确蔗如岡。君懷應有並州感，
瑞竹屏東是故鄉。」此詩為松野綠送別鳥居信平返回東京之作，最後
所言「瑞竹屏東是故鄉」正好說明這群日治時期在臺日人對於屏東的
眷戀與貢獻。

四　結語

　　清代屏東地區少數的地方文人如張維垣、邱國楨和江昶榮等，其作品雖未豐碩，然如江昶榮者以詩記寫其生命記憶，此乃清代屏東地區古典文學中難得看見的「地方感」書寫。再者，佐以遊宦文人的古典散文記述性或旅遊式的記寫，以及清代屏東地區碑碣文字記錄，有清一代屏東地區的地方事務與現象，想必更能系聯起建構清代屏東古典文學發展史之光譜。

　　進入日治時期，本地開始出現二世文人，詩文都能展現新舊文學特色。當時全臺第一個左翼詩社「礪社」出現，標誌著屏東文學之「文藝大眾化」、「行動社會化」等創新思維出現；而1930年代黃石輝引動的「鄉土文學與臺灣話文論戰」，讓「我手寫我口」的寫實精神與臺灣話文式的書寫模式在臺灣文壇逐漸被落實；加上屏東古典詩社、屏東在地文人以及在屏日人的古典詩作，綜合展現日治時期屏東文學的多采風情，各見生活與生命之多元特色。

第三章
日治時期迄今的屏東現代文學[*]

王國安

一　前言

　　綜觀屏東現代文學的發展，可說是臺灣文學史的縮影。自1920年代起，在新舊文學的論爭中，屏東作家不僅未缺席，更是新文學陣營的重要夥伴。國府遷臺後，軍人與軍眷作家對應了大量外省移民入臺的時代背景，而屏東縣籍作家則在強勢的國語教育中，開始於中文書寫的環境嶄露頭角。再從七〇年代的鄉土文學風潮，八〇年代的政治文學、女性主義文學、原住民文學、方言文學、都市文學等多元紛呈的時代，到九〇年代迄今更多元也更在地的文學書寫，屏東現代文學並不自外於臺灣文學的整體發展，在區域的支流中順著大河的流向前進。

　　但以區域文學的角度觀之，屏東有不同於其他縣市的地理、人文樣貌，大武山與高屏溪的大山大河，閩南、客家、外省、魯凱、排灣等的族群組成，都讓斯土斯民的創作有著與土地密不可分的特色。吳晟的農專記憶，陳冠學的新埤田園，曾寬的竹田人情，林剪雲的恆春女兒，奧威尼・卡露斯的霧臺石板屋，與郭漢辰的屏東符號，組構成屏東現代文學一道道亮麗的風景。在地方政府的協力與縣籍作家的努

---

[*] 本章主要呈現日治時期迄今之屏東現代文學發展脈絡，囿於篇幅及避免與後章之兒童文學（如包梅芳、林美娥、鄧秋燕、岑澎維等）、客家現代文學（如陳寧貴、陌上桑、馮喜秀、陳凱琳等）、原住民文學（如林歌、杜寒菘、達卡鬧・魯魯安等）等章節重複過多，相關作家介紹或作家於該文類之成就部分留待後章詳述。

力下，屏東文學也在二十一世紀後，有著清晰的樣貌。透過對屏東現代文學發展過程的梳理，我們也將看到在屏東土地上應被吾人理解，也更應被我們尊敬的作家身影。

二　日治時期至國府遷臺──新文學風潮中的屏東文學

　　1920年代，日本統治臺灣已過二十五個年頭，武裝抗日平息，臺籍知識分子在世界潮流的影響下，非武裝抗日取而代之，1921年成立的臺灣文化協會，標誌了一代臺灣人對未來的想像。也在這新思想透過各類政治文化活動衝擊舊社會的同時，對新的文學形式的期待也更為急迫。1924年4月，時在北京的張我軍發表了〈致臺灣青年的一封信〉，開啟了對傳統漢詩的批判；1924年10月回臺北擔任《臺灣民報》編輯，短短一年中，他陸續發表了〈糟糕的臺灣文學界〉、〈為臺灣文學界一哭〉、〈請合力拆下這座敗草叢中的破舊殿堂〉、〈絕無僅有的擊缽吟的意義〉等文，對傳統漢詩、擊缽吟、文學語言、文體論、文學現象等提出各樣的抨擊與建議，認為「二十世紀」是「新時代」，新時代的「時代精神」、「思想」與「感情」，非由新時代青年以新文學的形式來展現不可。張我軍以此「舊／新」二元對立的論述，吹響了「新舊文學論爭」的號角。爾後發展，「新文學」也逐漸獲得重視。

　　在新文學風潮興起時的屏東，黃石輝、楊華與劉捷三位作家不僅躬逢其盛，也在各自的領域，成為臺灣文學史中必被提起的名字。

　　首先是黃石輝，這位與楊華同在新舊文學跨接過程中有著「二代文人」身分的作家。作為漢詩寫作者，黃石輝與楊華都在二○年代響應了新文學的創作。新竹青年會於1926年藉《臺灣民報》徵集的白話詩比賽中，黃石輝與楊華都名列得獎人。但相較於其漢詩寫作，黃石輝的新詩創作不多，而使其於臺灣文學史上有不可忽視的地位者，是

他所引起的鄉土文學與臺灣話文論戰。

　　接續前述張我軍所發起的新舊文學論戰，1930年8月黃石輝於《伍人報》發表的〈怎樣不提倡鄉土文學〉引起了新一波「鄉土文學與臺灣話文」的論戰，黃石輝於文中所言「你是臺灣人，你頭戴臺灣天，腳踏臺灣地，眼睛所看的是臺灣的狀況，耳孔裡所聽的是臺灣的消息，時間所歷的亦是臺灣的經驗，嘴裡所說的亦是臺灣的語言，所以你那枝如椽的健筆，生花的彩筆，亦應該去寫臺灣文學了」[1]，強調文學應描寫臺灣人事物，達到「文藝大眾化」的效果。文中也提到，要「用臺灣話做文，用臺灣話做詩，用臺灣話做小說，用臺灣話做歌謠，描寫臺灣的事物」，黃石輝認為不論文言文或白話文都是「貴族式」的語言，普羅大眾無法理解更無法感動，所以應該以臺灣話文進行文學創作。郭秋生於1931年發表〈建設臺灣白話文一提案〉呼應黃石輝，同年7月，黃石輝發表〈再談鄉土文學〉的論文，更彰顯其理念。此次掀起的論戰，支持臺灣話文的有鄭坤五、郭秋生、莊遂性、賴和、李獻璋、黃春成等，反對的有廖漢臣、林克夫、朱點人、賴明宏、林越峰、吳坤煌等。論戰最後雖然沒有具體結論，但黃石輝的論述所激起文壇對文學創作乃至文學語言與土地及群眾關係的思考，是三〇年代臺灣文學極重要的段落。

　　根據黃文車的研究[2]，目前已知黃石輝的新詩創作共有〈呈臺灣文藝大會〉、〈寄生草〉及〈早晨之月〉三首，可見者為〈呈臺灣文藝大會〉，該詩文字淺白、理念性強。1931年，黃石輝撰〈以其自殺，不如殺敵〉（作者署名「蘇德興」）的臺灣話文小說，呼應了他對文學應以臺灣話文創作的想法。

1　黃石輝：〈怎樣不提倡鄉土文學〉，引自廖毓文：〈臺灣文字改革運動史略〉，收於李南衡主編：《日據下臺灣新文學明集5‧文獻資料選集》（臺北：明潭出版社，1979年），頁488。

2　黃文車：〈黃石輝研究〉（嘉義：國立中正大學中國文學研究所碩士論文，2001年）。

　　與黃石輝相熟的楊華，則在創作上響應文壇的新文學風潮，並達到更高的文學成就。楊華原以寫作漢詩為主，17歲遷居屏東之前，曾授業於鹿港知名文人施梅樵。遷居屏東後經營雜貨，也在屏東書塾擔任漢學教師，與黃石輝、蘇德興三人同為礪社詩友，1926年，前述新竹青年會舉辦之白話詩競賽，楊華以〈小詩〉、〈燈光〉分別獲得第二名及第七名，這是目前所知楊華最早的新詩作品。從此後，「小詩」的形式也成為楊華新詩的重要標誌，詩體輕薄短小，主要為感物興情的題材，以情感的捕捉與幽微的思索感動人心。學者多認為楊華的小詩主要受日本俳句、泰戈爾詩及中國詩人冰心與梁宗岱等的影響。

　　楊華與黃石輝相同，是左翼社會運動的支持者，1925年曾短暫設籍於蔣渭水家中。1927年臺灣文化協會分裂後，楊華與黃石輝參與連溫卿主導之新文化協會活動，楊華隸屬於協會高雄支部成員，後因違犯治安維持法被監禁於臺南刑務所，期間所撰《黑潮集》53首，是楊華最為世人熟知的作品。詩作同樣多為小詩的形式，但內容上除了感悟興情的作品外，亦有對日本殖民現況的不滿與批判。其中「飛鷹飢餓了／徘徊天空，想吞沒一顆顆的星辰」的二行小詩，直書對殖民者貪婪野心的控訴。

　　如果說楊華自1926年起的新詩創作是在新舊文學論戰後的文學實驗，到了1931年黃石輝引起臺灣話文論戰後，與黃石輝相熟的楊華，也自然用他的創作實驗了臺灣話文與文學結合的可能。1932年發表的《心弦》52首，刊載於郭秋生所主編並鼓吹臺灣話文創作的《南音》上，其中多數詩作都加入了臺灣話文的詞彙與語法。同年寫作之〈女工悲曲〉更可視為楊華最傑出的作品。全詩結合臺灣話文，以敘事詩的形式寫出女工因把月光看作晨曦而在寒夜中匆忙趕路，又只能在緊閉的大門外苦候上工時間的無奈情境，形象化地呈現了勞苦大眾受資本家剝削的樣態。

　　1933年，楊華於《臺灣新民報》發表〈山花〉124首，[3] 1934年則發表〈燕子去了後的秋光〉與《晨光集》59首等詩作，同年底發表〈一個勞働者的死〉，以小說形式表達對資本主義的控訴。1935年，發表小說〈薄命〉，描寫主角愛娥作為童養媳的悲苦人生。〈薄命〉與楊逵〈送報伕〉、呂赫若〈牛車〉一同被胡風選入《朝鮮臺灣短篇集──山靈》，這是日治時期臺灣小說首度被介紹到中國的作品。但楊華也在1936年因肺癆受貧病所苦，5月30日，因不願成為家人的負擔，投繯自盡，結束了他短暫但又為臺灣文學留下重要文學成果的一生。

　　如果說黃石輝的重要性在本土文學理念的張揚，楊華的重要性在新文學的創作，那麼劉捷則是日治時期少見的重要文學評論家。

　　劉捷（1911-2004），屏東萬丹人，筆名郭天流、張猛三。18歲時隻身赴日留學，21歲自日返臺任職高雄《臺灣新聞報》記者，三年後被《新民報》延攬到臺北。為了更進一步修習新文學領域的知識，向報社請調外派東京，於日本貴族院速記學校進修，也活躍於留學生的文藝活動如「臺灣藝術研究會」，於研究會發行的刊物《福爾摩沙》上寫詩與評論。其著名的評論有〈臺灣文學鳥瞰〉、〈民間文學的整理及其方法論〉、〈一九三三年的臺灣文藝〉等。期間因與臺灣留日同學共同參與文化運動而被日警指為共產分子拘捕關押99天。畢業後返回《新民報》服務，接任副刊文藝欄編輯，結識了許多臺灣各地的新進作家，1934年協助「臺灣文藝聯盟」於臺中成立。26歲時出版《臺灣文化展望》，曾遭日本總督府下令禁止發行，半世紀後方得發行面世。

　　除記者工作與文學評論外，劉捷也有新文學的創作，如小說〈藝妲〉、〈舞女金雀〉，新詩〈秋天的嘆息〉、〈給亡友的獻詞〉等，創作觸角廣泛。可惜的是，二二八事件發生後，劉捷因冤獄被捕，入獄五

3　《山花》124首為許惠玟整理楊華發表於1933年6月10日至1933年7月8日《臺灣新民報》的佚作，是目前楊華最大篇幅的作品。

年。出獄後曾擔任《金融新聞》記者，55歲創辦《農牧旬刊》，發行
至今不輟，他更曾擔任中華民國養豬協會理事兼總幹事，顯見劉捷
對臺灣畜牧業的貢獻，不過自從劉捷出獄後，便幾乎與文學領域再無
干涉。[4]

　　此時期，還有出生成長於屏東高樹的鍾理和。鍾理和（1915-
1960），於鹽埔公學校受日文教育，也於私塾學習漢文，大量閱讀中
文古體、新體小說並嘗試寫作。1936年參與「大武山登山隊」所創作
之〈登大武山記〉，是日治時期屏東現代散文中最重要的在地書寫作
品。1937年創作短篇小說〈理髮匠的戀愛〉，1940年創作小說〈奔
逃〉，1945年於北京出版小說《夾竹桃》。終戰後返臺，1946年發表小
說〈逝〉與散文〈生與死〉，但因二二八事件牽連其胞弟鍾和鳴，加
上肺病纏身，鍾理和在國府遷臺前，暫時中斷寫作。日治至國府遷
臺期間鍾理和的作品雖不多，但仍是此期間屏東文學之散文與小說的
重要代表。[5]

　　日治時期的屏東現代文學，就在作家對文學思潮的回應，政治思
考的熱情中實現，然楊華早逝，黃石輝於終戰前離世，劉捷因冤獄而
停筆。從終戰到國府遷臺，政權更替對文學發展所帶來的衝擊，除了
二二八事件等政治高壓外，還有1946年行政長官公署宣布廢除報紙日
文欄的語言政策，在雙重高壓之下，臺灣作家被迫捨棄嫻熟語言，多

4　劉捷65歲時，才又與文藝老友組成談文論藝的「益壯會」，後更於「臺灣新聞報西
　　子灣副刊」開闢「禪語淺釋」、「光明禪」、「禪與詩」等專欄。他也積極參與文學活
　　動如「鹽分地帶文學營」，獲得第八屆「臺灣新文學特別推崇獎」。劉捷於1993年起
　　於《農牧旬刊》上連載具有自傳色彩的回憶錄《我的懺悔錄》，更是今日臺灣文學
　　界理解臺灣前輩作家如何看待日治時期、中日戰爭、臺灣光復、反共戒嚴時期的重
　　要參考。
5　1950年代方是鍾理和的創作高峰，留待後文及第六章「屏東的客家現代文學」中詳
　　述。

數人因此沈寂，甚至放棄寫作。在大環境影響下的屏東文學，也在此脈絡中，有了與日治時期截然不同的中文書寫面貌。

三　1950年代——高壓文藝政策下的屏東文學

1949年元旦蔣中正下野，5月19日起全島戒嚴，同年10月中華人民共和國成立。1950年3月蔣中正復行視事，6月韓戰爆發。一年半的時間，政治的不安所帶給人民對未來的惶惑，不亞於1945年的日本戰敗。一百五十萬軍民眷屬在此期間隨國民黨政府播遷來臺，眷村景觀於各縣鄉鎮出現，族群融合成了未來五十年的課題。在屏東，日治時期房舍被接收作為眷村來安頓抵臺的軍人其及眷屬，有了勝利新村、崇仁新村、憲光、得勝、大鵬等眷村。

當國民黨政府為了穩定政局行使高壓統治的同時，1950年代的文藝政策，更是為臺灣往後數十年「中文書寫」的傳統建立了基礎。文藝政策包括：1950年4月成立「中華文藝獎金委員會」，5月成立國家級作家團體——「中國文藝協會」，執行國民黨的文藝政策；1953年，以青年作家為對象的「中國青年寫作協會」，1955年以婦女為對象的「臺灣省婦女寫作協會」等相繼成立。在國家主導的文藝政策下，相對於臺灣省籍作家，隨政府播遷來臺的中文作家群，可說是1950年代臺灣文學的主流。

因應當時的「文藝到軍中去」的號召，國防部創設「軍中文藝獎金」鼓勵軍人寫作，也鼓勵軍中單位結合文宣工作創辦各種報刊，《軍中文藝》、《青年戰士報》、《國魂》、《勝利之光》、《新文藝》等軍中報刊雜誌相繼出現，也成為當時軍人作家最熱衷的發表園地。

李春生（1931-1997），山西垣曲人，以流亡學生身分隨軍隊來到臺灣，先後駐紮於澎湖、馬祖、臺東、花蓮，最後長住屏東。他的詩

圖一　路衛／翁禎霞提供

作自1950年起便陸續發表在《奮鬥週報》、《戰士週報》、《海軍戰士》、《戰鬥青年》、《青年戰士報》、《自由青年》等，1951年隨軍隊駐紮澎湖時，與丁承忠主編油印《前哨月刊》，1953年同樣在澎湖與丁承忠、史光沛、孔慶隸主編《力行月刊》，都可見當時國軍文藝政策的影響。1954年李春生與好友郭兀、馬丁、單人、王舒、季文等人合辦《青蘋果》詩刊；從馬祖移防臺東後，和秦嶽籌組「東海詩社」，編《東海》詩刊與《詩播種》詩刊。退役後進修，1962年加入「海鷗詩社」，共同創辦《海鷗詩頁》。

　　路衛（1929-），與李春生同為日後屏東文學的重要夥伴，本名周廷奎，同樣為流亡學生身分，1949年自廣州被送往澎湖且強迫編入軍營。1954年抵臺，與舒蘭、巴楚等好友發起創辦《路》文藝月刊，1960年自軍中退伍後結識陳錦標等文友，後加入「海鷗詩社」，任教臺東擔任國小教師且與李春生同校，二人應臺東救國團邀請創刊《臺東青年》並擔任編務，1965年更共同發起成立「臺東青年寫作會」等。李春生與路衛二人在1950、60年代期間的文藝活動參與，都可見當時軍人作家的文藝行動力。

　　1950年代最具屏東眷村軍人作家代表性者是朱煥文。朱煥文（1923-2006），本名朱章新，籍貫河南新鄉。河南新鄉縣立簡易師範畢業後，曾任教師、主任及國民小學校長。後投效空軍，服務時間長達二十八年。1949年隨空軍來臺，住在屏東眷村，利用業餘時間創作散文、小說、報導文學、電影劇本、電視劇本、廣播劇本等，自1952

年於《野風》發表〈夫人〉與〈生財之道〉等小說起，每年皆有作品
發表，出版作品包括長篇小說《逆流》、《二度盟》，中篇小說《天險
歷程》、《危途三日》、《幾顆卒子》、《天堂路遠》；短篇小說《夜闌人靜
時》、《白浪滔天》、《漫長歲月》、《逸雲》、《霞光滿天》、《繁華夢》、
《另一種圍爐》、《朱煥文自選集》；電影劇本《臥虎嶺》、《鐵血忠
魂》；電視劇本《大河壩》；廣播劇本三十多集，共獲國軍文藝金像獎
九次。以軍人作家身分，朱煥文善於書寫自身生活觀察與戰亂之下人
性刻畫的題材，作品與大時代環境的貼合度極高，符合其對文學要能
發揚人性的「永恆性」的期待。

　　再如吳夢桂（1930-2005），筆名吳楓，生於河南葉縣，1949年來
臺。1957年補召空軍機校，受訓後派屏東機場維護軍機。退伍後曾任
記者，屏東縣政府新聞股長、臺北捷運局副局長等職。1962年出版
《翼下歲月——空軍常備兵生活散記》，書寫屏東機場軍旅生活點滴。
後有作品《青果集》、《赤道上的春天》、《出外的日子》、《我在台北捷
運》等書。文字平易，能以旅行見聞呈現國際視野，其中亦表現參與
臺北捷運開發的心得與反思。

　　以軍眷身分於1950年代居住於屏東眷村者，多是隨夫調派而移居，
如艾雯（1923-2009），本名熊崑珍，江蘇省蘇州人。抗戰年間曾任檔
案圖書管理員、報社資料室主任、副刊主編。1949-1953年以空軍眷屬
身分居於屏東眷村，出版首部散文集《青春篇》（1951）時還是屏東眷
村的持家少婦。張瑞芬言：「艾雯在五〇年代女性作家中的重大意義，
首先是她是美文一系中成熟最早者（甚至比張秀亞美文風格的形成更
早），其次是她的南方／鄉村觀點異於台北女作家群亦極明顯」[6]，尤其
《漁港書簡》（1955）中多篇書寫屏東風土民情，屏東田園、漁港、山
鄉的書寫皆是其於屏東眷村四年生活留下的屏東文學資產。

6　張瑞芬：《五十年來臺灣女性散文》（臺北：麥田出版社，2006年），頁107。

　　郭晉秀（1929-2003），河南開封人，1949年以空軍軍眷身分來臺
居於屏東市眷村。在郭良蕙鼓勵下開始寫作，1952年以〈嫁得郎君不
解情〉得《讀者文摘》佳作，以〈圈圈〉得香港《亞洲畫報》佳作。
1956年9月，在柏楊（郭衣洞，郭晉秀姪子）的鼓勵下，出版散文集
《地久天長》，短篇小說《金磚》。居屏東期間先後出版《比翼集》
（1965）、《反哺集》（1966）、《水果與故鄉》（1968）、《籬畔細語》
（1968）等。作品書寫生活與日常心境，風格清新質樸，溫馨親切。
1968年當選屏東縣第七屆縣議員，1969年被聘為東港天主教聖德女中
校長。後遷居新店，任教臺北華江女子國中，撰寫系列專欄，集結成
《我的小女生們》（1979）等散文集，並持續寫作。

　　郭良蕙（1926-2013）與郭晉秀同為開封師範學院附屬小學五年同
窗的同學，也同樣於1949年以空軍軍眷身分來臺的郭良蕙，初居嘉
義，1951年發表短篇小說〈稚心〉，1953年出版第一本小說集《銀夢》。
1957年遷居屏東，至1963年方遷居臺北。在屏東眷村期間，共出版
《一吻》（1958）、《感情的債》（1958）、《默戀》（1959）、《黑色的愛》
（1960）、《往事》（1960）、《春盡》（1961）、《墙裡墙外》（1961）、
《貴婦與少女》（1962）、《第三者》（1962）、《琲琲的故事》（1962）、
《女人的事》（1962）、《心鎖》（1962）、《遙遠的路》（1962），居屏東
期間創作質量俱豐，於文壇頗富盛名，隱地稱她為「來自屏東的郭良
蕙」[7]，屏東縣政府文化局與國立屏東大學將郭良蕙作品收藏於屏東
文學專區，原因可以想見。

　　也在1950年代同以軍人眷屬身分入住屏東眷村的張曉風（1941-），
祖籍江蘇銅山，浙江金華人，1949年來臺。1952年考入臺北市立第一

7　隱地：「來自屏東的郭良蕙，定居臺北，如今她是一個『世界人』……」隱地：〈一
　　本寂寞的書——我讀郭良蕙「臺北的女人」〉，收於郭良蕙：《臺北的女人》（臺北：爾
　　雅出版社，1980年），頁1。

女子高級中學初中部，1955年因父親調
職鳳山步兵學校擔任教育長，舉家遷居
屏東勝利新村，就讀屏東女子高級中學
初中部。1956年考入屏東女中高中部，
擔任《青年戰士報》駐屏東女中記者，
1958年考取東吳大學後北上。1966年出
版第一本散文集《地毯的那一端》，並
於隔年獲得中山文藝獎，成為最年輕的
得獎人。1979年《步下紅毯之後》又獲
國家文藝獎。創作以散文為主，兼及雜
文、小說與戲劇。其散文書寫融合傳統

圖二　張曉風／翁禎霞提供

與現代，知性與感性，儒家的「人」與基督教的「愛」。張曉風於1982
年寫下的〈情懷〉：「由於娘家至今在屏東已住了廿八年，我覺得自己很
有理由把那塊土地看作故鄉了。」屏東眷村記憶與外省女作家的連
結，是屏東文學的重要風景。

　　日本殖民時期出生的屏東縣籍作家，如莊世和（1923-2020），出
生於臺南市，九歲遷居屏東潮州。十五歲赴日，畢業於東京美術工藝
學院純粹美術部繪畫科。終戰後返臺，任美術教師，積極推展繪畫活
動，為屏東縣畫壇耆老。於屏東盡力提攜後進，黃基博、林清泉等都
自陳受過莊世和於文學創作上的鼓勵。後為臺灣筆會會員、笠詩社同
仁、綠舍美術研究會、新造型美術協會主持人、屏東縣畫學會顧問。
著有《畫人漫談》、《樂與藝縱橫談》、《莊世和畫集》、《行腳僧隨筆
集》等書。

　　在高壓的語言與文藝政策的環境條件下，「五〇年代的文學，幾
乎由大陸來臺第一代作家所把持」[8]，此時堅持以臺灣土地鄉間人情

8　葉石濤：《臺灣文學史綱》（高雄：春暉出版社，2000年），頁88。

為題材，也能突破中文寫作限制的臺灣省籍作家，當屬鍾理和。一如
陳芳明在梳理五〇年代臺灣文學時稱：「鍾理和是臺灣戰後第一位以
優美中文創作的本省籍作家，也是最早刻畫臺灣土地之美的農民文學
創作者」[9]。

　　鍾理和雖然18歲後就遷居美濃，但高樹與美濃同為六堆客家之
「右堆」，地理與文化空間上皆無甚差異，且在其散文與小說中，兒
時屏東的記憶以及對大武山的情感，也讓他創作出不少以童年屏東生
活為空間的作品。如〈原鄉人〉、〈初戀〉、〈假黎婆〉中對兒時記憶的
書寫，加上其1936年的〈登大武山記〉，以及1957年開始收集資料，
1958年起筆創作的《大武山之歌》（長篇小說，未完稿），都可見鍾理
和的大武山情懷。應鳳凰曾說道：「他（鍾理和）1915年出生，於
1960年去世，只短短四十五年生命，而他創作的高峰期，就在去世之
前十年這個段落，從這個時間點來說，鍾理和正是道道地地的『1950
年代臺灣作家』」[10]，而綜觀當時的文學時空，1950年代的屏東文學，
亦當以鍾理和最具代表性。

四　1960年代──屏東作家的在地開拓與向外連結

　　出生於日治後期，於國府遷臺後接受中文教育，屏東縣籍作家經
過十年的中文洗禮，也在1950年代後期以至1960年代開始了創作嘗
試，於不斷的精進中創造其文學成就，此可以黃基博、林清泉與許其
正為代表。

　　黃基博（1935-），屏東潮州人。臺灣省立屏東師範學校畢業後先
調派琉球國小白沙分校任教，小琉球原始自然的環境，使他創作了第

9　陳芳明：《臺灣新文學史（上）》（臺北：聯經出版事業公司，2011年），頁190。
10　應鳳凰：《畫說一九五〇年代台灣文學》（新北：遠景出版事業公司，2017年），頁81。

一篇童話故事〈可憐的小鳥兒〉並發表刊登於《國語日報》，後轉任
潮州泗林國小、新園鄉仙吉國小，並於仙吉國小服務逾四十餘年。
1959年時與何文仁合著《孩子們與我》，1967年出版第一本兒童文學
作品《黃基博童話》。黃基博不但於國小編印校刊，更發表學生詩作
於《笠》詩刊，主編《兒童詩畫選》，退休至今仙吉國小仍為黃基博
保留其「兒童文藝資料室」。作品善於捕捉童心，重視情意、美感與
教育，期待以兒童文學培養學生知識、智慧、能力與品德。

　　林清泉（1939-），屏東萬巒人，國立臺灣藝術專科學校畢業，曾
任教於內埔國中。詩才早慧，詩作〈街上行〉受當時美術老師莊世和
鼓勵更具信心，高中起便於《野風》等報章雜誌發表詩作。1958年自
選50首詩出版《殘月》詩集，後出版《寂寞的邂逅》（1972）、《心帆
集》（1974）、《林清泉詩選集》（1993）等詩集。1970年代後開始創作
兒童詩、兒童劇。林清泉的詩作在淺近的語言中傳達對人性以至對宇
宙的探索與沉思，雋永耐讀。曾獲師鐸獎、中國語文獎章、教育部兒
童劇本獎、洪建全童詩獎等，列入中華民國現代名人錄。其中《心帆
集》因獨創一格的二行詩形式，被編入中國文人大辭典，亦受國際詩
壇注意，也因此被列入英國劍橋國際詩人名人錄，成為國際詩人會員。

　　許其正（1939-），屏東潮州人，東吳大學法律系畢業。就讀東吳
大學時，曾任《大學詩刊》、《雙溪》、《達德學刊》、《中華青年學刊》
編輯，1965年出版第一本詩集《半天鳥》。後出版詩集《菩提心》與
散文集《走過廊仔溝》等多部作品。其詩文書寫鄉土、大自然，歌頌
人生光明面，尋根田園情感，留存鄉間記憶。陳冠學形容「其正的創
作，恬靜的，就像一隻螞蟻，孜孜矻矻，無聲無臭；而他的作品，也
都恬靜到家」[11]。許其正不僅曾榮獲國軍文藝金像獎與青溪金環獎，

---

11 陳冠學：〈此岸與彼岸——介紹老友許其正先生的詩〉，《文訊》（臺北：文訊雜誌
　　社，2003年9月），頁35。

六秩之後開始有中外文譯詩集如《海峽兩岸遊蹤》、《胎記》、《重
現》、《山不講話》、《盛開的詩花——許其正中英對照詩選》、《旅途
上》等出版，獲國際詩歌翻譯研究中心最佳詩人獎，獲得國際詩歌翻
譯研究中心頒發榮譽文學博士學位（2003年），以及國際詩歌翻譯研
究中心選為2004年世界最佳詩人，美國世界文化藝術學院頒發榮譽文
學博士（2006年），國際作家藝術家協會頒發榮譽人文博士（2012
年）等肯定。2014年國際詩歌研究翻譯中心更曾推薦許其正角逐諾貝
爾文學獎。

　　1960年代，屏東有了首次「準屏東文學結社」，其重要推手，就是
其時就讀屏東農專（今屏東科技大學）的吳晟。

　　吳晟（1944-），彰化溪洲人。1965年入學臺灣省立屏東農業專科
學校（以下簡稱農專）。因吳晟有感當時的農專校刊《南風》之篇幅與
內容尚有進步空間，乃自動請纓擔任主編，不僅開闢「南風詩選」專
欄，後更任社長，並創辦校報《屏東農專》雙週刊。吳晟於農專期間，
完成並出版第一本詩集《飄搖裡》，並在印刷廠結識了正於東大高中
（今陸興高中）就讀，時任《東大青年》主編沙穗等人，沙穗回憶道：

> 民國五十五年的冬天，在屏東聲文印刷廠我看到一本詩集「飄
> 搖裡」覺得很意外。因為屏東是個偏僻的小城，我以為只有我
> 和連水淼兩個「詩人」，沒想到竟然還有個「前輩」叫「吳
> 晟」——他是農專校刊「南風」主編……。[12]

因為這個緣分，後來吳晟便與「東大青年社」同仁沙穗、連水淼、簡
安良、徐家駒、郭仲邦等人每週六皆在屏東有樂町冰店聚會談詩、文
學與抱負，組成「長流文藝社」，並因吳晟年歲較長，被公推為「老

12 沙穗：〈關於吳晟〉，《臍帶的兩端》（屏東：屏東縣政府文化局，2004年），頁122。

大」。連水淼曾於詩作〈屏東・東大中學之五　給吳晟大哥〉中寫道：
「我們逃學　你讀農專／在你屈租的小房子／聊天　喝茶　讀文學書
籍／蓄足馬力　分道南北中／你永遠是吾等　之／首」[13]，可見吳晟
被文友推崇的程度。但此集會在白色恐怖的年代引起政府單位質疑，
被指為在校外進行「非法組織」，幸因導師白尚洲信任而未招禍。當
時的文學活動雖受阻，但眾人持續文學創作，後如曾健民、顏炳華、
陳國、陳淮德、徐仁修、詹澈、陳義仁等，也因《南風》而相互連
結，吳晟在〈青春南風〉中說：「偏遠處南臺灣農業學校，竟然能連
結這麼多的年輕文學心靈，創造了『興盛』的文學風尚，的確是很難
得的因緣」[14]。吳晟離開學校後未加入過任何詩社，其以「文友」的
身分串連屏東地區寫作者的過程，是屏東文學史上重要的一頁。

　　相對於以屏東地區為範圍的「文學結社」，時序進入1960年代，
1962年7月《葡萄園》創刊，文曉村等人反對虛無、晦澀與怪誕的文
壇時尚，主張詩的健康與明朗、能掌握中國的特質並實現大眾化，吸
引了許多作家加入，徐和隣、李春生、路衛、許其正、劉廣華、杜紫
楓等屏東作家皆陸續加入。而1964年6月，由臺灣省籍詩人如白萩、
陳千武等人創立之「笠」詩雙月刊，屏東縣籍作家徐和隣、沙白、李
敏勇、曾貴海、利玉芳等亦陸續加入。1968年「盤古詩社」成立，沙
穗、連水淼等同為創社成員。再加上擅寫短篇小說的陌上桑亦與洪醒
夫等創辦《這一代雜誌》等，隨著高壓文藝政策力道減弱，資深作家
與年輕作家的連結，文學傳統與創新的衝撞，為屏東作家開始向外串
連提供了良好的背景條件。

　　徐和隣（1922-2000），屏東內埔人，曾至日本東京留學，戰後曾

13　連水淼：〈屏東・東大中學之五　給吳晟大哥〉，《與夢想拔河》（臺北：創世紀詩雜
　　誌社，2013年），頁96。
14　吳晟：〈青春南風〉，《一首詩一個故事》（臺北：聯合文學，2000年），頁179。

從事農耕十多年，後轉任徐外科醫院。國府遷臺後積極學習中文，曾參加中國文藝協會新詩研究班（葡萄園詩社前身），為葡萄園詩刊的創社同仁。出版詩集《淡水河》（1966），翻譯《現代詩解說》，曾被林煥章譽為「隱藏的星子」。

　　沙白（1944-），本名涂秀田，屏東竹田人。高雄醫學院畢業，日本東京大學研究。就讀高醫時期即於《現代文學》、《純文學》雜誌發表作品，1966年出版詩集《河品》。1967年因《笠》詩刊將其對「笠詩社」每位詩人作品的尖銳長篇評論〈笠的衣及料——我看《笠》兩年來的詩創作〉刊出，有感於笠詩社的客觀性與包容性，數年後加入「笠詩社」為同仁。後亦為「心臟詩社」、「布穀鳥詩社」同仁，曾任《現代詩頁》月刊主編、「阿米巴詩社」社長、「南杏」社長、「笠詩社」社務委員、「心臟詩社」社長、「大海洋詩社」社長、高雄市兒童文學寫作學會理事長等。為臺一社發行人，臺一牙科診所聯盟院長。出版《太陽的流聲》、《靈海》、《空洞的貝殼》，散文集《沙白散文集》，兒童文學《星星亮晶晶》、《星星愛童詩》、《唱歌的河流》、《快樂的牙齒》等書。1988年參加曼谷第十屆世界詩人大會，曼谷的英文大報 The Nation（民族報）於頭版介紹其論文〈詩是現代社會最重要的空氣〉，揚名國際，獲世界詩人大會頒發榮譽文學博士。出版中英文詩集《空洞的貝殼》受國際詩壇重視，名列「世界詩人錄」、「世界名人錄」等殊榮，1995年榮獲「1995國際詩人獎」。

五　1970年代
——文學結社與鄉土文學風潮下的屏東文學

　　1970年代的屏東文學可謂熱鬧紛呈，首先，在臺灣新生代詩人紛紛合組詩社的風氣下，由李男與文友於高雄創立的「主流詩社」，

沙穗、連水淼、張堃等於屏東創立的「暴風雨詩社」相繼於1971年成立；1975年「草根詩社」、「綠地詩社」相繼於屏東出刊《草根》與《綠地》；1971年「山水詩社」、1975年「大海洋詩社」、1978年「掌門詩社」、1979年「陽光小集」等相繼於高雄成立，也多有屏東作家參與的身影，高屏之間詩友串連結社風氣頗盛。

　　1970年代同為臺灣湧起「鄉土文學」風潮的時期，因應時代變遷，從中華民國退出聯合國到中美斷交，外交態勢雪崩式的滑落，加上在各式選舉中逐漸凝聚的黨外勢力，對臺灣土地的思索為環境條件所允許，1976年張良澤編《鍾理和全集》出版，1977年葉石濤發表〈鄉土文學史綱〉，及發生於1977-1978年的鄉土文學論戰等，都是鄉土文學熱潮可辨識的指標，而原先在西化思潮下仍糾結於橫的移植與縱的繼承爭論中的作家們，也紛紛在既有的現代主義文學技法下，以詩文創作連結社會現實，此以加入笠詩社同仁的詩風轉變最為明顯。

　　1964年《笠》詩刊創立，其時加入「笠詩社」的年輕詩人們，所發表作品仍可見內向探索與青春沈溺的詩思，但1970年代後，隨時代環境的變遷，詩風也有明顯的轉變。如李敏勇（1947-），出生於高雄旗山，1953年就讀屏東車城國小，第二學期轉屏東市公館國小，1959年就讀明正國中，1963年就讀高雄中學。早期筆名傅敏，1965年發表第一篇散文，1967年陸續發表詩、小說於《創世紀》、《南北笛》等。1968年開始於《笠》發表詩作，1969年出版詩、散文集《雲的語言》。1970年後加入「笠詩社」，1977年任《笠》主編。收錄於《鎮魂歌》、《野生思考》等詩集的詩作，「以反戰和政治違逆的主題，成為一個戰後世代，亦即戰後嬰兒潮世代的精神史見證」[15]，可見時代與文學環境對詩人的影響。

---

15 李敏勇：〈序說：詩之志，文學心〉，《多音交響・多面顯影：李敏勇精選讀本》（臺北：前衛出版社，2019年），頁2。

圖三　李敏勇／翁禎霞提供

關於1970年代風起的新興詩社，陳芳明曾分析道：

> 從1970至1974年，詩壇見證五個詩社的誕生，亦即龍族詩社、
> 主流詩社、大地詩社、後浪詩社、暴風雨詩社。這些團體的共
> 通點，在於他們是屬於沒有戰爭經驗的世代，而且都是在黨國
> 教育的環境下接受文學啟蒙。雖然在成長過程中見證反共文學
> 與現代主義文學的發展，但這個新世代能夠獨立思考時臺灣的
> 政治環境已經產生重大變化。……這些詩刊終結的時間點並不
> 一致，但是創刊號都始於1971年。[16]

這些1971年由新世代詩人所創的詩社中，「主流詩社」與「暴風雨詩
社」與屏東連結甚深。其中「主流詩社」成立較早，由黃勁連、羊子

---

16 陳芳明：《臺灣新文學史（下）》（臺北：聯經出版社公司，2011年），頁526-527。

喬、龔顯宗、凱若、杜文靖、吳德亮、莊金國、李男等於6月共同創立，詩刊7月創刊，共出十三期。而其中屬屏東縣籍作家的李男，在詩社中占有重要位置。

李男（1952-），本名李志剛，祖籍江蘇，出生於屏東，屏東高級工業職業學校、空軍通訊專修班畢業。就讀屏東高工時期便開始寫詩，1969年參與澄清湖文藝營，以短篇小說〈大人、小孩、骰子〉獲得首獎，在桑品載鼓勵下於《幼獅文藝》、《中華文藝》發表作品，散文詩〈二又二分之一的神話〉發表於《幼獅文藝》，更被洛夫編入《1970年詩選》，早年詩稿，亦有部分收入張默、管管、沈臨彬、朱沉冬合編的青年詩選集《新銳的聲音》，可被視為一個早慧的詩人。李男能寫擅畫，18歲時曾邀集友人吳勝天、林文彥、簡清淵等籌組「草田風工作室」美術設計聯誼會。也因其設計長才，除《主流詩刊》外，1975年李男又與羅青、詹澈、張香華、張豐松等文學同好於屏東成立《草根詩刊》（同年11月遷往臺北），這份具有實驗性格的同仁詩刊，初期由羅青擔任社長，李男負責支援版面設計兼執行編務，編輯部就設在屏東市民生路的李男住家。李男擅長新詩、散文與設計，出版詩集《劍的握手》（與吳德亮合著）、《紀念母親》，小說集《三輪車繼續前進》，散文集《旅人之歌》等。1985年《人間》雜誌創刊，至1989年停刊為止共四十七期的雜誌設計都出自李男之手。李男於1987年成立「李男工作室」，數度獲頒美術設計金鼎獎，是臺灣戰後崛起的1980年代美術設計家代表。

與李男同為設計專業的作家林文彥（1952-），屏東東港人，就讀潮州高中時開始鑽研現代詩與散文，與李男、吳勝天等人成立「草田風工作室」，於校刊籌辦「草田風詩畫展」多次。就讀國立藝專（今國立臺灣藝術大學）時與林興華、郭少宗等創立現代詩社團，且多次「擺龍門陣」與瘂弦、羅門及「龍族詩社」施繼善、辛牧、林煥彰等

人大談現代詩，1974年參與復興文藝營現代詩組，詩作多發表於《綠地》詩刊。1986年成立林煙設計工作室，曾任《印林》季刊主編、屏東《文化生活》副總編輯兼美術編輯、臺南應用科技大學視覺傳達設計系副教授兼主任。著有《篆刻》、《雪泥鴻爪──林文彥作品集》、《煙起林際》、《印章藝術》、《密蘇里行腳──林文彥旅美攝影集》等書。

　　同樣參與主流詩社的陳寧貴（1954-），本名陳映舟，屏東竹田人。高二開始在《水星詩刊》發表詩作，後應黃勁連之邀加入「主流詩社」，1982年加入「陽光小集」詩社，推動現代詩與民歌運動。1990年與彭邦楨籌辦《詩象詩刊》，1994年起開始創作客家詩。曾任德華、大漢出版社總編輯，傳燈出版社發行人，殿堂出版社社長等職，出版詩集《劍客》、《商怨》與《孤鴻踏雪泥》、《落葉樹》、《晚安小品》等散文集，強調「把握詩質」為寫詩的重要原則，以淺顯的文字表現詩的內容與意境。曾獲中國新詩學會詩獎、全國優秀青年詩人獎及聯合報散文獎。

　　屏東由於地處國境之南，相對於臺北都會出版蓬勃、詩社林立，成立於屏東的「詩社」相對較少，因此「暴風雨詩社」的成立可謂是屏東文學史上重要的里程碑。高中時期與吳晟相熟的「東大青年」──沙穗，邀集連水淼、張堃一同於1971年7月創立「暴風雨詩社」，發行《暴風雨》詩刊雙月刊，發刊詞〈夜來風雨聲〉中說：「我們不標榜任何流派，我們不暇計及周遭的眼光是欽佩抑或侮辱」[17]，堅持「走自己的路，寫自己的詩」，詩刊共發行兩年十三期，1973年7月因經費問題停刊。《暴風雨》中包括沙穗、連水淼、張堃、何炳純、吳晟等皆有詩作發表，甚至曾引起詩友筆戰：「『暴風雨』就在這種

---

17 沙穗：〈花落知多少？──暴風雨二周年感言〉，《臍帶的兩端》，頁55。

『口沫橫飛』之下，不得已的在第九期副刊上作了一次『保衛戰』，我們不單為『暴風雨』『作戰』，而是為整個現代詩『作戰』」[18]，都可看到沙穗與連水淼等新世代詩人以自信心向詩壇展現無畏的樣貌。

沙穗（1948-），本名黃志廣，籍貫廣東東莞，出生於上海，1949年隨父來臺。1964年就讀東大高中，主編「東大青年」，並結識當時就讀屏東農專的吳晟。畢業後考入空軍通訊電子學校，後任軍職，1968年與陳鴻森、張堃、連水淼、周豪等創辦「盤古詩社」，沙穗任社長，陳鴻森任主編，出版《盤古詩頁》，共出刊九期，因軍方政戰單位干預而停刊。1970年應洛夫之邀加入「詩宗社」，1971年於屏東創辦《暴風雨》詩

圖四　沙穗／翁禎霞提供

刊，擔任主編，1972年應張默之邀加入「創世紀詩社」。沙穗原在臺北謀事，做過螺絲工人、搬運工人、成衣廠工人、倉庫管理員、廣告企畫，1975年返回屏東，開「南北小吃店」賣麵。後任臺灣汽車公司課員，屏東監獄政風室主任。沙穗不僅詩才早慧，且對屏東詩壇貢獻頗大。曾獲「創世紀創刊卅週年詩創作獎」，出版詩集《風砂》、《燕姬》、《護城河》、《來生》、《沙穗短詩選》、《畫梅》，散文集《小蝶》、《歸宿》，文學評論《臍帶的兩端》，主編《二十世紀中國現代詩大展》等作品。

18　沙穗：〈花落知多少？——暴風雨二周年感言〉，《臍帶的兩端》，頁56。

　　沙穗早期的作品亦有當時流行的「超現實主義」、「存在主義」等以虛無為時髦的流行調子，但離開軍旅生活後的沙穗，經歷為生活奔波的困頓，失業的煎熬與生活的不如意，反而使他產出了享譽詩壇的代表作，如發表於《創世紀》詩刊的〈失業〉、〈歸鄉〉、〈賣麵〉等詩，更重要的是，在他身邊不離不棄的妻子「燕姬」成為他詩作中最重要的傾訴對象，涂靜怡稱沙穗為「專情詩人」[19]，在《燕姬》、《護城河》、《沙穗短詩選》等詩集中，都可見到「燕姬」的身影，其浪漫情詩雖有著特定對象，卻也在淺近的語言與跳躍的詩興中有著動人的力量。

　　與沙穗有深厚友誼，並與沙穗、張堃同被稱為「創世紀小鐵三角」的連水淼（1949-），祖籍福建，生於基隆，長於屏東。其父連城也是詩人，抗戰期間出版過詩集《大地之火》。連水淼1966年於《青年戰士報》副刊發表第一首詩作〈戰鬥者的頌歌〉，1970年出版第一本詩集《異樣的眼睛》，1971年與沙穗等創辦《暴風雨》詩刊，1972年創世紀詩刊復刊後成為「創世紀詩社」同仁。1972年創辦連城傳播公司，1975年創設連勝影視公司，主持公司二十三年。1980年發表於《聯合報》副刊的〈空心菜〉為連水淼的名詩，俚俗的語言與強調「把根留下來」的民族意識，被收入多本重要詩選集中。1983年作品〈迴〉由韓正皓譜曲、李恕權演唱，一曲成名，而後陸續為黃鶯鶯、鳳飛飛、蔡幸娟等著名歌手作詞，是臺灣著名的作詞人。著有詩集《異樣的眼睛》、《生命的樹》、《臺北・臺北》、《春風扶百花》、《連水淼自選集》、《在否定之後》、《首日封》等，曾獲海軍第一屆金錨獎新詩獎、全國優秀青年詩人獎，1996年獲世界藝術文化學院頒授榮譽文學博士。其詩風格如羅門所稱：「連水淼透過生存層面的種種體認與

---

19 涂靜怡：〈專情詩人──沙穗〉，收於沙穗：《畫眉》（臺北：詩藝文化出版社，2003年），頁272。

感悟，在詩中總是從冷靜的知性世界，緊緊抓住那條『感性』的動流，使生命的兩岸，不斷呈現出真實感人的景象」[20]，是1970年代屏東詩壇重要的代表作家。

張志雄（1953-2005），屏東九如人。「掌門詩社」於1978年成立，由鍾順文邀集三十多位南部愛好現代詩的青年加入，張志雄加入後曾任掌門詩社社長，高雄住所「菊花軒」為掌門詩社據點，同仁們在此研討詩作，並開闢「掌門詩廊」發表同仁詩作，互相觀摩。著有詩畫集《殘缺的圓》、《小熊‧1953──菊花軒主　張志雄詩文集》等書。

前述1950年代來臺的外省第一代作家李春生、路衛二人為進修之故，於1970年代陸續從臺東遷居屏東，作品展現其思鄉思國的情懷。李春生的妻子林玲（1941-1994），浙江樂清人，臺北市立女子師範專科學校、屏東師範專科學校畢業。就讀臺北市立女子師範專科學校時即開始寫作，主編《女師青年》。任教於太平國小時，因投稿《臺東青年》而認識主編李春生，1966年結婚，後與李春生一起遷居屏東。創作文類有散文、兒童詩與小說。曾獲文復會金筆獎、青溪文藝金環獎，著有《房子生病了》、《第一個十年》、《溫馨滿懷》、《走在寫作的路上》等書。寫作以愛為出發點，也在作品中時而展現對國家的情感，展現其對故鄉大陸的想望。

六　1980年代──解嚴文化轉型期的屏東文學

1978年中美斷交，1979年美麗島事件與隨之而來的全島大逮捕，可說是臺灣政治高壓的最後高峰，1980年代後的選舉，黨外勢力獲得更大的同情，以政治高壓確立統治主權的邏輯已然失效，風

---

20 羅門：〈抓住生命中「感性」的流動〉，《創世紀詩刊》第58期（1982年6月），頁64。

起雲湧的社會運動是長期蓄積能量爆發的產物。1987年臺灣宣布解嚴，結束長達三十八年的戒嚴時期，1980年代是臺灣解嚴前後的文化轉型期，不僅本土化的呼聲高揚，不同文類呼應著邊緣族群對中心挑戰的出現，政治詩與小說、女性主義文學、原住民文學、方言文學等興起並蔚為風潮，屏東作家也在此階段，如李敏勇、曾貴海、利玉芳、周芬伶、林剪雲、沙卡布拉揚等，紛紛有了己身創作的鮮明旗幟。

1980年代的屏東作家，也更投注心力，書寫土地、田園與社會現實，陳冠學《田園之秋》的出版標誌著屏東文學從腳下土地到永恆人文命題的緊密聯繫。隨著「本土化」時代的來臨，以縣為單位的文藝措施，帶動了地方書寫的興起，1980年10月中正藝術館成立，1984年9月中正圖書館啟用，都有著地方藝文興起的指標性意義。屏東文學也在1980年代，吹響以「屏東」為名的號角。

首先，《屏東週刊》於1980年聘請林清泉主編「椰林副刊」，1981年8月，原由文彥（李效顏）主編的《屏東青年》，因其工作繁忙，自第十四期起交由李春生與路衛合編。在《屏東青年》中，李春生與路衛二人不僅盡心編纂刊物，每期的封面詩與封底詩更出於二人之手。李春生的第一本詩集《睡醒的雨》中「鞋‧腳印」即蒐集了二十一首《屏東青年》封面詩，路衛的《屏東青年》封底詩，則收錄於其《履韻》與《訴說的雲山》詩集中。1992年，李春生與路衛更從歷期《屏東青年》中選取新詩、戲劇、小說、散文等匯成選集，出版《太陽城的歌：屏東青年選集》，可視為屏東文藝青年的作品以「屏東」之名集結的代表。

再者，朱煥文、李春生與路衛更串連發起屏東縣籍文學會，1982年成立「中國青年寫作協會屏東分會」，隔年發起成立「中華民國青溪學會屏東縣分會」，並發行《屏東青溪通訊》季刊。不定期舉辦文

藝座談會、研習班與各級學校文藝輔導活動，對推動屏東文學起了很
大的幫助。縣政府文化中心更建立文藝作家人才檔案，聘請縣籍作家
曾寬、許思、林清泉、張榮彥等人指導兒童文藝寫作研習班，舉辦文
藝作家聯誼，辦理青少年文藝營，1990年起舉辦文化講座下鄉巡迴活
動，屏東文學在政策推動下更現活力。

　　1987年5月，由李春生、路衛與臺中秦嶽、花蓮陳錦標等人，決
定重組「海鷗詩社」，並復刊「海鷗詩頁」，這些曾於臺灣東部以「海
鷗」之名集結的年輕詩人，年過半百後，再次於屏東讓「海鷗」展
翅。復刊由同仁輪流執編，以揚棄「風格一貫」的框架，每期刊物中
更有「海鷗群」詩人的著作及編著目錄介紹，相互砥礪。「海鷗群」
包括林玲、李春生、施快年、琹涵、舒蘭、秦嶽、陳錦標、朱朗、馬
瓔、洪荒、路衛等人。1988年，更共同以「海鷗詩叢」的名義各出一
本詩集，「以重展『海鷗』的雄風」[21]，引起文壇注目。

　　延續1970年代視角轉向鄉土的風潮，在1980年代以《田園之秋》
揚名文壇的陳冠學（1934-2011），可說是屏東文學最重要的代表作
家。陳冠學，本名陳英俊，屏東新埤人。國立臺灣師範大學國文系畢
業。曾任國中、高中教師。1959年任教於潮州中學，並開設萬隆印刷
廠。1970年出版第一本論述《象形文字》。1971年擔任三信出版社總
編輯，期間出版對中國哲學的論述思考如《論語新注》、《莊子新
傳——莊周即楊朱定論》、《莊子宋人考》、《莊子新注》。1975年任教
新埤國中，1981年辭去新埤國中教職，移居高雄澄清湖畔，同年11月
參與臺灣省第七屆省議員選舉，提出對於臺灣原始森林的維護等政
見，可惜落選。12月開始動筆撰寫〈田園之秋〉日記，1982年搬回屏
東新埤萬隆村老家，開闢農園，此後專事寫作，陸續出版《田園之秋

21　文曉村：〈走過歲月走進詩——評「海鷗詩叢」四書〉，《文藝月刊》第231期（1988
　　年9月），頁44。。

（初秋篇）》（1983）、《田園之秋（仲秋篇）》（1984）、《田園之秋（晚秋篇）》（1985），1986年由前衛出版社集結出版為《田園之秋》。這本被葉石濤稱為「臺灣三十多年來注意風花雪月未見靈魂悸動的散文史中，獨樹一幟的極本土化的散文佳作」[22]，在田園生活日記的質樸語言中展現深厚的人文素養、生命觀照與文人風骨。陳冠學並陸續出版散文、小說與語言研究如《父女對話》、《第三者》、《藍色的斷想──孤獨者隨想錄》、《訪草》、《覺醒：字翁婆心集》、《高階標準台語字典》、《陳冠學隨筆：夢與現實》、《陳冠學隨筆：現實與夢》等書。曾獲中國時報散文類推薦獎、吳三連文藝獎散文獎、臺灣新文學貢獻獎肯定。

在關懷現實、書寫本土的藝文環境中，屏東縣籍作家對田園故鄉與社會現實的書寫，乃為1980年代屏東文學的重要面向。

張榮彥（1940-2000），屏東滿州人。滿州國民學校、恆春中學初中部、花蓮師範學校畢業。後任教國小、國中，1980年〈外曾祖母的故事〉獲聯合報中篇小說獎，1983年轉任屏東縣新園國中並持續創作，著有《外曾祖母的故事》、《牧鴨女》、《星星落下的那晚》、《草地男孩》等書。小說場景多發生於屏東滿州或其他鄉鎮田園，以人物與情節鋪陳屏東農村人事風情。

曾士魁（1943-），屏東內埔人，臺東師範學校普師科、高雄師範學院畢業，曾任國小、國中教師。於教學閒暇，記錄生活感想、處事經驗、教學心得等，文字平易，作品多發表於《巒中青年》、《屏東青年》、《六堆雜誌》等屏東地方刊物。著有《歲月拾掇》等書。

葉菲（1945-），本名葉輝明，屏東高樹人。曾任職於中央電影製

---

22 葉石濤：〈《田園之秋》代序〉，收於陳冠學：《田園之秋》（臺北：草根出版事業公司，1994），頁4。

片場，後擔任高樹國中國文教師。期間創設地方報刊，以期提升高樹藝文氣息與傳達地方訊息，報導文學、小說、散文兼擅，作品風格充滿鄉土氣息，人物真實生動，曾獲中國時報徵文報導文學類首獎、國軍文藝金像獎、高雄市文藝獎、中山文藝獎等重要獎項，著有《荖濃溪畔》等書。

　　許思（1947-2022），本名許順進，屏東潮州人。1975年開始寫作，以散文、評論與臺語詩為主，以筆名許思寫散文、小說，以筆名「無心柳」寫政治、社會、教育評論等。1983年出版第一本散文集《鄉野拾趣》，收集了他在1970年代「農牧教三樓」生活所見所聞所感。後陸續出版散文《臺灣粉鳥》、《我家住在動物園》，小說《幽幽玉蘭香》、《曇花與女兒》等書。描寫臺灣的社會變遷，懷舊失落的自然景物，亦撰寫政治評論如《臺灣厚黑學》、《選舉厚黑學》。退休後致力推廣臺語文學與文

圖五　許思／黃文車翻拍自「屏東文學身影：寫台灣文唱台灣味——許思」

化，編著有《海伯仔e歌》、《大武山跤唱透透》等臺語四句聯作品。

　　張瑞麟（1954-），屏東滿州人。海洋大學畢業，曾任海關職員，赴貝里斯從事蝦苗養殖。以《簡單過去式的所有格》書寫社會問題，曾獲吳濁流小說獎佳作。

　　在1980年代以鄉土記憶回溯與詮釋屏東土地人情與歷史，且創作質量甚豐，被林剪雲稱為「在地文學守護者」[23]的曾寬，當有屏東文學史上的重要地位。

---

23 林剪雲：〈在地文學守護者：曾寬〉，《文訊》第347期（2014年9月），頁28。

曾寬（1941-2022），屏東竹田人，高中畢業時舉家遷居潮州。其父原有志從事文學創作，但國府接收臺灣後禁用日文發表，因無法跨越以漢字寫作的門檻而只能忍痛放棄文學夢。曾寬自幼受父親影響，從竹田國小時即大量閱讀課外書，內埔中學時期開始練習寫作小說，就讀潮州高中時開始投稿。後考取世新專科學校（今世新大學）廣播電視科，持續投稿近一年，方有了第一篇〈海的兒子〉短篇小說發表於《大華晚報》。高雄服役期間，於《文壇》發表長篇小說〈天一方〉，退伍後進入屏東民立電臺，也繼續於報刊發表小說。1968年起進入潮州國中任教，至2004年退休。

曾寬小說多以鄉土小人物為主，且在人物的互動與情節推演中，可看到曾寬所堅持的人道主義與傳統家庭價值，本著「所有的文學作品都要宣揚愛和關懷，達到撫慰人心的作用」[24]的理念創作，除小說外，亦創作散文、兒童文學與報導文學，以寫實、自然、樸素的語言，感動人心。於1980年代共出版《陽光灑在荖濃溪》、《南柯非夢》、《落霧》、《變色的月亮》等書，1990年後更有散文《走過檳榔平原》、《陽光札記》、《田園散記》、《田園札記》，小說《紅蕃薯》、《出堆》，報導文學《畫翼天使楊恩典》，兒童文學《變色的月亮》、《富庶海岸》、《小冬的夏天》等作品出版。曾寬曾任高雄百盛出版社總編輯，期間對文友許思與文學後進的書籍出版皆有協

圖六　曾寬／翁禎霞提供

---

24 林剪雲：〈在地文學守護者：曾寬〉，《文訊》第347期，頁33。

助與鼓勵；2015年也號召組織「大武山文學創作會」，主張作品要觀摩交流，鼓勵會員創作並集結成書；為維護客家文化，2011年成立「曾寬文學獎基金會」，每年獨自出資十萬元作為獎金，舉辦以客語寫作的「六堆文學獎作文比賽」，鼓勵客家子弟寫作。長篇小說《出堆》，更是受曾秀氣之邀，為六堆人呈現六堆客家歷史與精神的歷史小說。曾寬以屏東作家身分自居，也努力以屏東作家的能力範圍，深化與延伸屏東在地文學的內涵。

　　1980年代文學環境除了加深屏東文學在地書寫的動能與範疇外，在高壓政治走向鬆綁的解嚴文化轉型期，1980年代也是本土意識更強調社會與政治反省的時期。1970年代「笠詩社」所展現的社會關懷，在1980年代進而以「臺灣意識」思索詩與人民及國家前途的聯繫。如陳芳明對1980年代臺灣文學的分析：「次第加入笠集團的戰後世代詩人，包括李敏勇、曾貴海、利玉芳……，日益成為詩社的中堅。他們一方面傳承戰爭世代詩人的憂傷，一方面則開創戰後知識分子的批判精神。他們與前行代最大不同之處，就在於放膽介入政治論述之中」[25]。

　　李敏勇於1970年代開始的政治思考，到了1980年代更見對政治現實的批判力道，他說：「1980年代，詩集《戒嚴風景》更直指黨國體制下的現實。這是我詩的原型，是在《笠》的詩人學校得到啟諭、經過洗禮後的面向」[26]，因此，李敏勇也開始積極介入社會，於1987年參與發起「臺灣筆會」，1988年擔任現代學術研究基金會董事長，1991年組「四七社」，1992年獲選臺灣筆會會長。1999年任鄭南榕基金會董事長，2000年任臺灣和平基金會董事長。於此積極介入社會期間，亦

25　陳芳明：《臺灣新文學史（下）》，頁505。
26　李敏勇：〈序說：詩之志，文學心〉，《多音交響・多面顯影：李敏勇精選讀本》（臺北：前衛出版社，2019年），頁2。

圖七　曾貴海／翁禎霞提供

圖八　利玉芳／翁禎霞提供

出版多本詩集、評論集、隨筆集，各個著作都可見李敏勇的以詩介入社會與政治現實的力道。

曾貴海（1946-），屏東佳冬人。其積極介入現實的力道不亞於李敏勇，在南臺灣長期領導社會運動與團體，也令他有了「南臺灣綠色教父」的稱號。[27]

利玉芳（1952-），屏東內埔人。1970年代末期加入「笠詩社」，其以社會生活經驗與心靈醞釀後的新鮮語言為詩，加上「笠詩社」當時本土性詩學的旗幟已非常明顯，「政治詩」成為利玉芳以臺灣意識為軸心用心經營的文類，且其政治詩作特出之處，如孟樊分析：「利玉芳的政治詩……常以所謂的母性思考來凸顯她的臺灣意識，而她慣用具女體意象的語言，也成為其政治詩之異於多數男性詩人的所在」[28]，在利玉芳政治詩寫中女性主體，可謂當時笠詩社中的特殊風景。

1980年代在各方衝撞之下，女性主義文學也在爭取婦權的呼喊中蔚然而起。利玉芳詩作的最大特色，即在於其以女性主體出發自身體至情慾的大膽書寫，如其〈給我醉醉的夜〉詩

---

27 關於曾貴海的文學成就，留待第六章「屏東的客家現代文學」詳述。

28 陳俊榮：〈利玉芳的政治詩〉，《當代詩學》第4期（2008年12月），頁81。

中大膽的情慾撩撥，在1980年代的時代氛圍中，顯得大膽又前衛。利玉芳於詩領域，以女性身體探索詩的邊界。

　　小說領域中，林剪雲則以既通俗又深刻的小說，傳達女性在傳統父權社會下的束縛與掙扎。林剪雲（1957-），屏東恆春人。高雄女子高級中學、國立高雄師範大學國文系畢業。十五歲即於《中華日報》副刊發表第一篇小說〈雨停了〉。曾任桃園縣國中教師，獲全國教師文藝營小說獎。1985年調後壁高中擔任國文教師，隨夫張瑞麟前往貝里斯進行蝦業養殖，離開貝里斯後轉往美國各地遊歷，返臺後於內埔農工任教。林剪雲小說擅以傳統婦女於倫理價值的束縛下所受限制為故事主軸，也同時以傳統婦女堅韌生命為劇情推演，而蘊藏其中女性應為自身突破父權壓迫的精神更可於閱讀中閃現。且其小說場景空間多為屏東鄉鎮，近年出版「叛之三部曲」，更以「大河小說」的形式，以萬丹為空間，書寫以二二八事件（《忤》）、美麗島事件（《逆》）為背景的歷史小說。林剪雲曾獲新聞局優良電影故事獎、臺灣省兒童文

圖九　林剪雲／翁禎霞提供

學創作獎優等，第一屆大武山文學獎長篇小說首獎、臺灣新和平基金
會臺灣歷史長篇小說首獎等獎項。著有多本小說，如《火浴鳳凰》、
《我的學生秀蘭：一個錯誤的印記》、《女子情愛》、《彩虹橋》、《暗夜
中的女人》、《恆春女兒紅》等，並有《斷掌順娘》、《世間父母》、《火中
蓮》等知名電視劇本。其小說多以屏東為場景空間鋪衍女性故事，可
謂是屏東女性主義文學的重要代表。

　　同樣在女性主義文學盛行的時代，周芬伶以散文自剖創造出獨特
風格，揚名文壇。周芬伶（1955-），屏東潮州人。屏東女子高級中
學、國立政治大學中國文學系畢業，東海大學中國文學所碩士，東海
大學中文系教授退休。在屏東女中時期，即於校刊發表文章，以「沈
靜」為筆名，1985年出版第一本散文集《絕美》，「以一種女子特有的
婉約筆觸，寫下了成長過程中的瑣事點滴」[29]，在「絕美」時期，周
芬伶相信人性本善，作品充滿歡愉與情愛。1989年《花房之歌》、1992
年《閣樓上的女子》都讓我們看到周芬伶生活點滴隨著愛情、婚姻、
搬遷離島澎湖、生子等在心境上的變化。1996年《熱夜》、2000年
《戀物人語》、2002年《汝色》，便可見周芬伶散文書寫的轉折，她開
始以自剖性的散文，挖掘、追索自身的情感與困境，從中看到各種父
權社會強加於女人身上的束縛，並坦然面對自身在婚姻關係中的挫
敗。可以說，周芬伶後期創作的決絕姿態，幾乎成為臺灣女性主義文
學的散文代表，亦同時是屏東女性主義文學的鮮明面目。

　　在臺語文學方面，則有沙卡布拉揚（1942-）。本名鄭天送，屏東潮
州人。淡江大學中國語文學系畢業，日本大學文學研究科碩士，日本
大學文學科博士班進修。曾任潮州高中、高雄中學教師，三信出版社
編輯，日本地球語（ESP）學會會誌《綠蔭》（*La Verda Ombro*）執行

---

29 吳鳴：〈孤絕之美──試評「沈靜」散文集「絕美」〉，《文訊》第21期（1985年12月），
　　頁231。

編輯。高中時期即開始寫作，1959年自
作第一本詩集《烏色兮太陽》。後以鄭
穗影為筆名，進行中文寫作，曾出版
《尋鳥人》、《美麗島牧歌》、《一字一天
地》等詩集。1982年赴日本進修博士課
程期間，透過臺語詩寫表達對屏東的家
鄉情懷，陸續出版臺語詩集《露杯夜
陶》、長篇臺語敘事詩《孤鷹》等。1988
年起，擔任日本大學、專修大學、亞細
亞大學講師。「沙卡布拉揚」是其參加世
界地球日學會時，由排灣族語中挑選出

圖十　沙卡布拉揚／
黃文車拍攝

來的名字，作為其臺語文學的筆名。後更有《沙卡布拉揚四行詩
集》、《台語文學生態 e 觀想》、《魔神仔契約》、《浮雲短句》等十餘本
臺語文學著作。2019年的《霧城》更以臺語長篇小說的形式，科幻的
筆法，傳達其政治意識與土地認同，堪為臺灣臺語文學的代表作。

　　1980年代，同樣也是臺灣都市化發達，產業由農業轉為工商服務
業的年代，「都市文學」在當時新世代作家高喊「都市就是我的鄉
土」時，以反抗相對霸權的「鄉土文學」論述的姿態出現。

　　葉姿麟（1960-），屏東市人，國立臺灣大學動物系畢業，曾任臨
床醫學研究助理，後從事文字工作，擔任《台北評論》執行編輯、《自
立晚報》新象書坊編輯，遠流出版公司編輯，城邦出版集團紅色文化
公司總編輯。1985年開始發表小說，其有別於傳統寫實的筆法與對都
會生活的反映，吸引當時文論家林燿德注意，以其第一本短篇小說集
《都市的雲》（1987）為臺灣新世代都市文學代表。後有《曙光中走
來》、《陸上的魚》、《她最愛的季節》、《愛，像一隻貓行走在屋頂》、
《雙城愛與死》等小說出版。

　　都市的快速發展與經濟活動的蓬勃也帶動出版業的發達,造就了許多能風靡讀者的知名作家。在屏東作家中的西沙,實為1980年代讀者心中重要的名字。

　　西沙(1964-),本名洪達霖,屏東市人。屏東農業專科學校獸醫科畢業,美國康乃迪克州立大學環境教育碩士、太平洋海岸大學環境教育博士。早期在「林白出版社」、「島嶼文庫」、「希代出版社」等出版多本通俗小說與散文,小說描寫社會現實與都會生活,散文多描寫生活與旅遊見聞,風格浪漫,且善用年輕語言,1982-1996年間,共出版小說十七冊,散文二十二冊,另包括兒童文學與詩集《沙鷗的天空》。

　　作品內容能以清麗文字表達人生正面省思而入選國文課本的散文作家琹涵(1949-),本名鄭頻,屏東市人。中國文化大學畢業,曾任國中、高中教師。為「海鷗詩社」成員,創作以散文為主,亦有詩、傳記與兒童文學。散文以多年教學經驗呈現生活所見所聞,以親情、友情、師生之情為底蘊返照人性,風格溫暖誠摯,著有《生命之愛》、《陽光下的笑臉》、《忘憂谷》等書,曾獲中山文藝獎散文獎。

　　於臺灣現當代文學占有重要位置的編輯封德屏(1953-),籍貫廣西容縣,出生於屏東。淡江文理學院(今淡江大學)中國文學系畢業,南華管理學院(今南華大學)出版學碩士、淡江大學中國文學所博士。大學期間即寫作感性的抒情小品發表,曾任《女性世界》、《愛書人》雜誌編輯,出版家文化公司主編,中國婦女寫作協會常務理事、理事長,於編書、讀書時亦有小品散文書寫,現任文訊雜誌社社長兼總編輯。曾獲中興文藝獎、中國文藝協會文藝工作獎、金鼎獎特別貢獻獎等。她以對臺灣現當代文學的熱情,定期企畫主持全國性的文學會議與活動,多次主編《臺灣文學年鑑》、《中華民國作家作品目

錄》等書。著有散文《美麗的負荷》，編有《比翼雙飛》、《筆墨長青》、《智慧的薪傳》、《我們的八十年》、《台灣文學年鑑一九九六～一九九九》、《台灣作家作品目錄》、《台灣現當代研究資料彙編》等書。對於臺灣現當代文學研究資料整理，有著舉足輕重的影響力。

　　1980年代，在此一解嚴文化轉型期從事創作並於文壇為人熟知的屏東縣籍作家，還有徐木蘭等人。

　　徐木蘭（1949-2010），筆名鄭牧，屏東麟洛人。國立政治大學新聞系畢業，美國夏威夷大學碩士、俄亥俄州立大學管理學博士。曾任教於美國夏威夷大學、英國倫敦企管學院、瑞士國際管理發展學院、美國哈佛大學及國立政治大學、國立陽明交通大學、國立臺灣大學。創作以散文為主，以積極的態度面對人生，以企業管理的觀點提示如何發揮生命尊嚴，以樂觀、創意面對人生。著有《見樹又見林》、《觀念的火種》、《辦公室的革命》、《先馳得點》、《乘勝追擊》等書。

　　杜紫楓（1950-），筆名紫楓，祖籍河北豐潤，十二歲定居屏東迄今。國立屏東師範學院語教系畢業。1980年代以兒童文學創作知名，曾任公共電視「童詩童心」諮詢顧問，獲教育廳兒童舞臺劇本獎、國語日報兒童文學牧笛獎等，1990年代詩創作受矚目，1995年獲中華民國新詩學會優秀青年詩人獎，2008年獲北京文海圖書編物中心頒授中華詩詞創作實力獎「金獎」。為葡萄園詩社、大海洋詩社同仁。詩集《楓韻》中對情愛的追求，突破傳統女詩人的婉約形象，詩作情感真摯、積極樂觀，頗受葡萄園詩社同仁讚賞。

　　白葦（1953-），本名林鈴，屏東崁頂人。高雄醫學大學護理系畢業，國立成功大學中國文學系、高雄醫學大學護理研究所在職專班畢業，國立陽明大學護理系博士。曾加入「阿米巴詩社」，獲鹽分地帶文學營現代詩獎、大武山文學獎新詩首獎等。出版詩集《白衣手記》、《海岸書房》等。

　　劉廣華（1953-），省籍廣東，出生於屏東。政治作戰學校政治系畢業，軍職退役後進入國立臺灣師範大學取得教育學博士。創作文類以現代詩、散文為主。曾任教國防大學、萬能科技大學、銘傳大學等，中廣電臺「心靈環保」節目主持人。創作文類以現代詩與論述為主，致力推動生命關懷與人道主義。曾獲中國優秀青年詩人獎、青溪文藝金環獎、國軍文藝金像獎等。著有詩集《晚晴小集》、《梅花戀》、《生命的長廊》等。

　　郭明福（1953-），屏東人。東吳大學中文系畢業，曾於國小任教。創作以散文及文學評論為主，書寫童年等生活記憶，語言平易，不喜雕琢。著有《溪鄉鴻影》、《年華無聲》、《琳瑯書滿目》等書。

　　吳英女（1958-），屏東人。中國文化大學哲學系畢業。曾任國小教師、編輯，《幼獅月刊》特約採訪，《講義》雜誌專欄作者。作品以散文為主，兼及小說。文筆沈靜清淡，著有《布袋蓮》、《何當共剪西窗燭》、《似水柔情》等書。

　　洪柴（1961-），本名洪國隆，屏東萬丹人，東吳大學中國文學系畢業，國小教師。大學時曾與路寒袖、盧思岳、林沈默等人合辦《漢廣詩刊》，也將自己「青髮少年」時期的詩作稱為「漢廣時代」[30]。創作以詩為主，曾獲雙溪現代文學獎、大武山文學獎等。出版新詩、散文合集《洪纓丹》等書。

　　陳田鴻（1963-），屏東九如人。作品以小說為主，擅長描寫鄉土小人物甘苦，抒情真摯，刻畫鮮活，作品多發表於《臺灣新聞報》、《臺灣時報》、《臺灣日報》等報，著有《人生》等書。

---

30 洪柴：〈自序〉，《馬纓丹》（屏東：屏東縣立文化中心，2000年），頁7。

七　1990年代
——「在地主義」政策下扎根茁壯的屏東文學

　　1990年代的屏東文學，是臺灣「社區」議題隨著社會改造所帶動的本土認同風潮的縮影。1992年李登輝提出「生命共同體」主張，以臺灣為想像範圍，重塑集體記憶與並重新詮釋集體生活方式，1993年行政院文建會副主委陳其南建議「社區總體營造」方向，1994年「社區總體營造」列為文建會施政之政策，也因此，「文建會將過去『國族主義』邏輯主導的文化政策，轉型為『在地主義』邏輯主導的文化政策」[31]。承繼1980年代的本土化風潮，1990年代以更精緻、更深刻的方式進行地方文化傳承。

　　於「在地主義」主導的文化政策下，屏東縣政府文化處1993年開始編印《屏東縣作家作品集》，在正式的編審中，讓縣籍作家有出書的管道，也讓許多屏東縣籍作家過去的文稿能夠因此被整理與保存，如「屏東縣作家作品集」徵件辦法中提到：「為蒐集地方文學史料，全面整理保存並推廣當代文學作家作品，提供文學研究者具體參考的資料，以扶植具發展潛力之文學創作人才，創造本縣豐富多元的文學作品」。收於「屏東縣作家作品集」中的李春生《睡醒的雨》與路衛《履韻》，皆為二人的第一本詩集，可見該文庫的重要性。

　　綜觀1993-2000年「屏東縣作家作品集」名單，可發現屏東資深作家的作品，如曾辛得、朱煥文、李春生、路衛、陳城富、莊世和、陳性耀、黎華亮、林清泉、許其正、沙穗、連水淼、許思、曾士魁等，多因「屏東縣作家作品集」而有重要作品傳世，也同時令1960年代左右出生，如張月環、蔡森泰、張太士等於1990年代開始投入文壇的屏

---

31 李謁政、陳亮岑：《重修屏東縣志：文化型態與展演藝術》（屏東：屏東縣政府文化處，2014年），頁197。

東縣籍作家，有了被發掘與看見的機會。亦有如王建生、童元方等人開始出版小說、散文與詩的創作，於1990年代廣為文壇所知。

張月環（1955-），屏東人，日本安田女子大學文學博士，曾任智燕、欣大等出版社編輯，屏東商業技術學院（今屏東大學）日語系主任，屏東大學應用日語系副教授退休。二次出國留學，創作以散文與詩為主。著有詩集《風鈴季歌》、《水果之詩》，散文集《家鄉的雨》、《我與巴爾克》，論文集《川端康成之美的性格》，並編著《童詩天地》等書。

張太士（1969-），屏東市人。臺東師範專科學校、屏東師範學院畢業。作品常發表於《葡萄園》、《西子灣》副刊及《臺灣時報》副刊，詩作題材多元，曾獲新詩學會優秀青年詩人獎，著有《夢被反鎖》等詩集。

王建生（1946-），屏東佳冬人。東海大學中國文學系、所畢業。曾任東海大學中國文學系教授兼系主任。創作以文藝評論、古典詩為主。出版《鄭板橋研究》等多本學術著作。1981年起主編《東海文藝》季刊，1990年出版《王建生詩文集》，後包括《建生詩藁》初集、《涌泉集》、《山水畫題詩集》、《山水畫題詩續集》等，多為古典詩集結。《山濤集》與《星斗集——王建生現代詩選》，則蒐集散文、演講詞與現代詩。

童元方（1949-），祖籍河北宣化，屏東市人，居於屏東勝利新村。中正國小，屏東女子高級中學初中部畢業。1964年北上唸書，1967年北一女畢業進入國立臺灣大學中國文學系。1972年赴美留學，美國俄勒岡大學藝術史、東亞研究雙碩士，哈佛大學博士。曾任香港中文大學翻譯系教授、香港東華學院教授兼語言及通識中心主任，2013年返臺後任教東海大學外國語文學系兼任文學院院長。國中即開始寫作，升大學時開始積極以散文創作，散文作品發表於系刊並於校內

獲文學獎肯定。惜因出國留學與婚姻問題而停筆十餘年。重新提筆創作後，1996年由爾雅出版社出版第一本散文集《一樣花開──哈佛十年散記》，移居香港期間，先後出版《水流花靜──科學與詩的對話》、《愛因斯坦的感情世界》、《為彼此的鄉愁》、《遊與藝──東西南北總天涯》、《閱讀陳之藩》、《在風聲與水聲之間》等散文集。童元方散文文筆清麗，筆觸時而沈穩時而任性，知性與感性交融，2018年被舒非選為「香港散文十二家」出版系列叢書，於香港當代文學中占有一席之地。

阮慶岳（1957-），屏東潮州人。淡江大學建築系學士、美國賓夕法尼亞大學建築碩士，曾任職美國芝加哥、鳳凰城建築公司多年，元智大學藝術創意系專任教授退休。創作文類包括散文、小說及建築論述等。著有小說集《曾滿足》、《蒼人奔鹿》、《重見白橋》、《秀雲》、《林秀子一家》、《一紙相思》，散文集《一人漂流》，建築論述《弱建築》等。曾獲臺灣文學獎散文首獎及短篇小說推薦獎，巫永福文學獎等。獲國藝會長篇小說獎助，2016年出版的《黃昏的故鄉》，以屏東潮州為主要場景，是阮慶岳近年的代表作品。

凌明玉（1959-），屏東鹽埔人。空中大學人文系畢業，臺北教育大學語文與創作學系碩士。曾任出版社編輯、童書繪本主編，兒童作文班教師，為耕莘青年寫作會成員。曾獲臺灣省教育廳兒童文學獎、世界華文成長小說獎、林榮三文學獎、吳濁流文藝獎等。創作以散文及小說為主，著有《愛情烏托邦》、《不遠的遠方》、《看人臉色》、《缺口》、《聽貓的話》、《我只是來借個靈感》、《藏身》等書。

曾蕭良（1961-），屏東市人。國立臺灣師範大學美術系畢業，文化大學藝術研究所碩士與史學研究所博士，英國萊斯特大學博物教學研究所博士。《雙子星人文詩刊》創辦人、《漢家雜誌》總編輯與《藝術貴族》主編。曾任教淡江大學、臺南女子技術學院，現任臺灣

師範大學藝術史研究所教授。獲中華民國青年詩人獎,著有詩集《冥想手札》等書。

黃喜(1962-),本名韓政良,屏東市人。世新大學編採科畢業。曾任春天出版社主編、總編輯、社長,耶魯國際文化公司發行人,法蘭克福出版社負責人。作品以散文為主,著有《你還愛我嗎?》、《放走愛情》、《感激傷痕》等書。

何修仁(1964-),屏東內埔人。國立中央大學中國文學系及研究所畢業。曾服務於國立聯合工業專科學校,現任國立聯合大學華語文學系副教授。著作以文學理論、繪畫欣賞、佛學為主。著有散文集《法雲》、《禪歌》、《九十九朵曇花》等書。

對文學有強烈興趣,在恆春偏鄉開設診所照顧鄉里也不忘文學夢的戴鐵雄醫師,亦可被視為屏東文學特殊的存在。戴鐵雄(1934-),屏東東港人。東港國民學校、屏東中學初中部、臺南第一高級中學、國立臺灣大學醫學院畢業。1966年起擔任省立屏東醫院恆春分院院長,1969年,開設恆春戴外婦產科診所至今。其作品靈感取自生活,語言樸實又時有特殊表現。後期投入創作,著有長篇小說《坎坷路》、《法醫奇緣》,政論集《落山風診療室》、《落山風急診室》、《落山風手術室》、《落山風復健室》、《恆春灣的沉思》等書。

1990年代承繼1980年代的衝撞力道,在李登輝執政下臺灣民主化進程加速,1994年直轄市市長直選,1996年總統直選,都是臺灣民主化歷史的具體指標。也在此時,1980年代開始集結以文學切入現實,以邊緣挑戰中心的文類亦更見蓬勃,不僅識見更深刻,表現形式也更多元。包括政治評論、女性主義文學、原住民文學等,都有屏東縣籍作家更大的施展空間。前述周芬伶、林剪雲等女性主義文學於此時期更見成熟與批判力道,而政治評論方面,則當以魚夫為代表。

　　魚夫（1960-），本名林奎佑，屏東林邊人。是臺灣漫畫家與政治評論家。輔仁大學經濟系肄業，政治大學科學管理研究所畢業。早期於報章發表政治漫畫，1990年代起於 TVBS、超級電視臺、三立臺灣臺等頻道主持政論節目。2001年成立「甲馬創意股份有限公司」，2005年擔任華視執行董事。2015年獲邀擔任嘉義市駐市作家。從早期創作與政治的緊密聯繫，到後期以「慢活」情調書寫都會之外的生活美好，都能以他聰慧的語言展現才氣。著有《魚夫的黑色幽默》、《雲林輕旅行：魚夫手繪散步地圖》、《桃城著味：魚夫嘉義繪葉書》、《樂居臺南：魚夫手繪鐵馬私地圖》、《戀戀故鄉屏東行》等書。

　　在原住民文學方面，屏東縣籍原住民作家利格拉樂・阿𡠄、奧威尼・卡露斯，與移居屏東市的霍斯陸曼・伐伐，皆於1990年代成為屏東原住民文學重要的代表人物。[32]

　　1999年，屏東縣政府舉辦的第一屆大武山文學獎，可說是屏東文學史在二十世紀末最重要的里程碑。時任縣長的蘇嘉全，以「大武山文學獎誕生了」為題，訴說「大武山孕育屏東平原，卻因為缺乏介紹，使外界對其了解有限，鄉親們更苦於缺乏文學介紹而一知半解，大武山文學獎即是藉由文學符號與技巧，呈現屏東風土民情，講述一個感動的故事」[33]，所以大武山文學獎亦等於是提供熱愛屏東土地的創作者能有講述與表達屏東情感的機會。第一屆大武山文學獎設置了報導文學、長篇小說、短篇小說、散文、新詩、劇本等獎項。得獎人除資深屏東作家黃基博（短篇小說）、許其正（劇本）外，包括江海（報導文學）、林剪雲（長篇小說）、郭漢辰（散文）、涂耀昌（新

---

32 此三位作家的文學成就留待第四章說明。

33 蘇嘉全：〈縣長序：大武山文學獎誕生了〉，《第一屆大武山文學獎得獎作品集》（屏東：屏東縣立文化中心，1999年）。

詩）等，都是二十一世紀後屏東文學開展的主力。二十一世紀的屏東文學，也正從「大武山作家群」開啟新的一頁。

八　2001年迄今──持續加深與擴延的屏東文學

　　1999年開始的「大武山文學獎」至2021年滿二十屆，2022年改名為「屏東文學獎」。受文學獎鼓勵的屏東縣民、學生、教師加入創作行列，以詩文連結屏東風貌，填補了地方文學的重要內涵。獲獎的屏東縣籍作家包括黃慶祥、黃明峯、郭漢辰、傅怡禎、黃碧燕、翁禎霞、楊政源……等，這些獲得大武山文學獎肯定，懷抱「大武山情懷」也心繫屏東文學發展的作家們，在「屏東文學」這個符號中持續以自己的創作填補意義，可稱為屏東文學的「大武山作家群」。

　　首先，大武山文學獎不僅每年選出得獎作家與作品，更帶動了「大武山文學會」與「屏東縣阿緱文學會」的相繼成立。「大武山文學會」的主要發起人江海曾說：「屏東縣大武山文學會的成立，只是希望撒播更多的文學的種籽，拿起筆來書寫屏東……」[34]，2002年2月8日，由江海、曾喜城、郭漢辰、涂耀昌、傅怡禎、吳順文、鍾金男、宋鎮熬、高德福、周秋屏、劉玉葉等人發起，以「結合屏東地區熱愛文學人士，共同培養讀書風氣，提升文學創作能力，研究屏東文學理論與文藝刊物編採的方法」為宗旨，成立「大武山文學會」，會員達109員。

　　再者，大武山文學獎也「標示著一群著力於地方文學獎的生力軍從故鄉崛起」[35]。2006年，五位得過大武山文學獎的創作者郭漢辰、

---

34 江海：〈屏東文學，文學屏東──從屏東縣大武山文學會的成立省思屏東文學〉，《文化生活》，頁94。

35 郭漢辰：〈幽然想起，劈向四面八方的創作──讀傅怡禎小說集有感〉，收於傅怡禎：《幽然想起》（屏東：屏東縣立文化中心，1999年），頁4。

黃碧燕、傅怡禎、黃芩、黃明峯，同於當年參加高雄市打狗文學獎並
拿下獎項，令在地深耕的作家們士氣大振，邀集文友楊政源、黃文
車、賀樹棻、李實強等，共同成立「屏東縣阿緱文學會」。後梁明
輝、劉誌文、涂耀昌、高菀等人，藉由「大武山文學獎」頒獎的聚
會，開始凝聚共識，成立定期讀書會，經過一年多的磨合與努力後，
2008年3月9日於屏東公園唐榮堂正式成立擁有57位會員的「屏東縣阿
緱文學會」。「屏東縣阿緱文學會」在理事長郭漢辰的努力下，與屏東
縣政府的資源相串連，舉辦各項文藝講座、文藝營、校園巡迴座談、
南部詩友聯繫活動，對於厚實屏東文學內涵，推廣屏東文學不遺餘
力，2010年獲「臺灣省政府年度績優詩社」的肯定。

　　「大武山文學獎」透過歷屆作品形塑的「屏東符號」，也讓屏東
得以透過詩文形式表現地景人情之美。在地方政府施政方針以地方性

圖十一　屏東縣阿緱文學會成立大會／翁禎霞提供

為主調時，這些「大武山作家群」能更快也更密切與相關文化計畫相串連。2018年屏東縣政府與臺灣文學館齊東詩社合辦之「屏東現代詩展」，以詩展示屏東之美，所選詩作多為「大武山作家群」詩作；2019年臺灣設計展中「屏東專區」，展示屏東不同語言、族群創作詩人與投影朗誦，便邀請傅怡禎（華文）、黃明峯（臺語）獻詩亦獻聲。「大武山作家群」筆下的屏東符號，可說是傳遞屏東之美時，最重要的「公共財」。

「大武山作家群」中，江海發起成立的「大武山文學會」，讓大武山文學獎的參與者對屏東文學有了更強的向心力與更大的想像空間。江海（1969-），本名江大昭，高雄市人。新聞工作者，服務於報社、電臺及電視臺，曾任觀昇有線電視節目部主任及潮州高中「大眾傳播社」指導老師、屏東《文化生活》雜誌副總編輯。2000年方移居屏東，同年出版之《屏東履痕：江海報導文學作品集》為過去三年探訪屏東而發表於各大報章雜誌之文章，書中說道：「屏東，滋潤了我的心靈，豐富了我的視野，我所能回饋的就是不停地寫，不斷地拍吧！」[36]因熱衷屏東族群文化之鑽研，創設江海文史傳播工作室，著有《漂流兩千年》、《細說保力》與《念念屏東情》等書。

第一屆大武山文學獎新詩首獎得主涂耀昌（1959-），屏東竹田人。屏東高中、世界新聞專科學校編採科畢業。後任軍職，曾任屏東民生家商生活輔導組長中校主任教官，有「教官詩人」的美譽。1981年起於世新學生實習報社時期即開始寫詩，從軍後創作減少，作品多發表於《屏東青年》等刊物。1993年後創作勃發，先後獲得國軍新文藝獎新詩金像獎、大武山文學獎及五四文藝獎等。為大武山文學會、屏東縣阿緱文學會成員，曾自述：「常聽人（甚至故鄉人）批評屏東

---

36 江海：〈自序：愛是永不止息〉，《屏東履痕：江海報導文學作品集》（屏東：屏東縣政府文化局，2001年），頁5。

是文化沙漠，我自許為沙漠中忍不住的綠意，我是極願意在沙漠的故鄉種樹的人」[37]。

梁明輝（1956-），高雄大樹人。屏東阿緱文學會成員，同時身為攀岩教練，有「攀岩詩人」之稱，著有詩集《獨攀之歌》、《打狗神化的花蕊》等，文學作品長期以屏東風土為題材，撰有《千尋萬年溪》、《阿猴林開基的啼叫》。

黃慶祥（1961-），屏東小琉球人，高三時遷居東港，國立臺灣師範大學國文系畢業，任教屏東東港國中、東新國中，現已退休。創作以新詩與報導文學為主，題材以琉球鄉之人文歷史為主，著有《小琉球手記1970》、《古典小琉球》、《返鄉日記》等，詩集《琉球行吟》（2006）詩作重視意象美，強調「有詩意，有詩句」為創作準則，以求所創作新詩能有古典詩般的意象鮮明與韻律有致，語言平易動人。曾獲第二屆大武山文學獎新詩首獎。

翁禎霞（1966-），屏東市人，淡江大學英文學系畢業。擔任記者二十多年，著作以屏東家鄉人事物探訪記錄為主，以記者之眼探看屏東文化與時間流動的軌跡，曾獲大武山文學獎。著有《與生命對唱：恆春半島民謠人物誌》、《小記南方一萬天》，並曾參與撰寫《千尋萬年溪——萬年溪文史調查報告》、《流金歲月：悠閒散步在老厝邊》、《我們在行愛的路上：屏東基督教醫院建院六十年專書》等書。

傅怡禎（1967-），屏東市人。中國文化大學中國文學博士，目前任教於臺東專科學校，並擔任屏東縣阿緱文學會理事。曾獲打狗文學獎新詩首獎、大武山文學獎、林榮三文學獎、吳濁流文藝獎、海洋文學獎、臺北文學獎、臺灣省文學獎等。創作以屏東地景、現實人生、政治社會等發想，善用魔幻寫實與科幻想像的筆法，詩作平易韻味十

---

37 涂耀昌：〈後記〉，《清明》（屏東：屏東縣立文化中心，2000年），頁145。

足,小說創作充滿奇想,著有詩文合集《大武山下的美麗韻腳:屏東小站巡禮》,小說集《幽然想起》等。

楊政源(1972-),屏東東港人,現居屏東市。國立中正大學中國文學博士,現任慈惠醫護管理專科學校助理教授。長期研究臺灣海洋文學,以個人的行腳踏查探訪屏東海岸與山林,喜以小說的虛構筆法重塑作家的踏查歷程。著有《海藍色的血液》、《宗聖公祠——歷史與美學的邂逅》、《最後的十二公里:漫‧行‧阿朗壹》、《鯤背行旅——屏東與台東山脈海岸札記》等書。

黃明峯(1975-),屏東恆春人。逢甲大學中國文學研究碩士,《臺灣文學評論》特約撰稿人,現任林邊國中教師。曾加入「笠詩社」,詩作兼擅華語與臺語詩。獲鹽分地帶文學獎、乾坤詩社詩獎、礦溪文學獎、大武山文學獎、花蓮文學獎、打狗文學獎、臺南文學獎、教育部「閩客文學獎」閩南語現代詩獎,及2022年臺灣文學獎臺語文學創作獎新詩首獎。出版新詩集《自我介紹》、《色水‧形影‧落山風的聲——黃明峯台語詩集》等,以詩向屏東人、事、物、地、景致意,取材範圍廣泛,描寫細緻深刻。

黃碧燕(1976-),屏東市人。曾獲國藝會文學創作補助,聯合文學小說新人獎,大武山文學獎短篇小說組首獎。與林剪雲於社區大學有師生之緣,林剪雲稱其文字有「七等生式的特異美感」[38],著有小說集《漩渦》。

陳甚慈(1978-),屏東萬丹人。畢業於靜宜大學英文學系,新竹教育大學臺灣語言與語文教育研究所(南島語組)。以〈童年的西北雨〉獲第十一屆大武山文學獎散文首獎。著有《放肆童年》一書。

除由民間發起的文學會外,2005年由屏東縣政府文化局舉辦「大

---

38 林剪雲語。收於黃碧燕:《漩渦》,新北:遠景出版事業公司,2018年。

武山文學營」，邀請葉石濤、余光中等文學大師進行專題演講，讓文學種籽從基層扎根。2006年，舉辦第一屆青少年大武山文學營，以改善屏東青少年學子的閱讀寫作環境，文學營舉辦至今不輟，是屏東藝文的重要活動之一；屏東縣文化處於2010、2011年在屏東公園內「旅遊文學館」舉辦「文學家駐館」活動，作家郭漢辰、傅怡禎、涂耀昌、黃慶祥、曾寬、許思、林剪雲、路衛、曾貴海、奧威尼・卡露斯、杜紫楓、岑澎濰等接力駐館；2015年8-10月，屏東縣政府文化處於全臺舉辦屏東文學巡迴活動，邀請屏東文學代表作家張曉風等以講座形式與學生交流；2017年4月，屏東縣政府委託屏東大學中國語文學系執行「屏東作家身影系列」紀錄片拍攝與「屏東文學青少年讀本」編纂完成，後更陸續擴編，今完成之作家紀錄片包括奧威尼・卡露斯、張曉風、曾貴海、李敏勇、曾寬、黃基博、郭漢辰、許思、利玉芳等人，屏東文學青少年讀本則包括「新詩卷」、「散文卷」、「小說卷」、「民間文學卷」與「兒童文學卷」五大類；2021年屏東縣立圖書總館翻新開幕，成立「屏東文學專區」，收藏展示屏東作家作品；2022年3月，由屏東勝利星村獨立書屋「永勝五號」承辦，於屏東美術館展出的「文學的風吹來──那山、那海、那屏東」，是屏東文學首次進入美術館展覽，含納屏東老、中、青三代作家，以文字和聲音展現作家筆下的文字風景，與屏東文學多族群的特色。

「大武山文學獎」於2019年擴大舉辦以具原住民族身分者為對象的「斜坡上的文學獎」，鼓勵原住民族投稿參與；2022年改為「屏東文學獎」時，並分「屏東+」與「海洋+」兩類各別徵稿，不僅讓投稿者更聚焦於屏東意象，亦凸顯屏東擁有全臺第二長海岸線的獨特風景，讓海洋書寫從屏東開創全新格局。可以說，「屏東文學」就在屏東縣政府與民間力量長期且持續的努力下，有了更清晰的面貌與更大的格局展現。

　　2000年，臺灣完成首次政黨輪替，高度的民主化與本土化，網路社會的來臨，宣示著新時代的到來。自1980年代以來衝破限制，不同文類的創發隨著都市化與經濟成長，到了二十一世紀有了更活潑的面貌。飲食文學、武俠小說、歷史小說、自然寫作……各種文類皆承繼了傳統，也創新了內涵，中生代到新世代，都在用他們的文學語言反映時代新貌。

　　歷史小說方面，代表作家為李旺台（1948-），屏東竹田人。高雄師範大學畢業，曾任教師、記者、編輯多年，退休後專事小說創作。鍾榮富曾提到：「李旺台這個名字，是我們這一代人共有的回憶。從解嚴前兩大張報紙型態，到報禁開放後動輒十幾頁的開放增張，如此漫長的歲月，如此充滿鬥志的時代裡，李旺台曾陪我們走過南臺灣大大小小的新聞事件，帶領社會大眾去理解報章文字背後的隱喻與歷程。記得那是一枝帶有溫潤正義的筆……」[39]。退休後李旺台自許為臺灣歷史的「月臺」，要讓過去與現在相反方向的列車能在此月臺交會，使今之讀者能理解過去臺灣人如何適應、順服與不順服政權更替，努力求存的歷史片段。曾獲懷恩文學獎、臺灣歷史小說獎等。著有《臺灣反對勢力（一九七六～一九八六）》與長篇小說《獨角人王國》、《播磨丸》、《蕉王吳振瑞》、《小說徐傍興》等書。

　　飲食文學方面，代表作家為周芬娜（1954-），屏東潮州人。屏東女子高級中學、國立臺灣大學歷史系畢業，國立政治大學東亞研究所碩士，美國亞利桑納州立大學電腦工程碩士。曾任國際關係研究中心翻譯員、美國長春藤名校 Vassar College 中文系講師、IBM 電腦程式設計師、《吃在中國》雜誌特約作家、《聯合報》旅遊版及「TO GO 旅遊情海外特派員。旅居美國，專事寫作與翻譯。創作以遊記、美食

---

39 鍾榮富語。收於李旺台：《獨角人王國》（高雄：春暉出版社，2015年），頁6。

評論為主，兼及散文、短篇小說，曾獲文協五四文藝獎章。飲食文學受惠於個人的電腦邏輯思維訓練，感性兼具知性，著有《繞著地球吃》、《帶著舌頭去旅行》、《品味傳奇》、《飲饌中國》、《味覺的旅行》等書。

凱南（1992-），屏東市人。旅遊文學作家，2013年起經營旅行部落格「跟著凱南瘋旅遊」，創下千萬點閱。今出版《屏時三餐》、《凱南帶路遊高雄》、《凱南帶路遊高雄二》等書。

自然寫作方面，代表作家為杜虹（1964-），屏東內埔人。國立屏東科技大學熱帶農業暨國際合作系博士。於墾丁國家公園管理處工作至今三十餘年，從學術到實務，累積豐富的生態人文觀察經驗，最初因機關刊物《墾丁國家公園季刊》需要植物專文介紹，杜虹於參與撰寫過程中喜歡上以文字書寫自然，後以〈守候林雕〉獲第八屆梁實秋文學獎。杜虹的自然寫作文字清麗，題材能深入自然角落，並能傳達保育員對自然的情感，知性與感性兼具，是臺灣自然寫作領域重要的代表作家。著有《比南方更南》、《秋天的墾丁》、《相遇在風的海角——阿朗壹古道行旅》、《蝴蝶森林》等書。

海洋文學方面，代表作家為蔡富澧（1961-），屏東小琉球人。陸軍軍官學校畢業。曾任上校參謀，主編、副總經理等職務。「大海洋詩社」同仁，官校時期即與文友組成「為海洋而歌」的詩創作團體，自陳：「寫詩二十幾年，海洋詩一直是我的堅持之一」[40]。詩作多為長詩，以文字呈現與海洋共存的情感。曾獲聯合報新詩獎、國軍文藝金像獎、高雄市文藝創作獎、打狗文學獎等。著有詩集《與海爭奪一場夢》、《三種男人的情思》、《藍色牧場》與散文集《山河戀》、《山河歲月》、《生命的曠野》等書。

---

40 蔡富澧：〈自序——尋找一顆藍色的種籽〉，《藍色牧場》（臺北：圓神出版社公司，2005年），頁10。

武俠小說方面，代表作家為施百俊（1970-），筆名施達樂，屏東市人。國立臺灣大學商學博士，現任國立屏東大學文化創意產業學系教授。亦從事劇本與小說創作，曾獲溫世仁武俠小說百萬大賞首獎、行政院新聞局優秀電影劇本獎、文化部電影劇本創作獎、國家出版獎、BENQ 華文世界電影小說獎等，其撰述體制以武俠小說為主，且多以臺灣為背景，以臺灣歷史重要人物發想為武俠傳奇，創立「台客武俠」風格，著有小說集《小貓：林少貓傳奇》、《本色》、《浪花》、《祕劍：愛と勇氣二》等，近年與明華園合作製作新戲，計有《海賊之王：鄭芝龍傳奇》、《俠貓》、《步月火燒》等。

原住民文學方面，如伊誕‧巴瓦瓦隆（1963-），排灣族，屏東三地門人。1990年代臺灣原住民「還我土地」與「還我姓氏」運動為其創作啟蒙期，曾以象徵族人精神圖騰的百合花創作當時的海報與原運T 恤。藝術創作多元，舉凡詩、散文、繪畫、版畫雕刻、裝置藝術、景觀設計等皆擅長。著有《土地和太陽的孩子：排灣族源起神話傳說》、《靈鳥又風吹——伊誕的畫與詩》等書。

達德拉凡‧伊苞（1967-），排灣族，屏東瑪家人。玉山神學院畢業，曾任優人神鼓劇團專屬團員。2004年出版的《老鷹，再見》，為個人藏西行旅紀錄，因書中時空流轉串連西藏、排灣、漢人信仰之衝突，在朝聖的過程中也在與個人原住民身分和解，層次複雜，使該書成為臺灣原住民文學研究的重要文本。

讓阿淶‧達入拉雅之（1976-），漢名李國光，排灣族，屏東瑪家人。任職屏東縣政府警察局內埔分局瑪家分駐所，獲原住民族族語文學創作第一、二屆文學獎，致力於排灣族巴達因（Padain）的文史工作。2010年出版詩集《北大武山之巔》，以平易自然的文字，書寫對部落、祖靈、自然的情感。

　　除此之外，屏東縣籍作家亦有在二十一世紀後投入創作出版詩文集者，如姚秋清與蔡澤民。

　　姚秋清（1941-），屏東林邊人，國立臺灣師範大學國文系畢業，曾任美和科技大學通識教育中心教授。在文學耆老陳冠學的鼓勵下出版詩集，2004年起共出版《新詩集（一）：我的一片天》、《新詩集Ⅱ：我將名字寫在風裡》、《新詩集Ⅲ：飛》、《番薯仔十八味：臺灣人物素描》等。

　　蔡澤民（1957-），本名蔡宜勳，屏東枋寮人，現居彰化，為亞洲大學通識教育中心教授。以數學、化學之專業旁及文學創作，創作文類包括詩歌、散文與小說，出版詩集《風過竹林盡成憶》、《我的踢踢踢》與小說集《心底鏡‧霧滿天》、《天使心》等，曾獲彰化縣磺溪文學獎小說首獎，義大利 SALENTINA 國際文化協會「維多利亞"VITRUIO"詩歌比賽國際組」首獎等獎項肯定。小說集《天使心》為國內第一部以「亞斯伯格症」為背景的長篇小說。

　　二十一世紀後，許多屏東縣籍新世代作家，也以他們獨特的語言與作品風格，在當代文壇嶄露頭角。

　　王昭華（1971-），屏東潮州人。淡江大學中文系畢業。以臺語文創作歌詞與散文，力求臺語用字精準，傳達臺灣本土文化。2006年發行首張臺語創作專輯《一》，以臺語文書寫個人部落格「花埕照日」。曾獲2007年海翁台語文學獎散文正獎，2011年臺灣文學獎臺語散文金典獎，所創作〈有無〉獲得2017年金馬獎最佳原創電影歌曲。著有《我隨意，你盡量》一書。

　　凱特王（1975-），本名王雅萍，屏東市人。中正國中、屏東商業專科學校畢業。曾擔任美編、造型師，後經營個人部落格成為時尚部落客，今為知名時尚 KOL。散文書寫能以女性獨立、世故的視角探看都會男女關係，文字平易也犀利。著有散文《時尚，只是女人的態

度》、《生為自己，我很開心》與小說《網紅們》等書。

王俊雄（1976-），屏東車城人，於臺北長大。大學輟學後入行從事文案工作，曾任日本廣告公司 ECD、GCD，日本商社中文設計創意策略長，傳產畜牧業品牌長，建設公司品牌總監，設計公司創意總監暨創辦人，於天下數位媒體換日線擔任策略創意長。散文創作以慧黠的語言衝撞個人成長經歷帶來痛苦枷鎖，著有《痛苦編年》（2018）、《甜蜜編年》（2021）二書。王俊雄散文風格獨特，臺北經驗以及出社會後的人生經歷，總與屏東童年記憶相互串連，是當代屏東文學中十分特殊的樣貌。

陳雋弘（1979-），屏東林邊人。高雄中學畢業，國立高雄師範大學國文研究所碩士，現任高雄女子高級中學教師。大學時期於 BBS「山抹微雲」詩版發表詩作，實習時返鄉，開設明日報新聞臺「貧血的地中海」，持續寫作。且適逢網路創作盛行，於「我們這群詩妖」發表、討論、交流詩作。曾獲時報文學獎新詩首獎、教育部文藝創作獎新詩首獎、臺灣文學獎、吳濁流文藝獎、打狗文學獎、大武山文學獎、花蓮文學獎等、詩路年度網路詩人、優秀青年詩人等。出版詩集《此刻是多麼值得放棄》、《連陽光也無法偷聽》、《面對》、《等待沒收》等。

川貝母（1983-），屏東滿州人。臺灣知名插畫家，插畫作品曾入選義大利波隆納插畫展，更應美國《紐約時報》邀稿畫製插畫，這對於非美國本地的插畫家來說是難得的殊榮。目前專職插畫與小說創作。第一本短篇小說集《蹲在掌紋峽谷的男人》入圍2016年臺北國際書展大獎小說類年度之書。2021年出版《成為洞穴》，收錄其於報章、主視覺設計、專輯繪製之插畫，並為每則插畫配文，以「洞穴」為主軸，文類近似短篇小說亦似散文詩，以平易的文字鋪陳有著無限想像空間的「洞穴」，呈現作者對人性以至世界的理解。

　　游知牧（1995-），生於高雄，現定居屏東內埔。國立屏東大學企管系畢業，文字風格清新溫暖，擅寫青春以至生命的省視與想像。著有《學著說晚安：關於夜晚的獨白》、《誰的青春不跌傷》等散文集。

　　除屏東縣籍作家外，可再提及的是龍應台（1952-），高雄市人，臺灣首任文化部長。一九八五年出版《龍應台評小說》後創作不輟，作品包括雜文、散文、小說等，皆膾炙人口。2017年龍應台移居屏東潮州，其《天長地久—給美君的信》是龍應台為照顧失智老母親移居南部時所寫，自陳「全書在大武山下寫成」[41]。而2020年出版長篇小說《大武山下》，為移居屏東後以虛構筆法完成的自傳式小說，描寫大武山下鄉間小鎮的人情風貌，同時療癒了敘事者原先無處安頓的心靈。

　　最後，屏東文學史在二十一世紀的階段中必要記住的名字，是郭漢辰。

圖十二　郭漢辰／翁禎霞提供

41 龍應台：《天長地久——給美君的信》（臺北：天下雜誌公司，2018年），頁9。

　　郭漢辰（1965-2020），屏東市人。世界新聞專科學校編採科畢業後，返鄉擔任地方記者，離開《民生報》後專事寫作，曾獲高雄打狗文學獎、寶島文學獎、大武山文學獎、鹽分地帶文學獎等。創作質量俱豐，想像且多以屏東為空間，以記者之眼探看屏東歷史人文與世間百態。新詩、散文、小說、報導文學兼善。

　　郭漢辰可說是「大武山作家群」中對於建構「屏東文學」用力最深的作家，曾言：「沒有作品，要如何告訴人家屏東有文學」[42]，短篇小說集《誰在綠洲唱歌》、《剝離人》、《海枯的那天》，散文集《沿著山的光影》、《穿走母親河畔》，詩集《屏東詩旅手札》等，皆以屏東地景、人文記憶為題材，以不同的文學形式對屏東不間斷地反覆深究書寫，盡其所能挖掘屏東文學的各種可能性。

　　更重要的是，郭漢辰對屏東文學的加深與推廣可謂不遺餘力。2005年卸下記者身分後從事創作，承接「屏東縣作家文庫」、「屏東人文系列講座」計畫，協助屏東《文化生活》雜誌撰稿。並以「屏東縣阿緱文學會」邀請「臺灣文學創作者協會」、「港都文學會」跨縣交流，與國立屏東大學合作舉辦屏東文學研討會，與屏東縣政府合作舉辦屏東文學全臺巡迴演講，「作家身影」紀錄片拍攝，屏東各類文學特展等。後承租勝利星村張曉風故居，2019年成立「永勝五號」獨立書屋，並以此為據點，舉辦文學座談、作家講座……，各類近年為推廣屏東文學的活動「背後都有一位令人動容的郭漢辰盡心忘我地投入」[43]。惜郭漢辰於2020年3月病逝，因其於二十一世紀屏東文學占有重要位置，被稱為「南方文學的守燈人」。

---

42 翁禎霞：「『沒有作品，要如何告訴人家屏東有文學。』……這就是郭漢辰。」翁禎霞：〈遠行的你，一切都好嗎？〉，《文訊》第415期（2020年5月），頁160。

43 傅怡禎：〈您還在看著我們嗎？——永懷阿緱文學的領航者郭漢辰〉，《文訊》第415期（2020年5月），頁162。

九　結語

　　從區域視角鳥瞰文學的發展，可以發現區域文學既不自外於國家整體文學發展，也能隨著時代開展出可明確標誌自我主體性的特質。觀察臺灣戰後迄今屏東文學發展時，此二特質更為明顯。

　　日治時期到國府遷臺的階段中，臺灣新舊文學的論爭所帶起的現代白話文書寫，鄉土文學與臺灣話文論戰所帶來對文學與群眾關係的思考，以及臺灣人在日本殖民中透過文學團體與刊物集結力量，黃石輝、楊華、劉捷三人，在各自擅長的領域都做出了重要的貢獻。

　　1950年代，在語言的轉換過程中，國家文藝政策的推動加上大量軍人軍眷隨國民政府來臺的時代背景，影響了屏東文學在1950年代中文書寫的奠基過程，鍾理和於其中更代表著本土作家如何在變動的大環境中持續筆耕的毅力。

　　1960年代縣籍作家開始書寫生活空間、鄉村人事，也加入詩社與國內詩人唱和，黃基博、林清泉、許其正等作家都在文學資源相對匱乏的環境中持續努力，而其時正年輕的吳晟與沙穗、連水淼等，也帶著夢想希望在文壇闖出一番天地。

　　1970年代國際政治情勢的劇烈變動，激起年輕一代的入世思考，新興詩社的成立風潮中，屏東也繳出了暴風雨詩刊、草根詩刊、綠地詩刊的成績單，高屏之間的文友串連，也讓我們看到屏東縣籍作家與外界交流的蓬勃與活潑。

　　1980年代的解嚴文化轉型期，讓我們看到縣籍作家各具時代特色的創作紛起，利玉芳、林剪雲之於女性主義文學，李敏勇、曾貴海之於政治詩，沙卡布拉揚之於臺語書寫等皆獨樹一幟。而陳冠學書寫田園與生命，至今仍受讚譽的《田園之秋》問世，也凸顯了屏東文學可能的高度。

　　1990年代在本土化浪潮下對區域的關注度提升，屏東文學也開始嘗試建構自己的體系，從屏東縣作家作品集編印到大武山文學獎創立，官方在國家發展的大方向下持續地方文化的深化。二十一世紀後，一群更關心屏東文學發展，也以屏東的土地空間開展更多創作的「大武山作家群」，以郭漢辰為代表，讓屏東文學成為屏東的符號，也讓屏東人驕傲。

　　日治迄今的屏東文學，有文學大環境的影響因素，也有縣籍作家在地耕耘的成績，從鍾理和到郭漢辰，從暴風雨詩社到屏東縣阿緱文學會，都為屏東文學奠下根基，也開展方向。屏東文學也將走出更寬廣的道路，成為臺灣文學不容忽視的一脈。

第四章
屏東的原住民族文學

傅怡禎

一　前言

　　原住民族的傳統觀念中，並無直接可對譯於文學的詞彙。[1]排灣族語中「vecik」是指字，「vencikan」是指文，舉凡是雕刻品、紋身、或紡織布上的刺繡皆可以「vencikan」來涵蓋。而動詞「venecik」可做寫字、雕刻、繡圖、文手文面（手紋、面紋排灣語皆為 nakivecik）用，也就是排灣的日常，動靜歌舞都與文學藝術產生關聯，所以原住民先民會用「釋放美的人」（malang，排灣族）、「很多手的人」（pulima，排灣語）、「動腦的人」（pu-ʔulu，排灣語）來稱呼藝文工作者。[2]從葉石濤開始，有不少學者認為臺灣文學的源起是臺灣原住民族口傳文學，[3]巴蘇亞・博伊哲努（浦忠成）曾說：

1　巴蘇亞・博伊哲努（浦忠成）：《被遺忘的聖域：原住民神話、歷史與文學的追溯》（臺北：五南圖書公司，2007年），頁30。

2　盧梅芬：《傳譯・詩意・撒古流》（臺中：國立臺灣美術館，2018年），頁10-13；曾有欽：《再寫排灣族口傳詩歌》（臺北：國立臺灣師範大學臺灣語文學系博士論文，2020年），頁50。

3　林政華認為神話、傳說不論其為口傳或已書面化，都是文學的重要內容，所以臺灣文學起源於臺灣先住民口傳文學這一命題是完全可以成立。林政華：〈臺灣文學起源問題研探〉，《臺灣學研究通訊》第2期（2006年12月），頁68-81。依據讓阿淥・達入拉雅之的看法，認為洪水紀神話至今有二千年的時間；而王貴由排灣族神話推斷大洪水大約發生在三千五百年前，大洪水退卻大約在二千五百年前；至於拉夫琅斯・卡拉雲漾則認為大洪水神話應該將近五千年之久。王貴總編輯：《青山部落誌》（屏東：屏東縣原住民部落文化藝術發展協會，2004年），頁63-64；拉夫琅斯・卡拉雲漾：《來自林野最後的呼喚——Vuculj排灣族veqeveq傳統領域學》（屏東：排灣學研究會，2017年），頁24-25。

傳統的原住民族部落不曾有意識的考量「文學」究竟為何物，即使今人稱之為「口傳文學」或「民間文學」的神話、傳說、故事與民間歌謠等處處可聽聞於部落之間，它們卻是真實生活中不可缺少的一部分，不是刻意區隔的領域。它們有的擁有神聖的意義而與祭儀有關，有的是部落歷史人物與事件的敘述，或者是人類與自然之間互動與情緒抒發的再現，或者是對於神靈與一切生命的歌誦祝禱，種種情境，都可以入於文學、關聯於文學。[4]

在當代原住民族漢語文學之中，不論是引用、改寫、報導原住民族神話傳說或古謠詩歌，往往因為文本互文的交互參照指涉，產生新話語主體的價值系統，讓忽略已久的口傳與書寫進行對話的系統性聯繫，豐富了臺灣文學。所以，要深入研究屏東文學，絕不能忽視在山林間閃耀著智慧的文學源頭——屏東原住民族文學。原住民族的「藝、紋、歌、舞、祭」既是全面性又是關聯性強的傳統文化，[5]為了探究原住民族文學面向，本論文僅獨述原住民族傳統文學及漢語書寫文學部分，以探索屏東原住民族文學的獨有特色。

4　巴蘇亞・博伊哲努:〈國家與原住民族文學史〉,《臺灣原住民族研究季刊》第2卷第4期（2009年冬季號），頁4。

5　原住民族文化中，文學、工藝、音樂、舞蹈等各部分皆有高度而複雜的關聯性，甚至連排灣族喪禮中的「哭」禮也蘊含著深刻細緻的文學、文化元素。古勒勒也曾就藝術角度論及文學文化層面:「近年來整個世界的藝術型態多樣化，尤其在原住民這塊領域有著大大的變化及提升。許多創作的朋友比較能釋放民族的包袱，以自身體悟心靈，真實表現在作品，不論於文學、表演藝術、視覺、音樂……等都有大方及勇氣跳脫被框限的格局。自然而然也出現了很多所謂的研究專家學者，以他們的角度為角度發表他們只能有限看到的學術理論。不過至少原住民的藝術創作已有開始被關注，也很清楚看到創作的提升。」達比烏蘭・古勒勒:《勒勒的創作世界:作品・手稿・心情・2011》（屏東:行政院原住民委員會文化園區管理局，2011年），頁8-9。

　　數百年來，屏東原住民族除了境內部落自我競爭之外（如傳說中的太陽谷戰役、巴拉里烏魯戰役）[6]，也和其他地區的原住民族一樣遭受外國勢力攻擊（如拉美島事件、羅妹號事件、牡丹社事件、霧社抗日事件）及外來政權殖民，導致生活經濟產生結構變化，部落倫理文化備受挑戰。目前屏東地區有八十一個原住民族部落，[7]對比三百年前清人黃叔璥《番俗六考》所記載稅收單位下南路鳳山番屏東所屬的七十四社，在空間分布上已有歧異；在社址、社域的傳統領域與治理權力上，更是有不少落差。[8]或許清領政權對於屏東原住民族的認識，僅止於地方稅制與聚落空間的關係，並無深入了解原住民族的生活文化；而平埔馬卡道族的漢化、斯卡羅族的淡出、排灣族及魯凱族不少部落的遷徙，也象徵屏東原住民族對土地統治的式微。逐步喪失土地治理權與政治掌控權後，原住民族認同混淆與身分錯置的駁雜現象陸續產生，以至於文化傳統淪為政令與觀光宣導的點綴，1960年代中期屏東詩人達摩棟曾以詩文表達原住民族長久以來的困境心聲，可惜沒獲得太多關注。隨著1980年代原民運動的開展，屏東原住民族開始用漢語來述說及抗議長久以來的遭遇，以文學呈現山林的生命與族

6　巴格達外・日不落：《巴格達外（Pakedavai）神話——日不落與彩虹之珠的對話》（屏東：國立屏東大學視覺藝術學系碩士論文，2011年），頁25-32。

7　屏東地區八十一個部落名稱可參見林修澈主編：《臺灣原住民部落事典》（新北：原住民族委員會，2018年），頁268-361。又林修澈認為部落（tribe）就是社，部落一詞依《原住民族文獻》的定義：「原住民族社會組織的基本單位，由共同血緣氏族所組成，每個部落都傳承自己氏族共同的歷史、語言、文化、神話與歌謠傳說。」原住民族文獻編輯部：〈魯凱族・萬山部落〉，《原住民族文獻》第9期（2013年6月），頁2。

8　《番俗六考》所記載的南路鳳山番有些是繳納社餉的熟番（如鳳山八社），有些是贌社的集稱（如琅嶠十八社），有些是民番互市的生番（如傀儡山二十七社）。黃叔璥著，宋澤萊譯、詹素娟註：《番俗六考：十八世紀清帝國的臺灣原住民調查紀錄》（臺北：前衛出版社，2021年），頁330-336。

群的傷口，將議題聚焦在族人、部落、傳統及大地，從邊緣發聲控訴政權暴力、剝削流離、失去主體的集體焦慮，並藉由書寫重新檢視原民文化的美麗與哀愁。多年來，原住民族不斷叩問自己的身分與未來；進入新世紀，原住民族終於能轉身做回真正的自己，讓大家了解學習尊重與平等對待的真正意義。

　　「原住民族文學」與「書寫原住民族的文學」基本上的差異在於書寫者的身分，「原住民族文學」的「書寫者身分」為臺灣原住民族，孫大川認為：「將『原住民文學』的界定，緊扣在『身分』（identity）的焦點上是極為正確的，我們認為這是確立『原住民文學』不可退讓的阿基米德點。……也應該將『題材』的捆綁拋開，勇敢地以第一人稱主體的『身分』，開拓屬於我們自己的文學世界。」[9]拓拔斯·塔瑪匹瑪也說：「如果要提升原住民文學，最好是把原住民文學定位在具有原住民身分所寫的文學。」[10]而「書寫原住民的文學」的書寫者不一定是原住民族，例如漢人、日本人、美國人、荷蘭人等對原住民的想像、凝視、觀察、報導的文字，皆屬於書寫原住民文學範疇。[11]本文所謂的「屏東原住民族文學」是指具備屏東原住民族身分的創作

9　孫大川：〈原住民文學的困境——黃昏或黎明〉，孫大川：《山海世界：臺灣原住民心靈世界的摹寫》（臺北：聯合文學出版社，2010年），頁160。

10　這是拓拔斯·塔瑪匹瑪在研討會上所發表的言論，引自陳芷凡：〈舌尖與筆尖之間——臺灣原住民族文學中的族語實踐與思考〉，《原住民族文獻》第42期（2020年9月），頁9。又本文書寫原住民的文學定義同魏貽君的定義，魏貽君：《戰後臺灣原住民族文學形成的探察》（新北：印刻文學生活雜誌出版公司，2013年），頁55-57。另吳錦發在《願嫁山地郎》序文中將「原住民文學」定義為具有原住民身分的作家所寫的文章；而非原住民身分的作家所寫的就叫做「山地文學」，吳錦發編：《願嫁山地郎：臺灣山地散文選》（臺中：晨星出版社，1989年），頁5-12。

11　巴蘇亞·博伊哲努曾將原住民文學擴大解釋：「不論是以何種語言文字，也不論其身分為誰，只要是描述或表達原住民的思想、感情或經驗，均可歸屬於原住民文學的範疇。」這類似本文所謂的「書寫原住民的文學」。巴蘇亞·博伊哲努：〈臺灣原住民文學概述〉，《文學臺灣》第20期（1996年10月），頁193-194。

者——意指「出生於屏東」、「（曾）設籍於屏東」或「（曾）長期工作於屏東」的原住民族——所創作出關於屏東的文學。

1920年《番族習慣調查報告書》以 Milimilingan 一詞稱之為口傳文學，讓原住民族特有的口傳與身體文本展示，逐漸受到注意；[12]到了1980年代時，以原漢混語書寫山海經驗、傳遞社會需求、建構集體記憶、追尋身分認同，形成原住民族文化復振的極致聲量；進入2000年後，原住民族漢語書寫文學已然穩固成形。[13]國立屏東教育大學（今國立屏東大學）黃壬來教授所主持的《屏東縣藝文資源調查報告書：文學類》（2000），係最早對屏東地區作家（含原住民族作家）進行拓荒式的田野調查；童信智的博士論文《Paiwan（排灣）祖源及遷徙口傳敘事文學之研究》，則是晚近有系統研究屏東原住民族口傳文學的論著。在研討會論文方面，截至2022年為止國立屏東大學中文系一共召開了八屆屏東文學學術研討會，產生多篇與屏東原住民族文學相關論文，呈現地方文學與原住民族文學的關聯性與重要性。

二　從口傳文學到書寫文學的發展

（一）源起山林平原的口傳文學時期

巴蘇亞・博伊哲努認為原住民文學可分成兩大類：一是民間文學，另一是漢語文學創作。[14]所謂的原住民族的民間文學，指的是神話、

---

12 童信智：《Paiwan（排灣）祖源及遷徙口傳敘事文學之研究》（臺北：國立政治大學民族學系博士論文，2014年），頁11。

13 孫大川：〈《山海世界》再版序〉，孫大川：《山海世界：臺灣原住民心靈世界的摹寫》，頁7。

14 巴蘇亞・博伊哲努謂原住民族文學可分成兩大類，第一類是指民間文學，又稱為口傳文學，包含神話、傳說、民間故事與歌謠禱詞等；另一類是指漢語文學創作，包含現代小說、散文、詩歌等。巴蘇亞・博伊哲努：〈臺灣原住民文學概述〉，《文學

傳說、歌謠、祭文等口傳文學，以排灣族為例，其口傳神話傳說文學區分成 Milimilingan 及 Tjauciker 兩大類，年代久遠無法考證的虛構故事為 Milimilingan，年代較近人事可考的真實傳說為 Tjauciker。[15]原住民的神話與傳說主要是描述族群源起、歷史人物、部落事件與解釋習俗風物的口傳敘事，不但涉及族群對所經歷、所記憶或所傳承的歷史文物之闡釋，也是歷史話語的呈現。有歷史學者表示：「大量的資料表明，狩獵、採集者不僅有充足的實物，還享有大量的閒置時間，事實上，比現代產業工人、農民工人，甚至考古教授所享有的還要多得多。」[16]所以靠採集、狩獵與捕食等傳統維生方式的排灣族與魯凱族，有不少時間可以跟族人、植物、動物或山林對話，產生動人的敘事故事，讓口語成為「書寫」主體世界的文學載體。例如坐落在高低海拔分水嶺的排灣族 Tjaiquvuquvulj 群，年老的先祖為了讓日益增多的族人飽食，跑到平地向當地人索取農作物種子，但當地人不給，先祖情急之下便將小米粒藏指甲縫，蕃薯藤編成頭冠戴在頭上，花生籽粒塞鼻孔，豇豆塞入生殖器官內帶回山上部落種植。[17]這則可愛的口傳文

臺灣》第20期（1996年10月），頁190-202。李毓中認為：「早些年神話學還沒有形成一門專門的研究領域之前，原住民的傳說往往被視為文學的一部分，少有人對這些文本進行解讀，但隨著神話學的越來越受重視及解讀理論的更多元化後，傳說不再只是原始住民的荒誕奇想，它承載了更多的內容等待學界去解讀。」李毓中：〈洪水？海嘯——原住民洪水傳說與早期臺灣史研究〉，《原住民文獻》第2期（2012年4月），頁5。

15 關於Milimilingan及Tjauciker的定義與區別，請參見童信智：《Paiwan（排灣）祖源及遷徙口傳敘事文學之研究》，頁11-16；胡台麗：《排灣文化的詮釋》（臺北：聯經出版公司，2011年），頁144-146。

16 此為美國歷史學家斯塔夫里阿諾斯在其著作《全球通史》中引用另一位歷史學者的說法，全文轉引自鄭曉鋒：《本草春秋：以草藥為引，為歷史把脈，用中藥書寫歷史》（臺北：漫遊者文化事業公司，2016年），頁26。

17 拉夫琅斯‧卡拉雲漾、嚴新富：《山林的智慧——排灣族Tjaiquvuquvulj群民族植物誌》（屏東：行政院原住民族委員會文化園區管理局，2013年），頁19。

學不只說明豇豆吃起來有尿騷味的原因，也解釋農作物的種類與源流，更展現原住民族與萬物合一的文化智慧。

　　原住民族口傳文學既是文化之根，也是屏東文學的重要源頭，不少口傳文學經過採錄與編寫的加工後製成書面文學時，往往遺落穩定及保存社會階級結構面的環節，並形成不富含創造性、活化性及長久性的缺點。[18]屏東排灣族詩人伊誕‧巴瓦瓦隆曾敘述聆聽口傳故事的美麗過程：

> 小時候，最愛搶著躲進祖母的被窩裡，因為祖母總會說許多神話故事，我們小孩常在聽完故事後才入眠，哪些每天在入夜後的石板屋裡傳說的故事，其實都深藏著人與自然大地互動、對話的內涵，也是為什麼先人會傳說，一定有其重要的價值和生存哲理。[19]

伊誕的敘述讓人如處現場，逼真的口傳原音重現，不僅擄獲住孩子的心，也牢牢抓住整個民族的心靈。

　　不論是 vecik，或是 venecik，又或是 vencikan，都是原住民族以自己的文學藝術形式說自己的故事，就如曾有欽所言：「如果我們能寬廣的角度，重新看待書寫的定義，而不把它看成是一種窄化的『將文字寫在某種媒介』上的行為的話，在原住民族的世界中，舉凡紋面、紋身、服飾上的圖飾、文飾、石版屋上的雕刻、樂舞中的隊形、舞步、唱者的即興填詞，這些都是某種書寫符號的代表。」[20]阿美族作家米

18　米甘幹‧理佛克：《原住民族文化欣賞》（臺北：五南圖書公司，2005年），頁176。

19　王言祉、撒古流‧巴瓦瓦隆、伊誕‧巴瓦瓦隆：《部落‧容顏‧痕跡──筆記書》（屏東：行政院原住民委員會文化園區管理局，2016年），無頁數。

20　曾有欽：《palutavak na se paiwan排灣族詩歌文學》（臺中：臺中市政府原住民事務委員會，2018年），頁9。

甘幹・理佛克將臺灣原住民族口傳文學分成民謠、詩歌、神話、傳說、部落故事、寓言、笑話、成語、順口令、祭文等十大類;[21]而屏東排灣族文學家拉夫琅斯・卡拉雲漾則依據口傳文學體現方式分成神話史詩、童詩、情詩、哭詠詩、勇者的詩章、部落頌、獵者的詩篇、部落民謠詩篇、祭祖靈頌、家號記誦串聯文學、亡者祭文和誦經禱文等十二類。[22]屏東排灣族文學家曾有欽依前者的分類,再將 palutavakna sepaiwan 分成神話史詩、童詩、情詩、哭詠詩、勇者的詩章、部落頌、獵者的詩篇等七種。[23]在屏東原住民族口傳文學的分類不論是七類、十類或十二類,其數量種類之繁複絕對令人嘆為觀止。

綜上所述,可知古調詩謠及祭祖靈頌是音樂性的文學;傳統領域口誦文、家族歌、部落淒美故事或祭文等類型多介於音樂性與語言性之間的文學,而大部分神話傳說及民間故事則以口語性質流傳於部落的文學。

1　古調詩謠（senai）及祭祖靈頌（puyaqu）

透過吟唱,原住民族的古調詩謠（senai）才能顯出本色,歌聲就像搭建一座時空廊道,讓人優游其中並與古文明悠然相遇。[24]目前所採集到的魯凱族古謠數量約有二十來首,[25]排灣族的古調數量高達上百

21　米甘幹・理佛克:《原住民族文化欣賞》,頁179。

22　拉夫琅斯・卡拉雲漾的口傳文學分類引自「臺灣原住民族文學家與藝術家」網站:https://portal.tacp.gov.tw/litterateur/portrait/128609,搜尋時間:2018年12月。

23　曾有欽:《palutavak na se paiwan排灣族詩歌文學》,頁9。

24　廖秋吉認為排灣族傳統古調（傳統古曲）泛指「一百年前已流傳在部落間的歌謠」、「音樂的內涵仍保留千餘年的原貌」,廖秋吉編著:《排灣族傳統歌謠——來義鄉古樓村古老歌謠》(南投:臺灣省文獻委員會,1996年),頁5。

25　李孟劍:《魯凱族歌謠文化研究——以禮納里好茶部落為例》(臺北:國立臺灣師範大學民族音樂研究所,2017年),頁74。

首，[26]這些都是非常珍貴的古老屏東說唱文學。查馬克‧法拉屋樂曾說：「由於排灣族沒有文字，只有語言，所以有關部落的歷史、知識和文化，都是藉由排灣族語將這些記憶編織成歌謠。」[27]因此聆聽平和部落與萬安部落傳統傳唱[28]，或者泰武國小的古歌謠傳唱[29]，會類似八十年前日本音樂學者黑澤隆朝首次聽到布農族崁頂部落唱 Pasibutbut（祈禱小米豐收歌）時，頓時感受強大的震撼一樣。[30]依據廖秋吉對排灣族七佳部落的研究，古調可分成 malada（經文）、puyaqu（祭祖靈頌）、zemiyan（勇者的詩章）、dremaiyan（舞曲）、senai（歌）、temangic（哭詠詩）等六種可歌、可吟或可哭的詩謠；[31]而茂林鄉前鄉長 Lalelrane（詹忠義）對魯凱族古調的研究，古調可分為儀式音樂、休閒音樂、情歌對唱、婚禮音樂及童謠。[32]不論古調的分類有多少種，當吾人：

聆聽排灣族的〈排灣古調〉：「隨風聲揚起，百合的歌。隨著樹影

---

26 2018年以前，查馬克‧法拉屋樂透過田野調查的方式，花好幾年時間逐步蒐集近百首泰武、佳興兩個排灣族部落古謠，時至今日，已蒐集超過百首。賴英錡：〈排灣族文化的傳承者查馬克‧法拉屋樂〉，《經典》第234期（2018年1月）電子版，網址：http://www.rhythmsmonthly.com/?p=33708。

27 賴英錡：〈排灣族文化的傳承者：查馬克‧法拉屋樂〉，《經典》第234期（2018年1月）電子版。

28 拉夫琅斯‧卡拉雲漾製作CD：《大武山亙古的文學詩頌──聆聽傳說中平和、萬安部落吟詠》（屏東：行政院原住民委員會文化園區管理局，2010年）。

29 《歌開始的地方──泰武國小古歌謠傳唱》，新北：風潮音樂，2011年。

30 日本音樂學者黑澤隆朝（1895-1987）於1939年開始研究民族音樂，1943年與桝源次郎等人到臺灣進行音樂調查，3月30日到屏東來義等原住民部落，4月2日到臺東布農里壠山社，首次聽到布農族崁頂部落歌唱Pasibutbut（祈禱小米豐收歌）時，受到極大的震撼。1953年發表泛音的半音階唱法論文，引起國際音樂學界高度重視。王櫻芬：《聽見殖民地：黑澤隆朝與戰時臺灣音樂調查（1943）》（臺北：國立臺灣大學出版中心，2008年），頁55-91。

31 趙秀英、廖秋吉、鍾興華：《排灣族tjuvecekadan老七佳部落》（屏東：行政院原住民委員會文化園區管理局，2013年），頁122-132。

32 Lalelrane（詹忠義）對魯凱古調的分類，轉引自田哲益：《臺灣原住民歌謠與舞蹈》（臺北：武陵出版公司，2002年），頁206-207。

跳起，百合的舞。親愛的族人，讓我輕輕地吟唱，希望的音符；讓我們輕輕的舞蹈，歡樂的舞步。」[33]那麼優雅的日常，那麼自然的生命情懷，美得令人嚮往。

聆聽排灣族牡丹社的〈enelja〉：「我們怎麼作　年輕人／帶領生活、文化　在正當時代交替／說喜悅　讓互相包容、體恤、無私傳承／正是要我們所述　告訴給後代子孫」[34]，可深深感受部落世代間的傳承與對話，盡在歌聲裡自然開展。

聆聽排灣族萬安部落五年祭歌〈iyau〉：「伊呀烏！大武聖巔的列祖列宗們啊！請顯靈眷顧我們吧！／伊呀烏！恭請四方部族，前來共襄盛舉啊！／伊呀烏！我們占卜祈福，祈願風調雨順作物豐穰啊！」[35]面對 Tjagaraus 大武山萬物生命之神及祖靈祭拜時儀式時，神聖而虔敬的心油然而生。

屏東原住民族屬於天地萬物皆有靈的 cemase 信仰，所以部落的祭師（puringau）在歲時祭儀、祖靈祭、臨時祭儀、小米祭、個人祭等儀式，或生命禮俗、祈福消災、治病解厄、通靈占卜等活動中皆扮演重要地位。祭祀時，祭巫會走到部落對外道路唱唸經文（marada），防止惡靈進入祭場所舉行的迎靈和娛靈；祭祀中所唸唱的經文、歌曲，皆帶著祖靈恩賜的古老文明魔力，讓眾人的靈魂飄盪在感性與傳說的山林之中，領受文化的傳承與祝福。[36]至於屏東平埔族鳳山八社部落因

---

33 〈排灣古調〉創作者不詳，引自巴格達外・日不落：《巴格達外（Pakedavai）神話──日不落與彩虹之珠的對話》，頁273。

34 周明傑：〈牡丹村（sinvaudjan）的歌謠〉，《藝術評論》第19期（2009年12月），頁115-160。

35 引自拉夫琅斯・卡拉雲漾：《大武山宇宙的詩與頌》（屏東：屏東縣政府，2010年），頁185。

36 關於排灣族的祭師與祭儀，王貴總編輯：《屏東縣三地門鄉三地門村落誌》（屏東：屏東原住民部落文化藝術發展協會，2007年），頁93-142。

漢化與遷徙而消失身影，不過目前尚存馬卡道族，如高樹鄉加蚋埔、萬巒鄉赤山村和內埔鄉老埤村的夜祭（趒戲）與祈雨祭歌謠，或恆春半島遺留的八保祭儀式（滿州）及趒烏嘮（旭海），都是屏東平埔族口傳文學中值得再深入探討的精華。[37]

2 傳統領域口誦文（si susuan ta veqeveq na se Piuma）與家族歌（Parutavak）

　　傳統領域口誦文與家族歌是非常屏東的原住民族文學類型。

　　排灣族的 Tjaiquvuquvulj 群和平部落（Piuma）依循四周疆界的地理方位、傳說典故、植物山河串名成文學口訣，代代相傳形成著名的傳統領域口誦文（si susuan ta veqeveq na se Piuma）。例如拉夫琅斯‧卡拉雲漾所採集的部落疆界口誦文：

> Kuvulj 地為起點，界於和平部落與筏灣部落之點，再往上坡經過 Qazung 地之刺藤球古聚落遺址及 Calisilsi 地，再沿下坡地形經過佳益部落疆界地，再到達泰武部落，越經卡拉雲漾家屋後方，從此地朝橫向經過北大武山登山口的下方，離開此地後落腳在 Sigadu 地之山及下方處，再經過泰武領域神祕谷下方，再往上坡直達 Draqadraqa 雙峰地，由佳興部落交界再直達與古樓部落交界之 Turuquai 黃藤地區，……再往上坡方向直到連接 Kuvulj 地區之 Quai 地，這就是我們平和部落領域的疆界地繞行界線。[38]

---

37 林欣慧、吳中杰：《屏東地區馬卡道族語言與音樂研究》（屏東：屏東縣立文化中心，1999年），頁77-90；卓幸君：《生痕旭海》（屏東：臺灣藍色東港溪保育協會，2016年），頁298-304。

38 拉夫琅斯‧卡拉雲漾：《來自林野最後的呼喚——Vuculj排灣族veqeveq傳統領域學》，頁143-146。

部落家族為了展現擁有土地的所有權、河川的命名權及偉大的豐功偉業，藉著口傳讓其他家族清楚知曉傳統領域的界定及部落倫理的規範。

至於傳唱十二代的家族歌 Parutavak（巴魯達發克），是北排灣族達發蘭部落塔利馬遶（Tjaljimaraw）的 mamazangilan 貴族及達拉發站部落巴格達外（pakedjavai）家族的傳統領域歌謠，是屬於另一種特殊的屏東口傳文學。

傳唱 Parutavak 時，唱者先以「ai~aui~malice ngn seketayan urimamiling naken malic」的歌聲開場，希望大眾靜靜聆聽巴格達外高貴優雅的家族歌：第一段從家屋堆砌至屋頂的陶壺牆和階開始敘述起，然後吟唱到穀物、青銅刀、琉璃珠的家勢及美好日常，再到 djuma（丟瑪，「鞦韆」排灣語）、山豬、祭典、大榕樹的文化與高尚身分，最後回到家屋陶壺帶來的璀璨光明，並以第十段以「ai~aui~adausasiliku ngipaipailti inavaiai~aui~」歌詞象徵家族永不止息，完成歌頌家族領土及帶領人民安居樂業的壯麗詩篇。[39] 若能現場聆聽幾百年歷史的 Parutavak，肯定是場難以忘懷的雅緻文學之旅。

往昔的排灣族部落是一個以家族為單位而運行的生活型態，由 mamazangilan（貴族）帶領與分配族人工作，每位 mamazangilan 的家族都有專屬「紋樣」（如同家徽），而獨特的人頭像、太陽紋、蛇形紋的背後都有部落傳說與文學意涵，這些美麗的圖紋既是血脈根源與族群觀點，也是重要的文化紀錄。[40] 除了傳統領域口誦文與家族歌之外，排灣族傳統女性也會將 veqeveq 傳統領域文在手背上，形成象徵部落

---

39 巴格達外．日不落：《巴格達外（Pakedavai）神話──日不落與彩虹之珠的對話》，頁86-89。

40 張煥鵬：〈從圖紋看見排灣精神〉，《Ho Hai Yan臺灣原YOUNG》第85期（2020年6月），頁26-27；張侑文：〈讓圖紋之美代代傳承〉，《Ho Hai Yan臺灣原YOUNG》第85期（2020年6月），頁32-35。

主權、生命源起、人民、獵場，河域及社會倫理的手紋，[41]展現獨一無二既豐富又美麗的文化風采。若說傳統領域口誦文與家族歌是以吟唱方式產生部落文學對話，婦女傳統領域手紋則是用圖紋喚醒原住民文學細胞的美麗符號。

3　神話與傳說

　　原住民族以結合人文史事、自然萬物與日常生活的觀點，建構神話故事、傳說故事、部落故事、寓言故事、笑話故事等五大口傳故事，形成既是歷史文化，也是生活日常，更是風情萬種的迷人文學。[42]歷史不會從天而降，神話不會自動流傳，所有的口傳文學都象徵部落發展與競爭的軌跡。一般而言，「神話是關於神的故事，傳說則大多是人的故事」[43]，至於屏東部落故事文學的口語表達方式分成兩種，第一種多由女性或祖母輩 vuvu 以吟唱的方式，訴說淒美、悲傷、哀怨和深情的故事；第二種是以口述的方式，訴說神話傳說、英雄史詩、部落歷史等故事。[44]

　　李福清認為排灣族是臺灣原住民族裡社會最發達、民間文學較複雜、宇宙概念較完整的族群，[45]也因此屏東原住民族的人類起源神

---

41 排灣族女性傳統領域手紋，請參見拉夫琅斯・卡拉雲漾：《來自林野最後的呼喚──Vuculj排灣族veqeveq傳統領域學》，頁63。

42 米甘幹・理佛克認為原住民族口傳文學中的五大故事為神話故事、傳說故事、部落故事、寓言故事、笑話故事。米甘幹・理佛克：《原住民族文化欣賞》，頁180。

43 米甘幹・理佛克：《原住民族文化欣賞》，頁183。

44 曾有欽：《palutavak na se paiwan排灣族詩歌文學》，頁14。

45 〔俄〕李福清（B. Riftin）：《從神話到鬼話：臺灣原住民神話故事比較研究》（臺中：晨星出版社，1998年），頁71。拉夫琅斯・卡拉雲漾認為排灣族宇宙空間概念有天界tjarivavav、人間kauljadan、地界tjariteku、靈界sakam、陰界selem等五度空間，相對其他原住民族，的確複雜許多。拉夫琅斯・卡拉雲漾：《大武山宇宙的詩與頌》，頁28。

話，不論是石生（含石卵孵化及石裂出生）、竹生、太陽卵生、樹
生、神人歌唱造生[46]、蛇生、壺生、犬生、泥團生等族群起源或遷徙
故事，發生地皆與大武山有淵源，實在多元又有趣。[47]各部落在口傳
故事中找到屬於自己的影子，並透過口耳相傳敦促自己進行深度思
考，發展出部落的敘事文本，讓口傳故事標誌著族群的遷變過程與發
展模式。在不同年代、不同時間、不同部落神話傳說會有些許的差
異，不過「語言敘事令讀者得以體驗其所蘊含的感性而複雜的聯繫，
由此為我們創造出時間感和空間感。」[48]這些創造出的時間感和空間
感，或許是上千年來世代與世代、部落與部落間所產生的歧異，卻充
滿流動的生命力、差異的創造力與族群的競爭力之因素，就如泰雅族
啟明・拉瓦所言：

> 在外來文化進入部落之前，原住民的語言和神話都是口語相傳
> 而存留下來的。在各個部落之間，也可能演化出某些不同程度
> 的差距。在部落合併之前，其各自的不同傳說可以並行不悖。
> 但是當不同的部落合併後，多樣性受到了挑戰，不同的傳說為
> 了宣示其傳承是為了正統性，意識型態的角力於焉展開。[49]

---

46 巴蘇亞・博伊哲努：《被遺忘的聖域：原住民神話、歷史與文學的追溯》，頁173。

47 拉夫琅斯・卡拉雲漾：《來自林野最後的呼喚——Vuculj排灣族veqeveq傳統領域
學》，頁26。不過阿媯不認同蛇生神話傳說：「排灣族各群系與百步蛇的神話傳說的
發生時間，均是在人已出生之後，也就是說，排灣族人的始祖傳說中（各群系不
同），從未出現過人是由蛇所生的。」利格拉樂・阿媯：〈看誰在說話？——讀《臺
灣先住民腳印》之感想〉，利格拉樂・阿媯：《誰來穿我織的美麗衣裳》（臺中：晨
星出版社，2002年），頁198。

48 〔美〕羅伯特・P・韋克斯勒（Robet P. Wechsler）著，李睿智、吳文智譯：《閱讀危
機——在文學中認識自我和世界》（南京：江蘇鳳凰教育出版社，2016年），頁6。

49 啟明・拉瓦：《重返舊部落》（臺北：稻香出版社，2002年），頁41。

屏東原住民族的神話傳說有創世紀神話、祖源及遷徙、物種起源、英雄事蹟、部落傳奇、洪水、妖怪、變形、禁忌等類型，都牽扯到 umaq（家）的母體意象或日常的核心事務，構成歷史記憶與族群價值的傳承體系。在所有口傳文學中，人類起源神話與族群遷徙傳說最是讓人著迷，因為充滿了文化知識、地方知識與場域知識。[50]始祖創生故事的變異，很值得細細推敲，許世珍就曾針對五十則排灣族祖源口傳故事進行分析，得出排灣族始祖傳說起源類型屬於複雜型態，是文化混合結果；[51]童信智更進一步將日卵敘事所衍生蛇吞太陽蛋、女英雄故事、近親通婚、蛇孵化、階級倫理制度等類型，及「地」生敘事相關的石生、蛇生、壺生、竹生、犬生、人再生、神生人、歌唱生人等類型進行田調與文本分析，探知各部落的源起、遷移及歷程。[52]這些結論說明原住民族口傳文學除了「變異」之外，還擁有口語、佚名、集體、通俗等共同特性，[53]讓族群的部落歷史、知識經驗及禮俗儀式等核心文化，在不同時空下能多元共存繼續傳承下去。

　　原住民族的神話傳說與古調詩謠依然普遍存在當代社會及部落之中，像雲豹、陶壺、百步蛇、琉璃珠、巴冷公主、慕阿凱凱、紅眼巴里等排灣族、魯凱族故事，皆為世人所熟知。古老的屏東原住民族口傳文學就這麼在大武山脈與屏東平原向世界閃耀，一如拉夫琅斯・卡拉雲漾所言：「傳統的口傳文學是以詩詠、口誦、吟唱的方式傳承，所有的歷史、傳說、倫理、制度、禮俗、精神生活、語言和詩詞的口傳設計，是老祖先為了彌補人類先天記憶上的有限因素及時間淡化因

---

50 祖源及遷徙神話所反映出家的思維，請參見童信智：《Paiwan（排灣）祖源及遷徙口傳敘事文學之研究》，頁162-163。

51 許世珍關於始祖創生傳說研究，轉引自參童信智：《Paiwan（排灣）祖源及遷徙口傳敘事文學之研究》，頁18。

52 童信智：《Paiwan（排灣）祖源及遷徙口傳敘事文學之研究》，頁41-161。

53 巴蘇亞・博伊哲努：《被遺忘的聖域：原住民神話、歷史與文學的追溯》，頁476。

素等問題,故將重要熟記的事物或行為藉由口誦吟唱或歌詠方式世代傳承下去。」[54]原住民族老祖先的口傳設計,漸漸演變成異常珍貴的文學瑰寶。

(二)殖民觀看的誤解想像時期

「原住民總是被消費的一個族群」[55],這是紀錄片「走過千年」中一位原住民的心聲,也是長久以來原住民族群的苦難遭遇。將近四百年非原住民族政權輪流統治這塊土地,原住民族成為被荷蘭人、漢人、日本人所觀看的殖民對象,這其中當然充滿了外來政權的想像與理所當然的偏見,就如張耀宗所說:「假如擁有文字即具備歷史書寫的權力,那麼沒有文字的原住民,在臺灣歷史上永遠只是被書寫的對象。」[56]這種非我族類的敘述筆法,逐漸成為陳龍廷所謂的「妖魔化書寫」[57]現象。

明鄭及清廷統治臺灣的兩百多年時期,與原住民族相關的著作,常出現「盱」、「睢」、「猙獰」、「醜怪髼黑」等暗喻原住民族愚昧、凶邪、粗野獸性的字眼,[58]或許在明朝陳第的〈東番記〉經典文獻中,

---

54 拉夫琅斯・卡拉雲漾:〈出版序〉,拉夫琅斯・卡拉雲漾製作光碟:《大武山亙古的文學詩頌——聆聽傳說中平和、萬安部落吟詠》,封套說明。

55 此為泰雅族比令・亞布紀錄片「走過千年」裡,一位原住民的心聲。劉得興:〈原住民族文學書寫策略抉擇探討〉,施正鋒編:《臺灣原住民族文化、藝術與傳播理論暨實務》(花蓮:臺灣原住民族研究學會,2014年),頁14。

56 張耀宗:《國家與部落的對峙:日治時期的臺灣原住民教育》(臺北:華騰文化,2009年),頁18。

57 陳龍廷認為清朝舊時代文人對原住民集體想像造成禽獸化的偏見與歧視,導致對原住民的「妖魔化書寫」。陳龍廷:《書寫臺灣人・臺灣人書寫:臺灣文學的跨界對話》(臺北:五南圖書出版公司,2017年),頁31-40。

58 鄧津華著,楊雅婷譯:《臺灣的想像地理:中國殖民旅遊書寫與圖像(1683-1895)》(臺北:臺灣大學出版中心,2018年),頁126-128。

由聽聞、凝視、臆測所拼湊出異己醜化的原住民圖像，已成為後世書寫原住民族的銘印。在《臺灣原住民族關係文學作品選集（1603-1894）》一書66位作者112篇作品裡，不少作品像「日與生番伍，驅走類猿玃。自從歸化來，薰蒸銷獰惡」或「生番盤據此山中，殺人為雄首充積」一樣，充滿刻板化、妖魔化文字。[59]到了1916年，日人中村古峽發表第一篇臺灣原住民題材現代小說〈來自蕃地〉，[60]仍然出現以妖魔化書寫模式呈現旅遊臺灣南部原住民部落的情形，再現帝國凝視殖民地的景象。

　　殖民者想以教育改變被殖民族群，讓他們遺忘過去、順從眼前而削弱族群競爭力。清廷政府逐步實施儒學教化，以「土番社學」政策先去原住民化再進行漢化，使平埔族漸漸融入漢族；[61]爾後日本政府也一樣設置「番童教育所」，先去原住民化再進行大和化，讓原住民

---

59 譚垣〈巡社紀事・武洛社〉及吳玉麟〈傀儡石硯歌〉二詩收入黃美娥主編：《臺灣原住民族關係文學作品選集（1603-1894）》（臺北：行政院原住民委員會，2013年），頁31、34。

60 〔日〕中村古峽著，呂美親譯：〈來自蕃地〉，黃美娥主編：《臺灣原住民族關係文學作品選集（1895-1945）》，頁300-327。

61 關於屏東平埔族因教育而漢化現象，如黃叔璥記載：「南路番童習漢書者，曾令背誦默寫。上淡水施仔洛讀至離婁；人孕礁巴加貓讀左傳鄭伯克段于鄢，竟能默寫全篇；下淡水加貓、礁加里文郎讀四書、毛詩，亦能摘錄；加貓讀至先進，礁恭讀大學，放練社呵里莫讀中庸，搭樓社山里貓老讀論語，皆能手書姓名；加貓於紙尾書『字完呈上、指日榮升』數字，尤為番童中善解事者。」〔清〕黃叔璥著，宋澤萊譯，詹素娟註：《番俗六考：十八世紀清帝國的臺灣原住民調查紀錄》，頁204。如六十七所記載：「社師，鳳邑下淡水、赤山、加藤等社，社設師教讀番童。」六十七：《番社采風圖考》（臺北：臺灣銀行經濟研究室，1957年），頁71。又如唐贊袞《臺陽見聞錄》〈番鄉賓〉也記載下淡水社趙生漢化過程：「聞道光八年，鳳山縣轄之下淡水，有下淡水社樂舞生趙弓孕者，年幾七十，甚誠樸，頗解為帖括，左右鄰里呈學保舉鄉賓牒縣。時邑令為無錫王公瑛，曾給以匾額。額有『社樂舞生』等字，復呈學求去『社』字，同於齊民之意；以見國家文德之涵濡深且遠矣。」唐贊袞：〈番鄉賓〉，黃美娥主編：《臺灣原住民族關係文學作品選集（1603-1894）》，頁252。

族沒有主體詮釋的機會，成為可教化性高的複雜群體，[62]形成花亦芬所言：「畢竟受教育也可以是受洗腦教育，將課堂變成順民養成所。」[63]這些長期以來被殖民、被汙名與被掠奪的屏東原住民族，逐漸形成自我壓抑或無處宣洩的群體，在鍾理和的名篇〈假黎婆〉中，原住民族成為讓人心疼又不捨的圖像：

> 她是「假黎」——山地人，我說用她的人種的方式，並不意味她愛我們有什麼缺陷或不曾盡職，只是說我們有時不能按所有奶奶們那樣要求她講民族性的故事和童謠；……但她卻能夠用別的東西來補償，而這別種東西是那樣的優美而珍貴，尋常不會得到的。
>
> 據我所知，她從來不對我們孩子們說謊，她很少生過氣，她的心境始終保持平衡，她的臉孔平靜、清明、恬適，看上去彷彿永遠在笑，那是一種藏而不見的很深的笑，這表情給人一種安祥寧靜之感。[64]

鍾理和用隱藏深情的文字，寫出下嫁漢人的排灣族繼祖母，謹守分際不貪不取，卻又在卑微、失語中過著壓抑自己尊嚴的一生。這種哀傷但不煽情、追憶而不誇大的鋪敘，在「妖魔化」書寫原住民族作品中，形成中立中肯且異常珍貴的文學畫面，影響部分後來者對書寫原住民所採取的姿態。[65]

---

62 台邦・撒沙勒：《重修屏東縣志：原住民族》（屏東：屏東縣政府，2014年），頁174。

63 花亦芬：〈寫給臺灣：勇敢航向世界〉，花亦芬：《像海洋一樣思考：島嶼，不是世界的中心，是航向遠方的起點》（臺北：先覺出版社，2017年），頁30。

64 鍾理和：〈假黎婆〉，鍾理和：《雨》（臺北：遠景出版公司，1984年），頁78。

65 如曾貴海〈平埔客家阿婆〉、陳柔縉〈基因不滅我是平埔族〉等作品，皆採取以非局外人視角，有溫度的書寫原住民族。

　　知識和信仰會影響觀看事物的方法，[66]不論殖民者或外來者，多
少帶著優越感凝視這塊土地上的原住民族，就連三百年前思想開明且
認為原漢衝突「啟釁多由漢人」的清朝首任巡臺御史黃叔璥，還是會
用「蟻雜蜂屯」的譬喻及「傀儡」的不雅語書寫原住民族。[67]轉念思
考，難道被妖魔化的原住民族，就象徵著落後與野蠻嗎？或許從喬
治・泰勒的觀點來看，事實未必如此。喬治・泰勒在〈臺灣的原住民
族〉一文中認為：

> 原住民都很聰明好問，不僅樂意學習，還學的很快。一句臺灣
> 諺語「生番穿褲，人走無路」，顯露出中國人早已敏感於此。
> 這句話的意思是，當生番穿上褲子接受文明時，中國人就沒什
> 麼機會了。[68]

順著喬治・泰勒的話語延伸來看，漢人的緊張不僅來自現實生活中的
原漢衝突，也出現在武力競技、資源競爭與文化競賽可能落後於原住
民族的深層焦慮中。當漢人無法完全收編原住民族，無法用文化框架
將之囚禁於語言、思想牢籠內，心中開始對原住民族的強悍與聰明投
射出無比恐懼，只好藉著妖魔化文字醜化與孤立。

66　〔英〕約翰・伯格（John Berger）著，吳莉君譯：《觀看的方式》（臺北：麥田出版
　　社，2005年），頁26。

67　〔清〕黃叔璥著，宋澤萊譯，詹素娟註：《番俗六考：十八世紀清帝國的臺灣原住民
　　調查紀錄》，頁11。

68　〔英〕喬治・泰勒（George Taylor）：〈臺灣的原住民族〉，〔英〕杜德橋（Glen
　　Dudbridge）編，謝世忠、劉瑞超譯：《1880年代南臺灣的原住民族：南岬燈塔駐守
　　員喬治・泰勒撰述文集》（臺北：行政院原住民族委員會，2010年6月），頁99。

（三）異托邦書寫與身分追尋的漢語書寫時期

　　傅柯認為：「知識也是一個空間，在其中主體也許會採取一個地位，而且言及在他的話語中會處理到的客體。」[69]在這樣的空間裡，主體的話語可以影響所涉及的對象或客體。所以，在南臺灣的山林知識體系空間中，屏東原住民族的口傳文學可以詮釋及命名空間中相對的人、事、物。當外來政權進駐，原住民族因殖民政治而被迫改變傳統知識空間，失去權力的口傳敘述開始背離在觀眾前演繹的事實，於是訴諸印刷頁面轉換成文字形式的呈現，以殖民語言建構主體的復振歷程，成為必要的反抗手段。陳雪惠認為：

> 原住民族文學是殖民地社會下的典型產物，就如臺灣文學的主張一樣，它們全都在核心／邊緣的緊張對峙關係下，權力中心的當政者，支配著在邊緣地位的原住民族作家，原住民族文學從荷殖時期以至現今，它沾染上殖民地特徵，是無庸置疑的。[70]

在長期被殖民統治及全球化資本主義浪潮下，原住民族面臨最關鍵的五大問題分別為「恢復土地權」、「建立有效率的自治權」、「保存民族語言、傳統社會結構，以及文化承繼的方式」、「保持原有的自然資源，並且恢復傳統經濟功能」、「恢復言說的主體性與文化尊嚴」。[71]為了進行主體尊嚴與文化抵抗，援引殖民者的文字書寫對抗殖民者，成

---

69 〔法〕米歇・傅柯（Michel Foucault）著，王德威譯：《知識的考掘》（臺北：麥田出版社，2001年），頁324。

70 陳雪惠：《臺灣原住民族現代詩研究（1970-2013）》（高雄：國立高雄師範大學國文系博士論文，2014年），頁18。

71 江寶釵、羅德仁：〈原住民學研究理論之商榷：從後殖民理論到華語語系的思考〉，《臺灣文學學報》第35期（2019年12月），頁172。

為實踐身分認同的重要策略，就在政治戒嚴日趨鬆綁、漢語教育日漸普及、集體意識越來越強的情況下，漸漸形成「期盼臺灣原住民提起筆，寫下歷史的遭遇與苦難，寫下自身的命運與奮鬥，否則，『我們的苦都白受了！』」[72]的自覺之路。

以下用三個關鍵年代，敘述屏東原住民族如何以漢語文學反身走上復振之路。

1 漢語書寫文學的萌芽年代：關鍵的1967年

1967年9月詩人達摩棟在《新文藝雜誌》發表救國團暑期戰鬥文藝營新詩佳作作品〈山之城〉，成為屏東原住民族漢語現代文學的開端。達摩棟的〈山之城〉一詩突破當時禁忌，寫出原住民族的心聲，像一座文學大山悄然矗立在南國，就屏東原住民族文學史，甚至整個臺灣原住民族文學發展史而言，〈山之城〉絕對是一首長期被忽視的經典作品。

蕭蕭曾說：「寫作鄉愁詩的人，必是遠離鄉疇的人。」[73]但原住民詩人卻是身處故鄉的思鄉者，他們站在曾經是自己的傳統領域，期望還我族名、還我尊嚴、還我土地，以停止在自己的國度上流浪！1960、70年代一批一批的原民青年離開部落到漢人都市謀生，由於差異遭受歧視，使得他們常陷落危險地帶或徘徊都市邊緣掙扎，男生被雇主層層剝削，女孩被拐賣至妓院蹂躪的情形屢見不鮮，〈山之城〉的「你的名字被刻在開化的反面／僅是一串串的錯誤／誤、錯誤……」句

---

72 此為南非作家葛拉娣·湯瑪斯（Giadys Thomas）接受《春風》叢刊專訪的言論，原刊登1984年《春風》叢刊第二期，轉引自魏貽君：《戰後臺灣原住民族文學形成的探察》，頁33-34。

73 蕭蕭：〈鄉愁與鄉愁的交替——論近年詩壇風雲〉，蕭蕭、陳寧貴、向陽編選：《中國當代新詩大展1》（臺北：德馨出版社，1981年），頁3。

子，就是以隱晦的文字呈現當時的狀況，這也成為日後原住民族以文學抗議控訴的基調。1968年達摩棟所發表的〈窄門〉：「那盛裝響叮噹的豐年祭／依舊響不出人們的耳膜／依舊是輪唱那首沒有歌名的山歌／依舊是生了根的記憶」[74]，依舊從邊緣出擊，可惜這一聲聲微弱的抗議，沒辦法擴大成為原住民族的集體意志，達摩棟在屏東默默拓墾出的原住民族文學園地，得等到1980年代原運時期來臨，才能突破發聲的困境。

2 漢語書寫文學的抗爭年代：關鍵的1984年

原住民族青年離開原鄉及祖靈，在漢人都會中遭遇磨難與挫折後，回歸凋零的部落家園，長期以來的衝擊及種種的不平等待遇，在1984年12月「臺灣原住民權利促進會」成立後，揭開壯闊的抗議序幕，[75]而伴隨原運以文字逆寫中心、控訴苦難的「主體建構及去殖民」書寫，也聯袂到來。[76]

1983年出刊的《高山青》、[77]1984年出刊的《春風》叢刊、1984年

---

74 達摩棟〈窄門〉一詩發表於《幼獅文藝》第1卷第28期（1968年6月）。

75 1984年12月29日，屏東學者作家童春發、胡德夫、夷將‧拔路兒、拓拔斯‧塔瑪匹瑪等原住民及「少數民族委員會」黨外運動人士，在馬偕紀念醫院第五講堂創立「臺灣原住民族權利促進會」，發表「臺灣原住民族權利宣言」，隔年二月會訊刊物《原住民》創刊。

76 瓦歷斯‧諾幹認為：「排灣族盲詩人莫那能在《春風詩刊》第一期（1984）以〈山地人詩抄〉為名的詩稿為逆寫中心做了一次震撼教育。」瓦歷斯‧諾幹：〈臺灣原住民文學的去殖民〉，孫大川主編：《臺灣原住民族漢語文學選集──評論卷（上）》（臺北：印刻文學生活雜誌出版公司，2003)，頁138-141。

77 1983年5月就讀國立臺灣大學的四位原住民族學生伊凡‧諾幹、夷將‧拔路兒、楊志航、林宏東，以手寫油印三百份的方式發行《高山青》創刊號，並在救國團舉辦的山地大專學生送舊演唱晚會現場發送，呼籲原住民族要覺醒、奮起，對抗長期遭受不公平的待遇及歧視，引起很大震撼。《高山青》至1988年為止一共發行六期，成為當時許多原民知青思想啟蒙的搖籃。

「少數民族委員會」出版的《為山地而歌》、[78]1985年7月創刊的《山外山》、[79]1989年11月創刊的《原報》、[80]1990年8月創刊的《獵人文化》、[81]1993年11月創刊的《山海文化》、[82]1995年6月創刊的《南島時報》，[83]這些刊物皆源自原住民運動思想萌芽及實踐時期，扮演傳遞資訊、表達訴求、凝聚共識、建構主體的角色，並試圖在爭取身分認同、保障傳統權益、解決現實問題中進行平面抗爭，以拿回歷史解釋權與族群話語權。

78　1984年4月胡德夫、童春慶等黨外編輯作家聯誼會成立「少數民族委員會」，並出版《為山地而歌》刊物，期望關心少數民族的原住民族與漢人，能一起來解決少數民族的各種問題。

79　「原權會」於1985年7月15日創刊《山外山》，作為長期合法的原住民發言園地，創刊號發行一期後停刊，改名為《臺灣原住民》繼續發刊，直到1992年停刊，總共發行12期。

80　排灣族羅拉登‧巫馬司、排灣族林明德、魯凱族台邦‧撒沙勒於1989年11月創立《原報》，至1995年7月發行最後一期，一共出版27期，對於屏東原住民運動及魯凱族主體建構，有重要的影響。

81　《獵人文化》雜誌是泰雅族瓦歷斯‧諾幹與排灣族利格拉樂‧阿𡠄以原住民視角在臺中創辦的刊物，1990年8月推出創刊號，1992年6月發行最後一期，一共出版18期，刊物內容分成「原住民文學」、「原住民口語文學」、「原住民觀點」、「獵人報告」、「文物介紹」五項，對原住民文化運動實踐有很大影響。

82　1993年6月立委華加志擔任「中華民國臺灣原住民族發展協會」首任理事長，11月發行文學雜誌《山海文化》雙月刊創刊號，秘書長兼總編輯孫大川希望《山海文化》的「山海觀點」，能重構並傳承族群文化。《山海文化》至2000年10月停刊，一共出版26期23本刊物，刊載過39位原住民作者作品，舉辦過1995年「第一屆山海文學獎」、2000年「第一屆中華汽車原住民文學獎」、2001年「第二屆中華汽車原住民文學獎」、2002年「原住民報導文學獎」、「2003臺灣原住民族短篇小說獎」、「2004臺灣原住民族散文獎」等。

83　為「爭取民族發言權，奪回歷史解釋權」，以「尋回臺灣歷史真貌，還原福爾摩沙淨土，復振本土多元文化，營造經濟自主，重建南島民族尊嚴」，創報社長林明德及達摩棟等原運團隊，於1995年6月1日發行《南島時報》試刊號，7月1日正式創刊《南島時報》，發刊期間曾停刊再復刊，在2003年12月15日出刊最後一期後休刊，共發行147期。《南島時報》是原住民族自辦媒體的重要嘗試，也是將「南島」作為臺灣原住民族想像共同體的第一份媒體，對於屏東原住民族的重要性不言可喻。

　　1984年到1995年屏東原住民族作家發表的文學篇章並不多，大多數以介紹文化的資訊傳遞（如王貴〈排灣族──青山村結婚習俗〉的部落書寫）、原運抗爭的表達訴求（如台邦·撒沙勒〈給湯英伸的一封信〉的抗議文學）或田野調查的建構主體（如利格拉樂·阿𡠁〈JADA，不要叫我山地人〉的表達自我）為主軸，或明或隱跟著時代脈動及政治氛圍書寫。恩斯特·卡西爾（Ernst Cassirer）認為：「一切時代的偉大藝術，都來自於兩種對立力量的相互滲透。」[84]原住民族在漢人世界所產生的「集體困境」及原住民族自覺自省後所產生的「主體重建」，形成強大的敘事拉扯，文字符號在這張力之下所建構出的身分認同，漸漸鋪陳成一條回歸部落家園的文學之路。

3　漢語書寫文學的開花年代：關鍵的1996年

　　抗議啟開原住民族漢語文學的序曲，「異托邦」書寫則發展成原住民族文學的創作模式。傅柯（Michel Foucault）認為「某些特定基地與其他基地相關的奇妙特性感興趣，這些基地是確實存在，並且形成社會的真正基礎」[85]，異托邦是由文化所建構出來的真實空間，依照秩序、隔離、嘲諷、包容、節慶、神聖或創造等特色，形成由烏托

84　〔德〕恩斯特·卡西爾（Ernst Cassirer）著，甘陽譯：《人論》（上海：上海譯文出版社，1985年），頁207。

85　「異托邦」又譯為「差異地點」，傅柯認為：「可能在每一文化、文明中，也存在著另一種真實空間──它們確實存在，並且形成社會的真正基礎──它們是那些對立基地（counter-sites），是一種有效制定的虛構地點，於其中真實基地與所有可在文化中找到的不同真實基地，被同時地再現、對立與倒轉。這類地點……我稱之為差異地點（heterotopias）。」關於其說明與六項原則特徵，請參見〔法〕米歇·傅寇（傅柯Michel Foucault）著，陳志梧譯：〈不同空間的正文與上下文（脈絡）〉，夏鑄九、王志弘編譯：《空間的文化形式與社會理論讀本》（臺北：明文書局，2002年），頁402-408。

邦延伸並真實存在於人間的各種基地。[86]原住民族文學經常描述空間、地名、社域、建築、植物、標的、傳說等等異托邦，期望藉由書寫重尋文化源頭，召喚集體記憶，加深族群意識，建構原民身分，進而完成回歸主體的使命。

　　1996年，利格拉樂・阿媿散文集《誰來穿我織的美麗衣裳》及奧威尼・卡露斯小說《雲豹的傳人》兩本屏東原住民族鉅著陸續出版：一本以排灣族女性尋根觀點回到部落，書寫原住民女性的自身故事；一本以魯凱族男性史官觀點，重現魯凱有形、無形的空間與文化。兩書經由回部落田野調查與異托邦書寫，保留不少族語詞彙，由認同到學習做一位真正的族人，讓族群文化在失落中重新延續，形成兩座絢爛高聳的里程碑。日後廖秋吉《排灣族傳統歌謠——來義鄉古樓村古老歌謠》、霍斯陸曼・伐伐《黥面》、台邦・撒沙勒《尋找失落的箭矢：部落主義的視野和行動》、達德拉凡・伊苞《老鷹，再見》、伊誕・巴瓦瓦隆《靈鳥又風吹》、讓阿淥・達入拉雅之《北大武山之巔——排灣族新詩》、東排灣族第一本口授傳記文學《太陽之子古英雄》等作品陸續推出，一本本風格各異的作品聯手形成壯闊的屏東原住民族文學造山運動。

　　進入二十一世紀，電子刊物、社群網站、各類文學獎徵文及原住民族作家出版文學作品大為風行，資源取得與書寫園地十足充裕，形成孫大川所謂「原住民族漢語書寫文學已穩固成形」的類期。屏東原住民族曾推出雙週刊電子報《原聲報》[87]及「原住民文學院」網站[88]，試圖串聯

---

86 楊佳嫻、鴻鴻：〈策展人序：行進中的異托邦〉，鴻鴻主編：《詩的異托邦：臺北詩歌選2018》（臺北：臺北市政府文化局，2018年），頁6。

87 林明德於2000年10月14日創辦雙週刊電子報《原聲報》，報導與發行的重點放在發生九二一地震的原住民部落災區，解決外部信息進不去、裡面的狀況傳不出來的狀況。在出刊三年後停刊，2003年4月8日復刊，同年11月5日又停刊。

88 排灣族詩人達摩棟於1999年9月架設「原住民文學院」網站，並邀請布農族作家霍

每一個部落點,成為交流便利的文化網絡面。而原住民族書寫群從1996年起,陸續參加「中華汽車原住民文學獎」[89]、「大武山文學獎」[90]、「教育部原住民族語文學獎」[91]、「臺灣原住民族文學獎」[92]、「斜坡上的文學獎」[93]、「排灣族語文學獎」[94]、「vusam 文學獎」[95]等大小文

斯陸曼・伐伐擔任首任總編輯,2008年7月起卑南族巴代繼任總編輯。這座由南臺灣向各處原住民族徵稿的網路平臺,有二、三十位原住民族作家或寫作愛好者,加入書寫我族、書寫部落的行列,對屏東原住民文學族發展,付出很大的心血。可惜詩人達摩棟2021年因病去世,「原住民文學院」網站幾百篇詩文已無法再閱覽。

89 1993年6月孫大川創辦「山海文化雜誌社」,11月《山海文化》創刊號出版。1995年五月「山海文學獎」徵文截止,是第一個以原住民族為參賽資格的文學獎。後於2002年舉辦「原住民報導文學獎」、2003年舉辦「臺灣原住民短篇說小說獎」,2004年舉辦「臺灣原住民散文獎」,提供原住民族文字創作者發表得獎的園地。而2000年第一屆「中華汽車原住民文學獎」及2001年第二屆「中華汽車原住民文學獎」,在當時引起很大的關注,可惜舉辦兩屆後停辦,達德拉凡・伊苞、伐處古皆為該文學獎得主。

90 屏東縣政府文化處於1999年舉辦第一屆「大武山文學獎」開始,至2021年為止已舉辦過二十屆「大武山文學獎」,霍斯陸曼・伐伐、周明傑、林世治、梁秀娜、王若帆皆為該文學獎得主。

91 「教育部原住民族語文學獎」2007年由國立政治大學原民中心承辦第一屆開始,已舉辦過七屆(2009年第二屆、2011年第三屆、2013年第四屆、2015年第五屆、2018年第六屆、2020年第七屆),文學獎類別分成現代詩、散文、短篇小說及翻譯文學,鼓舞不少原住民族作家或族語老師以族語創作文學,保留原住民族最核心的主體文化,曾有欽、蔡愛蓮、郭東雄、童信智、柯玉卿、陳春媚、李光國等皆為該文學獎得主。

92 2000年行政院原住民族委員會主辦、中華民國臺灣原住民族文化發展協會(山海文化雜誌社)承辦第一屆「臺灣原住民族文學獎」開始,至2021年已舉辦過十二屆徵文比賽,文學獎類別分成小說、散文、新詩及報導文學,為當前國內原住民族規模最大的文學獎,奧威尼・卡露斯、霍斯陸曼・伐伐、曾有欽、達摩棟、朱克遠、潘宗儒、鄧惠文、梁秀娜、江炤、陳孟君、梁婷、蔡宛育、洪子萱、格格兒・芭勒庫路等皆為該文學獎得主。

93 2018年屏東縣政府原住民處辦理第一屆「斜坡上的文學獎」,獎項分成小說、散文(部落史)、詩謠、報導文學、劇本、用族語說故事等六種,以排灣語、魯凱語及阿美語書寫及口說。2019年屏東縣政府文化處接辦第二屆「斜坡上的文學獎」,獎

學獎，名家如達摩棟、奧威尼・卡露斯、霍斯陸曼・伐伐、達德拉凡・伊苞、伐處古、王貴、曾有欽、蔡愛蓮等皆曾榮獲殊榮，讓各界看見屏東原住民族文學之美；中、新生代獲獎者如郭東雄、林明德、陳孟君、朱克遠、潘宗儒、洪子萱、鄧惠文、梁秀娜、梁婷、王若帆、格格兒・芭勒庫路等人也曾在各類文學獎發光發熱過。尤其是鄧惠文、梁秀娜、陳孟君、格格兒・芭勒庫路、王若帆等優秀的創作者，雖未出版個人文集，但已逐漸攀登創作高峰的她們，只要持續書寫，一定是屏東原住民族最璀璨的文學未來。

阿㛠曾針對原住民族參加文學獎的某些現象，提出建言：

> 每年山海文學獎最痛苦的事，就是看到很多作品只是為了參賽而寫作，有點像是祭典觀光客，或是回部落過年幾天順便做的「田野調查」。看到部落現象便簡單寫下、抒發情感，我一直不認為這樣的人是創作者。[96]

原住民族用漢字構築主體自覺，是因為「原住民本來就有自己的文化與文學，由於審美標準與文化內容不符殖民者或漢人的要求，在所謂

項分成短篇小說、散文（部落史）、詩謠三種，蔡愛蓮曾為該文學獎得主。可惜「斜坡上的文學獎」參加人數過少，第三屆一直沒有辦理。

94 排灣族族語推廣組織於2020年推出以單一原住民族為徵文對象的「2020排灣族語文學獎」，該獎在10月12日截止，徵文類別分成現代詩、散文、翻譯文學、報導文學四類，目前無法得知得獎名單與後續運作情形。

95 社團法人屏東縣原住民文教協會為鼓勵全臺熱心文學的原住民族學子及族人，能積極以族語創作，在2017年、2019年及2022年辦理三屆的「vusam文學獎」，鄧惠文、梁秀娜、格格兒・芭勒庫路皆為該文學獎得主。「vusam文學獎」迴響頗佳，影響日甚，值得重視。

96 嚴毅昇採訪：〈專訪Ligiav A-wu利格拉樂・阿㛠〉，劉虹風等著：《運字的人：創作者的鑿光伏案史》（新北：小小書房，2018年），頁276-277。

主流社會裡往往無法受到承認。」[97]但若耽溺於漢人的文學獎思維觀點，或「看到部落現象便簡單寫下」去參加文學獎賽，而忘記「藝、紋、歌、舞、祭」的傳統文學美，對於原住民族文學的永續發展未必有幫助。不論如何，屏東原住民族已讓外界看見強悍又美麗的文學身影，期待屏東原住民族文學能由後續者接棒，進入下一個璀璨美麗的豐收期。

圖一　2022年第三屆 VUSAM 文學獎於 VUSAM 兒童圖書館頒獎／梁秀娜提供

三　屏東原住民族當代文學作家

　　文學無法憑空而起，迅速形成一代盛事，必然與文化連結，逐漸成為民族關鍵的指標，對從口傳文學演變成書面文學的原住民族而言，更是如此。[98]以下簡介26位與在地文化鏈結，形成當代屏東原住

---

97 陳芳明：《我的家國閱讀：當代臺灣人文精神》（臺北：麥田出版社，2017年），頁184。

98 巴蘇亞・博伊哲努：《臺灣原住民族文學史綱（上）》（臺北：里仁書局，2009年），頁20。

民族璀璨文學書寫的作家及其特色：

1　奧威尼・卡露斯（1945-）

　　奧威尼・卡露斯（Auvinni Kadreseng），魯凱族，生於屏東霧臺魯凱好茶部落，族名漢譯為奧威尼・卡露斯盎，後譯為奧威尼・卡露斯，在《消失的國度》一書中又譯為奧崴尼・卡勒盛，漢名邱金士（屏東文友多尊稱為「邱爸」）。1991年回到家鄉，開始重建舊好茶石板屋，致力保存魯凱族文化。奧威尼熟諳音樂，更有絕佳說故事與吟唱古調的本領，擅長運用詩意的混語（creole），融入神話傳說的互文，書寫即將消逝的美麗異托邦，以重建原住民族的主體身分，如〈失落的家園（巴里烏）〉、〈我的故鄉──古茶布安〉、〈麗阿樂溫，我的故鄉！〉、〈夏日裡的百合〉、《消失的國度》等作品，都是原住民族文學（或是臺灣文學）的經典篇章。曾獲巫永福文學獎、臺灣文學金典獎、金鼎獎等榮耀，出版詩文集《雲豹的傳人》、《詩與散文的魯凱──神秘的消失》，散文《消失的國度》，小說《野百合之歌》、《魯凱族：多情的巴嫩姑娘》及《魯凱童謠》。

圖二　奧威尼・卡露斯／
翁禎霞提供

2 巴格達外・日不落（1947-）

巴格達外・日不落（Pakedavai Zepulj），漢名包梅芳，排灣族，生於屏東三地門鄉。擅長詩文創作及兒童文學的包梅芳，從1975年起開始發表文章，一邊著手彙整拉瓦爾傳奇故事與神話傳說，一邊編寫與推廣原住民族兒童戲劇（如《百步蛇的兒子（巴蘇浪）》、《花仙子摩卡蓋》、《沙巫賴依（神柱）》等），影響頗大。2011年集合排灣族神話傳說、家族歌、手工藝創作及十三首新詩創作的《巴格達外（Pakedavai）神話──日不落與彩虹之珠的對話》，既是碩士論文，也是屏東原住民族文藝代表作。

3 卡察瓦央・達摩棟（1950-2021）

卡察瓦央・達摩棟（Tamautung），漢名林德義，排灣族，生於屏東瑪家鄉排灣村。達摩棟是臺灣原住民族漢語文學的拓荒者之一，也是屏東地區最早的原住民現代詩人，更是第一位架設原住民網路數位平臺──「原住民文學院」及第一份臺灣原住民新聞性報紙《南島時報》創報總編輯。不論是筆名林文靖、焱餘、遲生、林歌、漢名林德義或族名達摩棟，這位「排灣族傑出詩人」[99]在原住民族文學史上有著重大的意義。達摩棟作品尚未出版成集，散見於《新文藝》、《幼獅文藝》、《現代詩》、《基督教論壇報》等各章雜誌，曾獲救國團暑期青年戰鬥文藝營新詩獎、原住民藝術季文學創作獎、原住民族文學獎、打狗鳳邑文學獎等殊榮。第一首獲獎新詩〈山的城〉高超的文字技巧與抗議的意象，成為屏東原住民族漢語文學的起點及原住民族以文學抗議不公的濫觴。

---

[99] 米甘幹為文稱讚達摩棟是「排灣族傑出詩人」，米甘幹・理佛克：《原住民族文化欣賞》，頁224。

圖三　2019年傅怡禎、達摩棟（後排正中間）、郭漢辰（前排右一）
於屏東文學青少年讀本進校活動屏北高中場／郭漢辰提供

4　王貴（1950-）

　　王貴（Demalat-Kui 德瑪拉拉德-貴），排灣族，屏東三地門人。王
貴以王欽章為筆名，創作詩歌、文化書寫及文化評論，1977年開始在
《民眾日報》、《文化生活》等刊物發表文章，是屏東原住民族文化書
寫的先行者；2000年曾擔任《屏東縣藝文資源調查報告書：文學類》
協同研究人員，對於屏東原住民族口傳文學保存有很大的貢獻。〈排
灣族——青山村結婚習俗〉一文，描述身為頭目的他從交往到完婚的
儀式過程，呈現70、80年代的十足珍貴的部落書寫與文化寫真。[100]出
版《排彎——拉瓦爾亞族部落貴族之探源》、《淵源長流——達瓦蘭部
落之探源》、《青山村部落誌》、《屏東縣三地門鄉三地門村部落誌》。

100　王貴：〈排灣族——青山村結婚習俗〉，吳錦發編：《願嫁山地郎：臺灣山地散文選》，
　　頁47-53。

5　梁明輝（1956-）

　　梁明輝（Tjivuluan Lamatala），排灣族，生於屏東縣瑪家鄉佳義村，創立「屏東縣原住民文教協會」，曾任瑪家鄉鄉長。梁明輝從1980-1990年代在報章雜誌大量發表文章，文字融合知性與感性，內容以原住民族的文化教育、部落困境與原鄉故事為主。曾獲屏東縣十大愛心教師，出版《原鄉教育希望工程──以屏東縣原住民部落為例》、《陪伴孩子青春路──原住民青少年問題與輔導》、《原住民學生，你好棒！》等書。其妹梁秀娜（族名 Sened Tjuljapalas）既是舞蹈家也擅長部落書寫，曾獲大武山文學獎、臺灣原住民族文學獎、vusam 文學獎；其女梁婷（Senedhe Takivalrithi）亦擅長散文，曾獲臺灣原住民族文學獎。

6　曾有欽（1958-）

　　曾有欽（Pukiringan-Ubalat 渥巴拉特・布基嶺昂），排灣族，屏東三地門鄉賽嘉村人，國小校長退休，現任三地門鄉鄉長。擅長新詩、散文與報導文學，榮獲第二屆臺灣原住民族文學獎新詩首獎的〈鐵工的歌〉是曾有欽的代表作。這首以浪漫愉悅的文字，描寫「太陽已偷偷回家躲進黑幕裡／而多情又害羞的月亮也悄悄斜掛在星空夜／浪漫的催促部落青年／快快抓把吉他／彈掉一天的汗臭與鐵灰／彈唱今晚的情歌：我要 kisudu」[101]，呈現月下情歌會（kisudu）的傳統文化，確實少見而珍貴。曾獲原住民族語文學創作獎、臺灣原住民族文學獎等獎項，著有《「我在故我寫」──當代臺灣原住民文學發展與內涵》、《排灣族詩歌文學》。

---

101 曾有欽：〈鐵工的歌〉，林志興總編輯：《撒來伴，文學輪杯！臺灣原住民族文學獎得獎作品集100年第二屆》（臺北：行政院原住民委員會，2011年），頁256。

7　霍斯陸曼・伐伐（1958-2007）

霍斯陸曼・伐伐（Husluman Vava），漢名王新民，布農族巒社群，生於臺東縣海端鄉廣原村，國立屏東師專數理教育畢業後定居屏東，成為屏東原住民族的文學大山。自1995年7月8日在《臺灣時報》副刊上發表第一篇作品〈貝殼〉開始，伐伐就致力以書寫鋪陳一條通往原住民文化復振之路而；大武山文學獎得獎作品〈戀戀舊排灣〉對於傳統文化、祭祀儀式、部落傳說、人情

圖四　霍斯陸曼・伐伐／
王亦柔提供

世故的描述，更是寫得讓人為之神往。曾獲原住民族文學獎、教育部文藝創作獎、大武山文學獎、臺灣文學獎等獎項，出版《玉山的生命精靈》、《中央山脈的守護者──布農族》、《那年我們祭拜祖靈》、《黥面》、《玉山魂》。伐伐曾在「原住民文學院」網站發表過多篇散文與新詩，可惜隨著版主達摩棟去世，文章很難再見。伐伐的小女兒霍斯陸曼・塔妮芙（漢名王亦柔）克紹箕裘，亦擅長散文及新詩創作。

8　撒古流・巴瓦瓦隆（1960-）

撒古流・巴瓦瓦隆（Sakuliu Pavavaljung），漢名許坤信，排灣族，屏東三地門鄉達瓦蘭部落人。巴瓦瓦隆（Pavavalung）是排灣族釋放天地至美的文藝大家族。撒古流擅長田野調查、訪談耆老以傳遞部落智慧，並以文字、繪畫記錄古傳說、文化，《祖靈的居所》便在這

基礎下完成。撒古流曾說:「屬於自己的時光是多麼難得／在清亮的時間中靜聽風走過／帶過人間的光彩／桌前燈下讓自己在這世界中／可以很小也可以很大／心靈無論澄澈或纏結／都讓他在指掌間流過。」[102]這些如詩似歌的文字,就是撒古流的藝術魅力所在。曾獲國家文藝獎、金鼎獎等榮耀,出版《排灣族的裝飾藝術》、《祖靈的居所》、《部落‧容顏‧痕跡——筆記書》。

9 伐處古‧斯羔烙 (1961-2010)

伐處古‧斯羔烙 (Vatsuku),漢名戴國勇,排灣族,生於屏東獅子鄉丹路村沙布力克部落。伐楚古與撒古流、撒可努有原住民藝術界「三大藝男」之美稱,十分關注社會議題,曾參與多起原住民社會運動,作品新詩〈戲袍〉、〈永遠的碼頭〉與得獎散文〈紅點〉都從原住民族不變的悲慘狀況切入,尤其擅長以真性情文字「由陸地看海洋、由親情看人生」,形成屏東原住民族罕見的海洋書寫經典。曾獲第一屆中華汽車原住民文學獎,2010年因八八風災後參與拉勞蘭部落重建時意外身亡,震驚藝文界。作品尚未集結出版。

10 拉夫琅斯‧卡拉雲漾 (1961-)

拉夫琅斯‧卡拉雲漾 (Ljavuras kadrangian),漢名蔣正信,排灣族,生於屏東縣泰武鄉 Piuma 平和部落,目前擔任屏東縣原住民部落大學校長。熱愛山林的拉夫琅斯‧卡拉雲漾不斷藉著書寫,傳達原住民的山林文化與智慧,並努力以影音方式收集部落各種形式的文學與藝術,對於原住民族文化與傳統文學的保存貢獻卓越。出版《山林的

---

102 本詩並無詩名,是撒古流筆記上未發表的文字。孫大川:〈原住民文化歷史與心靈世界的摹寫〉,孫大川:《山海世界——台灣原住民心靈世界的摹寫》,頁131-132。

智慧～排灣族 Tjaiquvuquvulj 群民族植物誌》、《山林的智慧～排灣族古建築智慧解析》、《來自林野最後的呼喚——Vuculj 排灣族 veqeveq 傳統領域學》、《瑪家鄉誌》、《排灣族自然知識中的天候學》等。

10　林世治（1961-）

林世治（Puljaljuyan Kaljuv-ung），排灣族，生於臺東達仁鄉臺坂村，1988年到屏東文化園區工作後便在屏東落地生根，目前任教於義守大學、樹德科技大

圖五　林世治／林世治提供

學。在《南島時報》發表多首新詩，其大武山文學獎得獎作品〈排灣傳統婚禮〉用幽默又流暢的口吻，報導自己的婚禮儀式過程，呈現外人無法知悉的排灣社會秩序與和樂文化。另外〈戶外博物館中尋根〉、〈排灣情——一九九八年〉等得獎佳構，也都是十分精采的現代排灣采風圖。曾獲臺灣省山地鄉國語文競賽、大武山文學獎等獎項，作品尚未集結出版。

12　達卡鬧・魯魯安（1961-）

達卡鬧・魯魯安（Dakanow Ruruang），漢名李國雄，半魯凱半排灣族血統，生於屏東霧臺鄉好茶部落。「達卡鬧」之名取自排灣族名「大冠鷲」之意，由於旅居全臺各地演唱，成為知名「斜坡上的靈魂歌手」。達卡鬧被人廣為傳頌的〈好想回家〉：「原住民在都市中流浪／

本來就沒有太多的夢想／特殊的血液留在身上／不知明天是否依然／原住民生活非常茫然受傷時／想要回到故鄉／一直在勉強地偽裝」[103]，道盡原住民族失落、茫然、沉痛的心聲。曾獲中華汽車原住民文學獎、臺灣原創流行音樂大獎等殊榮，出版音樂創作專輯《Am 到天亮》、《好的》、《斜坡 The stories of the mountainside》、《飄流木～88後的南迴詩篇》。

13　伊誕・巴瓦瓦隆（1963-）

伊誕・巴瓦瓦隆（Etan Pavavalung），排灣族，生於屏東三地門鄉達瓦蘭（Davaran）部落，和哥哥撒古流同樣擁有天生釋放天地至美的基因。在各具特色的屏東原住民詩人之中，伊誕絕對是驚艷絕倫的存在，他的創作靈感來自原鄉大地的純真與原民文化的傳統，一畫一筆皆再現記憶中屏東地區特有的古樸精神和神秘色彩，如〈山上的風很香〉所歌頌：「哪些景哪些事／紀錄著遷徙心靈的愁與戀／／我想要上山／因為心底彷彿聽見／熟黃飄搖山間的米穗聲／在靈鳥相伴的樂音中／揮別災難的痛和憶／／在夢境中切記／山上的風依舊香」[104]，只有走到山林故園，才能了解懷抱大地的香甜與意義。著有詩畫集《靈鳥又風吹》、《百合花的祝福》、《相遇在那端森林：伊誕的紋砌刻畫藝術》、《山上的風很香──遇見伊誕的紋砌刻畫》，繪本《土地和太陽的孩子──排灣族起源神話傳說》、《山豬扶如》、《黃魚鴞的那條河》，筆記書《部落・容顏・痕跡──筆記書》。

---

103 孫大川主編：《臺灣原住民族漢語文學選集──詩歌卷》（臺北：印刻文學生活雜誌出版公司，2003年），頁9。

104 伊誕・巴瓦瓦隆：〈山上的風很香〉，郭悅、李瑋芬編：《山上的風很香──遇見伊誕的紋砌刻畫》（臺北：臺北市立美術館，2014年），頁34。

14　諸推依・魯發尼耀（1963-）

諸推依・魯發尼耀（Zudweyi Ruvaniyao），漢名廖光亮，排灣族，生於臺灣屏東牡丹鄉。目前成立「九鳥陶燒」陶藝工作室，致力陶藝教學與文藝創作。諸推依代表作首推〈古老祖靈的啟示〉，這是一首以神話傳說、萬物有靈、獵人精神為內涵，痛陳百年來原住民苦楚與憤怒的告全國原住民族同胞詩，米甘幹稱讚本詩「真正表現出了原住民族文化的精隨」[105]。作品尚未集結成書。

15　蔡愛蓮（1964-）

蔡愛蓮（Ljumeg Patadalj 魯夢歌），排灣族，生於春日鄉古華村，臺南神學院牧範學博士，現任牧師。身兼聖經翻譯的蔡愛蓮，擅長以族語書寫部落故事，文類橫跨新詩、散文及小說，得獎代表作〈秋古與卡拉魯〉刻畫兩姊妹活出生命力，並再造族群生機的故事，全文充滿謙恭、堅忍與聖潔的象徵意義。曾榮獲斜坡上的文學獎及六次教育部原住民族語文學獎，出版《背袋中的寶物——部落故事讀本》、《秋古秋古與卡拉魯拉魯》繪本、《排灣族文化與福音轉化》。

16　台邦・撒沙勒（1965-）

台邦・撒沙勒（Sasala Taiban），漢名趙貴忠，魯凱族，生於霧臺鄉好茶部落，現任國立成功大學教授、魯凱民族議會秘書長。大學時代即活躍於原住民學生運動，主編《高山青》，1989年回屏東創辦第一份原住民報紙《原報》，提倡「部落主義（tribalism）」概念與「原鄉造鎮」精神。身為雲豹傳人，台邦擅長以雜文及部落書寫，每篇文章就像一隻銳利的箭，射向土地、主權、文化及倫理的不公不義處，

---

105 米甘幹・理佛克：《原住民族文化欣賞》，頁224。

圖六　台邦・撒沙勒／
翁禎霞提供

圖七　周明傑／
周明傑提供

發表於1986年的成名作〈給湯英伸的
一封信〉，一句「每一個山地人，都
有他寒顫、悲傷、絕望的故事」[106]，
說出原住民族說不出口的話。出版
《尋找失落的箭矢：部落主義的視野
和行動》、《泰武鄉誌》、《重修屏東縣
志：原住民族》、《好茶部落研究》。

17　周明傑（1967-　）

周明傑（Lulji A Tjaquljiva），排
灣族，生於屏東獅子鄉新路部落，國
小教師退休，目前為大學兼任助理教
授。周明傑為排灣古謠理論專家，整
理排灣族古調詩謠，並挖掘傳統文化
的意涵，讓祖先的智慧成為現代社
會最珍貴的禮物。其大武山文學獎獲
獎作品〈一甲子的邀約──日本文獻
僅存排灣族歌者的追蹤報導〉充滿文
化演變及世事滄桑，因研究想尋訪十
一位在1943年黑澤隆朝田調採樂的來
義鄉歌者，最後僅找到四位存世的
vuvu，過程與結局非常感人。曾獲師
鐸獎、金曲獎、十大傑出青年、大武
山文學獎報導文學首獎，著有《排灣

---

106 趙貴忠：〈給湯英伸周明傑信〉，吳錦發編：《願嫁山地郎：臺灣山地散文選》，頁33。

族與魯凱族複音歌謠比較研究》、《傳統與遞變：排灣族的歌樂系統研究》。

18　達德拉凡・伊苞（1967-）

　　達德拉凡・伊苞（Dadelavan Ibau），漢名塗玉鳳，排灣族，生於屏東縣瑪家鄉青山部落。1992年回部落從事母語書寫，1993年擔任中央研究院研究助理進行田野調查，1995年起在《山海文化》發表〈田野記情〉系列作品，奠定她書寫部落與自我紀錄的基調。因緣際會成為「一位排灣女子藏西之旅」《老鷹，再見》一書的文字紀錄者，書寫從離開部落「那段說故事的日子」到西藏回望自己生命的旅程，一場刻骨銘心「讓自我身分得到安頓」的離家與歸返，[107]成為旅行文學經典。曾獲中華汽車原住民文學獎，出版《老鷹，再見》。

圖八　《老鷹，再見》書影／傅怡禎翻拍

19　利格拉樂・阿𪧲（1969-）

　　利格拉樂・阿𪧲（Liglav A-wu），漢名高振蕙，排灣族，出生屏東眷村，十年後遷居臺中。父親是受過白色恐怖折磨的外省老兵，母

---

107 趙慶華：〈你／妳回（到）家了嗎？——閱讀奧威尼・卡露斯、利格拉樂・阿𪧲、達德拉凡・伊苞〉，黃文車主編：《2016屏東文學學術研討會：原住民文學與文化論文集》（高雄：春暉出版社，2017年），頁159。

**圖九　利格拉樂・阿𡠄／
翁禎霞提供**

親為重新回到祖靈懷抱的排灣族人穆莉淡，青年時期與瓦歷斯・諾幹合辦《獵人文化》，促使阿𡠄以原住民身分及女權觀點，透過部落田調及對外婆、母親的生命溯源，書寫二十世紀後期原住民族稍縱即逝的美麗與循環不變的哀愁，形成「我不寫，就怕遺忘」[108]的深沉文化結晶，作品〈誰來穿我織的美麗衣裳？〉、〈祖靈遺忘的孩子〉、〈夢中的父親〉、〈眷村歲月的母親〉皆為臺灣文學的經典篇章。作品多次入選年度散文選，曾獲賴和文學獎，出版《誰來穿我織的美麗衣裳》、《紅嘴巴的 VuVu》、《穆莉淡 Mulidan：部落手扎》、《故事地圖》、《祖靈遺忘的孩子》。

20　達比烏蘭・古勒勒（1970-）

　　達比烏蘭・古勒勒（Tapiwulan Kulele），排灣族，生於屏東三地門鄉馬兒部落。古勒勒是撒古流的傑出弟子，獲獎與參展無數，常以文字搭配圖畫、雕塑，形成用詩說畫、呈現族群意念的景象。如〈落羽・邂逅〉「頂著風，感覺著先人的呼吸，／鼻息間流竄著古老的香氣！／忽然……／掙脫了原我毅然落下了，／充滿百合花香深深依戀的土地上」[109]，文字樸素而深情。出版藝文創作集《古勒勒的創作世界：作品・手稿・心情・2011》。

---

108 嚴毅昇採訪：〈專訪Liglav A-wu利格拉樂・阿𡠄〉，劉虹風等著：《運字的人：創作者的鑿光伏案史》，頁268。

109 達比烏蘭・古勒勒：《勒勒的創作世界：作品・手稿・心情・2011》，頁62。

21　阿瀨（1971-）

　　阿瀨（Arucanglj Rusagelet），漢名秦榮輝，排灣族，生於屏東泰武鄉武潭村，現為百步蛇的天空工作室負責人。阿瀨酷愛詩情畫意，他不只是一名藝術家，也是深情的詩人，經常在畫旁題詩，形成詩畫共榮的境界，例如：「我把夢裝進甕中／讓它隨著河水流動／飄入海中沉沒／那是多麼的痛啊」[110]、「囚／不是沒有天空飛翔／而是翅膀早已折翼／囚／不是因失去了勇氣／而將自己藏了起來」[111]，都是阿瀨踩著渴望的步伐，與自我的真情對話。出版詩畫集《百步蛇阿瀨的紋畫天空》。

22　讓阿淶・達入拉雅之（1976-）

　　讓阿淶・達入拉雅之（Rangalu Taruljayaz，又漢譯瀼爾祿・達魯拉雅治），漢名李國光，排灣族，屏東瑪家鄉射鹿部落（caljisi 巴達因）人，現任職於臺中的分駐所。讓阿淶為已逝鼻笛嘴笛大師、木石雕刻家、傳統歌謠演唱家、部落故事傳承者巴達因部落頭目 Cegav Taruljayaz（漢名李正）之子，為吟唱、創作及文史研究的佼佼者。讓阿淶的文學作品擁有排灣語與漢文字並列的雙語策略，加上深厚的家族與部落文史知識與異托邦的空間敘事能力，成為十足勇敢書寫自己的經典風格，如〈從山裡來的人〉一詩，便是用著獵人的口吻，述說「在森林裡／風帶著我們前行／繼續跟在長鬃山羊的路徑」故事[112]。曾獲原住民族語文學創作獎，出版詩集《北大武山之巔──排灣族新詩》。

---

110 阿瀨：〈漂〉，阿瀨著、瑪藹姿・多樂門譯：《百步蛇阿瀨的紋畫天空》，頁43。
111 阿瀨：〈囚〉，阿瀨著、瑪藹姿・多樂門譯：《百步蛇阿瀨的紋畫天空》，頁109。
112 讓阿淶・達入拉雅之：〈狩獵〉，讓阿淶・達入拉雅之：《北大武山之巔──排灣族新詩》，頁117。

圖九　讓阿淥・達入拉雅之／翁禎霞提供

23　童信智（1979-）

　　童信智（Pukiringan Paljivuljung），排灣族，生於屏東瑪家鄉瑪家
村崑山部落，現任教國立中正大學。擅長新詩、散文及族語創作，研
究領域為原住民文化、排灣族口傳文學。曾獲原住民族語文學創作
獎、臺灣原住民族舊照片故事徵文活動佳作等獎項。族語詩〈我的部
落〉與其他作品皆圍繞瑪家崑山部落書寫，鼓舞族人能「hari！走出
黑暗／尋回祖先的光榮」，並走出「希望未來的路」。[113]著有《臺灣原
住民族的民族自覺脈絡研究──以原住民族文學為素材分析（1980、
90年代）》、《Paiwan（排灣）祖源及遷徙口傳敘事文學之研究》。

---

113 「hari！走出黑暗／尋回祖先的光榮」引自〈家園三部曲〉一詩，「希望未來的路」
　　引自〈返鄉情，感恩心〉一詩，收入孫大川等著：《我在圖書館找一本酒──2010臺
　　灣原住民文學作家筆會文選輯》（臺北：山海文化雜誌社，2011年），頁87、90。

24　朱克遠（1985-）

　　朱克遠（Ising Suaiyung 以新・索伊勇），排灣族，生於屏東縣來義鄉來義村，又名朱以新。擅長編舞策展、文學創作、原住民族文化研究及原住民族傳統祭儀樂舞，參與過《臺灣原住民族歷史語言文化大辭典》辭條撰寫，也將自己的小說〈Tequiero・我愛你怎麼說〉、〈赤土〉改編成舞蹈，而獲得廣大迴響。〈赤土〉「序章」：「爸爸，人是不可能永遠在這樣的試管內存活的，就算環境再優美、物質再豐富、經濟再富裕。你難道忘了小時候打水漂也是一種幸福嗎？人，是沒有辦法脫離土地生活的。」頗為人傳頌，既反映人地關係，也呈現原住民族深層的焦慮與反思。曾多次榮獲臺灣原住民族文學獎，作品尚未集結出版。

25　潘宗儒（1992-）

　　潘宗儒（1992-），族群身分屬滿州排灣族或平埔族身分。擅長新詩及散文，曾多次榮獲臺灣原住民族文學獎。自從得獎新詩〈Semanka-sikasiu 伐樹歌〉發表以來，「我留下最溫柔的一叢枝葉／也留下最後的鳥鳴／落土的枝條燒燼成泥／好讓你可以再次播種」[114]的跨越困境與自我犧牲精神，成為他寫作的聖潔力量。合著書籍《沒有名字的人：平埔原住民族青年生命故事紀實》曾引起很大迴響，書中書寫一群平埔族青年追求遺落身世，以確立主體位置，過程令人十分感動。

26　杜寒菘（1977-）

　　杜寒菘（Pacake Taugadhu），魯凱族，生於霧臺鄉舊好茶部落。承繼爺爺 Lamudu 及父親 Laceng 的深刻山林智慧與獨特藝術涵養，並受

---

114 潘宗儒：〈Semankasikasiu伐樹歌〉，林二郎總編：《mapatas：一○七年第九屆臺灣原住民族文學獎得獎作品集》（新北：原住民族委員會，2018年），頁266。

到表伯父奧威尼・卡露斯的鼓勵，運用文字、畫畫、雕刻、歌唱、教育
等多元創作方式，將傳統文化與生命故事傳達給部落的下一代及關心山
林土地的人們。自2010年起杜寒菘開始以原創繪本方式，呈現部落的過
去與現在，如《勇敢的拉姆督》講述拉姆督如何承繼了爺爺的文化及勇
氣，成為部落孩子的守護者；《Maca ki umu——伍姆的嘛喳》讓後代知
道爺爺充滿歲月的生命是多少經驗的累積與祖先智慧的傳承，才能造就
這麼動人的文化風景；至於《Lrikulau——里古烙》中期望雲豹能重新
奔馳山林的文化象徵及《lalingedan ni vuvu——祖父的鼻笛》裡主角該
以（即現實中的鼻笛傳藝大師少妮瑤）撫慰旅外族人心靈的鼻笛，都是
守護山林、展現傳統的母體文化故事。曾獲第三屆 Pulima 藝術獎首
獎、文化部文創之星金獎、第十二屆原創流行音樂大獎及兩次入選義大
利波隆納兒童書展展示等。除上述繪本之外，另著有繪本《美園部落遷
移史 Tanwaelaela》。

四　結語

　　巴蘇亞・博伊哲努認為：「我們無須在意原住民文學與漢族的
『臺灣文學』究竟存在什麼關係，也無須追究它究竟是『特區』或是
『邊緣』，重要的是自古以來，在不斷變動的時空脈絡中，它自己擁
有綿長的發展歷程與豐富的內涵。它能夠與臺灣任何族群的文學進行
互動，也可以跟『第四世界』產生連結。」[115]這番宏觀的言論，的確
是族群文學互動與區域文學研究的指導原則。屏東原住民族以各種藝
術創作文學文本，以在地精神鏈結文學文化，以身分認同重構文學家
國，由自覺到行動、由抗議到建構、由復返到自決，每一步都在屏東

---

115 巴蘇亞・博伊哲努：《臺灣原住民族文學史綱（上）》，頁36。

文學中留下華麗與鮮明的印記。綜上所述，屏東原住民族文學可整理
出四大異於其他地區原住民族文學的特色：

（一）在地的母體文化文學

　　童春發曾提出「活動空間」概念，認為「山是排灣族的家鄉，是
共同活動的舞臺」，沒有活動空間，就沒有文化活動，活動空間對原住
民族史建構，或者對屏東原住民文學書寫都是很重要的元素。拉夫
琅斯・卡拉雲漾更直接地說：「所有歌謠永遠離不開歌頌大武山。」[116]
大武山排灣語是 Kavulungan 和 Tjagaraus，Kavulungan 原意是大拇指，
象徵大武山是「山中之山，眾山之母」；至於 Tjagaraus 是創造神之所
在，宗教性意義較多。[117]就文學而言，大武山是原住民族文學的發源
地，也是讓阿㳙・達入拉雅之所謂的巴達因文學，更是屏東文學最早
的發源地。重新溯源屏東文學的源頭，透過原住民族文學文本，引領
閱讀者／聆聽者通往場所信仰或地方認同，一如伊誕所言：「記得那
年，大社（達瓦蘭）部落前年首次尋根之旅，大夥步履輕快的沿著冰
涼的溪水上行，老獵人們不斷提醒青年大姆姆山的方位，長輩們體驗
教育和口述傳承的方法，使我每到一個地方，總感覺到我們的聖山——
大姆姆山就在身旁看著我、護著我。」[118]大武山就像母體一樣，始終

---

116 盧智芳：〈泰武——笛音繚繞北大武山〉，金玉梅總編：《319鄉向前行：臺南、高
　　雄、屏東》（臺北：天下雜誌出版社，2001年），頁290。

117 童春發認為：「Kavulungan和Tjagaraus同是指大武山，但就意義來說有必要加以分
　　別。Kavulungan是指眾山之母（比擬是大拇指），也指真正的老山。地性是意涵較
　　多，尤其涉及到家鄉（Qinaljan）之認同。Tjagarausu也是指大武山，但宗教性意義
　　較多。Tjagarausu除指大武山外，泛指天。這代表大武山民族相信大武山是天地和
　　人的連接點，是創造神之所在。總之，Kavulungan是一個重要的認同。說到排灣族
　　的起源，來自Kavulungan的記憶和傳說依然是清楚的。」童春發：《臺灣原住民
　　史：排灣族史篇》（南投：臺灣省文獻委員會，2001年），頁295。

118 王言杜、撒古流・巴瓦瓦隆、伊誕・巴瓦瓦隆：《部落・容顏・痕跡——筆記書》，
　　無頁數。

圍繞在我們身邊，源源不絕提供文學藝術的創作養分及能量。

排灣族與魯凱族三寶「青銅刀（禮刀）、陶壺、琉璃珠」的陶壺，「壺體」象徵子宮、象徵母體，是人類的源頭，也是屏東原住民族文化文學的另一源頭，撒古流《祖靈的居所》一書已闡明其意義；至於連馬卡道平埔族的瓶、甕、矸、罐等神聖「壺體」，也有著相同的母體文化表徵意涵。

（二）多元的口傳神話傳說

山林土地要有生命，就必須有故事；故事能完成，就必須得有人的參與。大武山山脈原住民族的口傳神話傳說，對照起其他縣市原住民族的口傳文學，呈現複雜且完整的形式，成為漢人文學無法取代的獨異存在。原住民族口傳文學所形構出的生命力，讓山林土地生生不息，充滿了歷史與傳承的特質。童春發認為：「口傳敘事乃一民族之集體記憶、知識體系、感官、信念與思想，具有歷史性、文化性之價值。……這些概念是奠基於以下根本的信念：土地、種子、太陽、氣息、時間、生命、家和長子的奧秘。」[119]這也是屏東原住民族口傳文學既道地又多元的特色所在。

屏東原住民族民間神話傳說的多面樣趣味，一如阿媧所言：「有趣的是，不同階級身份的人，他們所敘述的口述歷史無不從他們自身的階級出發，因此經常有不一樣的田野收穫。」[120]這樣奇幻又充滿魅力的口傳敘事，你怎會不駐足，繼續聽一聽最古早的屏東故事呢？

---

119 童春發、洪湘雲：《排灣族PADAIN部落歷史研究》（南投：國史館臺灣文獻館，2017年），頁29。

120 阿媧演講之語，引自李金發報導：〈時空的遷徙與萬象的變化利格拉樂・阿媧的身份認同〉，《元智大學電子報》第896期（2020年1月10日），網址：http://yzunews.yzu.edu.tw/between-two-personal-identities-liglav-a-wu-as-a-paiwan-indigenous-and-the-second-generation-of-mainlander/。

（三）獨特的疆界家族詩文

　　拉夫琅斯・卡拉雲漾所謂的家號記誦串聯文學，是用吟誦的；巴格達外・日不落的家族歌「巴魯達發克」，是用歌唱。基本上，各部落裡勇者的詩章、獵者的詩篇、部落民謠詩篇，或是用吟誦、或是用歌唱；甚至各種原運場合，也可看見原住民族歌手如達卡鬧用著詩意的語句，唱出原住民的弱勢處境。黃國超認為：「流行音樂成為文學創作之外，臺灣原住民族堅持文化主權、土地主權不可侵犯的最佳武器。」[121]這番話的確顯現原住民族的深刻文化底蘊，吟唱的疆界家族詩文也就成為屏東原住民族文學的獨有特色之一。

　　若傳統領域口誦文與家族歌是以歌吟方式，而產生部落間的文學對話；流行音樂與林班歌曲就是以抗議與反思，讓忽略異我且置身局外的都市漢人，認知差異所形成的跨界文學對話。

（四）完美的詩畫文藝結合

　　自千禧年後，伊誕常以藝術作品結合詩句並置展覽。2010年首次出版詩、畫相互詮釋的作品集《靈鳥又風吹——伊誕的畫與詩》，詩文並置的風格形成詩中有畫、畫中有詩的跨域特色，當心靈必須跟著藝術一起律動，文字也開始配合山林勻稱呼吸，伊誕的紋砌刻畫不斷訴說著原住民族的寬廣心志與和諧世界。爾後如伊誕《相遇在那端森林：伊誕的紋砌刻畫藝術》、伊誕《山上的風很香——遇見伊誕的紋砌刻畫》、古勒勒《勒勒的創作世界：作品・手稿・心情・2011》、阿瀨《百步蛇阿瀨的紋畫天空》，皆是類似的創作模式，形成屏東原住民族的文學特色。

---

121 黃國超：〈臺灣原住民文學創作概述〉，李瑞騰主編：《2012臺灣文學年鑑》（臺南：國家文學館，2013年），頁61。

第五章
屏東的民間文學

黃文車

一　前言

　　民間文學又稱口傳文學或口頭文學，其傳播主要以口傳形式進行。過去歐美學界以「口頭民俗」（Oral Folklore）稱之，並將之歸屬於民俗（Folklore）一類，反而不用「民間文學」（Folk Literature）或「口傳文學」（Oral Literature）之指稱。後來因為研究的不同需要，需要記錄各地口傳的故事或歌謠，因此就借用「文學」之名，將它們稱作「民間文學」或「口傳文學」。[1]民間文學的記錄與整理有兩個主要的目的：（一）透過科學性的記錄，保存民間文學資料；（二）把握真實性的原則，藉以記錄第一手資料。至於調查與記錄的民間文學內容，主要以未經文字記錄或潤飾的口傳作品，例如諺語、歌謠、傳說、故事、笑話等為主。

　　若以此標準來觀察臺灣民間文學的整理記錄歷史，有清一代在臺灣的方志文學中，可以發現開始有遊宦人士進行平埔族歌謠的記音記錄，然而這樣的作品尚無法歸屬於現代民間文學學科的嚴謹要求範圍內。不過以其時代環境與學識發展，能有漢字記音的觀點已屬難得，更甚者是為臺灣原民口傳文學留下珍貴的文獻與記憶。其實《詩經》

1　一般而言認為「民間文學」有三個特徵，即「口頭性」（或口傳性）、「變異性」及「集體性」，此外也有將「人民性」、「民族性」、「民族性」和「匿名性」等視為其特徵者。胡萬川：《民間文學的理論與實際》（新竹：國立清華大學出版社，2004年），頁35-38。

中已有「國風」歌謠，漢代采詩官也有記錄歌謠以觀得失的目的，唐代的竹枝詞，元代話本，以及明清彈詞、說唱或閩南地區的歌仔冊等，多是文人從民間文學汲取養分後重新潤飾改造或再一步創作的優秀成果。歐美地區從十九世紀初葉起，民間文學的科學性採集逐漸發展，到了廿世紀中葉，整體民間文學學科的學術嚴謹規範才逐漸被建立起來。

二 清領時期的屏東民間文學

清朝治理臺灣時期，多有遊宦人士與臺灣本地文人作品，然當時行政區域劃分與今日迥異，所謂的「地方」位置與空間概念多有不同，因此方志編纂成為區域記錄的第一手資料，例如《臺灣文獻叢刊》309種中收有關於清代屏東地區的詩文紀錄，如《鳳山縣采訪冊》、《鳳山縣志》、《重修鳳山縣志》、《恆春縣志》等方志，以及藍鼎元《東征集》、《平臺記略》、《鹿州文集》，朱仕价《小琉球漫志》等個人文集為主，乃是觀察清領時期有關屏東地區書寫的珍貴文獻資料。不過這些方志或個人文集作品多以文人意識先行，書寫主體是文人，因此即便具有整理「異聞」之概念，或許也是一種「觀覽獵奇」的視角，例如乾隆廿八年（1763）來臺擔任鳳山教諭的朱仕价，其《小琉球漫志》中有魯仕驥「序文」寫道：

> 自山川風土人物，上至國家建置制度，下而及於方言野語，綜要備錄，靡有所遺。其間道途所經、勝跡所垂，與夫珍禽異獸中土所不經見者，則以詩歌寫之。[2]

---

2 魯仕驥：〈序文〉，朱仕价：《小琉球漫誌》（臺北：臺灣銀行經濟研究室，1957年），頁2。

就此來看，那些不見中土的「珍禽異獸」可以詩歌寫之，而「風土人物」、「國家制度」或「方言野語」則是來臺遊宦人士綜要備錄，不可有遺地記寫內容，這也正如同書中徐家泰「跋文」提到的：

> 凡海中日月之出沒，魚龍煙雲之變換，與夫都邑地理人物鳥獸草木之奇怪、風俗言語之差異，莫不一一筆記。[3]

對於來臺的遊宦人士而言，臺地之山海日月、魚龍煙雲，地理人物、鳥獸草木等都是新奇事物，於是「志怪」書寫成為這些方志或文集中必要的「筆記」重點。就官方文書或文人文集而言，當有其歷史記錄與作家創作的時代價值，但就臺灣在地的民間文學整理而言，可謂是微乎其微。

（一）清領時期屏東地區的原住民歌謠

清代個人文集中或以黃叔璥的《臺海使槎錄》最先記載臺灣原住民族與平埔族的歌謠口述記錄。《臺海使槎錄》共分八卷，其中卷七的〈番俗六考〉將臺灣西部原住民族分為「北路諸羅番」、「南路鳳山番」、「南路鳳山傀儡番」、「南路鳳山瑯嶠十八社」等章，並分別針對居處、飲食、衣飾、婚嫁、喪葬、器用和附載等內容進行記錄，實是研究清領時期西南部原住民族之重要史料。該書各章之「器用」項後均附有諸平埔社「番歌」數首，合計34首。其中有關「南路鳳山番」、「南路鳳山傀儡番」和「南路鳳山瑯嶠十八社」的番歌共有9首，此或可視為清領時期官方文獻中最早可見有關屏東地區原住民歌謠採錄成果。這些口傳歌謠經過文人記錄，以漢字記音，又加以意

3　徐家泰：〈跋〉，朱仕玠：《小琉球漫誌》，頁102。

譯，最後得以書面文字傳承下來，如此來看已經失去民間文學「科學性」和「真實性」的兩大原則，但以今日的採錄標準去責備清領時期的歌謠採錄工作，其實也無此必要。如同楊克隆所言：這些歌謠透過漢人的記錄和翻譯，雖然不可能是「絕對真實」的呈現出平埔族的生活內涵，最多只能代表官方觀點下對歌謠的選擇性詮釋。[4]卻仍可為當時的平埔社群保存珍貴的文化記憶。據許常惠所言：

> 這些……平埔族歌謠，它的內容是那樣的純樸、真情、直率而寫實，其感人處不僅與後來我們在田野採集的高山民歌極為相似，而且在漢族古代民歌——「詩經」中的「國風」，也可以找到一樣風貌的歌詞。[5]

由此來看，來自民間的歌謠多被視為承襲自《詩經》「國風」之純樸率真特質，無論哪一族群的民間歌謠或是用何種語言演唱，多能表現「詩言志」的真實生命，而這也是民間歌謠採集時必須注意的以「科學」記錄「真實」原則。

從《臺海使槎錄》中的「番俗六考」與「番俗雜記」所記錄「南路鳳山番一」的平埔族社歌舞情形，如「飲酒不醉，興酣則起而歌而舞。舞無錦繡被體，或著短衣，或袒胸背，跳躍盤旋，如兒戲狀；歌無常曲，就見在景作曼聲，一人歌，群拍手而和。」[6]可見平埔歌舞有唱有和，多用於慶典或迎賓的場合，[7]是群體進行的活動。之後，日人

4　楊克隆：〈十八世紀初葉的臺灣平埔族歌謠——以黃叔璥〈番俗六考〉著錄為例〉，《文史臺灣學報》創刊號，2009年，頁6。

5　許常惠：《臺灣音樂史初稿》（臺北：全音樂譜出版社有限公司，2005年），頁13。

6　黃叔璥：《臺海使槎錄》（臺北：臺灣銀行經濟研究室，1957年），頁143。

7　許常惠：《臺灣音樂史初稿》，頁14。

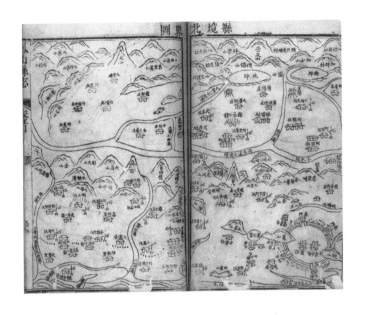

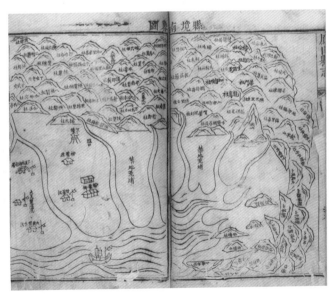

圖一　《重修鳳山縣志》縣境北境、南境圖／
國立臺灣圖書館藏，黃文車翻拍

佐藤文一曾依據歌謠的主題內容概分成：祝年歌、頌祖歌、耕種歌、打豬歌、祭祖歌、情歌、飲酒歌和代客歌等類別。[8]

其中，有關「南路鳳山番」、「南路鳳山傀儡番」和「南路鳳山瑯嶠十八社」之平埔社主要以鳳山八社及瑯嶠十八社為主，黃叔璥記錄的屏東地區平埔歌謠包括頌祖歌4首、耕種歌2首、飲酒歌2首與待客歌1首，共計9首。分述如下：

1 頌祖歌

「番俗六考」錄有鳳山八社中「下淡水社」、「阿猴社」、「武洛社」的〈頌祖歌〉，以及「搭樓社」的〈念祖被水歌〉。「頌祖」或「念祖」都在感念祖靈庇佑、遠紹祖先威武精神。例如下淡水社這首〈頌祖歌〉：

> 巴干拉呀拉呀留（請爾等坐聽）！礁眉迦迦漢連的多羅我洛（論我祖先如同大魚），礁眉呵千洛呵連（凡行走必在前），呵吱媽描歪呵連刀（何等英雄）！唹嗎礁卓舉呀連呵吱嗎（如今我輩子孫不肖），無羅嘎連（如風隨舞）！巴干拉呀拉呀留（請爾等坐聽）。[9]

從下淡水社這首〈頌祖歌〉可以看見族人對於祖先英勇風範的感懷，但同時也感嘆後代孫輩不肖無法承繼，前後兩句「巴干拉呀拉呀留」（請爾等坐聽）祝語則不斷傳達對於參與祭典族人的積極期待。

另有阿猴社的〈頌祖歌〉唱道：

---

8 李亦園：〈從文獻資料看臺灣平埔族〉，《臺灣土著民族的社會與文化》（臺北：聯經出版社，1982年），頁70。

9 黃叔璥：《臺海使槎錄》，頁147。

咳呵呵咳仔滴噝老（論我祖），振芒唭糾連（實是好漢）；礁呵
留的乜乜（眾番無敵），礁留乜連（誰敢相爭）！[10]

歌謠傳唱出對於先祖功績英勇的讚嘆，他族人都不敢與我相爭。類似
的頌祖歌謠也可以在武洛社的〈頌祖歌〉中被看見：

嘻呵浩孩耶嘎（此句係起曲之調）！乜連糾（先時節），鎮唎
烏留岐趺耶（我祖先能敵傀儡），那唎平奇腰眉（聞風可畏）；
鎮仔奇腰眉（如今傀儡尚懼），唭耳奄耳奄罩散嘎（不敢侵越
我界）！[11]

歌謠中傳達祖先英勇可與高山傀儡對抗，如今傀儡尚懼武洛，不敢侵
犯我界。黃叔璥因而有詩讚曰：「發聲一唱竟嘻呵，不解腰眉語疊
何。傀儡深藏那敢出，為聞武洛採薪歌。」[12]正好說明兩事：其一，
後兩句描述傀儡社懼怕武洛社的歷史記憶；其二，前二句則是記錄歌
謠過程的實際狀況，聽到「嘻呵」、不解「腰眉」等疊語都說明清領
時期官員多不諳原住民語，只能以漢字勉強記音與翻譯。但這樣的歌
謠輯錄與類記音工作，已為當時屏東地區的原住民歌謠採集保存珍貴
的文獻成果。

　　透過下淡水社、阿猴社、武洛社的〈頌祖歌〉觀察，可以發現這
些歌謠多對該族祖輩英勇事蹟的感懷，也間接傳遞期待年輕族人可以
克紹先祖、勇猛無敵。不過，同樣是鳳山八社中的搭樓社的〈念祖被
水歌〉，則有不一樣的集體記憶：

10　黃叔璥：《臺海使槎錄》，頁147。
11　黃叔璥：《臺海使槎錄》，頁148。
12　黃叔璥：《臺海使槎錄》，頁149。

咳呵呵咳呵嘎（此係起曲之調）！加斗寅（祖公時），嗎博唭
嘮濃（被水沖擊），搭學唭施仔棒（眾番就起），磨葛多務根
（走上山內）。佳史其加顯加幽（無有柴米），佳史唭唊嗎（也
無田園），麻踏堀其搭學（眾番好難苦）！[13]

搭樓社的〈念祖被水歌〉雖然同樣感懷祖輩，但懷想祖先們因為洪水
氾濫不得已進入山內，那時無柴米無田園的困頓情形，這又是另一幅
平埔社人遇上天然洪災造成族群遷徙的苦難記憶畫面。

2 耕種歌

蔣毓英在《臺灣府志》中曾寫道：「鳳山之下淡水等八社，不捕
禽獸，專以耕種為務，計丁輸米於官。」[14]如此可見屏東地區鳳山八
社平埔族群不事野獵，多以耕種為生，這也可以看出平埔族和高山族
不同的生活方式。

我們從上淡水社的〈力田歌〉可以想見當時的部分畫面：

咳呵呵里慢里慢那毛呵埋（此時係畊田之候），唭唊老唭描嘎
咳（今天下雨），唭吧伊加圭朗煙（及時畊種），唭麻列唭呵女
門（下秧鋤草），唭描螺螺嘎連（好雨節次來了），唭麻萬列其
嘻列（播田明白好來飲酒）。[15]

適合耕作時節，好雨降臨。社人下秧鋤草，努力耕種播田，期盼來日

---

13 黃叔璥：《臺海使槎錄》，頁147。
14 蔣毓英：《臺灣府志》（南投：國史館臺灣文獻館，2002年），頁26。
15 黃叔璥：《臺海使槎錄》，頁146-147。按：本歌謠最後一句的漢字翻譯「播田明白好
　來飲酒」，疑是排版疏漏，或應作「播田明『日』好來飲酒」，語意較通。

飲酒慶祝。從歌謠中可以發現平埔族群平日耕作，以待豐年慶典的祈
願。另外，放縤社的〈種薑歌〉也可看見這樣的歌唱內容：

> 黏黏到落其武難馬涼道毛呀覓其噢嗎（此時是三月天，好去犁
> 園）！武朗弋礁拉老歪礁嗎嘆（不論男女老幼），免洗溫毛雅
> 覓刀嗎林唭萬萬（同去犁園好種薑）；嗎米唭萬萬吧喇陽午涼
> 藹米唭喇呵（俟薑出後再來飲酒）。[16]

〈種薑歌〉說的是放縤社人不論男女老幼，三月到田園種薑的事。蔣
毓英《臺灣府志》記載：「三四月種，五六月發紫芽，纖嫩如指，名子
薑，隔年者名母薑。能通神明，去穢惡。」[17]對於原住民而言，薑有
療效功用，故其「病則擷薑為藥」[18]。屏東地區地處南方，天氣雖不
嚴寒，然而薑可去穢惡、作為藥用，也是早期平埔族頗為重視的作物。

　　從上淡水社的〈力田歌〉和放縤社的〈種薑歌〉可以觀察平埔族
的耕作生活情況，另外從歌謠最後「播田明日好來飲酒」或「俟薑出
後再來飲酒」的描述，可以推測秋收後的豐年慶典便是社人飲酒歡樂
時節，這也符合《臺海使槎錄》所記南路鳳山番那「飲酒不醉，興酣
則起而歌而舞」的樂天生活情形。

3　飲酒歌

　　黃叔璥《臺海使槎錄》所錄的34首歌謠中提及「飲酒」者有16
首，其範圍涉及築屋、迎客、祭祖、耕種、打獵和婚禮等日常事宜，
「飲酒」對平埔族人而言，恐怕是生活必備要事。鳳山八社中的茄藤

16 黃叔璥：《臺海使槎錄》，頁148。
17 蔣毓英：《臺灣府志》，頁39。
18 佚名：《臺灣府輿圖纂要》（臺北：臺灣銀行經濟研究室，1963年），頁69。

社和力力社都有歌謠傳唱，例如茄藤社這首〈飲酒歌〉：

> 近呵款其盃（請同來飲酒）！礁年臨萬臨萬其盃（同坐同
> 飲），描呵那哆描呵款（不醉無歸）！代來那其盃（答曰：多
> 謝汝）！嘻哆萬那呵款其盃（如今好去遊戲），龜描呵滿礁呵
> 款其盃（若不同去遊戲便回家去）。[19]

茄藤社人邀請朋友族人一起同坐飲酒、不醉不歸，此情狀正如六十七
所寫的「農事既畢，各番互相邀飲……若漢人闖入，便拉同飲，不醉
不止。」[20]可見平埔族人天生熱情好客。歌謠最後提到彼此邀約同去
遊戲，但若有人不願便各自回家，歌謠內容展現出平埔族群雖然熱情
但也不做作的豪爽性格。

　　力力社則有〈飲酒捕鹿歌〉：

> 文嘮唭啞奢（來賽戲）！丹領唭漫漫（種子薑），排裡唭黎唉
> （去換糯米），伊弄嘮唭力（來釀酒）！麻骨裡嘮唭力（釀成
> 好酒），匏黍其麻因刃臨萬嘮唭力（請土官來飲酒）；媽良嘮唭
> 力（酒足後），毛丙力唭文蘭（去捕鹿）；毛里居唭丙力（捕鹿
> 回），文嘮唭啞奢（復賽來戲）！[21]

所謂「賽戲」，據六十七記錄有言：每秋成，會同社之眾，名曰「做
年」。[22]平埔族的「賽戲」，其實是連臂踏歌的歌舞表演。結合前文所

19　黃叔璥：《臺海使槎錄》，頁147。
20　六十七：《番社采風圖考》（臺北：臺灣銀行經濟研究室，1961年），頁14。
21　黃叔璥：《臺海使槎錄》，頁148。
22　所謂「賽戲」，名曰「做年」，乃指男、婦盡選服飾鮮華者，於廣場演賽。衣番飾，

言，平埔族飲酒同時都有歌舞相伴。歌謠一開始便提及歡樂的賽戲歌舞，但那是族人下田種薑、收成後換得糯米釀成美酒後，才請土官[23]來與社人同樂。待酒足飯飽後前去捕鹿，捕得鹿後再回社賽戲。力力社這首〈飲酒捕鹿歌〉充滿平埔族群樂天豪爽性情，一幅自然天成的美好畫面，大概也只有透過清領時期的這些番社歌謠採集記錄才能窺探一二吧！

4 瑯嶠待客歌

《臺海使槎錄》卷七除記載「南路鳳山番一」、「南路鳳山傀儡番二」外，也有「南路瑯嶠十八社三」記錄恆春半島上瑯嶠十八社相關資料。所謂「瑯嶠十八社」乃指瑯嶠社、貓仔社、紹貓厘社、豬朥束社（一名地藍松）、合蘭社、上哆囉快社、蚊率社、猴洞社、龜朥律社、貓籠逸社、貓里毒社、滑思滑社、加錐來社、施那隔社、新蟯牡丹社、下哆囉快社、德社、慄留社等社，屬於歸化生番。[24]據黃叔璥記錄提到：瑯嶠各社，俱受小麻利番長（瑯嶠一帶主番）約束，乃代種薯芋、生薑為差。其生活所需珠米、烏青布、鐵鐺，故漢人每多以鹿脯、鹿筋、鹿皮、卓戈紋與之交易。瑯嶠諸社間空閒之地，民向多種植田畝。[25]

荷蘭治臺期間，瑯嶠社酋長兄弟及土人等15人曾至 Tayouan（今安平）拜會荷蘭長官普杜曼，簽訂和約，這是瑯嶠與荷蘭政權的第一

冠插鳥羽。男子二、三人居前，其後婦女；連臂踏歌，踴躍跳浪，聲韻抑揚，鳴金為節。」六十七：《番社采風圖考》，頁87。

23 陳文達：《鳳山縣志》記載：「土官有正副，大社五、六人，小社三、四人，各分公廨。有事則集眾以議。能書紅毛字者號曰教冊，掌登出入之數；削鵝毛管濡墨橫書，自左而右。」（臺北：臺灣銀行經濟研究室，1962年），頁82。

24 王瑛曾：《重修鳳山縣志》（南投：臺灣省文獻委員會，1993年），頁67。

25 黃叔璥：《臺海使槎錄》，頁158。

次接觸。[26]明鄭時期鄭成功設「屯田制」，分發「王地」，更派兵至「龜壁灣」（今車城鄉）討伐土番，駐師統埔領（今車城鄉統埔村），此為漢人開發瑯嶠地區之始。[27]清領後瑯嶠社「惟輸賦，不應徭」[28]，十八社也成為清朝納賦歸化的族群。不過朱一貴事件之後，清廷為防止反清勢力擴散，乃將恆春地區列為禁地。[29]但實際如「魚房港、大綉房一帶，小船仍往來不絕。」[30]可見清領中葉以前，恆春半島範圍仍多屬瑯嶠十八社自理範圍區域。

《臺海使槎錄》中「南路鳳山瑯嶠十八社三」附有〈瑯嶠待客歌〉一首：

> 立孫呵網直（爾來瑯嶠），六呷呵談眉談眉（此處不似內地），
> 那鬼呵網直務昌哩呵郎耶（爾來無佳物供應），嗎疏嗎疏（得
> 罪得罪）！[31]

歌謠唱出瑯嶠社人天生好客的爽朗性格，歌詞說明客人來到瑯嶠，但這裡不似內地應有盡有，沒有太多好美味供應，對來訪客人備感抱

---

26 林右崇編著：《恆春紀事：先民的足跡》（臺中：白象文教事業有限公司，2010年），頁19。

27 林右崇編著：《恆春紀事：先民的足跡》，頁21。

28 郁永河：《裨海紀遊》（臺北：臺灣銀行經濟研究室，1959年），頁11。

29 王瑛曾在《重修鳳山縣志》中曾記載：「瑯嶠社，臺變始為禁地。」又言：「瑯嶠社喬木茂盛，長林翁薈，魚房海利，貨賄甚多；原聽漢民往來貿易，取材捕採。（康熙）六十年臺變，始議：地屬窵遠，奸匪易匿，乃禁不通；唯各番輸餉而已。」頁85。

30 引自黃叔璥：《臺海使槎錄》，頁158。又如英人必麒麟（William A. Pickering, 1840-1907）記載寫道：「大體而言，清廷統治的區域，只有西部沿岸平原和少數丘陵區，至於高山區和南岬，仍屬於原住民的勢力範圍。」必麒麟著、陳逸君譯：《歷險福爾摩沙》（臺北：前衛出版社，2010年），頁122-123。

31 黃叔璥：《臺海使槎錄》，頁158。

歉，從此也可看見瑯嶠社人的待客禮儀。此處不免讓人聯想康作銘所寫的〈游恆春竹枝詞〉其中一首：「眼見山番跳戲奇，婆娑謾舞作嬌癡。排成雁陣頻招手，甜酒教儂飲一巵。」[32]瑯嶠社人的待客之道，直可見臺灣原住民自然樂天的生活情況。

不過，光緒元年（1875）恆春設縣，由於「草萊未開，民、番雜處，目不識丁。」[33]清廷開始在瑯嶠地區實行「教化」政策，屠繼善在《恆春縣志》中記載恆春縣首任知縣周有基奉旨多設義學，來到當地設塾授課的胡徵更有〈恆春竹枝詞〉八首，其中第七首寫道：「地號瑯嶠別有天，竹籬茅舍幾家煙。文風未厚民風厚，開闢於今二十年。」[34]透過這首竹枝詞，可以發現清領時期的遊宦人士對於「別有天地」的瑯嶠地區文風不盛之微微感嘆，即便已經設縣二十年了，當地民風仍是純樸、居民還是樂天。對比清領中期黃叔璥「番俗六考」中對於〈瑯嶠待客歌〉的記寫，或許就更能體現出那個年代瑯嶠社人的生活畫面了。

依據黃叔璥「番俗六考」對於臺灣中部以南的平埔族歌謠記錄，雖然其未有嚴謹的科學採錄原則，沒有科學的錄音、記譜方法，但這並非是當時代即可具足之事，實在不宜苛責太過；相反的，黃叔璥在清乾隆時期便能透過實際走訪並以漢字記錄採集的平埔族歌謠，對於後人研究當時代的原民生活絕對有其貢獻。

就清代屏東地區的平埔族歌謠來觀察，可以發現早期平埔族的音樂以歌唱為主，並且是群眾的表現，除了眾唱之外，還有領唱、和腔，或者一人唱眾人拍手。此外，依據許常惠的觀察，清代以來平埔族的音樂受到漢族勢力侵入，除了逐漸失去生活中歌唱的傳統外，音

---

32 王瑛曾：《重修鳳山縣志》，頁80。
33 屠繼善：《恆春縣志》（南投：臺灣省文獻委員會，1993年），頁225。
34 屠繼善：《恆春縣志》，頁250。

樂也開始漢化，只有在祭祀中保存少數的傳統音樂。平埔族的音樂是口傳的，並且是配合他們的家族社會、勞動戰鬥、愛情娛樂、婚喪喜慶等日常生活所表達出來的行為。[35] 從屏東地區9首平埔歌謠來觀察，可以發現這些歌謠如「頌祖歌」、「力田歌」、「飲酒歌」和「待客歌」等確實多和原民日常生活或節慶活動有關，且以「歌唱」為主，雜以拍手、和腔，加上「飲酒」之必備元素，幾乎呈現清領時期屏東地區平埔族群純樸樂天的性格。當然，歌謠中也會提及農耕、種薑、捕鹿等日常，對於理解當時的平埔族維生方式當有其可參酌之處。

（二）清領時期屏東地區的傳說故事

清領時期屏東地區的民間文學整理並不是現代所強調科學性、真實性的採錄成果，當時多數的神話傳說故事，多經過潤飾改寫，並呈現在個人文集或清代方志的記錄上，如前文所探討黃叔璥的《臺海使槎錄》、朱仕玠的《小琉球漫志》或如《鳳山縣志》、《重修鳳山縣志》、《鳳山縣采訪冊》及《恆春縣志》等書。清領時期屏東地區除了《臺海使槎錄》「番俗六考」中記錄的9首的原住民歌謠，其他相關的傳說故事則散見於不同方志與文集當中。

如王瑛曾《重修鳳山縣志》也曾記載「仙人山」[36] 傳說：

> 仙人山，在沙馬磯頭。山頂常帶雲霧，非天朗氣清，不得見也。故老傳言：時有服絳衣、縞衣者對奕。說雖無稽，然生成

---

35 許常惠：《臺灣音樂史初稿》，頁17-18。

36 按：鳳山縣在地文人卓肇昌寫有〈仙人山〉、〈仙人對奕〉、〈仙山謠〉及〈沙馬磯山〉等詩作，如其〈仙人對奕〉：「天公遺下石棋盤，洞裡神仙日月寬。十九路誰分黑界，幾千年自帶雲寒。劇憐人世紛爭道，只換山中妙戲彈。乾電聲聞同玉響，不知還許采樵看。」卓肇昌也在詩題下加註說明「仙人山，有仙人對奕。」王瑛曾：《重修鳳山縣志》，頁411-412。

石凳、石碁盤猶存。[37]

「沙馬磯頭（山）」指的就是今日恆春半島的貓鼻頭，其實蔣毓英在《臺灣府志》「卷之二・敘山」已有提到沙馬磯頭山（見圖二紅圈處）「在郎嬌山西北……上頂常掛雲，人視之，若有人形往來雲中，疑為仙人降遊其上。」[38]同書中「卷之十・古蹟」的「仙人山」則記載：「在鳳山縣沙馬磯頭。其巔往往帶雲如仙人狀，傳聞絳衣黑衣常遊其中，今有生成石棋盤時磴在焉。」[39]這是方志中有關「仙人山」的記

圖二　〔清〕不著撰人《臺灣地圖》中的
「沙馬磯頭」╱國立故宮博物院藏[40]

37　王瑛曾：《重修鳳山縣志》，頁265-266。

38　蔣毓英：《臺灣府志》，頁18。

39　蔣毓英：《臺灣府志》，頁127。按：高拱乾在《臺灣府志》「山川」中也提到此山，
　　註云：「其山西盡大海，高峻之極。山頂常帶雲霧，俗傳此山有仙人衣紅、衣黑，降
　　遊其上。今有生成石磴、時碁盤在。」（南投：臺灣省文獻委員會，1993年），頁9。

40　圖二引自國立故宮博物院「典藏精選」，網址：https://theme.npm.edu.tw/selection/Art
　　icle.aspx?sNo=04001051。檢索時間：2020年9月20日。紅圈為筆者所加。

載，文人的記錄落差不大，但細微中仍可見其差異。這些方志或文集中的「相傳」、「據聞」等記述文字其實都是文人潤飾記寫的「偽民間文學」（Fakelore），並非第一手資料的民間文學（Folklore）╱（Folk Literature）。不過如胡萬川所言：「以假的民間文學作為民間文學的對立面，作為判斷民間文學純度的標竿，來看民間文學的發展，以及作為調查、整理工作的箴鞭，是相當有用的概念，但是並不等於說，"Fakelore" 和 "Folklore"是可以簡單一刀切的東西，更不等於說所有的『不真的民間文學』就都是沒有價值的東西。」[41]可見，被記錄的民間文學都須回歸其背景、年代與環境去多方評論或認證才是。

《恆春縣志》在「氣候」項下錄有恆春半島「落山風」一條，說明「自重陽至清明，東北大風，俗謂之落山風。晝夜怒號，洶洶颭颭。」[42]而與「落山風」相關的在地傳說記憶如下：

> 風洞，即四重溪石門。據采訪錄：「為鄭延平插旂之所。風吹旂尾，尾向何方，即何方之番有災害。後去旂，未夷其洞。今之落山風，自洞中來。」又曰：「洞在八磘灣深山，古木參天，荊棘滿地。至其地者，不知所禁，或大聲言語，風即大作。以後，無論民、番皆不敢往」。[43]

可見恆春傳說中的「落山風」和鄭成功剿番插旗有關。後除去旗而未夷其洞，遂有落山風。清同治十三年（1874），沈葆楨奏請建立「鄭成

---

41 胡萬川：《民間文學的理論與實際》，頁138-139。

42 屠繼善：《恆春縣志》，頁2。

43 屠繼善：《恆春縣志》，頁301。據林右崇所言：後來（鄭成功）夢見山神告曰：「瑯嶠土番乃臺灣開基祖之民所流傳。天地有好生之德，不可滅也。」於是狂風大作，將旗拔去，飛至楓港大海之外；從此瑯嶠地區乃有狂風（落山風）時作，必至楓港而後止。林右崇：《恆春紀事：先民的足跡》，頁22。

功」專祠，清廷同意改原三山國王廟為「延平郡王祠」。臺灣地區鄭
成功成為典型的「箭垛型」傳說人物，北至龜山島，南至恆春地區，
甚至離島的金門都出現與鄭成功相關的傳說故事，這是民間傳說之傳
說圈特色的展現。柳田國男《傳說論》中提到的「傳說圈」概念：

> 為了研究方便，我們常把一個個傳說流行著的處所，稱作「傳
> 說圈」。像在伊那谷、南會津的山村，同種類、同內容的傳說
> 圈相互接觸的地方（甚至有著部分重疊的區域），雙方的說
> 法，後來趨於統一，而且可以明顯的看出，其間存在著爭執的
> 痕跡，和在爭執中一方的說法勝利了，另一方的說法被征服
> 了。[44]

透過「傳說圈」匯聚傳說的空間處所分析，洪淑苓提到歷史人物傳說
與地方風物傳說相涉的特點有三：一、時代越遠、傳說越多；二、空
間越遠、傳說越多；三、核心地區的傳說比較接近人物生命情調，外
圍地區則增加神奇色彩。[45]利用傳說圈區域內傳說故事的傳播發展，
鄭成功傳說便在臺灣這個傳說區不斷地被傳衍變異，逐漸形成其歷史
記憶。

　　不過，民間傳說除了在傳說圈散布外，也會出現「區域性」傳
說，若和傳說圈中比附名人的心理，更具有草根性，直接反映出喜怒
哀樂的價值觀。[46]在《恆春縣志》卷二十二「雜志」中，記載了「石

---

44 〔日〕柳田國男著、連湘譯、張紫晨校：《傳說論》（北京：中國民間文藝出版社，
　　1987年），頁46-49。

45 洪淑苓：《在地與新異——臺灣民俗學與當代民俗現象研究》（臺北：萬卷樓圖書公
　　司，2019年），頁220。

46 據洪淑苓研究提到「市井人物傳說的區域性」，指的是某些庶民百姓雖名不見經
　　傳，但因為某些特殊事蹟而引人注意，因茶餘飯後的閒談流傳於里巷鄉鎮，更有好

頭公」、「仙人井」、「毛蟹井」、「忠義井」、「八卦井」和「雷公窟」等
地方傳說故事，便是恆春地區的區域特色，這也形成恆春地區的集體
記憶。例如「雷公窟」提到：相傳有鰍魚精在窟中。一日黑雲四起，
雷霆交加，大雨中霹靂一聲，擊去石柱，以後怪遂絕，故名為雷公
窟。又有「仙人井」記載：

> 在縣南二十五里大石川下。其泉仰出，味甚甘。龜仔角（角）
> 番取飲於此；且可愈疾，並刀火傷者，洗之即愈。井上石紋，
> 如靴、如履、如赤足者，不一。相傳謂仙人之足跡，故名。[47]

恆春當地老一輩村民多耳聞「仙人井」傳說，知其在今墾丁大尖山山
下，有泉甘美，「龜仔用社」（今社頂社區）原民取引此泉，甚至以泉
水療癒刀火傷。因井上石紋如仙人足跡，仙人井傳說不脛而走。再相
比前文提到的「仙人山」（沙馬磯頭／山，即今貓鼻頭）疑有仙人降
遊其上，文人為之作詩、方志輯錄入冊，地方也逐漸將區域性的仙人
井、仙人山等故事講述成一個地方的記憶並加以流傳。

此外，更有「女靈山」傳說故事：

> 女靈山，在縣東北，出楓港三十五里。高數千丈，山石突兀，
> 大木參天，饒有海上蓬萊之觀。據采訪錄云：「昔有樵者相約

事者或是民間藝人加以傳播說唱，久而久之也就成為著名的傳說，最明顯的一個例
子就是「周成過臺灣」。相較於傳說圈的流布，區域性的範圍較小，而且密切鎖定
在相關的、特定的地理空間。這些市井人物傳說有鮮明的區域色彩，一方面是因為
人物生長、活動的區域本就有所根源，其事蹟也比較單純；比起傳說圈中比附名人
的心理，更具有草根性，直接反映出喜怒哀樂的價值觀。洪淑苓：《在地與新
異——臺灣民俗學與當代民俗現象研究》，頁221-225。

47 屠繼善：《恆春縣志》，頁302。

入山，至一處，峰巒疊翠，花草迷離，有老人摘樹上茶，款留
瀹茗，香沁心脾。樵者私攜茶去，迷不得路。老人莞爾笑曰：
『此非人間所有，飲之則可，取之則不可』。樵者乃棄茶而
歸。當時偕往者三五人，現在楓港尚有得飲其茶之人，清癯矍
鑠，百倍精神」，此一說也。……又云：「國初延平之役，有女
子避兵其上，迷不得歸，遂卒巖下。後有至其地者，亦失所
返；女子導之出，謂女靈山。」[48]

　　「女靈山」故事或曰昔有樵夫入山，見一老者品茗與之飲茶的傳說，
或言明鄭與清攻戰時有女子避兵山上，後卒巖下，遂有陰靈助人之
事，故名女靈山。這些被方志記錄下的傳說故事雖然在不同志書或文
集中被轉載抄錄，但對輯錄的遊宦文人而言，多數是抱著「聊備一
說」的角度看待，因此文末才有「海外蠻荒甫經開闢，野老流傳無足
深考」如此觀點，而地方傳說也因此只能出現於「雜記」一類，非屬
雅正文人文學範圍。

　　當然，如果這些具有區域性特色的地方傳說被在地人流傳發展，
逐漸累積其文化資產，甚至有可能變成觀光旅遊重點。[49]例如盧德嘉
的《鳳山縣采訪冊》中記載「小琉球嶼（俗呼為剖腹山）[50]」上有「石

48　又云：「山上石泉一穴，積而為池，廣畝所：清流蕩漾，雖大旱不竭，與海潮同漲
　　落，日以為常。四岸泥濘沒脛，牛不敢飲於池。中有大棕纜一條、船舵一扇，歷久
　　不朽。與武夷、瓊州等處懸崖度板相類。又寧古塔城西海限山，萬峰翠中，有池周
　　八十餘丈，亦每日二潮，與海水相應；可與並觀。造物之奇，其故真有不可臆測
　　者」，此又一說也。或云：「女子李姓，土人女與李口音相似，若附會漢之李陵，斷
　　無其事」，此又一說也。屠繼善：《恆春縣志》，頁301-302。

49　洪淑苓：《在地與新異──臺灣民俗學與當代民俗現象研究》，頁225-226。

50　有關「剖腹山」傳說，筆者曾於小琉球進行調查時採集到一則「小琉球的古地
　　名」故事：「剖腹山」，如果以地理上來看，係因該為一地壘臺地，形如剖腹狀，故
　　以名之。不過居民仍流傳一個關於這個地名由來的故事，相傳清雍正年間，有一出

圖三　小琉球烏鬼洞／彭琬凌提供

洞」,「相傳舊時有烏鬼番聚族而居,頷下生鰓,如魚鰓然,能浮海中數日,後有泉州人往彼開墾,番不能容,遂被泉州人乘夜縱火盡燔斃之,今其洞尚存。」[51]由此來看,盧德嘉筆下記錄的「石洞」應該就是今日小琉球重要的觀光景點「烏鬼洞」。

今日該地名雖然承襲自清領時期方志文學的詞彙,但傳說故事卻已幾經變異,黃文車於小琉球進行調查時也採集到「烏鬼洞」傳說故事:

> 小琉球島南端之海岸,有一處海穴在岩石之間,墨黑而深幽,名為烏鬼洞。
>
> 傳聞洞內住著皮膚黝黑的烏鬼。這些烏鬼有鰓,可長期潛在水裡,也有可能是菲律賓那裡的土著。然而根據考古發現,這些黑人並不是外國黑人,可能是小琉球最原始的原住民。烏鬼洞裏面有石桌、石碗,還有樣式精緻的西式器具,洞口壁上大書「烏鬼岩」三字。相傳曾有商船遇到暴風雨在此避浪,烏鬼乘

名風水師指出,小琉球當地會出帝王,當權者怎麼可能會甘願將政權拱手讓人,於是請風水師斷其山脈,從中劃上一刀,於是就像婦女剖腹生小孩一樣,就有了「剖腹山」之名。黃文車:《屏東縣閩南語傳說故事集》(屏東:財團法人屏東縣文化基金會,2010年),頁230-231。

51 盧德嘉:《鳳山縣采訪冊》(南投:臺灣省文獻委員會,1993年),頁31。

機潛入水底把船鑽幾個洞讓商船沉沒，並把船內物資盡數搬到
洞裡去。有一次剛好停靠在島外不遠處的外國人，發現一個全
身漆黑的小姑娘，跟蹤她後發現烏鬼洞，於是趁著深夜放火燒
洞，大火燒了三天三夜，直至該口沉寂，只留下屍體骨灰無
數。[52]

比較清代《鳳山縣采訪冊》和上述採錄的「烏鬼洞」傳說，可以發現
歷時二百年後仍存的「共相」者是「長鰓的烏鬼」以及「石洞」。除
此之外，烏鬼族從何而來？來島開墾的泉州人變成商船，縱火的泉州
人也改成「外國人」，石洞內還有精緻的西式器具以及石桌石碗等，可
見被敘述的「變相」持續出現。在民間傳說故事中，常會因在地敘述
（Local Narrative）作用而出現地方特色，也就是在地民眾的自我闡釋
與述說，逐漸形成這個地方及群眾所熟知的地方記憶。因此，小琉球
烏鬼洞傳說也在流傳過程中逐漸發展豐富，無形中更對這個景點進行
傳遞與推播的正向加強功能，於是「烏鬼洞」成為今日屏東縣琉球鄉
最著名的重要觀光景點之一，不少小琉球人也因為「烏鬼洞」此觀光
資源賺取維生資本或發展旅遊行業。

三　日治時期的屏東民間文學

　　日治時期的屏東民間文學整理屬於1930年代前後臺灣民間文學採
集運動一環，這是當時知識分子「有意識」的文化自覺工作。十九世
紀以降，歐洲的歌謠採集運動經驗與成果傳至中國與日本後，分別對

---

52 黃文車：《妖怪屏東圖錄》（屏東：國立屏東大學USR搖滾社會力：在地關懷為導向
　　的社會企業與青年實踐計畫成果，2019年），頁62。

中國五四運動中的歌謠整理運動，和日本的民俗學發展和歌謠整理產生一定的影響，而當時臺灣民間文學的採集整理便是受到日本民俗學研究與中國的歌謠採集運動雙重影響而興起。

臺灣民間文學整理工作實際上是從日人對臺灣的民俗舊慣整理開始，當中亦包括戶政普查、原住民調查等政治行政、人類學調查工作。這樣的採集工作對臺灣知識分子而言是一種刺激，加上日本的民俗學研究和中國的歌謠採集運動影響，1930年代臺灣民間文學的採集整理工作也在「鄉土文學與臺灣話文」運動中萌生臺灣本土自覺意識。但1930年代的臺灣民間文學採集整理並無現代民間文學學科的專業規範，很多時候的記錄可能會加入整理者的潤飾，或是文人之仿作。

1927年九曲堂的鄭坤五等人編纂《臺灣藝苑》[53]，內有臺灣褒歌32首；而且鄭坤五說「若褒歌者，於大雅復何傷夫？」其將褒歌視為「國風」，無疑更提升臺灣民間歌謠的文學地位。此外，1931年《臺灣新民報》自346-365號（1931年1月10日～1931年5月23日）均有「歌謠」欄刊載來自臺灣各地的拾零歌謠。這些編作者南至鳳山，北至臺北，中間尚有臺南、朴子、民雄、元長、花壇、鹿港、大雅、新竹、線西等地。可見當時的民間歌謠採集漸成一股風氣。至於民間傳說、故事的整理則以1933年10月成立的「臺灣文藝協會」所發行的第二期刊物《第一線》（1935年1月6日）中「臺灣民間故事特輯」較見系統呈現，其共有10位文人編寫15篇民間故事傳說，嚴格說來這已是潤飾後的改寫作品。

---

53 《臺灣藝苑》現存有第2卷第23期（1927年4月15日～1930年2月1日），鄭坤五非但是唯一的編輯者，甚至幾乎一手包辦撰稿工作。黃文車：《日治時期臺灣閩南歌謠研究》（臺北：文津出版社，2008年），頁68。按：高雄春暉出版社於2015年8月出版《臺灣藝苑》（上、下）合訂本。

（一）民間歌謠整理為大宗

在採集整理歌謠、故事風氣下，日治時期許多文人雅士開始在消閒性小報如《三六九小報》[54]及《風月報》[55]上刊載歌謠或小調仿作作品。其中，屏東東港的蕭永東也在《三六九小報》上長期連載其歌謠仿作作品。

蕭永東，號冷史，另有古圓、影冬等別號，和黃石輝同為詩友。蕭永東最受人矚目的文學作品是其仿作歌謠的〈消夏小唱〉、〈迎秋小

---

[54] 《三六九小報》始刊於昭和五年（1930）9月9日，一直到複印本中最後一期昭和十年（1935）8月26日為止，共發行476號。王開運在創刊號中有〈釋三六九小報〉一文，交代所謂「三六九」是指每月逢三、六、九日出刊，而之所以言「小」，乃因此報初創，規模未整，不敢妄自尊大，特以小標榜，致力託意於詼諧語中，寓諷刺於荒唐言之外。此外，「小」字在臺語與「痟」音近，讀者以雕蟲小技視之也可，以瑣屑微言視之，荒唐無稽之言視之，亦無不可。此報以「小報」自我定位，不以冠冕堂皇的宏大敘述為主，也不以憂顏愁容面對當時的臺灣困境，因此遊戲取向相當濃，然而往往在嘻笑怒罵中寄託著作者的微意。施懿琳：〈民歌采集史上的一頁補白——蕭永東在《三六九小報》的民歌仿作及其價值〉，國立中興大學中文系主編：《第三屆通俗文學與雅正文學全國學術研討會論文集》（臺北：新文豐出版公司，2002年），頁281。

[55] 《風月報》此一報刊系統共有《風月》、《風月報》、《南方》、《南方詩集》四種名稱，而這四種名稱亦代表此報經歷四個不同的發刊時期。《風月》原由臺北萬華大稻埕一群擅長傳統文藝的文化人發行，自昭和十年（1935）5月9日開始，每月逢三、六、九日即出刊（一個月九次），直至44期（昭和十一年〔1936〕2月8日）延宕20日隨即停刊。一年半後復刊《風月報》，但發行人由原來的林欽賜換成簡荷生，發行所仍稱「風月俱樂部」。《風月報》乃自昭和十二年（1937）7月20日第45期開始刊行，以迄昭和十九年（1944）年1月1日第188期因經費周轉困難，出刊再次延宕。然而自133期後，《風月報》改成《南方》，發行所也由風月俱樂部改成「南方雜誌社」。55天後，第189期（昭和十九年〔1944〕2月25五日）改名變成《南方詩集》月刊，且將連載的長篇小說編寫成集，分印單行本，企圖以銷售小說單行本所得彌補刊物繼續刊行所需，但只發行至昭和十九年（1944）3月25日的第190期即宣告結束。楊永彬：〈從「風月」到「南方」——論析一份戰爭期的中文文藝雜誌〉，河原功監修，郭怡君、楊永彬編著：《風月‧風月報‧南方‧南方詩集‧總目錄／專論／著者索引》（臺北：南天書局，2001年），頁69。

唱〉、〈消寒小唱〉、〈迎春小唱〉等作品，這些作品自昭和六年
（1931）8月26日的《三六九小報》104號上開始刊登，一直連載至昭
和九年（1934）8月29日的372號，前後約莫有三年之久。施懿琳教授
在〈民歌采集史上的一頁補白——蕭永東在《三六九小報》的民歌仿
作及其價值〉中將其內容大致歸納為五類：

1　小娘愛人也愛銀：如：「阿君無來無要緊，別的兄哥更較親。名
　　人好歹著自認，小娘愛人也愛銀。」（〈迎秋小唱〉，第115號，
　　1931年10月3日）

2　比犯得鬼較衰氣：如：「大人食酒不免錢，酒菜食了續帶暝。明
　　日替身交十二，比犯著鬼較衰氣。」（〈迎秋小唱〉，第125號，
　　1931年11月6日）

3　小娘想君目屎流：如：「臺北坐車到打狗。打狗搬車到阿猴。囝
　　仔思乳也會嘯。小娘想君目滓流。」（〈消寒小唱〉，第150號，
　　1932年2月3日）

4　死後神主倒位祀：如：「初十家家請子婿，無尪可請可憐代。到
　　老那帶菜店內，死後神主倒位祀？」（〈迎春小唱〉，第278號，
　　1933年4月9日）

5　料理店換跏跌厄：如：「料理店換跏跌厄，文明女給真撖勢。流
　　行歌格唱半塊，來來去去盤人客。」（〈迎春小唱〉，1933年4月3
　　日）[56]

這五類內容均是民間歌謠本色，以男女情思愛戀為主，如第三類提到

56 施懿琳：〈民歌采集史上的一頁補白——蕭永東在《三六九小報》的民歌仿作及其
　　價值〉，頁296-302。

「臺北坐車到打狗。打狗搬車到阿緱。」男女相思之情,可以為之千
里奔波。

　　除了上述的歌謠之外,蕭永東所仿作的歌謠中還提到了政治社會
的現實與變遷情況,如:

　　　烏貓烏狗真流行,咱娘見誚變沒成。

　　　沒得自由佮平等,任汝裝做無路用。

　　　　　　　　　──〈消寒小唱〉,第144號(1932年1月13日)

時代變遷下,社會充斥年輕的「毛斷」(摩登,modern)男女,他們
時髦,熱愛打扮、唱流行歌,跳交際舞,但若無自由與平等,再怎樣
現代化也沒有意義,可見蕭永東的仿作歌謠還是具有批判性的。

(二)民間文學觀點的出現

　　東京「臺灣藝術研究會」成立後,臺灣島內第一個文學社團「臺
灣文藝協會」於1933年10月25日成立,並在1934年7月15日發行機關
雜誌《先發部隊》,停刊半年後的1935年1月6日又以《第一線》之名
再度出刊。

　　《第一線》刊物中較具特色的是「臺灣民間故事特輯」。黃得時
在《第一線》卷頭言〈民間文學的認識〉中說道:「大凡地上,自有
人類以來,就有歌謠、傳說,以及神話等之所謂『民間文學』的產
生。《第一線》特對傳說故事進行蒐集,至於整理和比較研究乃屬於
第二期的問題。」[57]《第一線》中「臺灣民間故事特輯」中收錄15篇
民間故事傳說,包括廖毓文整理的〈頂下郊拚(稻江霞海城隍廟由

---

57 黃得時:〈民間文學的認識〉,《第一線》卷頭言(1935年1月6日),頁1。

來）〉、一吼（周定山）整理的〈鹿港憨光義〉、黃瓊華整理〈鶯歌庄
的傳說〉等，多可見臺灣各地傳說故事特色。不過這些傳說故事在輯
錄整理的過程中出現了文人潤飾、加工，甚至是由輯錄者「重述」一
次，當屬於所謂的「偽民間文學」。從採集者與傳說故事名稱觀察，
多以中北部者為主，少見南部文人。

此外，《第一線》中更有專論民間文學理念的文章，例如：（陳）
茉莉的〈民謠に就いての管見〉一文，乃從五項細目考察所謂的「民
謠」（民間歌謠）：一、具有獨立藝術形式的民謠；二、認識民謠的根
本態度；三、民謠鄉土性的傳播；四、物質文明和民謠；五、民謠的
個性──階級性及其時代性。[58]

爾後，「臺灣文藝聯盟」領導臺灣新文學運動前進，團結反封建
反殖民的文學力量進行文化抵抗，而機關雜誌《臺灣文藝》更堅持
「為人生而藝術」的理念，並將「文藝大眾化」視為目標與工作。其
中，屏東萬丹的劉捷所提出〈民間文學の整理及びその方法論〉，闡
述其對整理臺灣民間文學的方法：

1　民族：結合人類學與民族學的比較。
2　社會生產力狀態：強調社會階級經濟對藝術的影響。
3　時代：文化事業與時代的關係。

最後其談到「民間文學的本質」，並引用中國學者楊蔭深對民間
文學的分類，說明民間文學是過去各時代相同的精神文化反映，是大
眾共同生產的。但是今非昔比，現今對民間文學的研究應重視的是
「遺產的再認識」，研究者亦可評估民間文學的價值以作為教學、學

---

58 茉莉：〈民謠に就いての管見〉，《第一線》（1935年1月6日），頁40-52。

術研究或政府施政的參考，或是生活的調劑，而非只是盲目的將之推
為一等一的藝術作品，因此若能從藝術社會學方面來研究，民間文學
始能獲得正確地認識。[59]

由此來看，劉捷深信藝術社會學可以促進新藝術的抬頭，認為物
質的社會對藝術有著絕對的影響，民間文學和社會經濟離不開關係，
這種唯物式的思考說明當時受社會主義思想影響的知識分子踏在階級
對立的基礎點上面對民間文學這個新興的學科。

（三）《臺灣民間文學集》中的「傳說故事」改寫

《臺灣民間文學集》由臺灣文藝協會於昭和十一年（1936）發
行，臺灣新文學社販賣，書中內容包括李獻璋個人花了三、四年蒐集
到的近千首民謠、童謠和謎語（歌謠篇），以及由朱峰、楊守愚、黃
石輝等13位文人重述撰寫的臺灣各地民間故事傳說22篇（故事篇），
書前並有賴和的序文和李獻璋的自序，《臺灣民間文學集》可以視為
1930年代臺灣民間文學整理之集大成之作。

《臺灣民間文學集》中「故事篇」內有兩篇關於「林道乾」（林大
乾）的民間故事，其中〈林大乾兄妹〉是屏東文人黃石輝所記，另一
則是夜潮所記的〈林道乾與十八攜籃〉，[60]乃是目前可見最早將林道乾
傳說寫成完整故事之記錄；此外，同時代朱鋒有〈林道乾〉一文，[61]
清代臺灣方志多記載林道乾為都督俞大猷所逐，遂遁至臺灣，屯兵赤
崁／打鼓山，後又遁往占城為主，如《鳳山縣志》卷十之〈外志・雜
記〉記載林道乾事蹟：

59 劉捷：〈民間文學の整理及びその方法論〉，《臺灣文藝》第2卷第7號（1935年7月1
日），頁116-123。

60 李獻璋：《臺灣民間文學集》之二「故事篇」（新北：龍文出版社，1989年再版），
頁27-43。

61 朱烽：〈林道乾〉，《臺灣新文學》第1卷第6號（1936年7月7日），頁73-80。

明都督俞大猷討海寇林道乾。道乾戰敗，艤舟打鼓山下。恐復
來攻，掠山下土番，殺取其血，和灰衃舟以遁。其餘番走阿猴
林，今之比屋而居者，是其遺種也。相傳：道乾妹埋金山上，
又有奇花異果，入山樵採者或見焉，啜而啖之，甘美殊甚；若
懷歸則迷路，雖默識其處，再往終失矣。[62]

「相傳」二字之後添加了「道乾妹埋金山上」等民間傳說內容，類似
的紀錄於《重修鳳山縣志》卷十一〈雜志・名蹟〉或連橫的《臺灣通
史》卷一〈開闢紀〉中亦可見到。[63]若將上述方志中史料加以比較，
可發現關於林道乾的敘述內容在「情節」發展上多有參差，而這也是
黃石輝、夜潮或朱鋒等人的林道乾傳說故事內容出現民間文學變異性
特質之原因。

　　李獻璋認為民間文學具備地域文學、民俗學等研究上的意義，但
更重要的是，這些民間文學是群體的共同創作，具足貼近大眾的真實
情感。

（四）終戰時期的皇民化作品

　　日治後期，日人在外高喊大東亞共榮圈的口號，藉以彙整東亞各
民族的民族特色，希冀繁榮東亞文化，在內亦本著此方針進行皇民化

---

62 陳文達：《鳳山縣志》，頁164。
63 王瑛曾的《重修鳳山縣志》卷11〈雜志・名蹟〉記載：「埋金山，在打鼓山巔。相
　傳明都督俞大猷討海寇林道乾。道乾遁入臺，艤舟打鼓山港，其妹埋金山上。時有
　奇花異果，入山樵採者或見焉。若懷歸，則迷失道；雖識其處，再往終失之。」頁
　265。連橫的《臺灣通史》卷1〈開闢紀〉則載：「嘉靖四十二年，海盜林道乾亂，
　遁入臺灣。都督俞大猷追之至海上，知水道紆曲，時哨鹿耳門以歸，乃留偏師駐澎
　湖，尋罷之。居民又至，復設巡檢，已亦廢。道乾既居臺灣，從者數百人，以兵劫
　土番，役之若奴。土番憤，議殺之。道乾知其謀，乃夜襲殺番，以血釁舟，埋巨金
　於打鼓山，逸之大年。」（臺北：臺灣銀行經濟研究室，1962年），頁9-10。

的推動。因此，民謠、傳說的蒐集與整理成為皇民化時期注重鄉土藝術的一大特徵，當時稱之為「土俗學」（即今「民俗學」）。呂泉生曾回憶這情形雖「標榜皇民化運動，鼓吹戰爭藝術，可是尊重鄉土藝術，因為鄉土藝術它與生產、勞力、老百姓情感息息相關。」[64]劉敏光亦說：「日人高唱皇民化，卻有尊重鄉土藝術，……藉皇民化口號整理鄉土固有文物，這是大家樂意做的。……文藝上民俗考據，音樂上民歌民謠，獲得甚多成果。」[65]然而在推動皇民化運動前提下，日人雖對臺灣鄉土民俗資料進行整理，但「鼓吹戰爭藝術」和「尊重鄉土藝術」是否可能取得平衡？恐怕仍是以國策為優先。

1941年7月1日《風月報》133期開始改名《南方》，發行者亦由「風月俱樂部」改為「南方俱樂部」，原「詩壇」改為「南方詩壇」等事看見端倪。改題為《南方》後，大量與皇民文學與宣揚國策等愛國文章與皇民歌曲持續出現，如133期以「臺灣民俗研究會」為名刊出的〈志願兵制度實施奉讚歌〉[66]，138期有〈臺灣志願兵歌〉的二首當選歌曲發表，[67]149期有香月原作，蕉翁（林荊南）作詞而發表的〈大詔降下〉，直至183-185期有簡安都創作的〈大東亞戰爭歌〉（一）～（三），186期則有秉修〈皇民奉公歌〉。這些歌謠已非舊時原貌，時代環境改變使其不得不肩負起宣揚國策的任務。

黃文車採集整理出版的《屏東縣閩南語歌謠諺語集》中也記載其在屏東玉皇宮採錄了葉老先生唸唱的這段〈倒手擇旗〉：

64　呂泉生：〈我的音樂回想〉，《臺北文物》第4卷第2期（1955年8月），頁74-77。

65　劉敏光：〈臺灣音樂運動概略〉，《臺北文物》第4卷第2期（1955年8月），頁1-7。

66　按：此歌實為林荊南所作，在《南方》第134期中刊有〈志願兵制度實行奉讚歌〉之樂譜，上即寫明作詞者為「蕉翁」，而蕉翁即是林荊南的筆名。

67　《南方》第135期在第35頁刊有「『臺灣志願兵歌』大募集」，經一個半月時間共募集167首，最後由宜蘭林象春的作品獲得正選，臺南韓承澤的作品獲得副選。

倒手攑旗，正手牽囝，我君啊！你欲打城，為著空襲欲起行。
家內有事，你莫探聽。[68]

葉先生說此首歌謠乃是日治末期屏東火車站附近有臺灣人義勇軍要為
日本皇軍到南洋出征時，妻小為之送行的寫照，如此正合乎終戰時期
的皇民歌曲推動與發行之用意。不過仔細觀察，可以發現這首〈倒手
攑旗〉和1937年臺灣日東唱片發行，李臨秋作詞、姚讚福譜曲，由純
純演唱的〈送君曲〉中第一段：「送阮夫君欲起行，目屎流入沒做
聲。右手舉旗左手牽子，我君啊！做你去打拼，家內放心免探聽。」
有一定相似度，推測當是這首歌曲在民間傳唱後產生的變異性版本，
臺灣民眾特別將歌詞改成「左手拿旗」、「右手牽兒」，可見其重視的
是家庭、孩子而非日人軍旗，如此可見透過民間傳唱的歌謠更能發現
群眾的批判與心情。

四　戰後的屏東民間文學

　　戰後臺灣民間文學的科學性調查整理，實際上要等到1990年代之
後。不過在1950-1960年代期間，《公論報》[69]、《徵信週刊》[70]之〈臺

68　黃文車主編：《屏東縣民間文學集2：屏東縣閩南語歌謠諺語集（一）》（屏東：財團
　　法人屏東縣文化基金會，2011年），頁74-75。

69　《公論報》是1950年代臺灣甚具在野色彩的報紙，與當時由雷震主辦的《自由中
　　國》、青年黨機關刊物《民主潮》，以及民社黨的《民主中國》，合被稱作「一報三
　　刊」，在動員戡亂、戒嚴體制實行高壓統治的時代裡，「一報三刊」是當時社會少數
　　敢於不依從官方口徑，企圖做獨立報導與評論的媒體。薛化元編：《公論報言論目
　　錄暨索引》（臺北：文景書局，2006年）。

70　《徵信週刊》為《徵信新聞報》每逢星期六所出版之別刊，〈臺灣風土〉版則為該
　　刊之重點專輯內容。1950年余紀忠創辦《徵信新聞》，主要內容以報導物價指數為
　　主。1960年1月1日，《徵信新聞》改名為《徵信新聞報》，成為綜合性報紙。至1968
　　年9月1日，又更名為《中國時報》。

灣風土〉副刊上則刊載不少臺灣民俗文化及民間文學整理成果，而
中央研究院民族所及臺灣大學等研究人員也開始對臺灣原住民族群
展開人類學的調查記錄。據黃文車研究發現，〈臺灣風土〉副刊所刊
載之臺灣民間文學作品約有556則，民俗文化記錄則有159例；至於民
俗文化的資料記錄原、漢族群皆有，且多集中於宗教信仰和風俗習慣
兩類。

　　就此而言，〈臺灣風土〉副刊對於當時臺灣民間文學的整理或保
存，有其時代意義；而這些資料到了1970-1980年代後順勢成為各類
民間故事集成叢書，例如《中國民間故事集成》、《中國民間故事全
集》和《中國民族故事大系》等之內容，跨過此叢書時期，則可銜接
1990年代的民間文學田野調查工作了。[71]

　　1990年代以後，臺灣民間文學的採集與整理工作在各縣市文化局
或文化中心委託下，由胡萬川、陳益源、江寶釵、王正雄、黃晴文等
教授先進帶領而逐漸形成風氣，自1992-2005年期間先後調查整理臺
中、宜蘭、桃園、苗栗、嘉義、雲林、臺南、彰化、南投、鳳山等縣
市歌謠及故事之民間文學，期間又有曾敦香，余燧賓、曾子良、姜佩
君分別針對臺中市、基隆市、澎湖縣的民間文學進行整理。之後民間
文學的採集調查也在學界形成研究風氣，例如陳益源採集調查澎湖縣
地方傳說，李進益、彭衍綸、劉惠萍對於花蓮縣的民間文學、地方風
物傳說和客家民間文學進行整理，曾喜城、陳麗娜、黃文車對於屏東
縣內客家及閩南民間文學的研究與調查整理，以及林培雅持續調查整
理臺南市民間文學，和劉煥雲調查苗栗地區客家民間故事等等。

---

71 黃文車：〈政策主義下的異音──戰後〈臺灣風土〉副刊中的臺灣民間文學整理與
　　其思維意義〉，國立臺南大學國文系主編：《第一屆～第五屆思維與創作學術研討會
　　論文選》（臺南：國立臺南大學國語文學系，2012年），頁339-358。

（一）戰後屏東地區原住民口傳文學調查整理

　　1990年以後屏東地區原住民口傳文學學術調查整理有金榮華、劉秀美、陳枝烈、應裕康等人之投入，例如劉秀美的《高雄屏東地區卑南族口傳故事》（1995）、金榮華的《高雄屏東地區卑南族與魯凱族口傳故事之採錄與整理》（1997）、陳枝烈的《排灣族神話故事》（1997），和小林保祥的《排灣傳說集》（1998）等，這些工作正好呼應各鄉鎮市文化中心的民間文學整理工作；至於應裕康的《屏東地區排灣族口傳文學之採錄與整理成果報告》（1997）則在行政院國科會的委託下完成採錄整理工作。另外，較非學術形式者則有1991年屏東縣泰武國中出版杜傳的《原住民神話故事》。

　　除此之外，另有整理原住民族傳統歌謠者，例如洪國勝《排灣族傳統歌謠》（1991）及《魯凱族傳統歌謠》（1993）、廖秋吉《排灣族傳統歌謠：來義鄉鼓樓村古老歌謠》（1996）、戴錦花《排灣族傳統歌謠精華：唱出充滿生命的歌聲》（1997）、盧正君《魯凱族歌謠採擷》（1997）、陳美玲《排灣之歌》、《魯凱之歌》（1999）等，都可看到以屏東地區為範圍的原住民歌謠採集。

　　單篇文章研究方面有許美智在《思與言》第23卷第2期發表的〈古樓村排灣族琉璃珠的傳說與信仰〉（1985），周明傑（lulji a tjaquljiva）的〈獅子鄉民歌採集紀實〉發表於《文化生活》第3卷第6期（2000）。此外，胡台麗發表〈排灣族虛構傳說的真實〉，收錄於《屏東傳統藝術：屏東縣傳統藝術論文集》（2004），以及〈排灣古樓祭儀的元老經語與傳說〉，發表於《民族學研究所資料彙編》第20期（2007）。之後，周明傑有〈牡丹村（sinvaudjan）的歌謠〉一文發表於《藝術評論》第19期（2009），以及林和君發表於《臺灣原住民族研究》第7卷第1期的〈臺灣跨族群山林傳說之關係──魔神仔與屏東縣旭海、東源部落傳說考察〉（2014）。

　　屏東縣政府於2000年10月發行《屏東文獻》第1期以來，也有不少關於屏東原住民口傳文學的研究文章，例如林俊宏的〈魯凱族〈Moakākai〉故事初探——以小川尚義採錄的為例〉（第8期，2004）、顏美娟的〈記憶、拼湊與重構——談屏東加蚋埔的平埔歌謠〉（第9期，2005）、黃瓊娥的〈北排灣拉瓦爾亞族的傳統婚禮歌謠——新娘頌歌「Puljeai」〉（第9期，2005）、周明傑的〈排灣族的複音歌謠——大社村與平和村的採集〉（第9期，2005）和楊克隆的〈十八世紀初馬卡道族歌謠之文化意涵〉（第18期，2014）等。其中顏美娟以屏東高樹鄉泰山村加蚋埔的平埔歌謠為探討對象，及楊克隆關注十八世紀初馬卡道族平埔歌謠主題等，皆有其特殊性意義；此外尚有林欣慧、吳中杰合著的《屏東地區馬卡道族語言與音樂研究》（1999），乃透過文字與音樂比對去重現部分屏東平埔音樂歌謠面貌。

圖四　屏東泰山加蚋埔夜祭／屏東縣政府文化處提供

（二）戰後屏東地區漢族民間文學調查整理及研究

1 客家族群民間文學調查整理及研究

戰後聚焦於屏東客家族群的民間文學整理工作成果，主要以曾喜城的《屏東客家「李文古」民間文學研究》（1997）和陳麗娜的《屏東後堆客家民間故事》（2006）等調查研究為主，前者聚焦屏東地區客家機智人物「李文古」相關民間文學研究，後者則是調查屏東內埔地區客家民間故事之成果集。

其他相關客家民間文學研究或整理成果，則將調查研究範圍擴及至「六堆地區」，雖有屏東作品，但畢竟不是專論屏東客家民間文學者，例如社團法人屏東縣六堆文化研究學會出版的系列作品，有曾彩金總編輯的《六堆人揣令子》（2004）、《六堆俗諺語》（2008）、《六堆俗諺語 II》（2012）以六堆客家為範圍，進行揣令子、俗諺語等整理；其他尚有李幸祥的《六堆客家故事》（1997）、曾彩金的《六堆客家社會文化發展與變遷之研究藝文篇（上）》（2001）等書中有關客家民間故事之整理。此外則是由學位論文改寫出版的專著，例如邱春美的《臺灣客家說唱文學「傳仔」研究》（2003），和彭素枝的《臺灣六堆客家山歌研究》（2005）等主要以調查與探討六堆客家山歌及傳仔等歌謠與傳說故事。

至於其他有關屏東客家民間文學的學位論文另有曾喜城在李文古民間文學研究前書基礎上，於雲林科技大學文化資產維護研究所完成〈李文古客家民間文學文化資產研究〉（2002），另外黃小琪的碩士論文〈先鋒堆的民間傳說故事〉（2010）則是針對屏東縣內埔鄉民間傳說故事進行研究，彭素枝的博士論文〈臺灣六堆客家民間故事研究〉（2015）中則有專論屏東九如王爺奶奶故事等。

屏東客家民間文學研究單篇文章方面，有黃瑞枝的〈客家童謠知多

少──鄉土語文教學淺談〉，收錄於《國教天地》第107期（1994），邱春美的〈客家說唱文學「傳仔」之研究〉，收錄於《大仁學報》第十三期（1995），曾喜城的〈屏東客家民間文學──「李文古」故事研究〉，收錄於《2001海峽兩岸民間文學學術研討會論文集》（2001）和宋鎮熬的〈竹田鄉土情采風錄〉，收錄於《屏東文獻》第七期（2013）等。

2　閩南族群民間文學調查整理及研究

（1）閩南語民間傳說故事

　　屏東地區閩南語民間傳說故事等民間文學調查整理工作在2010年以前幾乎未見，黃文車自2008年至2012年間申請國科會屏東縣閩南語民間文學調查整理研究專題計畫，後續已出版相關傳說故事成果如《屏東縣民間文學集一：屏東縣閩南語傳說故事集（一）》（2010）、《屏東縣閩南語民間文學集三──下東港溪流域篇》（2012）。另外尚有林右崇的《傳說恆春：軼聞與傳說》（2010），如其所言：以鎮志卷一大事記、卷九人物志、卷十軼聞傳說志為藍本，試圖讀取恆春發展過程中市井生活的種種面貌，而其用意正是有感於全國三百餘鄉鎮大抵如恆春人，對自己（對家鄉歷史）仍然懵懂未盡了解之際，「新臺灣人」何來之有！[72]

　　其他學術論文研究成果包括陳麗娜的〈從屏東「崔文帥與七姑星」看中國民間故事的變易性〉（2004）、黃文車的〈念出地方，唱出傳承──屏東縣閩南語歌謠及其鄉土語文教學應用〉（2012）、〈國境之南的異地文化衝容──從屏東恆春地區閩南語民間故事調查說起〉

72　林右崇：〈自序〉，《傳說恆春：軼聞與傳說》（臺北：白象文化事業公司，2010年），頁6-7。按：林右崇以《恆春鎮志》為基礎，廣泛蒐集史料，加上採訪，完成《恆春三帖》，包括《恆春記事：先民的足跡》、《人物恆春：我們的人與事》和《傳說恆春：軼聞與傳說》，可以視為恆春地方文史研究之先驅作品。

圖五　東港東隆宮黃金牌樓／黃文車拍攝

（2013），後文更發現，屏東半島地區之傳說故事內容豐富，而且主要融合漢人（閩南族群、客家族群）和平埔族、原住民族之內容，顯具文化交融特色。

至於學位論文則有國立高雄師範大學國文教學碩士班蔡淑珮的〈東港東隆宮溫王爺與迎王傳說研究〉（2008）、國立雲林科技大學漢學所黃金鱵的〈恆春傳說研究——以《恆春三帖》之《傳說恆春》為主要範圍〉（2012）、國立東華大學中文所黃永財的〈屏東縣琉球鄉地方傳說及信仰研究〉（2021）等，分別探究恆春地區與小琉球地區的地方傳說故事。

（2）閩南語民間歌謠

戰後屏東地區的民間歌謠採集工作，可能可以上推至1967年許常惠和史惟亮兩人對於恆春陳達的訪談與採錄開始。爾後，屏東縣恆春半島歌謠的採錄、整理、保存與推廣就一直持續至今。出生於屏東縣滿州鄉的曾辛得校長（1911-1999）曾蒐集流行於滿州地區的歌謠，並

以部分內容作為前兩段曲調，自己再新創後兩段曲調，最後填入國語歌詞完成名作〈耕農歌〉。[73]同樣出生於滿州鄉的鍾明昆教授（1935-2013）則以一生推廣滿州歌謠。1979年起鍾明昆回到滿州鄉成立「滿州鄉民謠推廣協進會」，一方面努力採集、記錄和保存滿州民謠，一方面則發掘民謠的傳唱師，藉以保留和推廣滿州民謠。此外，1989年「屏東縣恆春鎮思想起民謠促進會」成立，就讀屏東師範大學的吳燦崑（1943-2004）畢業後回鄉任教，開始大力推促恆春民謠復興運動。在當時恆春半島的歌謠採集過程中，有鍾昆明採錄並自印《滿州鄉傳統民謠歌詞採錄集》、《吟唱鄉情‧吟唱人生（恆春傳統民謠歌詞）》、《恆春傳統民謠的唱詞》，吳燦崑的《恆春民謠探索》（2001）、恆春鎮思想起民謠促進會的《九十七年度研習教材彙集——恆春民謠歌詞採徵》（2008）、《恆春民謠文獻專輯特刊》（2008），許裕苗、陳東瑤、周大慶合著的《風之頌——互古不朽的恆春半島民謠》（2008）等成果。

　　其他有關恆春半島歌謠的採集整理成果，除有記錄研究歌謠之文字外，多數會結合音樂曲調採錄，隨書附 CD 出版，例如：許常惠、吳榮順合著的《恆春半島民歌紀實》（附四片 CD，1999），徐麗紗的《恆春半島絕響：遊唱詩人——陳達》（附二片 CD，2006），吳榮順：《恆春半島滿州民謠歌手：張日貴的歌唱藝術》（附二片 CD）及《臺灣失落的聲音：恆春半島海洋工作歌曲》（附一片 CD，2011）等。其中，許常惠、吳榮順的《恆春半島民歌紀實》內容包括許常惠的〈還「思想起」一個自由的生命〉、〈細說陳達的說唱曲藝〉和〈十四首〈思想起〉賞析〉等文。

　　此外，有關屏東地區的閩南語歌謠採集調查，則有屏東作家許思整理林開海唸唱歌謠出版的《海伯仔 e 歌》（1999），而屬於教學與計

---

73 鍾明昆：〈耕農歌之來龍去脈〉，收入氏著：《滿州風情》第二集（屏東：屏東縣滿州鄉民謠促進會，2013年）。

**圖六 恆春半島歌謠輯／
黃文車提供**

畫團隊進行的田野調查，則以2008-2012年國立屏東大學中國語文學系黃文車帶領團隊進行的屏東縣25鄉鎮市閩南語歌謠、諺語的採錄整理工作，並已出版《屏東縣閩南語民間文學集2——屏東縣閩南語歌謠諺語集（一）》（2011）、《屏東縣閩南語民間文學集3——下東港溪流域篇》（2012）和《屏東縣閩南語民間文學集4——恆春半島歌謠輯》（2016），後者內容包括〈思雙枝〉、〈楓港調〉、〈牛母伴〉、〈五孔小調〉、〈守牛調〉、〈恆春小調〉、〈四季春〉等百多首恆春半島傳統歌謠紀錄整理。

屏東地區閩南語歌謠之研究成果，單篇文章者如有劉建仁的〈恆春民謠〈思想起〉〉（1984），鍾明昆的〈恆春民謠〈思想起〉〉（1999），吳燦崑的〈恆春民謠推廣〉（2002），戴鐵雄的〈思想起的故鄉：恆春〉（2005），陳俊斌的〈恆春調民謠中的族群風貌〉（2005），吳榮順的〈重返現場——論五六十年代的恆春半島民歌〉（2008），以及簡上仁的〈陳達的歌，在音樂和文學上的意義和價值〉（2009）等。2009年屏東縣政府文化處與國立屏東教育大學（今國立屏東大學）文創系合作舉辦「2009恆春民謠學術研討會會議」，會後出版《2009恆春民謠學術研討會會議手冊暨論文集》中收錄有何宜靜的〈「思想枝」恆春古城民謠的傳唱——以朱丁順、陳英為例〉、郭嘉文的〈民謠音樂文化的傳承與發展——以恆春鎮大光社區為例〉等論文。另外，還有陳怡如在《屏東文獻》發表的〈《海伯仔 e 歌》的地方實踐與再現〉（2012），主要以屏東潮州作家許思為林開海唸唱歌謠所整理的文本為研究對象，

圖七　陳其麟（1927-2011），小琉球唸唱藝人／黃文車拍攝

以及〈經驗與地方──陳其麟歌謠中的屏東縣琉球鄉〉（2013），探討屏東小琉球走唱藝人陳其麟的歌謠唸唱及其反映出來的琉球鄉。黃文車則從其田野調查成果提煉議題，專論探討屏東閩南語歌謠及恆春半島歌謠之保存、傳唱及應用等思考，例如：〈念出地方，唱出傳承──屏東縣閩南語歌謠及其鄉土語文教學應用〉（2012）和〈該怎麼唱下去的思想起？──屏東縣恆春半島閩南語歌謠整理與研究〉（2015）等。

　　另有以屏東縣閩南語歌謠或諺語為研究對象的學位論文，最早可以國立藝術學院（今國立臺北藝術大學）音研所陳俊斌的〈恆春民謠研究（一）（二）〉碩士論文（1993），但該論文主要關注民族音樂，非以民間文學為研究重點。相反的，以歌謠文本為重點研究者例如國立花蓮師範學院語文科林純宇的〈思想起歌謠研究〉教學碩士論文（2000），國立成功大學臺文所周定邦的〈詩歌、敘事 kap 恆春民謠：民間藝師朱丁順研究〉碩士論文（2008），國立臺東大學進修部臺灣語文教師暑期碩士班林彥廷的〈滿州鄉〈思想起〉歌謠之研究〉碩士論文（2008），國立屏東教育大學（今國立屏東大學）中文所陳怡如的〈屏東縣閩南語歌謠研究〉碩士論文（2012），國立東華大學中文所林

愛子的〈屏東地區諺語研究——以《屏東縣民間文學集2　屏東縣閩南歌謠諺語集（一）》為範圍〉（2012）等。其中陳怡如的〈屏東縣閩南語歌謠研究〉論文可算是較全面地以屏東縣濱海地區、平原地區與半島地區之講述閩南語為主的鄉鎮市所流傳的閩南語歌謠進行整理探究，發現閩南語歌謠具有生活、情感、想像以及社會議題等內容；該論文更透過人文地理學理論，從地方本位思考如何讓閩南語歌謠進入地方教育與生活實踐中，並可以建立長期且深入的地方感。

五　結語

如果提姆・克雷斯威爾（Tim Cresswell, 1965-）所言的：「地方也是一種觀看、認識和理解世界的方式。」[74]和段義孚提出的「地方之愛」而將地方作為「關照場域」的觀點可以被接受，那麼對於屏東民間文學的調查與整理工作，其實便是從「在地方」（in place）角度出發去思考「屏東」的價值和意義問題，這其實也是找尋「屏東符號」的過程，更是地方知識建構之必要途徑。從屏東縣民間文學的調查整理與研究推廣，透過位居地方的關照與認知，我們將可以重新看見所謂的「屏東」，其實正是傳達「地方之愛」所涉指的「人與地之間的情感紐帶」[75]，而那或許也是一個幸福的「家」的概念！

---

74 提姆・克雷斯威爾（Tim Cresswell）著，徐苔玲、王志弘譯：《地方：記憶、想像與認同》（*Place: a short introduction*）（臺北：群學出版公司，2006年），頁21-22。

75 〔美〕段義孚著，志丞、劉蘇譯：《戀地情結》（*Topophilia*）（北京：商務印書館，2019年），頁4。

第六章
屏東的客家現代文學

鍾屏蘭

一　前言

　　文學是人生的反映，文學作品更是文化心靈的結晶。客家人有自己的文化與語言，自己的生活習俗與處世哲學，出生成長於屏東客籍的作家文人，用文學作品表達他們心靈深處最深刻的感情，自然有其值得探索的價值。文學作品本身有其承繼發展的關係，同時也受到不同時代政治環境的影響，因此本章試圖從屏東文學史的角度觀察，一方面探究屏東地區客籍作家的寫作內容與表現風格特色，一方面就百年來屏東客家現代文學的發展變化做一綜論，也就是對屏東地區客家現代文學的內涵及發展演變進行探討。

　　本章主要論述包含時間、空間、代表作家與作品，及其中傳承發展演變等。撰述時間上，是從屏東最早的客家現代文學作家鍾理和作為起始點，撰寫方式偏向斷代寫法，時間上從鍾理和（1915-1960）寫起至今的百年時間。空間上則限於屏東縣市；作家以出生或居住於屏東地區的客籍作家為對象，至於目前是否居住在屏東則不限制。在作品上，書寫語言並不侷限於「客家語言」，但以華語白話文為主，加上近十幾年來蔚為風潮的客語文學作品；形式以小說、詩歌、散文、兒童文學、報導文學為主要範疇。作家原則上以目前著作已出版專書的作家為主。

　　由於各時代的代表作家作品，其寫作內容、技巧、風格自有其「特殊性」成就與意義；但個別作家作品本身無法自外於時代、政治、社

會及文學思潮的影響，故拉長時間來看，個別作家之間又形成其「連續性」意義，發展成文學史考察整體文學發展流變的概念。[1]因此本文的撰述既考慮文學發展流變的概念，亦顧及各文類個別作家的特殊地位與成就，故首先以時間為主軸，約略概括為四期來敘述：第一期是日治時代與戰後世代的傳承（1940-1960），第二期是戰後成長世代的耕耘與突破（1960-1980），第三期是鄉土文學運動時代的風起雲湧（1980-2000），第四期是當代客家文學的多元創作敘寫（2000-）。[2]其下再依照文體分為小說、現代詩、散文等大類敘述；另外再旁及對客家文學創作有推波助瀾之效的客家雜誌的影響與貢獻等。各時期的各文類之下，再舉其中具代表性的作家及其作品加以討論，特別是就其寫作內容特色、風格技巧，及其對後世之影響等加以析論。

以往有關屏東客家現代文學的相關研究，專書方面有：徐正光主編的《美濃鎮誌》[3]，與六堆客家鄉土誌編纂委員會主編的《六堆客家社會文化發展與變遷之研究》第八冊「藝文篇」中的「現代文學」[4]，黃子堯主編的《臺灣客家文學發展年表》[5]，封德屏主編《2007台灣作家作品目錄》[6]。可惜這四本專書均只有部分資料列舉而無評述。博碩士論文方面，有鍾宇翡《臺灣戰後現代詩研究》[7]，其中有部分

---

1 陳明台：〈文學史撰述的基本思考〉，《台中市文學史初編》（臺中：臺中市政府文化局，2004年），頁1。龔顯宗《臺南縣文學史・上編》（臺南：臺南縣文化局，2006年）。

2 分成四期，主要是參考陳芳明：《台灣新文學史（上）》，〈第一章　台灣新文學史的建構與分期〉（臺北：聯經出版公司，2011年），頁23-40。並就屏東客家文學的發展變化約略概括。

3 徐正光主編：《美濃鎮誌》（高雄：美濃鎮公所編印，1996年），頁493-496。

4 六堆客家鄉土誌編纂委員會主編：《六堆客家社會文化發展與變遷之研究》（屏東：六堆文化教育基金會，2001年）。

5 黃子堯主編：《臺灣客家文學發展年表》（臺南：國立臺灣文學館，2018年）。

6 封德屏主編：《2007台灣作家作品目錄》（臺北：文訊雜誌社，2007年）。

7 鍾宇翡：《臺灣戰後現代詩研究》（高雄：高雄師範大學中文系博士論文，2015年）。

述及戰後屏東籍的客家詩人及其作品。另外研究報告方面，則有鍾榮富《六堆客家文學史》第一期研究報告[8]，至於單篇論文方面，個別作家往往不乏個別研究，限於篇幅，茲不一一列舉。

二　日治時代與戰後世代的傳承（1940-1960）

為了讓屏東客家現代文學能有整體發展脈絡可尋，因此撰述時間上，是從1915年日治時期的鍾理和為起點做整體介紹。這段時間約略是從日治末期至戰後民國五十年（1961）年代左右。這一時期的創作，涉及殖民傷痕問題，國家族群認同問題，及跨越語言障礙等問題。故而作家及作品都偏少，僅有小說及現代詩的寫作。以下分成小說中的殖民傷痕與故鄉回歸，以及跨語一代的現代詩寫作兩部分探討。

（一）小說中的殖民傷痕與故鄉回歸

1　鍾理和（1915-1957）

民國四年（大正四年，1915）出生於日治時代的屏東縣高樹鄉廣興村（大路關），18歲前居住在屏東縣高樹鄉，18歲後舉家遷往高雄美濃。日治時代高小畢業，因從小接受漢文私塾教育，是當時少數能使用漢文創作者。他與鍾台妹因同姓婚姻不被家庭與社會所容許，曾於民國二十九年（1940）帶著台妹遠走滿洲國東北瀋陽，民國三十年（1941）移居北平；後來日本投降，於民國三十五年（1946）再度回臺，總共在中國大陸生活了八年。返臺後感染肺病，在貧病交迫的病榻下把全部精力用在寫作，民國四十九年（1960）因肺病咳血去世，得年46歲。

8　鍾榮富：《六堆客家文學史》研究報告（屏東：屏東縣政府，2013年）。

　　鍾理和共完成了一部長篇小說，三篇中篇，五十篇左右的短篇小說，還有部分散文，合計約五十三萬字。1967年張良澤全面整理鍾理和作品，編成《鍾理和全集》（1967），共八卷。[9]1997年高雄縣立文化中心重編一套鍾理和全集，共六冊。[10]

　　鍾理和的創作內容往往帶有濃厚的自傳性色彩。《夾竹桃》（1945）為其赴北平期間的經歷縮影，筆法頗受魯迅影響，對當時大宅院裡的人性具有銳利深刻的批判。日本政府投降後，鍾理和在中國的土地上產生了被遺棄的辛酸寂寞，發表散文〈白薯的悲哀〉（1946），寫出了臺灣人被殖民的悲哀，留下了深刻的殖民傷痕。返臺後回歸故鄉，寫作轉而對故鄉美濃有熱切地擁抱與描寫，首先是由短篇小說《故鄉四部》，〈竹頭庄〉、〈山火〉、〈阿煌叔〉、〈親家與山歌〉等拉開序曲，接著中篇小說《雨》，長篇小說《笠山農場》（1954）、散文集《做田》等，皆是以美濃當地的風土人情為主要題材，寫出了回歸故鄉的種種，包括1950年代臺灣農村生活的純樸與窮困、善良與悲慘，深深表達對於農民生活的關注與同情。在反共文學當道的臺灣，他選擇個人與家族的記憶來經營，一方面得以見容於官方文藝政策，一方面又與當時大量的反共文學有了明顯區隔，同時把日據時期寫實主義的傳統，維持著一線香火。[11]

圖一　倒在血泊裡的筆耕者，鄉土文學之父鍾理和／鍾理和紀念館提供

9　張良澤編：《鍾理和全集》（臺北：遠行出版社，1976年）。
10　高雄縣立文化中心編：《鍾理和全集》（高雄：春暉出版社，1997年）。
11　陳芳明：《臺灣新文學史（上）》，第十二章〈一九五○年代的台灣文學侷限與突破〉（臺北：聯經出版社，2011年），頁288-296。

　　《笠山農場》是以作者自身的經歷，描寫同姓婚姻的困境及反映農民的勞動生活；他巧妙地將客家文化與小說內容結合，是小說，也是客家文化風俗的記錄。語言樸實簡潔，而作品風格蘊含客家族群溫厚樸實的生命特質。

　　　　一陣悠揚的山歌伴著伐木聲，送進了致平的耳朵。
　　　　笠兒山上草色黃，阿哥耕田妹伐管。……
　　　　客家人是愛好山歌的，尤其在年輕的男女之間，隨處可以聽見他們那種表現生活、愛情和地方感情的歌謠。[12]

短篇小說則以〈貧賤夫妻〉最受注目。這篇自傳式的小說裡，婚姻、貧窮和疾病是三個相互糾結的主題，呈現的是一家人在無比艱困的環境下，益發堅貞深厚的動人感情。

　　　　十數年來坎坷不平的生活，那是兩個靈魂的艱苦奮鬥史，如今一個倒下了，一個在作孤軍奮鬥，此去困難重重，平妹一個女人如何支持下去？可憐的平妹！我越想越傷心眼淚也就不絕地滾落。平妹猛地坐起來，溫柔地說：「你怎麼啦？」我把她抱在懷中，讓熱淚淋濕她的頭髮。「你不要難過」，平妹用手撫摸我的頭，一邊更溫柔地說：「我吃點苦，沒關係，只要你病好，一切就都會好起來。[13]

陳芳明說：「他不自憐，卻能贏得讀者的感動；他不批判，卻讓讀者

---

12 鍾理和：《笠山農場》（臺北：遠景出版事業公司，1988年），頁33。
13 鍾理和：《台灣作家全集・鍾理和集》（臺北：前衛出版社，1998年），頁147。

窺見社會的困蹇；他不悲情，卻使讀者獲得救贖與昇華。」[14]誠屬的
論。人性的堅貞高貴、溫厚純樸，使得他的小說細膩動人，達到高度
的藝術成就。

鍾理和文學作品中擁抱美濃原鄉的情懷，在反美濃水庫運動中成
為六堆客籍菁英最高的精神領袖，也成為六堆作家的標竿；甚至在臺
灣文學史上，更被肯定為戰後臺灣文學最重要的作家之一；特別是在
五○年代反共文學當道時，他的作品為臺灣寫實文學的傳統留下香
火，到1970年代才又復甦成為主流。[15]

2 陳城富（1930-2009）

民國十九年（昭和五年，1930）生，屏東內埔人。陳城富13歲時
曾被日本殖民政府徵往日本當少年工，終戰後始返臺。雖屬「跨越語
言的一代」的作家，但因小時曾在父親教導下研讀漢文、詩詞，奠定
了漢文寫作的基礎；二戰後返臺就讀屏東師範普通科，並至國立師範
大學歷史系進修。歷任小學、中學、大學教師，一直從事教育工作，
且一生創作不輟，作品豐富。[16]

陳城富創作中，小說《雷電戰機——寶島悲情記》[17]，內容是一
系列由八篇短篇小說組成，從題目「寶島悲情記」就可窺見全書主要
是記錄二次世界大戰期間，臺灣人在日據時期的苦難悲哀。〈盲僧〉
寫的是臺灣軍伕，〈盼夫歸來〉及〈春望〉寫的是軍醫的故事，〈雷電

---

14 陳芳明：《臺灣新文學史（上）》，第十二章〈一九五○年代的台灣文學局限與突破〉，頁293。

15 陳芳明：《臺灣新文學史（上）》，第十二章〈一九五○年代的台灣文學局限與突破〉，頁295。

16 出版著作有散文《城春草芳》、《春風涸筆》、《城春文集》、《萬里遊蹤——城春遊記》、《陳城富作品選》（2008）。古典詩《城春詩草集》共11冊。史學《關東軍與張作霖》、《六堆忠義祠略》。自傳《少年扶桑行》、《時光流彩影》。

17 陳城富：《雷電戰機——寶島悲情記》（屏東：屏東文化中心，1997年）。

戰機〉寫的是被徵調的少年工,〈存德那一家人〉是寫通譯,〈鳳凰于飛〉是寫慰安婦,〈龍鳳兄妹〉則是寫臺灣兵與二二八受難者家族的不幸遭遇。這本小說填補了一個歷史空缺——那即是光復前後夾雜在日本與中國之間的臺灣人,他們當時的殖民生活苦難,是彌足珍貴的歷史小說。

(二)跨語一代的現代詩寫作:徐和隣(1922-2000)

徐和隣,民國十一年(大正十一年,1922)生,屏東內埔美和村人。曾留學日本,東京錦城中學畢業。二戰後返臺,受到國民政府禁用日語的影響,只好在鄉下從事農耕生活,十多年後才至同鄉開設的臺北徐外科醫院任職。

徐和隣愛好文學,認真苦學中文,後來出版詩集:《淡水河》(1966)[18]曾自述:「一九六三年九月洪水氾漲,一隻黃牛在狂流中拚命游向岸邊,最後由牛主人牽,這印象彷彿作者學習詩的歷程,拚命想游向文學的對岸。」這段文字可以見證作者身處的「跨越語言的一代」的作家,殖民經驗造成了語言的障礙與傷害,表達出他們當時的困境與努力。

《淡水河》內有多首詩作是他在生活與旅遊過程的見證,如〈金瓜石之旅〉、〈竹東之雨〉、〈宜蘭線〉、〈夜車內〉等。

> 南下的火車是很空了/久別相聚的妻喲!重說吧/孩子們什麼時候最調皮/什麼時候念書?什麼時候玩耍/
> 列車的轟隆聲是很靜了/它似乎是要我們去遙遠的地方/啊妻喲!多少年來的愛情/可不是冷了的月輝/

---

18 徐和隣:《淡水河‧夜車內》(臺北:葡萄園詩社,1966年)。

在古老的傳統下，你是一方石／而我卻是道德門外的浪子／為了明天的別離，靠近吧！／且聽那支配空間之神的聲音／[19]

遙遠的時空距離在夜行的作者思緒中瞬間交叉在一個點上，繼而又從這個點放射出對子女與妻子滿滿的深情與思念，詩歌寫作技巧在當時是相當難得的。

這一時期的客家文學，小說方面的鍾理和、陳城富，寫作功力誠有高下之別，但內容都涉及殖民傷痕及國家族群認同問題。現代詩方面則僅有徐和隣交出了可貴的成績單，寫作內容與技巧，繼承早期日治時期臺灣文學寫實的傳統。

三　戰後成長世代的耕耘與突破（1960-1980）

二戰前後一代，戰爭的炮火及語言的障礙，使得屏東客家文學作品偏少。臺灣光復後，新生的一代，受了國民政府完整的中文教育，文學創作開始有了新的耕耘面貌，不論是小說、現代詩，都開出了豐富多彩的花朵。

當時的臺灣文壇，先是五〇年代國民政府努力推行中原文化教育，並在反攻大陸政策的號召下，有所謂的反共文學興起；其後六〇年代經歷美援時期，美國文化的強力滲透，現代主義傳入臺灣，強調內心世界探索的現代主義文學於焉興起。[20]此一時期屏東客籍作家作品，受到程度不一的影響。

19　同註18。
20　陳芳明：《臺灣新文學史（上）》，第十一章、第十三章、第十四章、第十六章。

（一）小說作家的本土書寫

1　張榮彥（1940-2000）

　　民國二十九年（1940）生，屏東滿州人，曾祖父是從內埔過去的移民。花蓮師範學校畢業，曾任小學、國中教師。先後以「落山風」、「童無忌」等為筆名，出版的文學作品，曾榮獲多種文藝獎項。小說有：《外曾祖母的故事》（1981）、《牧鴨女》（1994）、《草地男孩》（1999）、《莊腳博士》（2000）等，散文有《星星落下的那晚》（1993）。

　　他的外曾祖母是小琉球的移民，他的小說《外曾祖母的故事》，內容敘述守寡的「新仔」，在小琉球無以為生，帶著一群孩子到滿州墾荒存活下來的經過。小說中刻畫人與環境抗爭的過程，並將故鄉的庶民生活場景，時代變遷面貌，做了深刻的描繪。《牧鴨女》共收短篇小說26篇，場景也以屏東居多。《草地男孩》、《莊腳博士》是傳記小說，前者書寫自己的成長過程，後者是一個學生奮鬥成功的故事。

　　當時臺灣文壇主要是籠罩在現代主義文學之下，但張榮彥身處南部，並未受到太多影響，反而筆下具有可貴的鄉土文學寫實精神，形成動人的在地書寫。

2　葉輝明（1945-）

　　民國三十四年（1945）生，屏東高樹人，筆名「葉菲」，中國文化大學戲劇系畢業。起初任職中央電影製片廠，其後返鄉任教，曾榮獲多種文藝獎項。

　　葉菲作品以小說、散文、報導文學為主。已出版的作品小說有：《荖濃溪的嗚咽》（1976）、《黑板下的獨白》（1979）。散文有：《枯萎的班花》（1980）、《那身佝僂的背影》（1982）、《與桌為伴》（1986）等。報導文學有《荖濃溪畔》（1984）。他的小說擅長描寫上一世代的

農村生活，呈現養蜂、養豬、種菸葉的農村點滴，以及早年農民爭水灌溉的恩怨等，對早期屏東農村生活，留下了寶貴的記錄。其小說多彰顯人性的光明面，也可反映出屏東客家人的敦厚勤樸。

（二）現代詩藝的追求與成就

這一時期客籍作家的現代詩創作，可說受到現代主義文學的深刻影響，在現代詩藝的追求上，在字句錘鍊、內心探索方面的詩歌抒情技巧上，有顯著的成果。

1 許其正（1939-）

民國二十八年（1939）生，屏東潮州人。東吳大學法律系法學士，高雄師範大學教研所結業，曾任記者、軍法官、教師等職。1960年開始發表作品，以現代詩和散文為主。共出版《半天鳥》（1964）、《菩提心》（1976）、《南方的一顆心》（1995）、《海峽兩岸遊蹤》（2003）、《胎記》（2006）、《心的翅膀》（2007）、《重現》（2008）、《山不講話》（2010）等八本詩集。另出版散文集七本，[21]曾榮獲各類文學獎項。

他的詩作內容，多吟詠故鄉田園的自然風情，純樸勤奮的人情特質；或歌頌人生光明面，勉人奮發向上向善。在詩歌藝術上，現代主義與浪漫主義交織出鮮明光澤；不論是大自然的田野風光景物、人情美好的家園生活，在他靈活生動的筆觸下，聲音、色調、嗅覺與聽覺，都自然地流淌進行：

> 步入鄉道／一群熟悉的聲音便向我迎面撲來／撲落我從異鄉攜
> 回的塵埃／一群熟悉親切的形象便乘金車／歡呼而來，趕走我

---

21 有《燧苗》（1976）、《綠園散記》（1977）、《綠蔭深處》（1978）、《夏蔭》（1979）、《珠串》（1991）、《走過牛車路》（2010）、《走過廊仔溝》（2012）等。

一路旅途的疲怠／然後載我回去／回到閃光的童年牧場上／倒騎牛背，嘻笑田野／回去仰躺在柔絨的碧茵上／從屬於我獨有的一角藍天／細數我踩在歲月的沙灘的腳印／啊，我的故鄉／位在北回歸線附近的南方……[22]

整體詩作內容上，有反共文學奮發向上的影子，在現代詩的敘寫技巧上，則堅守現代主義、浪漫主義的美學，同時不脫詩歌的抒情傳統，不論親情、愛情、友情、鄉情，都得到了很好的成就。

2　林清泉（1939-）

民國二十八年（1939）生，屏東萬巒人。國立臺灣藝術專科學校畢業，國中老師退休。林清泉文學創作以現代詩為主，出版有《殘月》（1958）、《寂寞的邂逅》（1972）、《心帆集》（1974）、《林清泉詩選集》（1993）等詩集。

林清泉詩作簡潔明朗，淺近有力，語言運用靈動多變，有自然的描寫、哲學的沉思、生命的觀察、人生的體會等。如這首〈禪院聽蟬〉：

悄然步入禪院／不聞人語／不聞木魚聲／一片空寂裡／驀然／從參天古木的枝頭／嘰嘰的鳴聲響起／籠罩整座禪院／我跌入蟬聲裡[23]

他對文字、意象、意義的鍛鍊推敲，對聲音、空間、氣氛的掌握，物

---

22 許其正：《菩提心・步入鄉道》（高雄：三信出版社，1976年），頁3-4。
23 林清泉：《林清泉詩選集・禪院聽蟬》（屏東：屏東縣立文化中心，1993年），頁172。

我的交融，都帶有一種靈性與禪性，在現代詩的詩藝上，無疑有創新
突破的貢獻。

3　沙白（涂秀田）（1944-）

民國三十三年（1944）生，屏東竹田人。筆名「沙白」，高雄醫學
院畢業。曾任《現代詩社》月刊主編，也曾參加「笠」詩社等各詩
社，詩作榮獲各類文藝獎項。

沙白的創作文類以詩和散文為主。出版的作品新詩方面有：《河
品》（1966）、《太陽的流聲》（1986）、《靈海》（1990）、《空洞的貝殼》
（1990）。

沙白的新詩作品受六〇年代現代主義影響，著重內在心靈的探
索，他的詩作語言純美，描寫大自然在心中勾引而來的種種思緒，意
象多而不繁複，朗讀起來節奏鏗然，韻律十足，似乎企圖創造一種新
的美學境界。

> 南國的，薔薇色的煦燦艷陽／南國的，香檳味的清風徐徐而來／
> 南國的，如夢激灩的清湖／南國的，維納斯蜿蜒柔腰的溪流／
> 南國的，溶沒牛羊的鮮綠草原／南國的，小天使下凡的寧謐聖
> 夜／南國的，西施採摘的皎潔明月／南國的，蒙娜麗莎迷神的
> 明眸星星……[24]

文字充滿了節奏、韻律、想像。如前述這首詩，充滿音樂性一再反覆
歌頌的節奏，美麗文字的描寫敘述，明麗動人的語言色調，各種無邊
無際的自由美好，在在帶給讀者無限的想像。

---

24 沙白：《河品‧綠鄉湖畔》（臺北：現代詩社，1966年），頁5。

四　鄉土文學運動時代的風起雲湧（1980-2000）

　　臺灣的政治、經濟、社會，在1970年代起了劇烈的變化，鄉土文學運動也在此一時代衝擊了整個臺灣文壇，臺灣文學的本土化在此時期奠基，作家的寫作題材、創作技巧與審美原則，也相應起了調整變化，從而開啟了臺灣文學的新思維與新氣象。當時所謂鄉土文學的崛起，意味著新世代作家面對臺灣這個大家共同的土地，嘗試以文學的形式去描寫他、擁抱他，繼而改造他。[25]所以最顯著的改變，就是以臺灣為主體的臺灣文學正式宣告成為文學寫作主流。當然在這一時期，客家文學也相應起了巨大的變化，在鍾理和鄉土寫實文學的牽引下，不但原來作家改變了敘寫的內容技巧，新銳作家也紛紛現身登場。本小節分成本土意識覺醒與現代詩的豐收，鄉土文學運動與散文書寫，客家雜誌的創辦與貢獻等三方面來敘說。

（一）本土意識覺醒與現代詩的豐收

　　客家文學在現代詩的創作上，受時代社會變遷的重大影響，儘管個人詩觀或有不同，但共同的是透露一個明顯的審美轉變。一是這個世代的詩人，對前輩現代主義影響下的現代詩，追求純粹藝術的經營，單純在文字上錘鍊雕琢，採用濃縮隱喻、切斷跳躍或強調聲音節奏等藝術技巧，感到不足，他們追求文學詩歌應更具有歷史使命感，也應去探索社會政治的劇烈變化。二是現實主義的實用文學漸漸取代了現代主義美學。他們開始明顯的將社會議題納入字裡行間，勞工農村、政治、環保、城鄉差距，都成為詩的終極關懷。三是在文字上，

---

25 1971年中華民國被迫退出聯合國，1972年中美斷交，1975年蔣中正總統去世，1976年臺灣宣布解嚴，1977年爆發鄉土文學論戰，1979年美麗島事件被鎮壓，1980年新竹科學園區正式成立，臺灣經濟從加工出口區模式開始轉型。陳芳明：《臺灣新文學史（下）》，第十八章〈臺灣鄉土文學的覺醒與再出發〉，頁478-479。

詩人不再迷惑於瑰麗堂皇的迷宮，放棄晦澀難懂的貴族語言，而是選擇透明平實的語言，出入藝術與社會之間，與大眾展開對話。[26]

此一現代詩大豐收的期間，屏東客家文學的主要代表人物有三人，分別是曾貴海、利玉芳、陳寧貴。

1　曾貴海（1946-）

民國三十五年（1946）生，屏東佳冬人。高雄醫學院畢業，曾任高雄市立民生醫院內科主任，目前自行開設胸腔內科診所。他從就讀高醫期間，就與同學創辦「阿米巴詩社」，之後參與「笠」詩社，1982年與葉石濤、鄭炯明、陳坤崙、許振江、彭瑞金等人，創辦《文學界》雜誌，1991年與文友創辦《文學台灣》季刊並擔任社長。曾榮獲2004年「高雄市文藝獎」，2016年「臺灣文學家牛津獎」，2017年客家委員會「終身貢獻獎」的最高榮譽；2022年更榮獲第一次授獎給亞洲詩人的厄瓜多國際詩人獎。

曾貴海的創作文類以現代詩為主，亦有報導文學及論述。[27]他的詩歌創作共有《鯨魚的祭典》（1983）、《高雄詩抄》（1986）、《原鄉夜合》（2000）、《南方山水的頌歌》（2005）、《孤鳥的旅程》（2005）、《神祖與土地的頌歌》（2006）、《浪濤上的島國》（2007）、《湖濱沉思》（2009）、《畫面》（2010）、《色變》（2013）、《新編原鄉夜合》、《浮游》（2017）、《白鳥之歌》（2018）、《寂靜之聲》（2019）、《航向自由》（2019）、《二十封信》（2019）、《黎明列車》（2021）、《四季的眼神》（2022）、《再見等待碰見自由：曾貴海詩選集（二）》（2022）等近二十本。

26　陳芳明：《臺灣新文學史（下）》，第十九章〈臺灣鄉土文學運動中的論戰與批判〉，頁528。

27　報導文學方面，有《被喚醒的河流》（2000）、《留下一片森林》（2001）等，是他從事綠色運動的理念與實錄。論述方面，則有《憂國》（2006）、《戰後台灣反殖民與後殖民詩學》（2006）、《台灣文化臨床講義》（2011）等。

其中更有詩作被選入日譯詩選《曾貴海詩選——客家文學的珠玉3》（2019）、《鄉土詩情：曾貴海詩選集》（2021），及英譯詩集《天籟的韻律》（2011）等。

　　他是一位不斷自我超越的全方位詩人，創作詩歌時間跨越四、五十年，不斷推陳出新，詩歌成就上可以從以下幾點分述：

　　（1）詩歌創作之堅持不輟並與社運實踐相結合：自1983年《鯨魚的祭典》起，至2022年的《四季的眼神》等，四十年間共出版二十餘本詩集，他不但把文學當成了終生信仰，也是他社會運動的理念發抒，所以詩歌敘寫主題涵蓋很廣，最大特色就是能緊密配合時代社會的脈動變化；不論是臺灣的土地農村、自然環保、城鄉差距，公平正義都是詩作的主要關注焦點。（2）詩歌藝術的不斷超越：他有多種樣貌的詩歌形式及語言風格，敘述觀點更具有多樣性，不論是獨白還是第一人稱敘述，間有你我之間的對話形式，或多重角色的敘述，無不運用自如。篇章結構及語言運用方面，有終篇三、五句，呈現人生哲理禪意；亦有長至數千言，反映社會喧囂紛亂。至於各式隱喻與轉喻的藝術技巧，語言符碼等詩歌意象運用，總能不斷嘗試超越自我，由此可以見出詩人對藝術創作之真誠。（3）詩歌跨族群的多元寫作：他的現代詩以華語創作較多，但如《原鄉夜合》是以客語寫作詩集，《神祖與土地的頌歌》則是為原住民書寫，《畫面》更以閩南語創作，是難得的跨越族群的多元詩學創作者。

　　他的客語詩集《原鄉・夜合》，出版於2000年，是客家還我母語運動後，屏東第一本以客語創作的詩集，也是詩人出自於對客家文化延續的使命感創作而成，誠如鍾鐵民所言：「沒有客家意識寫不出具有客家靈魂的詩篇，沒有家鄉土地之愛不能創作出有血肉感情的作品」[28]，誠為的論。

---

28 曾貴海：《原鄉・夜合》（高雄：春暉出版社，2000年），序言。

《原鄉‧夜合》及後來的《新編原鄉夜合》，在內容主要是由「原鄉」、「夜合」、「歸鄉」三大部分組成。第一部分建築在客家聚落文化的反思上，從他的故鄉屏東佳冬出發，透過詠史懷舊的詩句，重構一個客家庄落的生活風貌及在臺灣艱辛的移民奮鬥史：

圖二　《原鄉‧夜合》書影／
鍾屏蘭提供

家鄉下六根庄个圓形村落／起滿土磚屋紅磚屋同端正个大伙房／外面圍著樹林藔竹河壩／庄肚路面只有四公尺闊／屋家黏屋家／家門對家門庄路對廟中心向四邊伸出去／伸到東西南北柵門口／柵門附近還有五仔鎮營神／歸只庄仔像一只軍營／保護庄內緊張个客家移民親族／三百年前左右來到這裡[29]

而他的另一首〈步月樓保衛戰〉，以平淺素樸但富含深哀寄託的語言，描述1895年六堆客家人悲壯的抗日戰爭史，二千多字的長詩，可謂一代史詩之作。[30]其中字裡行間點出先民為保衛屏東六堆土地流血流汗的家園，早已成為真正客家的「原鄉」。

第二部分「夜合」主要是敘寫客家庄落男女老幼的人物樣貌，其中又以〈夜合〉總綰客家婦女的勞動勤儉、柔順美麗，最為扣人心

---

29 曾貴海：《原鄉‧夜合‧故鄉个老庄頭》，頁2。
30 鍾屏蘭：〈臺灣客家現代詩中的「詩史」：曾貴海《原鄉‧夜合》析探〉，《高雄師大學報》第27期（2009年），頁111-136。

弦。[31]

　　日時頭，毋想開花／也沒必要開分人看

　　臨暗，日落後山／夜色跈山風湧來／夜合／佇客家人屋家庭院／
　　惦惦打開自家个體香

　　福佬人沒愛夜合／嫌伊半夜正開鬼花魂

　　暗微濛个田舍路上／包著面个婦人家／偷摘幾蕊夜合歸屋家

　　勞碌命个客家婦人家／老婢命个客家婦人家／沒閒到半夜／正
　　分老公鼻到香

　　半夜／老公捏散花瓣／放滿妻仔圓身／花香體香分毋清／屋內
　　屋背／夜合／花蕊全開[32]

本首詩以「夜合」白天含苞、夜間綻放，有著濃郁花香的特性，來形

容客家婦女白天勞動時包著頭巾
忙碌，就像是白天裡裹著綠皮的
「夜合」花；到了晚上才能像
「夜合」般卸下層層束縛，綻放
出潔白的花瓣和濃郁的女人香。
人花雙寫，是一首藝術價值很高
的詩歌。

　　第三部分「歸鄉」，主要記
錄他回歸故鄉，致力社區總體營

**圖三　2011年曾貴海攝於佳冬詩人
步道／蔡幸娥提供**

31 鍾屏蘭：〈曾貴海《原鄉、夜合》一書中的客家女性書寫〉，《客家研究》第3卷第1期
　　（2009年），頁125-159。

32 曾貴海：《原鄉・夜合》（高雄：春暉出版社，2000年），頁15。

造的心路歷程。[33]如〈車過歸來〉、〈修桌腳〉、〈楊屋祠堂〉、〈張家商樓〉……等,皆可看出詩人回歸重生的心聲。如他的〈車過歸來〉:「火車駛過高屏溪／歸來站過了就係客家庄／麟洛西勢竹田到佳冬」,巧妙的用一語雙關的連結了「歸來」的地名,與歸來的詩旨。

在詩歌語言的運用上,詩人以親切簡樸的語言,帶著大家回到昔日客家村落的生活,彷彿帶領大家進入客家情感的中心地帶,所以讀他的客語詩無疑是經歷一種文化的重生。有別於其他漂泊他鄉的遊子所抒發鄉愁的詩歌;他是將深蓄的鄉愁化為理念與決心,開啟回歸與重生之路。從故鄉的空間文化記憶來思考,化為一首首詩歌,也成功邁向一次次行動。詩集出版後,蔚為風潮,不但夜合花成了南部六堆客家的族群花,更重要的是開啟了一波波六堆客籍作家運用客家語寫作的風潮,又一次成功的再造客家文化與文學。

2 利玉芳(1952-)

民國四十一年(1952)生,屏東內埔人。高雄高級商業職業學校畢業、國立成功大學空中商專會統科肄業。結婚後定居臺南市下營區。她一生有非常豐富的生活經驗,而豐富的生活經驗,又通通成為她詩歌創作的極佳養分。[34]

利玉芳就讀高中時,即以「綠莎」為筆名,在《中國婦女》發表

圖四　利玉芳年輕時攝於下營家門前稻田／利玉芳提供

---

33 鍾屏蘭:〈回歸與重生──《原鄉、夜合》導讀〉(高雄:春暉出版社,2017年),頁16。

34 彭瑞金:〈利玉芳詩解讀〉《文學台灣》第56期(2005年),頁195-210。

第一篇散文〈村落已寂寥〉。結婚後以家庭主婦的身分參加在南鯤鯓舉辦的鹽分地帶文藝營，認識「笠」詩社的成員，因而加入「笠」詩社（1978），成為她文學生命的重大轉機，從此積極投入詩的創作行列。其後陸續參加「臺灣筆會」（1987）、「蕃薯」（1991）、「女鯨詩社」（1998），以及「臺灣現代詩人協會」（2000）等。

利玉芳創作文類以現代詩為主，著有《活的滋味》（1986）、《貓》（1991）、《向日葵》（1996）、《淡飲洛神花的早晨》（2000）、《夢會轉彎》（2010）等詩集。散文集有《心香瓣瓣》（1977）；另外還有《小園丁》（1989）、《我家在下營》（1999）、《聽故事遊下營》（2000）等兒童文學作品。曾獲1986年吳濁流文學獎新詩首獎，1993年第二屆陳秀喜新詩獎，2017年客家委員會「傑出成就獎－語言、文史、文學類」貢獻獎的殊榮。2019年更由客委會出版日譯本《利玉芳詩選集——客家文學的珠玉4》，行銷至日本。

利玉芳現代詩的特色，誠如她自述的創作理念：「以融入本土意識來思考」、「社會生活經驗是我寫詩的必要條件。」[35]本土意識與社會議題是詩作主要核心主軸。她的首部詩集《活的滋味》（1986），不僅侃侃而談生命，抒發女性的情欲、更廣泛的涉及了社會時事、政治議題、環保生態等，一開始就脫離了閨秀思考的格局。如她獲得陳秀喜獎的詩：

野貓的鳴叫無濟於事／我情緒浮躁卻因野貓的鳴叫
當我和野貓都給自己機會／在靜靜的時空凝視／互相感應對方
的呼吸／我看野貓已不是野貓

---

35 利玉芳：〈詩觀——生活藝術經驗的再擴大〉，《向日葵》（臺南：臺南縣文化中心，1996年），頁10。

意外尋獲／貓的眼睛就是我遺失的眼睛／她黑夜裡放大的瞳孔
／不是因為四周對它有了設陷和疑懼嗎／貓的眼睛就是我的眼
睛／它黑夜裡輕巧的跫音／不是因為想避免惹起容易浮躁的人
嗎／貓的腳步就是我的腳步

原以為貓的哀鳴只是為了飢餓／但我目睹它在寒冬遍布魚屍的
堤岸／不屑走過／然後拋給冷默的曠野／一聲鳴叫[36]

這首詩由野貓到不野貓，由貓到非貓的物我神似，最後到物我合一的
境界，表達技巧深受當時笠詩社詩人的肯定。利玉芳則說最後兩句帶
有兩種意涵，一是本土女詩人在男性的父權的宰制狀態下的發聲和能
量，二是隱約觸探情慾，對隱忍於暗夜裡的許多女性的同情與理解。[37]

　　第二部詩集《向日葵》（1996），除了延續之前的廣泛議題外，另
收錄了十三首「客家臺語詩」的創作，開啟了另一片創作領域。接著
出版《淡飲洛神花茶的早晨》（2000），更收錄「福佬語詩」、「客家童
謠試作」，逐漸展開更多的文學可能。至於《夢會轉彎》（2010），則
更著力於對女性自覺的探索，再度回歸身為女性最本質的心靈去傾聽
感受。

　　利玉芳身為客家女性，她也展現了「客家女性」的「原型」，在
客語詩的創作，如〈嫁〉、〈新丁花〉、〈最後个藍布衫〉、〈阿嫂个裁縫
車仔〉等敘寫六堆客家女性，辛苦勞動、認命堅毅的各種面向；又如
〈稈棚〉、〈敬字亭〉、〈膽膽大〉等詩作，描寫六堆農村地景風貌，將
客家文化與客家特色融入作品，都有優異表現。不但為後來的客語詩
作點亮了指引明燈，也帶動了後來用客語創作的詩歌風潮。

---

36 利玉芳：《活的滋味・貓》（臺北：笠詩刊社，1986年）。
37 利玉芳：〈地方意識與文學創作〉，《笠詩刊》第230期（2003年），頁12-14。

莊頭作福／伯公神壇桌頂項／乳姑版打紅花

供賴仔好做種／供妹仔莫在意

雖然這係汝分安慰／但係有身項分肚笥／像一粒地球分重量／
有息把墜下來個壓力[38]

……我看著／褪色个衫袖／流兩行目汁／寬寬鬆鬆个藍布衫／
實在係一領束縛婦人家元身个大襟衫／[39]

　　她以女性身分創作的華語詩、客語詩，獨特的切入角度，豐富了女性
自覺的探索，不但與男性詩人看待女性的眼光感受截然不同，也大大
增加了女性詩人在詩壇的發聲量，擴充了客家女性母語詩的領域，創
造了非凡的貢獻。

3　陳寧貴（1954- ）

　　民國四十三年（1954）生，本名陳映舟，屏東竹田人。國防管理
學校畢業。曾任國防醫學院人事官，加入「主流」詩社、「陽光小集」
詩社，歷任出版社發行人、社長、雜誌副總編輯。

　　陳寧貴創作文類包括詩、散文與小說。著有詩集《劍客》
（1977），《商怨》（1980）。另有散文集多本。[40]近年來更有多首用客
家語寫作之詩歌，散見於其個人網站。

　　他早期的詩集如：《劍客》（1977）、《商怨》（1980），主要寫生活

---

38 利玉芳：《淡飲洛神花茶的早晨・新丁花》（臺南：臺南縣政府，2000年），頁113。
39 利玉芳：《夢會轉彎・最後個藍布衫》（臺南：臺南縣政府，2010年），頁132。
40 陳寧貴散文集有：《孤鴻踏雪泥》（1979），《落葉樹》（1981），《晚安小品》（1987），
　《菩提無樹》（1988）、《天涯與故鄉》（1988）、《人生品味》（1989）、《心地花糧》
　（1989）、《生活筆記》（1990）、《心中的亮光》（1995）、《讓生命微微笑》（1999）
　等。小說則有：《冷牆》（1982）、《魔石》（1990）。另外還有兒童文學《麵包山》
　（1987）。

點滴、愛情甜美，也寫人生哲理；其中較特殊的是他擅長從古典歷史故事中擷取題材，利用現代詩的語言與技巧來表現。

他的散文很多，如《天涯與故鄉》主要是敘寫對故鄉的懷思與鄉愁，其他散文集中，有對社會萬象的追索，也有人生哲理的感悟，他用詩人的心眼透視人生，使其作品意蘊深沉而寬廣。其中更有許多他對其他作家作品發表的文論及詩論等，是相當全面而深入的一位文學人。

九○年代以後，他受時代及文學思潮的影響，轉而加入「笠」詩社，也開始創作不少用客語寫作的詩歌。他的客語詩歌，主要是將客家先民來臺墾拓的歷史，運用純熟的寫作技巧表現出來，如〈濫濫庄〉，全詩以敘事詩的筆法，細訴客家先民在「濫濫庄」辛苦建立家園的歷史；藉此追憶先民落地生根、保鄉衛土的艱辛歷程。再如〈面對──天光日〉是書寫1921年朱一貴事件，高屏地區客家人由此戰役而有六堆義民的正式組織，寫出了「六堆」名稱的客家魂。另外還有〈面對──臨暗〉組詩，更是以六個章節的詩相互貫串，運用充滿戲劇張力的筆法，敘寫六堆客家1985年的抗日保衛戰。陳寧貴書寫客家先民歷史，可說是以此三部史詩為代表。以下舉〈面對──天光日〉之一為例：

> 清康熙六十年（1721）／得人驚个消息／比箭仔還較遽較利／直直射入客家庄人个心肝頭／聽講朱一貴个部隊／蓋像一大片烏雲／烏天暗地／緊飄向下淡水溪／這愛仰般正好？／逐儕在問：／客家族群對蕉嶺／拚命渡過會食人个烏水溝到臺灣／臺南安平上陸後／根本就尋毋到著腳所在／千辛萬苦南下／來到屏東竹田濫濫庄開基／用血汗同泥漿作戰盡多年／正用銅皮鐵骨建立起家園／現下朱一貴佢等就愛入侵／這愛仰般正好？／

這──愛仰般正好？[41]

其他客語詩作如〈六堆〉，除點出各庄地理位置，還吟詠故鄉熱烈的人情風土、地理景觀；再如〈禾埕〉、〈老伯婆〉、〈阿姆介面帕粄〉、〈水涵頭唇介老榕樹〉[42]等，無不充滿了濃濃的兒時記憶與現今的懷思鄉愁，都是藝術技巧上乘，意象運用準確的客語詩。

陳寧貴出身軍伍，從早期參加「主流詩社」寫作現代詩，至近十多年來，受臺灣文學思潮之影響轉而參加「笠」詩社，詩歌吟詠的對象也從中國古典歷史故事人物，轉而吟詠客家歷史事件與故鄉風物，轉變的跡象深受時代背景與文學思潮的影響。儘管詩歌吟詠內容主題有所不同，但他出入國客語之間恣意轉換運用，盡情縱逞其澎湃的詩思，轉身自然而不留痕跡，故能縱橫詩壇數十年，誠屬難能可貴。

屏東客家這三位詩壇健將，各有獨特的風格特色。曾貴海的現代詩，無論質量均無人能出其右。客語詩方面，以素樸簡淨的語言點畫出客家庄的質樸堅毅，以溫柔憐惜的言語，側寫客家女性的勞動節儉，更以深蓄鄉愁的語言化為回歸故鄉重建的決心。這與遊子他鄉，對故鄉充滿孺慕懷思之情而抒發敘寫的詩歌，有絕對的不同，也有質量輕重，詩歌內容思想價值的差異。利玉芳以女性敘寫女性，不論觀看女性的視角，身歷其境的親身感受，父權社會對女性的禁錮束縛，以及以大地之母呼籲生態環保的重要，一一在詩中自然流露，達到大多數男性作家無法企及的高度。陳寧貴擅長從歷史故事中擷取題材，利用現代詩的語言與技巧來表現，運用在客語詩的寫作上，他習慣運用「大敘述」的場面與語言來敘寫客家奮鬥史，華麗壯美的文句、戰

---

41 陳寧貴：〈面對──天光日之一〉。陳寧貴詩人坊電子版網站：https://ningkuei.blogspot.com/2021/09/1721.html

42 陳寧貴客語詩作多散見其個人網站中，並未有詩集出版。

火交織的誇示技巧，感覺接近遠觀與歌頌。而同樣是客家歷史書寫，曾貴海的是以素樸寫真的文字，體現抒情敘事相互穿透的藝術，映現悲哀痛苦的客家精神，讓人感覺身在其中，引人進入客家的核心情感，讓整體客家人讀之一起同聲悲哭，寫史之用心與藝術感染力，恐其他詩人難以企及。

（二）鄉土文學運動與散文書寫

1980年代開始，鄉土文學的崛起，在屏東客籍作家的散文敘寫上，也有了明顯的拓展。不論是在工業文明侵襲下，土地環保議題的被關注，興起了一股擁抱臺灣土地的「自然書寫」的文學思潮；或鄉土文學運動後，在本土意識覺醒下，企圖以寫作來凸顯「客家主體性」，形成客家文藝復興的先聲，這兩方面是此一時期作家比較明顯的特色。

1 「自然書寫」的文學思潮

（1）曾寬（1941-2022）

曾寬的散文作品重寫實，多數以屏東的自然生態與客庄人文風情為刻畫對象。他對客家聚落的描寫，不論是六堆地區因應防禦孕育出特有的圓形巷道、夥房等獨特人文之美；還是流經六堆的東港溪流域竹林、沙洲、白鷺鷥的自然野趣之美；又或是六堆小村裡誠樸、恬靜、良善的人情之味；還是客家人敬天畏祖、晴耕雨讀、勤奮刻苦的精神之美，皆在他筆下一一映現，成為六堆客家最好的地景與遊觀文學作品。

> 村墟有溪，必有橋梁，在這裡，橋梁之多，不亞於任何村落，幾乎可以說條條街巷皆有橋梁，是小橋，獨具風格的小橋，是沒有橋墩的拱型小橋。

　　佇立於橋上，可看到溪畔盡是櫛比鱗次的民宅，有古色古香的
　　土角厝，亦有直立的洋房，襯托如煙的輕霧，真有點詩情畫意。
　　若走在大小街巷，真會迷住畫家或攝影師，有百年以上的夥房，
　　有裸露土牆的民房，亦有洋灰打造的古宅，而且，街巷狹窄而
　　彎曲，十足是古早聚落的色彩，是逃避土匪追殺的圖騰。[43]

客家先民基本上是沿著溪流拓墾，無論竹田、內埔、萬巒、麟洛、長
治，佳冬、林邊，溪流是客家生命之源，也是客家農耕最重要的憑
藉。他的散文，刻畫出溪流與客家村落的深刻關係，在他筆下，客家
美麗素樸的農村地景風貌，永遠以文字畫的姿態被保存了下來。

（2）鍾吉雄（1938-）

　　民國二十七年（1938）生，屏東內埔人。屏東師範學校、國立臺
灣師範大學國文系畢業，國文研究所結業。曾任國小、國中教師，屏
東師專、屏東師範學院教授。

　　出版散文集有《在風雨中成長》（1994）、《迎向開闊人生》
（2004）、《槐廬天地寬》（2005）、《風華大地》（2010）、《槐廬散記》
（2017）等。

　　鍾吉雄的散文，寫作主題包含人物素描、生活心得、旅遊見聞、
教學研究等幾大類。他對情境觀察仔細，撰寫身邊周遭人物，勾勒特
色，描繪風采，更是傳神寫照。如他在《槐廬天地寬》序所言：

　　瞻望窗前小院，一園翠綠，饒具情趣；偶見彩蝶翩翩而飛，或
　　睹錦鯉悠悠而嬉，舞空戲水都逍遙自在；看著成雙白頭翁，振

43　曾寬：《河濱散記・五溝水》（屏東：屏東縣政府，2009年），頁14。

翅蹦跳於假山小瀑間，邊覓食邊啁啾；再聽那蟲鳴蟬噪，大呼
小叫，此起彼落，或日或夜……[44]

日常生活所見所聞，一片雲水，一個挫折，一道轉彎，都能引發心靈
火花，發揮想像，因此〈庭園〉有了啟示，〈意外〉成了經驗，〈轉
彎〉也是前進，〈選擇〉變成人生。下筆自在，行文自然，字裡行間，
綴滿溫馨情意。

3 黎華亮（1937-）

民國二十八年（1937）生，屏東內埔人。畢業於臺東師範學校、
高雄師範學院、國立臺灣師範大學國文研究所；曾任教國小、國中，
在教育界奉獻一生。黎華亮寫作的內容多元，多數刊載在報章，其後
結集成冊，出版《春雪》（1996）一書。

大禹嶺下的花蓮，是霧的世界，而霧色何其薄啊！掩不住我的
眸子，只看那塊雪山越來越高，縱然合歡山早被奇萊山掩住，
奇萊山的雪帽卻依依不捨，隨著迂迴的山路盡收眼底。想起蕭
愨的詩：「泉鳴知水急，雲來覺山近」，真有那種感受。[45]

上述三位，都是國中小老師出身，教學之餘執筆為文，篇篇敘寫臺灣
及屏東風情的佳作，在自然書寫這一塊，留下佳作讓後人細細品讀。

---

44 鍾吉雄：《槐廬天地寬》〈序〉（屏東：屏東縣政府文化局，2005年），頁1。
45 梨華亮：《春雪‧春雪》（屏東：屏東縣政府，1996年）。

（二）客家意識的覺醒與文藝復興的先聲

1 馮清春（1934-2016）

民國二十三年（1934）生，屏東麟洛人。屏東師範學校畢業，最初投身教育工作，後來因為不滿當時教育體制而放棄教職，轉而在家鄉養雞務農。民國七十七年（1988）北上參與客家運動，大聲疾呼「還我母語」及「搶救客家文化」，讓隱形的客家人現身，開啟客家文藝復興的先聲。民國八十一年（1992）起更致力於創建各種客家社團，藉此強化客家意識、戮力於客家文化傳承。民國九十八年（2009）成立「社團法人屏東縣深耕永續發展協會」，致力於客家文化的推動。

著有《偓个原鄉在六堆》（2004）、《未竟之夢》（2012）等散文集，另有散文數十篇，身故後由其後人付梓，書名為《落地生根》（2018）。馮清春終其一生念茲在茲的是必須將「偓係客家人，偓更係臺灣人，偓个原鄉在六堆」的理念推展出去，讓所有臺灣人民覺悟。另外則是對農村產銷問題、對農民生計的關心，皆在其著作中一一為農民發聲。

> 我們的祖先，……歷經多少歲月的披荊斬棘，努力墾荒……在六堆地區繁衍子孫，一代傳一代。新天地成了他們的家園。時日一久，「年深外境猶吾境，日久他鄉即故鄉」。這裡成了他們生命所寄託的故鄉。他們下定決心生於斯，居於斯，埋骨於斯，絕無再回去的念頭。……丘逢甲先生詩曰：「一百年來繁衍後，寄生小草已深根。」不就是描述移民之後，堅定的認同土地，與土地同呼吸的情境……原鄉意識是經由土地與生活經驗的累積而來，這樣的原鄉才是真實的原鄉。[46]

---

46 馮清春：《偓个原鄉在六堆·偓个原鄉在六堆》（屏東：馮清春自印本，2004年）。

馮清春的散文，理路清晰，敘事分明，文筆灑落有勁，行文間自有一股客家人不苟且妥協的個性氣勢，他對客家、對農民的關心，可謂客家農民文學的代表。

2　李盛發（1935-2011）

民國二十四年（1935）生，屏東縣內埔鄉人。臺東師範學校畢業，屏東縣內埔國小校長退休。他畢生致力於客家語言的教學與推廣，參與客語能力認證基本詞彙編輯，各式母語教材編撰，以及用標準四縣客語，負責吟錄各式有聲教材，在客語教學的推廣傳承上，可謂盡心盡力，功不可沒。

民國九十二年（2003）成立「李文古客家歌劇團」，他的劇本以客家傳統知名丑角李文古為主角，但內容是採用現代諷世筆調來編寫，例如：〈戀牯學精〉、〈刁秀才逗劉三妹〉等劇，內容詼諧逗趣，受到廣大迴響。

> 出場：一群女孩手提衣服欲到河邊洗衣（用天公落水的曲子）
> 男：一到鬆口就聽到山歌聲，等唱條山歌來寮佢。
> 　（唱）對面阿妹係麼人喔？日頭晟眼看唔清哩喔！看你岸邊跪又拜，想係求來相親。
> 女甲：啊！哪吔來个後生仔？請問高姓大名？看來斯文仰毋正經，敢唱山歌來寮人。
> 男：嘿！嘿！嘿！安著阿九哥，（阿牯哥）喂，毋係唷！係一、二、三、四、五、六、七、八、九个九，毋係狗牯仔个牯喔！
> 女甲：毋管你係哪隻九，就係狗牯个牯──[47]

---

47 李盛發：《李文古歌中劇・刁秀才逗劉三妹》，李盛發手抄本。

其後他亦以時事編撰相關劇本，透過歌劇團的表演來展現客語和客家
文化之美，是少數以客家戲劇來復興並傳揚客家語言、文學、文化的
功臣。

3　陌上桑（1940-2021）

　　民國二十九年（1940）生，本名郭俊雄，屏東麟洛人。臺中師範
專科學校畢業，曾任小學老師。後至日本神戶大學研究所、京都大學
人文科學研究所研究。民國五十五年與洪醒夫等人創辦《這一代》雜
誌，並曾任各報社主編主筆，現為政論專欄作家。

　　陌上桑從七〇年代開始創作，作品甚豐，有小說、評論、散文
等。[48]散文《人生走過》（2006）、《愛國‧哀國》（2006）、《回首——
四十年記者生涯》（2010）等。他撰寫政治專欄，評論探討政治或社會
問題，下筆懇切率直，批判深刻犀利，不少人表示他的政論文章對推
動臺灣民主是有貢獻的。

> 一個國家好比一個人，被孤立時也許感到寂寞，但孤立和寂寞
> 可以使人尋求獨立。當然，獨立也必須擁有起碼的條件，譬如
> 這個人具有生活的能力，尤其是具有對因獨立而招惹的排斥和
> 鄙視的包容力，以及為了生存而繼續奮鬥的毅力和勇氣，然後
> 走向自立。[49]

48　出版有小說《滄桑之後》（1969）、《天涯若夢》（1972）、《剿》（1974）、《陌上桑自
　　選集》（2006）、《明天的淚》（2006）等。政治評論《迷惘的日本》、《韓國中央情報
　　局》、《抓狂》、《陌上桑政治專欄》（2006）等。文學評論《人生如屁——日本近代
　　文作家群像》（2011）、《斷裂青春——日本近代文作家群像》（2012）等。另有翻譯
　　小說《女人的小箱》。
49　陌上桑：《人生走過‧孤立‧獨立‧自立》（臺北：民眾日報社，2006年），頁36。

他的散文沉穩厚實，風格獨具，在本土意識的覺醒上是先知先行者。

上述三位也都是國中小老師出身，他們在鄉土文學運動中，以散文之筆，喚醒了以客家為主體的客家意識，帶出了後來全面性的客家文藝復興。

（三）客家雜誌的創辦與客家社團的貢獻

屏東客家地區的客家雜誌與客家社團，也在本土意識興起後，創造了重要的推波助瀾效果。

1 客家雜誌的經營

客家雜誌方面，此一時期有兩本非常重要的刊物前後相繼誕生。一是「財團法人六堆文化教育基金會」創辦於1986年的《六堆雜誌》，為雙月刊，每雙月一日準時發行，至今已發行至189期。該雜誌強調不分黨派，一切以客家為優先，監督政府單位及各黨派，為爭取客家權益做最大努力。

另一客家雜誌則是由客家文化工作者鍾振斌先生創辦於1989年的《六堆風雲雜誌》，至2019年滿三十週年，共發行191期，目前尚在發行。該雜誌旨在發揚客家文化，尋根探源，有「六堆人的麥克風・六堆文化的耕耘機」之稱。

圖六　六堆雜誌封面／客家委員會客家雲提供

　　這兩本雜誌，提供了屏東地區客家人許多寫作發表的空間，大大的促進了屏東客家文學的發展，也無形中凝聚了屏東客家人的向心力。

2　客家社團的運作

　　客家社團「社團法人屏東縣六堆文化研究學會」，在曾彩金擔任總幹事之下，不但扛起主編《六堆客家社會文化發展與變遷之研究》）（2001）十五冊之重任，平日還號召十多名退休校長、主任、老師，如賴春菊主任、黃瑞芳老師、溫蘭英組長、林竹貞主任、邱才彥老師、劉敏華老師等，義務蒐集、整理、出版十多本六堆文化書籍，以及一系列六堆文化的民間文學有聲書，並完成《六堆詞典》（2020）的編輯，對客家文學創作的客家語詞運用，發揮了極重要的功能。六堆文化研究學會長期保存六堆人的情感、語言、文化及習俗，為傳承六堆客家文化盡心盡力，歷年來獲獎無數。

圖七　六堆文化研究學會耗時十年完成的《六堆詞典》／
自由時報記者羅欣貞提供

五　當代客家文學的多元創作敘寫（2000-）

時序進入2000年，屏東客家文學與當代臺灣文學一樣，進入百花齊放、眾聲喧嘩的自由開放寫作年代。在屏東的客家文學方面，有特別值得注意的幾個面向及成就：一是全面性「客語文學」的大量創作，包括小說、詩歌、散文、兒童文學，以純正客語書寫的作品大量創作出來，可謂全面客家文藝復興的展開。二是當代歷史小說的崛起，尤其是針對1941-1945年間臺灣被隱藏、扭曲、遺忘的歷史的敘寫，有傑出的成果。三是現代詩歌藝術的開展翻新，包含寫作內容的多元及寫作技巧的推陳出新。四是散文中的客家文化尋根及生態環境敘寫，也因應時代變遷而勃興，在在可以見出當代客家文學枝繁葉茂的新希望。

（一）全面客語文學的創作

以純正客語書寫的客語文學作品，是這段時間值得大書特書的一件事情，包括小說、詩歌、散文、兒童文學等客語文學作品大量創作出來，這種原本被邊緣化的弱勢聲音漸漸釋放出來，就文學史的角度觀察，這種全面客家文藝復興的展開，除了1976年解嚴後鄉土文學論戰爆發，1980年代後臺灣文學主體性的確立，有其深遠的影響外；1988年12月南北客家串聯的還我母語運動，曾貴海、馮清春在思想上的先導先行、行動上的劍及履及，則有更為直接有力的鼓舞。其後公部門的各縣市及教育部客語教科書的編撰，客家委員會的成立，教育部客語常用字的公布，全國語文競賽的客語演說、朗讀比賽，及各單位鄉土文學獎徵文、屏東縣《六堆雜誌》、《六堆風雲雜誌》提供發表的園地等等，在在促進了客語文學全面性的創作。另外功不可沒的，如李盛發1992年成立客家歌劇團、曾貴海2000年《原鄉‧夜合》客語

詩集的發表、利玉芳的「客家臺語詩」，及「客家童謠試作」等，都直接間接帶動了客語文學寫作的風氣。前輩作家的努力，帶出了客語文學蓬勃的生機。以下茲分類介紹較有代表性的作品。

1　客語小說

李得福，民國四十一年（1952）生，祖籍萬巒，現居內埔。陸軍上尉退伍，後於美和科技大學、國立空中大學進修。

1980年起，他開始嘗試執筆寫客語小說、散文。他說：「用客家話寫文章，最大的願望是將現在自己所講的客家話，以漢字寫出來，可以記錄現在的風俗民情及小人物的內心話。」[50]2009年出版客語小說

圖八　《錢有角》書影／謝惠如提供

《錢有角》；2012年起參加文學獎徵文，屢獲散文大獎；2018年出版《腳踏車輪溜過个》散文集。

《錢有角》一書，是以農家生活的艱困辛酸為背景，政府的低糧價政策，使種田人收入微薄；本來值錢的香蕉，又在官員勾心鬥角下，導致滯銷而一敗塗地；檳榔號稱「綠金」，但富有奸商卻仗著有錢有勢，操縱市場價格，壓榨農民、剝削工人；使可憐的農工階層無力培養子弟讀書。作者採用「錢有角」為書名，即意指「牛有角，鬥死人；

---

50 鍾屏蘭2018年訪談記錄。

有錢人的錢有角，鬥死老農民」的深刻寓意，是典型農民文學的代表。

> 兩片禾田肚，防風竹林一行一行，遮擋強烈个西北季風，使得
> 玻璃菜（高麗菜）、筷菜（韭菜）、一坵一坵能夠成長。間隔有種
> 兜遞籐个釀酒葡萄園仔，紅毛泥柱項，鉛線網密密麻麻織成網
> 樣，網毋核个係後生人个夢想，同層層个現實問題。……[51]

李得福不論用客語書寫的小說還是散文，流利生動的客家語言運用，
穿插一針見血、詼諧諷刺、幽默逗趣的師傅話在裡面，又為客家小說
另開生面。

2　客語詩歌

　　詩歌由於文字精煉，文字障礙較少，所以純客語詩歌的創作在此
一時期為數最多。除了曾貴海、利玉芳、陳寧貴仍然繼續執筆創作客
語詩之外，後繼的吳聲淼、劉誌文、羅秀玲也都開始了他們的客語詩
寫作。

（1）吳聲淼（1959-）

　　民國四十八年（1959）生，屏東竹田人，現居高雄市。屏東教育
大學文化創意產業學系客語組碩士班畢業。曾多次獲得各類文學獎，
並榮獲高雄市政府客家委員會終身貢獻獎。
　　吳聲淼寫作文類包括現代詩、小說、散文等。主要又以現代詩最
多，甚至有多首被譜成歌曲傳唱。出版現代詩集有《細文一列文》
（2006）、《大將無漿》（2009）兩本。寫作題材廣泛，有以動物為題

51　李得福：《錢有角》（臺北：客家委員會，2010年），頁5。

材的如：〈毛蟹〉、〈蝦公搞水〉等，也有喜氣洋洋的〈阿妹愛行嫁〉、不失俏皮的〈伯姆〉、抒發感情的〈南風情歌〉、振奮人心的〈義勇軍歌〉、專寫客家的〈學客話〉、〈𠊎愛竹田〉等等。

另外他在客語小說、散文上也有多元創作。[52]

2 劉誌文（1965-）

民國五十四年（1965）生，父祖輩是屏東縣內埔鄉人，他則從小生活在屏東市。臺南師範學院教育研究所碩士，國立屏東大學附設實驗國民小學教師退休，現為中山大學中國文學所博士生。

劉誌文長年寫作不輟，各類文體都有代表作品，且參加各類徵選比賽，獲獎無數。他在客語的創作方面，主要作品有客語新詩〈紙鷂〉、客語歌詞〈火焰蟲擐燈籠〉、客語散文〈迷失介客家人〉等。

〈紙鷂〉

我係一隻紙鷂仔，／迎風飛到天頂上。／風吹越大，我飛越高；／風吹越大，我飛越遠。……

人生盡像放紙鷂，／莫驚風大同險大。／風大正做得飛高，／險大正做得行遠。風險越大，／危機越大，／機會就越多，希望就越大。[53]

他運用客家道地的詞彙保存客家鄉土味道，目前還在持續創作中。

---

52 在客語小說方面則有〈勇敢个屋簷鳥〉、〈蜥螺仔流浪記〉、〈桐花島〉、〈大尾鼠个天〉等童話式短篇小說。客語散文方面則有〈新客家文化園區〉、〈港都夜合〉、〈多多跋山〉等。

53 《九十七年新竹市客語兒童文學獲獎作品集》（新竹：銓民書局，2009年），頁12。

（3）蘭軒（1980-）

民國六十九年（1980）生，本名羅秀玲，屏東萬巒人。國立新竹教育大學臺灣語言與語文教育研究所客家語組畢業。作品以客語詩為主，散見於《客家雜誌》等刊物。著有客語詩集——《相思　落一地泥》（2010）。另有客語詩網站：客語信望愛〈蘭軒小築〉、樂多日誌（相思　落一地泥）。另有多篇客語短篇小說〈命〉（2006）、〈童年記事〉（2008）、〈孽〉（2013）、〈家劫〉（2018）等，皆獲各項徵文比賽獎勵。

《相思　落一地泥～蘭軒客語詩文集》，內容包含親情感情、自然花草、社會現象、故鄉情懷與客家庄頭幾個部分，每首詩彷彿像電影般一幕一幕上演著客家文化的記憶，讓人覺得真切自然，也是最能顯現出其獨有的個人寫作風格。

> 鄉愁　最難解／逐擺食飯／外背／無阿姆煮飯恁香／外背／無阿爸炒个蕃薯葉恁好食／外背／無阿婆裏个粽仔恁有家鄉味／外背／也無屋家个被骨較燒暖／有成時／又愛面對風搓天半夜个發風落雨／嚇著捱心驚驚[54]

羅秀玲屬於六堆客家年輕新秀，未來文學創作前途無可限量，六堆地區資深作家後繼有人，是相當值得欣慰的事。

3　客語散文

客語散文的寫作，在此一時期作家作品最多，成果也最豐碩，一

---

54 羅秀玲：《相思　落一地泥～蘭軒客語詩文集‧鄉愁》（臺北：唐山出版社，2010年）。

方面散文篇幅較短，不論敘事、說理、抒情，日常雜感，散文皆有信手捻來的方便性；另一方面，則須歸功於屏東地區有許多退休老師及現職的客語支援教師的投入寫作，再加上教育部全國語文競賽的客語朗讀比賽徵文，及各單位鄉土文學獎徵文、屏東《六堆雜誌》、《六堆風雲雜誌》提供發表的園地等等，在在促進了客語散文的創作。

（1）劉敏華（1950-）

民國三十九年（1950）生，屏東萬巒五溝水人。她的客語作品以講四句最知名，另外也有散文及童謠等。

她的客語「講四句」，許多是來自臨場反映，隨著場合和人物不同，用四句來增添光采，如〈祖德流芳〉：「客家血脈源流長／年年遷徙過他鄉／忠孝節義祖德香／子孫傳承萬古芳」。內容豐富，品類繁多，最能見出客家文化精髓。

劉敏華的散文，創作題材多來自童年時的經歷或見聞，如〈洗做月衫褲个番牯伯姆〉：「一頂半開花个壞笠嬤，兩身藍色洗著轉白色个藍衫，再加上長年赤腳馬踏，拿著一個舊錫桶，早晨頭到臨暗晡，河壩唇就可以看到番牯伯母个身影。……番牯伯姆又係全庄唯一洗做月衫褲个人……[55]作品有如一幅幅舊時的圖畫。另有多篇發揚鄉土文化的短文，皆被選為教育部語文競賽客語朗讀篇章。

（2）黃瑞芳（1950-）

民國三十九年（1950）生，屏東內埔人。高雄師範大學客家研究所畢業。國中國文教師退休，2007年起擔負起主編《六堆雜誌》的重任至今。

---

55 劉敏華：〈洗做月衫褲个番牯伯姆〉（教育部「閱讀閱懂閩客語」電子報）。

　　她在客語散文方面有〈六堆人手裡的虔誠──盤花〉（2010）、〈等花開〉（2011）、〈美麗的客家藍衫〉（2012）、〈客家人的藍布衫〉（2014）等，為教育部高中組散文朗讀徵文稿入選作品。黃瑞芳頗富美學觀察眼光，敘寫花草樹木、故鄉風土、人文地景，筆觸溫婉細緻，顯現客家婦女細膩溫柔的一面。

　　在客語文學的創作中，屏東地區還有幾位國中小教師、客語薪傳師，都有傑出表現。如曾秋梅、李雪菱、謝惠如（謝己蘭）、左春香、徐儀錦等客語薪傳師，不斷致力於客語散文創作。或得到教育部、各類文學獎徵文獎項，或經常發表於《六堆風雲》、《六堆雜誌》上，都顯現耀眼成績。

4　客語兒童文學

（1）馮喜秀（1940-2019）

　　民國二十九年（1940）生，屏東縣麟洛鄉人。屏東師範學校畢業，國小老師退休。馮喜秀早年即從事兒童文學的創作，曾獲中國語文獎章等。

　　在還我母語運動風潮之後，他改用客語創作客家童詩，出版有《阿姆个手》（2001）、《細人仔・細人仔：客語童詩百首》（2007）等客語兒童詩集，以及《麼人最快樂》（2009）的客語兒童故事集；更有《六堆靚靚靚過花》（2018）詩集出版。

　　上述客語兒童詩，都是道地用客語思考、書寫的童詩創作作品，童言童語，充滿了童心童趣。至於2018年剛出版的《六堆靚靚靚過花：客語創作生活詩》則屬客語生活詩，舉凡六堆地區故鄉地景、自然風情，親情友情、生活趣味等，信手拈來，無一不可入詩，越見圓熟自然，質樸敦厚的客家風情。

先堆靚靚哪位靚？先堆萬巒豬腳靚。先鋒劉屋祠堂靚。

前堆靚靚哪位靚？前堆麟洛麒麟靚。前堆長治竹葉青。

後堆靚靚哪位靚？後堆內埔老街靚。後堆天后昌黎廟堂靚。

左堆靚靚哪位靚？左堆佳冬蕭家古屋靚。左堆新埤封肉靚。

右堆靚靚哪位靚？右堆美濃菸樓靚。右堆高樹甜棗靚。

中堆靚靚哪位靚？中堆竹田驛站靚。中堆西勢忠義亭。

六堆靚靚哪位靚？六堆客家高屏靚。六堆靚靚靚過花。[56]

（2）鍾振斌（1959-）

圖九　創辦六堆風雲雜誌、客語
兒童文學家鍾振斌／
鍾振斌提供

民國四十八年（1959）生，原籍美濃，現籍長治。中國文化大學中國文學系文藝創作組畢業，高雄師範大學客家文化研究所碩士。

大學畢業後返鄉從事客家文化推廣工作，自己創辦《六堆風雲雜誌》，成立「六堆文化傳播社」，發行雜誌三十年，主持電臺客家節目近三十年，出版客家刊物及客家音樂唱片二十多種，也在國小擔任客語教學十多年，涉入客家事務逾四十年，可謂全職、全方位的客家文化工作者，2019年榮獲客家委員會「客家事務專業獎章」，可謂實至名歸。

---

56 馮喜秀：〈六堆靚〉，《六堆靚靚靚過花：客語創作生活詩》（屏東：馮喜秀自印本，2018年）。

出版專書有：碩士論文《運轉手作家黃火廷客語鄉土小說中个客家文化探究》（2008）；客家童謠創作集：《阿兵哥，入來坐》（2009）、《好朋友》（2011）、《洗潑潑》（2015）、《阿不倒》（2018）；客家文化手冊《答「客」問》（2016）；客語兒童詩集《蟻公蛀牙齒》（2017）；客家兒童口說藝術劇本集《阿婆有國際「乾」》（2018）。

鍾振斌才華洋溢，客家話能說、能寫、能唱、能演，能上臺主持，也能把小朋友教會客家話。他的客家話運用生動自然、幽默風趣，舉凡俗諺俚語、師傅話、歇後語、老古人言，不論各種場合，隨時信手捻來，頭頭是道；且幽默風趣、不顯陳腐，更是最難得的特色。他的作品風格，詼諧幽默、純真有趣；節奏明快、一韻到底；琅琅上口、好唸好記，所以作品一出來，便四處風行流傳，可見其魅力與影響力。

特別值得一提的是，他創辦《六堆風雲雜誌》，從1989年2月15日創刊，至2019年2月15日滿三十週年，共發行191期；以及民國一〇〇年起出版《六堆學》九冊，《經典六堆學》二輯，在在可以見出一位全方位的客家文化人，對傳揚客家文化的理念、識見、堅持與貢獻。

（3）鍾屏蘭（1955-）

民國四十四年（1955）生，屏東內埔人，現居屏東市。國立高雄師範大學國文研究所碩士、博士。曾任國立屏東大學中國語文學系專任教授，並兼任「客家委員會」客家委員、「客家委員會」客家學術發展委員。

鍾屏蘭自2013年開始，在客家委員會的研究獎助之下，進行以兒童文創繪本作為傳承客語的工具，連續五年出版有客語兒童繪本《發粄開花了》（2014）、《靚靚个盤花》（2014）、《伯婆个髻鬃》（2014），《阿婆个粄仔》（2015）、《竹門簾》（2015）、《甜甜蜜蜜個零搭》

（2015）、《來去竹田驛站寮》（2016）、《面帕粄》（2016）、《祖堂的秘密》（2016）、《拜伯公》（2017）、《喜花》（2017）、《掛紙》（2017）等十二本客語兒童繪本。其中《發粄開花了》、《靚靚个盤花》、《伯婆个髻鬃》等繪本。2021年更由國立屏東大學跨院所合作，將繪本改為動畫形式，出版《六堆客家兒童繪本》[57]光碟，提供高屏地區客語生活學校應用。

　　她的兒童文創繪本特色，是以簡單的生活客語，運用劇本對話的方式，敘寫出蘊含客家文化的故事；然後再加上溫馨動人的圖畫製作成繪本。這種以對話方式寫成的繪本故事，不但可以藉故事中的對話讓學生學習客語，同時也可以提供學生角色扮演的戲劇演出；再方面也能藉繪本故事內容傳承客家文化。這與一般繪本或故事，多以平面的敘述方式進行有極大的不同。她精心設計的兒童文創繪本，正可謂她多年用心傳承客語的結晶之作。

（二）歷史小說的崛起與歷史記憶的重建

　　研究臺灣文學史的學者，如陳芳明等主張解嚴後臺灣文學開始進入後殖民現象，最重要的是各種大敘述遭到挑戰，以及各種歷史記憶的紛紛重建。[58]大敘述的遭到挑戰方面，曾貴海及利玉芳，已有很好的成績。至於歷史記憶重建這一塊，繼早期陳城富之後，從2000年左右，屏東客家文學也出現亮眼的成果。他們分別是李旺台、曾寬的歷史小說及新銳作家陳凱琳。

1　李旺台（1948-）

　　民國三十七年（1948）生，屏東竹田鄉人。國立高雄師範大學畢

57　鍾屏蘭：《六堆客家兒童繪本》（屏東：國立屏東大學，2021年）。

58　參見陳芳明：《臺灣新文學史（上）》，第一章〈臺灣新文學史的建構與分期〉，頁27。

業，曾任教師，《自由時報》、《民眾日報》、《臺灣時報》總編輯、黨
外雜誌《八十年代》總編輯、民進黨副秘書長兼文宣部主任。2009年
退休後，愛上小說創作。2011年完成短篇小說《兩個都被罵了》，獲
聯合報系第六屆懷恩文學獎。2015年完成長篇小說《獨角人王國》，
2016年完成歷史小說《播磨丸》，2017年獲國立臺灣文學館圖書類小
說入圍獎，2020年出版《蕉王吳振瑞》[59]，同樣榮獲2018年第四屆臺
灣歷史小說獎，2021年則再接再厲出版了《小說徐傍興》[60]，為「新
臺灣和平基金會」長篇歷史小說徵文唯一的得獎作品。

　　李旺台《播磨丸》的故事，刻畫二戰結束後，一群滯留在海南島
的日本人、臺灣人和少數朝鮮人，歷盡千辛萬苦終於搭上一艘受炸彈
重創，擱淺於港口外海的輪船「播磨丸」返鄉的歷程。書中刻畫戰後
失根的人性，揭開被動亂抹去的臺灣史。作者在自序裡說：

> 這是臺灣歷史正要翻頁時被人忽略的「臺胞」的故事。夾在日
> 華兩個截然不同的統治者中間，既是戰敗國臣民也是戰勝國國
> 民，他們是如何努力為自己找到一條活路？又是用何種精神力
> 量一路支撐到臺灣家中？」李喬說：「這是一段極重要的臺灣
> 人經驗，為我們補上了歷史的缺口……播磨丸是一個隱喻：臺
> 灣前途要靠自己修復、創造才能繼續前航。[61]

這些都切中本書的寫作企圖，以及這本歷史小說的意義與價值。

　　《蕉王吳振瑞》是一本以自傳體寫成的小說，誠如他在自序所言
「蕉園小子寫了一本蕉王大傳」；但小說的成功卻是有其本身特具的

---

59 李旺台：《蕉王吳振瑞》（臺北：鏡文學出版社，2020年）。

60 李旺台：《小說徐傍興》（臺北：玉山社出版事業公司，2021年）。

61 李旺台：《播磨丸》（臺北：圓神出版社，2016年），見封底。

圖十　李旺台先生及其三本歷史小說／李旺台提供

條件，除了他在1960年代，親身體會過香蕉出口的金蕉傳奇，還加上他長期新聞工作的歷練，及其對臺灣當時經濟與政治的了解，才能交織成就這部兼有歷史、小說，新聞之眼和文學之心的歷史小說，彰顯出活生生的臺灣人被殖民的戰後史。[62]

《小說徐傍興》裡寫的則是幾乎所有六堆客家人無人不知、無人不曉的大人物「徐傍興」，小說寫他一生仗義疏財、立功立德的種種事蹟，成功的雕塑了一個傑出的臺灣勝利英雄。[63]更重要的是，這部小說寫的是六堆客家三百年來最重要的典範人物，在屏東文學史的客家文學中，有其別具意義的歷史小說地位。

李旺台退休後才真正從事小說創作，但正好趕上了九〇年代以後，在後殖民主義的思潮下，臺灣文學邁向主體性的臺灣意識文學建構。他從最初的短篇小說逐漸發展到長篇大河小說，終於成功的以歷史小說的體裁，敘寫了臺灣的歷史、臺灣的命運，也指出了臺灣未來的走向！雖然是晚到的作家，卻綻放出如朝霞般燦爛的霞光。

2　曾寬（1941-2022）

在本文散文篇介紹的作家曾寬，亦有長篇歷史小說《出堆》（2005）、《終戰》（2012），短篇歷史小說《紅蕃薯》（1999），特別值得一提。

---

62 李旺台：《蕉王吳振瑞》，李敏勇序，頁8-9。
63 李旺台：《小說徐傍興》，宋澤萊序，頁6。

　　長篇小說《出堆》以抗日的三大戰役為背景，描述客家人生存的
奮鬥歷程，包含了漢番械鬥、閩客衝突、六堆抗日、決戰東港溪、火
燒庄之役等十三章，呈現深遠的客家歷史文化，富有濃厚的尋根意
味。《終戰》則是描寫第二次大戰後，在臺的日本人在遣返日本前，
留下了混血兒，也讓臺灣女人到老還在等待的淒美愛情故事。至於短
篇小說《紅蕃薯》，依其自序所言，「紅」指鮮血，「蕃薯」則指臺灣
人，因此「紅蕃薯」之名，代表著臺灣血淚的發展歷史。在《紅蕃
薯》中，曾寬以屏東為背景，串聯文字與歷史想像，從〈登陸前夕〉
的盟軍轟炸，到〈改朝換代〉光復後的政治與經濟困境，以及反共抗
俄、土地改革、白色恐怖等，曾寬透過虛構的小說故事，串聯臺灣人民
與土地的歷史。

　　曾寬的三部歷史小說，加起來幾乎涵蓋了客家人在屏東的生存發
展，時間軸比起李旺台的歷史小說要長要廣。但若就寫作技巧、人物
刻畫，故事情節而言，李旺台的得獎作品，則顯然集中火力，細膩深
刻得多。相對的曾寬小說的人物顯得較平面而未能透現顯人性的複
雜，情節發展亦相對較為平鋪直述。若就其個人作品而論，其散文的
刻畫描寫功力，亦在其小說之上。

3　陳凱琳（1988-）

　　民國七十七年（1988）生，屏東新埤人。國立屏東教育大學中國語
文學系學士、碩士，國立中正大學中國文學博士，大學中國文學系兼任
講師。她是六堆小說創作的新銳作家，前程似錦。

　　陳凱琳自幼喜愛閱讀與寫作，大學期間散文作品即經常刊登於系
刊《蒹葭》；碩士學位論文為《日治時期屏東古典詩研究》，擁有古典
詩歌的底蘊內涵。就讀博士班後，則學術研究與文學創作並行。2020

年以《藍色海岸線》[64]小說，入選屏東縣政府作家作品集。其後她獲得文化部青年創作獎勵，完成了紀實小說《曙光——極東秘境馬崗回憶錄》[65]的寫作出版。接續下來她又獲得國家藝術文化基金會小說寫作計畫的獎助，完成了《藍之夢》[66]的客家小說集。

《藍色海岸線》是透過一輛日常可見的公車，開啟故事旅程。故事裡說著六個人，六個故事，是一個專屬於屏東，也專屬於每個平凡人的故事。

《曙光——極東秘境馬崗回憶錄》是她回到外婆家——宜蘭三貂角下的神祕漁村馬崗，在深入馬崗進行田野調查後，透過紀實的手法，提煉成一篇篇小說。

《藍之夢》小說集，則是以她成長的家鄉——高屏六堆中的「左堆」新埤為創作題材，融合鄉土口傳和地方誌，加上個人體悟與想像，共鋪衍成篇了十則故事。在其敘事筆下，屏東平原客家庄的景致與樸質的人物，溫馨而引人入勝。最可貴的是小說人物的對白，掌握了客家語言美麗的精髓，文字精準令讀者驚嘆。

上述三位作家的小說，他們敘述的核心內容，都在臺灣歷史記憶的重建。前兩位特別聚焦在1941-1945年，臺灣真實歷史被隱藏在教科書的八年抗戰中，而與臺灣真正直接相關的第二次世界大戰的太平洋戰爭，卻幾乎完全成為被遺漏的一頁歷史。特別是日軍在臺灣的部隊布署、活動、盟軍的轟炸、臺籍青年被徵兵至南洋作戰，臺灣人與在臺日本人的關係等等，他們兩位加上早期的陳城富，可說均是以文學之筆把這些被隱藏扭曲遺忘的歷史補足，毋寧是具有劃時代的意義。至於陳凱琳，則屬年輕一代的新秀小說作家，擅長以親身成長的

64　陳凱琳：《藍色海岸線》（屏東：屏東縣政府，2020年）。

65　陳凱琳：《曙光——來自極東秘境的手札》（臺北：三民書局，2022年）。

66　陳凱琳：《藍之夢》（臺北：蓋亞出版社，2022年）。

生活經驗，及深入田調、方志查找的方式，加上細膩的小說之筆勾勒
專屬於臺灣的、屏東的、客家庄的歷史故事。

（三）現代詩歌藝術的開展翻新

1　涂耀昌（1959- ）

　　民國四十八年（1959）生，屏東縣竹田鄉人。世界新專編輯採訪
科畢業，後轉任軍官，再轉任學校教官，退役後專事寫作。他的軍
旅、教官生涯，成為日後寫作取之不盡的題材。作品曾獲「國軍文藝
獎新詩金像獎」、「大武山文學獎新詩首獎」等十餘項文學獎。詩藝深
獲余光中、瘂弦肯定，詩作被大學選入旅遊文學教材。

　　著有《清明》詩集（2000）、《與巴掌仙子的雨中約會》散文集
（2003）及《中年流域詩文集》（2017）、《南方意象的覘歌》（2020）
四冊。他的創作可分為：客家宗族與家庭親情的敘寫，軍旅生活中的
家國體驗，旅行中的感悟啟發，平日與山川草木蟲魚的交感和學習，
及面對人生時的無能、恐懼、悲喜的反思等幾大面向。

　　他的現代詩風格，從刻畫的角度來看，可說他特別能縱情馳騁詩
思與想像，不論是靈光乍現還是意象運用，始終保持鷹隼的敏銳與電
鰻的生猛；因此動輒寫上四、五十句的長篇來完成一首詩的感觸，往
往以十八、九個字的長句來表達飽滿的詩情意象：

　　　　翌日策鐵馬遂巡歷史現場／眼前龍頸溪從昔日頓陌庄遊龍擺尾
　　　　進沓沓庄／側身經過百年的敬字亭後／水聲在閘門前你推我擠／
　　　　像下課搶溜滑梯的學童般興奮／然一跳入面色沉鬱的達達港／竟
　　　　化為喧囂的歷史回音從水花中濺出／聽下彷彿耀耀米穀的聲浪仍
　　　　此起彼落／而端坐在泉州白石上的「米良碑伯公」／睨了大榕樹

上的白頭翁一眼／打了個水氣氤氳的哈欠後即打起盹來……[67]

他的《中年流域詩文集》（2017）中的作品，經過歲月的洗鍊，加上現代主義、鄉土文學等洗禮，益臻成熟，散發一己獨特的詩思個性。每一類的作品都呈現一種人間的面向，每一個面向也都恰如其分地展現應有的感情與批判，讓人得以在腦海中自行組合成現下臺灣的眾生群像。在屏東客家文學方面，形成了美麗的詩歌流域。

2　陳瑞山（1955-）

民國四十四年（1955）生，父母皆為屏東竹田客家人，他則在高雄市成長。中國文化大學英文系畢業，德州大學比較文學博士。目前任教於高雄第一科技大學應用英語系。

創作文類以現代詩和散文為主。出版有詩集：《上帝是隻大蜘蛛》（1986）、《地球是艘大太空梭》（1998）、《重新出花》（2003）等，曾獲中華民國優秀青年詩人獎。

陳瑞山的詩主張徹底的自由化，但強調理性與感情發展的邏輯性。所以他的詩歌在極度自由中卻有內在邏輯貫串發展。在《上帝是隻大蜘蛛》中，他以鮮明的意象比擬人類天生在時間和空間所交成的十字架上，如何以有限的生命去對抗無垠的宇宙。《地球是艘大太空船》裡，詩人以比較文學背景，汲取東西詩哲經驗，探索在臺灣社會的所見、所聞、所思、所感，書寫變遷下的臺灣社會文化。

臺北，在膨脹／空間，在膨脹／時間，在膨脹／人，在膨脹／膨脹，膨脹……

---

67 涂耀昌：《中年流域詩文集‧達達港》（屏東：涂耀昌自印本，2017年），「輯一‧家鄉行吟」第三十九首，頁84。

> 一紙文憑膨脹為一技之長／一本書的作者膨脹為學者專家／一
> 本講義膨脹為考試經典／升學補習班膨脹為學校／略通外語膨
> 脹為精通外文……[68]

作者的詩中，不時呈現多元、開放、差異、誇張、扭曲，但又不失意
想天外的幽默及隨興之所至的玄想，讓人讀來發出會心一笑，深刻表
現出現代詩歌藝術的開展翻新。

3　曾肅良（1961-）

民國五十年（1961）生，筆名法傑、紫鬱、別號法傑，屏東市出生
長大，母親是美濃客家人。國立臺灣師範大學美術學系畢業，中國文化
大學藝術研究所碩士、中國文化大學史學研究所博士、英國萊師特大學
博物教學研究所博士。現為國立臺灣師範大學藝術史研究所教授。

寫作文類包括詩、散文、藝術評論、藝術史論等。出版有詩集
《冥想手札》（1990）、《花雨蔓陀羅》（2007）及藝術類專書多冊。詩
風特重優美的音韻潤澤，[69]以非時序性的意象，堆積出具古典性、宗
教性、音樂性的詩作，[70]是傑出的客籍美術家兼作家。

（四）散文中的客家文化尋根與生態環境敘寫

2000年後，隨著社會日益開放，都市發展使得客家村落凋零老
化；工商發達而生態環境日益破壞，屏東散文作家或發而為客家文化
尋根，或從事生態環境敘寫，都有相當成就。

68　陳瑞山：《地球是艘太空梭・臺北，在膨脹》（臺北：書林出版社，1998年）。

69　曾肅良：〈關於現代詩的一點淺見〉，《冥想手札》（臺北：詩之華出版社，1994年），
　　頁27-32。

70　鍾宇翡：《台灣戰後屏東現代詩研究》（臺北：花木蘭出版社，2017年），頁79。

1　散文中的客家文化尋根

（1）曾喜城（1949-）

　　民國三十八年（1949）生，屏東內埔人。中國文化大學中國文學系畢業、雲林科技大學文化資產碩士。曾任教小學、國中、高中，並曾獲臺北市第一屆 POWER 教師。2000年返鄉，任美和科技大學文化事業發展學系系主任。退休後主持屏東內埔三間屋文化工作坊，每年皆舉辦豐富精采的客家尋根活動，致力於客家文化保存與推廣工作。

　　曾喜城在文化、教育界甚為活躍，無論報社、電臺、社區都有其活動身影，作品獲獎無數。出版作品以散文為主，有《春蠶》（1987）、《教育動脈》（1989）《陽光故鄉屏東》（1992）、《山上的孩子》

圖一一　曾喜城攝於三間屋前／曾喜城提供

（1992）、《校園的孩子》（1992）、《早安！台北人》（1994）、《萬巒妹仔沒便宜》（1997）、《陽光的故鄉——屏東》（1997）、《戀戀鄉土》（1999）、《鄉間小路》（2000）、《象山之美》。

　　曾喜城早期散文多以北部為主，1997年開始則多以故鄉屏東平原的人事物以及心情抒懷為主。1999年參加「大武山文學獎」獲散文首獎，同年屏東縣文化局為其出版《戀戀鄉土》散文集八萬字。2002年再以《歸鄉》為「第三屆大武山文學獎」長篇小說得獎作品，全文十萬餘字。尤其2010年出版《心之所在，就是故鄉》一書，抒發一己內心深處對故鄉的戀念感恩，最為動人。

> 我喜歡老屋，尤其是自己曾經住過的三間老屋。再一次親近老
> 屋，突然會把自己和幾代人連成一條線，而同一代的家人，也
> 還能拴成一個圓圈。……
> 我和兄長進入正堂，……牆上的對聯，早已斑剝模糊，我踩上
> 了大哥的雙肩。…他呼吸急促，有氣無力地說：「你慢慢抄，
> 不要抄錯了，會對不起祖宗。」……我趕緊拿出袖珍筆記本，
> 歪歪扭扭地記下：「創造本維艱。數十年宵旴勤勞始獲堂宇苟
> 完。願後嗣勿忘西山舊跡。」「守成仍未易。歷百世橫經負未
> 發揮門盧永泰。光前烈宜念東海遺風。」[71]

他筆下的三間老屋，自然不造作的流露客家人重視祖宗祠堂，不忘
本，敬天畏祖、慎終追遠的族群特色。在他其他的散文作品中，故鄉
的淳美厚實，總讓人心靈有恆久的慰藉與依仗；而刻畫深入又真摯溫
厚的筆觸，總給懷鄉遊子溫暖有力的召喚。他的散文，經常流露出一
種遊子歸鄉的安心踏實，有別於其他從六堆北上，至今依然滯留臺北
的遊子所抒發的鄉愁之作，這是他後期敘寫故鄉散文的特色，也是特
別動人的地方。

　　屏東地區還有幾位退休的校長、主任、老師，例如：劉祿德、陳
明富、林松生、張添雄、黃瑞芳、林竹貞、溫蘭英、溫筆明、吳美金
等人，他們在退休後致力於散文寫作，內容不乏人生哲理、親情友情
的論述，出版著作，頗為動人。尤其內埔國小退休的劉祿德校長，萬
巒國中退休的前藍衫樂舞團團長林松生老師，前者出版數本《我的成
長》，後者出版《人間晚晴——談說客家諺語》，對客家文化都有相當
精闢見解。其他老師亦有頗多關於客家文化尋根之作，經常發表於
《六堆風雲》、《六堆雜誌》，都顯現相當耀眼成績。

---

71 曾喜城：《心之所在就是故鄉》（屏東：屏東縣政府文化局，2010年）。

2　散文中的生態環境敘寫

（1）杜虹（1964-）

本名謝桂禎，民國五十三（1964）年生，屏東內埔人。作品《比南方更南》，是記述恆春一帶的自然景觀及風土民情；《秋天的墾丁》，以日記體書寫9月1日至11月30日的墾丁秋天之美。《相遇在風的海角：阿朗壹古道行旅》，則是細數阿朗壹古道的今昔樣貌。《蝴蝶森林》更是眼見為憑的生態現場報導。在她的作品裡可說充分展現了真實的恆春半島多元生命樣態。

> 六點九分，蛹的頂部出現了一隙裂縫！接著裂縫慢慢被頂開，蝴蝶的前足向外探索；然後再將蛹蓋撐開些，腳用點力，頭部出殼；停頓會兒，腳再用點力，胸部出殼；最後六足齊動，翅翼與腹部被快速拉出這花花世界。……整個過程只有一分多鐘。……這是臺灣本島最大型的鳳蝶。……
> 美麗的蝴蝶都是毛毛蟲蛻變的。十時左右……在我附近試舞一陣之後飛出林外，……在不遠的海上，強烈颱風已經向著這座島嶼而來，在經歷過生命中的重重考驗之後，牠揮動美麗的雙翼，又將迎接一場風雨……[72]

她寫蝴蝶從蛹羽化成蝶的歷程，從蛹的色澤變化，寫這蛹將經歷一場非生即死的巨變，一方面寫蛹的變化歷程，一方面也在寫人類生命消長、命運起伏的哲理。

杜虹的散文創作，在於她擅長以大自然的蟲魚鳥獸、花草樹木來

---

72 杜虹：〈蝶之生〉，《蝴蝶森林》（臺北：九歌出版社，2016年）。

敘寫季節更替、自然生態；文字風格溫柔縝密、輕盈婉約。使其作品繼曾寬之後，在臺灣自然生態書寫的版圖上占有重要地位。

（2）聖達各（1958-）

民國四十七年（1958）生，本名蔡森泰，屏東萬巒人。民國七十九年（1990）進入林務局擔任巡山員工作。他對自然了解深刻、細微，長期關注山林環保問題；同時推動客家文化事務不遺餘力，作品中的經驗與思考，時時湧現對鄉土的熱愛與關懷。創作文類以散文為主。出版有《土地之歌》（1998）、《每一棵樹都是神》（2000）、《偓係臺灣客家人斷絕中國奶水情》（2002）等。此外，他也善於創作客語童謠及歌詞，歌謠作品被多所國小收錄，刻正準備發行專集中。

> 四面八方湧來的人潮，將一盞盞的小蠟燭，閃亮明滅，整整齊齊的布擺在大雄寶殿的前廣場。佛光山的點燈儀式，確實有夠壯觀華麗。
> 一盞一盞的小火燭，如果換成一株株樟樹、茄冬或杉欅松該有多好。
> 如果宗教是永遠的、無國界世紀之分的話，宗教界可以在臺灣、中國、亞洲、全世界各地植造更多的森林。過往的年代，宗教為了闡揚教義，買田尋地，披荊斬棘的建立大宮殿。砍傷樹靈，封土傷蟲，已違上天有好生之德，加上人類貪婪無知，崇拜偶像，砍樹雕佛，更使大地森林浩劫。……
> 一顆佛心一棵樹，點一盞祈福的燈，不如好好的植種一棵樹。
> 把樹當佛，把樹當神般供養，不也是很好？
> 聰明的人們，何時才能參悟？[73]

---

73 蔡森泰：《每一棵樹都是神》（屏東：屏東縣立文化中心，2000年），頁11。

　　他的散文觀點新穎，用心深刻，對山林保育不餘遺力的提倡，四處吹響號角，不但不畏人言，也無懼宗教團體的壓力，這是蔡森泰一貫的直言無畏，一如質樸山林的性格與立場，也是他的文章深刻有力的地方。

六　結語

　　為兼顧文學史的延續性及個別作家作品的特殊性，本章先以時間為主軸，將屏東客家現代文學的發展約略概括為四期論述，每期之下再按文類介紹代表作家及作品。這四個時期，第一期是日治時代與戰後世代的傳承（1940-1960），第二期是戰後成長世代的耕耘與突破（1960-1980），第三期是鄉土文學運動時代的風起雲湧（1980-2000），第四期是當代客家文學的多元創作敘寫（2000-）。

　　第一期的日治時代與戰後世代的傳承，時間約略是從日治時代末期至戰後民國五〇年代（1960）左右。這一時期的創作，小說方面由鍾理和開啟客家文學的先聲，繼之而起的有陳城富，寫作內容都涉及殖民傷痕及故鄉回歸的敘寫。現代詩方面則僅有徐和隣交出了可貴的成績單，寫作內容與技巧，繼承早期日治時期臺灣文學寫實的可貴傳統。

　　第二時期是戰後成長世代的耕耘與突破，時間約略在1960-1980年代。小說作家有張榮彥、葉輝明兩位，筆下都和屏東這塊土地上的人事物，有深刻的連結共鳴，形成了動人的在地書寫。在現代詩方面，共有許其正、林清泉、涂秀田等三位代表作家，他們在當時現代主義文學風潮席捲之下，在文字上錘鍊雕琢，採用濃縮隱喻、切斷跳躍或強調聲音節奏等藝術技巧，顯出了詩歌藝術的追求與成就。

　　第三階段是鄉土文學運動時代的風起雲湧，大約是1980-2000年

左右。這時期文學的發展變遷，主要可分成三個面向來探討：一、本土意識覺醒與現代詩的豐收，二、鄉土文學運動與散文書寫，三、客家雜誌的創辦與貢獻等。在本土意識覺醒與現代詩的豐收上面，傑出詩人有曾貴海、利玉芳、陳寧貴三位。他們開始明顯的將社會議題納入字裡行間，農村、勞工、政治、環保、城鄉差距、女性自覺，都成為詩的終極關懷。而在文字運用上，詩人選擇相對鮮明平實的用語，出入藝術與社會之間，與大眾展開對話。

在散文敘寫上，一方面是興起了一股擁抱臺灣土地的「自然書寫」的文學思潮與寫作方向；一方面是在鄉土文學運動後的本土意識覺醒下，有些作家企圖以寫作來凸顯「客家主體性」，開啟了客家文藝復興的先聲。前者在自然書寫方面，代表作家有曾寬、鍾吉雄、黎華亮。其中又以曾寬散文最具成就。後者在客家文藝復興方面，有馮清春在客家農民文學、李盛發在客家歌劇文學，及陌上桑（郭俊雄）在客家政論散文等不同領域的努力，都發揮了具有相當分量的影響力。

另外在客家雜誌的創辦與客家社團運作，也有具體的影響與貢獻。客家雜誌方面，不論是《六堆雜誌》、《六堆風雲雜誌》，都提供了屏東地區客家人許多寫作發表的空間，促進了屏東客家文學的發展。「社團法人屏東縣六堆文化研究學會」的客家社團，在曾彩金總幹事努力下，不但扛起主編《六堆客家社會文化發展與變遷之研究》十五冊之重任，還蒐集、整理、出版十多本六堆文化書籍與民間文學有聲書，為傳承六堆客家文化及民間文學盡心盡力。

時序進入2000年，屏東客家文學進入百花齊放、眾聲喧嘩的自由開放的寫作年代。在屏東客家文學的多元創作敘寫方面，有四個面向及成就：第一是全面性「客語文學」的大量創作，第二是當代歷史小說的崛起，第三是現代詩歌藝術的開展翻新，第四是散文中的客家文化尋根及生態環境敘寫。

在全面性「客語文學」的大量創作方面，包括小說、詩歌、散文、兒童文學，都有以純正客語書寫的作品產出，可謂全面客家文藝復興的展開。至於創作成果，在客語小說方面，有李得福的《錢有角》；在客語詩歌方面，有吳聲淼、羅秀玲兩位；在客語散文方面，有劉敏華、黃瑞芳、曾秋梅、李雪菱、謝惠如、左春香、徐儀錦等客語老師的努力；在客語兒童文學方面，則以馮喜秀的客語兒童詩，鍾振斌押韻逗趣的童謠及客語口說藝術劇本，以及鍾屏蘭的客語兒童繪本為代表。

第二是當代歷史小說的崛起，這方面代表的有李旺台的得獎長篇小說《播磨丸》、《蕉王吳振瑞》、《小說徐傍興》；曾寬的歷史小說《出堆》、《終戰》、《紅蕃薯》等；加上新秀作家陳凱琳的《藍色海岸線》、《曙光——極東秘境馬崗回憶錄》、《藍之夢》等。

第三是現代詩歌藝術的開展翻新，包含寫作內容的多元及寫作技巧的推陳出新。代表的作家有涂耀昌、陳瑞山、曾蕭良等詩人。

第四是散文中的客家文化尋根及生態環境敘寫。在客家文化尋根方面，成就最高的當推曾喜城。在生態環境敘寫方面，謝桂禎（杜虹），蔡森泰、都有出色作品足堪代表。

綜觀屏東客家文學作品中，整體的書寫內容，基本上是植根於屏東平原上的客家農業生活型態。舉凡農庄聚落、農村風光、農民工作血淚、農家婦女辛勞、農業產銷問題、轉型壓力、生態環保、遊子他鄉的鄉愁等等，乃至客家族群意識、客家文化價值衝擊與保存，皆在屏東客籍作家筆下以小說、詩歌、散文等各式文類抒發表現，刻畫出勤奮、節儉、勇敢、耐苦、內斂、務實、誠懇、素樸的客家精神內涵，及客家價值觀及客家意識；可以說，屏東客家文學作品是植根於鄉土的農民文學，是客家人文化心靈的結晶，十足映現了深層的客家文化底蘊。

第七章
屏東的兒童文學

楊政源

一 前言

　　兒童文學是十分特殊的次文類，它也包含了小說、詩歌、散文、戲劇等各種文類，但又與之不同。從詞語結構而言，兒童文學包括「兒童」與「文學」這兩個不容易界義的字詞。「文學」暫且不論，「兒童」的定義，就我國《兒童及少年福利與權益保障法》而言，是指「未滿十二歲之人」[1]，但衡諸洪文瓊、邱各容與林文寶等人所著之《臺灣兒童文學史》，又納入適合十二～十八歲閱讀的「少年文學」。[2] 職是，在進入正文之前，我們需先為本文討論的範疇進行說明。本文採用林文寶的界定再配合《兒童及少年福利與權益保障法》，將「兒童文學」略分成兩個層次：幼兒文學（三～五歲／幼兒園）、童年文學（六～十二歲／小學）。[3] 亦即，本文所述，為集中在專為／適合三～

1　《兒童及少年福利與權益保障法》第2條，取自全國法規資料庫：https://law.moj.gov.tw/LawClass/LawAll.aspx?pcode=D0050001，檢索時間：2019年7月9日。

2　洪文瓊：《臺灣兒童文學史》（臺北：傳文文化事業公司，1994年）、邱各容：《臺灣兒童文學史》（臺北：五南圖書出版公司，2005年）與林文寶、邱各容合著：《臺灣兒童文學史》（臺北：萬卷樓圖書公司，2018年）等。

3　林文寶：〈說說兒童文學〉一文（收入程鵬升編：《純真童心》〔臺南：國立臺灣文學館，2016年5月〕，頁12-14），將兒童文學分成五期，除了正文所列兩期，還包括嬰兒文學（0-2歲／托嬰）、少年文學（13-15歲／國中）、青少年文學（16-18歲／高中）。依林氏的分期除了過於瑣碎，例如（1）在○至二歲進入符號系統之前，是否適用「文學」，或說，二歲之前的「文學」（口語文學，如歌謠、口述故事等）和嚴謹定義文學間的差異；以及（2）十三至十五歲與十六至十八歲之間適合的文學是

十二歲間閱讀而創作的文學。[4]

二　日治以前（-1895）屏東的兒童文學

　　兒童文學從定義來看，有較寬闊的「適合兒童的文學」與較嚴謹的「為兒童創作的文學」兩種。在兒童文學形成「供─需」的商業模式之前，大概都只能以前者為標準。臺灣兒童文學界泰斗林文寶曾說：

> 考各國兒童文學的源頭有三：
> 第一個源頭是口傳文學。
> 第二個源頭是古代典籍。
> 第三個源頭是歷代啟蒙教材。[5]

即是此者──無論是口傳文學、古代典籍或是啟蒙教材，顯然都不是專為兒童設計、生產，當然不會考慮到兒童的特殊心理。在兒童文學史的溯源上，只能在此文本中挑出「適合兒童的文學」作為兒童文學史的起源。

　　以屏東非「一國」而僅是「一區域」的兒童文學而言，包括原、

否有明顯差異外，又，目前國內普遍對於「少年」、「青少年」與「青年」的使用，
定義仍有許多分歧。為了避免節外生枝，本文即採用到十二歲的童年文學為止。

4　早期，中西皆無「專為兒童而創作的兒童文學」（見正文「日治之前」），以此，狹
　　義而言的兒童文學固然是「專為兒童而創作的文學」，但為納入溯源而在論及早期
　　之兒童文學，我們採納「適合兒童的文學」。

5　林文寶：〈總序〉，收入洪文瓊主編：《兒童文學童話選集》（臺北：幼獅文化事業公
　　司，1989年），頁12。在林文寶、邱各容：《臺灣兒童文學史》（頁44）中，也有「童
　　話是由神話與傳說演變而來」的說法。

漢等族群的口傳文學應猶貼合林氏前述「各國兒童文學」三源頭之一；但古代典籍與歷代啟蒙教材則需擴大至整個臺灣，乃至中華文化圈觀之。

屏東的口傳兒童文學包括排灣族、魯凱族、馬卡道族與漢族（閩南、客家）[6]的神話、傳說、民間故事與歌謠。

講古（說故事）是史前及識字率尚未普及前，社會底層對於歷史、文化、知識傳承的重要管道，[7]在部落社會，它更可以成為一項重要的社交能力，[8]是十分重要的社會行為。屏東原住民的神話傳說，最著名者應是巴冷（Balen）公主的傳說，此外與其他民族一樣還有起源神話、射日神話……等等。本章即摘錄《屏東藝文調查報告書》裡的一則魯凱族〈人類由來〉的神話為例：

> 從前，從天上降下了一位男神及兩位女神，他們降臨的石頭稱為 Pinsapakan，意即石頭裂開呈獸耳狀站立。
>
> 他們欲在此長住，討論如何增加後代子孫，絞盡腦汁仍一籌莫展。男神作的男人，風一吹便倒，雨一來就散，根本成不了人；女神作的女人也如出一轍。苦思之際，金蠅來到，問明原因後，乃提議出借自己的蠅卵，由神仙們努力培育。怎奈蠅卵孵化後，一點也不像人，反倒越像金蠅，眾神們大失所望，金蠅本以為不成神也成人的如意算盤也落空。

6　屏東地區另外還有阿美族、斯卡羅族……等，惟追源不易，又非本章重點，故存而不論。

7　「說話人」是中國古代娛樂界的一種職人。李悔吾：《中國小說史》（臺北：洪葉文化事業公司，1995年，頁176）：「『說話』就是講故事，猶如後來的『說書』。『說話』，是宋代民間藝人講說故事的特殊名稱，作為一種技藝，則起於唐而盛於宋。」

8　夏曼・藍波安：《冷海情深》（臺北：聯合文學出版社公司，1997年）。

> 遠方的鳩聞訊後亦出借出鳩蛋，鳩蛋外形更大又美麗，但還是
> 讓三位神失敗了，不僅如此神還以口中含餌餵養小鳩，直到現
> 在鳩仍將餌含在嘴中餵食小鳩。
>
> 後來試了蛇等千奇百怪的蛋仍無法孵育出人，沒辦法只好試試
> 自己，結果生出了一個可愛的嬰兒。眾神滿心期待，片刻不離
> 地細心期待，片刻不離地細心撫育，果然長大成男孩，接著又
> 生出女孩，人類得以留傳。
>
> 為使其生活衣食無憂，乃將粟塞入竹管放在耳後，只消一粒粟
> 就可供一家人吃飽一餐；若要吃肉，喚得鹿、豬，拔下一根毛
> 就可宿願以償，並供 Takanu（人名）以為使喚，搬運送物，
> 極為便利。[9]

這則神話說明了魯凱族的起源，同時讓金蠅、鳩等與魯凱族生活息息
相關的動物出現在故事中，反映出神話傳說特有的地方民族風貌。

除了原住民的神話傳說外，漢族的閩客族群也有許多民間傳說都
是陪著屏東兒童長大的口傳文學，如與鴨母王朱一貴牽連甚深的杜君
英、恆春半島的荷蘭公主傳說、東港溫王爺與各地媽祖廟的神跡等等。

在教育普及之前，文字使用率不高，念謠兒歌常常是方便記憶的
一種形式，對於兒童而言，除了有啟蒙之功外，一樣可用於文化與知
識的傳承。從《屏東縣藝文資源調查報告書》中錄一則〈一的炒米
香〉念謠為代表：

> 一的炒米香，二的炒韭菜，三的碚碚滾，四的炒米粉，五的五
> 將軍，六的分一半，七的七嬸婆，八的食無，九的敲大鑼。打

---

9 黃玉來：《屏東縣藝文資源調查報告書》（屏東：屏東縣政府文化局，2000年），頁
17。未出版。原文照抄，若有文句誤植，皆原文如此。

你千，打你百，打你一千零五百，鴨頭鴨尾咬咬啾！[10]

兒童透過拍掌、猜拳遊戲唸唱這首歌謠，可習得數字概念，頗類似今日的手指謠、〈一角兩角三角形〉的兒童念謠。

　　事實上，念謠與兒歌仍是目前幼兒教育十分重要的一環，畢竟，對識字不多的幼兒而言，音韻聲調節奏比文字更容易被接受。只是這些古早時期母語的念謠、兒歌，一一被國語、外語的現代念謠、兒歌所取代。

三　日治時期（1895-1945）屏東的兒童文學

　　在日治時期，屏東尚未見有專為兒童創作的兒童文學，但已有兒童自己創作的文學作品發表於報端。據邱各容於《臺灣兒童文學史》考查：

> （宮尾進主編的《童謠傑作選集》）該選集是台灣兒童發表在《臺灣日日新報》「兒童新聞」版童謠作品的集大成。他們分別就讀於宜蘭、基隆、台北、新竹、台中、台南、高雄、屏東、南投等地的公學校各年級學生，其中以高年級的作品居多。[11]

日治時期，「小學校」是為日籍兒童所設，「公學校」則是為臺灣人所設的初等教育機構。引文中，邱各容清楚說明是「公學校」的學生，可見日治時期屏東地區已有在地兒童創作的文學作品發表。

---

10 黃壬來：《屏東縣藝文資源調查報告書》，頁256。
11 邱各容：《臺灣兒童文學史》，頁10。

雖然當時尚未有成年人創作的兒童文學，但潮州庄的黃連發
（1913-1944）被譽為「日治時期唯一一位專注於『兒童文化』的臺灣
民俗工作者」。[12]黃連發生於今潮州鎮光華里，高雄州立屏東農業學校
農業科畢業，畢業後曾任職新園庄技士、潮州信用購買販賣利用組合
書記等，但任職不久就因健康因素辭職，其子嗣黃基博對父親的印象
即「長期臥病在床」。但在黃連發羸弱臥病期間，他竟能在以蒐集記錄
臺灣本島民俗資料著稱的《民俗臺灣》發表十八篇文章！據《潮州鎮
誌》載，計有：〈灶神〉、〈虎穴、關三姑〉、〈門聯〉、〈臺灣的兒童遊
戲〉、〈廟會與流動攤販〉、〈臺灣童詩抄〉、〈臺灣兒歌抄〉、〈有關兒童
之習俗〉、〈紅毛人採寶譚〉、〈臺灣孩童的玩具〉、〈農村與孩童〉、〈養
女與媳婦仔〉、〈臺灣兒童的惡作戲〉、〈有關孩童之俚諺〉、〈臺灣童詩
抄續〉、〈臺灣的民間故事〉、〈農村的粥〉、〈臺灣的民間故事續〉。[13]可
見黃連發十分關注兒童文學、民俗文化等。部分作品在戰後由黃威譯
成中文發表於《臺灣風物》。[14]

四　戰後初期（1945-1970）屏東的兒童文學

本期從戰後政權交替（官方語言更替）開始，直迄1970年黃基博
指導兒童寫詩有成（兒童創作童詩大量興勃）為止。

1945年終戰後一直到1949年國府撤遷來臺，無論是一般的文學界
甚或兒童文學界、屏東甚或臺灣，都陷入一個轉型適應的過渡階段，
屏東區域兒童文學的創作，在此時並未見表現。

---

12 林文寶、邱各容：《臺灣兒童文學史》，頁94。

13 李常吉等編撰：《潮州鎮誌》（屏東：屏東縣潮州鎮公所，1998年），頁643-644。

14 黃連發作，黃威譯：〈臺灣民間故事（一）～（完）〉共六篇，從《臺灣風物》第1
卷第1期（1951年12月）連載到第2卷第6期（1952年9月），其中第2卷第4期未刊。

　　目前屏東地區最早可見的一本兒童文學是潮州國小校刊《幼苗》，邱各容《臺灣兒童文學史》說：

> 該刊不但是屏東縣最早期的兒童文學刊物，甚至較宜蘭縣羅東
> 鎮各國小聯合刊物《青苗》早五年誕生。[15]

因此，《幼苗》也可能是臺灣最早的一本國小發行的兒童刊物。創刊於1959年10月1日，由彼時的校長張啟寬擔任發行人，由該校柯文仁老師負責實際編務，並由潮州中學莊世和老師協助美編、柯文仁的同學黃基博老師協助文編。雖是校刊，但事實上初期稿源主要由前述三位編輯提供，再慢慢接受全國各地讀者投稿，並設有「小作家」專欄提供國小學童發表，形成一本廣納各地稿源的「校刊」。該刊訂有價目表：零售每冊1.5元，半年六冊8元，全年十二冊14元，但據黃基博回憶，對外販售的數量十分有限，泰半還是贈閱學校學生、登稿人、校內同仁及文友。簡擇一篇《幼苗》中屏東新園國校五乙陳文聰的〈看布袋戲〉，一窺彼時兒童寫作之管豹：

圖一　《幼苗雜誌》／楊政源提供

15 邱各容：《臺灣兒童文學史》，頁227。

今天欣賞本地大拜拜。晚上媽祖廟前的廣場，正在上演布袋
戲，我和弟弟把功課做好後，便一道去瞧熱鬧。

因為布袋戲是鄉下人最愛看的戲，尤其是小孩子，所以觀眾特
別多。雖然戲還沒開演，可是臺下已是人山人海，擠得水洩不
通了，甚至有許許多多的野孩子，爬上了廟旁的那棵老榕樹，
目不轉眼地凝視著臺上哪些傀儡的巧妙動作。

戲臺旁邊，擺設著許多賣點心的小攤，不時伸長脖子向觀眾叫
賣。我們兄弟倆，聽到叫賣聲，都心不由主地走近攤位，不約
而同地買最愛吃的東西。

吃著，吃著，不消片刻時間，兄弟倆口袋裡的錢，已全部花個
盡光，於是乾脆戲也不看了，手拉著手，大搖大擺，哼著歌
兒，凱旋回家了。[16]

啟承轉合皆符合寫作規制，而主旨雖是「看布袋戲」，最後卻是在吃
完小攤子點心後，戲也不看地和弟弟手拉手回家了，十分富有童趣，
就內容與技巧而言，不輸也無異於日後的兒童創作。但在《幼苗》
中，還有更多充斥大人口吻的作品，如：同一期裡的〈路〉以光明與
黑暗的道路比喻人生道路，最後說：「我現在好像走進了黑暗的路，
因我平時不用功，老師總是勉勵我求上進，但我都把它當作耳邊風
了。」[17]〈美與醜〉則以村子裡兩位女孩當對比：外表美麗的女孩好
吃懶做，而外表醜陋的女孩卻勤奮向上。[18]〈星月對我的鼓勵〉則描
述某日星星鼓勵愛觀星的作者，於是我「從此就開始努力用功，立志

---

16 屏東新園國校五乙陳文聰：〈布袋戲〉，《幼苗》第37期（1962年10月），頁17。
17 屏東縣新園鄉仙吉國校六五吳秀琴：〈路〉，《幼苗》第37期（1962年10月），頁16。
18 屏東縣新園鄉仙吉國校六年許金霞：〈美與醜〉，《幼苗》第37期（1962年10月），頁
17。

做一個偉大的科學家。」[19]等等。頗似1950年代反共戰鬥文學的翻版，也符合我們對1960年代學校作文的刻板印象。

　　《幼苗》月刊社除了出版屏東第一份兒童文學刊物外，也出版了許多屏東的兒童文學作品，是此期屏東最重要的兒童文學出版社，包括黃基博早期作品《黃基博童話》、《我教你作文》皆由《幼苗》月刊社出版。[20]

　　1954年，黃連發之子黃基博（1935- ）[21]從屏東師範學校學校畢業後，先到琉球國小白沙分校、潮州鎮泗林國小服務，隨後於1958年進入新園鄉仙吉國小任教，以四十餘年的時間將仙吉國小打造為「兒童詩的原鄉」，也把屏東推升為「出產兒童詩最多、最好的地方。」[22]黃基博遂被譽為臺灣童詩教育的開創者。但黃基博

圖二　黃基博（左二）與翁禎霞（左一）、王國安（左三）、楊政源（右一）合照於永勝五號書屋／翁禎霞提供

---

19 屏東縣潮州鎮潮州國校四己劉仲萬：〈星月對我的鼓勵〉，《幼苗》第37期（1962年10月），頁16-17。

20 在《幼苗》月刊底頁刊有「幼苗叢刊」的廣告，除《黃基博童話》、《我教你作文》，尚有《孩子們與我》、《古今中外名人趣事》、《木馬歷險記》等；另據蘇愛琳：〈兒童詩教學的拓荒者——黃基博專訪〉（收入林文寶主編：《兒童文學工作者訪問稿》〔臺北：萬卷樓圖書公司，2001年〕。）文末整理的黃基博「著作目錄（兒童書部分）」，尚有《永遠的回憶》、《別》等，顯見《幼苗》月刊社在1960年代對於屏東兒童文學出版工作的意義。

21 本文有關黃基博創作史之介紹，除親與作家訪談外，也參考岑澎維：《黃基博童話研究》（臺東：國立臺東大學兒童文學研究所碩士論文，2005年）。

22 邱各容：《臺灣兒童文學史》，頁143。

在國小進行童詩教育是約於1970年左右才開始的，1950年代伊時他的
兒童文學創作是從童話開始；兒童文學教育則起於兒童散文。[23]黃基
博在調任仙吉國小不久，除協助柯文仁編輯《幼苗》月刊外，同年
（1959）10月25日也創辦《可愛的孩子》校刊。一開始只是八開報紙
型單張，幾經變革，到1964年更名為《作文的樹》時，已是「三十二
開本，一百頁左右」，「封面圖是彩色的，內文全部都注音，美觀大
方」，在當時是一本水準以上的兒童文學刊物。[24]以《作文的樹》第一
期為例，共分（一）嫩芽：收入國小一、二年級小朋友作品；（二）
綠葉：收入國小三、四年級小朋友作品；（三）花朵：收入國小五、
六年級小朋友作品等三部分。第二期起多了（四）甜果：收入校友、
師長文章，以及歌曲、漫畫……等，內容確實豐富。直到1971年6月
出版的第十四期才首次出現六年級蔡雅麗〈畢業〉等九首童詩。

　　黃基博自陳，初始，他的興趣是繪畫，會踏入兒童文學創作的領
域，有主客觀條件的推助：除了前述受同學柯文仁請託協助《幼苗》
的編務，以及自己在仙吉國小校內創辦《可愛的孩子》推動兒童文學
教育外，任教之初，年紀與小朋友差距不大，下課時間常有小朋友要
他說故事。而當時，坊間兒童書籍的特色是「創作較少，翻譯較多；

---

23 參見洪文瓊主編：《兒童文學大事記要1945-1990》（臺北：中華民國兒童文學學會，
　　1991年），頁39；邱各容《臺灣兒童文學年表》（臺北：五南圖書出版公司，2007
　　年）針對「黃基博開始推動童詩教學」更清楚指明是1970年9月。另據林煥彰編：
　　《童詩百首》（臺北：爾雅出版社，1983年，頁2）載「兒童寫詩，大概從民國五十
　　八、五十九年間，黃基博在屏東他所服務的仙吉國小，指導學生寫詩開始。」筆者
　　訪談黃基博老師，黃老師則不甚了了，或許對黃老師本人而言，這只是日常教學的
　　一環。依據《仙吉兒童文學》創刊於1964年10月10日判斷，黃基博開始童詩教學應
　　是在1960年代後半，並於1970年代初期出版童詩教學相關著作。

24 參見黃基博：〈我們的校刊──一棵「文藝之樹」的滄桑史〉，《校史長河──仙吉國
　　小校史初輯》（屏東：屏東縣仙吉國民小學，2003年），頁67-71。《作文的樹》再經數
　　次變革後，於1981年定名《仙吉兒童文學》並出版「仙吉兒童文學創作集」。

兒童讀物較少，兒童知識讀物較多；低年級的讀物較少，高年級的讀物較多」，[25]為此，黃基博遂開始自己創作童話故事。1954年在《國語日報》發表處女作〈可憐的小鳥〉，1961年集結後出版他的第一本童話集——《黃基博童話》（屏東：《幼苗》月刊社），是省籍作家出版童話集的前行者。[26]

> 洪汛濤先生在《臺灣兒童文學》一書中提到黃基博老師的作品很有孩子氣，在孩子中間通得過，受到孩子的喜愛。而黃基博老師的童話有個很大的特點：大都是寫孩子的心靈。如果童話要分門別類，黃基博老師的童話似可稱之「心理童話」。[27]

除了《黃基博童話》，黃基博還出版《玉梅的心》[28]、《兩顆紅心》[29]等童話集。因篇幅故，本章僅摘錄〈玉梅的心〉一小部分為例：

> 上課了，玉梅坐在靠窗的座位。老師正在講授社會，玉梅卻沒心上課，不知在呆想什麼。
> 玉梅的心跳出胸口，站在桌上，抬起頭對玉梅說：

---

25 邱各容：《臺灣兒童文學史》，頁40。
26 關於《黃基博童話》出版時間，包括洪文瓊主編：《兒童文學大事記要》、林文寶、邱各容：《臺灣兒童文學史》皆作1961年；黃壬來：《屏東縣藝文資源調查報告書（下）》、蘇愛琳：〈兒童詩教學的拓荒者——黃基博專訪〉、邱各容：《臺灣兒童文學史》則題為1967年。經向黃基博再次確認，黃基博找出《黃基博童話》出版時，與母親黃林錦榮、莊世和、柯文仁的合影為證；且查《幼苗》月刊，於1963年2月1日出版的四十一期底頁，已有刊登「幼苗叢書」《黃基博童話集（一）》售價5元的廣告，確實在1967年前已出版，故，應為1961年無誤。
27 蘇愛琳：〈兒童詩教學的拓荒者——黃基博專訪〉，頁330-331。
28 黃基博：《玉梅的心》（臺北：國語日報社，1968年）。
29 黃基博：《兩顆紅心》（屏東：成文出版社，1979年）。

「玉梅，我的好主人，這樣上課太苦悶了，我想出去散散步，好嗎？」

玉梅起先不答應，後來不忍心傷它，就點點頭默許了。於是玉梅的心悄悄的離開教室，來到小花園裡。

玫瑰花問它說：「玉梅的心呀！現在是上課的時間，你為什麼出來玩呢？」

「屋子裡沒有溫暖、可愛的陽光嘛！」

玉梅的心噘著嘴回答。

「你是一顆貪玩的心！」

大理花譏笑說。

「哼！我不跟你玩兒就是了。」

心很不高興地回答。

玫瑰花、大理花和孤挺花看到它那麼稚氣，不禁哈哈大笑起來。

牽牛花說：「玉梅的心呀！校長來了，還不趕緊跑回教室？」

心連忙跳進花叢裡躲藏起來，屏住了呼吸。[30]

據黃基博自述，這則童話源於小朋友上課分了心，他問小朋友「心跑去哪兒了」，所產生的靈感。從節選的文字中，可以看出黃基博的童話源自於身邊的日常生活，充滿了想像與童趣，即使數十年後的今日，小讀者的接受度仍很高。

事實上，對於「兒童創作童詩」在1970年代之前的文學界、教育界可說是聞所未聞、無法想像。1970年代童詩推動的另一巨手林鍾隆曾在〈兒童詩〉一文對當時一般大眾的觀念描述如下：

---

30 黃基博：〈玉梅的心〉，收入《兩個我》（高雄：百盛文化出版社，1999年），頁1-3。

> 一般的觀念是：成人都不見得會寫詩，兒童怎麼會寫詩？許多
> 很會寫文章的成人都寫不好詩，還不會寫文章的兒童，怎麼能
> 寫詩？詩的了解欣賞，成人都不容易，兒童哪能體會？理由非
> 常充分，懷疑全是事實。[31]

但黃基博用事實、成果打破社會大眾錮舊的成見，從這一期的末段開
始耕耘澆灌，在1970年代初期開始茁壯、結果。關於童詩教學與創作
成果，可參見下一期的敘述。

　　1960年代另一影響屏東兒童文學的大事是臺灣省立屏東師範學校
改制為臺灣省立屏東師範專科學校。從三年制高中改成五年制專科，
課程安排也隨之更易，其中，師專國校師資語文組開始設置「兒童文

**圖三　徐守濤（左二）與王萬清（左一）、李漳（左三）、
　　　　林文寶（左四）合影／徐守濤提供**

31 林鍾隆：〈兒童詩〉，《作文的樹》第15期（1972年6月），頁55。

學」課程。就學生而言，語文組學生需接受兒童文學的教學訓練，並在畢業後將兒童文學的種子帶進國小校園；就教師而言，因應備課與研究，也生產出兒童文學的教材與論文。長期擔任屏東師專相關課程的教師是徐守濤與李慕如兩位教師，徐守濤曾出版《兒童詩論》（1979）及數十篇兒童文學論文與譯作；李慕如則曾出版《兒童文學綜論》（1983），以及和羅雪瑤合著《幼兒文學》（1999）與《兒童文學》（2000）。

五　戰後第二期（1970-1988）屏東的兒童文學

此一時期從黃基博開始在仙吉國小指導國小學童寫童詩開始，直迄童詩漸衰，兒童戲劇漸興的1980年代中為止，可說是屏東童詩的黃金期，同時，也是前一期的兒童作家逐漸成熟發光的時期，包括曾妙容、林美娥……等縣籍的兒童文學作家都在這一時期紛紛嶄露頭角；以及在求學期間受到兒童文學教育啟發的師專畢業生在投入教職後，也接手了兒童文學教育的工作。

1970年代，因臺灣經濟起飛、國民教育普及，兒童文教出版事業也欣欣向榮。據洪文瓊《臺灣兒童文學史》研究，「市場是影響臺灣兒童文學發展的最重要因素」，「是性質非常特殊的產品」，[32]畢竟，兒童文學的使用者是兒童，但購買者卻是大人，兼以兒童文學不是生活必需品，使它處於消費邊緣，必須是大人有一定經濟餘裕後才會考慮到的消費品。

因此臺灣兒童文學起帶頭創新的是官方系統，民間系統的革

---

32 洪文瓊：《臺灣兒童文學史》，頁2。

新，一直到七〇年代，也即臺灣經濟起飛六、七年以後才具體出現。[33]

林文寶、邱各容《臺灣兒童文學史》更直言：

> 七〇年代在臺灣兒童文學發展歷程上，不僅是關鍵性時期，也是臺灣兒童文學從茁壯進展到蓬勃發展的初期階段。攸關臺灣兒童文學發展的諸多指標事件，都出現在本年代，對往後兒童文學寫作人才的培養以及兒童文學普遍推廣都具有決定性影響。[34]

目前論及屏東兒童文學，都會先想到童詩；想到屏東童詩，自然會浮現1980年代「北海寶、南仙吉」的令譽——彼時國內兒童文學界公認，推動童詩教學最力的，北部以苗栗海寶國小為代表，南部則以屏東仙吉國小為最。[35]仙吉國小校長施輝機說仙吉國小是「兒童詩的發祥地」：

> 七十學年度（筆者按：1981年8月）開始，省教育廳提出發展與改進本省新構想的五大方案，實施的辦法中有一項「推展兒童詩歌教學」，是挺新鮮的事。不過本校的老師似乎有先見之明，早在十幾年前就已經開始指導寫詩了。……作家林鍾隆先生說：「仙吉國小的老師教兒童寫詩，據我所知，在我國——

33　洪文瓊：《臺灣兒童文學史》，頁5。

34　林文寶、邱各容：《臺灣兒童文學史》，頁130。

35　林文寶、邱各容：《臺灣兒童文學史》，頁136。但書中所述「《風箏童詩刊》是仙吉國小的林加春主編」卻是誤植。林加春是高雄林園國小的老師；仙吉國小的校刊是《仙吉兒童文學》。《風箏童詩刊》社長是蔡誌山，彼時蔡氏為東港國小老師，《風箏童詩刊》第一期出版頁登載的社址即為「東港鎮興東路七之二號」。

至少在臺灣，是一項創舉，值得大書特書，值得鼓掌喝采
的。」
屏東師專徐守濤教授也說：「我國的兒童詩，它的盛行是近九
年來的事。在臺灣最早最熱心提倡兒童詩的是屏東縣新園鄉仙
吉國小的老師。」[36]

圖四　《屏東縣新園鄉仙吉國民小學
第三十九屆畢業生紀念冊》封
面為1984年時的舊校門，目前
校門與校舍皆已重建／
楊政源提供

如前述，黃基博自1958年進入
仙吉國小任教後，即大力推動
兒童寫作。1959年創刊《可愛
的孩子》，1964年10月10日改
版《作文的樹》。與《幼苗》
相同的是，兩本校刊都是由校
方編列預算，故能長期而穩定
的編輯、發行；與《幼苗》不
同的是，《仙吉兒童文學》出
版頁載明為「非賣品」，且作
品泰半為該校師生創作，偶有
刊載校外師長、校友文章，卻
尠有校外的兒童作品。[37]除了
《仙吉兒童文學》這本定期刊物外，仙吉國小也協助出版許多兒童文
學教學著作。據該校校長施輝機所述：

36 施輝機：〈屏東縣仙吉國小語文教學及研究成果〉，《仙吉兒童文學》第28期（1984
年3月），頁122。

37 1962年9月1日起，仙吉國小校刊「變成了（新園）鄉內五所國小的聯合校刊，以小
冊子發行，定名為『新園兒童』，三十二開本，五十頁左右一共出了七期」。參見黃
基博：〈我們的校刊——一棵「文藝之樹」的滄桑史〉，收入《校史長河——仙吉國
小校史初輯》，頁67-71。

　　本校就像一家出版社，源源獎助老師們出版新書。已經出版的
　　語文教學叢書有：「國語科教學研究」、「我教你作文」、「我教
　　你修辭」、「兒童提早寫作方法」、「圖解作文教學法」、「怎樣指
　　導兒童寫詩」和「兒童文章病院」等。[38]

該文撰於1984年，彼時仙吉國小教師已有如此豐碩的兒童寫作教學經
驗分享；而包括每年一期的《仙吉兒童文學》、各報章雜誌發表的作
品，以及各類兒童文學獎的得獎作品，則是兒童文學寫作的成果展現。
1970年代顯然是前一時期——兒童文學教育初發期——的收割期。

　　檢閱《仙吉兒童文學》，最早出現該校學童創作的童詩，如前
述，可溯至1971年6月出版的第十四期《作文的樹》；第十七期《仙吉
兒童》（1977年10月1日）首次出現「兒歌」與「童詩」的專欄，爾後
也幾成定制，而且占比逐漸變大，第二十八期（1984年3月1日）幾成
童詩專輯，但也可說從這一期開始，童詩發展逐漸趨緩乃至漸歇。本
章摘選第十四期刊出的二年級曾淑麗〈小皮球〉為例：

　　小皮球，
　　沒人跟它玩，
　　是多麼寂寞！
　　你在那兒等我，
　　我放了學，
　　就和你一起玩兒。[39]

---

38 施輝機：〈屏東縣仙吉國小語文教學及研究成果〉，《仙吉兒童文學》第28期（1984
　　年3月），頁118-119。
39 曾淑麗：〈小皮球〉，《作文的樹》第14期（1971年6月），頁50。該詩也被刊載在
　　《笠詩刊》第45期，同時也被林煥彰選入《童詩百首》中。

將小皮球給擬人化，並將自己的情感投射在小皮球上。雖稱不上多好的童詩，但以國小二年級的學童來說，實屬不易！更不要忘了：那還是兒童創作童詩的發軔期！

再舉相隔十餘年後，第二十八期五丙何秀婷〈海〉為例兩相比較：

> 一個剛出生的孩子，
> 愛哭得很，
> 整天嘩嘩叫，
> 吵醒了東邊的太陽，
> 累壞了西邊的月亮。[40]

一樣將詩作目標（海）擬人化，但更為生動，並加入太陽、月亮的互動，且能依太陽（東邊／升起）月亮（西邊／降下）的特性，而給予不同的形象（吵醒、累壞），水準遠勝前詩，除了作者年紀不同會影響詩作水準外，相信經過十多年的童詩創作教育，對於學童也有一定的移化功效。

因仙吉國小領風氣之先，再加上彼時臺灣整體風氣的形成，如前引文中施輝機所述，1981年起，省教育廳開始以公部門的資源掖助、發展兒童文學的教學。仙吉國小在這段期間，陸陸續續出版了許多兒童創作集，例如《兩個我》、《不褪色的母愛》……。

1 周廷奎（1932-）

除了仙吉國小之外，1976年，周廷奎（即詩人路衛）調任屏東市鶴聲國小服務，為該校創辦《鶴聲兒童雙月刊》，同時也在該校推動

---

40 何秀婷：〈海〉，《仙吉兒童文學》第28期（1984年3月），頁90。

兒童文學教學。此後幾年，周廷奎便陸續將他在兒童詩的教學與研究成果發表在《布穀鳥兒童詩學季刊》、《葡萄園詩刊》等，逐漸在鶴聲國小形成一處新的兒童文學據點，1984年鶴聲國小還接受屏東縣教育處委託辦理兒童文學研習營。周廷奎有童詩集《春天來到萬年溪》。[41]

2　曾妙容（1954-）

　　曾妙容與林美娥都出生於1954年，都是師專畢業，也都曾在學生時代受黃基博指導，並在1970年代同時發亮。

　　曾妙容可說是本期屏東縣最亮眼的兒童文學新星。《露珠》[42]是曾妙容1974年出版的童詩集，當年，曾妙容仍是屏東師範專科學校（以下簡稱屏東師專）五年級的學生！黃基博回憶，師專時期的曾妙容就常把作品寄給他批閱，是一位對兒童文學十分有興趣的兒童教育工作者，所以「林良認為一個在學生能夠擁有自己經營『兒童文學花園』，實在難能可貴。」[43]畢業後擔任國小教師的曾妙容，筆耕不輟，繼《露珠》後，1975年〈漣漪〉一詩獲洪建全兒童文學獎童詩佳作，並出版同名童詩集。此後，曾妙容即一再獲得各類兒童文學獎的肯定，而且更從童詩擴及童話與少年小說，重要者如次：1976年，〈樹〉獲教育部文藝創作獎兒童文學類散文獎第四名；1977年，《飛向永恆的青天》獲洪建全兒童文學獎少年小說第一名、〈圓圈圈〉與〈樹葉的臉〉獲童詩佳作，《春臨七里溪》獲教育部文藝創作獎兒童文學類小說獎第二名；1978年，《幻想世界》獲洪建全兒童文學獎童話第一名，〈透視眼鏡〉獲教育部文藝創作獎兒童文學類童話獎第四名；1979年，《春天來到嘉和鎮》（原名《小鎮春回》）獲洪建全兒童

---

41 周廷奎：《春天來到萬年溪》（屏東：屏東縣立文化中心，1994年）。

42 曾妙容：《露珠》（高雄：臺灣省文教出版社，1974年）。

43 邱各容：《臺灣兒童文學史》，頁207-208。

文學獎少年小說組第一名。表現十分優異。1980年代之後,雖仍有作品問世,[44]但已逐漸退出兒童文學界。所以邱各容才會感慨地說:「曾妙容在七〇年代也是《國語日報》『兒童文學週刊』的作者群之一,曾幾何時,她卻不知何故而與兒童文學漸行漸遠。」[45]我們來看看她有一首被林煥彰收錄到《童詩百首》的作品:

〈老祖母的牙齒〉

時間真是惡作劇,
愛在老祖母的牙齒開山洞;
風兒更頑皮,
在那山洞裡鑽來鑽去。
噓!噓!噓!
老祖母的話兒半天才說一句:
去!去!去!
逗得我們笑嘻嘻。[46]

詩充滿了兒童的童趣,說是時間在惡作劇,詩人一樣也在開老祖母牙齒的玩笑。而且詩在格律上也頗富匠心,押了一ㄨㄩ的寬韻,讓讀者在誦讀時更有其況味。

---

44 曾妙蓉、林立、陳亞南等合著:《少年小說》(臺北:書評書目出版社,1982年);曾妙蓉:《千分之一秒的靜悄悄》(南投:臺灣省政府教育廳,1986年)。

45 邱各容:《臺灣兒童文學史》,頁208。

46 曾妙容:〈老祖母的牙齒〉,收入林煥彰編:《童詩百首》(臺北:爾雅出版社,1983年),頁124。原文選自曾妙容兒童詩集《露珠》。

3 林美娥（1954-）

　　林美娥，筆名禾圃，一樣在屏東師專時期就曾寄作品向黃基博請教。1974年發表處女作童話〈衣服的爭論〉之後，開始有大量兒童文學作品產出：1978年〈等待〉獲洪建全兒童文學獎兒童詩組第一名；1980年〈爸爸的瑜珈術〉、〈風箏〉、〈賭氣〉等童詩三首獲洪建全兒童文學獎創作獎入選；1982年〈糖果偷笑〉獲教育部文藝創作獎兒童文學類小說獎佳作。林美娥作品集中在童詩與童話，在這個階段共出版過童話集《衣服的爭論》與童詩《假如世界是透明的》兩部兒童文學。[47]雖然量略遜於曾妙容，但質卻不遑多讓，事實上，林美娥是屏東師專美勞組畢業，專長在美術畫畫上，能在兒童文學上有一片天空，除了黃基博、林鍾隆等前輩指點、提攜外，自己肯「對寫作下一番功夫」[48]也同樣重要。但和曾妙容一樣，林美娥也在這個階段之後作品產量漸少。我們一樣藉林煥彰的《童詩百首》，來看看林美娥的〈蘋果〉：

　　　　看到別人大口大口的吃著蘋果，
　　　　我就想，
　　　　怎麼不生病呢？

　　　　頭一陣陣的痛，
　　　　全身熱燙燙的；
　　　　模模糊糊的看見，

---

47 林美娥：《衣服的爭論》（屏東：屏東縣立文化中心，1998年）；林美娥：《假如世界是透明的》（屏東：南潮出版社，出版年不詳）。

48 林美娥：〈林美娥自序〉，收入林美娥：《美化人生2013：林美娥創作集》（自印本：2013年），頁7。

　　爸爸拿著又大又紅的蘋果：

　　「來！吃蘋果！」

　　我心裡很高興，

　　用力咬了一口，

　　這是蘋果嗎？

　　怎麼這樣苦！

　　我不要蘋果了，

　　我寧願病趕快好。[49]

以吃蘋果為例，用三段式的方式來呈現「追求天邊彩虹」的心態：想吃蘋果（想要一個不切實際的願望）──生病吃到蘋果，卻因生病而影響口感（得到願望了卻不是自己想要的）──寧願回到健康的狀態（祈求回到原初的自己）。這或許是每個小朋友都曾遭遇過的心境，只是蘋果換成別的東西罷了。

4　林清泉（1939-）

　　除了兩位新星，前行詩人林清泉也在這一時期跨足兒童文學。先是1969年以《仁慈的報酬》短劇參加屏東縣兒童戲劇比賽獲編劇獎；1973年再以《雨過天晴》、《仁慈的報酬》兩部劇本獲教育部兒童劇本獎，1978年《孤兒努力記》再獲教育部兒童劇本獎，可說是屏東縣在兒童劇本上較早成就的作家。約此同時，他也跨足童詩創作，1975年童詩處女作〈風〉刊於《國語日報》後，1979年〈螢火蟲〉獲洪建全兒童文學創作獎兒童詩組佳作，並於1987年出版童詩賞析與寫作指導

---

49 林美娥：〈蘋果〉，收入林煥彰編：《童詩百首》，頁92。原文選自《兒童月刊》。

《遨遊童詩國度》。[50]本章摘錄其〈螢火蟲〉以窺一斑：

圖六　林清泉（前左一）與黃基博（前左二）、郭漢辰
　　　（後立左一）、鍾文馨（後立左二）、林剪雲（後
　　　立左三）、封德屏（後立右一）合照於仙吉國小／
　　　文訊雜誌提供

50　林清泉：《遨遊童詩國度》（屏東：現代教育出版社，1987年）。

夜裡，靜靜的原野上
螢火蟲在草叢
提著燈籠捉迷藏
天上的星星
低頭一看
詫異地說：
「我們的同伴甚麼時候
掉下去了？」[51]

林清泉自云：〈螢火蟲〉被「選入《兒童詩佳作選》一書，後《國語日報》與路衛發表調查均以這首詩最受兒童歡迎喜愛。」[52]胡薇補充說：「只要接觸過童詩的人，不管大人或小孩，幾乎都讀過它。」[53]以螢火蟲比喻星星是十分通俗的做法，但能從星星的角度觀察，本詩卻是首例。

5 林玲（1941-1994）

已故作家林玲在1978年曾以童詩〈穿紅鞋子的小女生〉獲第四屆洪建全兒童文學創作佳作獎，此後童詩創作即源源不絕，後來集結成童詩集《房子生病了》。[54]除了童詩，1980年代後，林玲還專注在中國神話傳說的改寫，這也是當時主流社會風氣的走向。

---

51 林清泉：〈螢火蟲〉，收入林武憲主編《兒童文學詩歌選集》（臺北：幼獅文化事業公司，1989年），頁91。

52 黃壬來：《屏東縣藝文資源調查報告書（下）》。

53 胡薇：〈童詩的掌燈人──林清泉〉，收入林清泉《遨遊童詩國度》（屏東：現代教育出版社，1987年），頁3。

54 林玲：《房子生病了》（臺中：臺灣省政府教育廳，1990年）。

6　杜紫筠（1941-）

　　杜紫楓的胞妹杜紫筠出道較其姐早了廿多年，黃基博憶及，杜紫筠早在就讀仙吉國小時就才華展現。在《作文的樹》第一期的第一頁介紹兩位「本校文星」之一，就是杜紫筠。杜紫筠曾參加52學年度全縣中小學學生作文比賽，得國校組第三名、國語日報社53年4月份「每月徵文」，得佳作第三名、臺灣新生報社舉辦53年兒童節徵文比賽，得五年級第三名。

7　杜紫楓（1940-）

圖七　杜紫楓（右）與黃基博（左）合照／杜紫楓提供

　　杜紫楓，筆名紫楓。出道略晚，但起步後就創作不輟，迄今在兒童文學共出版了童話類七本、兒童戲劇類二本、童詩二本。杜紫楓從兒童劇本出發，1990年代後，更從兒童劇本拓展至童話、童詩等。

　　以下節選杜紫楓於1992年受文建會「好書大家讀活動」的推薦好書——《是誰偷了果子》的同名作品：

　　一向蹦蹦跳跳的小松鼠，有一天卻愁眉苦臉的坐在溪邊，螃蟹看見了便爬過來回他說：「小松鼠呀，你是不是遇到什麼麻煩啦？」

　　小松鼠嘆了口氣說：

「唉！我昨天辛辛苦苦採了許多紅果子藏在樹下的洞裡，今天
卻全不見了。我是準備收藏好過冬的，這下全完了。」

「別洩氣！小松鼠，你可以再去採呀！」

小松鼠搖搖頭說：「你說的倒輕鬆，要去找這麼多果子不容
易，而且採果子是很辛苦吔！」

螃蟹聽了不禁同情的說：「唉！是誰這麼缺德偷人家辛苦掙來
的東西呢？」[55]

從這個紅果子被偷的引子，帶出小松鼠對朋友疑神疑鬼，甚至暗中報
復；但當真相揭曉時，小松鼠不因紅果子被偷而哭泣，卻因懷疑與誤
會朋友而落淚，從中帶出故事的寓意。我們都知道說故事來引導小朋
友會比直接說教更有效力，但如何說一個讓小朋友聽得懂的故事來潛
移默化幼童，卻不是每個人都可以知道的。於是，諸如〈誰偷走了果
子〉此類的童話、寓言，在坊間市場上，就備受重教育先於重娛樂的
家長青睞。

除了大人在兒童文學領域上投入的質量日增外，這個時期屏東地
區兒童本身的創作也逐漸達到高原期，以詩、散文最多。除了縣內各
校自辦校刊，提供學童發表園地外，各地也開始辦理學童的作品徵選。

首先我們注意到的是：臺灣省第一本兒童創作的連環漫畫故事書
《阿花遊臺北》及其續集《阿花遊臺灣》出版。[56]本書由潮州國小教
師陳處世和羅欽城指導，潮州國小與光華國小的五、六年級小朋友王
希堯、羅士杰著，陳盧一、潘金龍畫，文字與圖畫皆由兒童完成（書

---

55 杜紫楓：〈是誰偷了果子〉，收入氏著：《是誰偷了果子》（臺北：富春文化出版社，
　　1991年）。

56 王希堯等：《阿花遊臺北》（臺北：新理想出版社，1977年）；王希堯等：《阿花遊臺
　　灣》（高雄：臺灣省文教出版社，1980年）。

**圖八　《阿花遊臺灣》與作者之一
羅士杰／翁禎霞提供**

底還有潮州國小六年級小朋友李汝懿作曲的歌:〈阿花遊臺北（二）〉），儘管仍不免有老師指導，但仍屬不易!至此，不論散文、詩、童話乃至遊記，應該再也沒有人會懷疑兒童無法自己創作給兒童閱讀的作品了。

《阿花遊臺北》以今日兒童文學的出版水準看來，是頗不理想的:文字太小、畫面簡樸、單色套印，而且紙張品質也不佳。但卻可在短時間內出版續集，且不到兩年就出到四版，顯見主要是內容吸引讀者。1970年代正值臺灣都會化快速發展的時期，文學界出現「鄉土文學」以省思都會化中鄉村的變異，其實側寫出彼時大都會對鄉村人口的吸引力。阿花系列兩書即是這種社會集體心理的反映。試舉其續集《阿花遊臺灣》中關於屏東的片段以窺管豹:

> 潮州到鵝鑾鼻，兩個多小時的公共汽車就到了。阿花指著燈塔告訴阿香:「這燈塔有五層樓高，晚上放出萬丈光芒指引著巴士海峽夜航的船隻，水手們一見這個燈光，就像回到了老家一樣高興!」阿香問阿花是怎麼知道的?阿花故作神秘的笑一笑說:「看書呀!」
>
> 接著坐車來到墾丁公園。阿花不明白「墾丁」兩字的由來，剛好有位老先生告訴她:「在清朝光緒三年時，招撫局從廣東潮州府招募一批壯丁，來這裡開墾，種植樹木，因此此地為『墾丁』。」阿花一聽，想到自己的祖先也是潮州府來的，忽然很

得意地說：「我的祖先也可能是來這裡墾荒的功臣啊！」引得
大家都笑了。[57]

《阿花遊臺灣》的特色可從引文得知一二：（一）藉由阿花的行程，
介紹臺灣各地名勝及其典故；（二）以日常通俗的方式傳遞前述的訊
息；（三）仍蘊涵著高含量的「教育」意味，但包裝在生動趣味的字
裡行間；（四）彼時臺灣自製的兒童文學已可以有深厚的鄉土意識。

1980年，《風箏童詩刊》出版。由彼時任教於屏東縣東港國小的
蔡誌山老師擔任發行人，社址在東港鎮，[58]實際社務則由林園國小的
林加春老師負責。蔡誌山、林加春都較黃基博小一輩，雖未必親炙過
黃基博，但正是接受前一期兒童文學教育長大的青年。《風箏童詩
刊》內容包括成人、兒童的創作作品，第三期起辦理「風箏童詩徵
文」，每期設有主題，不限訂戶，「凡國小兒童均可參加」，對提倡童
詩寫作頗多助掖。試舉一例：

〈海浪〉屏縣萬丹國小／林龍昌

海和沙灘離婚了
兩個人都爭著要海浪
你拉過來
我拉過去
海浪不知道
該跟爸爸

---

57 王希堯等：《阿花遊臺灣》，頁14-15。
58 第一至二期設在東港鎮興東路7-2號，第三至六期設在東港鎮船頭里23-37號，第七
   至九期設在新園鄉仙吉路57號。

　　還是跟媽媽

　　急著放聲大哭[59]

　　藉由海浪的自然現象，反映出彼時離婚頻傳的社會問題，以及，在此
社會問題下無助孩童的心境。即使從今日看來，也是十分優秀與吻合
社會現象的一首童詩。

　　1982年由臺南市政府結合大千出版社辦理第一屆金羽獎全國兒童
徵文比賽，雖然一～五名沒有屏東縣籍的小作家，但特優、佳作則在
所多有。因比賽徵文為散文，文長不易摘錄，本章僅以屏師附小李香
芳小朋友獲選特優的作品〈誰來關心他——孤獨的老人〉為例，管窺
彼時的兒童創作。[60]該文以全家出遊，在溪邊的烤肉區遇一拾荒老人
為題，以全家出遊對比老人孤獨拾荒，討論當時尚未嚴重的老人問
題。事隔近四十年，高齡化的社會問題早已不是新聞，想來當年六年
級的李春芳亦將邁入半百，不知如何回顧這篇文章？該文文末有言：
「有人說：『臺灣是老人的天堂。』」今日讀來，反差益發強烈。

　　1985年由民生報主辦，桂文亞主編的《兒童詩選欣賞》，共編四
冊，屏東縣籍學童的作品不多，讓人詫異。其中當年就讀竹田國小二
年級的鍾琦皓〈青蛙〉一詩，短短三句簡潔而深富童趣與想像力，可
說是童詩中的傑作：

　　青蛙不知在叫賣什麼？

　　呱呱的叫了一整天，

---

59 林龍昌：〈海浪〉，《風箏童詩刊》第9期（1983年10月），頁14。

60 李香芳：〈誰來關心他——孤獨的老人〉，收入詹言訥主編：《兒童心聲知幾許（下）》
　　（臺南：大千出版社，1982年），頁479-481。

　　　　仍然沒有人去買。[61]

　　除了文學創作外，此一時期另一令人矚目的事件是相關文學社團的
成立。

　　1977年4四月22日「南部兒童語文研究會」假屏東師專附小圖書
館成立，是目前可見屏東最早兒童文學相關社團成立紀錄。儘管未以
「兒童文學」為名，但主席邱秀霖在報告時說：[62]

　　　　兩三年前，我與黃基博等學長聚會，大家構思召集本縣對語文
　　　　教育、兒童文學有興趣、有研究的文友，發起組織「南部兒童
　　　　語文研究會」。……我們發起本會的宗旨，就是為研究語文教
　　　　育及為兒童文學多做一美事，貢獻個人經驗，由本縣「美」的
　　　　形成而擴展到「南部縣市」。

清楚表明「兒童文學」為該研究會成立宗旨之一，比高雄市兒童文學
寫作協會（1980）、中華民國兒童文學學會（1984）都早。該會成員
或是自己創作兒童文學，或是推動兒童文學教育，大多是屏東地區
國小教師，包括邱秀霖、黃基博、馮喜秀、林美娥、曾妙容、羅欽
城……等。

六　戰後第三期（1988-）屏東的兒童文學

　　本期也可說是解嚴後的時期。1987年7月15日臺灣解嚴，解嚴後

---

61 鍾琦皓：〈青蛙〉，收入桂文亞主編：《宇宙的圖畫──兒童詩欣賞2》（臺北：民生報
　　社，1975年），頁140。
62 見「南部兒童語文研究會第一次研究會會議紀錄」，紀錄人為馮錦松。未出版。

對兒童文學最大的影響是報章雜誌的大量出現，雖然許多報章雜誌都是曇花一現，但經市場刪汰後仍保留下來的，還是較前期為多，且都是體質良好、營運健全。在屏東出版的報章雜誌不多，但屏東縣籍作家透過全國這些雨後春筍而出的報章雜誌而發表作品，產生不少兒童文學作品與作家。

1　岑澎維（1963-）

　　岑澎維在二十世紀前的創作表現並不明顯，但在二十一世紀就讀國立臺東大學兒童文學研究所後，童話創作大爆發，而其碩士論文為〈黃基博童話研究〉，以此觀之，岑澎維的童話創作或有受黃基博影響的可能。曾獲陳國政兒童文學獎、《國語日報》牧笛獎、南瀛文學獎、臺灣文學獎、好書大家讀年度最佳少年兒童讀物獎等等獎項；她不僅是文學獎的常勝軍，而且作品叫好也叫座，常是兒童文學類的暢銷書，包括《小書蟲的生活週記》、《一個人的生日蛋糕》、《阿沖‧黑黑‧鮪小寶》、「小壁虎」系列、「濕巴答王國」系列、「找不到」系列、「奇幻聊齋」系列、「奇想三國」系列⋯⋯都是。節選她入選《二○○六臺灣兒童文學精選集》的作品〈月光河〉：

> 月光河的西邊，住著一個打柴的樵夫。
> 靠著打柴掙來的錢，勉強只夠自己簡單的三餐，再想要有其他的花費，只有靠老天爺給個好天氣，不要經常下雨，弄濕了柴細。
> 破舊的鞋子，滿是補丁的衣衫，大家都說他是「窮得快被鬼捉去的樵夫」。
> 他經常看這一河破碎的月光，心裡湧起一陣陣的淒涼，不知道什麼時候，鬼就會來捉他了。

> 月光河的東邊，住著一位箭法精準的獵人。
>
> 因為總是百發百中，所以生活過得去。
>
> 日子雖然過得還可以，但是，因為獵人醜得讓人一看，眼光立刻就會滑脫出去，不想再多留一下，所以大家就叫他是「醜的連鬼都不要的獵人」。[63]

一個「窮得快被鬼捉去的樵夫」遇上一個「醜的連鬼都不要的獵人」再加上真的鬼，會發生什麼樣的事情呢？岑澎維用她的奇想與妙筆，帶著小讀者進行一趟月光下的冒險。

2　郭明福（1953-）

　　長期在桃園從事美術教育的知名藝術家郭明福，1980至1990年代即已出版過數本散文作品集，[64]從1980年代末期涉足兒童文學的創作與教學，後來集結出版《妹妹寶貝》、《我知道，你也愛我》敘述幼時在屏東的成長時光，[65]頗有沈復《浮生六記・童年記趣》的況味。

3　陳甍慈（1978-）

　　與郭明福一樣描寫童年生活的，還有萬丹女兒陳甍慈，應徵2013年屏東縣政府文化處寫作計畫而成的《放肆童年》（2014）。陳甍慈畢業於靜宜大學英國語文學系、國立新竹教育大學臺灣語言與語文教育研究所，目前也在臺中任職，是文學獎的常勝軍。但與郭明福一樣，

---

63 岑澎維：〈月光河〉，收入林文寶總召集，洪志明、陳沛慈、陳景聰編輯：《二○○六臺灣兒童文學精選集》（臺北：小魯文化出版社，2007年）。

64 郭明福：《琳琅書滿目》（臺北：爾雅出版社，1985年）；郭明福：《年華無聲》（臺北：爾雅出版社，1990年）。

65 郭明福：《我知道，你也愛我》（臺北：民生報社，2004年）；郭明福：《妹妹寶貝》（臺北：民生報社，2004年）。

當提筆寫作時，心中自然流洩而出的是幼年時在屏東的無憂、放肆的鄉村童年。郭明福與陳甚慈的作品剛好呈現出兩代人對於屏東—戰後初期與經濟起飛期—的不同風物描寫，十分值得對照閱讀。摘擷一段《放肆童年‧我的畫畫天份》以見一二：

> 有一天，老師宣布隔天的美術課要帶水彩，我興奮地拉著爸爸去村裡唯一的文具行買了一盒。當時美勞課老師總是發給大家一張圖畫紙，題目不是「我的……」，就是「自由創作」。當天老師依舊發下圖畫紙，而當天的題目是：「我的家鄉」，我興高采烈地畫下心目中的故鄉，有山有水還有田園。交出去後老師給的分數不高，因為他說看不懂我在畫什麼，我跟老師解釋說：「大武山上一點一點的是飛機的大便（傘兵跳傘），東港溪的竹籠是我阿公捉鱉放餌的陷阱，而稻田裡空蕩蕩的只有一座土堆，因為稻子收割完了，我和鄰居在裡面焢土窯。」[66]

相信這是許多1970年代前後出生的臺灣人共有的成長經驗。筆調輕快，口吻輕鬆，充滿濃濃的童趣。

4　陳林（1955-）

本名陳新添的林邊作家陳林，是退休後才專務文字創作，可稱為「熟齡新秀」。但創作成績不俗，曾獲吳濁流文藝獎、時報文學獎與九歌少兒文學獎等。兒童文學作品有《沿山公路旁的六顆星》（2019）、《臺灣農場》（2017）、《阿嬤的故鄉》（2017）、《大武山腳下的五顆星》（2009）、《飛過林邊溪的祖先》（2005）等等。

---

66 陳甚慈：《放肆童年》（臺北：遠景出版事業公司，2014年）。

5 周芬伶（1955-）

除了新秀外，在1990年代已是知名散文作家的周芬伶於1990年代初期創作了三本優質的兒童文學作品：《醜醜》（1991）、《藍裙上的星星》（1992）、《小華麗在華麗小鎮》（1993）。其兒童文學保持散文清雅秀麗的文風，而增添適合國小小朋友閱讀的輕快感。

6 林剪雲（1956-）

同樣成名甚早的女作家林剪雲也在新舊世紀交替之間由高雄市百盛文化出版社出版了數本兒童文學作品：《在地球上找個家》（2000）、《我家有點傷腦筋》（2001）、《魔法農莊》（2009）。《在地球上找個家》敘述移民中美洲國家貝里斯的故事，由中學生主角以第一人稱敘述，是十分罕見的題材。《我家有點傷腦筋》則讓主角回到過去時光和幼年時的爸爸相遇，語氣幽默、內容有趣。《魔法農莊》內容如題，但作者的想像力則能超越坊間類似作品。

其他作家如曾寬、許思、張榮彥在此一時期也都有新作產生。堪稱多產作家的曾寬（1941-2022）在2000年起出版《孤兒日記》（2000）、《黑牛漂流荒島記》（2001）、《小冬的夏天》（2003）、《銀色芭蕾舞鞋》（2004）四本兒童文學，幾乎一年一本，十分不容易！張榮彥（1940-）於1999年、2000年出版頗有個人色彩的《草地男孩成長記》與《庄腳博士》；許思（1947-2022）也在2000年出版《我家住在動物園》（前述書籍同由高雄百盛文化出版社出版）。[67]

受社會氛圍影響，臺灣各地、各族群開始尋根熱，包括「山地同胞」正名為「原住民族」，並開始宣揚自己民族、部落的文化，進行

---

67 包括曾寬、許思、張榮彥，以及本文未提及的馮喜秀、利玉芳、鍾屏蘭、陳寧貴……等客家籍作家的兒童文學，可參照本書「第六章屏東的客家現代文學」。

自族的「文藝復興」；包括漢族的閩客族群重新定位與原鄉的關係，尋找被長期忽略的在地歷史與文化。因此，鄉土教材、母語教學等，紛紛於這一時期進入國小的正式課程，為教學之故，各地方政府也開始鼓勵編印相關教材，包括具本土色彩的兒童讀本／繪本，如圖文皆由林邊國小所創作的《廟記》、《驚艷水月池》兩冊繪本，[68]前者文後「校長的話」以「聽古、說古，處處是故事！畫家、故鄉，歷歷是生活！」為題，後者則以「君自故鄉來，應知故鄉事，代代美傳頌」為題，皆可看出這兩冊繪本的底蘊特色。

　　這個階段另一特色是因為公部門政策的主導。1984年文建會辦理的文藝季，室內演出節目中最先登場的就是兒童戲劇，共演出十四齣兒童戲劇。與此同時，教育部也期盼各縣市鼓勵各國小推動兒童戲劇，讓兒童戲劇在這一階段有明顯成長。但兒童戲劇這個兒童文學中的特殊文類不像兒童散文、童詩、童話適宜由兒童撰寫，目前所見都是成人創作，但可由大人演出，也可指導兒童演出。

　　屏東兒童戲劇發展甚早，如前文所述，林清泉早在1969年即曾創作〈仁慈的報酬〉獲屏東縣兒童戲劇編劇獎，1973年再以〈雨過天晴〉、〈仁慈的報酬〉獲教育部兒童劇本獎。林若潔也曾在1982年廣播

---

68 屏東縣林邊鄉林邊國民小學：《廟記》（屏東：屏東縣林邊鄉林邊國民小學，2009年）；屏東縣林邊鄉林邊國民小學：《驚艷水月池》（屏東：屏東縣林邊鄉林邊國民小學，2007年）。約於2010年後，在公私部門有計畫地推動下，這類由學童自行創作的繪本十分多，且陸續出版，本文不克遍列，僅舉一隅。例如2012年由財團法人國際商業銀行文教基金會贊助出版的三本「兒童創作家鄉繪本系列」：屏東縣新埤鄉萬隆國民小學《追風的孩子》，屏東縣新埤鄉萬隆國民小學、屏東縣新埤鄉餉潭國民小學《天空》，屏東縣新埤鄉餉潭國民小學、屏東縣新埤鄉大成國民小學《打鐵庄的頭擺》，屏東縣新埤鄉大成國民小學，以及屏東縣林邊鄉竹林國民小學：《保貝龍》（屏東：屏東縣林邊鄉竹林國民小學，2007年）；屏東縣林邊鄉竹林國民小學：《幸福鰻屋》（屏東：屏東縣林邊鄉竹林國民小學，2020年）……等等，這類書也常被公部門以數位化形式上網推廣，取得十分容易。

劇興盛的時期創作兒童廣播劇〈如果爸爸在家〉由省新聞處播出，是兒童戲劇中又一種十分特殊的文類。1984年文建會辦理的文藝季所演出的兒童戲劇中，也包括了黃基博由童詩改編的〈時光倒流〉短劇。

　　杜紫楓曾在臺灣藝術學院兒童劇場工作、在高雄市薪傳劇團演出，也擔任過公共電視「童詩童心」的諮詢顧問，有豐富的劇場實務經驗。在本期之前，她即在1894年以《智慧丸》獲臺北市政府教育局甄選青少年兒童劇本獎入選；1986年《小太陽》再獲佳作；1987年以《雲兒找家》獲臺灣省教育廳兒童舞臺劇本甄選佳作。1990年代除了跨足童話、童話外，兒童戲劇仍是創作重心，包括三齣廣播劇本《嬌滴滴的小點點》（1993）、《請爸媽也保重》（1994）、《兩頭驢和兩頭牛》（1996）入選教育廣播電臺「兒童劇坊」的劇本甄選，並由臺北市富春出版社出版兩本戲劇著作《演的感覺真好：談兒童戲劇創作》（1990）、《糊塗爸爸──中國古典寓言兒童廣播劇》（1994）。

> 　　在杜紫楓《演的感覺真好》一書中，可看出學生對戲劇的熱愛，以及一位老師對戲劇的寬容引導。有時學生躊躇、停頓、脫節的現象百出，老師也能寬容的引導學生讓學生樂在戲劇中。因為教師明白教學的目標所在，重視藉由學生們喜歡演戲的機會，使他們盡情的抒發，傳達心中的情意，如此便能盡力做好語文的表達，無形中也做了最有效的語文能力訓練。[69]

也唯有有實務經驗的作家，才能撰寫這樣的作品。

　　此一時期兒童戲劇的亮點仍集中在黃基博身上，這也是黃基博在童話、童詩之後的第三個創作階段。

---

69 林秀娟：《說演故事在閱讀教學上的應用》（臺北：威秀資訊科技公司，2011年），頁34。

　　為配合縣府推動兒童戲劇的政策，黃基博從1980年代後期開始創作兒童戲劇，共創作國語劇本25本、臺語劇本2本，其中獲獎者5部，另有兩部被選入當年度的「兒童文學一百」，質與量的成果都十分驚人。

　　除杜紫楓、黃基博外，青葉國小老師包梅芳於1988年編寫兒童歌舞劇《百步蛇的兒子——巴蘇浪》、1993年編寫《花仙子摩卡蓋》，並讓小朋友實際演出，透過演出、觀賞，將部落的民族文化用潛移默化的方式藏放到小朋友的心中。

　　1990年代後期，臺灣大型兒童劇團與實驗性兒童劇團紛紛下鄉巡迴演出，例如紙風車劇團於1996年1月在屏東縣立文化中心演出《小象巴巴生活日記》，同年5月又在東港國小演出《紙風車狂想曲》；翌年，鞋子兒童實驗劇團與媽咪兒童劇團也到屏東縣立文化中心公演，大大地刺激偏鄉區的兒童及在地兒童劇工作者的視野。在地的

圖九　屏東總圖兒童圖書區一隅／屏東縣政府文化處提供

社區劇團、媽媽劇團遂紛紛成立，如爆米花兒童劇團（1997），廿一世紀後又有貓頭鷹兒童實驗劇團、箱子兒童劇團……等等。廿一世紀後，日本知名的飛行船兒童劇團也到屏東巡迴演出，至此，屏東兒童戲劇已到與國際接軌的一新階段。

　　2000年10月2日，屏東縣政府文化中心先改制為文化局，至2008年2月18日再改制為文化處，組織改制、重建後也帶來新的文化氣息，例如2000年於縣立圖書館（中正圖書館）內設立兒童圖書館。成立兒童圖書館的意義，即如同將兒童文學獨立於一般的成人文學般，

正視兒童在閱讀時的特殊需求：小朋友的桌椅需求與成人不同、初識字的小朋友可能需一邊口讀（拼音）一邊閱讀、幼兒注意力不持久需教具輔佐、小小朋友則需要大人陪伴共讀……這些都迥異於一般圖書館要「安靜」的使用規定。職是，兒童圖書館的成立，代表的是公部門對於兒童閱讀空間需求觀念的一大革新。

隨後，各鄉鎮立圖書館也依其各別能力、需求，成立兒童圖書／閱覽區；風氣所及，各國小也在能力所及內，更新其圖書室的空間設計與安排，讓圖書室氣氛更溫暖、更適宜小朋友，對於屏東縣內兒童、親子閱讀風氣頗有助益。

2005年，林俊亮先生捐贈其竹田驛站前方的土地予「財團法人泰美教育基金會」成立紀念其雙親的「泰美親子紀念館」，並於館中設置「泰美親子圖書館」推動親子共讀。這是屏東縣內少見的私人圖書館，從其統計數據可見，讀者固然以周邊鄉鎮因地利之便為大宗，但像屏東市、東港鎮等距離較遠的鄉鎮市，仍有為數不少的讀者，且年年增加，足見在推動縣內親子閱讀的風氣上亦有裨益之功。

隨兒童閱讀的硬體改善，軟體也隨之精進。教育部推動「多元閱讀」活動，縣政府文化處藉此辦理親職講座，推廣

圖十　2018年兒童狂歡節海報／屏東縣政府提供

閱讀往下扎根，不僅年齡層往下到幼兒園的三～六歲，甚至有針對○～二歲幼兒辦理的各類閱讀推廣活動；暑假則辦理「兒童青春藝術節」，專為小朋友及青少年辦理一系列動靜態展演，當然也包括閱讀推廣活動。

另外，2016年起，縣政府傳播暨國際事務處辦理大型的「兒童狂歡節」活動，其中也不乏與閱讀相關的活動，如故事說演、幼兒劇場、益智遊戲、密室解謎……等，每年更新。[70]

1990年代開始，臺灣各縣市開始設置地方文學獎，推動區域文學的發展。屏東縣於2002年開始第一屆大武山文學獎[71]徵文，最初僅分文類不設年齡組別；2006年首設青少年大武山文學獎，2013年併入大武山文學獎，並專為未成年小作家另設「小品文」類。[72]

青少年大武山文學獎／大武山文學獎小品文類的設置，無疑為屏東縣內的兒童文學打了注強心針：如前述，在1980年代大量報刊雜誌辦理兒童徵文活動後，1990年代有降溫的趨勢，雖然多數高中職、部分國中小也有校刊徵文，但畢竟是封閉性的、同仁式的，而且層級、規模當然也不若縣級主辦的活動。由縣府發文各級學校，鼓勵教師結合課程指導學生創作、投稿；小作家的創作過程可得到老師的反覆指導；透過與學校的結合，主辦單位也可獲得穩定的稿源，可一舉數得。最初比照成年人的給獎模式：獎金高但名額少，日後則下修獎金金額，但增加獲獎名額，以鼓勵更多小作家。

十多年來，大武山文學獎已獎勵了數百位小作家，雖然這些小作

---

70 「兒童狂歡節」於2020年起更名「兒童青春藝術節」。本文強調的是對於「兒童閱讀」觀念已變，兒童文學已不再附庸於一般文學／圖書之下，而形成一個特有的閱讀模式。

71 2022年更名為「屏東文學獎」。

72 2013年分高中、國中、國小三組；2014年分青少年組、兒童組兩組。往後小品文徵文方式略有出入，但大體不脫這兩種年齡分組。

家爾後未必會走上創作的道路，但得獎的肯定必然會激勵他們對文字有更多的感情與溫度。期盼這些小作家們為屏東兒童文學、屏東文學創作出更偉大的作品、拓展出更寬弘的文學版圖。

七 結語

文學是一種以文字為載體記錄文化的藝術。雖然兒童文學是一種比較特殊的文類，但仍不脫此原則。而廿一世紀後，數位與網路幾乎改變了人類的生活型態：從國際政治、經濟貿易、人際關係……到休閒娛樂皆然。

未來屏東兒童文學必然走向數位化、全球化與圖像化。

（一）數位化

隨著無線網路傳輸速度的躍進與智慧型行動裝置的革新，近年來兒童的學習模式與上世紀已大有不同，網路、數位學習模式，是機會也是威脅。

隨著價格與技術門檻的降低，透過網路與數位學習，學習者可以打破空間與時間的疆域限制，讓資訊成為如空氣和水一般地容易取得；但同時，也因過於容易取得，反倒讓沒有辨識能力的初學者不知如何篩選、擇取。一甲子前，本文之初，柯文仁、黃基博創辦屏東第一本兒童刊物時，苦於學習困難、資訊取得不易的問題，現在則是反轉。

因此，在氾濫的資訊中脫穎而出，是屏東兒童文學的第一個面臨問題。但若能結合縣內幼兒園、小學、中學、課後輔導等教育機構，由師長帶領引導，學習門檻的降低必然是屏東兒童文學的機會。但與前一世紀的屏東兒童文學創作者一樣，對這個世代的屏東兒童文學創

作者而言，更重要的是要拿出更好的內容、更有在地特色的作品讓縣內的師長樂於援為教材。

實體書本未來未必會消失，但畢竟流通受限，在未來空間移動迅速、頻繁的地球村時代，「重量」是人們旅行時的重要考量之一。雖然兒童的空間移動不若成年人般頻繁，但數位化的學習卻是不可逆的趨勢。[73]

（二）全球化

這不是新世紀的新趨勢，邱各容曾形容一甲子前的臺灣兒童文學是「創作較少，翻譯較多；兒童讀物較少，兒童知識讀物較多；低年級的讀物較少，高年級的讀物較多」。隨著網路、數位出版的普及，儘管本土作品較之一甲子前呈十倍數成長，但翻譯作品（包含簡體中文的翻譯）則呈百、千倍數成長，全球化的情況勢必會更鮮明。

固然臺灣兒童文學界「創作較少，翻譯較多」的現象一直未改變（甚而更顯傾斜），但隨著本土作家的進入、努力，本土作品的質、量也一直在增加，以屏東為例，從本文我們即可看出愈後期愈是蓬勃發展。畢竟，全球化中，每個人／國家／區域必然需找出自己的位置，這個位置即是在地化。事實上，全球化與在地化是一體的兩面，沒有區域性的在地專業分工，如何組一個完整的全球化體系？在屏東經驗的本位上，尋求具有全體人類共有的情感，引起共鳴，便是屏東（兒童）文學最基本的底蘊。

---

73 這類形式的電子書在網路上極容易取得，例如由白沙國小創作的兒童家鄉故事繪本《海龜的祕密運動會》，於2017年在Youtube上架有聲書的形式。參見：https://www.youtube.com/watch?v=TkjMq15WCnI；霧臺國小創作的兒童家鄉故事繪本《旮禾麿戈麿》，於2019年在Youtube上架有聲書的形式。參見：https://www.youtube.com/watch?v=uEvIEBvt2PA（檢索時間：2022年7月5日）。但點閱的次數都不高，顯然即如正文所述，太多資訊之後，反倒讓資訊無法適當地找到（被找到）閱聽者。

以此，全球化不是區域兒童文學的威脅，而是機會，前提是區域的兒童文學家必須清楚自己的區域定位與區域特色，並進而以此創造出足以吸引人的作品。很高興這點在二十一世紀後，屏東（及臺灣各地）已漸次有一些非常在地特色的兒童文學作品產生。[74]

（三）圖像化

這也不是新世紀的新趨勢，畢竟兒童文學先從成年人的文學中分化而出，再分化出幼兒文學，這個過程就是逐漸降低文字的知識密度，讓識字不多的兒童與幼兒能享受閱讀的樂趣。但圖像化的趨勢也會如全球化般，益加鮮明，例如文化部的兒童文化館將優良繪本數位化的同時，也做成了簡單的動畫，讓小朋友在線上閱讀時，有異於紙本閱讀的感受。

從消費端而言，圖像化固然是為了更能吸引兒童的目光、降低閱讀的門檻；從生產端而言，各種易入手的繪圖軟體問世，讓更多人不必再以傳統紙筆方式繪畫，也是原因之一。若操作得宜，一支可隨身攜帶的智慧型手機即可讓繪本作者隨時隨地的創作。

綜言之：未來的屏東兒童文學必然需從全球化中尋找在地特色，並以此在地特色用多元的圖像模式以數位碼流通於全球。

---

74 如註68所示，屏東地區小學依在地鄉土故事所創作的繪本。

第八章
屏東文學中的地景書寫

林秀蓉

一　前言

　　「地景」（Landscape）是指地表上一切視覺可見的有形景物，一般而言，有些地景是經由自然作用產生，有些則為人類利用資源造成的結果，前者可稱為「自然地景」，後者則稱為「文化地景」。[1]地景書寫的素材，廣義而言包含這兩者相融生成的內蘊意涵，從山川地理、自然天候、鳥獸草木，到人文歷史、地方人物，擴及建築景觀、宗教信仰、戲曲歌謠等，這些地景素材經由作家的文字詮釋，寄意言情，不只記錄成長過程與土地互動的記憶，同時折射自然風貌、歷史人文與現實社會的演變。[2]地景書寫一直是鄉土文學重要的標誌，如鍾肇政寫桃園、鄭清文寫新莊、李喬寫苗栗、黃春明寫宜蘭、王禎和寫花蓮、鍾鐵民寫美濃等，他們為鄉土文學開路，以鄉土為背景，以鄉村人物的生活為主要描寫對象，從地方的觀點寫社會的整體現象，建構1970年代在地文學創作的新版圖，在文化方面，浮現以本土精神為依歸的鄉土文學運動。[3]屏東文學中的地景書寫，與七〇年代臺灣文學史的脈動密切聯繫，在地作家大量關注屏東的歷史記憶與風土人情，有意無意之間扮演了本土運動的參與者。

1　約翰斯頓（R. J. Johnston）主編，柴彥威等譯：《人文地理學詞典》（北京：商務印書館，2004年），頁367。

2　劉克襄：〈打開地誌文學的窗口〉，行政院文化建設委員會：《閱讀文學地景：新詩卷》（臺北：聯合文學出版社，2008年），頁11。

3　陳芳明：《臺灣新文學史》（臺北：聯經出版事業公司，2011年），頁484。

屏東地處國境之南，面積大約有二千七百多平方公里，極東為霧臺鄉雄峰山頂，極西為琉球嶼西端，極南為恆春鎮七星岩南端，極北為高樹鄉舊寮北端，山海資源豐沛，從巍峨的北大武山，到瑰麗的墾丁海域，天寬地闊的寶藏，是上天賜予屏東最好的禮物，也醞釀了作家書寫地景的充沛能量。就在地作家而言，屏東是成長和培育的土地，出自懷戀鄉土與探本溯源的家鄉想像，轉化成啟動書寫的力量；就大陸來臺寓居或定居作家而言，屏東不只是山水薈萃的符號、心靈安頓的歸宿，也是觸發靈感的媒介。

現代文學中的屏東地景書寫大多出現於七○年代之後，由於本土化的鄉土意識與在地化的土地情感益趨濃烈，建立臺灣人自我圖像的文化表現也更被凸顯。在地作家把文學種在土地上，內容取材或眷戀往昔家園，或懷念地方風物，或追憶族群歷史，折射出地理景觀、歷史人文，以及族群多元的地方特色。本章探究文類以現代詩、散文為主，小說為輔，論述在地作家對象如下，原住民族：奧威尼・卡露斯（1945-）、讓阿淥・達入拉雅之（1976-）等，客家：林清泉（1939-）、曾寬（1941-2022）、曾貴海（1946-）、利玉芳（1952-）、陳寧貴（1954-）、涂耀昌（1959-）、杜虹（1964-）等，閩南：陳冠學（1934-2011）、李敏勇（1947-）、周芬伶（1955-）、林剪雲（1957-）、黃慶祥（1961-）、郭漢辰（1965-2020）、傅怡禎（1967-）、楊政源（1972-）、黃明峯（1975-）、陳雋弘（1979-）等。論及屏東文學中的地景書寫，也不可忽略戰後從大陸來臺寓居或定居的作家及其相關作品，如艾雯（1923-2009）、路衛（1929-）、李春生（1931-1997）、張曉風（1941-）、沙穗（1948-）等，其作品呈現個人在屏東的生活記錄，在空間上接續大陸與臺灣的生命地圖，故也將之列入本章論析範圍。[4]

___

4 有關屏東文學中的地景書寫，目前已發表之專論如下：（一）期刊論文：李梁淑：〈南臺灣客籍作家地誌書寫初探——以曾寬、曾貴海等人為例〉，《臺灣文學評論》

二　空間想像與族群歷史

　　屏東文學中的地景書寫，內蘊族群歷史的積澱，彰顯地方文學的
獨特性。屏東族群多元，從最早世居的排灣族、魯凱族、馬卡道族、
西拉雅族，至十七世紀來此屯墾的客家、漳泉族群，再到戰後移民，
交會出多元族群的人文風景。作家透過地景媒介，銘刻族群歷史的記
憶，標示族群認同的表徵，具有歷史性、情感性的內在意涵。另外，
戰後大陸遷臺作家在作品中呈現特有的「空間感」，流露出落地生根
的移民意識，將臺灣從一個暫時寄安的落腳處，轉變成一個長居久安
的新家園，作為重新發展的立足點，也逐漸形成「家臺灣」的認同
感。戰後移民作家這種特有的「空間感」表現於「在地化」的寫作
上，把家的座標挪置於臺灣，描寫在地的風土民情或現實生活，無論
是寫親情、記人事、描景致，從中構築屏東記憶的重要載體。以下分
別就原住民族、客家族群、戰後移民三大視角，分析屏東文學中的地
景書寫具有哪些族群歷史的意涵。

（一）聖山原鄉的追尋——舊好茶社、北大武山

　　原鄉是族群生息與個人成長的經驗空間，從一個具體生活範圍的

第11期（2011年7月），頁51-65；余昭玟：〈記憶與地景——論屏東小說家的在地書
寫〉，《屏東教育大學學報——人文社會類》第38期（2012年3月），頁321-346；林秀
蓉：〈族群記憶與家鄉風土——戰後屏東作家地景詩初探〉，《屏東文獻》第12期
（2015年12月），頁107-144；林逸萱：〈談屏東作家郭漢辰在地書寫的新詩創作〉，
《屏東文獻》第16期（2012年12月），頁181-202。（二）研討會論文集：林秀蓉：
〈從六堆到大武山——試論曾貴海屏東詩寫〉，黃文車主編：《2013屏東文學學術研
討會：曾貴海研究論文集》（高雄：春暉出版社，2014年），頁71-100。（三）學位論
文：曾怡蓁：《屏東地景書寫研究：以在地作家散文作品為對象》（屏東：國立屏東
教育大學中國語文學系碩士論文，2012年）；郭雅玲《郭漢辰散文中的屏東書寫研
究》（屏東：國立屏東大學中國語文學系碩士論文，2017年）。

家園指涉，歷經時空變遷，轉而成為情感歸屬的維繫，因此原鄉必然
擁有個人最濃厚的生命寄託與記憶懷想。魯凱族的奧威尼・卡露斯，
排灣族的讓阿淥・達入拉雅之，其詩中的「舊好茶社」、「北大武山」
是族群歷史與文化的源頭，也是凝聚認同、維繫文化、抵抗傾斜的最
後據點，並賦予神聖性、地母性、情感性等內在意涵。

　　奧威尼・卡露斯的原鄉「舊好茶社」，魯凱族母語喚作「古茶布
安」，意即「很美很美的地方」，部落面對北大武山，從部落下到紅櫸
木祭臺，順著交疊的山巒溪谷，便可眺望高屏平原。詩人少年時代之
前，常在紅櫸樹下遙望遠方平地，想像美麗的新世界，16歲第一次離
開部落到平地就讀神學院，直到45歲，由於排斥都市繁榮與貪婪，毅
然回歸部落，開始以文字記錄魯凱傳統文化的精髓。詩人在〈麗阿樂
溫，我的故鄉！〉中，以十四節長詩歌詠原鄉樂土，第三、四、八節
詩如下：

> 麗阿樂溫，我的故鄉！
> 您是屬永不缺糧的沃土，
> 您擁抱的子孫永不虞匱乏，
> 令人神往吸蜜的地方，
> 溫飽與和諧的歌聲響亮永遠。
>
> 麗阿樂溫，我的故鄉！
> 您是我們被造化的地方，
> 您是我們生命的搖籃。
> 您以哩咕烙為您的守望者，
> 您以「阿瑪呢」為您的長矛，
> 使我們高枕無憂，永永遠遠。

⋯⋯

麗阿樂溫，我的故鄉！

當我們生離死別互道「哎～依！」時，

那只是一層石板相隔。

同住在一個永恆不散的「巴哩屋」，

今生與來世，

相繫於永恆，

猶如日曦日暮。[5]

詩中第三、四節展現地母性的家鄉內涵，讚頌土地的豐饒，供給族人生活所需，不虞匱乏；並從雲豹、百步蛇等意象符號，強調家鄉是作為族群生息的恆久守護。第八節則表達神聖性、情感性的家鄉內涵，傳達族群的信仰觀念。魯凱族實行室內葬，祈求亡靈於「巴哩屋」永生，在世子孫與祖先共處一室，生死相伴，藉此表達生者對已逝親人的緬懷。奧威尼・卡露斯談及「家」的意義時說道：「家，被肯定是家，是因為過去已經埋葬有自己的家族在裡面，這才是真正的家。⋯⋯我覺得『將親人埋葬在家裡』這個文化，是對家這麼眷戀的原因。我在舊好茶時，在別人家裡，到黃昏天暗時，我要先回去點火一下再回來，要讓地底下的祖先感到溫暖。」[6]因此，「家」對詩人而言，不只是生存的空間，更是活著的家人、故去的親人，與祖先形骸的棲身之所，具有靈魂歸宿的神聖意義。〈麗阿樂溫，我的故鄉！〉透過對「舊

5　奧威尼・卡露斯：《神祕的消失——詩與散文的魯凱》（臺北：麥田出版社，2005年），頁20-22。按魯凱語，「哩咕烙」（Lhikulao）是指雲豹；「阿瑪呢」（Amany）即為「那一位」之意，不可直接稱呼的聖者，此指暗中守望魯凱族的百步蛇；「巴哩屋」（Balhiu）指死人與活人永遠住在一起的家，為永恆的歸宿。

6　奧威尼・卡露斯：《野百合之歌——魯凱族生命禮讚》（臺中：晨星出版公司，2001年），頁290。

好茶社」的禮讚，召喚族人對族群文化的歸屬與認同。

讓阿淥・達入拉雅之來自於排灣族最古老的「巴達因」[7]部落，身為酋長家族的傳人，積極發揚族群的習俗文化。詩集《北大武山之巔》，是詩人在射鹿部落（外祖父母家）成長的記憶，以及前往都市工作之後，對於山林生活的懷念。原住民族本就具有自然崇拜的泛靈信仰，生活中處處充滿神靈力量的作用，以及各種神聖化的象徵符號，如聖山的宗教文化，意謂著部落的精神信仰，是族人對祖先的認同、對大自然的敬畏，聖山信仰強化了

圖一　奧威尼・卡露斯《野百合之歌──魯凱族生命禮讚》書影／林秀蓉翻拍

原鄉的神聖氣氛。[8]讓阿淥・達入拉雅之的〈在我心裡抹上一抹大武山的淨土〉，即呈現聖山的自然特質，詩說：「白雲穿透／在布拉冷安的耳際拉出一條長長的細絹／我凝視著／遠方平地／／山谷縱橫／從老獵人的眼睛排列起一段一段的史詩／／我仰望著／大武山脈／請在

7　「巴達因」是排灣族古老的創始發源地，位置在北大武山的西北端，日本人稱為旗鹽山。

8　楊南郡：「聖山的概念牽繫到屬於精神文化的素樸宗教情操，也是族人對於其祖先的認同所依賴。對於故土的認同，對於遠祖來自聖山及有湖泊環繞的聖域表示不忘，至少能改造今日已荒廢的世道人心，回歸到敬愛祖先的故土、敬畏大自然的心靈上的樂土。」臺灣原住民歷史語言文化大辭典網路版〈聖山〉辭條：http://134.208.27.115/citing_content.asp?id=2187&keyword=聖山，檢索時間：2014年10月4日。

我心裡抹上一抹大武山的淨土」[9]，詩中描寫山上悠遊自在、環繞群山的白雲，有如一條長長的細絹；一段一段的山谷縱橫，彷彿老獵人娓娓道來的史詩；末尾以大武山的純淨樣貌與承載的歲月歷史，凸顯聖山的神聖性。

　　再看讓阿淥・達入拉雅之的〈北大武山之巔〉，詩中的「北大武山」猶如排灣族的「大地之母」，是繁衍增生族人世代的主體形象。詩分十一節，敘寫族人對於北大武山的精神信仰與永恆依靠，第一節即讚頌道：「看哪！我們壯麗的山河／依啦～嗚……」，呈現北大武山的高聳壯闊與深邃美麗。第二節至第四節，把河流譬喻成北大武山的血液「往四面八方放射出去」，描寫山上水資源與野生動物豐富，無論四季，北大武山都為族人備足生活所需，並賜予日月星辰之美。第五節至末節，寫出族人對北大武山的信賴與依偎，充滿希望與生機的意象：

> 祈求我們的神降下甘霖
> 我們渴望著你的神力
> 讓我們的種子得以發芽
>
> 祈求我們的神發出春雷之聲
> 我們盼望著你的賜福
> 讓河裡的魚群得以順利成長
> 我們殷勤的努力工作
> 我們開墾耕作的田野是你所有
> ……

9　讓阿淥・達入拉雅之：〈在我心裡抹上一抹大武山的淨土〉，《北大武山之巔：排灣族新詩》（臺中：晨星出版公司，2010年），頁125。

明天
聖潔的北大武山之巔
仍然會給我們光
我們心中將會滿載著靈糧
我們會找到活著的生命之路[10]

詩人以北大武山為生活根基，也是思考基點；詩中的聖山不再只是扮
演文學中的襯托、背景的位置，而是成為被書寫的主角，並被塑造
「滿載著靈糧」的地母形象。讓阿㳉・達入拉雅之與奧威尼・卡露斯
一樣，揀選記憶中的原鄉，重新拼組出一個美好而清晰的圖像，各自
再現「北大武山」與「舊好茶社」生養萬物的神聖地母特徵，這種美
好卻失落的原鄉追尋，不只暗示著地理風貌的變遷，更指涉著詩人對
都會主流價值的叛離，進而對烏托邦理想淨土的共同嚮往。

（二）客家先祖的墾拓——六堆、濫濫庄

汀・柯瑞斯威爾（Tim Cresswell, 1965-）指出：「創造地方感的
一個重要環節，就是關注特殊且經過選擇的歷史面向。」[11]特殊是對
作家而言的重要性，選擇是作家關注的取決，而歷史代表了人類與土
地的互動過程，其中「時間」是不能忽視的關鍵。時間作用於人身上
是成長的軌跡，作用於地方或地景則有歷史性。曾貴海、陳寧貴對地
景媒介的選材，大多扣連著客家族群的墾拓歷史。

屏東平原氣候宜人、雨量充沛、土壤肥沃，吸引了唐山移民競相
墾拓。所謂六堆，即指：中堆（竹田）、先鋒堆（萬巒）、後堆（內

---

10 讓阿㳉・達入拉雅之：〈北大武山之巔〉，《北大武山之巔：排灣族新詩》，頁89-91。
11 汀・柯瑞斯威爾著，王志弘、徐苔玲譯：《地方：記憶、想像與認同》（臺北：群學
　出版公司，2006年），頁138。

埔）、前堆（麟洛、長治）、左堆（佳冬、新埤）、右堆（美濃、高樹），
是臺灣歷史最悠久的客庄。探究「六堆」名稱的由來，乃源於康熙六
十年（1721）朱一貴起義事件，威脅高屏客家聚落的生存，便成立
「六堆」嚴謹的自治組織，彼此互助，保衛鄉土與效命清廷。「堆」
與「隊」諧音，暗示「六堆」如同國家的軍隊，從清朝其他民變，經
中日甲午戰爭，至日本殖民而產生的抗日行動，「六堆」義民組織的
戰鬥團體，謹守團結自保的最高原則，共同保鄉衛里、抵禦外侮，
「六堆」成為屏東客屬聚落的地方圖騰。[12]出生於佳冬的曾貴海，在
〈六堆客家人〉中書寫六堆先民克服黑水溝（臺灣海峽）的洶湧波濤，
渡海來臺從事艱辛的移墾歷程，透過這些歷史性的族群集體記憶，期
許子弟們發揚傳承客家的優質文化：

> 亞洲大陸个流浪族群
> 將生命交分海峽黑水溝
> 來到南臺灣屏東平原
> 向地泥河壩牛姆豬仔禾仔講客話
> ……
> 三百零年來，守著這塊土地
> 毋會少祖先个血汗流落圳溝水
> 六大座頭正像大樹扎入地泥肚
> ……
> 好讀書又清淨个客家人
> 毋好忘了客家話

---

12 有關六堆的形成與演變，參見林正慧：《六堆客家與清代屏東平原》（臺北：遠流出
版事業公司，2008年），頁160-197。

> 毋好離開六堆家園[13]

首段追溯客家先民在「屏東平原」胼手胝足、流血流汗的扎根史跡；末段提醒現今的六堆客家子弟，切勿忘本，連續出現兩次「毋好」，殷切期許子弟們傳承勤讀潔淨的文化美質、發揚客家語言、續守六堆家園，有如開枝散葉、代代傳承：「像樹根咬狠腳底土地／吸飽地泥水／生滿樹葉開滿花／代代傳落去」，詩人表達維繫客家族群綿延不絕的願景，繼而培養客家新生代對族群文化的認同。

　　根據伊能嘉矩的研究，認為南臺灣的客家人本來是解甲歸田的官兵，在臺南府城的東門外種菜為生，約在1690-1710年間，先是遷移到屏東萬丹鄉的「濫濫庄」開基立足，進而向北、東、南三方面前進，於康熙末年時，在屏東平原上已建立「大庄十三，小庄六十四」的規模。[14]出生於竹田的陳寧貴，其詩〈濫濫庄〉與曾貴海的〈六堆客家人〉，詩意相近，同樣描述祖先冒險渡海來臺，歷經千辛萬苦的墾拓歷程；不同的是陳寧貴以「濫濫庄」為地景，提及屢遭水患的困境，第二節詩說：

> 等尋著一塊地安頓自家
>
> 這下正有時間
>
> 偷偷整理抖盪个心事
>
> 恬恬去聽
>
> 命運个種子撒向磨難个大地
>
> 這塊分等生活个地跡

13 曾貴海：〈六堆客家人〉，《原鄉・夜合》（高雄：春暉出版社，2000年），頁69-71。
14 伊能嘉矩著，國史館臺灣文獻館編譯：〈第十四篇拓殖沿革〉，《臺灣文化志》下卷（南投：國史館臺灣文獻館，1991年），頁142。

由於地勢低，一落雨

就氾濫成災，污泥亂竄

蓋像想愛將等驅出這地方

毋過等個硬頸精神

毋會放過等自家

等已經準備好

一面唱山歌

一面將家園從水泥中

撈起來。[15]

康熙三十五、六年客家人大量來臺時，下淡水溪以西地區已無餘地墾
殖，溪東又是素以強悍著稱的鳳山八社，客家人只好依附於漳泉潮籍
河洛人的旗下，在萬丹街東北六里的河川地建立「濫濫庄」，即現今
萬丹鄉的四維村。[16]「濫濫庄」由於土質鬆軟，容易造成氾濫成災，
污泥亂竄；全詩以敘事詩的筆法，娓娓細訴祖先在「濫濫庄」辛苦建
立家園的歷史。[17]

---

15 陳寧貴：〈濫濫庄〉，黃恒秋、龔萬灶編：《客家台語詩選》（臺北：愛華出版社，
　　1995年），頁69-70。

16 石萬壽：〈乾隆以前臺灣南部客家人的墾殖〉，《臺灣文獻季刊》第37卷第4期（1986
　　年12月），頁72。

17 有關「濫濫庄」客家先民的開墾，也可見於曾寬的散文〈故鄉〉：「濫濫庄位在西勢
　　溪西邊，是萬丹唯一的客家庄。濫濫庄的先民，是來自於鄭成功部隊解甲歸田的客
　　家墾民，越過下淡水河來到萬丹，此地大都已由福佬人所開發，所剩荒地僅濫濫庄
　　一處。濫濫庄，因位在西勢溪邊，地勢較低，常為溪水氾濫所患，是一處濕地、沼
　　澤地，客家人就在這裡拓荒墾田，聚落成庄。到後來，由原鄉來此的墾民越來越
　　多，則過西勢溪來東港溪北邊開發，部分的先民來到竹田墾地成庄。」《小村之秋》
　　（高雄：百瀚國際文教企業公司，2011年），頁12。

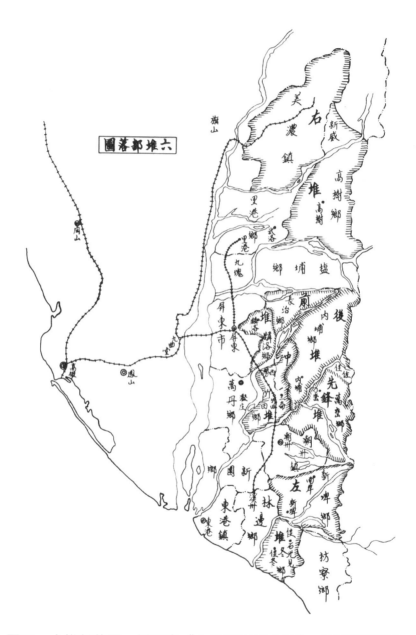

圖二　六堆部落圖，鍾壬壽《六堆客家鄉土誌》／林秀蓉翻拍

　　除此之外，屏東地景與客家族群歷史的連結，又如曾貴海的〈蕭
家屋前竹頭樹〉、〈下六根步月樓保衛戰〉，連結佳冬六根庄蕭氏家族
史與抗日史，說明庄民們基於保衛族群的財產生命，奮力與日軍對抗，
表彰庄民的忠義精神與民族氣節。再如曾寬的長篇小說《出埕》包含
漢番械鬥、閩客衝突、六堆抗日、決戰東港溪、火燒庄之役等十三
章，描述客家人生存的奮鬥歷程，呈現深遠的客家歷史文化，富有濃
厚的尋根意味。曾寬、曾貴海、陳寧貴透過「六堆」、「佳冬」與「濫
濫庄」的地景書寫，追憶祖先落地生根、保鄉衛土的艱辛歷程，具有
歷史性、情感性的內在意涵，此地景內涵的形成，誠與個人記憶懷
想、族群意識凝聚息息相關，交織著個體生命史、地方史與族群史。

（三）戰後移民「家屏東」——眷村、大雜院

　　戰後遷臺女性作家在作品中呈現特有的「空間感」，流露出落地
生根的移民意識，將臺灣從一個暫時寄安的落腳處，轉變成一個長居
久安的新家園，作為重新發展的立足點。范銘如在論述五〇年代的女
性小說時，認為在反共文學的主流氛圍中，不少女性作家已漸漸地把
家的座標挪置於臺灣，她們這種特有的「空間感」表現於「在地化」
的寫作上，在地風土民情或現實生活成為書寫題材。[18]如艾雯、張曉
風即有與屏東眷村的相關作品，在新的空間配置結構中，書寫在地的
地景記憶，見證時代歷史的軌轍。

　　出生於江蘇蘇州的艾雯，是戰後遷臺第一代女作家，她在南部生
活二十幾年，與南臺灣關係相當密切，從〈鳳凰花的歲月——耕讀在
南方〉可知，寓居南方的五〇年代與文壇互動甚密，並成為專職的作
家。1949年艾雯以空軍眷屬身分暫居屏東郊區的臨時眷舍，1951年搬

---

18 范銘如：〈臺灣新故鄉——五〇年代女性小說〉，《眾裡尋她：臺灣女性小說縱論》
　　（臺北：麥田出版社，2002年），頁13-48。

到臨近屏東火車站的南京路，1953-1973年遷居崗山眷區東群村，至
1973年遷往臺北，屏東可說是艾雯遷臺的「第一座城」[19]。她在1955
年出版散文集《漁港書簡》，其中多篇以遊記形式書寫屏東風土民
情，如〈從贛南到臺灣〉，讚頌戰後的屏東樹木蒼鬱、物產豐富，農
民勤奮踏實，居住環境大有「夜不閉戶，路不拾遺」的古風，堪稱
「桃源一角」。次如〈白雲深處覓歌舞——山地門記遊〉，一則反映原
住民族土地貧瘠、水源缺乏的困境，一則透過載歌載舞的族群文化，
表現族群既誠摯又可愛的性格。再如〈山在虛無縹緲間——琉球嶼記
遊〉，描寫島上寧靜淡泊的氣氛，蒼茫無際的藍天，浩淼奔騰的大
海，有如世外桃源。又如〈漁港書簡〉，則是叩訪枋寮、東港、琉球
嶼等漁港的履蹤，體恤漁家與大海搏鬥的艱辛。其他如〈四重溪之
春——萍蹤履痕〉，描繪沿路清新愉悅的自然風光，經枋寮豁然開朗
的海濱風光，至枋山的山海密切相依，充分流露尋勝覓景的雅興，再
現50年代屏東的田園之美：

> 屏東原是個農村都市，車行不多時，便見竹舍茅屋，田丘連
> 綿，一片鄉村風光，這天正逢一年一度的農民節，平日胼手胝
> 足，辛苦勤勞的農民們，都放下鋤頭鐵犁，穿上他們最漂亮的
> 新衣，興高采烈地歡度這個屬於他們的佳節，一路上舞獅舞龍
> 的，鑼鼓喧天，歡呼震耳，田野中卻靜悄悄地，耕牛三五，解
> 除了犁具，悠閒地在坡上咀嚼著青草，鵝鴨成群，自在地徜徉
> 在田溝池塘。……枋寮是一個臨海的漁村，過去那一段路程純
> 粹是田園景色，而到這裡完全轉換了海濱風光，前者給人以清

---

19 艾雯〈第一座城〉提及，初至屏東，寓居在那座可以通向大武山的長橋下，後來又
　搬往火車站附近的眷舍大雜院。封德屏主編：《艾雯全集3‧散文卷3》（臺北：文訊
　雜誌社，2012年），頁382-387。

新愉悅的感覺，後者卻使人感到胸襟豁達開朗，一幢幢灰矮的
房子，鱗次櫛比的簇擁在海岸上，那便是漁民的家。[20]

艾雯描摹手法細膩，農、漁村景象盡收眼底。當時屏東雖然沒有華麗
宏偉的建築，但是村野中那份遠離塵俗、恬淡寧謐的氣氛，處處可見
高聳直立的椰子樹、棕櫚樹、香蕉樹隨風擺動，為飄泊的生命帶來身
心安頓的力量。張瑞芬認為艾雯的散文：「稱得上是第一代外省女作
家描繪臺灣本土風情較廣者」[21]，回顧在五〇年代的時代氛圍中，艾
雯散文能跳脫反共文學的主流，著力描寫屏東風土人情，可謂自成一
格。艾雯也曾將屏東大雜院的生活經驗轉化為長篇小說《夫婦們》
（1957），時間軸大約從1951-1953年，採第一人稱敘事觀點，刻畫大
雜院裡十四對夫婦的故事，反映省籍文化的衝突，關注女性婚姻的創
傷，有如一部戰後移民的生活史，足以作為大時代的見證。這部小說
對於屏東自然地景雖然較少著墨，但是大雜院地景的空間書寫相當
獨特，呈現戰後離散的歷史經驗，以及屏東眷村的早期風貌。
　　艾雯離開屏東的兩年後，張曉風舉家南遷至「勝利新村」[22]。
1949年張曉風隨母親及妹妹們避難至臺灣，暫居臺北，其父一年後方

---

20 艾雯：〈四重溪之春──萍蹤屢痕〉，封德屏主編：《艾雯全集1‧散文卷1》，頁436-
438。

21 張瑞芬：〈第四章張秀亞、艾雯的抒情美文及其文學史意義〉，《臺灣當代女性散文
史論》（臺北：麥田出版社，2007年），頁250。

22 屏東勝利新村的由來：「日治時期1920年，全台有史以來第一座機場『屏東飛行
場』完工；1927年因國防因素考量，日本陸軍飛行第八聯隊從九州太刀洗機場遷移
至屏東，因此首批軍官宿舍群在1928年建立於今市區成功路與信義路一帶，即現在
的崇仁新村成功區；1936年日本將飛行第八聯隊擴編為『陸軍第三飛行團』，人員
組織大幅擴大，官舍需求量增加，於是在目前的中山路與青島街一帶新蓋官舍，稱
為『崇蘭陸軍官舍群』，即現在的陸軍勝利新村。」〈文化部地方文化館資訊網〉，
網址：http://superspace.moc.gov.tw/，檢索日期：2017年10月6日。

與全家團聚。1955年因父親調職鳳山步兵學校擔任教育長,屏東永勝巷五號成為張曉風感情聯繫最久遠的家屋(1955-2015)。她在〈情懷〉(1982)中曾言:「由於娘家至今在屏東已住了廿八年,我覺得自己很有理由把那塊土地看作故鄉了。」[23]又2016年屏東縣政府與國立屏東大學中國語文學系合作拍攝「屏東作家身影系列‧張曉風」,她明言道:「屏東,像一座母親的城」,所謂久居他鄉變故鄉,在其散文中多處可見這座母親之城的身影,她透過花木奇趣、親情圖象,建構屏東家屋的美學意象,銘記眷村子女交纏於土地之間的記憶。如〈花之筆記(二)〉,即敘寫眷村家園內的芒果樹、橄欖樹、柚子樹、白蘭花、海棠花、茉莉花、香椿等植物盛景。再觀〈第一幅畫〉中,乃透過濃綠的稻田、黃金的稻子、紅色的辣椒、豔紅的鳳凰樹等畫面,盡覽屏東植物色彩的流動美與炫麗美:

> 中學的年紀,我住在南部一個陽光過盛的小城。整個城充滿流動的色彩。春天,稻田一直澎澎湃湃漲到馬路邊,那濃綠,綠得滯人。稻子一旦熟了就更過分,曬稻子可以紛紛曬上柏油路來,騎車經過,彷彿輾過黃金大道。輪到曬辣椒的日子,大路又成了名副其實的「紅場」。至於鳳凰樹,那就更別提了,年年要演一回「暴君焚城錄」,烈焰騰騰,延燒十里,和這個城裡豔紅的鳳凰花相比,其他城市的鳳凰花只能算是病懨懨的野雞。
>
> 太炫麗了,少年時的我對色彩竟有點麻木起來。[24]

文中運用誇飾法,形容鳳凰樹的豔紅,引人入勝,充滿視覺美感。寓

---

23 張曉風:〈情懷〉,《再生緣》(臺北:九歌出版社,1982年),頁99。
24 張曉風:〈第一幅畫〉,《星星都已經到齊了》(臺北:九歌出版社,2003年),頁235。

居屏東四年的艾雯，對屏東鳳凰花開的歲月也最難忘懷，曾寫下〈寄我一朵鳳凰花〉、〈鳳凰花的歲月——我住柳橋頭之一〉、〈鳳凰林蔭道——我住柳橋頭之五〉等，勾勒四季不同、陰晴各殊的鳳凰林蔭道。除此，張曉風〈第一幅畫〉、〈飲啄篇〉與艾雯〈從贛南到臺灣〉都不約而同讚頌屏東的物產豐富。透過艾雯、張曉風的作品，盡覽屏東城垣的自然之美，見證眷村流離的命運，展現在地化的特質。

**圖三　2019年張曉風參加「永勝五號」獨立書屋開幕／
許清河攝影，翁禎霞提供**

戰後移民作家書寫屏東地景，除了艾雯、張曉風，還有來自山東郯城的路衛、山西垣曲的李春生，他們曾是「海鷗詩社」[25]成員，共同主編《台東青年》（1964-1969）、《屏東青年》（1981-2004）。又為了扎根青年文藝，他們與朱煥文三人合作，1982年、1983年分別發起

───────────────

25 1962年10月《海鷗詩頁》創刊，由花蓮「海鷗詩社」出版，不定期出刊；至1965年
　3月出版第十五期後停刊；於1986年5月復刊，共出兩期再度停刊。

成立「中國青年寫作協會屏東縣分
會」、「中國青溪學會屏東縣分會」，
這些文學刊物與社團為沉寂的南國文
壇，點燃一連串文藝的火花。路衛曾
為屏東地景寫下生動活潑的童詩〈春
天來到萬年溪〉，另有現代詩〈大津
瀑布〉、〈題墾丁青年活動中心〉、〈候
鳥〉、〈月吞三地門〉；又任教於三地
門國小時，採集原住民神話傳說，發
表〈百步蛇的子孫〉（魯凱族）、〈拉
維亞的一季〉（排灣族）等詩。至於
李春生曾發表〈墾丁組詩〉和歌詞
〈屏東頌〉。移居屏東的路衛、李春
生，他們從對日抗戰到國共內戰，輾

圖四　李春生（左）與路衛
　　　（右）於墾丁青年活
　　　動中心／路衛提供

轉流離，備嘗艱辛；在臺為教育奉獻，並致力於文學推廣，作品也注
入「家屏東」在地化的元素，深具親土性。

三　地方風物的撫今追昔

　　家鄉既是父母或先人世代定居的空間，更是自己成長的地方，因
此家鄉書寫必然牽繫著對於土地親切感的個人化經驗，不論是人、
事、地、景、物，都可能產生親切情感的投射。段義孚（Yi-Fu Tuan,
1930-）說：「爐床、避難所、家或家的基地都是人類的親切經驗的地
方。它們的激動和特殊都常成為詩和散文的主題。然而，每一種文化
有其獨特的親切符號，廣受其文化人群之認可。」[26] 就屏東作家而言，

---

26 段義孚著，潘桂成譯：《經驗透視中的空間與地方》（臺北：國立編譯館，1998年），
　頁140。

家鄉獨特又親切的地景符號，在人世滄桑的流轉中深烙印記，勾繪個
人生命的圖像，賦予土地特殊的文化意蘊。

（一）田園山水的讚歌

屏東平原綠野平疇，阡陌縱橫，田園風光美不勝收。屏東作家對
於田園書寫，以陳冠學、曾寬最值得稱道，他們在田園溪水、花草樹
木、大武聖山，以及日月星辰的環繞下，展開抽象與現實的辯證，愛
與美的追尋。

陳冠學是臺灣文學史上的重要作家，1981年毅然辭去教職，隔年
歸返北大武山下的老家：屏東縣新埤鄉萬隆村，過著晴耕雨讀、清貧
樂道的農夫生活，切身實踐自然哲學觀。陳冠學的《田園之秋》

圖五　陳冠學／翁禎霞提供

（1983）是一本日記體散文，空間即
以萬隆村為書寫主軸，時間鎖定於
1980年秋日，細膩描繪自然生靈和日
月雲彩的變化風貌，以及對昔日農村
自然的讚歌，內蘊豐富的哲學思想，
被譽為「臺灣文學史上最光輝燦爛的
田園隨筆」。

陳冠學居住的萬隆村位於大武山
下，力力溪以北，原屬河床地，後經
河流改道與糖廠開發形成現今地貌。
《田園之秋》〈九月三日〉描述萬隆村
坐落在闊氣的天地間，田園之美無盡
綿延，是瞻仰大武山的最佳地點：

西面是一片已闢的田疇，直延伸到地平線，無盡的田園之美，

就在這一片土地上，供我逐日採擷。東邊隔著三里地的荒原和
林地，便是中央山脈，逶迤伸向南去。大武山矗立東北角上，
南北兩座高峰巍然對峙；母親叫他南太母和北太母。日角落在
北回歸線上時，這一片田野，每個早晨似乎都落在這兩座山峰
的陰影裡。……前眺這一片空曠的磽野，後顧那巍峨的南北太
母，胸臆為之谿朗，更無纖塵。[27]

陳冠學遠離塵囂，在廣袤的農場、壯麗的大武山，以及數不盡的野生
花鳥之間，以細緻心靈來感應田園之美。尤其南北兩座巍然對峙的高
峰，更把萬隆村妝點成為一個安恬自適的桃花源。又〈九月一日〉、
〈十月六日〉寫道：

在自然裡，在田園裡，人和物畢竟是一氣共流轉，顯現著和諧
的步調，這和諧的步調不就叫做自然嗎？這是一件生命的感
覺，在自然裡或田園裡待過一段時日以後，這是一種極其親切
的感覺，何等的諧順啊！[28]
趁著月光，我走了出去。蟲聲和諧而柔細，隨處皆是，像是大
地的催眠曲，所有的植物，無論木本草本，都靜靜地垂著，似
乎是在草蟲的奏鳴中甜蜜的睡著了。走過老楊桃樹旁，親切覺
得樹上那一窩鳥嘴膅正睡得熟；此外該還有幾隻青苔鳥，一定
是相偎著，或許夢見了黃熟甜香的嶺枝果。[29]

陳冠學堪稱是「隱士哲人」[30]，隱居田園正是追尋理想烏托邦世界的

---

27 陳冠學：〈九月三日〉，《田園之秋》（臺北：前衛出版社，1983年），頁11-12。

28 陳冠學：〈九月一日〉，《田園之秋》，頁4。

29 陳冠學：〈十月六日〉，《田園之秋》，頁136。

30 周芬伶主編：《隱士哲人：陳冠學紀念文集》（屏東：屏東縣政府，2013年），頁12。

場域。他深受莊子「齊物論」的影響，落實與大自然和平共處的生活模式，以天地為屋宇，與鳥獸草木為友，與青山白雲為伴，體現萬物一體的自然哲學。葉石濤在本書序文中讚許說：

> 陳冠學的《田園之秋》，透過農家四周景物的描寫，充分地反映了台灣這塊美麗土地所孕育的內藏的美。同時也是一本難得一見的博物誌；……陳冠學的《田園之秋》也巨細無遺地記錄了台灣野生鳥類、野生植物、生態景觀等的諸面貌的四季變遷，筆鋒帶有摯愛這塊土地的一股熱情。這是臺灣三十多年來注意風花雪月未見靈魂悸動的散文史中，獨樹一幟的極本土化的散文佳作。[31]

《田園之秋》中超世絕俗的風格、博物誌式的考察、簡樸生活的實踐，以及運用多種的文學技巧，將田園生活賦予詩性的光彩，使萬物盈漾生機與靈性，形質皆美。1999年本書曾入圍《聯合報・副刊》主辦「臺灣文學經典三十」票選活動，標示南方文學已進入主流的文壇。

　　曾寬出生於竹田，後來遷居潮州，他是陳冠學的好友，也多寫田園鄉景之作，不同的是，曾寬更擅長勾勒蜿蜒水流之美，襯托出傳統聚落的詩情畫意，進而凸顯屏東水鄉今昔變遷的風貌。如在《田園散記》、《田園札記》、《小村之秋》、《河濱散記》、《山水之歌》等散文集中，作者飲水思源，深情描述竹田的龍頸溪、圳溝、河壩，萬巒的頭溝水、二溝水、三溝水、四溝水、五溝水，以及隘寮溪、東港溪等河流的美麗與哀愁，明證河流所孕育的歷史變遷，傳達活溪再現的期待。曾寬對於溪流地名的由來特別用心考究，如〈故鄉〉回溯「竹

31　葉石濤：〈代序〉，《田園之秋》，頁4。

田」地名的由來，為清朝時期東港與潮州之間商旅的中途站，貨物經常堆積如山，因此舊名為「頓物庄」。[32]竹田之美在於龍頸溪，它是沃野中的主流，穿梭蜿蜒於濃密的刺竹林裡，〈龍頸溪畔〉中即敘寫溪名由來、流域地景，以及與竹田村民的情感：

> 客家祖民是有點迷信，龍是吉祥物，把溪比喻龍很有意思，不
> 過溪有頭有尾，竹田村恰在溪頭附近，遂有人命名為龍頸溪
> 也。……龍頸溪發源於老埤，源頭是大武山，流經內埔、竹
> 田，於糶糴村入東港溪。它流通內埔媽祖、韓愈廟背後，等於
> 穿過人口稠密的聚落，來到竹田卻閃過了聚落，靜靜由西側流
> 向糶糴村。……竹田與龍頸溪息息相關，也可以這麼說，沒有
> 龍頸溪就沒有竹田庄。[33]

文中追溯龍頸溪的前世今生，昔日它是竹田村民的生命之溪，澄盈而豐沛的水量，來自巍峨的大武山，無論是取水家用、洗濯衫服或捉魚撿蜆，提供村民生活所需。龍頸溪早期還扮演航運的角色，村民把曬乾的稻穀扛至溪邊的竹筏，運到糶糴港，經東港溪至東港，再轉運大陸銷售。然而隨著時代的變遷，龍頸溪已成為納聚污水的排水溝。[34]曾寬的散文描寫六堆客家聚落傍水而居，早期先民沿著河流開墾的足跡，並見證家鄉景物的變遷。

屏東作家中對於田園的書寫，陳冠學、曾寬可謂獨樹一幟，由於族群聚落與家居環境的差異，陳冠學的書寫傾向福佬族親依「山」的勤奮作息，輻射出個人生活哲學的意蘊；曾寬則偏重捕捉客家聚落傍

---

32 曾寬：〈故鄉〉，《小村之秋》，頁11。

33 曾寬：〈龍頸溪畔〉，《小村之秋》，頁16-17。

34 曾寬：〈故鄉〉，《小村之秋》，頁14-15。

「水」的盎然生機，追索先民拓墾歷史的印記。與曾寬同樣出生於竹田的涂耀昌，是屏東六堆客家詩人之一，其詩風格清新，意象澄淨，多歌頌家園自然之美，如〈達達港〉，即吟詠竹田糶糴村內達達港的繁華歲月，回顧百年前這個米穀交易的重要河港，後因龍頸溪河道淤塞，終於功成身退走入歷史，流露對鄉土的深情愛戀。涂耀昌與文學前輩陳冠學、曾寬皆把文學種在土地上，為屏東的田園「山」「水」勾勒不朽的版畫。

（二）懷鄉念舊的圖景

　　眷懷故鄉始終是文學的重要主題之一，作家無論是定居在地或身在異鄉，這條感情的流脈始終貫穿在其作品中；他們撫今追昔，試圖在精神返鄉中尋找靈魂的安身立命之地，烙上個人的成長軌轍與生命感悟。在潮州出生的周芬伶，就讀大學之前，潮州就是她的整個宇宙，家鄉故園的追尋成為其散文創作的基調，精擅於自傳體與家族史，在典雅細緻的行文中，關注女性幽微的內心世界，流露世間情味的愛恨嗔癡。趙滋藩在她的第一本

圖六　周芬伶《母系銀河》書影／林秀蓉翻拍

散文集《絕美》序文即言：「天真沉靜的環境，一直維持著單純的活動圈子。第一層是潮州故鄉，關注的焦點是家庭骨肉和她自己。」[35]

---

35 趙滋藩：〈代序·以天真、清新與美挑戰〉，周芬伶：《絕美》（臺北：前衛出版社，1985年），頁12。

又如在《母系銀河》〈關鍵詞1：密碼〉裡，藉著楓港、車城、歸來、潮州、泗林等地，書寫外祖父的故居祖厝、外祖父與外祖母的恩怨糾葛，以及各有特色的姑婆們和阿姨等人的生命。周芬伶企圖結合對地景的記憶和想像，建構母系家族的脈絡，重新凝視自我，鑿深對時間生命的感悟。

有關潮州歷史，據載清朝雍正四年（1724），廣東省潮州府住民為開拓新土，渡船東航居於本地，斬荊披棘，拓墾開基，遂以其所居之名曰「潮庄」。早期先民聚集居住在舊街並興建三山國王廟，1946年改稱「潮州鎮」。周芬伶在〈失鄉人〉透過一磚一瓦的描繪，敘寫先人篳路藍縷和家屋族親的故事；又在〈關鍵詞2：建築〉描述故鄉三山國王廟的建築裝飾之美：

> 我喜歡老建築，常常坐在老家附近的三山國王廟門檻上，看牆上的浮雕，多半是戲曲詩詞中的人物，或者二十四孝，哪些細緻的浮雕總有一個故事，就算耕讀漁樵這樣平常的庶民生活，都能進入神聖殿堂；至於哪些五彩斑斕的藻井，奇異的凹凹凸凸，擁擠著彩繪，絲毫不願留白。中國的廟宇建築裝飾得那樣滿，連屋頂上也不放過，飛簷上站著八仙，一個個似漂亮的玩具。[36]

對周芬伶而言，潮州始終是生命的原鄉，縱使她已移居至臺中，依然能夠聽見故鄉召喚的聲音。汀·柯瑞斯威爾認為：「建構記憶的主要方式之一，就是透過地方的生產。紀念物、博物館、特定建築物（而非其他建築物）的保存、匾額、碑銘，以及將整個都市鄰里指定為

---

36 周芬伶：〈關鍵詞2：建築〉，《母系銀河》（臺北：印刻文學生活雜誌出版公司，2005年），頁132。

『史蹟地區』，都是將記憶安置於地方的例子。地方的物質性，意味了記憶並非聽任心理過程的反覆無常，而是銘記於地景中，成為公共記憶。」[37]從人本主義的角度來看，地方暗示的是一種「家園」的存在，也是一種積累美好回憶的所在，從〈關鍵詞2：建築〉可見三山國王廟銘記於作者內心深處，形成一種地方依戀感。

　　除了三山國王廟，「五魁寮河」也成為周芬伶眷戀家園的意象。她在就讀屏東女子高級中學期間，搭火車通學，每日必經「五魁寮河」，尤其夕陽西下時分，泛著粼粼的紅光，帶給她無限的創作想像，〈我的紅河〉即歌頌此河之文，堪稱是屏東水文書寫的代表作之一：

> 在三百年前，河流兩岸叢林密布，毒蛇出沒，無人敢越雷池一步，連高山族都退避三舍。熱帶植物與鳥獸盤踞著這大片土地，而這條河流又統領了這股狂野的勢力，它的河岸高聳，水流急湍，當熱帶性的大雨傾盆而下時，它就以磅礡的氣勢大肆氾濫。這條怒吼的河流使毒蛇更毒，叢林更密，它虎視眈眈，傲視人群也威脅人群。
>
> 後來以強悍著稱的客族人征服了它，他們開拓了這塊閩人不要，山胞不來的原始森林區，使惡山惡水變成美麗田園，使草萊之區變成臺灣穀倉。就像是文明總是從一條河流開始，萬丹、竹田、潮州一帶的開發也是從這條河流開始，它劃過屏東縣的心臟地帶，因此也變成全縣的農業命脈，這條河有個極鄉土的名字叫「五魁寮河」，五魁原是閩南話「苦瓜」的雅音，所以這條河應該叫做「苦瓜河」。[38]

---

37 汀・柯瑞斯威爾著，王志弘、徐苔玲譯：《地方：記憶、想像與認同》，頁138。
38 周芬伶：〈我的紅河〉，《絕美》，頁35-36。

文中為「五魁寮河」正名，其原名為「苦瓜河」，貫穿屏東縣心臟地帶。並追溯三百年前的水流生態，狂野磅礴，威脅人群，令原住民族退避三舍；後來客族移民來此開拓，馴化惡山惡水，成為沃灌屏東富庶之鄉的水道。周芬伶又敘述此河今昔的變遷：「苦瓜河的野性已消沉，昔日的蠻荒之王已經變成一個含情脈脈的少女，低低地訴說百年來的滄桑，四周是那樣寧靜，寧靜得讓你連一絲雜念也不許擁有。這條已征服的河流現在平凡得跟其他河流並無兩樣，但它在我的眼中，美麗得超乎一切之上，因為它是我的家鄉之水、家鄉之土，而我已有好久好久不曾靠近它了。」[39]記憶中紅河的秀麗之美，召喚異鄉人的回歸，字裡行間流露霞光水色的眷戀；紅河的單純寧靜，使作者沉浸於一個純真自足的世界。魏貽君對〈我的紅河〉有精闢的分析，認為「紅河」象徵「血河」，不僅指向蠻荒史、移墾史、家族史綿延奔騰而來的生命血脈，也是心繫故鄉女子的生命血河。[40]

　　周芬伶屏東地景的書寫，建構自我生命的圖像和家族歷史的記憶。隨著物換星移、人事已非，她仍透過故鄉書寫來淨化自己，表達異鄉遊子的思鄉情懷，在〈桌上的夢想家〉、〈夜市仔〉中，敘述對南方小鎮的綠樹紅花、陽光河流、鄉野滋味的眷戀。[41]王德威曾言：「『故鄉』的人事風華，不論悲歡美醜，畢竟透露著作者尋找烏托邦式的寄託。」[42]周芬伶出外多年，家鄉彷彿是一枚綠色的勳章，將它

---

39 周芬伶：〈我的紅河〉，《絕美》，頁36。

40 魏貽君：〈我的紅河・作品賞析〉，行政院文化建設委員會：《閱讀文學地景：散文卷》，頁494。

41 周芬伶世代為潮州人，作品也嘗試勾勒在地飲食的諸種特質，呈現逐漸消失的庶民生活場景。參見余昭玟：〈食事、記憶與屏東在地性建構——談周芬伶散文的飲食書寫〉，《東華人文學報》第23期（2013年7月），頁227-252。

42 王德威：〈原鄉神話的追逐者〉，《小說中國：晚清到當代的中國小說》（臺北：麥田出版社，1993年），頁274。

別在心中最秘密的角落；她的寫作，始於人類最自然真誠的感情，終
於對未來世界的美好期望，尋找烏托邦式的寄託，應是其獨特性與創
造力的源頭。

　　出生於屏東市的郭漢辰，屏東永遠是他最深沉的繫念，除了致力
於地方文學的推廣，其創作題材幾乎以屏東為主軸，詩集《請和我一
起閱讀土地的詩行：屏東詩旅手札》即是代表作。其中〈揹著月琴去
旅行〉以「月琴」、「陳達」、「思想起」、「落山風」等意象堆疊出厚重
的鄉愁，末段說：

> 揹著月琴去旅行的那個夜晚
> 我決定什麼都不帶走
> 只帶走陳達沙啞的歌聲
> 還有對家故鄉亙古的想念
> 月琴則是擺放在心中
> 命定的指南針
> 永遠指向島嶼南方
> 那個最溫暖的所在
> 每到月夜它都自動撩撥我的
> 心弦，在我到達的每個旅程
> 輕輕哼唱早已被人遺忘的
> 弦律[43]

傳統說唱藝人陳達，以月琴彈唱民謠，歌聲湧自靈魂最深處，唱出鄉
土庶民的悲喜哀樂，歌聲傳遍於田園、山林和海邊，撼動生命，是恆

---

43 郭漢辰：〈揹著月琴去旅行〉，《請和我一起閱讀土地的詩行：屏東詩旅手札》（屏
　　東：屏東縣政府，2011年），頁30-31。

春地區的獨特標記。陳達背著月琴的身影與歌聲，成為慰藉遊子鄉愁的旋律。除了陳達，在地作家鍾理和、陳冠學，以及排灣族藝術大師撒古流，都成為郭漢辰眷戀家鄉的親切身影。[44]

屏東的神明信仰、古蹟建築、物產美食、山光水影等，也都成為郭漢辰家鄉記憶的焦點。神明信仰方面，小說〈王爺〉即以東港東隆宮為場景，透過「王爺」之眼看盡神壇下的權利爭奪與情感糾葛，地方色彩濃厚。在古蹟建築方面，如〈甦醒的阿猴城門〉再現阿猴城門的雄渾勇武，紅磚斑駁，古意十足，次段詩說：「從百年繁華的夢中醒來……／／想當年阿猴城門一門可抵萬夫勇／紅瓦糯米牆擋住所有的攻伐／如今卻連自己的雙手雙腳都保不住／整個身子活生生被困在／左右夾擊的田徑場水泥看台／任誰也逃不過現代的緊箍咒／只能讓風雨拋灑在自己的臉上……」[45]，阿猴城門建於清道光十六年（1836），是屏東市的舊城門遺址，今位於屏東公園田徑場內，見證漢人遷移到屏東平原的歷史。紅瓦糯米的城牆，曾經萬夫莫敵，然至日治時期以修路為由，大肆拆除城門和城牆，如今唯見東門殘存，本詩道出城門走過百年繁華的滄桑。

物產美食方面，郭漢辰〈味蕾漫波‧屏東夜市〉是地景結合美食的詩篇，描寫觀光夜市小吃的獨特風味，末段詩說：「只有味蕾在酒足飯飽後／竄出燈紅酒綠／竄出車水馬龍／從喉嚨裡吐出／一個心滿意足／長長又長長的／嗝」[46]，運用通感手法，藉著長長的飽嗝聽覺，摹寫味蕾的大快朵頤；另有〈海風密碼‧黑珍珠的滋味〉，揭開黑珍珠

---

44 可參郭漢辰：〈千里返鄉的影子‧記出生於屏東的鍾理和〉、〈老師，我相信你仍在田園小屋‧悼念陳冠學老師〉、〈看你用雙手雕出遠方大山‧記排灣族大師撒古流〉，《請和我一起閱讀土地的詩行：屏東詩旅手札》，頁22-23、32-33、24-25。

45 郭漢辰：〈甦醒的阿猴城門〉，《請和我一起閱讀土地的詩行：屏東詩旅手札》，頁16。

46 郭漢辰：〈味蕾漫波‧屏東夜市〉，《請和我一起閱讀土地的詩行：屏東詩旅手札》，頁50-51。

蓮霧甜美多汁的密碼，乃來自與四季的海風、沃土、陽光的愛戀滋味，情味十足。至於山光水影方面，郭漢辰的報導文學《沿著山的光影：一八五線紀行》，全書由大武山貫穿其間，彙集一八五線（又稱「沿山公路」）排灣族和魯凱族的豐沛文化，交織著自然地景與生態景觀，再現這條線道的歷史人文深度。探究郭漢辰的屏東書寫，流露生命與土地相互皈依的情感，揭示土地是精神家園和靈魂歸屬的標誌。

　　與郭漢辰同是出生於屏東市的傅怡禎，則選定屏東二十四個火車站與糖鐵中心站作為懷鄉的聚點，詩文集《大武山下的美麗韻腳：屏東小站巡禮》，捕捉鐵道風景，記錄車站故事。2013年西正線鐵路高架化通車後，歸來、麟洛、西勢、竹田與潮州等站已改成高架化站體，舊式站體與月臺完全剷平，屏東市和平陸橋與復興陸橋都陸續拆除，這部詩文集完成於此刻，保存屏東鐵道運輸的人文歷史，別具意義。傅怡禎書寫手法一如郭漢辰，善於延伸時空的想像，如〈思．歸：屏東線鐵道〉，透過火車的搖晃，走入時光隧道，回溯阿猴平原的歷史，從中勾勒故鄉的臉龐，第三、四節說：

　　　　貼近速度的臉龐
　　　　探索阿猴平原的廣闊夢境
　　　　從排灣到魯凱到馬卡道
　　　　從原住民到早住民到新住民
　　　　只要能聽見大武山呼喚的地方
　　　　就是故鄉
　　　　不斷更換的窗景，淡出熱情如火的
　　　　豔日
　　　　淡入夕陽，深情款款的身影
　　　　當月臺迎接列車的剎那

從這頭延伸出去是思念由那頭飛奔回來是歸鄉。[47]

在詩人的心目中,月臺是歸鄉的起點,全詩呈現屏東高麗宏偉的空間格局,以及多元族群的共處包容。詩人又透過〈一鍋精彩的夢:竹田站〉緬懷軍醫池上一郎與鄉土攝影家李秀雲,現今竹田驛園園區建置「池上一郎博士文庫」、「李秀雲先生攝影紀念館」,以顯揚二人對這片鄉土濃郁的熱愛。池上一郎在竹田鄉服役期間,為當地居民義診,晚年又將藏

圖七　2019年郭漢辰(左)與傅怡禎於屏東火車站參加南國漫讀節/曾郁雅攝影,屏東縣政府文化處提供

書贈予第二家鄉「竹田」,深受愛戴;李秀雲則以畢生之力,用鏡頭記錄客家農村文化及傳統慶典禮俗,深具意義。從這些詩,可見傅怡禎藉著屏東鐵道的人文風情,側寫鄉土景誌的歲月變遷,以及懷鄉念舊的綿延牽繫。

出生於琉球相思埔的黃慶祥,其詩則有別於郭漢辰、傅怡禎的地景題材,幾乎以琉球海洋景觀為主。黃慶祥高三時舉家遷居東港,然而他對家鄉的記憶,並未隨著歲月推移而斑蝕剝落,反而越加清晰深刻。只有遊子才能真正體會家鄉的涵義,詩集《琉球行吟》乃撫平鄉愁之作,以琉球憶舊為主,例如:〈山海組曲〉、〈南風梳過琉球〉、〈美人洞的夕陽〉、〈相思埔〉、〈琉球燈火〉、〈碼頭的漁船〉、〈回憶是無垠

的海洋〉、〈迎王序曲〉等詩，描述家鄉的海洋景觀與宗教慶典，將深
刻眷戀化為生命悸動的書寫。其中〈相思埔〉點現鄉愁，深具古意：

> 楊柳青青是淡淡的離愁
> 相思的樹葉卻加深了顏色
>
> 長安的春郊煙花迷濛
> 行人的腳步又見挽留
> 灞橋的垂柳已不堪折
> 千年而下萬里而外
> 海中的琉球
> 不見楊柳的飄拂
> 卻有相思盤據整個山坡
> 挺直腰桿
> 撐起墨綠的顏色
>
> 自古無人攀折
> 於是恣意蔓衍成翁鬱的鄉愁
> 迷惑遊子回憶的行蹤
>
> 多了一道大海的阻隔
> 鄉愁也已加深了顏色[48]

詩人出生於小琉球「上福村」，舊名「相思埔」，當地多生長相思樹，
故名。首節發想來自相思樹葉形狀與柳葉相仿，顏色較深。次節穿梭

---

[48] 黃慶祥：〈相思埔〉，《琉球行吟》（屏東：屏東縣政府文化局，2006年），頁56-57。

時空,來到陝西長安近郊的灞橋,灞河兩岸築堤植柳,漢唐時送客東行,多至此折柳送別,後代便以「灞橋折柳」指送客作別;李白〈憶秦娥〉說:「秦樓月,年年柳色,灞陵傷別」,就是用此典故。末二段,從灞橋「折柳贈別」到琉球「相思蓊鬱」,點染出古今遊子恣意蔓衍的鄉愁。黃慶祥在多次的返鄉中,不管是大海、碼頭或是相思樹,無一不是懷鄉的寄託所在。

圖八　黃慶祥參加小琉球的迎王活動／黃慶祥提供

（三）時空變遷的凝視

　　故鄉記憶的環境氛圍永遠是作家精神棲身之所,他們藉著文字穿梭記憶的長廊,編織家族互動的溫暖親情,追尋廣袤宏偉的山海田園,展示終古常新、極富浪漫的鄉情地景,在作家心中已聚合成一個純潔和諧、不為現代世俗所染的神話世界。地景的形成是一個不斷變遷的過程,都有獨一無二的特殊取向,文化地理學者卡爾‧騷爾（Carl Sauer, 1889-1975）認為:「除非同時考慮空間關係與時間關係,否則

無法形成地景的觀念。地景是連續的發展過程，或是分解與取代的過程。」[49]作家在時空變遷的凝視中，從記憶的追索出發，深刻道出鄉愁，這種鄉愁的內在意涵，一則來自無法重返家鄉時空的懷舊，一則來自土地喪失、文化凋零、家鄉殘破的感慨。

　　定居於臺北的李敏勇，其實是出生於高雄旗山，父親是恆春人，母親是車城人，小學、初中皆在屏東就讀。[50]屏東山海田園交織，構成詩人的自然學校，從第一本詩集《雲的語言》開始，故鄉最熟悉的風景成為最好的寫作題材，從自然的描寫中抒發年少輕狂的愁滋味，李敏勇曾言：「從國境之南，沿西部平原來到島嶼北方定居，成為臺北市民，印記人生的形跡，但屏東就是原點。」[51]南國是故鄉的銘記，也是創作的原點，成就詩藝美學的養分。〈水手、吉他、歌〉中提及「恆春半島的山和海是故鄉的元素」[52]，也敘寫在恆春成長的記憶，曾獨行於植滿木麻黃的鄉間小路，穿經栽種著洋蔥的田園，到海濱享受爽朗寧靜；洋蔥、大海、落山風、恆春歌謠等符號，都是故鄉最迷人的焦點。李敏勇出社會後即定居臺北，然而「恆春」永遠是與他血肉相連的故鄉，〈思啊思想起〉中說：「清明時節，回到父親的家鄉，也回到我們的故鄉。在那土地裡埋葬著父親的感覺，更使人對故鄉有更深一層的感情。故鄉的土地和父親似乎重疊在一起。父親與我們血肉相連，埋葬父親的故鄉土地也與我們血肉相連著。」[53]在父親

49 轉引自麥克・克蘭（Mike Crang）著，王志弘等譯：《文化地理學》（臺北：巨流圖書公司，2002年），頁28。

50 李敏勇的求學歷程，小學一年級上學期，就讀屏東縣車城國小；一年級下學期後，轉至屏東市公館國小。之後就讀屏東市明正初中、高雄中學、國立中興大學歷史系。

51 李敏勇：〈國境之南，島嶼恆春——我的詩人學校〉，《聯合報・副刊》，2019年3月22日。

52 李敏勇：〈水手、吉他、歌〉，《人生風景》（臺北：圓神出版社，1996年），頁89-90。

53 李敏勇：〈思啊思想起〉，《人生風景》，頁93-94。

過世後，李敏勇寫了好幾首出現故鄉場景的詩，如〈故鄉〉即表達對故鄉自然生態環境的焦慮：

> 故鄉海邊
> 儲存核爆的巨球代替燈塔
> 封鎖港口
> 鎮壓人心
>
> 荒廢的瓊麻山
> 像被曬焦的父親的肩膀
> 支撐輸電線
> 延伸到島嶼其他地方
> 夜暗中點亮燈光
> 燃燒的鎢絲
> 有故鄉的痛楚
> 在封閉的心裡吶喊
>
> 落山風嗚咽
> 聲音消失在環繞的海
> 一把月琴
> 思想起[54]

就李敏勇而言，恆春是父親的故鄉，也是童年最快樂的天堂。隨著時代的變遷，1978年第三核能發電廠進駐恆春半島馬鞍山旁，成為墾丁

---

54 李敏勇：〈故鄉〉，《青春腐蝕畫——李敏勇詩集（1968-1989）》（臺北：玉山社出版事業公司，2004年），頁153。

國家公園的顯著地標之一。〈故鄉〉反映巨大的核能發電廠所衍生的
環境污染，透露詩人的焦慮與不安；結尾迴盪著月琴樂曲〈思想
起〉，表達對恆春美好地景的緬懷。

　　就黃慶祥而言，現今與記憶中的琉球風貌迥然不同，家族逐漸搬
遷，三合院的大埕也填塞了兩幢現代樓房，埕前的大芒果樹已傾頹不
見，他說：「曲終人散，縱使三十年前的餘音猶繞樑不絕，但無論如
何是不可能再恢復從前的了。尤有甚者，占據我童年大半的杉板路海
灘更被整個破壞掉──這是我一生最感憾恨的一件事，也是我現在不
太敢回琉球的原因──因為每次都要撩起我內心的愴痛。」[55]哪些曾
經活躍在記憶中的人、事、物，已隨著時光流逝而曲終人散。黃慶祥
透過〈琉球的海底〉、〈小小的貝殼〉、〈弔杉板路海灘〉等詩，今昔對
照，描寫生長於海底、潮間帶的生物早已瀕臨絕跡，護海之情流露無
遺。以〈琉球的海底〉為例：

> 琉球的海底
> 原是皇宮般堂皇富麗
> 各形各色的珊瑚
> 鑲嵌在每一寸岩壁
> 鸚哥滿載一身的斑斕
> 成群地來回巡弋
> 有時啃咬脆弱的珊瑚
> 剝剝的巨響響徹海底
> 鰻魚時時探出頭來
> 帶動蜷曲石縫的身體
> 還有蝴蝶般美麗的蝶魚

---

55 黃慶祥：《小琉球手記一九七〇》（屏東：屏東縣立文化中心，2001年），頁5-6。

> 雙雙對對
>
> 飛過萬紫千紅的花園裡
>
> 而今的海底
>
> 值錢的家當已被搬光
>
> 只剩幾面破落蒼白的牆壁
>
> 站壁的海藻濃妝豔抹
>
> 隔著玻璃頻頻對遊客招手
>
> 企圖掩飾繁華的過去
>
> 大魚已紛紛被拖離海底
>
> 只剩幾條如絲如線的小魚
>
> 供人搜尋往時的蹤跡[56]

　　屏東得天獨厚，接受來自太平洋、臺灣海峽、巴士海峽海風的吹拂，造就了在地多樣的地形、生態與氣候，也孕育出厚實的海洋文化。本詩反映隨著經濟的起飛，琉球的美麗海洋早已被現代化、商業化的圖利行為慘遭破壞。

　　屏東新生代詩人陳雋弘，家居林邊，曾寫〈下陷——寫給我日漸消失的家鄉林邊〉，全詩分為五節，描述林邊地層下陷的日漸嚴重：

> 不斷被抽走的
>
> 這麼多年
>
> 每當漲潮時候
>
> 就用沙袋的沈默去堵
>
> 母親身體的裂口

---

56 黃慶祥：〈琉球的海底〉，《琉球行吟》，頁70-71。

不斷被抽走的
還有血
一滴用血凝成的蓮霧
比你的嘴唇還要紅

時間就像白鷺鷥
那樣停著
走過季節的衰草
堤防也下沈了
再不用踮起腳尖
就可以看到海

海上的船隻
岸邊的房子
在記憶裡飄著
魚腥味的黃昏

都隨著我的身高
愈來愈矮[57]

林邊鄉內養殖漁業興盛，魚塭密布，過去由於超抽地下水以致地層下陷，因此暴雨期排水系統常需借助抽水設施，方能順利排水；加上境內約有三分之一土地高度低於海平面，嚴重影響農作物成長及地方發展。詩第一節寫超抽地下水導致地層下陷，漲潮時只能以沙袋堵住。

---

57 陳雋弘：〈下陷——寫給我日漸消失的家鄉林邊〉，《面對》（高雄：松濤文社，2004年），頁70-71。

林邊，就詩人而言，有如撫育成長的母親，如今地層下陷，彷彿「母親身體的裂口」。第二節影射超抽地下水種植蓮霧，也是生態環境破壞的因素之一。第三節則無奈道出地層下陷日益嚴重，堤防不斷下沈的現象。第四、五節寫記憶中的家鄉，無論是海上船隻或岸邊房子，處處飄散著魚腥味，然而哪些記憶都已隨著歲月的增長而「愈來愈矮」，語帶雙關，並具嘲諷，反映地層下陷的日漸惡化。

從以上屏東作家的地景書寫可知，情感性的家鄉記憶不只充滿親切感的地景符號，同時可以發現家鄉具有包容與收納個人情感的特質，它能安撫受創的心靈，是遊子永恆歸屬的地方。作家透過今昔的對比，傳統與現代的衝突，一方面寄託著對於美好時空的恆常追索，另方面對照著美好時空的原形家鄉，以凸顯環境現狀的變形「異鄉」，逐步擴大到自然生態的關懷視角。

四　屏東符號與土地美學

屏東作家對於地景書寫的場域寬廣，從綠野平疇跨越山海溪流，從縣道穿行古道，整體而言，被書寫最多的地景莫過於是恆春墾丁，它是屏東山水薈萃的符號。屏東兼具山水勝景、物產豐富，而墾丁風情萬種的地理景觀與自然生態，成為作家心靈的歸宿，俯仰其間，與天地萬化冥合。所謂土地美學乃兼容土地認同、土地讚頌、土地延續等意識，作家面對涵養生命、豐富自我的鄉土，具有濃厚的感情與認同，進而讚頌土地賜予的豐富資源，甚至衷心期盼永續土地的生養意識，字裡行間展現自然界各種生命的可親可愛，交疊出土地美學的審視與自然環保的沉思，護愛鄉土的溫度汩汩流動。

（一）墾丁意象的延異

　　現代文學中的恆春書寫，大多出現於詩作，並聚焦於墾丁山水，如余光中、羅青、鍾玲、張曉風、席慕蓉、蔣勳等，曾合著《墾丁國家公園詩文攝影集》，以及趙天儀〈鵝鑾鼻〉、宋澤萊〈若是到恆春〉、蔡秀菊〈參觀墾丁瓊麻歷史館側記〉等，這些詩作記遊寫景，或飽覽山水的勝景，或承載日月星辰的光輝，或照見自然生態的圖騰，將大自然賜予屏東的寶藏盡收眼底。

　　就屏東現代詩人而言，他們也各以不同創作手法勾勒墾丁景觀，形塑不同藝術風貌，如定居萬巒的林清泉，其詩傾向記遊寫景，善用譬喻修辭，〈遊貓鼻頭〉中將貓鼻頭譬喻為一隻龐然的大貓，雄踞在臺灣最南端的一角，俯瞰著南太平洋洶湧的波濤，詩人運用聽覺摹寫，縈迴不已的「喵喵」叫聲，生動化了貓鼻頭的形象。又如〈遊鵝鑾鼻〉，則將鵝鑾鼻譬喻為昂立的巨人，描繪海天一色、銀舟點點的遠眺畫面，山海相映成趣。相較之下，恆春人黃明峯的〈期望——關山落日〉，則從記遊寫景到悟理，比林清泉詩多了一份理趣之美，全詩如下：

　　　　落日停格，請停格
　　　　在寧靜的海面，柔柔地
　　　　開出一朵最引人的嬌媚
　　　　讓山巒群樹忘記喧嘩
　　　　讓陰暗林間的那片台灣騷蟬
　　　　沒有聲音

　　　　落日停格，請停格
　　　　在遠遠的山邊，溫溫地

　　暮色像一片輕柔的黃金緞

　　包裹我們這群虔誠仰望妳的信徒

　　讓我們睜大眼睛，看見

　　一首復活的唐詩

　　落日停格，請停格

　　在我們的面前，靜靜地

　　讓我們了解美學的風景是如何

　　讓我們記住妳的美麗，記住

　　美麗的意義

　　落日停格，請停格。[58]

關山頂上視野廣闊，是墾丁國
家公園極佳眺望及觀賞夕陽的
地點。全詩分四節，皆以「落
日停格，請停格」起首，末節
更以此句作結，點現詩人的
「期望」，永遠定格於此良辰
美景，封存關山夕陽之美。第
一節期望山巒群樹忘記喧嘩、
臺灣騷蟬停止鳴唱，讓落日停
格在「海面」，成為宇宙美景
的焦點。第二節則期望落日停

圖九　2019年黃明峯於齊東詩舍
參加「屏東現代詩展」／
黃明峯提供

---

58 黃明峯：〈故鄉寫生三首〉，《自我介紹》（高雄：春暉出版社，2003年），頁72-75。

格在「山邊」，詩人進一步具體描寫暮色，有如「一片輕柔的黃金緞」，令人驚豔；只可惜良辰美景總是短暫勾促，誠如唐朝李商隱〈登樂遊原〉詩所言：「夕陽無限好，只是近黃昏」，這是剎那間從心底迸發而出的由衷讚歎。第三節詩人期望落日停格在「面前」，並且「記住／美麗的意義」，不只歌誦落日的美不勝收，也表達美麗短暫的惋惜，更體悟到人生青春亦如落日之美，一瞬即逝，唯有把握當下，珍惜擁有。全詩透過與落日對話的方式，興情悟理，增添物我合一的意境。

善寫情詩的沙穗，生於上海，隨父親來臺，先居嘉義，後遷屏東。其詩則有別於以上詩例，以動人情詩妝點墾丁地景，藝術構思獨特，形象鮮明生動，感情溫婉雋永。如〈下一波浪來時——在南灣海灘〉，是一首結合南灣沙灘地景的愛情詩，表露愛情初萌的羞怯，展演一段純潔的戀情，詩第四、五節描述兩人在沙灘時的互動：「妳問下一波浪來時／要不要躲開？」藉著躲避波浪將女主角的悸動與嬌羞，表露無遺；結尾說：「海在沙灘的盡頭／沙灘過去便是一片防風林／夕陽西下／何必含羞？」[59]運用空間延展的視角，從防風林、沙灘、海洋，直到天際的夕陽，藉著染紅的餘暉，描繪女主角嬌羞的紅顏，語帶雙關，含蓄動人。再看〈牛車上的情話——在墾丁‧龍磐〉，以龍磐公園原始自然、山海相依的景觀，含蓄吐露山盟海誓的歷久彌堅；

　　若我是拖車的牛
　　妳是牧草

---

59 沙穗：〈下一波浪來時——在南灣海灘〉，《畫眉》（臺北：詩藝文出版社，2003年），頁142-143。

誰最無怨　誰最無悔？
我讓歲月輾過
妳忍受枯萎

一對戀人
遙指著大尖山
左邊是太平洋　右邊是巴士海峽
山盟海誓都被說盡
卻說不出山與海為何相依？

若我是滾動的車輪
妳是落日
誰最無牽　誰最無掛？
我順著小徑走
妳落在瓊麻下

一對白髮
回憶著一牛車
車上是嫁妝　車下是泥巴
前世今生都被用盡
卻用不完牛車上的情話[60]

詩分四節，第一、二節與第三、四節運用排比手法，結構整齊。
依序把「我」、「妳」隱喻為「拖車的牛」、「牧草」／「滾動的車

---

60 沙穗：〈牛車上的情話──在墾丁‧龍磐〉，《畫眉》，頁94-95。

輪」、「落日」，意謂夫妻經年累月共同為現實生活奮鬥，有如拖車的牛與滾動的車輪，輾過無數千辛萬苦，然而有了愛情作為共同心靈的支柱，彼此無怨無悔、互相關照牽掛，感情日益篤厚。就結尾可見，從結婚時的「嫁妝」一牛車，到結婚後的「回憶」一牛車，車上滿載彼此胼手胝足的艱辛與刻骨銘心的情話。龍磐公園草原植物遍布，可以遠眺大尖山、太平洋，南看巴士海峽，山海連綿，海天一色，景致宜人，詩人運用高山堅定不移、海水源遠流長的意象，象徵愛情的堅貞專一。龍磐公園原始自然景觀與地老天荒的愛情，在詩人筆下相得益彰。

　　綜觀屏東現代詩人書寫墾丁，林清泉以摹寫功力取勝，開展貓鼻頭、鵝鑾鼻天寬地闊的視野；黃明峯則筆觸細膩，刻畫關山落日，蘊含生動的意境與機趣；至於沙穗筆下的山姿水態，已成為附屬深情厚愛的客體，脫胎於臺灣古今詩作，為墾丁山水賦予新人耳目的風貌。

　　小說方面，林剪雲的《恆春女兒紅》可說是敘寫恆春庶民生活的代表作。林剪雲出生於萬丹[61]，恆春為她的婆家，這部小說以山水環繞的恆春半島為場景，敘說祖孫三代為生活努力奮鬥的歷程，其中出現特殊地貌的描繪，如落山風、啞狗海、出火等。全書分章最具巧思，運用恆春歌謠的曲調名稱與歌詞來烘托情節。從第一章楔子「起音」（〈四季春〉）、第一章清唱（〈牛母伴〉）、第二章月琴（〈思想枝〉）、第三章尾聲（〈四季春〉），融入恆春歌謠的元素，彰顯出地方獨特的自然地景和人文之美。

61　林剪雲《忤・叛之三部曲首部曲》（臺北：九歌出版社，2017年），即以萬丹為場景，記敘1946年萬丹首富「鼎昌商號」李仲義之後人李其昌，與其子李子慶、李子毓的家族故事，以及自泉州南安渡海來臺打拚、輾轉落腳萬丹販售小食的林伯仲，這兩條主線各一富一庶，勾勒戰後臺灣南方富貴家族與庶民百姓在政局動亂時所面臨的艱困處境。

（二）自然生態的關懷

屏東文學中的地景書寫，值得注意的是關懷自然生態的議題，其核心精神在於重新思考人們在自然界中的定位與責任，尤其在面對工業文明逐步顯露出負面價值的同時，不只激發人們對自然孺慕的鄉愁，同時反省工業社會、都市結構對於自然環境的迫害。作品內容揉合自然科學、土地倫理學、美感與抒情的書寫模式，展現知性之真、感性之善、藝術之美，充滿土地美學與環境倫理的關懷。

陳冠學的地景書寫，不僅體現萬物一體的土地美學，同時實踐敬重自然的環境倫理，吳明益說：「《田園之秋》確實展露了作者豐富的鄉土生態知識，並能參照現代的自然科學知識，揉合於文字表現之中。」[62]八〇年代臺灣的環保意識尚處在萌芽階段，陳冠學即洞燭機先省思科技文明對自然的毀壞，《田園之秋》〈十一月七日〉寫道：

> 科學之弊在一發不能收煞地參造化。科學探入本體界，創造物質現象，狂暴地發展，恐終至要毀了整個現象世界的諧和。而且科學本質上是物質的，科學一味把世界物質化，而抹煞了精神現象，這是科學可憂慮處。[63]

陳冠學拒絕現實社會種種問題的污染，而以回歸自然作為生命召喚。他關心環境過度開發所導致的污染問題，如書中提及在居家鄰近的萬隆村河川地，遭受不肖廠商傾倒含汞污染的廢棄物，揭露功利掛帥、人心貪婪所帶來的價值扭曲。《田園之秋》向臺灣社會呈現這個早已

---

62 吳明益：《以書寫解放自然——臺灣現代自然書寫的探索（1980-2002）》（臺北：大安出版社，2004年），頁352。

63 陳冠學：〈十一月七日〉，《田園之秋》，頁255。

存在卻日漸被淡忘的老田園，從而深刻思考人與自然的合理關係。陳芳明認為：「陳冠學不是刻意介入環保運動，而是因為他把生活欲望降到最低。他一方面從庸俗的社會撤退出來，一方面也與權力氾濫的政治體制劃清界線。田園生活就是他的生命堡壘，一草一木就是他的生活根鬚。」[64]陳冠學為了對抗文明與政治的毒素，以實際行動守住田園，強調與自然互敬共生；他在地景書寫中傳達護衛母土的環保意識，可說是臺灣文學界書寫自然生態議題的先驅。

在屏東內埔成長的杜虹，從小喜愛山林，長期負責墾丁國家公園的自然生態解說與保育研究工作，同時也是探研植物與蝴蝶生態的科學人，她以實際親臨觀察的方式，見證土地的美景，領悟自然的哲理。而長年生活於恆春半島的創作背景，使其作品在臺灣自然寫作的光譜裡，展現少有的南方視野。如《比南方更南》，記述恆春一帶的自然景觀及風土民情；次如《秋天的墾丁》，以日記體書寫九月至十一月墾丁之美；再如《相遇在風的海角：阿朗壹古道行旅》，是繼屏東縣政府將古道上的海岸與山林列為自然保留區之後的行旅記錄，書中細數海角山野的陳年往事，品賞古老岩石的美麗不朽，歌詠海岸生命的堅毅多姿，讓我們得以穿越歷史的荒煙漫草，窺見這條古道的前世今生。至於《蝴蝶森林》，則敘寫在墾丁熱帶叢林裡監測蝴蝶的工作紀實，以充滿哲理的文字謳歌自然，鮮活呈現森林和蝴蝶的微物之美，杜虹堪稱是兼融墾丁地景與自然書寫的寫手。

杜虹的地景書寫，從恆春半島到阿朗壹古道，擅以大自然的蟲魚鳥獸花木作為季節更替的表徵，形塑繽紛多變的宇宙之美，文字一貫展現溫柔婉約、淡雅縝密的風格，在臺灣自然生態書寫的版圖上占有重要地位。吳明益肯定其文學成就：「與其他女性自然寫作相較，具

64 陳芳明：《臺灣新文學史》，頁648。

有國家公園解說員身分的杜虹，在作品中含有豐富的自然元素，更能
將知性材料與感性發抒拿捏至一個平衡點。在她的筆下，可以讀到一
種紓緩，循著某種規律運行的自然呼吸。」[65]她的作品融攝知性與感
性，如〈愛之旅——記海岸林陸蟹〉即具有此特色：

圖十　杜虹於墾丁與黃裳鳳蝶合影／杜虹提供

陸蟹以鰓呼吸，太乾燥的天氣不適合出門遠行，能有一場大雨
的濕度是上天的恩賜。大腹便便的圓軸蟹，懷中帶著十至二十
萬顆的卵粒，行動倒還挺靈活，只是，從生活的樹林到海邊，
不算太遠的路途卻有層層阻障——牠必須爬過人造溝渠，躲過
人為捕捉，橫越車輛穿梭的省道，再鑽過或繞過道旁的護欄，
才能再續傳宗接代的愛之旅。[66]

65 吳明益：《以書寫解放自然——臺灣現代自然書寫的探索（1980-2002）》，頁287。
66 杜虹：〈九月五日‧愛之旅——記海岸林陸蟹〉，《秋天的墾丁》（臺中：晨星出版公
司，2003年），頁30。

內容敘述墾丁陸蟹如何穿越層層阻礙，從行走在危機四伏的陸地，最終平安到達海邊生產，完成「傳宗接代的愛之旅」，這樣的過程何其艱辛。文中也反映人為捕捉和棲地喪失導致生物滅絕的危機，強調自然生態保育的重要性。杜虹自認是「大自然培養出來的人」，她以陳玉峰、徐仁修等自然寫作前輩為師，在生態研究領域上經營一座寫作的花園，尋求人與自然共存的平衡點。

屏東也有多位作家關心水文生態，如「南方綠色教父」曾貴海在故鄉佳冬的農事勞動與親水經驗，滋養其對土地的熱愛與關懷，並以實際行動投入「保護高屏溪」運動，從報導文學《被喚醒的河流》、《留下一片森林》，以及詩作〈留下高屏溪的靈魂〉、〈在河心沉思的撓杯〉，皆可見他以還原再生大河的深邃美麗為使命。來自內埔的詩人利玉芳，在〈原始之愛──寄給高屏溪〉中，也述及魚不躍、花不香、蝶不舞、白雲不語的醜陋溪面，她以生命共同體的情懷來審視溪流的保育和整治，期盼再見活水潺潺、生機處處的自然景象。河流是城市的靈魂，萬年溪貫穿屏東市區，有如屏東人的母親河，郭漢辰的報導文學《千尋萬年溪》追溯這條母親河的百年歲月，從楊柳青青的集體記憶，經都會發展的染黑滄桑，到重新注入活水的共同願景，全書豐富的人文景觀與濃厚的護溪情懷，印證屏東市發展與溪流之間血肉相連的唇齒關係。

屏東得天獨厚，接受來自太平洋、臺灣海峽、巴士海峽海風的吹拂，造就了多樣的地形、生態與氣候，也孕育出厚實的海洋文化；然而隨著經濟的起飛，美麗的海洋早已慘遭破壞。在地作家的海洋生態書寫，讓我們理解與海休戚與共的關係，如黃慶祥〈琉球的海底〉、〈小小的貝殼〉二詩，表達琉球海底的海菜、珊瑚、鸚哥、鰻魚、蝶魚瀕臨絕跡的憂慮，護海之情流露無遺。又如長期從事臺灣海洋文學研究的楊政源，自小在東港成長，著有報導文學《海藍色的血液》，

全書以研究海洋文學與屏東文史為基底，寫出白沙港、後壁湖、海口等漁港的故事，語重心長地提醒世人對海洋文化與生態的重視。

五　結語

　　空間意識乃來自人們對土地的感受，而地景是形成空間意識的來源之一；地景作為空間意識形成的媒介，並非只是客觀地存在，它被觀景者賦予精神意涵。作家們透過地景形成土地認同的空間意識，隱含對地方的歸屬與認同。人文主義的地理學者認定「地方」不僅是空間中的「物理定點」，它同時是「意義的中心」、「人類感情依附的焦點」。[67]如段義孚、瑞夫（Relph, 1944- ）等學者強調：「經由人的住居，以及某地經常性活動的涉入；經由親密性及記憶的積累過程；經由意象、觀念及符號等等意義的給予；經由充滿意義的『真實的』經驗或動人事件，以及個體或社區的認同感、安全感及關懷（concern）的建立；空間及其實質特徵於是被動員並轉形為『地方』。」[68]從清領迄今，屏東文學地景書寫十分多元，在地作家對於「屏東」這塊地方的認知，不只是構築在對於空間裡的自然景物、氣候地貌、人文景觀等等的體認上，它更是一個具有真實感的地方，內在歸屬於個人的場所，被賦予象徵的、深刻的意義。針對上文論析屏東文學中的地景書寫三種類型：空間想像與族群歷史、地方風物的撫今追昔、屏東符號與土地美學，歸結出地方獨特的文化內蘊與深刻意義如下：

　　（一）刻寫多元族群的歷史：一個族群生活的地理空間、昔今相

---

67 艾蘭‧普瑞德（Allan Pred）著，許坤榮譯：〈結構歷程和地方──地方感和感覺結構的形成過程〉，夏鑄九、王志弘編譯：《空間的文化形式與社會理論讀本》（臺北：明文出版社，1999年），頁86。

68 轉引自艾蘭‧普瑞德著，許坤榮譯：〈結構歷程和地方──地方感和感覺結構的形成過程〉，夏鑄九、王志弘編譯：《空間的文化形式與社會理論讀本》，頁86。

續的歷史傳承、我群他群的社會文化差異等要件，是作為集體認同的
具體事物或象徵符號。屏東文學中的地景符號，無論是原住民族的
「舊好茶部落」、「北大武山」，或客家族群的「六堆／佳冬」、「濫濫
庄」，甚至是戰後移民構築的新地景「眷村」、「大雜院」等，這些地
理空間象徵著族群歷史與情感寄託的符號。李帕德（Lucy Lippard）在
其地理學著作《地域的誘惑》中提及：「地方是一個人生命地圖裡的
經緯。它是時間與空間的、個人與政治的。充盈著人類歷史與記憶的
層次區位。」[69]屏東文學中的地景書寫，其歷史意義並非是孤立的，
它是存在於臺灣宏大社會歷史背景之中，而作家們感應著時代的變
遷，遂以文學方式參與記錄工作，寫下他們對地方的多元想像。臺灣
本是屬於多元族群的社會，這些積澱地方想像的文本世界，容載作家
詮釋不同族群歷史的集體記憶，陳芳明曾言：「來自不同族群的作
家，都在凝聚相互歧異的想像，建構更為豐富的文學作品。這些異質
想像的文學，正是鍛造新的臺灣文化主體不可或缺的一環。」[70]就屏
東作家而言，透過屏東地景連結族群歷史的不同想像，除了繪製個人
生命地圖的經緯，再現族群歷史的集體記憶，也凸顯臺灣文學史中多
元族群的書寫現象。

　　（二）象徵烏托邦式的神話：在每個人的心靈角落總有一處是魂
縈夢繫之所，如奧威尼‧卡露斯之於舊好茶、大武山，陳冠學之於新
埤，曾寬之於竹田，曾貴海之於佳冬，周芬伶之於潮州。屏東在地作
家其作品裡的「原鄉」、「家園」，儼然有如「烏托邦」的代名詞，具
有超越現實的意向，這種追尋烏托邦的心態，來自於正視現實的反
思，以及對未來方向的思考。所謂「烏托邦不僅是蘊涵了批判的合法
性或者必要性，它甚至包含著批判的起點、視野，以至於在某種程度

---

69 轉引自汀‧柯瑞斯威爾著，王志弘、徐苔玲譯：《地方：記憶、想像與認同》，頁68。
70 陳芳明：《後殖民台灣──文學史論及其周邊》（臺北：麥田出版社，2002年），頁18。

上就決定進行批判的方法。」[71]由此證實烏托邦心態和現存秩序之間的辯證關係，其間摻雜著憧憬或批判等意識。就屏東在地作家而言，他們在離鄉與返鄉的移位記憶，在親切與疏離的感情經驗，在時間與空間的終極探索，透過外在／內在、追尋／失落等辯證，開闢一個現實與理想的對照視野。就現實關懷而言，文本中的批判焦點大多集中於自然地景遭到污染破壞的敗象；相對地，對理想國度的勾繪則指向原始自然地景的空間語境，是造物主所賜予的理想世界，也是自由、和平與和諧的心靈樂園。文本中所呈現的價值取向和理想追求，儼然是作家幽微而深沈的情志，可說是對烏托邦深情的想望。

（三）建構屏東地方的認同：根據段義孚的看法，地方感有兩個面向：客觀面向乃偏重地方自然地理與歷史文化的特性，由此揭示地方的特殊意義與象徵。主觀面向則指涉「人」對地方的認同，強調「主體」藉由經驗、記憶與意向，發展出對於地方的深刻依附，並賦予地方濃厚的象徵意義。[72]屏東在地作家鎔鑄主客面向，透過「家屋」或「在地」的地景作為媒介，表達他們對這片土地最深刻的眷戀，建構屏東的地方感，這正是作品的核心精神。值得注意的是，由家屋場所的「空間性」到緜延生命的「時間性」特徵，恰可驗證加斯東・巴舍拉（Gastion Bachelard）《空間詩學》中的觀點：「生命的本質……是一種參與一道長流而前進的感受，這種感受必然要通過時間來表現，其次才通過空間來表現。」[73]空間容載生命的長流，「家屋」興發在地作家的根源感以及歸屬感，成為一處遮風蔽雨的安身立命之所。至於「漂流異鄉」的戰後移民作家則遠離生命始源的原生家屋，

---

71 陳岸瑛、陸丁：《新烏托邦主義》（臺北：揚智文化事業公司，2001年），頁219-220。

72 段義孚著，潘桂成譯：《經驗透視中的空間和地方》，頁191。

73 加斯東・巴舍拉（Gastion Bachelard）著，龔卓軍等譯：《空間詩學》（臺北：張老師文化事業公司，2003年），頁60。

對「家屏東」產生以情感連結為本質的依附行為，地景書寫縮結離散認同的敘事，使文本與時代形成互文的關係。沒有故鄉的人，寫作成為居住之地，外省族群在地化的特色，乃屏東地景書寫場域裡不容忽略的文學現象。

　　屏東文學中的地景書寫呈現人民與土地的情感，作家們仍不間斷地擴寫版圖，從自然地景到文化地景，開展更豐富的想像，寄寓更深厚的意涵，期待在二十一世紀全球化語境中，屬於臺灣本土獨特的地景書寫被看見。

第九章
屏東文學中的歷史書寫

余昭玟

一　前言

　　歷史與記憶是近年來各學門所關注的議題，不論是空間書寫、家族憶往，或人文地理等領域，都興起了一股往回看的趨勢。屏東的歷史書寫有其複雜性，數百年來的移民社會，造成多元的族群，重複被殖民的史實，又使歷史解讀更增變數，所以在記憶與書寫時，常出現多重意涵。

　　地方一向是人文地理學的核心，「空間」（space）本是無意義的場所，通過人們對空間的經驗賦予意義後，空間成為「地方」（place）。人文主義地理學創始人段義孚（Tuan, Yi-fu, 1930-2022）在《經驗透視中的空間與地方》和《戀地情結》[1]中闡述人如何與地方建立情愫。英國人文地理學家蒂姆・克雷斯韋爾（Tim Cresswell, 1965-）在其《地方：記憶、想像與認同》中如此說道：地方不僅是世間事物，也是一種觀看、認識和理解世界的方式，讓我們的世界變得有意義。[2]對多數人而言，故鄉是自幼生活而且充滿意義的「社會空間」，藉書寫故鄉建立起屬於個體的地方，是在地書寫的特點，在地作家正是以最熟悉的記憶來建立其文學世界。在書寫屏東歷史的同時，作家透過自述本

1　段義孚著，潘桂成譯：《經驗透視中的空間與地方》（臺北：國立編譯館，1997年）。《戀地情結》（臺北：臺灣商務印書館，2018年）。

2　蒂姆・克雷斯韋爾（Tim Cresswell）著，王志弘、徐苔玲譯：《地方：記憶、想像與認同》（臺北：群學出版公司，2006年），頁23。

身所經歷與聽聞的故事，而啟動精神上的一次旅程，將心中的時空版圖逐重新繪製出來。籍貫是書寫者的身分屬性，在地人以文字來表記地方，必然有迥異於非本地作家的記憶與認知，在地作家讓歷史潛入記憶，化為語言，參與式的書寫心態，是他們共同的在地特質。

各區域的地方歷史書寫是臺灣近年來重要的文化現象，以在地的觀點來探究作家如何表記地方史，必然產生區域特有的記憶與認知。屏東作家將屏東的特殊歷史訴諸筆下，形成在地文學書寫，鋪展歷史經驗與自我認同的故事，故事中的鄉土語境，雖未必純然是藝術自覺下的構設素材與空間製碼，卻都有鄉土敘事寓意及美學上的突破與展現。

何修仁（1964-）出生於內埔鄉龍泉村，作品著墨於家族女性形象的塑造，呈現南臺灣農婦的堅韌性格。排灣族的利格拉樂・阿𡠄（1969-）親訪部落耆老，作品追溯家族史及口傳故事，《誰來穿我織的美麗衣裳》和《祖靈遺忘的孩子》[3]已成為名作。周芬伶（1955-）是潮州人，臺灣散文名家，作品質佳量豐，屢獲文學獎。《花房之歌》、《戀物人語》、《母系銀河》等，[4]她秉持一貫晶瑩剔透的文體，觀照市井生活，記錄家鄉的日常，深探人性與物性，從回憶中挖掘生活況味，以此解讀自己的身世。林右崇（1948-2004）的「恆春三帖」[5]是考察恆春文史的代表作，也有助其完成《恆春鎮志》、《續修恆春鎮志》[6]相關史料的彙編。林瓊瑤（1964-）是恆春人，發表《琅

---

3 利格拉樂・阿𡠄：《誰來穿我織的美麗衣裳》（臺中：晨星出版社，1996年），《祖靈遺忘的孩子》（臺北：前衛出版社，2015年）。

4 周芬伶：《花房之歌》（臺北：九歌出版社，1989年），《戀物人語》（臺北：九歌出版社，2000年），《母系銀河》（臺北：印刻文學生活雜誌出版公司，2005年）。

5 林右崇「恆春三帖」：《恆春紀事，──先民的足跡》、《人物恆春──我們的人與事》、《傳說恆春──軼聞與傳說》，三書於2010年均由臺中：白象文化出版社出版。

6 陳茂松主修：《恆春鎮志》（屏東：恆春鎮公所，1999年）。江國樑等撰：《續修恆春鎮志》（屏東：恆春鎮公所，2010年）。

嶠史話：恆春半島史蹟與人文風物》、《半島今昔》等，[7]再現故鄉的歷史背景與地理景觀，有濃厚的鄉土性。翁禎霞（1966-）有數十年擔任記者的書寫本事，用字精確，敘述今昔的人事物都酣暢淋漓，極為感人。《父親的手提箱──白色歲月裡的生命故事》[8]是針對屏東地區經歷白色恐怖的當事人或其遺族的訪談實錄，揭露當年沉痛的歷史傷痕，以報導文學的筆法，呈現屏東人在歷經諸多苦難下，仍活出堅強的生命之姿。

這十多年來，屏東作家的幾部長篇小說震驚臺灣文壇，施達樂的《小貓》於2008年出版，獲第二屆溫世仁武俠小說評審獎，李旺台的《播磨丸》於2016年出版，獲「新臺灣和平基金會」主辦第一屆臺灣歷史小說獎，2019年李旺台又以《蕉王吳振瑞》獲第四屆臺灣歷史小說獎，2020年以《大戇牯徐傍興》[9]成為第五屆臺灣歷史小說徵文唯一得獎作品。林剪雲的《忏》於2017年出版，獲「新臺灣和平基金會」第二屆臺灣歷史小說獎，《逆》於2020年出版，獲國藝會補助。這幾部小說大多以屏東市、萬丹、竹田、內埔一帶鄉野為背景，反映1895年乙未戰爭、1947年二二八事件，到1950年代白色恐怖、1960年代威權統治的故事。

屏東作家記錄在地歷史事件，作為「內在者」（insider）的介入式書寫模式，與「外在者」（outsider）對歷史的想像不同，前者的主觀經驗與感官知覺所形成的記憶，比起後者更具立體視界，尤其對表

7　林瓊瑤：《琅嶠史話：恆春半島史蹟與人文風物》（屏東：瓊麻園城鄉文教發展協會，2000年），《半島今昔》（臺北：內政部營建署墾丁國家公園管理處，2004年）。

8　郭漢辰：《父親的手提箱──白色歲月裡的生命故事》（臺北：遠景出版事業公司，2014年）。

9　李旺台獲臺灣歷史小說獎的《大戇牯徐傍興》於出版時，作者將書名改為《小說徐傍興》，將「大」變「小」，和傳主徐傍興醫師的大器是有趣的反差，而且也更符合小說的文類特質。

現歷史的企圖極為強烈，例如：施達樂是東港人，立志追索萬丹前輩林少貓的抗日事蹟。李旺台從萬巒鄉前輩高齡八十八歲的涂榮芳老先生那裡聽到久已被人遺忘的「播磨丸」的始末，遂以長篇小說《播磨丸》重現戰後臺灣人返鄉的故事。林剪雲是萬丹人，她以文學之筆重演萬丹「鼎昌商號」李家的聚散悲歡，那正是她自幼耳聞的故事。這些小說不約而同地記錄了戰亂流離的歷史片段，重演歷史文本裡充滿血肉的故事，開啟多層次的寫實視野。屏東小說家另有曾寬追憶先人足跡，陳冠學和郭漢辰展望臺灣未來的救贖，張榮彥追念外曾祖母的故事，伐伐敘述長輩在「大關山事件」犧牲的往事，都各具特色。屏東詩人曾貴海、李敏勇、利玉芳、郭漢辰等，長久以來即關注歷史議題，發表了為數不少的針對二二八事件的詩作。散文家則有劉捷以「懺悔」的角度回顧日治時期到戰後一個知識分子的處境。以下分別從家族史與族群史的建構、殖民與抵抗、戰後政治暴力敘事、歷史的隱喻等角度分析屏東文學的歷史書寫。

二　家族史與族群史的建構

　　文學所反映的無非是現實生活，而現實中最活潑具體的非市井生活莫屬，它超脫官方的史料記錄，其中的歷史書寫與敘事演繹比正式史料還來得真實，當建構個人史、家族史與族群史時，尤其如此。

（一）劉捷（1911-2004）

　　劉捷在《我的懺悔錄》[10]記錄了自己的出生、赴日本就學、中國工作，以及在二二八事件與50年代入獄的始末。戰後初期他從中國回

---

10 劉捷：《我的懺悔錄》（臺北：九歌出版社，1998年）。

到臺灣，林佛樹派他擔任《臺灣新民報》的採訪主任。兩個月後，在
回故鄉萬丹途中，遇到《國聲報》社長王天賞，他又被邀往《國聲
報》擔任副總編輯。半年之間，他每天從屏東乘火車前往高雄上班。
此時又發生一件事使他離家北上，南部議員郭國基質詢熱烈，被稱為
「郭大砲」，轟動全臺。劉捷為了採訪議會消息，自請擔任臺北分社主
任，主要是報導臺灣省議會的新聞，當時的臺灣省政府行政長官是陳
儀。1947年，二二八事件發生了，《國聲報》因大幅報導衝突的經
過，報社被查封，社長王天賞被捕，記者李言被槍殺。一時殺人的新
聞傳遍南部，劉捷曾改裝農夫避難於故鄉的田地中。

　　二二八事件之後，《國聲報》由國民黨接收，人事大調動，劉捷
回家閒居。一天早晨，忽然有吉普車開到萬丹廣安村家中，將他強行
押走，帶到屏東辦公室開始訊問，追查他1930年代曾到日本占領下的
北京擔任中學日文教師，又到徐州擔任警察學校教官的行跡。

　　　「你什麼時候加入共產黨？」
　　　「我，沒有加入共產黨，也不是共產黨。」
　　　「抗戰期間你在徐州警察局擔任什麼職務？」
　　　「保安科長。」
　　　「不得了，是幹特務的漢奸。你與高碩什麼關係？高碩要你做
　　　什麼工作？他是共匪你不知道嗎？」[11]

高碩原是劉捷在徐州警察局的同事，不久前曾來探訪劉捷，但兩人交
談不到十分鐘。同樣的問題，三個特務人員一直反覆的問來問去，認
定劉捷是共產黨、漢奸。夜間劉捷被押上北上火車，來到警備司令

---

11 劉捷：《我的懺悔錄》，頁128-129。

部，關在臺北峨眉街的東本願寺。夏日炎熱，囚犯都半裸體，二、三十個人擠在一室中。

　　一年之中，劉捷走出房外的機會只有兩次，一次是被提訊，一次是妻子帶著五歲的兒子劉廣武前來探監。過了一年，又被送到內湖國小的「新生營」受訓。他發現營中關的多為知識分子，幾乎沒有真正的匪諜，但囚犯心理仍恐怖不安。過了一年多，劉捷才被釋放，回到故鄉。

　　1951年10月，沒想到劉捷再次入獄，「天公生」那一天，吉普車來到萬丹逮捕劉捷，到了高雄辦公處，第一句又是問：「你何時加入共產黨？」他不承認就被毆打，被捕的也有萬丹人林瑞如、林朝龍等人。最後，臺灣省保安司令部軍事法庭判決書上寫著：

> 劉捷在昔日據時代購有唯物論、通史等反動書籍一批存於家中，⋯⋯有知匪不報嫌疑，事為國防部保密局偵悉。⋯⋯在劉捷家內搜得之唯物論、通史等反動書籍五十四冊，一併解部經軍事檢查官偵查起訴。[12]

沒想到家中的日文舊書竟被當作犯罪證據，帶來二年半的牢獄之災。臺北的「高砂鐵工廠」改成一座大型監獄，劉捷在此被關兩個多月。之後到青島東路的臺灣警備司令部軍法處。獄中他開始讀書學相命，也跟一位同牢房的麻豆人學實際相術。從此開始為犯人算命，常有人送飯菜過來酬謝，還可分給同牢房的難友共享。在此他也曾遇到被羈押的作家楊逵。

　　像劉捷這樣的文化人，他的遭遇可說代表了臺灣人的命運：殖民

12　劉捷：《我的懺悔錄》，頁141。

時期是半奴隸般的「清國奴」，抗戰期間居住在中國淪陷區被稱為「漢奸」，光復後回臺灣成為「匪嫌」，這是個人時運不濟，或是集體臺灣人的宿命呢？《我的懺悔錄》是劉捷回顧一生的傳記，這部散文筆調簡勁，描述戰後屏東文化人的遭遇，具有珍貴的史料價值。

（二）許其正（1939-）

許其正在1960年代踏上文壇，當時的臺灣是反共文學、戰鬥文藝盛行的年代，他卻發表了一批意境清新的散文。[13]因為出身潮州農村，他以實際經驗，道出農夫的作息及鄉村風光，場景都非常溫馨。1978年出版的《綠蔭深處》一書，是平日農事的實錄，他回憶幼年時在潮州故鄉的種種，首篇〈序曲〉中寫道：

> 老家在南臺灣潮州鎮南郊，是一個小小的農村，小得住家不到十戶。村前村後，農作物、果樹、林木等，團團圍繞著，繁發生長。村中，大家和樂地過著樸素的生活，日出而作，日入而息，雞犬相聞。[14]

他就以這個村莊為中心，展開種種事物的描述。《綠蔭深處》中〈繳蕉〉一篇對農人怎樣種香蕉，怎樣收割、外銷，都有深入的介紹；〈香蕉販子〉刻畫收購香蕉的商人，有位商人用一輛小小的摩托車，卻能載走六百公斤香蕉，如同一個鄉野傳奇人物。這是臺灣文學裡獨特的題材，故鄉在許其正的文字裡，似乎永遠美好，伴隨童年的回憶，令他緬懷不已：

---

13 許其正作品多發表於《公論報》、《中央日報》、《中國時報》、《聯合報》等報刊的副刊，這些都是當時發行量最大的報紙。
14 許其正：〈序曲〉，《綠蔭深處》（臺北：光啟出版社，1978年）。

> 想起童年，此時正是歸牧的時候：在夕陽金色的餘暉裡，鳥兒
> 成群地飛回竹林裡，農人邊說邊笑地走上歸途，我們趕著牛往
> 家的方向而回……。一片詳和，一片滿足。[15]

近年出版的《打赤膊的日子》、《走過廊仔溝》[16]等書，則回述戰後初
期工商業萎靡，民生凋敝，吃不飽的日子，大人身形消瘦，孩童營養
不良而長不高。那是連電都沒有的年代，沒見過電風扇、電視機、洗
衣機的潮州鄉下人，夏天打赤膊，婦人到廊仔溝洗衣服。許其正的散
文多半都是其「親身體驗的，親自生活的」，[17]作者運用靈活的筆觸、
真摯的情感，將這些題材描述得十分生動。他的兒時回憶道出戰後初
期的農村生活史、經濟史。

（三）張榮彥（1940-2000）

張榮彥為屏東縣滿州鄉人，祖先是內埔來的移民，他自稱「身上
流著拓荒者的血液」。他書寫外曾祖母遷移的歷史。張榮彥的外曾祖父
死於海難，外曾祖母「新仔」毅然離開小琉球，帶著四個年幼的小
孩，走了五天，來到滿州鄉的港口溪。溪邊土地貧瘠，冬天吹著落山
風，外曾祖母就在「風吹沙」旁住了下來，開墾荒地，種種花生、稻
米、薑等作物，撫養小孩長大。張榮彥根據這段歷史寫成《外曾祖母
的故事》[18]，主角就是外曾祖母「新仔」。二十五歲就守寡的「新

---

15 許其正：〈送夕陽〉，《綠蔭深處》。
16 許其正：《打赤膊的日子》（臺北：秀威資訊公司，2011年），《走過廊仔溝》
　　（臺北：秀威資訊公司，2012年）。
17 許其正：《綠園散記・後記》（臺中：光啟出版社，1977年）。
18 張榮彥《外曾祖母的故事》在1980年獲得《聯合報》中篇小說獎，同時獲獎的還有
　　蕭颯《霞飛之家》、蘇偉貞《紅顏已老》，蕭颯與蘇偉貞早已是1980年代以來的小說
　　名家，作品廣獲矚目，而張榮彥出版散文及兩部長短篇小說，幾乎全以屏東為背
　　景，但得獎後忙於教學工作，未能持續創作。

仔」，帶著一群幼子到滿州墾荒。從整地、蓋屋、種植、養豬，一一用雙手操作，從蠻荒中建立人性的尊嚴。

　　《外曾祖母的故事》中描寫的生活，也涵蓋了文化與禮俗的層面，在日常的觀看下，它植入庶民最深刻的記憶，其實鄉土文學最感人之處無非是找回這些歷史記憶。文學的源頭就是故鄉的土地，雖然土地會隨著時空改變樣貌，但張榮彥的小說卻捕捉住那段時空下的故鄉顯影，並刻畫拓荒者的艱辛，呈現哪些已經消失或逐漸消失的庶民生活場景，並把時代變遷的面貌，不管是形式或實質的，都做深刻的描繪。張榮彥追溯外曾祖母的墾荒史，著墨恆春、滿州的地景，試圖找回自己的原鄉，重新建構失落的家族記憶。

圖一　1982年，張榮彥與來內埔家中拜訪的作家合影，前排坐者左起依
　　　序為林清泉、張榮彥、余光中，後排中為曾寬，最右為張榮彥
　　　夫人張邱秀連女士／張邱秀連提供

（四）曾寬（1941-2022）

　　曾寬的作品重寫實，創作文類含括散文、小說、傳記、報導文學及兒童文學。曾寬長期關注地方文學的發展，忠實地反映時代與鄉土生活，期以作品改造讀者心靈，並為社會文化、人類活動留下痕跡。長篇小說《出堆》[19]以抗日的三大戰役為背景，描述客家人為生存的奮鬥歷程，呈現深遠的客家歷史文化，富有濃厚的尋根意味。本書包含了漢番械鬥、閩客衝突、六堆抗日、決戰東港溪、火燒庄之役等十三章。整體來說，曾寬強調族群意象，標示了「屏東人」形象的涵意，那是一群求生存的農人及爭尊嚴的鬥士。

　　《紅蕃薯》共收十九篇短篇小說，場景都在屏東鄉間，人物是竹田、內埔、東港、潮州、恆春一帶的農人與漁民。作者稱：

> 臺灣人比喻成蕃薯，似再妥切不過了，牠長在泥土裡，任人踐踏蹂躪，雖然如此，但，牠生命力旺盛，環境惡劣，仍然生長茁壯，且繁殖力強，任何地方都可以生長。紅蕃薯，「紅」乃是鮮血也。[20]

作者以「牠」來指稱蕃薯，肯定蕃薯的動物性生命力，強調臺灣人就是這樣活生生的存在。小說所記錄的是鮮明的家族史，作者父親愛好文學、歷史，曾蒐集很多資料，並喜歡講述光復前後點點滴滴，曾寬把這些作為題材，以文學手法寫下《紅蕃薯》，書前扉頁題著：「謹以此文，獻給摯愛文學的父親曾丙戌。」主角與作者父親同名，文中敘述他帶一家人跋涉百公里山路，逃難到六龜山上的歷程。〈登陸前

19 曾寬：《出堆》（屏東：鳴昇彩色印刷公司，2005年）。

20 曾寬：《紅蕃薯‧自序》（屏東：屏東縣立文化中心，1999年）。

夕〉中，竹田的曾丙戊是兵役課長，負責徵調役男，然後把他們送上火車，開赴不知名的戰場。明知道是送去戰場當砲灰，有去無回，他仍要奉命行事。海灘綿長，北自東港，南到枋寮，臺灣指揮部預測美軍若登陸枋佳海灘，必會沿著縱貫公路北上，經潮州、竹田、內埔，直攻屏東高雄。幸而美軍進攻沖繩，臺灣逃過一劫。

　　2012年出版長篇小說《終戰》[21]，描述日本投降後，日本人即將被遣返日本的各種狀況，作者選取的題材很獨特，採取日本人的視角，留下了歷史劇變時刻臺灣人和日本人之間的緊張關係。長田松男家族三代經營的「潮州布莊」，規模是潮州最大的，為長田家累積了巨大的財富，他們擁有十幾棟房子、二十筆地皮、幾十甲水田、上百甲蔗田。日本投降後，規定日僑要放棄臺灣的田產、房地產及所有的動產，僅能帶少許的錢和衣物回日本。他們必須放棄三代辛苦經營的一切，回到已經沒有家的祖國。日本女子川田惠子嫁到萬巒泗溝水的客家人家庭，她決定當一輩子的臺灣人，不願回日本。另外，大武山上的泰武部落，酋長的獨生女巴娜魯魯，雖然和日本人武藤生下小孩，但也不願隨他回日本。

圖二　曾寬年輕時經常騎這臺偉士牌機車到鄉野尋找寫作題材／曾潤哲提供

---

21 曾寬：《終戰》（高雄：春暉出版社，2012年）。

　　曾寬表示，寫這一段日本人流離失所的日子，是想為在地的歷史留下痕跡，這些老一輩的往事必須留下來，讓下一代的子民有資料可看。他對「我鄉」的書寫，偏重族群記憶的追索，以及對歷史的印證。

（五）霍斯陸曼・伐伐（1958-2007）

　　伐伐一直與妻女居住屏東，長期在此寫作。伐伐致力於文化的傳承，藉著田野調查，保存布農族傳統，以創作的方式來回歸母體懷抱。曾經，伐伐的童年生活裡，充滿了古老的神話和傳統古調，每到晚上，老人家喝了酒之後會唱歌，哀怨的布農古調經常在每個暗夜中飄盪。如今，對布農的年輕人說起，竟像是天方夜譚了。

　　伐伐會成為作家，是因為對當代布農族傳統力量的式微感到焦慮與徬徨，由於沒有文字記錄，所以文化容易遭到衝擊、瓦解，布農精神也將會被族人遺忘。面對這樣的絕境，伐伐負起重振族群文化的重任，他努力用文字來傳承充滿傳奇的布農傳統，將那一個美好的族群內涵再現於世人面前。伐伐寫作的方式是實地訪查，確實記錄，他並非關在書房中冥想虛構，而是以民族誌的田野調查模式，一步一腳印，去取得文學書寫的材料，最後用小說的敘事類型書寫出來。

　　他的作品一直都是以布農族的土地、歷史、人物為書寫的主軸，將布農族各個社群、氏族的神話傳說、部落故事及歷史典故一一接合起來。1998年〈黥面〉、〈獵人〉、〈獵物〉一出手即獲教育部文藝創作獎、吳濁流文學獎、臺灣文學獎。1999年〈生之祭〉獲第一屆南投縣文學創作獎，文中融合了口傳故事、生活祭儀、族群典故，以文學的形式傳達布農族的心靈世界。2007年《玉山魂》[22]獲臺灣文學獎長篇小說類首獎。

---

22 霍斯陸曼・伐伐：《玉山魂》（臺北：印刻文學生活雜誌出版公司，2006年）。

圖三　2007年伐伐（右）《玉山魂》獲臺灣文學金典獎長篇小說金典獎，領獎後與成功大學林瑞明教授（左）合影／潘慈琴提供

　　伐伐採取跟別人不同的思考與角度，嫻熟運用神話故事以及習俗、儀式、觀念的典故。臺灣的原住民文學早在1980年代已經啟動，他讀了一些作品，思考自己寫作的理念與步伐，堅持要深刻描寫自己曾經親身經歷過的，或長者曾經提及的部落歷史。1930年代初期，現今的南橫公路關山隧道、啞口一帶的多個布農族部落，發動了「大關山事件」。日本殖民者大肆逮捕殺害布農族人，伐伐的祖父四兄弟亦因涉案，全部被殺，唯一活著的叔公是躲在床底下才逃過一劫。伐伐的祖父死於此事件，他的父親成為遺腹子。

　　事件發生七十多年後，伐伐以《玉山魂》一書，描摹出布農族巒社群霍斯陸曼氏族先人的身影。書中主角烏瑪斯的祖父達魯姆，史上確有其人，後人喻為「東部之雄」。伐伐驟逝之前，正在撰寫以「大

關山事件」為主軸的小說《怒山》，為了替祖父四兄弟而與天地眾神
講理，也為了將叔公那一輩的抗日事蹟公諸於世。他將此家族史詩分
為三部曲：《玉山魂》、《怒山》、《歸鄉》，準備以大河小說的形式呈
現。2007年，他不僅已完成了大綱，也訪問了臺東部族老人，查閱文
獻。可惜天不假年，伐伐留下《怒山》殘稿，齎志而歿。[23]

　　伐伐打造一個以玉山民族為主體的文學國度，以文字捍衛布農族
群詮釋權。《玉山魂》堪稱第一部書寫臺灣原住民族群部落史的長篇小
說，完整呈現過去曾經發生的事蹟，透露了艱苦而美好的部落生活史。

三　殖民與抵抗

　　清朝在甲午戰爭大敗後，李鴻章簽訂馬關條約，割讓臺灣給日
本。1895年日本軍隊準備來接收臺灣，5月底在澳底登陸，成軍三日
的臺勇不戰而潰，6月初臺北大亂，日軍順利進駐臺北。可是根據日
本官方的記錄，1895年6月19日日軍自臺北出發，攻取桃園、新竹
時，卻遇到客家義軍的頑強抵抗，於安平鎮之戰後，戰事就不如攻略
基隆、臺北般容易，日軍時時陷於苦戰。[24]幾經攻防，義軍在新竹據
守失敗，苗栗與彰化又相繼陷落後，8月28日八卦山之役是中部的最
激烈戰事，清軍統領吳彭年與民軍首領吳湯興雙雙陣亡。此時臺南人
心浮動，劉永福命吳桐林乞助各省，但遍走沿海，應者無多。後因清

23　2007年12月29日伐伐突然去世，得年49歲。當時是年底，天氣寒冷，伐伐的兩位親
　　友長輩去世。先是臺東一位叔公的喪禮，他去守夜，接著又趕到屏東瑪家村最親近
　　的一位長者的喪禮，在那裡伐伐心肌梗塞，突然去世，親人都很難相信這是事實。
　　隔天報紙刊登「原住民作家霍斯陸曼・伐伐，化作玉山魂」的標題。健壯的身軀毫
　　無預警的忽然倒下來了，一顆明亮的巨星遽然殞落。
24　臺灣總督府警務局編，徐國章譯注：《臺灣總督府警察治革誌（第一篇）・中譯本》
　　（臺北：國史館臺灣文獻館，2005年），頁55-56。

政府欲對日本守信義，發令各省勿為臺灣抗日之助。[25]日軍復往南臺灣推進，在缺乏外援的情況下，屏東的林少貓仍英勇抗敵，持續數年，到1902年5月30日被勦滅，總督府才宣布當日為全島完全恢復治安紀念日。

關於林少貓與日本警察之間的鬥爭，記載較為完備的是《臺灣憲兵隊史》，書中敘述林少貓襲擊阿緱憲兵屯所後，出沒於潮州莊，行蹤詭秘，無法搜尋。1897年他曾到廈門策劃籌集金錢兵器，之後來去於東港、枋寮、萬丹各地。曾率部下百餘名襲擊阿緱，不克而退。又大舉圍攻潮州辦務署，親率百餘名部下攻北門，日軍署長中彈而死，義軍燒毀憲兵屯所及辦務署。1898年林少貓率二百徒眾於麻仔園莊與日兵苦戰，直到萬丹街守備隊的日兵前來增援，始被擊退。之後臺灣總督兒玉源太郎南巡招撫，日人勸降林少貓，1899年林少貓對日本提出〈十大要求准許書〉[26]，內容大抵要求居住於鳳山後壁林一帶，免納稅，官吏不得往來墾地，釋放被繫的少貓族黨，少貓亦約束部下不得攜帶軍器外出等。如此度過兩、三年據地自守的日子，但對臺灣總督府而言，臥榻之側，豈容他人鼾睡，1902年5月兒玉總督派村岡陸軍幕僚，密傳臺南、鳳山、阿緱各廳長及憲兵隊，包圍林少貓所在的後壁林，用山砲猛烈進攻，林少貓雖頑強抵抗，終被擊潰，與林漏太、吳萬興等部下均遇害。[27]目前所知的林少貓事蹟始末大抵如此，他能與精銳的日軍日警周旋七年之久，令總督寢食難安，的確是屏東一方之雄。

1895年屏東抗日義軍除林少貓之外，佳冬六根庄的蕭光明也率族

25 陳漢光：《臺灣抗日史》（臺北：海峽學術出版社，2000年），頁118。

26 王曉波編：《臺灣抗日文獻選新編》（臺北：海峽學術出版社，1998年），頁42。

27 臺灣憲兵隊編著，張北等譯：《臺灣憲兵隊史》（臺北：海峽學術出版社，2001年），頁368、378、528-529。

人抵抗。他們倉促成軍，所受的訓練僅是拳腳功夫，使用的武器是最
簡單的刀槍棍棒，而挑戰的則是剛在甲午戰爭戰勝清國的日本軍隊，
日軍都配備現代武器，有槍枝，有大砲，組織謹嚴，訓練精良。臺灣
此時已被清國拋棄，到中國各省去要求援軍也都被拒絕了。清廷的官
吏，以唐景崧為代表，都已離棄臺灣，臺灣不論國體或政體，實際都
歸屬了日本。而佳冬義軍在孤立中仍求一戰，秉持的是保鄉護土的信
念。蕭光明和林少貓的抗日史實，在曾貴海新詩、施達樂小說中有深
刻的描繪。

（一）曾貴海（1946-）

　　曾貴海曾和葉石濤、鄭炯明、陳坤崙、許振江、彭瑞金等文友在
高雄創辦《文學界》雜誌，於1982年1月推出創刊號，此時「美麗島
事件」仍在餘波盪漾中，在高雄創辦雜誌，敏感性可想而知。但是，
參與《文學界》的創辦，類似一種「抵抗」的社會運動，卻使他的創
作意識復甦，喚醒他的詩魂，大量的詩作開始出現，1983年5月，出
版第一本詩集《鯨魚的祭典》[28]，此後創作質量俱增，作品廣獲好
評，曾獲笠詩獎、吳濁流文學獎、高雄市文藝獎等。

　　曾貴海的身分十分多元，他是一位醫生，一個知識分子、社會運
動家，曾任臺灣筆會會長、南社社長、衛武營公園促進會會長、高雄
市綠色協會會長……，是多種社會運動的領導者，最重要的，他也是
一位詩人。在多方的生活實踐之下，他的詩作跟著內容多變，自心靈
獨白、族群書寫、國族議題，到激烈的情欲，浪漫的情思，更有土地
和歷史的思考。從土地關懷出發的他，在空間的思考裡，加入時間的
縱深，以詩記錄民俗、戰爭、族群、歷史等，宛如一部詩史。不少詩

---

28 曾貴海：《鯨魚的祭典》（高雄：春暉出版社，1983年）。

作都從臺灣歷史取材，反映出他的歷史觀和抵抗意識，詩中不斷釋出
的歷史情境，常引人深思。

　　在新詩中表現乙未戰爭的書寫極為少見，像曾貴海〈下六根步月
樓保衛戰〉這樣以一百行的長詩來追尋歷史，更是絕無僅有。這首敘
事長詩集中描寫臺灣「乙未戰爭」的佳冬戰場，全詩洋洋灑灑，記錄
詳盡，以詩作史，氣勢澎湃：

> 有錢有勢个蕭家佇廟前起了一只大屋／大屋左邊有間步月樓／
> 丘逢甲同劉永福曾經上樓飲酒賞月／沒想到變做日後保庄个堡
> 壘／／全庄加上劉永福義軍總共千過人／用舊大砲守著四邊柵
> 門／日軍經過下埔頭，下埔培人必入六根庄／日軍行過水田墓地
> 埋伏佇步月樓附近／反抗軍佇朝晨十點零向日軍開出第一槍／一
> 場大戰就在東柵門个步月樓開火
> ……
> 以後，王爺阿公生日／使毋得做布袋戲／王爺阿公毋想看到／
> 布袋戲臺上人頭落地个戲情／就像當初抗日義軍斬頭个悲情[29]

曾貴海用敘事寫史的方式來作詩，所以是散文式的句子，詩的節奏非
常急切。全詩先梳理村民違抗神諭的決心，接著是戰事的布局，流露
敵軍逼近的緊張感。回溯二百年來的衛庄傳統，最後交代十四小時的
戰況及雙方死傷，村民的抵抗意志綿延不絕，那是外在勢力不能毀滅
的。此詩讓抵抗的歷史再次曝光，也標出作為乙未戰爭最後一役的屏
東戰事是如何壯烈。

　　〈下六根步月樓保衛戰〉共1100多字，交代事件來龍去脈，已具

---

29 曾貴海：〈下六根步月樓保衛戰〉，《曾貴海詩選》（高雄：春暉出版社，2007年）。

有小說的規模。敘事以順時序進行,將臺灣五個多月乙未戰爭的場面聚焦在佳冬。最後村人決定開戰,詩中轉而用具體的場景做特寫,雙方的攻防,死傷的人數,進退的場地,與槍砲武器都一一註明,不遺漏任何細節,既有蕭家統領的戰略,也藉村婦阿菊妹交代村民逃難的景況。此種歷史書寫不只是呈現事實而已,也有抵抗的姿態,曾貴海藉人物曲折的命運,展現歷史的波濤。

圖四　2019年曾貴海為衛武營都會公園拍攝文宣照／蔡幸娥提供

(二)施達樂(1970-)

　　施達樂本名施百俊,出身屏東望族,本身是電機碩士、商學博士,專精於科技管理及多媒體,目前為國立屏東大學文創系教授。其《小貓》、《本色》[30]兩部長篇小說均以林少貓為主角,結合武俠小說

---

30 施達樂:《小貓》(臺北:明日工作室公司,2008年)。《本色》(臺北:明日工作室公司,2008年)。

的風格，成功開拓了「台客武俠」的類型。不僅在小說中重新架構了
乙未戰爭的脈絡，也強調林少貓神乎其技的武功，以及捨身為民的俠
義熱腸，使林少貓轉客為主，從一個被屠戮的「匪徒」，成為屏東的
抗暴英雄。施達樂的書寫策略是利用在地元素及語言技巧，塑造「台
客」的精神意義，運用非主流的火星臺語，使一個邊緣化的人物能對
抗中心，終於成為文學中的傳奇英雄。2012年之後《小貓》的繪本問
世，[31]2015年也是林少貓一百五十歲冥誕，屏東縣政府於北勢頭的信
義國小，以偶戲的方式演出「少年林少貓」，全程用臺語對白，頗讓居
民驚豔。2017年「明華園歌仔戲團」根據施達樂的作品演出一百多
場，確立了林少貓故事的演化與創生。

圖五　2010年施達樂獲第六屆溫世仁
　　　百萬武俠小說大賞／
　　　施百俊提供

二十世紀之前，武俠小說
的典型場景不外乎名山古剎、
懸崖山洞或大漠荒原，但是施
達樂的《小貓》、《本色》卻忠
於歷史場景，選擇了屏東平
原，以及平原上的圳溝、農
舍、竹林、官廳建築。以屏東
的特殊景觀來書寫屏東的特殊
人物，既取法武俠筆法，又融
入歷史元素。《小貓》的創作
動機為何呢？施達樂表示：

我所生活的臺灣社會，正被兩股不同的力量撕裂而逐漸分崩離

---

31 施達樂著，葉羽桐繪：《小貓（繪本版）》（臺北：明日工作室，2012年）。林弓義：
　《少年林少貓在北勢頭》（臺北：明日工作室，2015年）。

析。那既不是政治理念的差異、也不是經濟階級的差異，而是
臺灣人找不到自身文化的認同；找不到生存於此滔滔濁世，猶
能獨立而驕傲地活過一生的英雄典範。[32]

可見他藉林少貓來抒發襟懷，想樹立一個臺灣英雄的典範，讓臺灣人
找到身分認同感。在武俠小說的文類中，如何異軍突起，必是作者在
提筆之初就面臨的難題。雖然1970年代溫瑞安開創了現代臺北的武俠
場景，也將俠客身分轉化為市井之流，但要將本土人物及歷史營造成
為武俠小說，仍有一番挑戰。所以施達樂的書寫策略也因此必須另闢
蹊徑，他的「台客武俠」遂以臺灣歷史為題材，著重臺灣特殊的移民
歷史和殖民記憶。

　　林少貓以一位抗日英雄，最後被日本人殘酷的消滅，開啟臺灣歷
經被殖民的歷史，人物本身就蘊含強烈的民族意識，更重要的是，林
少貓是屏東人，作者施達樂世居屏東，是以一位在地人緬懷先賢的情
懷來重現歷史。他寫作的武俠小說均以臺灣歷史為根據，[33]小說敘述
小貓誕生於萬丹萬全村保全宮對面，一個名為「竹篙濫」的地方。經
過學者的田野調查，林少貓確實生於萬丹竹篙濫，[34]可見施達樂在考
據歷史之外，也詳查地理，意欲藉小說具體呈現1895年前後屏東兒女
的生活地景。

　　證諸歷史，林少貓身材矮小，未讀書，卻有膽量、有機略，善
治產貨殖，為抗日軍中最傑出之人材，是臺灣南部最有力的抗日領

---

32 施達樂：〈序文〉，《小貓》。

33 施達樂除《小貓》、《本色》主角是林少貓之外，另有《浪花》（臺北：明日工作室，
2011年），主角為鄭芝龍與郭懷一。

34 竹篙濫位於萬全村保全宮對面的一片濫田中，種了許多竹欉，萬丹耆老張世章轉述
其母曾言，林少貓老家在現今成功街離東外環線五十公尺的位置，當時只有兩、三
戶住家。李明進：《萬丹鄉采風錄》（屏東：萬丹鄉采風社，2004年），頁62。

袖，[35]與北部的簡大獅，中部的柯鐵號稱抗日「三猛」。[36]散佚各史書的林少貓事蹟，總共不過數千字，有的語焉不詳，有的互有矛盾，施達樂則將細節補足，鋪陳成三十六萬字的《小貓》，與三十萬字的《本色》，其敘事架構與人物形象自成一格，並不受限於史實。施達樂從民間文化以及屏東的尋常事物取材，不斷在《小貓》中加強事件的紀實筆法，小說結尾寫道：「萬丹街仍有老人記得幼時曾到小貓林宅撿瓦片玩。豬圈短牆，荒煙蔓草，空無一人，廢墟有十數年無人敢去開發利用，直到戰後。林宅位址在今日屏東縣萬丹鄉成功街與東外環線間五十米處。」[37]小說將真實和虛構交織在一起，讓先人事蹟生動展現在讀者眼前。

四　戰後政治暴力敘事

距離終戰不過一年半，臺灣即爆發了二二八事件。事件發生的原因很多，一方面是陳儀長官公署權力壟斷，排除臺籍知識分子於公家機關及各種公營企業之外；另方面官場上普遍存在貪污腐化的現象，政府在市場上的大量掠奪，引起嚴重的通貨膨脹與經濟蕭條。經濟制度遭到破壞，失業民眾比比皆是，民不聊生，加上天花、霍亂、鼠疫猖獗，社會陷入混亂失序的狀態，於是二二八事件的種種衝突就出現了。但是當臺灣本地的知識菁英提出政治改革的要求時，陳儀政府以「陰謀叛亂」的罪名，展開全島的逮捕與屠殺，遇害者約有一萬五千人至兩萬人。當時恐怖的景象從國民黨官員生動的描述可見一斑：

---

35 臺灣省文獻委員會編：《臺灣省通志稿》（臺北：海峽學術出版社，2002年），頁66。

36 吳密察監修、遠流臺灣館編著：《臺灣史小事典》（臺北：遠流出版事業公司，2004年），頁109。

37 施達樂：《小貓》，頁468。

於是警察大隊別動隊，於各地嚴密搜索參與事件之徒，即名流
碩望青年學生亦不能倖免於繫獄，或逃匿者不勝算。中等以上
學生以曾參與維持治安，皆畏罪逃竄遍山谷，家人問死生、覓
屍首，奔走駭汗、啜泣閭巷。陳儀又大舉清鄉，更不免株連、
誣告，或涉嫌而遭鞫訊，被其禍者無慮數萬人。[38]

雖然軍事鎮壓在四月初告一段落，但事件已經造成了嚴重的省籍裂
痕，臺灣社會的文化傳承發生難以彌補的斷層。

　　1949年5月19日臺灣警備總司令正式宣布實施戒嚴，臺灣社會從
此進入了軍事統治時期，人民失去言論、出版、結社、抗議的自由。
10月1日毛澤東在北京宣布中華人民共和國成立，1950年3月1日蔣介
石恢復中華民國總統的職權，完成黨政軍特四合一的體制，對臺灣社
會進行高度的鎮壓政策。5月23日立法院通過「檢肅匪諜條例」，陳
儀、劉心如等人以附匪、通匪罪被處死刑。破獲中共潛臺之地下組織
及蘇聯紅色國際組織的消息時有所聞，被捕者少則數人，多則數百
人，無辜遭槍決者大有人在，除了死亡通知之外，家屬收不到任何如
起訴書等相關文件。在大陸淪陷的慘痛教訓之下，當局執法嚴厲，甚
至寧可錯殺一百，不逃漏一人。這句話像標語一樣寫在警察局審問室
的牆上，[39]等於是將恐怖統治合法化，也是對政治犯的一種警示。6月
韓戰爆發，美國以第七艦隊封鎖臺灣海峽，在世界冷戰與國共內戰雙

---

38 國民黨省黨部主任李翼中：〈帽簷述事〉，乃其1952年9月之回憶錄，收錄於中央研
　　究院近代史研究所編印：《二二八事件資料選輯（二）》（臺北：中央研究院近代史
　　研究所，1992年）。

39 此事由當年政治犯的回憶得知，例如曾在1950年代入獄十四年的政治犯柯旗化回憶
　　道：「一九五一年被捕時，高雄警察局審問室的牆上公然貼著『寧可冤枉一百人也
　　不能錯放一個匪諜』的標語。」柯旗化〈我的經驗　我的啟示〉，《臺灣文藝》新生
　　版，第3期（1994年6月）。

重結構下，臺灣的「白色恐怖」正式展開了。

　　以二二八事件或白色恐怖作為文學題材，從吳濁流《波茨坦科長》、《無花果》和葉石濤〈三月的媽祖〉後，[40]約三十年都未出現作品，[41]日本學者岡崎郁子就曾表示：在臺灣文學上自由描寫二二八事件和50年代白色恐怖的時代遲遲未來臨，這是很令人難以置信的。[42]不能面對歷史真相，使臺灣人的認同之路更曲折複雜。

　　白色恐怖的歷史記載，不管是官方還是民間，相關出版品與報告可謂汗牛充棟，解嚴後，政治氛圍全然開展，重新省視這批歷史文件，具有相當重要的意義。在風貌各異的史實裡，作家藉由對歷史人物的想像，有的將歷史細節虛構誇張，在虛擬情境中馳騁想像力，打破一切界限，充分展現對時代面貌的思索。出身屏東的詩人，李敏勇、利玉芳、郭漢辰取材二二八事件，曾貴海取材白色恐怖，寫下氣勢磅礴的詩篇。李旺台的《播磨丸》、《蕉王吳振瑞》、《小說徐傍興》，林剪雲的《忏》、《逆》的背景從1945年日本戰敗退出臺灣到1979年發生美麗島事件。屏東以層疊起伏的中央山脈為屏障，西隔大溪，南邊臨海。在這個沖積平原上，一片沃野平疇。[43]原本是世外桃源般的魚米之鄉，也脫離不了政權的紛擾，臺灣光復後短短三十多年，在南方之南的屏東迭遭戰亂，遭受到種種的暴力創傷。

---

40 吳濁流：《波茨坦科長》（臺北：學友書局，1948年），《無花果》，原刊於《臺灣文藝》，第19-21期（1968年4月、7月、10月），1977年由臺北遠行出版社結集出版。葉石濤：〈三月的媽祖〉，《臺灣新生報》，1949年2月11日。

41 林雙不編選：《二二八臺灣小說選》（臺北：自立晚報，1989年），其中宋澤萊〈抗暴的打貓市〉、林文義〈風雪的底層〉、葉石濤〈紅鞋子〉等篇其實背景是白色恐怖，而非二二八事件。

42 岡崎郁子原著、涂翠花譯：〈二二八事件與文學〉，《臺灣文藝》第135期（1993年2月），頁35。

43 郭大玄：《臺灣地理──自然、社會與空間的圖像》（臺北：五南圖書出版公司，2009年），頁52。

（一）李敏勇（1947-）

李敏勇可以說是臺灣最關注二二八事件的詩人，這要由他出生於1947年說起。李敏勇詮釋自己的誕生是：「在某種意義上被比喻為二二八事件亡靈的再生」，在驚慌年代蘊育的生命，他對此戰亂事件特別敏感。1990年他發起「四七社」，思考著從死滅的歷史中出世的人，是否可以對臺灣建設做出貢獻？「四七社」成員包括鄭邦鎮、陳芳明、陳萬益、張炎憲、彭瑞金、翁金珠、簡錫堦、黃芳彥、蘇貞昌、蔡明華等人。作為發起人，李敏勇的確將二二八當作自己生命的印記一般來紀念，也曾經在《自立晚報》副刊邀集四七社成員撰寫專欄，每週一篇，持續數年。

年輕時他聽老一輩講歷史記憶，到南洋當兵及二二八事件的種種，形成他的歷史認知。在1970年代寫詩後，這些記憶都自然浮現出來。此後他寫詩的方向，開始朝著臺灣歷史與政治現實挖掘。早在1973年，26歲的他即發表了〈不死鳥〉，這可能是省籍作家第一首寫二二八的詩。1997年他編輯了《傷口的花——二二八詩集》[44]一書，收錄了臺灣詩人書寫二二八事件的詩作。1998年，《心的奏鳴曲》朗讀會在臺北市二二八紀念公園舉辦。[45]正逢二二八事件五十週年時，為紀念受難者，他發表〈這一天，讓我們種一棵樹——二二八公義和平日的祈禱〉，呼籲以愛來取代恨，種下希望的幼苗，讓茂盛的樹影撫慰受傷的土地，全詩彷彿是以女性溫柔的手勢，為亡靈彈奏的安魂曲：

---

44 李敏勇編：《傷口的花——二二八詩集》（臺北：玉山社出版事業公司，1997年）。

45 此詩集於次年出版，李敏勇：《心的奏鳴曲》（臺北：玉山社出版事業公司，1999年）。

讓我們種一棵樹

不是為了記憶死

而是擁抱生

從每一株新芽

從每一片新葉

從每一環新的年輪

希望的光合作用在成長

茂盛的樹影會撫慰受傷的土地

涼爽的綠蔭會安慰疼痛的心

讓我們種一棵樹

作為亡靈的安魂

作為復活的願望

作為寬恕的見證

作為慈愛的象徵

作為公義的指標

作為和平的祈禱[46]

擺落歷史的悲情，詩中以寬恕和平的訴求安撫破碎的心。1999年在二二八紀念館民權運動展，他朗誦自己的詩〈戒嚴風景〉[47]。每當讀著猶太人的歷史詩篇，他想到失去歷史記憶的臺灣人，不禁沉痛，感到臺灣人對歷史反思的薄弱，也感嘆整個社會失憶於自己的歷史傷口。李敏勇以強烈的歷史意識及人道關懷，用詩的形式為二二八事件做了最完整的悼念。

---

46 李敏勇：〈這一天，讓我們種一棵樹——二二八公義和平日的祈禱〉，《青春腐蝕畫》（臺北：玉山社出版事業公司，2004年），頁201。

47 李敏勇：〈戒嚴風景〉，《戒嚴風景》（臺中：笠詩刊社，1990年）。

（二）利玉芳（1952-）

利玉芳是臺灣筆會會員，臺南縣作家協會理事，「笠」詩社及「女鯨」詩社詩人。在早期使用筆名「綠莎」發表散文小品，她的書寫和人生經驗有關，種種人生體驗使她譜出多樣貌的詩作，有對鄉土、對歷史的關注，對生態環境的憂心，有身為女性的性別意識，也有客家人的族群自覺。

利玉芳寫二二八事件的詩作不少，〈狼煙〉一詩，以狼煙意象來凸顯訴求，抗議花蓮長濱的土地被收回。〈闖入花叢的孩童們〉利用數字表現二二八，粉紅色的波斯菊，正是二月開的花，呼應當時發生的二二八事件：

> 超出分貝孩童們的尖叫聲／彷彿晨鐘久久迴盪在曠野／那一年一九四七／那一天二月二八／／報告殉難者一千九百四十七／重新估計死亡人數兩千兩百二十八／加上躲藏在桑樹底下離奇失蹤的／大概有一萬多／／到了紀念日／圖畫變成黑白／彈奏的指頭變柔軟了／我的農田也撒滿同情的種子／／季節性來臨的時刻／波斯菊紅紅紫紫開了一萬八千朵／加上覆蓋土地哀傷的白花／也有兩萬八千朵／／放和平假闖入花田的孩童們／高分貝興奮的尖叫聲／招徠數不清好奇的黃蝶[48]

---

48 利玉芳：〈闖入花叢的孩童們〉，《島嶼的航行》（臺北：秀威資訊科技公司，2018年），頁42-43。

圖六　2000年臺南下營住處，利玉芳伉儷與來訪的文友合影。
　　　前排右起錦連、賴洈、鄭清文、陳玉玲。中排右一李魁賢、
　　　右二莊金國。後排中張德本，左一利玉芳，右一利玉芳夫
　　　婿顏壽何先生／利玉芳提供

〈淡飲洛神花茶的早晨──一九九年二二八和平紀念日〉：

　　　　紅遍枝椏的二月
　　　　是屬於春天裡野鴿子的饗宴
　　　　……
　　　　屬於我淡飲洛神花茶的早晨
　　　　逢二二八紀念日
　　　　洛神花茶有辛酸的滋味
　　　　木棉花染著悲哀的色彩
　　　　異樣的幻覺

　　是我追悼的一種儀式嗎

　　一群白鴿正好飛過[49]

用白鴿代表冤屈被平反的安慰，以紅色表現心酸的情緒，醞釀種種人
生體驗，利玉芳詩作中有對鄉土與歷史的關注。

（三）郭漢辰（1965-2020）

　　郭漢辰以〈原罪〉、〈骨灰〉、〈過往記事〉與〈國殤〉四首「苦難
記事」的組詩，[50]書寫二二八事件的歷史悲劇。〈原罪〉:「槍管冷冷地
貼著脊樑／春寒蕭瑟的站在身後／所有想念的話／來不及向愛人訴說
／短促的一生／被一顆三零年代銹蝕的子彈／匆匆聊盡」，意象聚焦
在被害人的身體，於春寒蕭瑟的時節，被冰冷的槍管貼著脊樑，詩中
用細膩的感官表達出冷酷的觸感，死亡的意象極為突出。接著〈骨
灰〉以家屬的觀點，拉開四十年的間距，雖然時間遼遠，但死亡的記
憶仍然清晰無比：

　　當冬天被埋葬成為記憶的時候／他們仍然一直無法找到父親的
　　屍體／站在千萬群眾吶喊的面前／當年穿透父親的那顆子彈／
　　突然呼嘯過時空／深深打碎／你的／心／／四十年來／父親一
　　直迷路在無盡的黑暗中／無法回去他的骨罈／親人們在淚水裡／
　　企圖尋找他的去向／／在夢中／父親的骨灰／在島嶼遼闊的天

---

49 利玉芳:〈淡飲洛神花茶的早晨——一九九九年二二八和平紀念日〉，《淡飲洛神花
　茶的早晨》（臺南：臺南縣文化局，2000年），頁48-49。

50 郭漢辰:〈原罪〉、〈骨灰〉、〈過往記事〉、〈國殤〉，《地球每天帶著一點遺憾在轉動》
　（屏東：屏東縣立文化中心，1996年）。

空／沒有方向的／漂流[51]

全詩主題扣緊兒女無法安葬父親的悲哀，此詩呼應當時「失蹤」的人，沒有屍體，沒有罪名，死人不能安，家人只能在夢中追尋依稀的蹤影。詩人以一直在漂流的父親的屍骨，道出兒女的傷痛，〈過往記事〉與〈國殤〉擴大時空，全面書寫整個城市的屠殺現場，「瞎了眼睛的子彈」橫衝直撞，連殺人的軍人也迷失了，此詩預示往後臺灣國家認同、正義追尋的困難重重。

（四）曾貴海（1946-）

　　曾貴海〈冬夜的面帕粄──記白色年代〉呈現50年代白色恐怖的場景，以寡婦與孤兒的孤獨處境，表達政治受難者家屬的痛苦，取材頗為獨特。全詩著重「疏離」（alienation）的刻畫，也就是個體對本來應該有親密關聯的自我、他人、事物、工作、甚至是所有生命活動與自然環境的疏遠。一家之主莫名所以的被逮補，不再回來，神秘失蹤造成無邊的恐懼，更甚者，寡婦孤兒的人際關係破碎，和故鄉的聯繫忽然斷裂，只能讓自己從群體中消失。全詩以鏡頭的挪移及以空間氣氛的營造，來凸顯主角的悲傷感。詩中「面帕粄」是客家專有的食物，作者用一碗小小的粄條深刻表露母子相依之情：

一九五〇年出頭
臺灣个寒天冷入骨髓
草地也共樣
窮苦年代

---

51 郭漢辰：〈骨灰〉，《地球每天帶著一點遺憾在轉動》，頁66-67。

大家圍起來分屋家燒暖

有一日冬夜
冷風咻咻滾
黯淡个電火下
一個細人仔摝一碗面帕粄
對巷頭慢慢行過來
伊就是我个同學榮華牯
買面帕粄歸去分伊阿姆食

臺灣个白色恐怖年代
盡多讀書人分人獵殺
一足月前伊阿爸就分人捉去了
前幾日有人拿伊阿爸个衫褲同鞋
擲分跪佇地泥上个伊阿姆
伊阿姆叫泣到沒目汁
面容愁燥到打縐

這擺事情過後
一直到伊阿姆過身
我毋識看過伊阿姆个笑容
我个同學榮華牯也避入都市
恬恬討妻仔共細人仔
從來沒尋人聊[52]

---

52 曾貴海:〈冬夜的面帕粄──記白色年代〉,《再見等待碰見自由:曾貴海詩選集·二》(臺北:玉山社出版事業公司,2022年),頁59-61。

詩末附註：「還小時節家鄉人買粄條吃，表示那家有人發病或胃口不好。」曾貴海以這首詩回顧1952年，他小學一年級時，同學的父親被軍人帶走，從此一去不回，沒有人告知家人原因，最後只有衣服等遺物被送回來。這首詩用衣衫、眼淚來明說死亡，看似平凡無奇，但這位受難者遺族孤單無助的身影卻令讀者印象深刻。父親遭難後，他和所有的朋友和親戚斷絕往來，那是精神的一種殉死，而逃避所帶來的必然代價，是更深的寂寞與孤立感。本詩以前因後果的線性敘述，形成順時性的故事，呈現出時代的悲劇。

（五）李旺台（1948-）

　　李旺台2016年出版的長篇小說《播磨丸》[53]是獲得臺灣歷史小說獎的作品。書中敘述1945年日本戰敗後，臺灣青年流落中國各省者達十餘萬人，皆生活艱困。海南島約兩萬一千名臺胞，有乞食度日者，或集結四處求賑，或因病而死，或淪為竊盜。出身竹田的青年黃榮華是工程技師，偕同日本工程師修好商船「播磨丸」後，由海南島載七千餘人返臺。他們在海上歷盡千辛萬苦，遭逢挫折和衝突等身心靈的考驗，最後苦盡甘來，踏上終點站——臺灣的土地。作者將同鄉前輩的經歷寫成小說，其中歷史的運用、主題的轉化、人物的設計等，都清晰無比。因國族不同而產生的認同矛盾，也深刻表露。李旺台揭露這段被人遺忘的過去，播磨丸本只是艘載運貨物的一萬噸級大油輪，因中彈而擱淺在海南島，最後輾轉變成一艘運載臺灣人返鄉的方舟。

　　李旺台另有《蕉王吳振瑞》[54]，是用小說為屏東蕉王吳振瑞立傳。[55]吳振瑞（1908-1993），屏東人，雄中高材生，保送臺灣大學，

---

53 李旺台：《播磨丸》（臺北：圓神出版社，2016年）。

54 李旺台：《蕉王吳振瑞》（臺北：鏡文學公司，2020年）。

55 不過李旺台表示本書並非純然在寫吳振瑞和當年的剝蕉案，構思「蕉王」時，他主

但為栽培弟妹並分擔家計，他放棄讀大學的機會，白天到農場做工，晚上兼任家教。幾十年後他當上高雄旗山青果合作社理事主席，促成香蕉外銷日本，幫蕉農賺大錢，被尊稱為「香蕉大王」、「蕉神」。他和日本商社建立良好關係，談判手腕高明，積極爭取日本市場。臺灣香蕉在日本市場占有率高達90%，年出口量兩千七百萬箱，每年賺取外匯六千萬美元，改善了南部蕉農的生活，也強化了臺灣經濟。

1969年吳振瑞61歲時，爆發「剝蕉案」，又稱「金盤金碗案」。高雄青果合作社因香蕉外銷讓農民獲利極大，為答謝青果社長官和中央官員的協助，遂製作金盤金碗來作為謝禮。被檢舉後，檢方以貪污等罪起訴吳振瑞，指控他剝削蕉農，判刑二年六個月。出獄後，他移居日本東京。1989年回國，受到南部農民熱烈歡迎，有人開始為他平反，希望恢復名譽。政府派人私下交還當年沒收的金盤、金碗，吳振瑞因年事已高，不願意再上法院爭訟，雙方達成和解，非正式的平反此案後，吳氏終老於東京。

小說對主角的心理深入刻畫，層層鋪寫吳振瑞的性格。二二八事件發生時，臨時市長葉秋木被慘殺的過程，藉吳振瑞的視角揭露國民政府的殘忍，此事令吳振瑞受到極大的刺激：

> 快步趨前，赫然望見隊伍中有一輛沒有敞篷的軍車，上面綁著一個人，那人背部插一枝木牌，牌子上草草寫著「暴動首魁」四個大字。……他再擠進幾步，看到一個血肉模糊的臉龐，兩

要想寫出那個年代臺灣社會普遍的「怕與巴結」——二二八和白色恐怖之後，臺灣人上上下下對政治的畏懼以及對那時的執政權貴的巴結之風；此外也想表現臺灣人在「怕與巴結」中所潛藏的勤勞、韌性、擇善固執、不滿、反抗等民情。參考李旺台演講：「臺灣歷史小說寫作」，國立臺灣圖書館主辦「臺灣學系列講座」，2022年7月9日。

邊的耳朵都不見了，血還在流，流到肩膀，浸染襯衫衣領，鼻
孔整個被挖掉。啊！那人還活著，全身在發抖，是劇痛的發抖
還是冷得發抖呢？吳振瑞自己也不禁發起抖來。[56]

吳振瑞自思，葉秋木是主持參議會做出「和平解決」決議的人，這樣
的人被凌遲並槍斃，自己是執行決議的人，難道能沒事？於是他開始
逃亡，跑到溪邊一處濃密樹林裡避難。作者著力描寫政治暴力對吳振
瑞的影響，他在恐懼中鍛鍊，思考出一生的座右銘：「誘餌、技術、
耐力、犧牲」，後來終能避過災難，成功創業，成為開創臺灣香蕉外
銷奇蹟的人。

　　2021年李旺台新作《小說徐傍興》[57]是人物傳記小說，以內埔客
家人徐傍興（1909-1984）為傳主。1944年徐傍興以研究論文取得臺
北帝國大學醫學博士學位，成為臺北帝國大學醫學部附屬醫院戰後首
任第一外科主任。1950年他辭去職位，自行開設徐外科醫院，擔任院
長，十年後接任臺中中山牙科專科學校首任校長。1961年，徐傍興在
家鄉創辦美和中學及美和護專。

　　《小說徐傍興》的對話夾雜了少數客家語詞，以簡要的註釋作補
充說明，增加人物的族群特質，而不影響閱讀的流暢。作者在書前扉
頁題著：「獻給出生成長於日治時代，換中國國民黨治臺後，終其一
生重新學習、重新適應、努力順服以及努力不順服的所有臺灣人。」
對人物的經歷意有所指，對時局也有所批判。小說以徐傍興的見聞，
來側寫風雲詭譎的戰後政局，在臺大醫院他目睹了三波血淋淋的傷患
人潮，第一波是日本宣布投降後幾天，傷患都是被本島人毆打的日本

---

56 李旺台：《蕉王吳振瑞》，頁167。
57 李旺台：《小說徐傍興》（臺北：玉山社出版事業公司，2021年）。

人；第二波是二二八事件發生後一週，被追打送醫的都是外省人；第三波最為嚴重，是國民政府軍隊登陸，武力鎮壓後，被抬進來的本島人。此時醫院連走廊都擠滿病患，醫護人員忙得沒時間將沾滿血跡的白袍換掉。令徐傍興更驚恐的是到臺北軍法處當義診醫師時，目睹對犯人嚴刑拷打的歷程：

> 在一個多鐘頭的看診中，隱約聽到一陣又一陣吆喝與慘叫的聲音，從某個隱密的處所傳進耳朵。哪些聲音，有時感覺是從遙遠的地方傳來，有時又似乎就在隔壁樓下；有的聽來讓人心驚肉跳，有的令人憤慨。……這是一座地獄。[58]

從醫者的角度來描寫二二八事件的虐殺與傷亡，是臺灣小說中極少見的。小說對徐傍興的心理多所描繪，他是受傳統客家文化薰陶，加上日本精神所教養出來的知識分子，處於這場動亂也感到無能為力了。徐傍興藉著義診來找尋最好的朋友許如霖，許如霖擁有日本名校法政博士的學位，曾感嘆不管日治或國民黨統治時期，他都難以進入總督府或總統府擔任一官半職。二二八事件發生，許如霖失蹤了，家人從此沒有他的音訊。經歷動亂變故的徐傍興仍堅強的貢獻才學，回到故鄉屏東開創他的教育事業，身為醫生所賺的錢都慷慨輸捐，得以成功培訓稱霸全球的美和中學青少棒隊，一次次的世界冠軍，在1970年代提升國家自信，振奮多少人心。此部小說成功的形塑了一位客家人傑的形貌，讓讀者體會到出身屏東鄉野的徐傍興，不僅是一代名醫而已，他也以特有的誠信和氣節，留下這個時代的英雄典範。

---

58 李旺台：《小說徐傍興》，頁201。

（六）林剪雲（1957-）

林剪雲的創作文類以小說為主，亦曾受電視臺邀約，從事編劇工作。曾獲新聞局優良電影劇本獎、中華日報小小說首獎、第一屆大武山文學獎長篇小說首獎、教育部文藝創作獎散文優選等。無論在林剪雲的長篇或短篇小說裡，「女性」都占有一定的篇幅及分量；在她筆下有獨立自主的單親媽媽、屈服於命運造化的女學生，也有事業有成的職業婦女，不論是為子、為妻還是為母、世間女性的種種態樣她皆娓娓道來。她藉小說與戲劇敘述女性現狀，試圖為女性發聲、並尋找一條可行的出路。

這是2015年之前林剪雲小說的創作主題，之後她開始朝臺灣歷史取材，有計畫的創作「叛之三部曲」——《忤》、《逆》、《叛》，分別以二二八事件、美麗島事件、太陽花學運為背景，這都是足以顛覆政府當局的政治事件。2017年發表首部曲《忤》，獲「新臺灣和平基金會」的臺灣歷史長篇小說獎，《逆》於2020年出版，甫上市就獲得廣大迴響，《叛》則獲得國藝會創作補助，近期將出版。

林剪雲以抗爭為主軸，企圖書寫生平第一部大河小說。臺灣大河小說萌發於1960年代，它的形成與特質都與其他文類不同。大河小說的出現，或許是作家們認為這是一個「一言難盡，無法長話短說的世代吧！」[59]臺灣的大河小說多記錄殖民史或開發史，標榜以寫實手法反映現實。陳芳明歸結大河小說的三個要點，且強調作者的歷史論述：

---

59 此處借用彭瑞金對臺灣戰後第一代作家，如鍾肇政、李榮春等人不約而同書寫長篇小說的評語，彭瑞金認為這群作家均以長篇作品名世，且真正地都以文學青年的敏銳心靈共同地感應了相同時代脈跳。詳見彭瑞金：〈傳燈者——鍾肇政〉，李瑞騰主編：《中華現代文學大系・評論卷《壹》臺灣1970-1989》（臺北：九歌出版社，1989年），頁596。

第一、大河小說本身不僅具備了濃厚的歷史意識,並且作品裡描繪的時間發展都橫跨了不同的歷史階段。第二、大河小說既包括了家族史的興亡,也牽涉到國族的盛衰。第三、大河小說對於作品裡烘托的歷史背景與社會現實,往往具有同情與批判精神。具體而言,它已不僅僅是文學作品,同時也蘊藏了作者的歷史敘述與歷史解釋。[60]

從這三個要點來看,林剪雲早就意識到臺灣史有一大塊空白需要填補,一大片黑幕需要廓清,她以強烈的批判精神,選取歷史的邅變時刻,以及關鍵性的事件,而藉家族史的興亡來說故事。依此而言,「叛之三部曲」的確符合大河小說的特點。

《忭》敘述屏東萬丹「鼎昌商號」李仲義家族的故事,李家是臺灣南部赫赫有名的富商,得意於日治時代,而失落於戰後轉換政權的時期。其後代子慶、子毓二兄弟先後死於二二八事件及白色恐怖。小說以窮困的小人物林柏仲為引線,他冒死渡過黑水溝,從泉州來臺灣打拚,最終落腳於萬丹成為小販。藉他旁觀的視角,小說點出經商致富的商賈世家生活,細細勾勒出日治時期臺灣南方的豐饒繁盛,而到戰後國民黨接收臺灣後,李家富裕美好的一切都崩潰瓦解了。

李子慶年輕有為,承擔家業,卻在二二八事件時被軍隊掃射遇難。李子毓東渡深造,在日本參與廖文毅領導的臺灣獨立運動,返臺後被捕槍決。兄弟兩人本來都會是臺灣經濟、政治界的重要角色,卻橫遭殺害。《忭》的卷頭,林剪雲引清朝張廷玉修《明史》中「觸忭當死」一語[61],以此暗喻臺灣人抵抗政治霸權時的遭遇,在歷史變動

---

60 陳芳明:〈戰後臺灣大河小說的起源——以吳濁流的自傳性作品為中心〉,陳義芝編:《臺灣現代小說史綜論》(臺北:聯經出版事業公司,1998年),頁85。

61 張廷玉:〈海瑞傳〉,《明史》列傳第一百十四(臺北:臺灣商務印書館,2010年)。

**圖七　2020年十月林剪雲於臺南
　　　《忤》、《逆》新書發表會／
　　　林剪雲提供**

的漩渦中，不屈服的知識精英所受到的傷害。林剪雲考據歷史，呈現戰後初期南部民眾的生活，書中準確描述二二八事件當時的慘殺，高雄要塞中將司令彭孟緝在鼓山一帶大肆掃射群眾，市區日夜槍聲不絕，路上屍體滿布，以雄中學生為主的青年反抗軍被盡數殲滅，屍體被裝入布袋綁上石頭投入運河，讓死者永遠沉沒水底不見天日。為了殺雞儆猴，又將所有的叛亂分子，悉數集中到火車站前槍決，屍體堆疊滿地，血流成河又在太陽底下乾涸結塊。[62]事件的結局令「倖存者」手足無措。林剪雲寫作歷史小說的動機是想溯源真相，她讀史料、訪耆老，發覺真相難尋而無比苦悶，這時才了解「生為臺灣人的悲哀」，自己的歷史還得遮遮掩掩，她說明自己查詢真相的心情：

> 過程再怎麼坎坎坷坷，甚至跌跌撞撞，多年來我努力著一塊一塊卸磚，自己的囚牢自己拆解。也逐漸感受到在殘暴的歷史事件當中，受害最深的往往是庶民，譬如我周遭哪些暗灰的人物他們暗灰的故事。[63]

---

62 林剪雲：《忤》（臺北：九歌出版社，2017年），頁121。

63 林剪雲：〈華麗與灰暗（後記）〉，《忤》，頁349。

循著這樣的還原史實的企圖，2020年林剪雲又發表《逆》，深刻挖掘1977年的中壢事件和1979年的美麗島事件。當時是戰後臺灣社會貧窮，嬰兒潮成長，人口暴增的年代，戒嚴已阻擋不了黨外追求民主、自由與人權的風潮。小說一方面書寫白色恐怖下，省籍情結造成的對立，另方面表達黨外人士追求自由與人權的驚險過程。本書以女主角林素淨的求學與戀愛為主軸，為了脫離貧困，她努力考入師範大學，在這個栽培中學老師的教育機構中，她見識到體制的僵化，而即使已經到了戰後三十年，白色恐怖仍然如影隨形。為了全面呈現社會氛圍，當時重大的事件也自然的融入小說裡，香蕉大王吳振瑞在政府的權力傾軋中被犧牲，因金碗事件而入獄；九年國民義務教育使窮家子弟也有升學的機會；蔣介石去世、中美斷交，中央民代選舉中斷，這也是美麗島事件之前幾年的動盪，凡此種種都穿插到林素淨各個生命階段裡。

　　小說以回憶穿插方式，藉女主角林素淨的所見所聞，引出一個又一個的故事，揭出那個充滿哀傷的年代。她的戀人邱生存因為美麗島事件而犧牲了愛情、荒廢了前程，他從熱情參與行動，到驚慌逃亡，最後躲在屏東荒郊野外當一名守墓人。隱避十年後，兩位戀人重逢，邱生存顯得蒼老孤寂，失去了生活的希望。但此時他對美麗島事件的剖析卻擲地有聲：「也許真相永遠石沉大海，不過政府製造了輿論風向，強化了大肆逮捕黨外人士和支持者的正當性，那是另一場二二八……」[64]他認為美麗島事件雖沒有人被判死刑，卻又有林義雄、陳文成的案件造成寒蟬效應，等於屠殺了臺灣人追求自由和民主的決心以及熱情。

　　吳錦發盛讚《逆》的記錄「比真實還要真實」，不僅萬丹的街景

---

64 林剪雲：《逆》（臺北：九歌出版社，2020年），頁369。

活躍於紙上，高屏橋的景象與流水聲更是「一個令人驚訝不斷的隱喻」。[65]廖淑芳肯定「本書是戰後臺灣小說中，極少數試圖捕捉發生在1979年美麗島事件的某種精神切片的難得作品，單憑這一點就值得細心品讀。」[66]

林剪雲這幾年溯源臺灣歷史真相，因為這些事件就發生在她的身邊，但長久以來人人噤口，長輩諱莫如深，查閱資料又如墜五里霧中。於是她讀史料、訪耆老，立志掃除迷霧，寫出臺灣人自己的歷史故事。《忭》與《逆》將最底層的庶民的故事呈現出來，不再埋藏在闇黑角落，其中有他們對生命的絕望、對價值的質疑。這兩部小說以死亡為主調的篇章，無異是一闋遲來的安魂曲，是祭悼亡靈之作，也是對時代的弔唁與感懷。

五　歷史的隱喻

「隱喻」有轉移、轉換之意，將兩種不同的事物轉移成一種，藉著聯想，讓人深入去思考其多層次的意涵。屏東作家將臺灣歷史置換為虛構的小說文類之後，常借此喻彼，用誇飾的人物表達自己的史觀，用隱喻的手法，意在言外，暗藏特殊的意義。

（一）陳冠學（1934-2011）

陳冠學一向以《田園之秋》[67]為臺灣的讀者所熟知，書中充滿對

---

65 吳錦發：〈流淌在心靈的河——讀林剪雲《逆》初論林剪雲〉，林剪雲：《逆》，頁7。

66 廖淑芳：〈美麗島為何成為「鬼島」？——讀林剪雲《逆》臺灣人的精神逆旅〉，林剪雲：《逆》，頁27。

67 陳冠學：《田園之秋‧初秋篇》，1982年連載於《民眾日報》副刊，又刊載於《文學界》第2期，1983年由臺北前衛出版社出版，1994年與《田園之秋‧仲秋篇》、《田園之秋‧晚秋篇》合為《田園之秋》，由臺北草根出版事業公司出版。

故鄉土地的護衛。反思現代化的鄉土懷舊記憶，使他的地方書寫，深
具人文主觀意識，類同地方誌的記錄。《第三者》[68]是他唯一的短篇小
說集，其中〈第三者〉一篇將臺灣南端的大山神聖化，在這個可以望
見太平洋與臺灣海峽的高山上，登山者何景明在挑戰了臺灣百岳之
後，1985年他單獨來到一座原始大山上，遭遇了野獸的攻擊，在食物
與飲水缺乏的狀況下，心臟病發，昏倒在稜線上。一位神秘，高大而
強壯的野人救了他，野人穿著熊皮，以閩南語和他交談，敘述他在山
中的歲月。

　　野人名叫蘇息，十五歲時隨鄭成功軍隊來臺灣，他曾在陳永華手
下當書記，鄭氏降清後，三十七、八歲的他逃入深山的一處谷地，獨
自生活。他撿來斧、鑿、刀、鋸，自製木造與石頭的器物。採集一種
芋薯塊根植物維生，像原始人一般生活。沒想到，在純淨的環境與天
然的食物的餵養下，蘇息身體產生變化，由五尺半長到六尺半，舊齒
脫落，再生新齒，至今已活過了三百多年，仍是青壯年的模樣。蘇息
從沒生過病，他不殺生、不生氣，心境永遠平和。吃到何景明帶來的
乾糧與罐頭果汁，蘇息十分讚嘆，兩人相約十天後再見。何景明下山
準備了經書史書及動植物圖鑑，也購買手電筒、音響等科技產品。不
過，等他上山找到蘇息時，蘇息已經死去。何景明意識到蘇息是因他
而死，因為吃了他帶去的食物，呼吸了他氣息中的戴奧辛，對冰清玉
潔的蘇息而言，這都是致命的毒素。在南臺灣山中數百年而無恙，此
地的澄淨與靈氣，讓凡人也能長壽不死，但與現代文明接觸後，僅僅
兩天即中毒身亡。陳冠學意欲架構的歷史是以屏東山林為主要場域，
近乎神格化的山野提供了先民避難的庇護，這處與世隔絕的桃花源，
和臺灣四百年的開發史同樣不朽。〈第三者〉藉蘇息和何景明的問

---

68 陳冠學：《第三者》（臺北：草根出版事業公司，2006年）。

答，巧妙批判蔣介石政府的專權：

> 蘇息問建國多少年了，我回答已有七十四年，不過前期軍閥割
> 據、中期受侵，真正選舉總統才只有四十年。蘇息問現在換了
> 幾姓。這使我感到為難，我支吾了半天，回答是一姓。蘇息聞
> 言，把頭擡得高高，對著天暗笑。又問一姓已傳幾世。我說兩
> 世。於是蘇息禁不住哈哈大笑起來，笑聲震盪著山谷。[69]

《第三者》一書的原版發表於1987年，陳冠學創作《田園之秋》來呼
籲世人護惜土地，接著又以〈第三者〉寄託他的歷史隱喻：不願降清
的蘇息在接觸彼時臺灣惡質的毒素後，竟被污染而亡。蘇息的旅程象
徵臺灣漢人逃難、移入、受到庇護，而在專制的1980年代被終結的歷
程。陳冠學將屏東深山描寫為避秦之地，但多年的原始純淨，被現代
的文明及專制破壞了，蘇息寧死不屈就於文明，作者對當時社會的批
判昭然若揭。

陳冠學所塑造的蘇息是「概念人」（man of idea），而不是「行動
人」（man of action）。他的遭遇不完全真實，他有不合理的機智與強大
的力量，小說背景與情節的荒謬都令隱喻性增強，歷史具有多重主體
思維，陳冠學藉蘇息作為一種隱喻，表達他的臺灣史觀，寫出歷史的
另一種文本形式。

（二）李敏勇（1947-）

李敏勇在高雄旗山出生，父親母親的家族世居恆春和車城。李敏
勇除了不間斷的寫作之外，也曾主編《笠詩刊》，擔任《臺灣文學》社

---

69 陳冠學：《第三者》，頁212-213。

長、圓神出版社社長，臺灣筆會會長，向來以文學為人生志業。為了社會改造與國家重建，他更參與許多社會運動與公共事務，擔任鄭南榕基金會、臺灣和平基金會、現代學術研究基金會董事長。詩集有《暗房》、《鎮魂歌》、《野生思考》、《戒嚴風景》、《心的奏鳴曲》，合集《青春腐蝕畫》、《島嶼奏鳴曲》、《自白書》、《一個人孤獨行走》、《美麗島詩歌》等。創作之外，一直積極翻譯當代各國的詩歌，並書寫散文、小說、新詩論述與社會評論，作品集近百冊。曾獲巫永福評論獎、吳濁流新詩獎、賴和文學獎、臺灣文學家牛津獎，2007年榮獲第11屆國家文藝獎，2022年獲得第41屆行政院文化獎。

**圖八　1990 年代李敏勇發表演說，回顧「519 綠色行動」／
李敏勇提供**

　　在長期寫作政論專欄後，李敏勇嘗試為李登輝與彭明敏立傳，2021年出版的長篇小說《夢二途》[70]是前此未曾創作過的文類，內容

70 李敏勇：《夢二途》（臺北：九歌出版社，2021年）。

大膽的從歷史取材，全書極為精練，總共約六萬字，段落都為簡短形
式，對話也不多，但主角卻是臺灣現代史的兩位政治巨人。李登輝與
彭明敏的事蹟非常龐雜，牽涉的政治、社會層面很廣，又處在戰後臺
灣的國際局勢變化最劇烈的階段，臺灣內部的意識形態極為分歧，想
要解說清楚難免顧此失彼，所以李敏勇以詩的筆法，用隱喻的方式來
架構臺灣人的兩種「夢」。〈序說〉題為「夢的兩條路，淑世典範的心
影」，開頭即提出大哉問：「他們的夢還在嗎？臺灣人還有什麼夢？」
這個問題在全書結尾又再提出，作者提綱挈領的以這兩位主角來象徵
臺灣人一直在追求的夢想。

　　李登輝與彭明敏都出生於1923年，自幼接受完整的日本教育。小
說從二人的大學時代說起，1945年日本戰敗時，李登輝在日本京都帝
國大學，彭明敏在東京帝國大學就讀。他們回到臺灣進入臺灣大學完
成未竟的學業，此時他們互相認識，並且成為密友。兩人論及政治
時，彭明敏談臺獨問題，李登輝則批評糧食局局長李連春以「肥料換
穀」政策，剝削農民太甚。

　　李登輝的豐功偉業，臺灣人並不陌生，他是農業經濟學者、政治
人物，曾任中華民國總統、中國國民黨主席，是第一位出生且成長於
臺灣的中華民國國家元首，1996年成為首位全國公民直選產生的總
統。李登輝在十二年的總統任期內進行了一連串的政治鬥爭及改革，
統稱寧靜革命，因此被外界認為是落實臺灣民主化之重要推手。

　　彭明敏的臺獨思想可能在他1946年戰後返臺時即漸漸萌生，他體
驗到中國國民黨接收後，臺灣社會的混亂與退步。二二八事件發生，
他擔任高雄市第一任議長的父親對政治徹底幻滅，後來彭明敏會拋棄
大好的政治前途而成為異議分子，似乎由此也有跡可循。

　　大學畢業不久，彭明敏在國立臺灣大學政治系擔任助教，取得出
國進修機會，獲巴黎大學博士學位，成為戰後國立臺灣大學最年輕的

正教授與系主任，也擔任中華民國駐聯合國代表團顧問，1963年當選
首屆十大傑出青年。但1964年，彭明敏卻和他的學生謝聰敏、魏廷朝
共同起草著名的「臺灣人民自救運動宣言」。結果他被判刑入獄，出
獄後於1970年在特務的監視下變裝逃離臺灣，在海外流亡二十餘年，
回臺後於1996年代表民主進步黨參選中華民國總統。由於彭明敏在臺
運動中的代表性地位，很多人稱他為「臺獨教父」。

　　這兩位主角的生平細節與心理轉變種種在《夢二途》中都很關鍵
的觸及，並加以統整並比：

> 　　就在彭明敏流亡的第二年，李登輝加入中國國民黨。兩個一九
> 二〇世代，跨越戰前、戰後，臺灣人秀異知識分子，曾目睹二
> 二八事件，常在臺大校園的三三會切磋學問，關心世事的兩個
> 人，前後分別被蔣介石和蔣經國父子引進戰後的統治體制。兩
> 位摯友像是宿命地在臺灣的命運標示某種歷史的界碑，好像互
> 相改弦易轍，互相華麗轉身。在體制外的彭明敏和加入體制的
> 李登輝，形成對比。[71]

《夢二途》全書以二人交錯的敘事方式，建構臺籍人士在體制內與體
制外的兩種極致典範，李敏勇直接以彭、李二人代表臺灣人戰後的兩
種夢想追尋，兩人的政治之路都是偶然，一在引領臺灣的國際地位，
一在振興農業經濟。彭明敏為了跨越臺灣的侷限而成為政治犯，在壯
年、中年可以展現治國才能時顛沛於海外，以孤高的形影成為臺灣人
命運的一種象徵。而李登輝後來居上，並取而代之，在虎口下沉著等
待，最終脫穎而出，開創自己的歷史定位。

---

71 李敏勇：《夢二途》，頁78。

李敏勇以小說和主流當面對話，將錯綜
的人事做一連串有機組合，讀者可以看到小
說和傳記、史料、新聞資料相結合，其中有
精彩的情節描述，場景臨摹。兩位主角的生
平牽扯這麼複雜的臺灣戰後史，如何將事蹟
聚焦在數萬字的小說裡呢？歷來傳記文學所
在多有，但同一部作品並列兩位傳主，究屬
罕見。尤其兩位主角的事蹟廣為人知，畢竟
不容易再創造更多的新境，於是李敏勇藉著

圖九　李敏勇墨寶／
李敏勇提供

小說的形式，以「夢」架構主題，企圖達到文學與歷史的平衡點，既
免除了傳記文學的缺失，又開拓了小說的意象。李敏勇在幾十年發表
大量政論文章的推動之下，自然而然產生了這部小說。小說一方面遂
行作者的政治論述，另方面用李、彭兩位人物來標示世紀交替最重要
的臺灣政局，如此安排堪稱一絕，的確有印證真實的企圖與價值。

　　小說開頭及結尾交代，1996年中華民國有史以來第一次總統由公
民直選，國民黨提名的李登輝以超過54%的選票大幅領先，最終成功
連任，民進黨提名的彭明敏得到21%的選票，同為73歲的兩人共得
75%以上的選票，等於宣告臺灣新時代的來臨。[72]

　　時代的巨輪從彭、李的身上壓輾過去，裂縫產生了，夢想也開始
分歧。小說描寫李登輝入世，如武士的熱情；彭明敏孤高，如紳士的
拘謹。作者並分析這兩種夢想的抉擇，「李登輝能忍，走了瓦全之路，
幸而有成；彭明敏不能忍，走上玉碎之途，留下悲壯雄的樂章。」[73]
評析可謂一針見血。《夢二途》是臺灣第一部描寫彭明敏的小說，也

72　李敏勇：《夢二途》，頁18、143。
73　李敏勇：《夢二途》，頁163。

是繼1996年張大春的《撒謊的信徒》[74]之後，以李登輝為主角的小說，只是和張大春的書寫主題不同，李敏勇是從正面的角度來看待李登輝。政治人物的評價本來就人言言殊，當虛構小說試圖和歷史真實對話時，論點也更為紛歧，《夢二途》很有技巧地利用隱喻，讓作品展現多層次的意涵，讀者可以從中傾聽歷史的跫音。

（三）郭漢辰（1965-2020）

郭漢辰書寫屏東，一向用特別手法來表現在地情感，他立志要「將屏東作為臺灣的標記」。長篇小說《記憶之都》，敘述1884年臺北城牆完工，而2053年將毀於天火和海浪。故事開始於2007年，一名十八歲的少年何正成在墾丁沙灘撿到一片來自未來的細微記憶晶體，其中傳達出一個驚人訊息：臺北城將在2053年毀壞滅絕，他的靈魂開始進行夢幻般的時空之旅。因為地球暖化的關係，北臺灣周邊的城市開始被海水淹沒。滅絕日迫近了，有的人高唱頹廢的歡歌，等待上主的召喚；有的人計畫前往外島避難，或到臺灣高山建立末日桃花源，以躲避災難。政府想規畫中央山脈為諾亞方舟，讓人民躲過被海水淹的大地。但一切都派不上用場，末日的景象讓何正成極端憂慮：

> 我最終的人生目的到底在哪裡我要搶救台北城在二〇五三年這場滅絕我要用千萬人的記憶搶救台北城但是哪些鋪天蓋地而來的海水波浪天火陣雨究竟要如何阻擋它們下一分鐘即將震天撼地而來我如何能穿梭過所有末日的印記搶救所有摯愛的人不致滅亡雖然他們必將滅亡我必將滅亡我如此書寫我的台北城記憶

---

74 張大春：《撒謊的信徒》（臺北：聯合文學出版社，1996年）。張大春在書中對主角頗多批判與嘲諷，認為他始終是個玩弄權謀的偽君子。

簡史請小心聽我告知請謹慎聽我傾訴……[75]

作者用連篇沒有標點符號，沒有停頓喘息的文字，刻畫主角內心的懼怖。最後一刻，記憶晶片因為衝擊而穿過時空黑洞，回到2007年的墾丁，讓少年何正成拾得，於是他成為記憶之父，一手掌握並解救了城市。在因緣際會下，屏東成為臺灣濫墾、暖化、物質枯竭、城市毀滅的救贖，小說主角是臺灣歷史與記憶的創造者，墾丁海灘的晶片解救了臺灣。

六　結語

歷史脫離不了人生存的境地，空間如何被建構而成為生存的情境，是記憶中的重要元素。臺灣多族群的共居與曲折的被殖民史，使歷來人民的意識型態迭經交融與分裂，產生巨大的拉扯。作家挖掘歷史記憶的動機，有時是在反省當前的臺灣問題，而歷史正是解決當前問題的鎖鑰，誠如海德格所主張，對於存在的追問是以歷史性為前提的，要追問存在的意義，適當的方法就是從此在的時間性與歷史性著眼，把此在先行解說清楚。[76]一旦將歷史詮釋清楚，一切有關族群、語言、政治等困境，才有解決的可能。

歷史那麼容易被切斷，所以得記錄下來。當時間流逝的時候，「敘說」故事也正是書寫歷史的動機，說出往事，即使自己不在場，也要用文字記錄下來，這是作家的使命感。創作的過程就如同「自我重譯」，超越外在事物，將這個世界原本自行遮蔽的事物，透過作者

---

75 郭漢辰：《記憶之都》（臺北：遠景出版事業公司，2006年），頁283。

76 海德格：〈概述存在意義的問題〉，倪梁康主編：《面對實事本身：現象學典文學》（北京：東方出版社，2000年），頁325。

對生命的特殊觀照而將之揭露，創作即是所謂的「去蔽的動作發生」，藉由創作歷程，捕捉住生命的本質。

從歷史著手，可能是清源之道，所以四百年來的歷史轉折，怎樣的族群被塑造出來了？對於這條歷史的母親河，作家能做什麼呢？自省才能重生，呈顯歷史記憶，毋寧是一種自省之道。多元性，凝聚共識本身即價值所在，共識的凝聚，豈非該從釐清歷史開始？

在戰亂的時代，許多歷史事蹟原本就無正史明白記載，訪諸耆老又論點紛歧，於是作家採用「縫合」的方式來進行書寫。拉岡（Jacques Lacan, 1901-1981）在精神分析理論（Psychoanalysis）基礎上闡述「縫合（suture）」的概念，有兩個互為表裡的層面。其一是因結構匱乏所產生的結構替代，其二是結構填補。結構替代與結構填補其實是一體的兩面，因為結構如果處於組成因素匱乏的狀況下，則需另覓組成因素以為替代，因而這種替代無異即是一種填補。當一個在地作家詮釋在地歷史人物時，就用另外事件組成片段，企圖在言說形構中表述自我，也將自我置放回社會集體之中，即替某種匱乏、某些遺漏，找尋接合因素以為填補，藉由接合因素所形成的媒介通道，在社會集體中表述自我，使自我重新得到定位，也使集體看見此差異自我，進一步開啟雙方溝通協調的可能。[77]

西方文學理論「新歷史主義」（New Historicism）提出一種閱讀歷史和文學文本的策略，以政治意識型態的思路來解讀歷史文本，新歷史主義顛覆傳統歷史觀念，提出歷史可以被重寫的想法，並挖掘出意識型態的語言（或稱話語），強調從政治權力、意識型態、文化霸權等角度，對文本實施綜合解讀。經過新歷史主義的詮釋，在地作家

---

77 厄尼斯特‧拉克勞（Ernesto Laclau, 1935-2014）、尚塔爾‧墨菲（Chantal Mouffe, 1943-）著，陳璋津譯：《文化霸權和社會主義的戰略》（臺北：遠流出版社，1994年）。曾志隆：《拉克勞與穆芙》（臺北：生智文化事業公司，2002年）。

可以爭取對歷史的話語權，用自己的觀點來主張族群的歷史。

屏東作家進行歷史書寫，作品內容兼具傳統與現代，涵蓋了生活上種種的細微活動與族群特色，此特點與新歷史主義所宣導的「小寫化」、「邊緣化」歷史有著異曲同工之妙。在重新審視歷史的過程中，不論是文化和精神特色，或對人物的精細描繪，大致都能達成。新歷史主義所強調的歷史不是由官方文獻獨語式的歷史，而是小寫複數的歷史，或者說，是強調敘述者的歷史。其思考在於強調歷史從來都是多條軸線在發展，它早已突破了所謂「歷史是連續不斷」的神話。在整個歷史發展過程中，有太多的縫隙與缺口，這些斷裂的空間，正可以使許多被壓抑的記憶填補起來。文學上的書寫正是填補歷史「縫隙」的一種手法，傳統的歷史解釋權往往被「當權者」所掌握，強迫閱讀者接受一套「當權者」塑造的價值觀。而新歷史主義的思考，讓歷史不再是一條線前進，而是由多條軸線構成，這些歷史事實有太多被壓抑的記憶可以填補起來，也可以從不同的角度去切入探討，所以作品表面上書寫歷史故事，實則隱含著作者的主觀詮釋。例如施達樂「縫合」歷史的策略是將讓林少貓抗日行動的啟蒙追溯到郭懷一：

> 只見他望著郭懷一的墓處放聲大喊：「沒有錯，我承認，你才是『臺灣王』！」小貓遙想先烈風姿，久久不能自己。(《小貓》，頁190)

相隔二百六十年的兩位英雄，遙遙相望，互為知己。這樣的敘述讓小貓的抗暴精神貫串整個臺灣歷史。但是究竟臺南有沒有郭懷一之墓？小貓曾到過郭懷一之墓憑弔嗎？小說本為虛構文本，施達樂的策略是藉此喻彼，從小貓事蹟表現其臺灣意識。

此外，法國社會學家莫里斯・哈布瓦赫（Maurice Halbwachs, 1877-

1945）對於「集體記憶」的詮釋是，強調人的記憶是依賴於社會環境，並由此延伸出個人的記憶與集體記憶間的關係，不僅個人的記憶喚起，某種程度須依賴於社會環境的適當刺激，集體記憶也遠非個人記憶的集體加總而已。社會的集體框架乃是由於同個世代的人們一點一滴所建構出來的，人們對回憶的重構同時會某種程度地符合當代的社會框架，而回憶的不斷重構過程也會進一步對集體框架做更動與改變。[78] 所以個人的記憶是與整個社會環境息息相關；而社會的集體記憶呈現，也必須透過個體的回憶訴說，才得以體現與實存。

　　屏東作家掌握心靈中交錯複雜的歷史圖景，擷取其中的記史與記人情節，從大敘述的國族議題，到族群的特質，集體記憶的呈現，最後回歸作家本身的自我觀照。針對記憶重演與敘事演繹，作家面對歷史，企圖以小人物來抵抗命運的洪流，從邊緣對抗中心，重新找回對身分的認同。

---

78 莫里斯・哈布瓦赫著，畢然、郭金華譯：《論集體記憶》（上海：上海人民出版社，2002年）。

第十章
屏東文學的展望

余昭玟

一　前言

　　屏東宛如一本大書，有不同的地形地貌、族群、文學、宗教，孕育不同的元素，具有多元的文化底蘊。1803年昌黎祠創建於內埔，以祭祀韓愈為主，亦為教育當地學子的場所。1815年鳳山知縣吳性誠籌建屏東書院。1925年屏東圖書館開館，屏東詩人組成「東山吟社」，文化協會於屏東成立讀報社。1928年內埔第一公學校老埤分教場獨立為老埤公學校，鍾立珍出任校長，是日治時期臺灣人當校長的第一人。1929年陳明吉於屏東潮州創立「明華園歌仔戲團」。

　　在1920年代的屏東，文化氣息就十分濃厚，當時屏東街有文化協會解散後的知識分子，像蘇德興在此教白話文，楊華教漢文私塾，寫作新詩。莊龍溪、謝賴登等人在屏東火車站前開設書店，販售當時流行的左派書報，劉捷曾在這裡買到北京、香港、上海出版的新文學書籍，例如丁玲、老舍、巴金、朱自清、沈從文等人的著作。[1]

　　關於在地文學，學院做得最多的是舉辦研討會、座談會，匯集學者專家解讀作品，做出評價、找出文學方向等；不過，其實公部門才是擁有場地、握有經費，實際規畫大型活動、舉行文學獎，讓作品源源產出的單位，因此筆者訪問了前屏東縣政府潘孟安縣長、前客家事務處陳麗萍處長、前文化處吳錦發處長、前圖資科張關評科長及「永

1　劉捷：《我的懺悔錄》（臺北：九歌出版社，1998年），頁31。

「勝五號」負責人翁禎霞等人，藉他們的經驗及視野，來精確掌握屏東文學的走向。

屏東縣政府的文化處、客家事務處等單位，這些年來深耕文學與文化，開創了一個壯闊的格局。閱讀是寫作的基礎，是豐富文章的靈魂，屏東總圖帶動閱讀人口成長，而大武山文學獎（2022年更名為「屏東文學獎」）每年吸引各地熱愛寫作者投稿，已有良好的文學口碑及知名度。這種種活動都提振了閱讀培養及文字書寫，讓大家看到屏東豐厚的文學養份。

陳國偉探究臺灣區域文學史的論述時提到：

> 文學史的書寫，其實正是一項將文學發展脈絡「時序化」、「邏輯化」、「經典化」並「合法化」的過程，當文學史的書寫完成，便能宣告此一文學脈絡的成立與存在，並確立其「獨立性」；所以這不僅是一項將在地文學考古的成果書面化的工作，更具有建立其「法統」、「道統」的意義。[2]

文學史的書寫正是嘗試將屏東文學的龐大能量整理出脈絡，屏東集合了多族群，其母文化包括了客家、馬卡道、排灣、魯凱、卑南、福佬等，且一直在揉合當中，一直在滾動，而產生特別的文學出來。經過長久醞釀，現在時機成熟，屏東文學終於迸發出來，受到各界矚目，並且在作家、學者、公部門的努力之下，其往後的發展也令人期待。

2　陳國偉：〈台灣區域文學史的論述與建構〉，林瑞明編：《2006台灣文學年鑑》（臺南：國立臺灣文學館，2007年），頁19。

二　善用資源，連結公部門

和屏東文學最為相關的政府部門有屏東縣政府文化處、客家事務處，另外，中央的客家委員會和客家文化發展中心也提供不少文學資源。屏東縣文化處應包含所有族群，而客家事務處的業務則針對客家族群。客家事務處與客委會資源並不重複，客委會有客家文學獎的徵集等，客家事務處則獨立出來，加以分工，負責推展客語傳承等活動。屬於中央單位的六堆文化園區以六堆事務推展為中心，可以徵選有關歷史、地區特質的文學作品出版。六堆文化園區另有產經處、國際發展處，對擴展文化非常重要。

（一）出版作家作品集

吳錦發在2017年主掌文化處後，將作家作品集擴充為每年出版兩部，金額也隨之增加。申請出版作家作品集的條件是「出生於此、作於此、讀書於此」，作者的籍貫不一定在屏東。補助金額並不高，一般作者十五萬；未出道、不曾發表或出版的新秀，補助十萬元。因為是新秀作品，所以內容可能不夠完美，但具有發展潛力，一些具有毅力的新秀，在作品出版後繼續投稿國藝會，像陳凱琳、陳甚慈都再度獲得國家獎助。張簡士湋《極南車站的電風扇》[3]獲2021年作家作品集出版，他極具寫作潛力，2022年又再次得到此獎項。

2006年奧威尼・卡露斯《詩與散文的魯凱──神秘的消失》[4]獲臺灣文學長篇小說獎，是和文化處合作出版的書。這些出版補助對作家很有激勵作用。2013年屏東縣政府文化處推出「山風海動・書寫屏

3　張簡士湋：《極南車站的電風扇》（屏東：屏東縣政府，2021年）。

4　奧威尼・卡露斯：《詩與散文的魯凱──神秘的消失》（臺北：麥田出版社，2006年）。

東」系列的「屏東五書」[5]，包括周芬伶、郭漢辰、李幸長、杜虹、傅
怡禎等作家，不論書寫屏東人文或地景，都有嶄新的開創。

2022年3月屏東作家曾寬辭世，國立屏東大學中國語文學系受家
屬委託，為曾寬編纂兩部手稿《曾寬回憶錄》、《曾寬晚年文選》，以
及一部《曾寬散文精選集》，於2023年4月曾寬逝世週年時出版，首開
屏東大學為屏東作家編纂文集的先例。

（二）製作系列作家身影

2015年屏東縣政府委託國立屏東大學中國語文學系執行「屏東作
家身影系列」，蔡一峰導演：《族群生命的記錄者——奧威尼‧卡露
斯》，吳文睿導演：《一個人孤獨行走——李敏勇》、《一座母親的城——
張曉風》，邱才彥導演：《小村之秋——曾寬》，邱國禎導演：《孤鳥的旅
程——曾貴海》。這五部屏東作家身影的拍攝，等於是為建立屏東文學
館鋪路。2019年屏東縣政府再執行「屏東作家身影系列」，目前已完
成：《兒童文學的園丁——黃基博》、《南風裡的一生一世——郭漢辰》。
2020年屏東大學人文社會學院的高教深耕計畫「走讀屏東」則拍攝
「屏東文學身影」，已完成《寫台語文唱台灣味——許思》、《淡飲生活
的詩——利玉芳》等系列作家身影。

（三）混搭文化活動

2017年開始，當時的文化處處長吳錦發開始進行「新春文粹」活
動，於農曆年前後舉辦作家交流，讓文學創作者和學術界有所連結，
也鼓勵研究者投入。

---

5 「屏東五書」即李幸長：《龍眼奇緣：屏東縣立鹽埔國中68級三年一班畢業手記》；
杜虹：《相遇在風的海角：阿朗壹古道行旅》；傅怡禎：《大武山下的美麗韻腳——
屏東小站巡禮》；郭漢辰：《沿著山的光影：一八五線紀行》；周芬伶主編：《隱士哲
人：陳冠學紀念文集》。五書均由屏東縣政府在2013年出版。

　　2018年文化處推出「朗讀節」，2019年至2022年連做四屆「漫讀節」，都是創舉。「漫讀節」每年設計不同，以「文學、閱讀、文化」為主軸，邀請各種與屏東有連結的作家出席，例如阮慶岳、劉克襄、陳浪、林剪雲等都曾參與。演講方面也具有創意，徐如林講浸水營歷史，傅怡禎講鐵道故事，陳耀昌講羅妹號事件，林生祥講恆春民謠等。另外，2021年10月18日全臺灣唯一可以開窗戶的火車──「藍皮火車」──從枋寮出發，展開歷史和人文的懷舊之旅，深藍色的車廂載著南部人的回憶。凡此種種，都可看到縣政府對文化的用心經營。

　　「2020年南國漫讀節」自9月至11月，為期兩個月，隨著8月屏東縣立圖書館總館開幕，舉辦八十場講座，以「向土地學習」為題，讓屏東不單是一個地方，挖掘南國屏東文化的土壤，以閱讀領略土地這本壯闊的大書，從屏東的風、土、人情一起向土地學習。「2020年南國漫讀節」所提出的五大亮點都很有開創性。[6]

　　「漫讀節」也有走讀屏東的設計，選在秋天，由原先的二週延長到二個月、五個月。無固定地點，活動在各地都可舉行，是以文學為目的的閱讀延伸，效果很好。2018年的時候，一般來參與文學活動的民眾，約在40、50歲，但2021年「南國漫讀節」來的人有年輕化的趨勢，多在25至35歲之間，顯見這幾年的扎根努力，已獲得成效。

6　五大亮點的內容：一、「南國宣一宴變奏曲」邀請號稱全臺最難入座的餐廳：屏東霧臺鄉AKAME主廚Alex帶路，令詹宏志與浪漫多情的屏東初次見面，重新詮釋「宣一宴」，以飲食是流動的文化博物館概念策展；二、上百位文化人聚集屏東，八十場講座祝賀屏東縣立圖書館隆重開幕；三、「重返藍皮火車」，讓閱讀搭配奔馳的速度，移動的書店加上閱讀人文風景，日籍攝影師小林賢伍與新生代攝影師蔡傑曦以「影像作為自我追尋的旅行日記」為題的對談列車，知名藝人林予晞與獨立編輯黃銘彰，共同以「攝影與文學的激情碰撞」為題的相談列車。四、「閱讀山海」系列，透過紀錄片影像的角度，回溯「牡丹社與羅妹號」，與臺灣電影音效國寶級大師胡定一合作，率領團隊深度訪談部落耆老、專家學者，並參與資料考究；五、讓閱讀成為你的咖啡因，在「文庫咖啡本」的咖啡香裡，文學已然是一種新的可能。

圖一　2021年南國漫讀節在屏東總圖的活動／
屏東縣政府文化處提供

圖二　2022年在屏東演藝廳的「南國漫讀節
——《大武山下》百工百讀」／傅怡禎提供

三　往下耕耘，積澱文學元素

（一）增設文學獎

　　鑒於目前國家教育並不夠重視作文，2013年起，大武山文學獎納入中小學生的作品為「文青組」，讓更多的青少年及兒童從寫作中獲得樂趣，他們可能忙於考試、補習班、安親班等，而忘了自己也可以寫作。如果從小有文學的火花，長大後就可以對文學保持熱情。除了青年學子，大武山文學獎的徵稿對象也從社會組擴大到黃金組，鼓勵中老年的族群寫作。因為感到筆耕的人很辛苦，預計多編預算作為獎金。前屏東縣政府文化處圖資科科長張關評在2011年來到文化處任職，2013年擔任科長，她看到高雄有「青年文學獎」，學生投稿非常熱烈，高中組就可達一千件，其中有很多是籍貫在屏東的孩子。因此想到屏東也可以設立此獎項，讓在外地求學的學子來投稿，屏東在學、在籍都符合條件，而且不設定內容要寫本地風土。

　　此外，原住民文學獎已辦了三年，排灣、魯凱族的部落文學獎鼓勵族語寫作。縣政府也幫原住民出版光碟，古諺唱片，將無文字的古謠譜成樂章，一代一代傳下去。

（二）加強文化元素

　　巴格達外・日不落、德瑪拉拉德・貴、達摩棟、梁明輝、撒古流・巴瓦瓦隆、伊誕・巴瓦瓦隆、周明傑、達德拉凡・伊苞、利格拉樂・阿𡠄、讓阿淥・達入拉雅之都是排灣族作家或創作者。排灣族的文學成就能夠突出於屏東其他原住民族群之上，其族群文化是否在某些層面激勵了創作行動？這是值得探究的問題。

　　2015年國立屏東大學設置原住民族教育研究中心，出身排灣族的

呂美琴主任專研原住民兒童文學、族語教材教法，嘗試以兒童文學和神話傳說作為語言習得的媒介，從中了解文化的意涵。2022年11月19日更舉辦「原住民兒童文學論壇」，討論「原住民兒童文學」的定義，以及原住民兒童文學的建構與未來走向。

關於族群文化的未來，呂美琴主任從部落和學校兩方面來找尋對策：

> 排灣族社會有階級性，頭目的養成有其特殊教養過程，他必須了解部落文化，才知道如何帶族人走向未來。話語權拿到部落，讓部落發聲，大家可以了解轉型正義之下，部落是什麼，部落的人怎麼看，怎麼想。當文化素材回到學校，原住民學生習得文學，加上其本身的文化，就有從事研究或創作的基礎。我們的文化深耕，是要開啟學生的認同，因為沒有自我文化的認同，就會覺得矮人一截。[7]

呂美琴開發原住民文學，並聚焦在兒童文學領域。目前臺灣原住民有十六族，四十三個語言別，最好各族都能多多擴展兒童文學，而不只限於排灣族。屏東原住民以排灣族居多，如果學生能在學院內學到有趣的故事，以後就會試圖找出故事來源，也有機會將文本帶回部落。

客家族群對孩童方面的文化教育非常注重，可以跨局處發展，例

7　2022年9月28日筆者電話訪談呂美琴主任的內容。呂美琴主任2019年於臺東大學兒童文學研究所提出的博士論文《原住民兒童文學的建構與轉化──從《排灣族一百個文本》出發》，專門探究排灣族的兒童文學議題。目前臺灣專研原住民的兒童文學的學位論文共三篇，呂美琴之外，另二篇為林偉雄：《原住民兒童文學發展史論──以排灣族為例》（臺東：國立臺東大學兒童文學研究所博士論文，2020年）。黃玉蘭：《神話與兒童文學──以原住民兒童文學為例》（臺東：國立臺東大學兒童文學研究所碩士論文，2000年）。

如「六堆三百年」舉辦了「壁報論文」，是生活中的情感論述。又深入校園發展客家兒童繪本、手指謠等。2019年在車城國小舉行活動，以保力地區的客家生活為主，那裡有從竹田鄉移民來的朱、宋、張等大姓。讓小朋友訪問爺爺，奶奶，了解對家鄉的記憶，用繪圖呈現，文字方面則由老師帶領去走讀並記錄。

（三）編纂語文教材

　　政府單位對語文教材的編纂計畫以原住民與客家族群為主。屏東的原住民人口，2013年約57,000人，幾年來微幅成長，至2022年為60,800人。1996年中央級專責單位「原住民族委員會」成立，2000年屏東縣政府原住民局掛牌正式運作。1960年代後，原住民文化面臨崩塌式的失落，傳承有明顯的斷層。屏東原住民處結合教育處，已開發排灣族和魯凱族的族語課本，2021年開始在原住民部落的重點小學實施，例如瑪家鄉的北葉國小，師生積極努力下，推展原住民語言與文化大有可為。

　　屏東是多元族群薈萃的所在，具備各種豐富的文化特色。縣內的客家人口有二十多萬，占屏東縣人口五分之一強。2002年8月縣政府成立客家事務局，延續客家文化命脈、振興客家傳統文化以及開創客家新契機的使命。客家族群語言的保存一直是縣政府施政的重點，屏東為全臺灣第一個推行客語沉浸式教學的縣市，從家庭、學校到社區營造客語友善環境，積極落實客語生活與文化扎根。在六堆三百年之際，完成了全臺灣第一套以客家文化為主體的「屏東縣客家本位補充教材」，而且已納入屏東客庄小學開始實施。

　　為充實客語教學資源，縣政府2007年推行幼兒園客語沉浸教學，成立客語課程發展中心，希望透過客家本位教材的編纂，讓孩子親近

土地母親、認識自己的文化、理解自己的根。[8]於是與國立屏東大學幼兒教育學系長期合作，由陳雅鈴教授研發適合幼兒園客語教材，編輯客家本位教材，出版系列客語教材，目前已研發數十冊「客語真好玩」系列，提供給教師使用。[9]2019年屏東縣獲教育部本土語言傑出貢獻獎，2020年獲客家委員會推動客語為通行語成效優等。

這幾年客家事務處推行以客家為本位的輔助教材計畫，教育處成立「課程發展中心」，負責課程部分，陳麗萍前處長擔任副召集人，在符合教育部課綱的前提下，規畫了一至六年級的客語國語課本、社會課本等，加入客家文化、藝術元素，如今已陸續完成，目前當作補充教材。2021年試行範圍以六堆為主，只在屏東地區。教材內容如敬字亭、伯公、盤花等生活文化要素，將文化與藝術結合。課本先從國小試行試用，納入教育系統中，開創性在於成立系統的客語教材，做到普及。國語課本採用注音符號，以認識文字，浸潤文化。

陳麗萍前處長說：「扎根沒做好，其他都是假的。例如恆春民謠好，但不懂閩南語就聽不懂。不了解故鄉，怎麼寫故鄉？源頭在哪裡，就從哪裡找水源。」[10]文化變文學一定要有過程，重要的作法是扎根。2019年客家事務處開始舉辦「小小主播營」，2020年開始「小小配音員」，節目在 TVBS 電視臺播出。此項活動希望讓孩子反教育家長：考證照者才能當主播，這樣家長就會努力推動孩子去接觸客家文化。

8　潘孟安：〈聽見土地的聲音、看見客家的紋理〉，屏東縣客家課程發展中心編輯：《客家本位國語科課本補充教材一年級上學期首冊》（屏東：屏東縣政府，2021年）。

9　這些幼兒教材包括「客語真好玩」六冊、「主題兒歌本」、「遊戲活動小幫手」、「主題教學小幫手」六冊、「來一客客家文化教材」五冊、「客語教學主題小書」四冊。內容豐富，均由屏東縣政府出版，例如：陳雅鈴主編：《客語真好玩：手指謠&猜謎遊戲》（屏東：屏東縣政府，2020年）。陳雅鈴主編：《客語教學主題小書：小旅人》（屏東：屏東縣政府，2018年）。

10 2021年12月6日，筆者於屏東縣政府客家事務處對陳麗萍處長的訪談內容。

（四）培養年輕作家

　　培養年輕作家可以由擴充文學社團和建立寫作群組做起。

　　屏東目前只有「屏東縣阿緱文學會」是正式的文學社團，2008年以讀書會的形式成立。屏東共三十三個鄉鎮，依規定發起人必須來自過半鄉鎮，才可稱為全縣社團。所以郭漢辰號召十七個鄉鎮的人共同發起，他擔任二屆共八年的理事長之後，由翁禎霞接任迄今。2010年11月屏東縣阿緱文學會獲選為當年全臺績優詩社。次年與國立屏東大學中文系合辦「2011屏東文學學術研討會」，其影響力擴及到大學院校。文學會每年都舉辦活動，例如2009年舉辦府城文化之旅；2020年舉辦詩歌會、女性影展[11]；2022年3月主辦「文學的風，吹來——那山那海那屏東」文學展。

　　文化處對寫作新秀的培養，使黃明峯、陳甚慈於2021年獲金典獎首獎。張簡士湋，1985年生，是年輕的鐵道員，在屏東加祿火車站服務，熱衷於寫作，已出版數部作品。陳雋弘是詩人，也在高雄女子高級中學擔任教職，其他如王昭華、陳凱琳等都是明日之星。

圖三　「文學的風，吹來——那山那海那屏東」文學展，許多屏東作家出席／黃文車提供

---

11 女性影展計畫是向縣政府申請，於國立屏東女子高級中學放映三部，獨立書店放映五部影片。主要目的是用計畫的經費來支撐文學會。

郭漢辰2011年獲作家作品出版，陸續又出版幾本書。《父親的手提箱——白色歲月裡的生命故事》[12]，闡釋白色恐怖，是口述歷史，也是故事，而不只是記錄而已。不論詩、小說、散文，郭漢辰的文字品質都好，他曾和圖資科合作出版六部書，和經營科合作出版七部書。

2022年文化處為得過作家作品集出版的作家們建立一個群組，成為組織，聘請如吳鈞堯以及在三采文化當編輯的林達陽等優秀作家來指導寫作。

新血加入也很重要，寫手要從哪裡來？屏東縣文化處前處長吳錦發認為應當發揮中文系的功用：

> 其實中文系非常重要，中文系應當研究寫作，舉辦文學營，點燃火種，讓小小火柴爆炸。往下延伸到中小學，讓屏東文學成為課外讀物，再將臺南的臺灣文學館延伸過來，成果也會很可觀。[13]

他鼓勵大學中文系除了研究之外，指導大學生寫作也是栽培年輕作家的一種方式。

四　兼容並蓄，打開能見度

（一）雅俗文學並存

臺灣的大眾文學與純文學之間，始終存在著一種「二元」的對立性，大眾文學通常是相對於純文學的概念，以一般大眾為對象，較重

---

12 郭漢辰：《父親的手提箱——白色歲月裡的生命故事》（臺北：遠景出版社，2014年）。

13 2022年1月23日，筆者於屏東市永勝五號對吳錦發的訪談內容。

視娛樂性與易讀性的文學或小說；而純文學通常會被貼上「小眾」、「菁英」等標籤，較具藝術價值及主題深度，希冀於反映大時代、針砭時事或引發思考。大眾小說作家著重於「情節」，講究刺激、精采、娛樂性，內容曲折離奇、感人肺腑、流暢易讀，在臺灣已經有悠久的歷史，[14]因此也常被等同於通俗文學，是流行於民間與市井小民之間的俗文學，而與雅文學不同。

張關評前科長表示：

> 眼光要看出去，不要窄化，吸納各種文學形式，純文學誠然好，但年輕人不看就無法持續。屏東文學一定要打破純文學的界限，領域要更寬廣。文學不要高高在上，高不可攀，而應走進年輕人的心中。[15]

她對群眾參與文學活動的效能也別有一番見解：「書有人買，演講有人聽，一、兩百人出席，就是成功的活動。」文化處「書寫屏東」計畫案，協助作家在不同領域被看見，不局限於純文學，例如郭漢辰也曾推出繪本《勝利貓日子》[16]，除了幾本眷村的繪本外，並製作了一部宗聖公祠繪本。圖資科和施百俊、張重金教授合作牡丹社漫畫書，也已出版。另外國立屏東大學中國語文學系黃文車教授推出《下東港溪流域故事繪本》、《東南亞家鄉記憶雙語故事繪本》[17]，鍾屏蘭教授有

---

14 黃英哲、下村作次郎：〈戰前臺灣大眾文學初探（1927年～1947年）〉，彭小研編：《文學理論與通俗文化（上）》（臺北：中央研究院中國文哲研究所，1999年），頁231-254。

15 2021年11月23日，筆者於屏東縣政府文化處對圖資科張關評科長的訪談內容。

16 郭漢辰、翁禎霞：《勝利貓日子》（屏東：屏東縣政府，2020年）。

17 黃文車編著：《下東港溪流域故事繪本》（屏東：臺灣藍色東港溪保育協會，2014年）、《東南亞家鄉記憶雙語故事繪本》（屏東：國立屏東大學，2017年）。

《發粄開花了》[18]等多部客語兒童文創繪本出版。

近五年文化處開始與國立臺灣文學館合作,項目有:一、協助作家手稿典藏,臺灣文學館有典藏組,收藏環境完善,並會不定期展出。陳冠學手稿的收藏因故後來送至中央研究院中國文哲研究所典藏。目前媒合郭漢辰手稿到臺灣文學館典藏。二、屏東詩展,將屏東的詩帶到臺北,擴大原有的受眾,增加能見度。2019年兩個單位合作,臺灣文學館負責展覽,文化處支應出版費用。臺北的「齊東詩社」是臺灣文學館的分館,於此展出屏東詩人的詩作。「詩展」有論述,將屏東的地景和文學專業作結合。以一部《山巔水湄,歌詩島嶼之南──屏東現代詩展展覽圖錄》[19]為主,將這群詩人的作品展出半年。

(二)放寬籍貫的屬性

施懿琳、楊翠在《彰化縣文學發展史》中曾提出「在地性」與「全島性」的概念,指陳作家所具備的兩種特質。[20]臺灣許多作家常常有島內流動的現象,必須再兼顧「在地性」與「全島性」的特質。吳晟是彰化人,卻認為自己也是屏東作家:「我最精華、最風光的日子,文采開始迸發的時候,都是在屏東那八年,為何我不能算是屏東作家?」再如鍾理和,雖然18歲後他遷居到美濃笠山農場,但他的故鄉永遠在屏東高樹,他當然是屏東作家。

以屏東在地作家當招牌,也從屏東擴散文學的種子,陳冠學、周芬伶是土生土長的屏東作家,黃春明、張曉風、吳晟曾在屏東就學,童元方、阮慶岳是出生於屏東的外省第二代。張關評前科長執行活動

---

18 鍾屏蘭:《發粄開花了》(屏東:六堆學文化藝術基金會,2019年)。

19 江怡柔編:《山巔水湄,歌詩島嶼之南──屏東現代詩展覽圖錄)》(臺南:國立臺灣文學館,2019年)。

20 施懿琳、楊翠:《彰化縣文學發展史(上)》(彰化:彰化縣立文化中心,1997年),頁7-8。

的切實體驗是：「帶動屏東文學的風潮，知名度是關鍵，就像演唱會，沒有大『咖』就吸引不了觀眾。」[21]張曉風的作品雖然涉及屏東的地方不多，但她曾說屏東在她心裡是一座「很溫暖的母親的城」。她在臺灣名氣大，也是一種號召力，會帶一群讀者進入屏東文學空間來聊聊天，聽演講。

五　視覺展演，築構文學空間

（一）重整圖書館

　　三十年歷史並有森林圖書館之稱的屏東縣立圖書館，歷經兩年整修，2020年成為熱門的屏東縣立圖書館總館，擁有兩千餘坪的空間。

　　彭瑞金肯定進入1990年代以後，以占臺灣總人口比例不及1.5%的原住民來說，其作家人口可謂火力全開，無論哪一種文類，原住民作家都能結合

圖四　新來義「讀‧享空間」
圖書館／余昭玟提供

自己的文化、歷史和生活，將神話、傳說以及現實生活的課題，巧妙融入文學創作，成為1990年代臺灣文學中最具創意、最具啟示性的文學新生力量。[22]屏東的原住民人口比例高，族群多，其作家作品都令文

---

21 2021年11月23日，筆者於屏東縣政府文化處對圖資科張關評科長的訪談內容。

22 彭瑞金：〈第十七章　臺灣文學的甦醒與臺灣文學館設立〉，施懿琳等著：《臺灣文學百年顯影》（臺北：玉山社出版事業公司，2003年），頁213。

壇驚豔，跨入二十一世紀後，新銳作家也人才輩出。2022年屏東縣政
府在新來義設置以原住民族圖書、原住民族群本位教材和部落大學出
版品為主的「讀・享空間」圖書館，這是全臺第一座原住民圖書館，
可謂創舉。

（二）經營文學館與獨立書店

「永勝五號」張曉風故居
是目前屏東市較具知名度的微
型文學館兼獨立書店，是郭漢
辰和翁禎霞於2019年9月1日所
設立。[23]翁禎霞向縣政府承租
整修好的張曉風故居，之所以
取名「永勝五號」，是因為張
曉風曾說：永勝五號就是她永
遠記得的家的名字。除了標誌

圖五　永勝五號／翁禎霞提供

張曉風的文學身影外，這裡也常舉行文學活動、作品展出，是一處獨
具特色的文藝沙龍。

翁禎霞強調：文學未來是融入生活，文學應該不斷的出現在生活
裡，不僅僅是書本裡面的東西而已，[24]所以她推廣「作家書房」，以屏
東作家為主軸，包含張曉風、李敏勇、曾貴海、郭漢辰等人，製作一
系列的「作家書房」，這類同微型文學館的概念。她主張作家的家不能
像餐廳，必須保留原來的格局，保存記憶。她將會先做郭漢辰的書房，

---

23 「永勝五號」設立的前一天，8月31日，在這裡舉辦了郭漢辰《海枯的那一天》和
　　吳錦發《人間三步》新書發表會，作為暖身。

24 2022年9月22日，筆者於「永勝五號」對翁禎霞的訪談內容。

裡面規劃放置作品、影像。郭漢辰是記者，長期跑現場採訪，留下許多攝影作品：1996年臺灣區運，2000年高屏大橋斷橋，屏東口蹄疫、賀伯颱風、王船祭典等，攝影作品也是值得展出的另一種文學類型。

　　日本政府或民間會為作家建造文學館，日本人是先認識自己的作家，再認識國際的文學。屏東作家李敏勇說：

> 日本人一定與日本作家有關係，你多多少少，不管是做什麼行業的，你可能讀過夏目漱石、川端康成、三島由紀夫、村上春樹，那是跟吃飯穿衣一樣，並不是工作而是生活，日本人之所以成為日本人，在文化上有一定的條件。……臺灣的作家與你沒有對話，變成作家無法賣命、孤注一擲的寫作，沒有發表的園地，出版的條件也沒有，主要是沒有活性化的閱讀條件，官方的文化機制，有官方的考量，如果臺灣沒有養成文學社會學的活性條件，文學上的文化建構是無法形成的。[25]

張家禎在親自走訪日本五百多間文學館之後，歸納日本的文學館大約有紀念文學家的機構、紀念作品的機構、文學家故居等十幾種，全日本應超過一千間。她借鏡日本經驗，檢討臺灣的文學館設在日式老宅裡是錯誤的決定，因為空間格局細碎，會大幅侷限展覽方式；另外，日式房屋內部常有段差，即使完整復原，和現今公共建築追求的無障礙空間也背道而馳。最後，文學館如果不辦演講、研討會，平常除了機關團體參觀外，可能都不會有人上門。[26]「永勝五號」正是日

---

25 陳文發：〈有光的所在／李敏勇〉，《作家的書房》（臺北：允晨文化實業公司，2014年），頁274-275。

26 張家禎：〈從參觀日本五百多間文學館看臺灣的文學館問題〉，《文學台灣》第124期（2022年10月），頁65-69。

**圖六　2021年「全國古蹟日」大合照／
屏東縣政府文化處提供**

式房子，有其空間限制，但是這幾年的經營卻熱烈且上軌道，經常舉辦文學活動吸引人潮，應是關鍵。

屏東縣政府文化處也將文學重心移到類似的獨立書店，補助其運作文學相關的活動。眷村「繁・本屋」、「小陽・日栽書屋」，以文學推展為目標，將「文學」和「書」放在一起，以屏東相關的書籍為重點。「小陽・日栽書屋」店長蔡依芸是屏東人，非常在地，有認同感，將文學和文化做到屏東的土地上。另有「紅氣球」、「小島停琉──海洋獨立書店」（位於小琉球）、「有緣書」（位於東港），對豐富屏東文學都功不可沒。

文化處圖資科張關評前科長的提案，除了文學獎、出版品之外，尚有二二八人權博物館計畫案，屏東人寫屏東事，用文學的方式闡釋人權的重要性，讓屏東作家的文字在不同的管道、以不同的方式被看見。2021年文化處第一次嘗試做「全國古蹟日」，聯合書店策展，以眷村文學、走讀文學為主。文學協力已做兩三年，文化處屬於「協力單位」，和書店是一起推動文學的「夥伴」關係，所以這些獨立書店在經營上也都可以向其他單位申請經費。

2018年屏東縣政府與「南國青鳥」書店合作，將孫立人行館轉型成具有歷史人文定位的書店，提供多元的閱讀及書店文化，二樓則保留孫立人將軍相關紀念書籍、物件及影片播放，希望藉此同時保存眷村歷史。其開幕式以閱讀串連起南方的文學、電影、音樂、藝術等創作，開展南方學的新視野。

（三）親近母親河

　　大武山是屏東的聖山，縣政府在那裡舉辦原住民式的成年禮。龍頸溪是屏東的母親河，沿岸景觀設計完成後，從屏東市勝利路到東港溪、竹田鄉糶糴村沿岸都有連綿的水岸美景，這裡也可以舉辦客家風格的成年禮。

　　龍頸溪是客家庄的生活命脈，跨局處整治成功後，縣政府在內埔龍頸溪畔公園「做大生日」，點燈儀式以沿溪的伯公廟為主軸，2021年9月16日晚上7點開幕，懷感謝之心，向文化界人士與地方耆老致敬。延續一個月的活動，回溯龍頸溪的歷史，用老照片來喚起兒時記憶，期許龍頸溪以後發展的面向。另外也在地方「團草結」，以草繩象徵團結才有力量的概念。

**圖七　2022 年 9 月 16 日龍頸溪慶祝活動／
屏東縣政府客家事務處提供**

　　河畔的展覽以六堆客家族群的遷徙過程、人文發展與水文路線為整體規畫內容，將文化永續訂為軸心概念，並以多元族群共融為發

想，將六堆三百年之年度活動依屬性分成春祈、夏遊、秋收、冬福四個區塊，呈現在節慶、產業、藝文休閒和文化傳承之項目。其次，展覽亦融入客家村庄春祈與冬福的祈禱和完福對象，土地伯公和敬天謝地之概念，藉此感謝這片土地的包容。

沿著母親河設有「伯公廊道」，將修復三十九座伯公廟，陳麗萍前處長很自豪的說：「全國應該沒有一條溪是這樣的。」[27]她努力將客家文化融入河流水文。2022年母親河藝文系列，有走讀和導覽解說，客庄文化導覽是一種文化創意產業，能爬梳上一代走過的路；這也可成為旅行社的導覽路線，使傳遞者可以獲得生活所需，留在家鄉，含納在產業系統內而可以管理。如此傳承，在五年、十年後成果即很可觀。

（四）尋找表演舞臺

2015年屏東 Cloever 幸運草兒童劇團與國立屏東大學中國語文學系合作，於屏東縣東港、小琉球等地巡迴演出「下東港溪流域故事：大船與小船」，箱子兒童劇團演出「下東港溪流域故事：赤牛生白馬」，不倒翁兒童劇團演出「下東港溪流域故事：鯉魚公主變成山」。2019年臺灣燈會在屏東，屏東縣政府自創劇本演出，最後以「史上最美燈會」落幕，激起屏東人的光榮感。[28]

「六堆」起源於1721年朱一貴事件時客家地區所組成之自衛組織，至2021年正好三百年，於是以國家規模來舉辦「六堆三百」活動，蔡英文總統也出席。活動由客家委員會、高雄市政府、屏東縣政府三方聯合舉辦，另有高屏地區十二個鄉鎮區單位參與。[29]2021年3月

---

27 2021年12月6日，筆者於屏東縣政府客家事務處對陳麗萍處長的訪談內容。

28 侯千絹採訪主編：《從問號？到驚嘆號！》（屏東：屏東縣政府，2019年），頁37。

29 「六堆」的組織起源於1721年，當時的高屏溪流域，客家人已建立十三大莊與六十四小莊的墾殖規模。由於六堆的組成包含屏東竹田、萬巒、長治以及高雄美濃等鄉團，所以舉辦「六堆三百」活動時，高雄市也一起加入。

26日於千禧公園演出客庄大戲「六堆風雲三百啟《步月・火燒》」，明華園戲劇以客家大戲的形式盛重演出，打破長久以來的閩南語劇場模式，此次揉合了閩、客、原住民、日本的人物與劇情，極富開創性，雖只演出一場，但觀眾多達三萬人，場面浩大，搭舞臺就要一週以上的時間。特點是與大量大專院校的學生合作，讓演員在觀眾席以串流方式演出，營造沉浸式體驗。孫翠鳳扮演抗日英雄林少貓，演繹六堆先民開疆闢地的歷程；另外，「六堆三百遊行踩街活動」，邀請六堆各鄉鎮以傳統文化為發想加入創新；「穿越六堆步迎騎跡──健走」、「族群融合世界六堆之夜」涵蓋客家、閩南和原住民音樂；「鼓動客家、響亮三百活動」，展現客家子弟活力，鼓樂將慶典推向高潮，開啟下一個輝煌的六堆三百年。

圖八　2022 年 3 月 26 日明華園歌仔戲團演出《步月・火燒》／
屏東縣政府客家事務處提供

六　開展新頁，鼓勵研究

（一）出版書籍與期刊

　　《屏東文獻》於2000年10月發行第一刊，至2022年12月發行至第二十四期，以保存鄉土資料、帶動研究屏東風氣、提供發表園地為宗旨。徵稿面向頗廣，凡有關屏東縣文化、地理、歷史的著作均所歡迎。內容包括：一、學術論著、譯述。二、文物史蹟、文獻資料之研究與介紹。三、民情風俗、歌謠諺語、宗教信仰。四、人物傳記、口述歷史。五、有關屏東縣之書評、書目。六、田野工作報導等。

　　李明璁統籌策畫的《Dear Blue 屏東海洋文學新浪潮》一年出刊一至二本。2013年文化處圖資科負責編輯《重修屏東縣志》，請中央研究院陳秋坤研究員主編，總共十冊，其中有文化篇，只是文學方面的篇幅並不多，於是2015年文化處又和國立屏東大學中國語文學系合作編寫《屏東作家小百科》，統整一百多位屏東作家的資料。

　　《屏東本事》季刊和《Amazing》雙月刊同於2017年創刊，改變以前《幸福屏東》、《安居樂業》的寫法，專注尋找屏東的美學，將屏東變成有品牌的屏東。現在《屏東本事》的編印十分先進，如同時尚雜誌，縣政府自己請美編，採訪人物，敲定人事地物等內容。每刊一個主題，每張照片都是實際拍攝。2019年《屏東本事》更獲得金鼎獎的肯定。

（二）舉辦研討會

　　2011年國立屏東大學中國語文學系開始舉辦「第一屆屏東文學學術研討會暨作家座談」，至2022年「屏東文學國際學術研討會：區域文學史的書寫與視野」，總共已有八屆。此項研討會可謂創舉，也影響了在地地方學的各項會議。國立屏東科技大學辦理六堆客家學術研

討會也有亮眼的成果。國立屏東大學人文社會學院從2020年以來，舉辦了三屆屏東學學術研討會，2023年以「屏東縣地方學多層次建構與協作」為主題。這些研討會都深化了屏東文學的內涵。

（三）吸引學位論文投入

臺灣研究所博碩士論文對屏東作家的研究，最早是1980年高廣豪的《張曉風和伯諧特戲劇之探討》，1990年代多集中於鍾理和及張曉風研究，直到2005年才有徐蘭英的《邊緣敘事——周芬伶小說研究》。2009至2012年之間呈現鼎盛狀態，共有三十多篇，之後篇數雖然較少，但研究對象多元，至2023年，作家研究的篇數至少有：鍾理和（38篇）、張曉風（19篇）、周芬伶（19篇）、徐仁修（10篇）、曾貴海（9篇）、利玉芳（8篇）、陳冠學（7篇）、凌拂（6篇）、李敏勇（5篇）、阮慶岳（4篇）、達德拉凡・伊苞（3篇）、林剪雲（2篇）、杜虹（2篇）、曾寬（1篇）、施達樂（1篇）等。綜合研究的篇數至少有：文學（1篇）、古典詩（1篇）、現代詩（1篇）、文學地景（1篇）等。

七　結語

屏東文學可以怎樣經營？屏東縣政府文化處前處長吳錦發有具體的構想：

> 我當政務官時常想：政府不需要賺錢，只要將稅金好好分配即可。我還有一些夢想未完成，例如改建十間教堂，讓它們成為信仰、活動、青少年活動中心，沒必要花錢蓋新教堂。馬卡道信仰的教堂已經廢棄，應該整建為藝文中心。天主教、道明的教堂在沿山公路至少有四十座，李旺台的故鄉在竹田，可以將

教堂改建為李旺台中心。潮州天主堂來不及搶救,即將被拆
掉。試問,宗教組織是宣揚教義重要,還是擴大信徒重要?臺
南南鯤鯓廟辦文學營,每年經費十萬元,目前仍可以做。我當
文化處長時,也想過要在萬金教堂辦文學營。[30]

　　他質疑如果屏東無空間可停留,吸引來的人潮要享受什麼品質?不應
讓群眾只能找美食,其實沿山公路可以和文學教育結合,營造文學空
間。文化最難的地方在「保存」,歷史建築的修繕等文化建設是巨大
的工程,需要日積月累,持續不斷的努力,才能產生成果。

　　撰寫《臺中市文學史初編》的陳明台認為:文學史是往前進化
的,一個世代的文學,縱使不必然會超越別一個世代的文學,也會有
其前代未見,本身具備的新的特色出現。[31]幾百年的屏東文學發展
史,從古典文學、日治時期新文學,以迄戰後的文學,舊文學切換成
新文學,有時代深深的刻痕,可喜的是,屏東的作家不斷創造出區域
色彩濃厚的作品,邁入二十一世紀,隨著時代邁進,尚有更多元且豐
富的文學盛況可以期待。

　　潘孟安前縣長對屏東文學的規畫與期許,提出幾項展望:一、提
升閱讀風氣,他曾經走訪鄉鎮圖書館,發現有的地方借書記錄是零,
所以將借書閱讀的提倡也列入績效考核。先做基礎建設,融入美學概
念,讓景觀改變,以屏東縣圖書館總圖當平臺,不論霧臺、滿州等偏
遠地區都可流通借書,而且不必付郵費。週末「藝文沙龍」是以音樂
加上閱讀的饗宴,在在讓城市存在更多藝文因子;二、推出硬體建

---

30 2022年1月23日,筆者於屏東市永勝五號對吳錦發前處長的訪談內容。吳錦發於2004-
　 2008年擔任行政院文化建設委員會政務副主任委員,2014-2018年擔任屏東縣文化處
　 處長。
31 陳明台:《臺中市文學史初編》(臺中:臺中市立文化中心,1999年),頁166。

設，建設演藝廳、總圖、眷村書店，以及各地鄉鎮公園。屏東大博物館已開幕，菸廠已改造為客家文物館；三、行動式設計：藝文下鄉，已經辦了五年的南國漫讀節要持續下去。公部門挹注，讓獨立書店屹立在山林阡陌之間。[32]

如今再來檢視這些規劃，其中大部分項目的確都已完成。潘孟安前縣長鍾情文學，他感性的說：

> 我來自海洋，恆春半島，那裡有太多訴不盡的故事。我國中時即到臺南唸書，回恆春要六、七個小時，三更半夜才見到故鄉。那裡的海岸及山脈地景常在腦海中，晚上坐車看海岸線，覺得它就像白色珍珠項鍊一般。我從小對文學敏銳，以前也寫過新詩，現在還自命老文青。年輕時曾經航海從商，以後有機會希望當個唱遊詩人，做一個旅遊文學作家。[33]

一位看重文學的地方首長，就會提供充足的資源來發展文學。文學是有情感的，就文化單位而言，生活中有文化特質的才算是文學。客家事務處陳麗萍前處長說：

> 凡是有感有情就不會變形，我們願意等待。越在地越國際，想想我們要拿甚麼和別人比？契機是藉系統將文化架構進來，例如客家語言可以是一個市場，文學也可以是一種產業，我們努力做奠基的工作，有底蘊才會開出美麗的花朵。[34]

---

32 2022年1月8日，大武山文學獎頒獎典禮上，潘孟安縣長的發言。

33 2022年2月9日，筆者於屏東縣政府對潘孟安縣長的訪談內容。

34 2021年12月6日，筆者於屏東縣政府客家事務處對陳麗萍處長的訪談內容。

何謂屏東文學？如何讓屏東文學研究成為可能？要放眼世界，在地書寫就更加重要。在愈講求國際化的當代，地方研究也應該更被重視。不論空間多遼闊，時間多深遠，從世界到故鄉，從亙古到現在，文學永遠都是迷人的存在。屏東書寫讓我們重新看清這個臺灣版圖中最南端的重要場域，不論庶民生活或歷史記憶，都連結成文字的互文網絡。這裡是臺灣文學最南端的新天地，充滿活力，作家們以其作品見證屏東歷史的演化更替，這些書寫也受到地方政府的重視及發揚，成為永恆的文化資產。

附　錄
屏東文學史大事年表

余昭玟　編記

1624年（明天啟4年）
8月　　　荷蘭人摧毀在澎湖建設之碉堡，將根據地移至臺灣，在大
　　　　員（後稱為熱蘭遮城）建城，為荷蘭人統治臺灣之始。

1625年（明天啟5年）
荷蘭人在明朝政府的壓力下，轉往臺灣發展，並派員勘查臺灣各地港
灣海岸，將屏東外海的小琉球繪製於地圖上，命名為Mattysen。

1633年（明崇禎6年）
明崇禎年間，高屏溪東岸、沿海和小琉球等地已出現福建泉州移民。
11月　　　荷蘭人動員臺南、高雄、屏東等地原住民協助入侵小琉球
　　　　後，由於缺乏勞動力，荷蘭人不僅招徠漢人，也強行徵用
　　　　小琉球原住民俘虜供其奴役。

1635年（明崇禎8年）
12月　　　25日發生「塔加里揚之戰」，荷蘭長官率士兵5人，和新港
　　　　及其他社四百至五百人攻打位於新港（臺南新市）南方的
　　　　塔加里揚社。塔加里揚人潰敗逃亡。荷蘭軍隊放火將村社
　　　　燒成灰燼。

1636年（明崇禎9年）
2月　　　戰敗逃遷到屏東平原的塔加里揚主社，與上淡水、下淡

水、塔樓三分社派代表到大員和荷蘭簽約，開始接受統
治。「塔加里揚之戰」後，二層行溪至下淡水溪的高雄平
原，全被荷蘭人占有，已無高雄平埔原住民村社居住。

4月　　　　　因糧食缺乏問題未見改善，荷蘭人開始將小琉球原住民綁
架往巴達維亞（今印尼雅加達），此後小琉球由荷蘭人出
租予漢人開墾。

1637年（明崇禎10年）

4月　　　　　荷蘭人派遣學習過放縤仔語言的傳教士、士官及士兵至放
縤仔、東港和麻里麻崙社（萬丹境內）建立學校，進行傳
教及教育等工作。

1644年（明崇禎17年）

1644年晉江李姓、1668年南安蔡姓及晉江王姓、1671年晉江林姓分批
入墾現今琉球鄉各地。

1652年（明永曆6年）

9月　　　　　漢人郭懷一反荷，荷人率平埔族鎮壓，是為「郭懷一事
件」。
明太僕寺少卿沈光文飄海入臺，被譽為「海東文獻初祖」。

1655年（明永曆9年）

《荷蘭時代的番社戶口表》記載，屏東地區有平埔族9145人。荷治時
期稱霸屏東東部的大龜文社與東印度公司關係友善，南路地方會議中
所使用的排灣族話，被荷蘭人稱為大龜文語。

1661年（明永曆15年）

年初，因大龜文社與平埔馬卡道族一直和漢人存在長期衝突，大員當
局對大龜文社發動兩次大規模征討。．

1662年（明永曆16年）

2月　　　　荷蘭人獻城投降鄭成功，結束治臺38年歷史。

1666年（明永曆20年）

2月　　　　陳永華主持下，承天府孔廟落成，設學校，每三年一試。
　　　　　　清領初期為全臺童生唯一入學之所，稱「全臺首學」。

1673年（明永曆27年）

沈光文避居目加留灣社（今臺南善化）垂帳教學。

1683年（清康熙22年）

8月　　　　鄭克塽降清。

1684年（清康熙23年）

4月　　　　設立臺灣府，隸福建省，將明鄭時期承天府、天興州、萬
　　　　　　年州改為諸羅、臺灣、鳳山三縣。屏東地區隸屬鳳山縣管
　　　　　　轄，首任鳳山知縣為楊芳聲。鳳山縣人口3469人，八社土
　　　　　　番人口3592人。

1685年（清康熙24年）

4月　　　　沈光文與季麟光等十三人創設「東吟社」。

1697年（清康熙36年）

2月　　　　浙江仁和人郁永河來臺採硫磺，居臺八個月，曾言「諸
　　　　　　羅、鳳山無民，所隸皆土著番人。」

1698年（清康熙37年）

客家先民沿東港溪、麟洛河、武洛溪分成北中南三線進行開墾，乃今
日六堆前身。至1721年年朱一貴事件時，客家人已在屏東平原上建立
十三大莊與六十四小莊的墾殖規模。

1707年（清康熙46年）

墾戶施世榜占墾位於港東里一帶力力社所屬大片草埔，占墾地界幾乎
涵蓋東港溪以東，以潮州庄與萬巒庄為主，號稱「萬巒大庄」租業，
每年收租超過一萬石穀，屬於全臺首富家族。

1719年（清康熙58年）

《鳳山縣志》官方地圖始出現「新園街」及「萬丹街」等市集街庄之
名稱。

1720年（清康熙59年）

《鳳山縣志》記載：「自淡水溪以南，則漢番雜居，客人尤夥。」

1721年（清康熙60年）

漳州人藍鼎元隨堂兄南澳總兵藍廷珍來臺平定朱一貴事變，事後，藍
家等百餘宗族落腳阿里港（今里港鄉）。臺灣開發初期，屏東市以北
地區為漳州人移民為主，以南地區為泉州人移民為主。

4月	「朱一貴事件」，朱一貴聯合杜君英攻入府城。客家聚落組成「七營」軍事戰鬥體，事後解散成「六營」。
5月	朱一貴在臺南府稱中興王，建元永和。
6月	朱一貴在諸羅溝尾庄被鄉民設計所擒。

1722年（清康熙61年）

恆春半島自加六堂以上至瑯嶠，轄為禁地，嚴禁漢人出入。

黃叔璥擔任巡臺御史，著有《臺海使槎錄》。

1月	朱一貴所部與粵族侯觀德等於下淡水濫庄交戰多次，閩人潰敗。
	鳳山縣為粵庄民立「忠義亭」。

1732年（清雍正9年）

萬丹增設縣丞駐守，管轄淡水、枋寮口等處。將下淡水巡檢駐守地調至大崑麓（今屏東縣枋寮鄉大莊村）。

1733年（清雍正11年）

為防漢番衝突，於近山之山豬毛口設下淡水營，並於阿猴汛設目兵十名。

1734年（清雍正12年）

屏東平原除靠近排灣領土之地區外，大部分皆被漢人占據，與馬卡道族鳳山八社社民呈現混居狀態。

1761年（清乾隆26年）

因阿里港（今里港鄉）變成「流民聚處、搶竊頻聞」之地，鳳山縣縣丞改駐守阿里港，並將下淡水巡檢移駐崁頂（今崁頂鄉）。

1763年（清乾隆28年）

6月　　　　朱士玠來臺，任鳳山縣學教諭。

1764年（清乾隆29年）

屏東市已由村落發展為初具規模之市街。

1786年（清乾隆51年）

1月　　　　「林爽文事件」，客家「六營」協助平亂。「六堆」名稱正式出現於官方文獻。

1787年（清乾隆52年）

林爽文事件中南路軍莊大田陣營圍攻府城，屏東萬丹廣安武舉人許仰仁（廷耀）聯合崙仔頂、鹽洲、中洲仔、菅林內、北勢頭，和磚仔窯

六庄義民三千餘人馳援，大敗莊氏部隊，後不幸於下淡水溪畔遭襲，死傷九成。隔年御書「旌義」表彰義民功勞。

1803年（清嘉慶8年）
昌黎祠創建於內埔，以祭祀韓愈為主，亦為教育當地學子的場所。

1815年（清嘉慶20年）
鳳山知縣吳性誠籌建屏東書院。

1823年（清道光3年）
竹塹（今新竹）鄭用錫進士及第，為開臺後首位進士。

1827年（清道光7年）
張維垣生於前堆長興庄（今屏東縣長治鄉）。同治10年（1871）考取進士。

1832年（清道光12年）
邱國楨生於廣東省嘉應州，後隻身來臺定居後堆內埔庄（今屏東縣內埔鄉）。光緒年間獲禮部授歲進士，曾於內埔昌黎祠講學。

1835年（清道光15年）
福建劉家謀入臺，著有《海音詩》。

1836年（清道光16年）
官民合力建築阿猴城堡壘，共東、西、南、北等四城門，至此，屏東市街建築全部完成。由於屯番制、守隘政策的推行，馬卡道族開始往潮州斷層遷移。

1838年（清道光18年）
鳳山知縣曹瑾於下淡水興築水圳灌溉農田，世稱「曹公圳」。

1840年（清道光20年）
6月　　　中英「鴉片戰爭」爆發，英軍犯臺。

1841年（清道光21年）
江昶榮生於中堆竹圍子庄（今屏東縣內埔鄉），清光緒9年（1883）癸末科登進士第。

1853年（清咸豐3年）
4月　　　鳳山發生「林恭事件」。

1862年（清同治元年）
4月　　　彰化發生「戴潮春事件」。

1867年（清同治6年）
2月　　　「羅妹號事件」，美國商船羅妹號（Rover，又稱羅發號）從廈門出發，至恆春半島瑯嶠以南之龜仔用觸礁沉沒，船主夫婦及十三名水手被排灣族人殺害。美政府訓令「聯合其他有力國家，占領並驅逐沿岸番人。」
8月　　　美國駐廈門領事李仙得前往恆春半島，向十八社總頭目卓杞篤交涉，達成協議，卓杞篤同意歸還羅發號船長首級及所劫物品，並允諾不再殺害白人船難者。

1869年（清同治8年）
10月　　　西班牙道明會郭德剛神父以六十個銀幣購買土地，於萬巒鄉創建萬金天主堂，一年後落成。

1871年（清同治10年）
10月　　　琉球漁船因風漂流至屏東八瑤灣，誤入牡丹社，54人被當地排灣族人殺害。

1874年（清同治13年）

5月　　　「牡丹社事件」，日本藉口琉球難民被牡丹社原住民殺
　　　　　害，派兵攻打瑯嶠下十八社，屯兵於莿桐腳崩山。12月事
　　　　　件結束，沈葆楨奏請「開山撫番」，清政府開始重視臺灣
　　　　　防務。

1875年（清光緒元年）

沈葆楨奏請進討瑯嶠諸社，以唐定奎率淮軍與鄉勇數千，由南勢湖往
山地推進，激戰後攻破草山、竹坑等社。

4月　　　「獅頭社戰役」，清軍受疫疾所擾，唐定奎強攻內獅頭
　　　　　社，戰役後拆分鳳山縣率芒溪以南之地置恆春縣，屬臺灣
　　　　　府，是為屏東縣域內置縣之始。

1879年（清光緒5年）

9月　　　恆春設治建城竣工。

1880年（清光緒6年）

朝陽書院建於鳳山縣潮州庄。

1885年（清光緒11年）

12月　　　清廷諭令臺灣建省，劉銘傳為首任巡撫。

1886年（清光緒12年）

內文社、外文社歸化清廷恆春縣。

1887年（清光緒13年）

恆春、鳳山兩縣改屬臺南府。

恆春知縣周有基將紅頭嶼（蘭嶼）併入清帝國版圖，隸屬恆春縣。

1895年（日本明治28年）

屠繼善總纂《恆春縣志》完成初稿二十二卷，適逢臺灣割讓與日本，1951年始由臺灣省文獻委員會刊行。

蕭永東生於澎湖。

4月	中日簽署馬關條約，割讓臺灣、澎湖予日本。
5月	25日臺民自立為臺灣民主國，共推巡撫唐景崧為總統。丘逢甲、許南英、謝道隆、吳湯興等人號召義民抗日。
6月	6日唐景崧逃回中國。
	7日日軍進入臺北，十七日舉行始政典禮。
	22日日本近衛師團占領新竹城。
8月	28日日本近衛師團占領彰化城。
10月	9日日本近衛師團占領嘉義城。
	11日乃木希典率領之第二師團在枋寮登陸，隨即占領東港、鳳山及阿猴。
	「步月樓戰役」，又稱「六根莊之戰」，日本陸軍與蕭光明指揮的客家人聯軍於佳冬鄉佳冬村交戰。
	28日近衛師團長北白川宮歿於臺南，秘不發喪。
12月	「火燒庄戰役」，日本陸軍與客家人聯軍於長治鄉長興村交戰，長興全村被日軍放火燒毀。

1896年（日本明治29年）

臺南府改為臺南縣，府下恆春、鳳山兩縣改為臺南縣下恆春、鳳山兩支廳。後又將此二支廳自臺南縣切出為鳳山縣，並廢支廳，縣下改設辦務署，今屏東縣範圍共有阿里港、阿猴、萬丹、內埔、東港、枋寮、恆春等辦務署。

2月	日軍為搜查民間武器，順便調查戶口，為臺灣戶口調查之始。

3月　　　　公布第六十三號法律，簡稱「六三法」。

9月　　　　恆春國語練習所於豬勝束社設立「豬勝束社分習所」，係
　　　　　　全島原住民接受日本教育的起始。

1897年（日本明治30年）

4月　　　　林少貓率領民軍四百人襲擊東港，包圍潮州庄憲兵屯所。

1898年（日本明治31年）

廢鳳山縣，整併為阿猴、潮州、東港、恆春四辦務署，並歸臺南縣
管轄。

2月　　　　陸軍中將兒玉源太郎任臺灣總督。

3月　　　　內務省衛生局長後藤新平任臺灣總督府內務局長。

8月　　　　阿里港公學校設立。鳳山國語傳習所內埔分校場在昌黎祠
　　　　　　成立，後改為內埔公學校。
　　　　　　臺灣總督府制定「保甲條例」，為彈壓游擊隊，將人民納
　　　　　　入保甲組織，課以連坐法。

10月　　　 日軍火燒崙頂事件，日本憲兵偵得抗日志士住在萬丹鄉崙
　　　　　　頂村，利用黑夜放火燒村。

11月　　　 臺灣總督府頒布「匪徒刑罰令」，對抗日志士首魁、教
　　　　　　唆、參與謀議及指揮作戰者一律處以極刑。

12月　　　 南部民軍首領林天福、林少貓率眾襲擊潮州辦務署及東港
　　　　　　守備軍，後又包圍恆春城。

1899年（日本明治32年）

3月　　　　臺灣總督府公布師範學校官制，培養臺灣人教員。

5月　　　　舉行南部民軍首領林少貓之歸順式。林少貓移居後壁林庄
　　　　　　（今高雄市小港區鳳森村）。

7月	臺灣銀行創立。
10月	尤和鳴受聘為公學校教師，以醇儒為各界所敬重。
12月	本年依據匪徒刑罰令而處死刑者1023人。

1900年（日本明治33年）

2月	公布臺灣出版規則。
3月	公布治安警察法。
3月	15日兒玉源太郎總督於淡水舉行揚文會。
4月	黃石輝生於臺南廳赤山里（今高雄市鳥松區）。
12月	臺灣製糖會社創立。

1901年（日本明治34年）

| 5月 | 恆春辨務署自臺南縣劃出，升格為恆春廳。 |
| 11月 | 阿猴、東港二辨務署合併為阿猴廳，下設阿里港、內埔、萬丹、東港、潮州莊、枋寮等六支廳。 |

1902年（日本明治35年）

屏東公園開園。公園於戰後改稱「中山公園」，2016年在各界努力下恢復原名「屏東公園」。

日人佐佐木基（1861-1937）擔任屏東廳長八年（1902-1909），著有《屏東詩集》。

4月	恆春廳設置熱帶植物種育場。
5月	總督府立臺灣醫學校舉行第一屆畢業典禮，畢業生三人。
	總督府以歸順後仍為非作歹為由，誘殺林少貓。林少貓卒，得年34歲。
11月	日軍開始討伐恆春馬拉義蕃社。
12月	本年經審判被執行死刑之民軍總數為557人。

1903年（日本明治36年）

5月　　　日軍開始討伐阿里港蕃。

9月　　　「人民總代」蘇雲梯提議，「阿猴」街名不雅，應改為
　　　　　「阿緱」。

1904年（日本明治37年）

1月　　　臺灣總督府制定罰金及笞刑處分例，5月開始實施。

2月　　　「日俄戰爭」爆發。

1905年（日本明治38年）

1月　　　「蕃社」人口統計，全島蕃社七八四社，人口103360人。

4月　　　阿猴廳改名為阿緱廳。
　　　　　「笞刑處分法」實施滿一年，笞刑處斷人員達4068人。

10月　　實施第一回全臺戶口調查、確立戶籍基礎。阿緱廳計有
　　　　　163022人，恆春廳計有19536人。

1906年（日本明治39年）

3月　　　林癡仙、林幼春叔侄等人於臺中成立「櫟社」。

8月　　　楊華生於臺北永樂町。

1907年（日本明治40年）

12月　　全臺人口總計310萬8010人。

1909年（日本明治42年）

阿緱廳併入恆春廳、蕃薯藔廳（今大旗山地區），下轄十個支廳。

11月　　總督府公布廢止陰曆。

1910年（日本明治43年）

12月　　臺灣製糖會社擴張阿緱工場，成為當時東洋第一的製糖工
　　　　　場，並設立酒精工場。

1911年（日本明治44年）

10月　　　10日辛亥革命成功。

11月　　　劉捷生於萬丹鄉。

1912年（日本大正元年）

1月　　　中華民國成立。

2月　　　清廷宣統皇帝退位，清朝亡。

　　　　　阿緱信用組合創立。鍾幹郎集資成立振興製米公司，為阿
　　　　　緱廳最大碾米廠。

7月　　　30日明治天皇崩，明治四十五年即日改元大正元年。

8月　　　阿緱街開始有電燈照明，申請用電件數292件。

1913年（日本大正2年）

「中國革命黨臺灣支部」事發，被捕達320餘人。

臺灣纖維株式會社恆春出張所設立「恆春麻場」。

黃連發生於潮州鎮。

10月　　　日本工程師飯田豐二所負責監造，連結屏東和高雄地區的
　　　　　下淡水溪大鐵橋竣工，全長1526公尺，寬7.6公尺。

12月　　　阿緱九曲堂間鐵路開通，縱貫線基隆屏東間全通。

1914年（日本大正3年）

10月　　　枋山地區原住民因不願將槍枝繳給官方，導致嚴重衝突，
　　　　　爆發「南蕃事件」，戰爭歷時五個月。此後殖民政權真正
　　　　　進入排灣族社會，引起其內部劇變。

1915年（日本大正4年）

7月　　　阿緱人余清芳、臺南江定與羅俊起事於西來庵，戰死民眾
　　　　　無數，無辜婦孺被殘殺，是為「噍吧哖（西來庵）事件」。

10月	進行第二回全臺戶口調查，阿緱廳人口259441人。
12月	15日鍾理和生於鹽埔區大路關庄（今高樹鄉）。
	24日鍾和鳴（浩東）生於鹽埔區大路關庄。

1917年（日本大正6年）

| 8月 | 尤和鳴與蘇德興、黃石輝、楊華等人創立「礪社」，此為日治時期屏東地區第一個古典詩社，致力於弘揚詩教，傳播漢學。 |

1919年（日本大正8年）

| 5月4日 | 北京學生展開「五四運動」。 |

1920年（日本大正9年）

1月	「新民會」成立。
7月	《臺灣青年》創刊，在東京正式發行。
9月	阿緱廳與臺南廳的阿公店、鳳山、打狗、楠仔坑四支廳合併為高雄州，今屏東縣境內設屏東、潮州、東港、恆春四郡。「屏東」第一次以地名出現。
11月	連雅堂著《臺灣通史》上冊刊行。
	屏東飛機場完工。

1921年（日本大正10年）

| 4月 | 撤銷笞刑處分例。 |
| 10月 | 「臺灣文化協會」成立。 |

1922年（日本大正11年）

徐和鄰生於內埔鄉。

| 5月 | 高雄州在東港、澎湖兩地開設二年制簡易水產學校。 |

1923年（日本大正12年）

高雄旗津吟社、鳳山鳳崗吟社和屏東礪社共同組成「三友吟會」，為日治時期高雄州第一個出現的定期聯合吟會，具有里程碑的時代意義。

1月	公布實施治安警察法。
4月	日本皇太子裕仁訪臺。
12月	杜聰明獲京都帝國大學博士學位，是臺灣史上首位醫學博士。
	莊世和生於臺南市。

1924年（日本大正13年）

4月	屏東公學校第一分教場獨立成為屏東女子公學校。
4月	全島詩人大會於臺北江山樓舉行。
7月	屏東農業補習學校舉行開校式，修業年限三年，與高雄州立農事試驗場合作，由試驗場職員擔任教授及實習指導。
12月	屏東街慈鳳宮崇祀媽祖，1914年開始修繕，本月舉行落成式。

1925年（日本大正14年）

「三友吟會」於「東港詩會」加入後，易名為「四美吟會」。

2月	花岡一郎參加臺中師範學校入學考試及格，是第一位就讀師範學校的原住民。
6月	屏東圖書館開館。
7月	屏東詩人陳家駒、王松江、王永森、吳玉琛四人組成「東山吟社」。
	屏東「乾惕吟社」舉行創立總會。
8月	文化協會於屏東成立讀報社。
11月	「鳳山農民組合」成立。

1926年（日本昭和元年）
9月　　　　「臺灣農民組合」成立。

1927年（日本昭和2年）
2月　　　　楊華因涉違犯治安維持法被捕，監禁於臺南刑務所，獄中
　　　　　　完成五十三首詩，題為〈黑潮集〉。
12月　　　潮州地區香蕉產量大增，僅次於米穀。

1928年（日本昭和3年）
3月　　　　內埔第一公學校老埤分教場獨立為老埤公學校，鍾立珍出
　　　　　　任校長，據稱是臺灣人當校長的第一人。
4月　　　　「臺灣共產黨」成立。
5月　　　　東港郡萬丹庄社皮農民八十餘人以其開墾地五十餘甲被阿
　　　　　　緱神社收奪，組織小作人會，拒納租穀從事抗爭。
8月　　　　東港街立圖書館開館。
9月　　　　高雄州立屏東農業補習學校改制為高雄州立屏東農業學校。

1929年（日本昭和4年）
陳明吉於屏東潮州創立「明華園歌仔戲團」。

1930年（日本昭和5年）
1月　　　　屏東六堆客家地區曾姓族人於屏東市建立「宗聖公祠」。
5月　　　　臺灣人口總數包括日人21萬5793人在內，共455萬6461人。
8月　　　　黃石輝等人掀起鄉土文學論戰。
10月　　　南投爆發「霧社事件」。
11月　　　陳城富生於內埔鄉。

1931年（日本昭和6年）
許庚墻、朱銀票等人於九如成立「臨溪吟社」。

2月　　　　李春生生於山西垣曲。

8月　　　　黃石輝、郭秋生等人掀起臺灣話文論戰。

1932年（日本昭和7年）

鍾理和18歲，遷居美濃幫父親管理「笠山農場」，在此邂逅鍾台妹女士。

4月　　　　成立高雄州立屏東高等女學校。

5月　　　　路衛（本名周延奎）生於山東郊城。

1933年年（日本昭和8年）

屏東郡管轄之屏東街升格為屏東市。

1934年（日本昭和9年）

李子儀、楊炯堂等人於新園成立「溪山吟社」。

2月　　　　陳冠學生於新埤鄉。

3月　　　　高雄州下聯合吟會本年由東港輪值，於東港街信用組合樓
　　　　　　上舉行。

1935年（日本昭和10年）

4月　　　　21日臺灣中北部地區大地震，死亡3000人，倒塌房屋
　　　　　　12500間。

10月　　　　黃基博生於潮州鎮。

1936年（日本昭和11年）

日人松野綠至屏東擔任臺灣製糖會社囑託，寓居屏東。發起組織「屏
東斯文會」，列名孔廟改築委員。著有〈屏東〉、〈瑞竹三十韻〉等屏
東地景詩作約15首。

薛玉田、蘇德興等人於高樹成立「新和吟社」。

| 4月 | 楊華〈薄命〉與楊逵〈送報伕〉、呂赫若〈牛車〉被選入中國作家胡風主編《山靈──朝鮮臺灣短篇小說選集》，由上海文化生活出版社發行。 |

4月　　　楊華〈薄命〉與楊逵〈送報伕〉、呂赫若〈牛車〉被選入中國作家胡風主編《山靈──朝鮮臺灣短篇小說選集》，由上海文化生活出版社發行。

5月　　　楊華於屏東貧病交迫而懸樑自盡，得年30歲。

12月　　中國名作家郁達夫來臺訪問。

1937年（日本昭和12年）

陳家駒、薛玉田等人創設「屏東詩會」。

3月　　　楊華〈黑潮集〉刊登於楊逵主持的《臺灣新文學》。

4月　　　廢除傳統書房及公學校漢文科。

7月　　　7日蘆溝橋事變爆發，中日戰爭開始。臺灣軍司令部發表強硬聲明，並對臺民發出警告，禁止所謂「非國民之言動」。

1938年（日本昭和13年）

陳寄生、蕭永東等人成立「東林吟社」。

4月　　　屏東中學校成立，首任校長為廣瀨次彥。

7月　　　鍾吉雄生於內埔鄉。

1939年（日本昭和14年）

黃福全、尤鏡明等人於潮州成立「潮聲吟社」。

8月　　　許其正生於潮州鎮。

　　　　　林清泉生於萬巒鄉。

1940年（日本昭和15年）

陳寄生、陳添和等人於林邊成立「興亞吟社」。

1月　　　馮喜秀生於麟洛鄉。

2月　　　公布臺灣戶口規則修改，規定臺民改日本姓名辦法。

4月	強制廢止漢文書房。
	設立臺灣總督府屏東師範學校，首任校長為坂上一郎。
7月	張榮彥生於滿州鄉。
8月	鍾理和與鍾台妹因同姓之婚不被家人接受，兩人由高雄搭船前往中國東北奉天。
11月	陌上桑生於麟洛鄉。

1941年（日本昭和16年）

張其生等人於里港成立「二酉吟社」。

3月	公布國民學校令，4月1日起全臺所有公學校及小學校一律改稱國民學校。
	張曉風生於浙江金華，祖籍江蘇銅山。
4月	成立「皇民奉公會」，街庄成立奉公班。
10月	曾寬生於竹田鄉。
12月	7日日軍偷襲珍珠港，太平洋戰爭爆發。

1942年（日本昭和17年）

3月	成立潮州淑德女學校，為今潮州高級中學前身。
4月	總督府實施陸、海軍特別志願兵制度，強迫臺籍青年參軍到南洋戰場。
5月	沙卡布拉揚（本名鄭天送）生於臺中。
8月	「東港事件」發生。

1943年（日本昭和18年）

鄭玉波等人於林邊成立「蕉香吟社」。

| 4月 | 臺灣開始實施義務教育制。 |

1944年（日本昭和19年）

3月　　　葉菲（本名葉輝明）生於高樹鄉。

7月　　　沙白（本名涂秀田）生於竹田鄉。

9月　　　吳晟（本名吳勝雄）生於彰化縣溪州鄉。

1945年（民國34年）

8月　　　15日日皇無線電廣播下詔投降，第二次世界大戰結束，臺
　　　　　灣歸還中華民國。

10月　　25日臺灣行政長官公署正式成立，陳儀擔任首任行政長官。

11月　　奧威尼・卡露斯生於舊好茶。

1946年（民國35年）

2月　　　曾貴海生於佳冬鄉。

3月　　　徐仁修生於新竹縣。

4月　　　國語普及委員會成立。
　　　　　「播磨丸」載運七千多位海南島日本採礦公司的臺灣職工
　　　　　返抵高雄港。消息刊載於13日《臺灣民報》上。

7月　　　蔡孝乾成立「臺灣省工作委員會」，為中共在臺灣最重要
　　　　　組織，1949年於屏東六堆地區成立「佳冬支部」。

8月　　　臺灣省編譯館成立。

9月　　　中等學校禁止使用日語。
　　　　　王建生生於佳冬鄉。

10月　　行政長官公署通令全面廢止報刊雜誌之日文版。

1947年（民國36年）

2月　　　28日「二二八事件」爆發。

3月　　　「三四事件」發生，屏東市臨時市長葉秋木遭國府軍隊拘
　　　　　捕，遊街示眾後，於屏東市郵局前三角公園遭槍決。

11月　　　　李敏勇生於高雄縣旗山鎮。

12月　　　　許思生於潮州鎮。

1948年（民國37年）

3月　　　　李旺台生於竹田鄉。

4月　　　　排灣族三地村教堂建成，為屏東第一座山地禮拜堂。

9月　　　　沙穗（本名黃志廣）生於上海，祖籍廣東東莞。

12月　　　　《國語日報》創刊。

1949年（民國38年）

2月　　　　琹涵（本名鄭頻）生於屏東，祖籍廣東潮陽。

4月　　　　「耕地三七五減租」開始實施。

　　　　　　「四六事件」發生，開啟臺灣的「白色恐怖」年代。

5月　　　　臺灣實施戒嚴。

　　　　　　巴格達外・日不落生於三地門鄉，排灣族人。

6月　　　　幣制改革，臺灣銀行發行新臺幣。

　　　　　　童元方生於屏東，祖籍河北宣化。

7月　　　　連水淼生於基隆，祖籍福建廈門。

9月　　　　徐木蘭生於屏東。

10月　　　　曾喜城生於內埔鄉。

12月　　　　中央政府移轉臺北。

1950年（民國39年）

2月　　　　德瑪拉拉德・貴生於三地門鄉，排灣族人。

3月　　　　杜紫楓生於臺北，祖籍河北豐潤。

4月　　　　中華文藝獎金委員會成立。

　　　　　　達摩棟生於瑪家鄉，排灣族人。

6月	韓戰爆發,美國第七艦隊協防臺灣。
	頒布「戡亂時期檢肅匪諜條例」。
10月	屏東設縣。調整行政區域,原併入屏東市的萬丹鄉、長興鄉、九塊鄉三鄉,與高雄縣屏東區的三鄉、潮州區的一鎮六鄉、東港區的一鎮四鄉、恆春區的一鎮二鄉,以及原先自高雄縣分離的雄峰區霧台、瑪家、三地鄉,和高峰區五鄉,合併新設為屏東縣,並廢除縣轄區,共轄有三十個鄉鎮。
	「《光明報》事件」曝光,鍾和鳴以叛亂罪於臺北馬場町被槍決,得年34歲。

1951年(民國40年)

1月	屏東縣議會正式成立,首任議長為林石城。
4月	出身內埔望族的鍾國輝以叛亂罪於臺北馬場町被槍決,得年37歲。妻子蕭聖蘭出身佳冬蕭光明家族,因受丈夫牽連,遭判刑五年。
5月	中國文藝協會南部分會成立。
6月	「公地放領」開始實施。
	第一屆民選屏東縣長由萬丹人張山鐘當選。
11月	省轄屏東市降為屏東縣轄市,成為屏東縣縣治。

1952年(民國41年)

1月	利玉芳生於內埔鄉。
3月	凌拂(本名凌俊嫻)生於屏東,祖籍安徽合肥。
4月	佳冬蕭光明之曾孫蕭道應因「《光明報》事件」被捕。父親蕭信棟接濟金錢供其逃亡,遭判刑五年。
5月	「屏東縣文獻委員會」舉行成立大會。

6月	省立農業專科學校設在屏東，規劃校地十四甲。
10月	李男（本名李志剛）生於屏東，祖籍江蘇吳縣。
	林文彥生於東港鎮。

1953年（民國42年）

張志雄生於九如鄉。

1月	「耕者有其田」開始實施。
5月	任教於佳冬國小的鄭團麟被處死刑。鄭團麟為曾貴海現代詩〈冬夜个面帕粄──記白色年代〉所記的事件主角。
	白葦（本名林鈴）生於崁頂鄉。
7月	封德屏生於屏東縣，祖籍廣西容縣。

1954年（民國43年）

| 1月 | 陳寧貴生於竹田鄉。 |
| 2月 | 周芬娜生於潮州鎮。 |

1955年（民國44年）

2月	周芬伶、張月環生於潮州鎮。
	艾雯出版《漁港書簡》散文集，描寫屏東的枋寮、東港、小琉球等漁港。
5月	陳林生於林邊鄉。
8月	張曉風隨父搬遷至屏東市勝利新村永勝巷五號，就讀屏東女中初中部。
9月	鍾屏蘭生於內埔鄉。
10月	「孫立人事件」發生，又稱「孫立人兵變案」。

1956年（民國45年）

| 3月 | 福建外海大陳島淪陷，島上居民被迫移居臺灣，屏東縣高樹鄉為大陳移民最多的鄉鎮。 |

9月　　　　梁明輝生於瑪家鄉，排灣族人。

11月　　　　鍾理和《笠山農場》獲中華文藝獎金委員會長篇小說第
　　　　　　二獎。

1957年（民國46年）
郭良蕙遷居屏東，至1963年遷居臺北之前，在此創作、出版《心鎖》
等多部小說。

6月　　　　阮慶岳生於潮州鎮，祖籍福建福州。

7月　　　　林剪雲生於萬丹鄉，祖籍福建南安。

10月　　　　潮州中學美術老師莊世和創立「綠舍美術研究會」。

1958年（民國47年）
吳英女生於屏東。

1月　　　　霍斯陸曼・伐伐生於臺東縣海端鄉，布農族人。

8月　　　　23日爆發「八二三砲戰」。

1959年（民國48年）

7月　　　　涂耀昌生於竹田鄉。

8月　　　　「八七水災」嚴重損害中南部十三縣市，屏東許多村庄田
　　　　　　園淹水。

1960年（民國49年）

3月　　　　撒古流・巴瓦瓦隆生於三地門鄉，排灣族人。

6月　　　　魚夫（本名林奎佑）生於林邊鄉。

8月　　　　4日鍾理和病逝，得年45歲。遺言：「吾死後，務將所存遺
　　　　　　稿付之一炬，吾家後人不得再有從事文學者；《笠山農
　　　　　　場》不見問世，死而有憾。」文友陳火泉稱他為「倒在血
　　　　　　泊裡的筆耕者」。鍾理和作品合計約五十三萬字，1967年

張良澤編成《鍾理和全集》共八卷。1997年高雄市立文化
中心重編《鍾理和全集》共六冊。

10月　　　葉姿麟生於屏東。

1961年（民國50年）
1月　　　洪柴（本名洪國隆）生於萬丹鄉。
5月　　　黃慶祥生於琉球鄉。
8月　　　林秀蓉生於臺南縣後壁鄉（今臺南市後壁區）。
11月　　　蔡富澧生於琉球鄉，祖籍湖北陽新。
12月　　　曾蕭良生於屏東。
　　　　　余昭玟生於新園鄉。

1962年（民國51年）
9月　　　9日黃喜（本名韓政良）生於屏東。

1963年（民國52年）
10月　　　伊誕・巴瓦瓦隆生於三地門鄉，排灣族人。

1964年（民國53年）
1月　　　西沙（本名洪達霖）出生。
7月　　　何修仁生於內埔鄉。
8月　　　許其正出版現代詩集《半天鳥》。
9月　　　國立臺灣大學政治學系教授彭明敏與學生謝聰敏、魏廷朝
　　　　　共同起草「臺灣人民自救宣言」。
　　　　　杜虹（本名謝桂禎）生於內埔鄉。

1965年（民國54年）
洪米貞出生。

3月　　　　郭漢辰生於屏東市。

8月　　　　私立美和護理專校獲准立案，創辦人為醫學博士徐傍興。

　　　　　　吳晟入學屏東農專，次年出版第一部詩集《飄搖裡》。

　　　　　　台邦・沙撒勒生於霧台鄉，魯凱族人。

1966年（民國55年）

6月　　　　屏東縣文獻委員會編印《屏東縣志・卷一地理志》。

　　　　　　曾貴海與同學於高雄醫學院創辦高醫詩社，1972年改名為

　　　　　　「阿米巴」詩社。

11月　　　翁禎霞生於屏東市。

1967年（民國56年）

1月　　　　傅怡禎生於屏東市。

　　　　　　周明傑生於屏東，排灣族人。

12月　　　達德拉凡・伊苞生於瑪家鄉，排灣族人。

1968年（民國57年）

1月　　　　任職屏東農校的柏楊於《中華日報》發表「大力水手」連

　　　　　　環漫畫，被判處十二年徒刑。

7月　　　　陳瑤華生於屏東。

8月　　　　曾寬任教潮州國中，至2004年退休。期間創作不輟，被稱

　　　　　　為「在地文學的守護者」。

1969年（民國58年）

3月　　　　「剝蕉案」發生，又稱「金盤金碗案」。吳振瑞被判刑二

　　　　　　年六個月，此後臺灣香蕉年出口量驟減，香蕉出口的黃金

　　　　　　時期結束。

9月　　　　利格拉樂・阿𡠄生於屏東市，排灣族人。

1970年（民國59年）

1月　　　彭明敏逃亡瑞典，至1992年始返回臺灣。

3月　　　施百俊生於高雄市。

6月　　　「臺灣香蕉研究所」正式成立於屏東。

1971年（民國60年）

美和中學成立青少棒隊，聘請曾紀恩為教練。

1月　　　王昭華生於潮州鎮。

6月　　　李男與黃勁連、羊子喬等人創立「主流詩社」，編印《主流詩刊》。

7月　　　吳晟與沙穗等人於屏東創立「暴風雨詩社」，發行《暴風雨》雙月詩刊，共發行十三期。

10月　　中華民國退出聯合國。

1972年（民國61年）

8月　　　楊政源生於東港鎮。

10月　　南橫公路通車，最高點大關山隧道海拔2722公尺。

1973年（民國62年）

徐傍興贊助經費，鍾壬壽編撰《六堆客家鄉土誌》出版。

10月　　行政院院長蔣經國開始推行「十大建設」。

1975年（民國64年）

3月　　　黃明峯生於恆春鎮。

5月　　　李男與羅青、詹澈等人於臺北成立「草根詩社」，發行《草根詩刊》。編輯部設於屏東市民生路李男家中。

1976年（民國65年）

2月　　　凌明玉生於鹽埔鄉。

3月　　　讓阿淥・達入拉雅之生於瑪家鄉，排灣族人。

5月　　　黃文車生於內埔鄉。

1977年（民國66年）

4月　　　「臺灣鄉土文學論戰」爆發。

　　　　　「南部兒童語文研究會」於屏東師專附設小學圖書館成立。

1978年（民國67年）

1月　　　曾秀氣創辦南部第一份客家雜誌《六堆集刊》。

4月　　　陳甚慈生於萬丹鄉。

12月　　　美國宣布與中華民國斷絕外交關係。

1979年（民國68年）

1月　　　鍾順文與古能豪、陳文銓等人成立「掌門詩社」，創辦
　　　　　《掌門詩刊》。

　　　　　陳雋弘生於林邊鄉。

6月　　　林海音、鍾肇政、葉石濤等人發起籌建「鍾理和紀念館」
　　　　　於美濃鍾理和故居，1986年完工。

8月　　　王國安生於屏東市。

12月　　　高雄發生「美麗島事件」。

1980年（民國69年）

5月　　　羅秀玲生於萬巒鄉。

1981年（民國70年）

4月　　　屏東國寶級歌手陳達車禍逝世，享年76歲。

8月　　　《屏東青年》由李春生與路衛合編，每期封面詩與封底詩
　　　　　皆出於二人之手。

11月　　　陳冠學參加第七屆省議員競選失利，提出政見「保護中央
　　　　　山脈」，是國內最早出現的生態宣言。

12月　　　陳冠學開始撰寫《田園之秋》。

1982年（民國71年）

朱煥文、李春生與路衛發起成立「中國青年寫作協會屏東分會」。

1月　　　曾貴海與葉石濤、鄭烱明等友人於高雄創辦南臺灣第一本
　　　　　臺灣文學雜誌《文學界》。

4月　　　陳冠學《田園之秋》開始於《民眾日報》副刊連載，1994
　　　　　年出版。本書被譽為「臺灣文學史上最光輝燦爛的田園隨
　　　　　筆」。

1983年（民國72年）

朱煥文、李春生與路衛發起成立「中華民國青溪學會屏東縣分會」。

1984年（民國73年）

李春生與路衛合編《屏東青溪通訊季刊》。

1月　　　「墾丁國家公園」設立，為全國第一個國家公園。

7月　　　恆春鎮「核能三廠」開始運轉。

1985年（民國74年）

4月　　　張簡士瑋出生於高雄。

1986年（民國75年）

《六堆雜誌》創刊。

9月　　　「民主進步黨」成立。

11月　　　陳冠學《田園之秋》獲第三屆吳三連文藝獎散文獎。

1987年（民國76年）

2月　　　臺灣筆會成立。

5月　　　李春生、路衛等人於屏東重組「海鷗詩社」，並復刊《海鷗詩頁》，次年出版《海鷗詩藪》。

7月　　　臺灣解除戒嚴，開放臺灣人民赴中國探親。

1988年（民國77年）

1月　　　蔣經國總統逝世，享年78歲。李登輝繼任總統。
　　　　　臺灣解除報禁。

5月　　　20日南部農民北上臺北市請願，提出七項要求，與警方爆發激烈衝突，是為「五二○農民運動」。

10月　　陳凱琳生於板橋。

12月　　南北客家串聯「還我母語」運動。

1989年（民國78年）

郭漢辰擔任《臺灣時報》駐屏東記者，2006年辭記者職後專事寫作，致力推動「屏東文學」。

2月　　　鍾振斌創辦《六堆風雲雜誌》。

1991年（民國80年）

李敏勇與張炎憲號召1947年出生的「二二八冤魂轉世再生的一群」，籌組「四七社」，以國家重建、社會改造為使命。

12月　　南迴鐵路全線完工通車，自此臺灣的環島鐵路系統完成。

1992年（民國81年）

10月　　屏東縣瑪家鄉臺灣山地文化園區文物陳列館開幕。

1993年（民國82年）

6月　　　屏東縣政府文化處編印「屏東縣作家作品集」，第一部為
　　　　　朱煥文之《大河壩》。

7月　　　吳振瑞逝於日本東京，享壽85歲。

11月　　　李春生、路衛從歷期《屏東青年》選取作品，出版《太陽
　　　　　城的歌：屏東青年選集》。

1994年（民國83年）

2月　　　林剪雲將第一部小說《花自飄零》改編為閩南語連續劇
　　　　　《火中蓮》，於中國電視公司演出。

1995年（民國84年）

1月　　　紀念「火燒庄戰役」一百週年，長治鄉鄉民於當年古戰場
　　　　　原址，今長興村活動中心旁，興建「火燒庄烈士紀念碑」。

9月　　　屏東縣第一個民間文化團體「阿里港文化協會」正式成立。

1996年（民國85年）

12月　　　臺灣「原住民委員會」成立。

1997年（民國86年）

《文化生活》發刊。內容以屏東縣常民生活為主軸，亦包含屏東作家
介紹、書目評介、文學報導等。

1998年（民國87年）

10月　　　劉捷出版《我的懺悔錄》。

1999年（民國88年）

陳茂松主修《恆春鎮志》出版。

5月　　　大武山為南臺灣第一高峰，卑南、排灣、魯凱三族的聖

山，屏東人心中的原鄉，屏東縣政府以此山為名，舉辦第
一屆「大武山文學獎」，共有報導文學、短篇小說、散文、
新詩、劇本等獎項。

9月　　21日發生「九二一大地震」。

2000年（民國89年）

3月　　張榮彥積勞成疾逝世，享年61歲。

10月　　《屏東文獻》創刊。

12月　　屏東縣立文化中心委託國立屏東師範學院進行「屏東縣藝
文資源調查研究」，完成《屏東縣藝文調查報告書》，成為
屏東文學研究的重要根基。

2001年（民國90年）

「重修六堆客家鄉土誌編輯委員會」編輯並出版《六堆客家社會文化
發展與變遷之研究》十五冊。

阮慶岳〈光陰〉獲得文建會臺灣文學獎散文類首獎。

5月　　屏東縣黑鮪魚文化觀光季於東港鎮開辦，至2022年已舉辦
二十二屆。

6月　　臺灣「客家委員會」成立。

2002年（民國91年）

2月　　江海（本名江大昭）、曾喜城、郭漢辰等人成立「大武山
文學會」，會員109人。

12月　　「屏東縣原住民部落大學」成立。

2003年（民國92年）

5月　　李盛發成立「李文古歌劇團」。

10月　　「國家臺灣文學館」正式開館，是臺灣首座國家級文學館。

2004年（民國93年）
郭漢辰〈王爺〉獲「寶島文學獎」首獎。
10月　　　阮慶岳長篇小說《凱旋高歌》獲2004臺北文學年金獎。
　　　　　劉捷辭世，享壽93歲。

2005年（民國94年）
7月　　　屏東縣政府文化局舉辦第一屆「大武山文學營」。

2006年（民國95年）
7月　　　屏東縣政府文化局舉辦第一屆「大武山青少年文學營」。
8月　　　國立屏東科技大學成立客家文化產業研究所。
　　　　　國立屏東教育大學成立客家文化研究所。
11月　　　施達樂《小貓》獲第二屆溫世仁武俠小說評審獎。
12月　　　萬丹鄉鄉長郭寶聯開始推動「萬丹紅豆節」。

2007年（民國96年）
6月　　　屏東縣政府文化處決定保留勝利及崇仁等舊有眷村，並登
　　　　　錄為歷史建築。
8月　　　「屏南社區大學」成立。
　　　　　霍斯陸曼‧伐伐《玉山魂》獲2007年臺灣文學獎長篇小說
　　　　　金典獎。
10月　　　霍斯陸曼‧伐伐獲「屏東縣籍作家成就獎」。
　　　　　魏德聖導演之《海角七號》於屏東開始拍攝。
12月　　　「屏東旅遊文學館」開幕。
　　　　　李敏勇獲第十一屆國家文藝獎。
　　　　　霍斯陸曼‧伐伐因心肌梗塞突然去世，享年50歲。

2008年（民國97年）

3月　　　郭漢辰、傅怡禎、楊政源、黃文車等人成立「屏東縣阿緱
　　　　　文學會」，會員57人，郭漢辰擔任理事長。

7月　　　依據新文資法，萬巒鄉五溝村登錄為全國第一座有形文化
　　　　　資產。
　　　　　來義鄉「二峰圳」登錄為屏東縣文化景觀。

10月　　　中央大學附近鹿林天文臺新發現小行星，以臺灣作家鍾理
　　　　　和命名，成為全球首度以臺灣當代文學家命名的小行星。

11月　　　「恆春民謠」登錄為屏東縣重要傳統音樂藝術。

2009年（民國98年）

8月　　　「八八風災」重創中南部，為臺灣自1959年「八七水災」
　　　　　以來最嚴重水患。

2010年（民國99年）

4月　　　屏東縣政府文化處於「旅遊文學館」舉辦「文學家駐館」
　　　　　活動，縣籍作家郭漢辰、傅怡禎、涂耀昌、黃慶祥、曾
　　　　　寬、許思、林剪雲、路衛、曾貴海、奧威尼・卡露斯、杜
　　　　　紫楓、岑澎濰等接力駐館至2011年。
　　　　　為扎根文學，曾寬出資舉辦「曾寬六堆文學獎」，至2017
　　　　　年共舉辦七屆。

10月　　　周芬伶《蘭花辭：物與詞的狂想》獲臺灣文學獎散文金
　　　　　典獎。

11月　　　林生祥譜寫客語歌，以鍾理和生平與文學為專題，發行《大
　　　　　地書房》，將文學與音樂進行有機結合。
　　　　　施達樂《浪花群英傳》獲第六屆溫世仁武俠小說大獎首獎。

2011年（民國100年）

6月　　　曾寬出資成立「曾寬文學獎基金會」，舉辦「六堆文學獎
　　　　作文比賽」，至2021年共舉辦十屆。

7月　　　陳冠學辭世，享年78歲。

10月　　客家委員會客家文化發展中心所屬「六堆客家文化園區」，
　　　　正式開園。
　　　　高樹鍾理和故居修復竣工典禮。
　　　　王昭華〈哀爸叫母〉獲臺灣文學獎臺語散文金典獎。

11月　　東港迎王祭典成為國家重要無形文化資產。
　　　　國立屏東大學中文系與屏東縣阿緱文學會合辦「2011第一
　　　　屆屏東文學學術研討會」。

12月　　舊潮州郵局整建為「屏東歷史故事館」，開館揭牌。

2012年（民國101年）

1月　　　「阿朗壹古道」劃定為旭海觀音鼻自然地景保留區。

9月　　　國立屏東大學中文系主辦：「2012第二屆屏東文學學術研
　　　　討會：陳冠學研究」。

2013年（民國102年）

6月　　　屏東演藝廳上樑典禮。

8月　　　屏東市「宗聖公祠」於2008年規劃整修，本月完工落成。
　　　　奧威尼・卡露斯〈淚水〉獲臺灣文學獎「創作類原住民短
　　　　篇小說金典獎」。

10月　　國立屏東大學中文系主辦：「2013第三屆屏東文學學術研
　　　　討會：曾貴海研究」。

12月　　屏東縣政府邀集郭漢辰、李幸長、杜虹、傅怡禎等作家書
　　　　寫屏東人文地景，出版「山風海動・書寫屏東」系列。

2014年（民國103年）

1月　　　「文化資產保存所」成立。

11月　　　屏東縣政府文化處出版《重修屏東縣志》，共10篇。

12月　　　國立屏東大學中文系主辦：「2014第四屆屏東文學學術研討會：文學地景與地方書寫」。

2015年（民國104年）

3月　　　鍾屏蘭主編《發粄開花了》等客語兒童文創繪本套書，本年至2020年陸續出版。

12月　　　屏東縣政府委託國立屏東大學中文系執行「屏東作家身影系列」，蔡一峰導演：《族群生命的記錄者——奧威尼‧卡露斯》，吳文睿導演：《一個人孤獨行走——李敏勇》、《一座母親的城——張曉風》，邱才彥導演：《小村之秋——曾寬》，邱國禎導演：《孤鳥的旅程——曾貴海》。

2016年（民國105年）

7月　　　陳耀昌以1867年羅妹號事件為主題的小說《傀儡花》獲臺灣文學獎圖書類長篇小說金典獎。

11月　　　國立屏東大學中文系主辦：「2016第五屆屏東文學學術研討會：原住民文學與文化」。

2017年（民國106年）

3月　　　陳耀昌以1875年獅頭社戰役為主題的小說《獅頭花》獲第二屆臺灣歷史小說獎。

　　　　　林剪雲《叛之三部曲首部曲：忤》獲第二屆臺灣歷史小說獎。

　　　　　林秀蓉、傅怡禎主編：《屏東文學青少年讀本——新詩卷》、郭漢辰主編：《屏東文學青少年讀本——散文卷》、王國安

主編：《屏東文學青少年讀本──小說卷》，由屏東縣政府
文化處出版。

5月　　明華園首席編導陳勝國獲國家文藝獎。

8月　　明華園戲劇團獲臺北市文化獎。

12月　　國立屏東大學圖書館「屏東縣作家專區」啟用。

2018年（民國107年）

1月　　曾貴海《文學音樂劇場逐詩・築詩》於臺北國家歌劇院
演出。

5月　　屏東縣政府與臺灣文學館齊東詩社合辦「屏東現代詩展」，
以詩展示屏東之美。

9月　　屏東縣政府文化處舉辦「朗讀節」，活動期間舉辦三十餘
場主題講座。

10月　　國立屏東大學中文系主辦：「2018第六屆屏東文學國際學
術研討會：歷史・詩歌・跨界」。

12月　　屏東縣政府與青鳥書店合作，將孫立人行館轉型成具有歷
史人文定位的書店，提供多元的閱讀及書店文化。

2019年（民國108年）

1月　　李旺台以吳振瑞生平為題材寫作歷史小說《蕉王吳振瑞》，
獲第四屆臺灣歷史小說獎。

　　　　屏東縣政府持續執行「屏東作家身影系列」，由吳文睿導
演拍攝：《兒童文學的園丁──黃基博》、《南風裡的一生
一世──郭漢辰》。

2月　　第三十屆「臺灣燈會」在屏東舉辦。

6月　　六堆客家原生團隊「哈旗鼓文化藝術團」於臺北國家戲劇
院演出《一八九五火燒庄：最終抉擇》。

8月	屏東市永勝五號原為張曉風故居，屏東作家郭漢辰申請進駐，規畫為多元文學空間。
	黃文車主編：《屏東文學青少年讀本：民間文學卷》、楊政源主編：《屏東文學青少年讀本：兒童文學卷》，由國立屏東大學出版。
11月	屏東縣政府舉辦第一屆「南國漫讀節」。
12月	南迴公路拓寬完成，全線通車。

2020年（民國109年）

3月	26日郭漢辰病逝，享年56歲。郭漢辰生前創作不輟，劉克襄稱其文學「如鵝鑾鼻燈塔守護屏東」，後被稱為「南方文學的守燈人」，縣長潘孟安頒發褒揚狀。
8月	屏東縣立圖書館總館於28日正式開幕。
9月	屏東縣政府舉辦第二屆「南國漫讀節」。
10月	國立屏東大學中文系主辦：「2020第七屆屏東文學國際學術研討會：在地全球化的新視域」。
11月	屏東縣立圖書總館四樓設「屏東文學館」，收藏屏東文學作家作品。
	國立屏東大學人文社會學院、中國語文學系執行教育部高教深耕計畫「走讀屏東」子計畫，由許純僑導演拍攝「屏東文學身影」系列：《寫台灣文唱台灣味——許思》。
12月	國立屏東大學人文社會學院、社會發展學系主辦：「第一屆屏東學學術研討會」。
	南迴鐵路電氣化完工通車。

2021年（民國110年）

紀念「六堆三百年」各項慶典活動於本年2月至12月陸續展開。

黃明峯臺語詩獲臺灣文學獎首獎、吳濁流文學獎首獎。

1月　　　　國立屏東大學人文社會學院、中國語文學系執行教育部高
　　　　　教深耕計畫「走讀屏東」子計畫，由吳文睿導演拍攝「屏
　　　　　東文學身影」系列：《淡飲生活的詩──利玉芳》。

4月　　　　李旺台長篇小說《小說徐傍興》獲第五屆臺灣歷史小說獎。

6月　　　　客家委員會等主辦：「2021六堆三百年國際學術研討會：從
　　　　　歷史出發的多元族群共榮」，於國立屏東科技大學召開。

8月　　　　陳耀昌《傀儡花》改編為十二集連續劇《斯卡羅》，導演
　　　　　曹瑞原。

10月　　　屏東縣政府舉辦第三屆「南國漫讀節」。
　　　　　國立屏東大學中文系主辦：「2021跨界美學：曾貴海國際
　　　　　學術研討會」。

11月　　　國立屏東大學中文系主辦：「第九屆近現代中國語文國際
　　　　　學術研討會：黃春明的文學與藝術」。
　　　　　屏東「六堆三百」慶典「千人踩街」，傳達族群共榮共好
　　　　　精神，呈現六堆歷史記憶與生命經驗。

12月　　　國立屏東大學人文社會學院主辦：「2021第二屆屏東學學
　　　　　術研討會：地方學的形塑與發展」。

2022年（民國111年）

1月　　　　屏東縣政府於新來義成立全臺首座以原住民族圖書、原住
　　　　　民族群本位教材和部落大學出版品為主的「讀‧享空間」
　　　　　圖書館。

2月　　　　「文學的風吹來──那山那海那屏東」屏東文學展於本月
　　　　　26日至4月3日於屏東美術館展出。之後分別於4月至7月在
　　　　　屏東縣立圖書館總館四樓「屏東文學館」，及11月至12月
　　　　　於國立屏東大學圖書館展出。

3月	26日明華園戲劇總團於屏東市千禧公園演出六堆風雲三百啟——《步月・火燒》大戲，以「跨界音樂劇」方式展現屏東不同族群，在語言、音樂、舞蹈等藝術樣貌。
	29日曾寬辭世，享壽81歲，縣長潘孟安頒予褒揚狀。
5月	鍾屏蘭主編《發粄開花了》等客語兒童文創動畫繪本光碟問世。
7月	大武山文學獎提高獎金，並更名為「屏東文學獎」。
8月	屏東縣政府舉辦第四屆「南國漫讀節」，以「南國的多重宇宙」為主題，包括「南國讀力・異想世界」、「大武山下百工百讀」兩系列活動。
9月	屏東縣政府「龍頸溪再造計畫」融合在地的宗教文化，整修四十一座伯公廟、遊憩設施及共融公園等，重新改造流經內埔和竹田等鄉鎮的客庄生命之河。15日透過點燈儀式，象徵「六堆母親河」復返榮耀。
	26日許思辭世，享壽75歲。
10月	曾貴海獲厄瓜多國際詩人獎，該獎項十五年來首度頒發給亞洲詩人。
11月	國立屏東大學中國語文學系主辦：「2022第八屆屏東文學國際學術研討會：區域文學史的書寫與視野」。

屏東文學史大事年表參考文獻

王御風、周芬姿、鍾秀梅、鍾榮富：《重修屏東縣志・社會形態與社會構成》，屏東，屏東縣政府，2014年。

王紹卿、陳森祥主修：《重修屏東縣志・卷五・文教志》，屏東：屏東縣政府，1993年。

王瑛曾：《重修鳳山縣志》，南投：臺灣省文獻委員會，臺灣歷史文獻叢刊，1993年（1764年原刊）。

江樹生譯註：《熱蘭遮城日誌》（一至四冊），臺南：臺南市政府，2000、2002、2003、2011年。

周芬姿等編審，王御風等撰文：《走出六堆的暗夜：白色封印的故事》，屏東：屏東縣政府，2012年。

林正慧：《六堆客家與清代屏東平原》，臺北：遠流出版事業公司，2008年。

屠繼善纂修：《恆春縣志》，臺北：行政院文化建設委員會，遠流出版事業公司，2007年（1894年稿成）。

許雪姬總策畫：《臺灣歷史辭典》，臺北：行政院文化建設委員會，2004年。

陳文達：《鳳山縣志》，南投：臺灣省文獻委員會，臺灣歷史文獻叢刊，1993年（1719年原刊）。

陳其南：《重修屏東縣志・緒論篇・下冊・地方知識建構史》，屏東：屏東縣政府，2014年。

程紹剛譯註：《荷蘭人在福爾摩莎》，臺北：聯經出版事業公司，2000年。

葉榮鐘：《日據下臺灣大事年表》，臺中：星出版公司，2000年。

臺灣總督府警察本署編，陳金田、吳萬煌、古瑞雲譯：《日據時期原

住民行政志稿》（原名《理蕃誌稿》），南投：臺灣省文獻委
　　員會，1997年。

臺灣總督府警務局編，王洛林總監譯：《臺灣抗日運動史》（原名《臺
　　灣總督府警察沿革誌》），臺北：海峽學術出版社，2000年。

臺灣總督府警務局編，蔡伯壎譯註：《臺灣總督府警察沿革誌第二
　　編：領臺以後的治安狀況》（上卷），臺南：臺灣史博館，
　　2008年。

盧德嘉纂輯：《鳳山縣采訪冊》（上、下），臺北：行政院文化建設委
　　員會，遠流出版事業公司，2007年。

鍾孝上：《臺灣先民奮鬥史》，臺北：自立晚報社文化出版部，1991年。

鍾桂蘭、古福祥纂修：《屏東縣志》，臺北：成文出版社，1983年。

簡炯仁：《屏東平原先人的開發》，屏東：屏東縣政府文化局，2006年。

蘇全福：《屏東縣鄉賢傳略》，屏東：屏東縣立文化中心，1997年。

蘇全福編著：《屏東縣萬丹鄉人物傳略》，屏東：錦繡中華企業社，
　　2019年。

蘇全福編著：《屏東市人物傳略》，屏東：錦繡中華企業社，2015年。

文學研究叢書‧文學史研究叢刊 0802003

屏東文學史

主　　編	黃文車	
著　　者	王國安　余昭玟　林秀蓉	
	傅怡禎　黃文車　楊政源	
	鍾屏蘭	
責任編輯	林以邠	
特約校對	林秋芬	

發 行 人	林慶彰
總 經 理	梁錦興
總 編 輯	張晏瑞
編 輯 所	萬卷樓圖書股份有限公司
	臺北市羅斯福路二段 41 號 6 樓之 3
	電話 (02)23216565
	傳真 (02)23218698

發　　行	萬卷樓圖書股份有限公司
	臺北市羅斯福路二段 41 號 6 樓之 3
	電話 (02)23216565
	傳真 (02)23218698
	電郵 SERVICE@WANJUAN.COM.TW
香港經銷	香港聯合書刊物流有限公司
	電話 (852)21502100
	傳真 (852)23560735

ISBN 978-986-478-832-3

2023 年 10 月初版

定價：新臺幣 720 元

本書由國立屏東大學高等教育深耕計畫
「走讀屏東」(2018-2022) 補助執行出版
屏東縣政府文化處補助刊印

如何購買本書：

1. 劃撥購書，請透過以下郵政劃撥帳號：
　帳號：15624015
　戶名：萬卷樓圖書股份有限公司
2. 轉帳購書，請透過以下帳戶
　合作金庫銀行　古亭分行
　戶名：萬卷樓圖書股份有限公司
　帳號：0877717092596
3. 網路購書，請透過萬卷樓網站
　網址 WWW.WANJUAN.COM.TW

大量購書，請直接聯繫我們，將有專人為
您服務。客服：(02)23216565 分機 610

如有缺頁、破損或裝訂錯誤，請寄回更換

版權所有‧翻印必究
Copyright©2023 by WanJuanLou Books CO., Ltd.
All Rights Reserved　　**Printed in Taiwan**

國家圖書館出版品預行編目資料

屏東文學史/黃文車主編. -- 初版. -- 臺北市：
萬卷樓圖書股份有限公司, 2023.10
　面；　公分. -- (文學研究叢書. 文學史研究
叢刊；0802003)

ISBN 978-986-478-832-3(平裝)

1.CST: 臺灣文學史 2.CST: 地方文學

863.09　　　　　　　　　　　112005986